Das Buch

Die Historikerin Alexandra Lessing lebt in einer Welt, die dem Untergang nahe ist: Zwei geheime Mächte führen einen ausweglosen Krieg gegeneinander, der die Welt in ihren Grundfesten erschüttert und beim falschen Ausgang die Menschheit ins Verderben stürzen wird. Deshalb hat sich Alexandra dem Widerstand angeschlossen, der dem Feind zwar zahlenmäßig unterlegen ist, doch an das Gute der Menschen glaubt und dafür kämpft. An der Seite ihres Freundes und Überläufers von der feindlichen Seite, Ismael, reist Alexandra von einem Krisengebiet in das nächste. Und immer verbirgt sich die gleiche verhasste Organisation dahinter - der *Ordo Invisibilium*. In Brasilien kann sie sich gerade noch den Klauen des Gegners entreißen, im Tschad zerstört sie mit anderen Widerständlern ein geheimes Lager des Ordens. Doch als sie sich in Rom in das Hauptquartier der Oppositionellen zurückziehen will, wird sie gefangen genommen. Ismael muss alles in seiner Macht Stehende tun, um das Leben seiner Frau und das seines ungeborenen Kindes zu retten.

Der Autor

Marc Van Allen ist Spezialist für spannende Unterhaltung. In seinen Romanen, deren Gesamtauflage die Millionenmarke längst überschritten hat, liebt er es, die Grenzen zwischen Fiktion und Wirklichkeit zu verwischen und alten Rätseln nachzuspüren. Mit dem Roman *Invisibilis* hat er den Grundstein zu seinem Thriller-Epos um die Verschwörung der Unsichtbaren gelegt, in *Arcanum* ging der Konflikt zwischen den Widerstandskämpfern und dem Orden weiter. Mit *Caligo* nun präsentiert Van Allen den Abschluss der Trilogie. Mit Frau und Kind lebt der Autor abwechselnd in Deutschland und den Vereinigten Staaten.

Von Marc Van Allen sind in unserem Hause bereits erschienen:

Invisibilis
Venatum

Marc Van Allen

Caligo

Thriller

Ullstein

Besuchen Sie uns im Internet:
www.ullstein-taschenbuch.de

FSC
Mix
Produktgruppe aus vorbildlich bewirtschafteten Wäldern und anderen kontrollierten Herkünften
www.fsc.org Zert.-Nr. GFA-COC-001278
© 1996 Forest Stewardship Council

Dieses Taschenbuch wurde auf FSC-zertifiziertem Papier gedruckt.
FSC (Forest Stewardship Council) ist eine nichtstaatliche, gemeinnützige Organisation, die sich für eine ökologische und sozialverantwortliche Nutzung der Wälder unserer Erde einsetzt.

Originalausgabe im Ullstein Taschenbuch
1. Auflage Januar 2010

Umschlaggestaltung: HildenDesign, München
Titelabbildung: © Artwork HildenDesign unter Verwendung eines Motivs von © Duncan de Young/shutterstock
Satz: Pinkuin Satz und Datentechnik, Berlin
Gesetzt aus der Monotype Garamond
Papier: Pamo Super von Arctic Paper Mochenwangen GmbH
Druck und Bindearbeiten: CPI - Ebner & Spiegel, Ulm
Printed in Germany
ISBN 978-3-548-26615-2

»Die Eigenschaft der Unsichtbarkeit ist nur für zwei Dinge gut: um unbemerkt zu fliehen oder sich unbemerkt zu nähern. Also eignet sie sich hervorragend, um zu töten ...«

H. G. Wells, *Der Unsichtbare*

»Nehmen wir einmal an, es gäbe zwei von diesen Ringen, die unsichtbar machen - einen, der von einer moralisch guten Person, und einen anderen, der von einer unmoralischen Person getragen wird. Dann wären beide Personen unsichtbar, und niemand könnte die moralisch gute Person von der moralisch schlechten Person unterscheiden ...«

Plato, *Über den Staat*, 2. Buch

Prolog

Flucht ...

Der Gedanke war so ausgeprägt, so beherrschend, dass er ihr Bewusstsein ganz ausfüllte und alles andere verdrängte: die Furcht, die Erschöpfung, die Benommenheit, Hunger und Durst. Sogar den Schmerz.

Wankend setzte Zaynah einen Fuß vor den anderen, obwohl ihre Kräfte kaum dazu ausreichten, während sie beide Hände auf den schmerzenden, blutenden Unterleib presste. Sie konnte das Blut fühlen, das den Stoff des OP-Lakens tränkte und warm und dünnflüssig zwischen ihren Fingern hindurchsickerte, aber sie zwang sich, nicht hinzusehen. Stattdessen lief sie weiter, immer weiter, verfolgt von den sengenden Strahlen der Sonne und von dem bedrohlich brummenden Geräusch, das sich rasch näherte.

»Sie kommen, sie kommen«, schrie die junge Frau, die neben ihr über den steinigen Boden stolperte und deren Namen sie nicht einmal kannte. Sie wusste nur, dass sie ein Opfer war wie sie selbst, mit kahl geschorenem Schädel, unbekleidet bis auf einen Fetzen blutbesudelten Stoffs, den sie Schutz suchend an sich presste, und von nackter Angst gezeichnet. Sie waren beide erwacht, nur um festzustellen, dass die Wirklichkeit schlimmer war, als jeder Alptraum es hätte sein können, und ihre erste und einzige Reaktion war Flucht gewesen ...

Atemlos rannten sie weiter, achteten kaum auf die spitzen Steine, die ihnen die Fußsohle zerschnitten. Sie wollten nur fort, weg von diesem fürchterlichen Ort und dem, was man ihnen angetan hatte – aber das Motorengeräusch, das sich unaufhaltsam näherte, machte ihnen klar, dass ihre Flucht wohl scheitern würde.

»Wir ... müssen uns ... trennen«, stieß die andere Frau keuchend hervor.

»Nein!«, flehte Zaynah. »Bitte nicht ...«

»Auf diese Weise ... vielleicht nur eine von uns finden ...«

Zaynahs Instinkte drängten sie dazu zu widersprechen, aber ihr Verstand sagte ihr, dass ihre Gefährtin recht hatte. Sich zu trennen, erhöhte die Chancen zu entkommen.

Zu überleben ...

Es blieb keine Zeit, sich zu verabschieden oder gegenseitig Glück zu wünschen – der Feind war ihnen auf den Fersen, jene erbarmungslosen Dämonen, die sie aus der Geborgenheit ihrer Dörfer und ihrer Familien gerissen und an jenen schaurigen Ort gebracht hatten. Mit einem kurzen Blick verständigten sich die beiden jungen Frauen, dann wandte sich jede in eine andere Richtung.

Zaynah lief, so schnell ihre kraftlosen, dünnen Beine sie trugen. Mehrmals kam sie zu Fall, schlug sich Kinn und Wangen blutig, aber die Erinnerung an das, was sie gesehen und erlebt hatte, brachte sie trotz ihrer Erschöpfung und der Schmerzen dazu, sich wieder aufzuraffen und weiterzulaufen. Der blutbefleckte Stoff, den sie um sich geschlungen hatte, zerriss dabei, und sie warf ihn von sich, floh nackt vor ihren erbarmungslosen Häschern. Mit keuchendem Atem und von Furcht getrieben, rannte sie einen von Felsbrocken übersäten Hang hinab, auf der verzweifelten Suche nach einem Versteck. Das Motorengeräusch wurde lauter. Einem plötzlichen Drang gehorchend, flüchtete sich Zaynah hinter einen großen Felsblock, ungeachtet des dornigen Gebüschs, das ihn umgab – und das keinen Augenblick zu früh!

Das Brummen verstärkte sich, und während sich die junge Frau an den staubigen, von der Sonne des Tages aufgeheizten

Fels presste, konnte sie aus dem Augenwinkel etwas wahrnehmen, das pfeilschnell über den Hügelkamm geschossen kam.

Ein offener Geländewagen, voll besetzt mit Bewaffneten ...

Sie konnte ihre Rufe hören, ihr aufgeregtes Geschrei, als sie etwas entdeckten. Das Motorengeräusch veränderte sich während der Jeep seine Fahrt verlangsamte und in eine andere Richtung fuhr. Und plötzlich hörte Zaynah etwas, das ihr das Blut in den Adern gefrieren ließ: den spitzen Schrei einer jungen Frau.

Ihre Gefährtin war entdeckt worden!

Zaynah hielt den Atem an.

Das Geräusch des Motors verstummte. Das Fahrzeug hatte angehalten. Stille folgte, die Zaynah an jenen grässlichen Ort erinnerte, von dem sie geflohen war. Sie begann zu zittern. Trotz der Wärme, die der Fels abstrahlte, fror sie erbärmlich, und der Schmerz wurde so stark, dass sie das Gefühl hatte, etwas würde ihre Leibesmitte zerreißen. Die Sinne drohten ihr zu schwinden, aber sie hielt sich eisern aufrecht.

Dann folgte ein Knall, der die Stille über dem Grenzland zerriss und von den umliegenden Felsen dutzendfach zurückgeworfen wurde - und ohne dass Zaynah gesehen hätte, was geschehen war, wusste sie, dass sie nun allein war.

Ihr Atem ging schnell und heftig, und ihr wurde schwarz vor Augen. Erneut wollte sie fortlaufen, aber es gelang ihr nicht mehr. Sie geriet ins Taumeln und verlor das Gleichgewicht, landete inmitten des Dornengestrüpps, das ihre Haut zerkratzte - und ihr das Leben rettete.

Denn just in diesem Moment heulte der Motor wieder auf, und eine Staubwolke war zu sehen. Einen Herzschlag später kam der Jeep hinter einem Fels hervor. Die Kerle, die darin saßen - fünf Männer in Tarnanzügen, die mit Gewehren bewaffnet waren -, blickten sich suchend um.

Zaynah hielt den Atem an und bewegte sich keinen Millimeter – nicht, weil ihr Verstand ihr dazu riet, sondern weil sie vor Furcht unfähig war, sich zu bewegen. Durch das Gestrüpp konnte sie sehen, wie der Wagen abermals seine Fahrt verlangsamte und einer der Kerle, die auf den Rückbänken kauerten, aufstand und in ihre Richtung blickte.

Entsetzen ergriff von Zaynah Besitz, und alles in ihr drängte sie dazu, sich zu erkennen zu geben und auf die Gnade ihrer Häscher zu hoffen. Aber schon im nächsten Moment ließ sich der Mann wieder fallen. Mit heiserer Stimme rief er dem Fahrer etwas zu – und der Geländewagen entfernte sich, umhüllt von einer Staubwolke.

Zaynah regte sich noch immer nicht.

Erst als der Jeep hinter dem Hügelkamm verschwunden und der Motorenlärm in der Ferne verklungen war, wagte sie sich zu erheben. Die Sonne war inzwischen untergegangen, ein blutrotes Band säumte den westlichen Horizont. Geschwächt und kraftlos, wie sie war, setzte die junge Frau ihre Flucht fort, um jenem grauenvollen Los zu entrinnen, das die dämonischen Schatten ihr zugedacht hatten.

Teil I:

RESOLUTIO

1.

Eine Erfindung, deren Bekanntwerden die Welt in ihren Grundfesten erschüttern würde ... Eine geheime Organisation, die nach der Weltherrschaft strebt ... Ein Krieg, der im Verborgenen geführt wird, vom Rest der Menschheit unbemerkt ...

Hätte man mir in jungen Jahren von diesen Dingen erzählt, hätte ich gesagt, dass da jemand über zu viel Phantasie verfügt. Doch die beiden zurückliegenden Jahrzehnte meines Lebens haben mich eines Besseren belehrt.

Jene bahnbrechende Erfindung wurde tatsächlich gemacht, jene geheime Organisation existiert - und jener Krieg tobt tatsächlich und fordert Opfer, Tag für Tag, vor den Augen der Weltöffentlichkeit verborgen.

Unsichtbar ...

Ich maße mir nicht an, die Geschichte des Ordens in allen Einzelheiten zu kennen. Doch ich weiß, dass sie wirklich unter uns weilen - jene, für die die Gesetze der optischen Physik keine Gültigkeit haben, weil etwas, das als »molekulare Oszillation« bezeichnet wird, sie der Wahrnehmung durch das bloße menschliche Auge entzieht. Der alte Menschheitstraum, über den Plato nur philosophieren und Herbert George Wells nur spekulieren konnte, ist für sie Wirklichkeit geworden.

Doch wie sich zeigte, ist der Preis dafür zu hoch gewesen, und alle Bedenken, die jemals über die Gabe der Unsichtbarkeit geäußert wurden, haben sich als wahr erwiesen. So vieles, woran wir uns klammern, die Errungenschaften unserer vermeintlich fortschrittlichen Zivilisation, beruhen auf dem Prinzip des äußerlich Wahr-

nehmbaren, und dies gilt umso mehr für unsere von optischen Einflüssen geprägte moderne Welt. Eine Naturkatastrophe, die nicht im Fernsehen gezeigt wird, existiert praktisch nicht; eine Hungersnot, zu deren Linderung nicht weltweit zu Spenden aufgerufen wird, wird nicht wahrgenommen; ein Präsidentschaftskandidat, dessen Erscheinungsbild nicht der Norm entspricht, wird nicht gewählt; Umweltschutz schließlich wird erst dann zum Thema, wenn die Folgen ökologischen Raubbaus unübersehbar sind.

Aus diesem Prinzip zieht die Unsichtbarkeit Nutzen: Ein Verbrechen, für das es keine Zeugen gibt, wird nicht geahndet; ein Feind, den man nicht sieht, wird nicht bekämpft; eine Macht, die aus dem Verborgenen heraus die Fäden zieht, wird nicht aufgespürt. Diese Erkenntnisse waren es, die Forscher daran arbeiten ließen, eine Technik zu entwickeln, die Mensch und Material der optischen Wahrnehmung entzieht.

Unter dem Codenamen »Laurin« verschrieb sich eine Gruppe deutscher Wissenschaftler in den Dreißigerjahren dem Ziel, eine Armee unsichtbarer Kämpfer ins Leben zu rufen, die im Dienst des Dritten Reichs die alliierten Gegner das Fürchten lehren sollten. Die Forschungen jedoch kamen nur langsam voran, und es beschämt mich zutiefst, dass es meine amerikanischen Landsleute waren, die sich nach dem Ende des Zweiten Weltkriegs den Wissensstand der Nazis angeeignet und ihre Untersuchungen fortgesetzt haben.

Der Name des Projekts wurde in »Gyges« geändert, das ehrgeizige Ziel jedoch blieb - und schließlich waren die Bemühungen von Erfolg gekrönt. Während die Bestrebungen, Waffen und anderes anorganisches Material unsichtbar zu machen, nach unzähligen Fehlversuchen aufgegeben wurden, gelang es, Menschen aus dem sichtbaren Spektrum auszugliedern, indem man die Moleküle ihres Körpers durch intensive Bestrahlung in einen Zustand beständiger Oszillation versetzte. Der Preis, den die Probanden für diesen Erfolg zahlten, war allerdings hoch, denn die Bestrahlung führte zu schweren körperlichen Schäden und grauenvollen Entstellungen, so dass nur dreizehn der jungen Militärangehörigen, die sich freiwillig für diese Versuche meldeten, die Prozedur überlebten. Sie wurden die »Grauen«, die Unsichtbaren der ersten Generation.

Noch während sie im Zuge des Kalten Krieges als Agenten eingesetzt sowie für verdeckte militärische Operationen in Korea herangezogen wurden, gelang es den Wissenschaftlern, eine zweite Generation von Unsichtbaren ins Leben zu rufen, die besser ausgebildet und vorbereitet war und keine physischen Beeinträchtigungen mehr durch die Bestrahlung erlitt. Während sich die invisibiles *der ersten Generation lediglich aus Männern rekrutierten, kamen nun Agenten beiderlei Geschlechts zum Einsatz, und es entstand, womit niemand gerechnet hatte: eine dritte Generation von Unsichtbaren, die bereits im Zustand der Oszillation zur Welt kamen; auf eine Weise, die sich die Wissenschaft nicht erklären konnte, hatte die Bestrahlung das Genmaterial der zweiten Generation beeinflusst und so für die Entstehung eines neuen Menschentypus gesorgt – des* homo invisibilis.

Während die Wissenschaftler von einer Sensation sprachen und Geheimdienstler und Militärs lediglich den Nutzen sahen, der sich aus dieser unerwarteten Entwicklung ergab, stellten die Unsichtbaren der dritten Generation für die Grauen den nächsten Schritt in der menschlichen Evolution dar, und in konsequenter Verfechtung der Darwin'schen Lehre erhoben sie die Interessen des homo invisibilis *über jene des* homo sapiens. *Was mit einzelnen Insubordinationen und Befehlsverweigerungen begann, wurde schließlich zu einem so umfassenden Problem, dass sich CIA und Streitkräfte außerstande sahen, weiter auf unsichtbare Agenten zu setzen. Projekt Gyges wurde für beendet erklärt – die Unsichtbaren jedoch blieben.*

Unter Führung der dreizehn Grauen schlossen sie sich zu einer eigenen Organisation zusammen, dem ordo invisibilium, *und verlangten von der Regierung Kompensation für ihre Dienste und die Opfer, die sie gebracht hatten. Anfangs wurde diesem Ersuchen nachgegeben, aber mit jeder Forderung, die man erfüllte, erwuchsen zwei neue. Als Präsident Kennedy dem Treiben der Unsichtbaren ein Ende setzen wollte, stellte der Orden erstmals das Ausmaß seiner Möglichkeiten unter Beweis - in Dallas, am 22. November des Jahres 1963.*

Unter der Nixon-Administration wurde schließlich der Invisible Balance Act unterzeichnet, ein Schriftstück, das die Regierung vor weiteren Forderungen des Ordens schützen sollte, indem es den Grauen weitgehende Freiheiten einräumte und ihnen Grundstücke und Immobilien aus Staatsbesitz überschrieb. Der Vertrag war jedoch das Papier nicht wert, auf dem er geschrieben war - denn obgleich es in der Folge keine offiziellen Kontakte zwischen der US-Regierung und dem Orden der Unsichtbaren mehr gab, haben die Grauen niemals aufgehört, Forderungen zu stellen.

Sie wanderten in den Untergrund und formierten sich neu, und ihre Gier wuchs ins Unermessliche. Von einem verborgenen Hauptquartier aus ziehen sie die Fäden und beeinflussen die Weltpolitik, inszenieren Kriege und Hungersnöte, wenn es ihren Zwecken dient. All dies jedoch ist nur ein kleiner Vorgeschmack dessen, was die Menschheit erwartet, wenn der Orden erst sein ultimatives Ziel verwirklicht hat: die Herrschaft des homo invisibilis. *Bar aller Skrupel oder moralischen Bedenken trachten die Grauen danach, die Weltherrschaft zu erlangen, und die Zahl derer, die ihnen sowohl in der sichtbaren als auch in der unsichtbaren Welt zu Gebote stehen, ist unüberschaubar.*

Nur eine kleine Anzahl Aufrechter gibt es, die von der Verschwörung wissen und sich ihr entgegenstellen: Unsichtbare der dritten Generation, die an höhere Werte und Ideale glauben und sich vom Orden losgesagt haben; und einzelne, mutige Vertreter der sichtbaren Welt, die die Augen nicht länger vor der Wirklichkeit verschließen wollen oder können. Mancher von ihnen hat den Kampf gegen den Orden mit dem Leben bezahlt - doch nun endlich scheint dieser Kampf Früchte zu tragen. Nachdem es uns gelungen ist, den Anschlag zu vereiteln, den der Orden in New York verüben wollte, sind wir am buchstäblichen Ende der Welt auf Hinweise gestoßen, die es uns ermöglichen werden, die Existenz der Unsichtbaren aller

Welt zu beweisen - und damit den Orden seiner mächtigsten Waffe zu berauben.

Der Ignoranz ...

Amazonasdschungel
80 km nordwestlich von Manaus
18 Uhr 27 Ortszeit

Sie kamen.

Sechzehn Gestalten, die sich ebenso lautlos wie geschmeidig durch das dunkelnde Dickicht des Dschungels bewegten. Das gefleckte Grün ihrer Tarnanzüge verschmolz mit der Umgebung und ließ sie nahezu unsichtbar werden - anders als jene, die ihnen folgten und deren Körper für das menschliche Auge tatsächlich nicht wahrnehmbar waren.

Demons ...

Killer, die in den Diensten des Ordens standen und darauf trainiert waren, erbarmungslos zu töten.

Der Befehl, den man dem Kommandotrupp erteilt hatte, war einfach: suchen - und zerstören.

Die Ausrüstung der Killer reichte von Kevlarwesten über Infrarotsichtgeräte bis hin zu mit Laserzielvorrichtung ausgestatteten Maschinenpistolen des deutschen Typs HK7 A1.

Der Feind sollte keine Chance bekommen.

Nicht dieses Mal ...

Es galt, dem Peilsignal zu folgen, das die Kämpfer geradewegs dorthin führte, wo sich die feindliche Expedition aufhielt. Den Gegner auszuschalten und jede Spur seiner Anwesenheit zu beseitigen, würde die Aufgabe der sichtbaren Kämpfer sein. Ihre unsichtbaren Begleiter jedoch, die ihnen wie Schatten folgten und nur im Display der Wärmesichtgeräte als leuchtende Schemen wahrzunehmen waren, hatten eine weitere, noch wichtigere Aufgabe ...

»Zielansprache«, erstattete der Anführer der sichtbaren Kämpfer flüsternd Bericht. »Noch achthundert Meter.«

»Sehr gut«, zischte es aus der Dunkelheit zurück. »Bei Feindkontakt sofort das Feuer eröffnen. Wir machen keine Gefangenen, Commander, von zwei Ausnahmen abgesehen.«

»Verstanden.«

»Ich wünsche, dass keiner von ihnen am Leben bleibt. Die Frau und das Kind allerdings werden Sie uns überlassen. Haben Sie verstanden?«

Der Truppführer war ein altgedienter Kämpfer. Seine Ausbildung hatte er in jungen Jahren bei der Legion Etrangère absolviert, danach hatte er sich überall auf der Welt als Söldner verdingt. In diesem Moment jedoch spürte er, wie ihm Furcht die Kehle zuschnürte und ihn trotz der feuchten Hitze, die unter dem dichten Blätterdach herrschte, ein eisig kalter Schauer durchlief.

»Natürlich, Ma'am«, hörte er sich selbst sagen.

»Gut so«, hauchte es zurück. »Denn der Orden will die beiden lebend, und der Wille des Ordens ist Gesetz ...«

Unterirdisches Bunkersystem
1,2 km nördlich des Basislagers
18 Uhr 34 Ortszeit

Zu behaupten, dass Alexandra Lessing fassungslos war, wurde der Lage nicht im Ansatz gerecht.

Zum einen hatte sie erst vor wenigen Augenblicken erfahren, dass das geheimnisvolle Oberhaupt des Widerstands kein anderer als ihr Vater war, der ihre Mutter und sie verlassen hatte, als sie noch fast ein Kind gewesen war.

Kenneth Bowder - oder »Oberon«, wie er sich nannte - war als Sergeant der U.S. Army in Deutschland stationiert gewesen, wo er Alex' Mutter kennen und angeblich auch lieben gelernt hatte. Geheiratet hatte er sie allerdings nie, und eines Tages war er verschwunden, ohne ein Wort des Abschieds oder auch nur eine Nachricht zu hinterlassen. Alexandra hatte lange gebraucht, um über diesen Verlust hinwegzukommen, aber irgendwann war es ihr doch gelungen. Sich dem Urheber ihres Schmerzes nun plötzlich gegenüberzusehen, war an sich schon bestürzend genug - was ihr Vater ihr jedoch berichtet hatte, war so schockierend, dass Alex noch immer nicht wusste, worüber sie mehr entsetzt sein sollte: über die Tatsache, dass jener Mann vor ihr stand, den sie mehr hasste als jeden anderen; oder darüber, dass sie nun wusste, woher die Unsichtbaren kamen, was ihr Ursprung und ihre Vergangenheit war - und in gewisser Weise auch ihre Zukunft ...

Innerlich bebend blickte sie an dem riesenhaften Gebilde empor, das sich in der unterirdischen Höhle erhob und dessen tatsächliche Abmessungen im Halbdunkel der Taschenlampen mehr zu erahnen denn wirklich festzustellen waren - zwei Reihen gebogener, sich nach oben verjüngender Stahlpfeiler, die einander gegenüberstanden und ein bizarres Spalier bildeten, das wie der skelettierte Rumpf eines riesigen metallenen Untiers aussah. Wozu genau die unzähligen technischen Apparaturen gut waren, mit denen die Pfeiler versehen waren, vermochte Alex nicht zu sagen; aber sie wusste inzwischen, was einst der Zweck dieses ungeheuren Gebildes gewesen war, und das war abenteuerlich genug.

Es war eine Zeitmaschine ...

Eine Apparatur, die dazu in der Lage gewesen war, ein künstliches Wurmloch zu erzeugen, also eine Verbindung, die Zeit und Raum zu überbrücken vermochte, genau wie Albert Einstein und Nathan Rosen sie 1935 in konsequenter Weiterführung der Relativitätstheorie postuliert hatten - natürlich ohne zu ahnen, dass es solche Brücken in die Vergangenheit längst gegeben hatte. Oder hatten Einstein und Rosen irgendwie davon erfahren und lediglich nach einer wissenschaftlichen Erklärung dafür gesucht?

Alex war verwirrt. Vergangenheit und Zukunft, Ursache und Wirkung waren nicht mehr voneinander zu unterscheiden, wenn die zeitliche Abfolge in Frage stand - und genau das war der Fall. Unzählige Male hatte sich Alex in den zurückliegenden Monaten gefragt, woher die erstaunliche Technik stammen mochte, mit deren Hilfe es deutschen und amerikanischen Wissenschaftlern in den Vierzigerjahren gelungen war, Menschen mittels Bestrahlung unsichtbar zu machen.

Die Zeitmaschine barg die Antwort.

Die Unsichtbarkeitstechnologie war aus der Zukunft gekommen, durch Menschen, die eines noch fernen Tages das Geheimnis der Zeit entschlüsseln und lernen würden, ihre Grenzen zu überschreiten. Sie würden ausgedehnte Reisen in die Vergangenheit unternehmen, um die Geschichte der Menschheit zu erforschen, und um nicht Gefahr zu laufen, dabei entdeckt zu werden, würden sie sich einer Methode bedienen, die es ihnen erlaubte, sich ungesehen unter den Menschen der Vergangenheit zu bewegen. Ihre Selbstüberschätzung und Hybris würde jedoch dazu führen, dass sie die Vergangenheit mehr und mehr als Experimentierfeld betrachteten, und es würde einige unter ihnen geben, für die die Geschichte nichts anderes sein würde als ein riesiges Versuchslabor und die Menschen vergangener Zeit die Ratten darin. Sie würden verborgene Stützpunkte wie diesen errichten, würden sich als Götter verehren lassen und die Entstehung ganzer Zivilisationen veranlassen, nur um sie anschließend wieder untergehen zu lassen - begrenzte Experimente, um den Fortgang der Geschichte und damit die eigene Existenz nicht zu gefährden. Kulturen wie die minoische im alten Griechenland oder jene der Anasazi im

Südwesten der USA waren auf diese Weise entstanden - oder eben jene versunkene Zivilisation, der Alexandra und der italienische Archäologe Paolo Genaro im brasilianischen Regenwald nachgespürt hatten. Das »Fiorino-Traktat«, die Aufzeichnungen eines mittelalterlichen Gelehrten, der von der Existenz der Unsichtbaren offenbar Kenntnis gehabt hatte, hatte Alex und ihre Begleiter an diesen Ort geführt - doch niemals hätte sie geglaubt, etwas Derartiges vorzufinden.

Nachdem sie erfahren hatte, dass Unsichtbarkeit keine bloße Phantasterei war und es zudem eine Organisation ruchloser Verschwörer gab, die nach der Weltherrschaft trachtete, hatte sie geglaubt, dass sie nichts mehr würde erschüttern können. Die Zeitmaschine allerdings war eine weitere Ungeheuerlichkeit, die Alex erst einmal verdauen musste, obgleich sie andererseits auch vieles erklärte. Nicht nur, woher die Unsichtbarkeitstechnik gekommen war, sondern auch, weshalb es im Laufe der Menschheitsgeschichte immer wieder versteckte Hinweise auf die *invisibiles* gegeben hatte. Und weshalb der Orden alles daransetzte, dies zu verheimlichen.

Im Jahr 1908 hatte sich nahe des sibirischen Flusses Tunguska eine Explosion von geradezu apokalyptischen Ausmaßen ereignet, über deren Ursache bis zum heutigen Tag gerätselt wurde. Die offizielle Forschung favorisierte einen Kometeneinschlag als wohl plausibelste Begründung - die Wahrheit war weit bestürzender.

In Wirklichkeit nämlich hatte die vorerst letzte Zeitreise in das Jahr 1908 geführt - und in einer Katastrophe geendet. Das Wurmloch war kollabiert, die Zeitreisenden aus der Zukunft getötet worden bis auf zwei. Einer der Überlebenden war von einer Expedition deutscher Geologen aufgefunden worden, die dadurch von der Existenz der Unsichtbarkeitstechnik erfuhren - und so war die Saat ausgebracht worden für eine unheilvolle Entwicklung. Denn nachdem in den zwanziger Jahren die Grundlagen der Strahlenforschung entwickelt worden waren, begannen die Nazis in geheimen Kammern nach dem Prinzip der Unsichtbarkeit zu suchen – und hier schloss sich der Kreis mit dem, was Alex als gesicherte Geschichte kannte.

Obwohl eine Gruppe von Wissenschaftlern im Auftrag der Wehrmacht mit Verbissenheit versucht hatte, das Rätsel der Unsichtbarkeit zu entschlüsseln, war es ihnen bis Kriegsende nicht gelungen. In den streng geheimen Forschungslaboratorien des US-Militärs jedoch erzielte man drei Jahre nach Kriegsende den Durchbruch – der Beginn einer neuen Zeitrechnung und in gewisser Weise auch die Geburtsstunde des Ordens ...

»Begreifst du jetzt, wie alles zusammenhängt?«

Alex hatte sich noch immer nicht an die Stimme ihres Vaters gewöhnt. Kenneth Bowder war ein gutes Stück älter als in ihrer Erinnerung. Seine Gestalt war hager, sein Gesicht von Falten gezeichnet, das militärisch kurz geschnittene Haar schütter und grau. Aber in seinem Blick und an dem Lächeln, das um seine blassen Züge spielte, erkannte Alex noch genug von dem Mann, den sie einst über alles geliebt hatte, um einen schmerzhaften Stich zu verspüren, wenn sie ihn ansah.

»Ja«, versicherte sie, obwohl es zur Hälfte gelogen war. Von »begreifen« konnte keine Rede sein. Sie hatte Fakten geschildert bekommen und sie sich eingeprägt, ein wenig wie ein Schüler, der mathematische Formeln für eine Prüfung paukte, ohne deren Prinzip zu verstehen – und so kam sie sich auch vor. Alex konnte nicht anders, als sich angesichts der jüngsten Enthüllungen getäuscht und übergangen zu fühlen, und das wollte sie ihren Vater spüren lassen. »Ich erkenne jetzt, wie alles zusammenhängt. Nur dich verstehe ich nicht.«

»Wer könnte dir das verdenken, Tochter«, entgegnete Bowder mit einem entschuldigenden Lächeln und wandte sich Genaro zu, dessen Digicam im Abstand weniger Sekunden blitzte und das Riesenskelett unheimlich beleuchtete. »Sehen Sie zu, dass Sie die Pylonen draufkriegen, Doktor. Und auch den Generator. Je mehr wir den Menschen davon zeigen können, desto besser.«

»Du willst damit also wirklich an die Öffentlichkeit gehen?«, fragte Alex. »Glaubst du denn, die Menschen werden einer derart haarsträubenden Geschichte Glauben schenken?«

»Es wird ihnen nichts anderes übrig bleiben«, war ihr Vater überzeugt, »denn wir werden diesen Ort so ausführlich und umfassend wie nur irgend möglich dokumentieren.«

»Dennoch wird es Zweifler geben.«

»Die gibt es immer.« Bowder grinste freudlos. »Es gibt auch Menschen, die bis zum heutigen Tag nicht wahrhaben wollen, dass die Mondlandung wirklich stattgefunden hat.«

»Welche Mondlandung?«, fragte Alex bissig.

»Schön«, meinte ihr Vater. »Deinen Humor hast du offenbar nicht verloren.«

»Nein«, gab sie zu, »und meinen Verstand ebenfalls nicht, auch wenn es alles andere als leicht gewesen ist. Weißt du, was ich in den letzten Wochen und Monaten durchgemacht habe?«

»Allerdings«, entgegnete er unumwunden, »denn all das habe auch ich durchlebt. Aber es wird ein Ende haben, wenn es uns gelingt, all dies hier« – er machte eine ausladende Bewegung mit dem Arm, die die Höhle, den Generator und die Zeitmaschine einschloss – »der Weltöffentlichkeit zu präsentieren. Die Existenz des Ordens wird dann nicht länger ein Geheimnis sein, und der Krieg, in dem wir kämpfen, wird nicht mehr nur im Verborgenen geführt. Wir werden Verbündete bekommen, Alex, mächtige Verbündete, die uns helfen werden, den Feind zu besiegen. Dafür habe ich all die Jahre gearbeitet, und nun endlich bin ich am Ziel.«

»Endlich«, stimmte sie zu und nickte. Ein Teil von ihr wusste, dass ihr Vater recht hatte und sie allen Grund gehabt hätte, sich zu freuen. Aber es gab einen anderen Teil, der sich gekränkt und verletzt fühlte und in diesem Augenblick nur an den langen und gefahrvollen Weg denken konnte, der hinter ihr lag, an die Opfer, die sie zu beklagen hatte - und an das neue Leben, das in ihr heranreifte ...

»Wie schön für dich, Vater«, sagte sie leise.

In diesem Moment fiel der erste Schuss.

Basislager
1,2 km südlich der Ausgrabungsstätte
Wenige Minuten zuvor

»Nun, Kim Li? Spielst du schön?«

Dr. Elizabeth Kwon saß auf einer der Feldpritschen in dem Zelt, das sie sich mit Kim Li teilte. Vor ihr auf dem Boden kauerte das Kind und spielte mit kleinen Steinen und Holzstücken, die sie am Flussufer aufgelesen hatten.

»Mhm«, machte das Mädchen und nickte, ohne jedoch von seinem Spiel aufzublicken, und einmal mehr konnte Elizabeth nicht anders, als von der Kleinen beeindruckt zu sein.

Eine Ewigkeit schien vergangen zu sein, seit sie den Forschungsalltag an der Universität von Berkeley unterbrochen hatte, um sich einem praktischen Fall zuzuwenden. Als Psychologin hatte sich Elizabeth Kwon auf das Phänomen sogenannter »Savants« spezialisiert, also von Menschen, deren intellektuelle Fähigkeiten das gewohnte Maß überstiegen, auf sensorischem, motorischem und emotionalem Gebiet dafür jedoch gravierende Defizite aufwiesen. Als man ihr berichtete, dass ein kleines Mädchen in Hongkong über eine äußerst ungewöhnliche Nischenbegabung verfügte, war Elizabeth daher sofort aufmerksam geworden, und entgegen ihrer sonstigen Gewohnheit hatte sie sich dazu durchgerungen, die Geborgenheit Berkeleys zu verlassen und eine Flugreise von fünftausend Meilen auf sich zu nehmen, um den Gerüchten auf den Grund zu gehen - freilich ohne zu ahnen, worauf sie tatsächlich stoßen würde.

Dass Kim Li in der Lage war, mit bloßem Auge auch im infraroten Lichtspektrum zu sehen, war eine Sensation ersten Ranges, deren Bekanntgabe Dr. Kwon nicht nur jede Menge wissenschaftlichen Ruhm, sondern mit etwas Glück auch einen eigenen Lehrstuhl eingetragen hätte. Aber in diesen Kategorien dachte Elizabeth nicht mehr - denn was sie in der Folge erlebt und erfahren hatte, hatte ihren Forscherdrang verlöschen lassen wie eine Kerze im Wind.

Sie war nicht die Einzige, die auf Kim Lis besondere Fähigkeit aufmerksam geworden war. Auch eine geheimnisvolle Organisation, der *ordo invisibilium*, war dem Mädchen auf der Spur, ein Geheimbund von unsichtbaren Menschen, der in Kim Lis Gabe eine Bedrohung ihrer Existenz sah.

Natürlich hatte sich Elizabeth zunächst geweigert, an derart abstruse Dinge zu glauben - der Mordanschlag, dem das Mädchen und sie in Hongkong nur knapp entgangen waren, hatte sie jedoch überzeugt. Der Orden der Unsichtbaren existierte, ebenso wie die »Anderen«, jene kleine Gruppe von Widerstandskämpfern, die die Pläne des Ordens zu durchkreuzen versuchten und alles daransetzten, sowohl ihr Leben als auch das von Kim Li zu schützen.

Als Elizabeth das Mädchen kennengelernt hatte, war es völlig in sich zurückgezogen gewesen, an Körper und Seele verkümmert. Doch so grässlich die Ereignisse von Hongkong auch gewesen waren, hatten sie in Kim Li eine Veränderung bewirkt, die man nur als ungewöhnlich bezeichnen konnte. In kognitiver wie emotionaler Hinsicht hatte das Mädchen erstaunliche Fortschritte gemacht. Eine plausible Begründung hatte Elizabeth dafür nicht. Sie konnte es sich nur so erklären, dass sich das Kind in Gesellschaft der Anderen wohl fühlte und vielleicht zum ersten Mal in seinem Leben der Meinung war, zur rechten Zeit am rechten Ort zu sein. Vielleicht war das dadurch entstehende Gefühl von Glück und Harmonie so tiefgreifend, dass es Kim Li half, Defizite zu kompensieren, ein wenig wie es bei den Delphintherapien der Fall war, die bei jungen Patienten mit psychischen Störungen häufig angewandt wurden und oftmals erstaunliche Ergebnisse zeigten. Kim Li hatte Fürchterliches durchgemacht und viel verloren, aber sie hatte auch manches dazugewonnen.

Elizabeth hingegen stand noch immer unter dem Schock der jüngsten Ereignisse. Der Orden, die *Demons*, die Weltverschwörung der Unsichtbaren ... Sie nahm es inzwischen als gegeben hin, dass all diese Dinge existierten, aber es war zu viel, um es bis in die letzte Konsequenz zu realisieren. Und zu dem Aufruhr an Emotionen, der ohnehin schon in ihr herrschte, gesellte sich ein Gefühl, das sie zuvor noch nie verspürt hatte: die Zuneigung zu einem Kind, das ihren Schutz und ihre Hilfe brauchte.

Voller Fürsorge betrachtete Elizabeth das Mädchen, das vor ihr kauerte, ins Spiel vertieft. Im Laufe der letzten Tage und Wochen war Kim Li für sie so viel mehr geworden als eine Patientin. Sie mochte das Kind und fühlte sich verantwortlich. Fraglos war diese Haltung unprofessionell für eine Psychologin und hätte ihr eine Rüge des Dekanats eingetragen. Aber die alten Denkstrukturen galten nicht mehr, die Welt schien ohnehin im Begriff sich aufzulösen.

Sowohl Kim Lis leibliche Eltern als auch ihre Pflegeeltern, die Tangs, waren tot, und Elizabeth war für das Mädchen nun einmal das, was einer Familie am nächsten kam.

Ihre Mutter ...

Der Gedanke war Elizabeth fremd. Sie hatte sich nie mit

dem Gedanken befasst, eines Tages Kinder zu haben, hatte sich stets nur in der Rolle der Wissenschaftlerin gesehen, deren Karriere ein Kind nicht eben förderlich gewesen wäre. Aber ihre wissenschaftliche Laufbahn war nicht nur ins Stocken geraten, sondern im Grunde nicht mehr existent, und sie ertappte sich dabei, dass sie Gefühle hegte, zu denen fähig zu sein sie stets bestritten hatte.

Der Gedanke erfüllte sie mit Wehmut, aber auch mit Zufriedenheit und einem Stolz, dessen sie sich fast schämte. Unwillkürlich streckte sie die Hand aus, um Kim Lis Kopf zu streicheln. Schon mehrmals hatte sich das Kind auf diese Weise von ihr berühren lassen, ohne in Panik auszubrechen.

Sanft berührte sie das glatte schwarze Haar des Mädchens – als Kim Li plötzlich aufsprang, sie entsetzt anblickte und in gellendes Geschrei verfiel.

»Kim Li! Es tut mir leid ...!«

Elizabeth war erschrocken und bestürzt zugleich, dass das Kind sie offenbar doch nicht in dem Maß akzeptierte, wie sie geglaubt und insgeheim wohl auch erhofft hatte. Dann jedoch bemerkte sie, dass das Kind nicht auf sie starrte, sondern an ihr vorbei auf etwas, das sich hinter ihr befand! Alarmiert fuhr Elizabeth herum, konnte im offenen Eingang des Zeltes jedoch niemanden erkennen.

Ein schrecklicher Verdacht überkam sie, und sie griff nach der Spezialbrille, die in der Brusttasche ihrer khakifarbenen Bluse steckte und die das Unsichtbare sichtbar machte, indem sie Infrarotbilder auf einen halbtransparenten Hintergrund projizierte. Mit einer raschen Bewegung streifte Elizabeth die Brille über – und gab einen entsetzten Laut von sich, als sie die beiden leuchtenden Schemen sah, die im Zelteingang standen.

»Nein!«, rief sie entsetzt und sprang auf, um Kim Li an sich zu reißen und notfalls mit ihrem Leben zu beschützen – als sie etwas traf.

Elizabeth Kwon wurde auf die Pritsche zurückgeworfen. Dann kam der Schmerz, und während sich ihr Bewusstsein bereits einzutrüben begann, sah sie den Gegenstand, der auf Höhe des Herzens in ihrer Brust steckte.

Das Letzte, was sie hörte, waren der entsetzte Schrei Kim Lis und das ferne Rattern einer Maschinenpistole.

Dann folgte Dunkelheit.

Unterirdisches Bunkersystem
1,2 km nördlich des Basislagers
18 Uhr 45 Ortszeit

»Was ist da los?«

In den vergangenen Wochen und Monaten war Alexandra Lessing zu oft selbst unter Beschuss geraten, um den charakteristischen Klang einer Maschinenpistole nicht sofort zu erkennen. Ihr fragender Blick richtete sich auf ihren Vater, der sich Paolo Genaro zugewandt hatte, um zusammen mit dem italienischen Archäologen die Pylonen zu untersuchen. Beim Klang des Schusses war er ebenso erstarrt wie die bizarren stählernen Gebilde, die zur Höhlendecke ragten.

Einen endlos scheinenden Augenblick lang herrschte atemlose Stille. Dann fielen weitere Schüsse, und Kenneth Bowders Hand zuckte zu dem Funkgerät, das in der Brusttasche seines tarnfarbenen Overalls steckte.

»Oberon an Gruppenführer, Oberon an Gruppenführer, kommen ...«

Die einzige Antwort war ein heiseres Rauschen, das von der Höhlendecke widerhallte und unheimlich durch die Halle geisterte.

»Zwecklos«, sagte Paolo. »Die Bunkerdecke ist viel zu dick und durch das Metall zusätzlich abgeschirmt.«

Alex' Vater wollte etwas Zustimmendes erwidern, als erneut Schüsse zu hören waren - diesmal nicht in weiter Entfernung, sondern vom anderen Ende der Halle her. Dort, wo der Ausgang des Bunkers lag ...

»Was geht da vor sich?«, wollte Alex wissen, die fühlte, wie ihr das Adrenalin in die Adern schoss.

»*Demons*«, war Bowders einzige Antwort. Seine ohnehin schon blassen Züge wurden kreidebleich.

»Unmöglich!«, wandte Paolo ein. »Wie sollte der Orden erfahren haben, dass wir hier sind? Vielleicht sind es nur Guerilleros oder gewöhnliche Räuber oder ...«

Im nächsten Moment wurde es stockdunkel.

Es war, als fiel ein schwarzes Tuch herab, das sie alle bedeckte. Die Scheinwerfer, die herangeschafft worden waren, um die unterirdische Anlage zu beleuchten, verloschen schlagartig - jemand musste den Generator abgeschaltet haben, der an der Oberfläche stand. Erneut war der ratternde Klang einer Maschinenpistole zu hören, diesmal gefolgt von einem heiseren Schrei.

»*Demons*«, wiederholte Alex' Vater mit furchtbarer Endgültigkeit, und sie konnte hören, wie er seine Waffe durchlud, eine Armeepistole vom offiziell außer Dienst gestellten Typ M1911 A1, die er hervorgezogen hatte.

»Vater!«, zischte Alex entsetzt.

»Bleibt hier!«, wies er sie an, während er seine Taschenlampe anschaltete und Richtung Ausgang huschte, die Pistole schussbereit.

Alexandra schaltete ebenfalls ihre Lampe an und schickte Paolo einen gehetzten Blick. Was hatte das zu bedeuten? War ihnen der Orden tatsächlich auf den Fersen? Hatte er sie entdeckt und ihnen seine Killer auf den Hals gehetzt?

Wie Bowder griffen auch sie nach den Pistolen, die sie bei sich trugen - halbautomatische Waffen des deutschen Typs HK P2000, die von geringer Größe und vergleichsweise einfach zu handhaben waren. Ob sie ihnen im Kampf gegen unsichtbare Killer von großem Nutzen sein würden, war fraglich. Aber Alex war fest entschlossen, alles zu tun, um zu verhindern, dass sie selbst oder ihr ungeborenes Kind in die Gewalt des Ordens fielen.

Vom Ende der Halle drang plötzlich Schusslärm. Bowder ließ seine Pistole krachen, grelle Mündungsflammen zuckten aus dem Lauf seiner Waffe und erhellten den vor ihm liegenden Korridor. Für Sekundenbruchteile glaubte Alex, zwei in Tarnanzüge gekleidete Gestalten zu erkennen. Im ersten Moment atmete sie auf, weil es sich um sichtbare Angreifer handelte, aber dann erblickte sie die Infrarotgeräte, die die Kerle vor ihren Gesichtern trugen, und ihr wurde klar, dass es Söldner des Ordens waren - und wo sie auftauchten, waren *Demons* meist nicht fern ...

Ihr Vater feuerte, bis das Magazin seiner Waffe leer war, und Alex glaubte zu erkennen, wie eine der vermummten Gestalten zusammenbrach. Dann allerdings wurde das Feuer erwidert, und mehrere MPi-Garben sengten lärmend in die Höhle, um von den Pylonen abzuprallen und kreuz und quer durch die Luft zu fliegen.

»In Deckung!«, hörte sie Paolo rufen, während sie merkte, wie jemand sie packte und zu Boden riss.

»Vater!«, brüllte sie - aber ihr Ruf ging im neuerlichen Hämmern einer Maschinenpistole unter. Das Gesicht auf den kalten Steinboden pressend, glaubte sie, fühlen zu können, wie die todbringenden Geschosse über sie hinwegsengten. Von Wut und Furcht gleichermaßen getrieben, streckte sie ihre eigene Waffe vor, entschlossen, auf alles zu feuern, was sich ihr näherte - doch schon im nächsten Moment war der Kampf zu Ende.

Das Feuer der Killer hatte schlagartig ausgesetzt. Alex atmete auf. Offenbar hatten sie Hilfe bekommen.

Unsichtbare Hilfe ...

Rasch erhob sich Alex und eilte zum Ende der Halle, wo sie auf ihren Vater traf. Kenneth Bowders Züge waren zur Maske gefroren. Milde war nicht mehr darin zu erkennen.

»Seid ihr in Ordnung?«, erkundigte er sich.

Alexandra nickte, ebenso wie Paolo, der die Pistole in seiner Rechten hielt und sichtlich nichts damit anzufangen wusste. Er war Archäologe, Wissenschaftler, ein Mann des Geistes und nicht der Gewalt ...

Bowder ließ den Lichtkegel seiner Taschenlampe über die Leichen der feindlichen Schützen gleiten, deren Köpfe in grotesken Winkeln von ihren Körpern abstanden. »Söldner«, stellte er fest. »Gedungene Mörder.«

»Es sind viele«, berichtete eine atemlose Stimme, die aus dem Nichts zu kommen schien, »und sie sind gut ausgerüstet. Wärmesichtgeräte, Kevlarwesten – das ganze Programm.«

»Wo sind die anderen?«

»Valjean bewacht den Ausgang, Rostow und Faber sind tot«, lautete die erschütternde Antwort. »Da wusste jemand offenbar sehr genau, was ihn erwartet.«

Mit zitternder Hand griff Alex nach ihrer Spezialbrille und zog sie sich vors Gesicht. Sofort erkannte sie die beiden gelb umrandeten Schemen, die bei ihrem Vater standen. Offenbar seine Leibwächter ...

»Aber wie ist das möglich?«, erkundigte sich Bowder fassungslos. »Wie konnten sie uns finden?«

»Das wissen wir nicht, Sir. Aber es ist ganz bestimmt kein Zufall, dass sie hier sind. Das Lager wurde ebenfalls überfallen. Wir haben Schüsse gehört.«

»*Merda*«, knurrte Genaro.

»Wir müssen zurück«, sagte Alex entschlossen. »Sofort.«

»Nein«, widersprach Bowder entschieden.

»Aber Dr. Kwon und Kim Li sind im Lager! Wir müssen ihnen zu Hilfe kommen!«

»Nein«, sagte er noch einmal, nun nicht mehr mit der Stimme des wohlwollenden Vaters, sondern mit der des militärischen Befehlshabers.

»Wieso nicht?«

»Es sind mehr als genug Wachen im Lager, um Kim Li und Dr. Kwon zu beschützen - wenn sie versagen, können auch wir nichts mehr für sie tun. Außerdem geht es dem Orden nicht darum, das Mädchen zu töten. Er will die Kleine lebend.«

»Aber du hast selbst gesagt, dass Kim Li eine Schlüsselposition im Kampf gegen den Orden einnimmt. Ihre Fähigkeit ...«

»... ist bemerkenswert, daran besteht kein Zweifel«, räumte Bowder ein, »aber zehn Kim Lis sind für uns nicht halb so viel wert wie dieser Bunker hier.«

»Wie kannst du nur so etwas sagen!«, rief Alex entsetzt.

»Es ist die Wahrheit. Diese Anlage ermöglicht es uns, dem Orden die Maske der Anonymität vom Gesicht zu reißen und der Welt von seiner Existenz zu berichten. Deshalb hat unsere Sorge in erster Linie ihr zu gelten und erst danach unseren Kameraden.«

»Ich verstehe«, sagte Alex ebenso leise wie spitz. »Im Setzen von Prioritäten warst du ja schon immer sehr gut, nicht wahr?«

Bowder, der nicht gewillt schien, sich auf einen Streit einzulassen, wandte sich wieder seinen Leuten zu - als erneut der hässliche Lärm einer Maschinenpistole erklang, dazu ein gepresster Schrei.

»Das war Valjean«, stellte einer der Unsichtbaren fest. »Der Feind greift wieder an!«

»Haltet sie auf, so lange wie möglich!«

»Verstanden, Sir!«

Die Leibwächter huschten davon, nicht ohne vorher noch die M960-Maschinenpistolen der beiden getöteten Killer an sich zu nehmen. Die Waffen würden zwar zu sehen sein, auch wenn zwei Unsichtbare sie hielten, angesichts der Ausrüstung des Gegners war die Unsichtbarkeit jedoch ohnehin von untergeordneter Bedeutung. Es kam nur noch darauf an, die Angreifer auf Distanz zu halten ...

Sie verschwanden in der Dunkelheit des Korridors, und Bowder wies Alex und Genaro an, sich mit ihm in die Haupthalle zurückzuziehen, wo die Zeitmaschine stand.

»Wieso?«, fragte Paolo, während in einiger Entfernung das hämmernde Stakkato der Maschinenpistolen zu hören war. »Was soll das bringen?«

»Das Schott!«, stieß Alex' Vater hervor, auf die beiden massiven Metallblöcke deutend, die zu beiden Seiten des Halleneingangs aufragten und das Licht der Taschenlampen matt reflektierten. »Es muss uns irgendwie gelingen, es zu schließen! Die Ordenskiller dürfen diese Halle nicht betreten, sonst werden sie alles zerstören!«

»Wie sollen wir das anstellen?«, fragte Alex. Sie hatte es aufgegeben, ihrem Vater zu widersprechen - zu gegebener Zeit würde sie alles mit ihm klären. Sofern es überhaupt je dazu kam, fügte sie in Gedanken hinzu, während vom Ende des Korridors erneut Schusslärm drang.

»Es muss einen Mechanismus geben«, war Bowder überzeugt. »Irgendetwas, womit sich das Ding bewegen lässt.«

»Ohne Energieversorgung?« Alex schüttelte den Kopf.

»Der Generator«, rief Paolo, auf das würfelförmige Gebilde auf der anderen Seite der Halle deutend. »Man müsste ihn aktivieren! Wenn ich nur wüsste, wie.«

Im nächsten Moment wurden alle Überlegungen hinfällig. Ein Geräusch war zu hören, ein Knall, so dumpf und mächtig, dass sich die ratternden Maschinenpistolen dagegen wie Knallfrösche ausnahmen. Jäh verstummten sie, und eine Erschütterung erfasste die Anlage und ließ das Spalier der Säulen erbeben. Alex richtete den Lichtkegel ihrer Taschenlampe in den Korridor, sah den Staub, der daraus hervorquoll, und begriff.

Eine Explosion!

»Sie ... sprengen den Eingang!«, rief Paolo entsetzt, der den gleichen Gedanken hatte.

Ken Bowders Erwiderung war nicht zu verstehen. Eine zweite und eine dritte Detonation folgten, die die Kaverne abermals in ihren Grundfesten erzittern ließen. Gesteinsbrocken lösten sich von der Decke und fielen herab.

Dann kam eine vierte Explosion, die heftiger war als alle bisherigen zusammen - und mit ihr die Druckwelle.

Alex begriff nicht, wie ihr geschah, als sie von einer unwiderstehlichen Kraft erfasst und zurückgeschleudert wurde. Sie fiel, schlitterte rücklings über den Boden, während über ihr ein wahres Inferno losbrach.

Die zwar stählernen, in ihrer Statik jedoch höchst fragilen Pylonen waren dem Druck der Explosion nicht gewachsen! Ein markerschütterndes Ächzen war zu vernehmen, und im Lichtkegel ihrer Taschenlampe, der steil nach oben gerichtet war, konnte Alex sehen, wie sich einer der gebogenen Pfeiler neigte und schließlich nach vorn kippte - und damit eine wahre Kettenreaktion auslöste.

Die Stränge aus armdicken Kabeln, die die Pylonen miteinander verbanden, strafften sich. Einige gaben nach und rissen mit einem jaulenden Laut, der an eine E-Gitarre erinnerte, andere hielten der Beanspruchung stand und brachten die nächsten Pfeiler zu Fall. Bolzen sprangen mit lautem Knall, Schweißnähte platzten, und über allem war das grässliche Kreischen von Metall zu hören, das sich deformierte und schließlich mit dumpfem Bersten zusammenbrach.

Alex lag längst nicht mehr am Boden. In gebückter Haltung, um das Kind zu schützen, das sie in sich trug, war sie zum Rand des Gewölbes geeilt, den sie in Staub und Dunkelheit nur noch erahnen, aber nicht mehr wirklich sehen konnte.

Auch von ihren beiden Begleitern war weit und breit nichts mehr zu entdecken. Alex wusste nicht, was mit ihnen geschehen war, und hatte im Augenblick auch keine Möglichkeit, es herauszufinden. Sie musste an sich selbst denken, musste ihr eigenes Leben retten und das des Kindes ...

Von Hustenkrämpfen geschüttelt, erreichte sie die mit blankem Metall verkleidete Höhlenwand und sank daran nieder. Den Kragen ihrer Khakibluse vors Gesicht schlagend, versuchte sie, die staubdurchsetzte Luft ein wenig zu filtern, während ein frenetisches Knirschen und Bersten die Höhle erfüllte. Am ganzen Körper zitternd, schloss Alex die Augen und hoffte und betete, dass es möglichst bald enden würde.

Und sie wurde erhört.

Irgendwann - und sie hätte nicht zu sagen vermocht, ob es Sekunden, Minuten oder Stunden gewesen waren - kehrte Stille ein. Ein Schweigen, das jedoch nicht weniger Unheil verkündend war als das Lärmen der Schusswaffen und der Explosionen ...

»V-Vater?«, wollte Alex fragen, brachte jedoch nicht mehr als ein Röcheln zustande. Sie spuckte aus und räusperte sich, um ihre Stimmbänder vom Staub zu befreien. »Vater?«

»Hier«, stöhnte jemand rechts von ihr. Sie hob die Taschenlampe, die sie die ganze Zeit über mit eiserner Faust umklammert hatte, und ließ ihren Lichtkreis suchend umhergleiten.

Die Halle bot ein Bild der Zerstörung.

Nur rund die Hälfte der Pylonen war stehen geblieben, der Rest war eingestürzt. Verbogene Metallstücke ragten allenthalben auf, abgerissene Kabelstränge und zertrümmerte technische Apparaturen lagen überall umher. Der Vergleich mit einem Schrottplatz drängte sich Alex auf. Die Vorstellung, dass dieser Müllhaufen einst dazu gedient haben könnte, eine Verbindung durch Raum und Zeit zu schaffen, schien plötzlich geradezu absurd.

Sie entdeckte ihren Vater, der humpelnd auf sie zukam. Er

blutete aus einer Platzwunde an der Schläfe, schien ansonsten jedoch unverletzt. Und Paolo?

Alex wollte auch nach ihm suchen, als sie am anderen Ende des Gewölbes fahlen Lichtschein aufflackern sah, der durch die noch immer staubgetränkte Luft schimmerte.

»Hier drüben beim Ausgang«, hörte sie den Italiener rufen, der das Inferno ebenfalls unbeschadet überstanden zu haben schien, jedoch hörbar unter Schock stand. »Seht euch nur diese Scheiße an ...«

Alex ließ sich von ihrem Vater auf die Beine helfen. Sich gegenseitig stützend, stiegen sie über geborstene Kondensatoren und losgelöste Kabel hinweg und gesellten sich zu dem Archäologen, der sie mit düsterer Miene erwartete.

Der Grund dafür war klar ersichtlich.

Es gab keinen Ausgang mehr.

Der Korridor zum Einstiegsschacht war eingestürzt. Die Killer des Ordens hatten ihn gesprengt und damit gleich zwei Fliegen mit einer Klappe geschlagen: Zum einen hatten sie sich aller Gegner entledigt, die sich noch im Bunker aufgehalten haben mochten, zum anderen hatten sie dafür gesorgt, dass niemals jemand Kenntnis erlangen würde von dem sensationellen Fund, auf den Paolo Genaro und sein Team gestoßen waren. Der Zugang zum Bunker war versiegelt, der Wurmloch-Generator vor Entdeckung bewahrt. Das Geheimnis des Ordens würde gewahrt bleiben, tief unter der feuchten Erde des Amazonasdschungels ...

Der Staub setzte sich, und im Lichtkreis ihrer Lampe konnte Alexandra ihren Vater sehen. Kenneth Bowder wirkte müde und erschöpft. Innerhalb weniger Augenblicke schien er um Jahre gealtert, was nicht nur am Staub lag, der sich über sein Haar gelegt und es grau gefärbt hatte. Der jugendliche Glanz war aus seinen Augen gewichen, und eine Hoffnungslosigkeit hatte sich in seinen Zügen breitgemacht, die Alex erschreckte.

»Vater?«, fragte sie leise.

Ein freudloses Grinsen huschte über sein Gesicht, das Resignation ausdrückte. »Vorbei«, flüsterte er. »Dieser Bunker war unsere letzte Chance. Unsere einzige Möglichkeit, den Orden entscheidend zu treffen, ihn endlich einmal anzugreifen, statt stets nur aus der Defensive heraus zu operieren. Nun ist sie vertan. Die Maschine ist zerstört, niemand wird uns jemals glauben, wozu sie Verwendung fand.«

»Äh - Sir?«, ließ sich Paolo vernehmen.

Bowder erwiderte nichts, schaute ihn aber fragend an.

»Ihre Enttäuschung in allen Ehren, aber da ist etwas, das mir ehrlich gesagt noch sehr viel größere Sorge bereitet.«

»Und das wäre?«

»Nicht nur diese Anlage ist von der Außenwelt abgeschnitten, sondern auch wir - und ich muss Ihnen nicht sagen, was das bedeutet ...«

2.

Über die Annäherung des Organismus an die Flatline - also jene Nulllinie des Ausschlags beim Elektrokardio- und Elektroenzephalogramm, die von der Schulmedizin zur Definition des Todesbegriffs herangezogen wird -, nicht etwa durch Medikamenteneinfluss, sondern durch pure Willenskraft, wurde in der Vergangenheit wiederholt spekuliert. Bei den sogenannten Magiern und selbsternannten Medien, die derlei Kunststücke vor zahlendem Publikum präsentieren, dürfte es sich wohl allesamt um zwar sehr talentierte, nichtsdestotrotz ruchlose Scharlatane handeln, die sich nicht scheuen, die Leichtgläubigkeit ihrer Zuschauer für ihre Zwecke auszunutzen. Tatsächlich ist aus jüngerer Zeit kein Fall bekannt, bei dem eine bewusstseinsgesteuerte Annäherung oder gar Überschreitung der Todeslinie - und damit eine gewollt herbeigeführte Nahtod-Erfahrung - glaubhaft dokumentiert wäre. Den wohl eindrucksvollsten Hinweis auf eine derartige Handlung finden wir in den Aufzeichnungen des in der südchinesischen Provinz Yunnan gelegenen Klosters Cha Wan.

Ein Mönch, der sich auf eine Pilgerreise »über das große Gebirge« - also nach Indien - begab, hätte von dort das Geheimnis des »Falschen Todes« mitgebracht und es nach seiner Rückkehr an seine Brüder weitergegeben. Später sei es nach Japan gelangt, wo es Geheimzirkel angeblich verwendeten, um beispielsweise den Tod überführter Verbrecher vorzutäuschen und sie so ihrer Bestrafung zu entziehen. Auch manche Ninja-Krieger sollen über das geheime Wissen verfügt haben, ihrem Leben kraft bloßen Willens ein Ende zu setzen, wenn sie in Gefangenschaft gerieten, und auf diese Weise zu verhindern, dass sie ihre Auftraggeber verrieten. Was davon wahr ist und was nicht, wird wohl nie abschließend geklärt werden können ...

aus: Matsuo Hashimi
Der übernatürliche Buddhismus
Tokio, 1996

Rom, genaue Lokalität unbekannt
Zur selben Zeit

Trauer ...

Ismael hatte sich daran gewöhnt, dass sie sein ständiger Begleiter war. Verluste und Entbehrungen hatten ihn geprägt, so weit er zurückdenken konnte.

Als er noch ein kleiner Junge gewesen war, hatte er menschliche Nähe vermisst, als Heranwachsender die Möglichkeit, über sich selbst zu bestimmen und frei zu entscheiden. Auf der Kaderschule des Ordens, wo er zu einem Werkzeug des Kollektivs hatte erzogen werden sollen, hatte es weder das eine noch das andere gegeben - dennoch hatte Ismael Trost gefunden. Denn unter all den Gesichtslosen, die sein Schicksal teilten, hatte es einen gegeben, dem er sich in besonderer Weise verbunden gefühlt hatte, der sein Freund geworden war und der ihm geholfen hatte, die Einsamkeit des Unsichtbaren zu ertragen.

Frankie ...

Schon die Tatsache, dass es einen Vornamen gab, an den er sich erinnern konnte, war ungewöhnlich, denn im Kollektiv gab es keine Individualität. Der Orden verlangte strikte Unterordnung. Der Einzelne zählte nichts, die Organisation alles. Ismael und Frankie jedoch hatten gegen diese Regel verstoßen, indem sie Freundschaft geschlossen hatten, allen Verboten zum Trotz - und sie waren dafür bestraft worden ...

Auf dem nackten Steinboden kauernd, vergrub Ismael das Gesicht in seinen Händen. Tränen sickerten ihm aus den Augen, die in dem Moment, als sie seinen Körper verließen, sichtbar wurden und seine Handflächen benetzten. Zum ungezählten Mal fragte er sich, ob er hätte verhindern können, was geschehen war, und ob er dafür die Verantwortung trug.

Die erste Frage ließ sich eindeutig verneinen - auf die zweite jedoch wusste er keine Antwort ...

Er hatte nicht ahnen können, damals, als er vor dem Orden geflüchtet war und sich dem Widerstand angeschlossen hatte, dass er Frankie einst wieder begegnen würde. Wie auch? Er hatte ja angenommen, dass sein bester Freund von den Schergen der Grauen ermordet worden wäre. Es entbehrte nicht einer gewissen Ironie, dass Frankies Verschwinden einer der Gründe dafür gewesen war, dass sich Ismael vom Orden abgewandt hatte - dabei war Frank Gallagher in Wirklichkeit aus dem Kader ausgesondert worden, weil seine Lehrer in ihm besondere Fähigkeiten gesehen hatten. Isoliert von seinen Mitschülern, hatten sie ihn zum *Demon* erzogen, zum Killer, der auf Befehl seiner grauen Herren ohne Zögern tötete - und so hatten sich ihre Wege nach vielen Jahren wieder gekreuzt: Frankie als treuer Diener des Ordens, Ismael als Kämpfer des Widerstands. Aus den Freunden von einst waren Todfeinde geworden, und im Grunde hatte von vornherein festgestanden, dass nur einer der beiden die Konfrontation überleben konnte.

Wenn sich Ismael etwas vorzuwerfen hatte, dann dass er zu nachlässig gewesen war. Sein Plan, Frankie nach Rom zu locken und ihm eine Falle zu stellen, hatte funktioniert. Bis zu dem Zeitpunkt, da sich Frank Gallagher in der Gefangenschaft des Widerstands befunden hatte. Denn obwohl Ismael klar gewesen war, dass ein *Demon* alles daransetzen würde, dem Feind nicht lebend in die Hände zu fallen, hatte er nicht mit dieser Konsequenz gerechnet, nicht mit diesem blindwütigen Hass, nicht mit diesem Drang zur eigenen Vernichtung.

Mit bloßer Willenskraft hatte Gallagher seinem Leben ein Ende gesetzt und damit verhindert, dass er Informationen preisgeben konnte, die für den Widerstand von Wichtigkeit waren – Informationen über das geheime Versteck des Ordens, von dem aus die Grauen die Fäden zogen. Und so war es am Ende der Orden gewesen, der einen Sieg errungen hatte.

»Frankie«, flüsterte Ismael leise. »Was hast du nur getan ...?«

Er bezweifelte, dass die Grauen jemals etwas von Frank Gallaghers heldenhaftem Opfer erfahren oder auch nur davon Notiz nehmen würden. Für sie war er nur ein Diener von vielen, ein *Demon*, der seine Arbeit versehen hatte. Austauschbar. Ismael jedoch hatte seinen Freund verloren, zum zweiten Mal in seinem Leben – und er wurde das quälende Gefühl nicht los, dass niemand anderer als er selbst die Schuld daran trug.

Hatte Frankie am Ende recht gehabt? War er ein verblendeter Narr, der verlorenen Idealen nachjagte? Würde die Welt tatsächlich im Chaos versinken, wenn der Orden nicht eingriff? Waren Kriege und Katastrophen die unausweichliche Folge, wenn die sichtbare Welt selbst über ihr Schicksal bestimmte? Führten die ethischen Grundsätze, denen sich der Widerstand verpflichtet fühlte, die Welt tatsächlich ins Verderben?

Frankie gegenüber hatte Ismael diese Vorwürfe allesamt abgestritten – vergessen hatte er sie jedoch nicht, und nun kehrten die Zweifel zurück. Die Stimme des toten Frank Gallagher schien noch lauter zu sein als die des lebenden, und Ismael konnte dem nichts mehr entgegnen. Es begann an ihm zu nagen. Wofür, fragte er sich, trat der Widerstand ein, wofür hatte er all die Opfer gebracht, wenn am Ende nur Tod und Chaos standen?

Sein rechtes Auge schmerzte, und er schaute auf. Seine Handflächen waren nicht nur von Tränen benetzt, sondern auch von Blut. Er blinzelte, aber der Schmerz wollte nicht vergehen. Ismael erwog, zu Dr. Livesey zu gehen, aber er entschied sich dagegen. Er wollte keine Tabletten schlucken, um den Schmerz zu vertreiben. Der Schmerz gehörte zu seiner Trauer, war ein Teil davon. Zumindest das war er Frankie schuldig ...

»Commander Ismael?«

Er zuckte zusammen, als er aus dem Nichts heraus angesprochen wurde. Menschen, die wie er von Geburt an unsichtbar waren, hatten ein feines Gespür für die Präsenz ihrer Artgenossen entwickelt, das normalerweise längst angesprochen hätte. Ismaels Überraschung war nur ein weiteres Indiz dafür, wie sehr Frankies Tod ihn getroffen hatte und wie abgrundtief die Leere war, die in ihm herrschte.

»Ja?«

»Sir, es tut mir leid, Sie zu stören. Oberon wünscht Sie zu sprechen.«

Ismael erkannte die Stimme. Sie gehörte Hawkeye, einem Unsichtbaren, der wie er selbst der dritten Generation entstammte und schon lange beim Widerstand war. Da es beim Orden keine individuellen Namensbezeichnungen gab, hatte er sich wie alle anderen Rebellen aus dem reichhaltigen Fundus der Weltliteratur bedient und einen Namen ausgewählt, der einerseits seine persönliche Geschichte widerspiegelte und andererseits auch als Codebezeichnung diente ...

»Schon gut.« Ismael erhob sich, und er war fast dankbar dafür, dass seine Knochen dabei schmerzten, denn auf diese Weise hatte er das Gefühl, noch am Leben zu sein; gerade noch war es ihm so vorgekommen, als wäre ein Teil von ihm zusammen mit Frank Gallagher gestorben.

Hawkeye begleitete ihn den von kaltem Neonlicht beleuchteten Gang hinab, in dessen steinerne Wände zu beiden Seiten schmale, waagrechte Nischen eingelassen waren.

Gräber.

Schon vor rund zwei Jahrtausenden hatten diese Katakomben, die sich tief unter der Stadt Rom befanden, als Zufluchtsstätte gedient. Dass ihnen diese Aufgabe wieder zugefallen war, war eine weitere der vielen Ironien, die die Geschichte immer wieder bereitzuhalten schien.

Mit dem Aufzug gelangte Ismael noch weiter in die Tiefe. Dort betrat er die Schleuse und ließ die Überprüfung durch die Wachen über sich ergehen. Erst dann wurde er in die Kammer vorgelassen, von der aus Oberon, das geheimnisvolle Oberhaupt der Widerstandsbewegung, seine Gefolgsleute zu instruieren pflegte. Ein kahler, schmuckloser Raum, dessen Wände mit Metall verkleidet waren, dazu einige Bildschirme und Lautsprecher, mehr nicht.

»Ismael?«

»Ja, Sir?«

»Es gibt Neuigkeiten.«

»Welcher Art, Sir?«

Die automatenhaft schnarrende Stimme, mit der Oberons Worte aus dem Lautsprecher drangen, kannte keine Nuancen. Dennoch hatte Ismael das Gefühl, einen Anflug von Trauer wahrzunehmen - oder waren es seine eigenen Gefühle, die seine Wahrnehmung beeinflussten?

»Die Amazonas-Expedition«, antwortete das Oberhaupt der Anderen nur.

»Alex!«, entfuhr es Ismael. »Was ist mit ihr?«

Frank Gallagher, sein eigener Schmerz und seine Zweifel, all das rückte schlagartig in den Hintergrund und machte der Sorge um die Frau Platz, die er mehr liebte als sein eigenes Leben - und dem noch ungeborenen Kind, das sie unter ihrem Herzen trug.

Sein Kind ...

»Wir bekommen keinen Kontakt mehr«, erklärte Oberon hart. »Jegliche Verbindung zu Professor Lidenbrock und Dr. Genaro ist abgerissen ...«

Unterirdisches Bunkersystem
23 Uhr 46 Ortszeit

Der Staub hatte sich gelichtet.

Wie ein Leichentuch hatte sich eine weiße Schicht über den Höhlenboden und die Trümmer gebreitet, die der sensationellste Fund in der Geschichte der Archäologie hätten werden können. Nun jedoch würde die Höhle zu ihrer Grabstätte werden - und wer wusste zu sagen, ob nicht in ein paar hundert oder tausend Jahren erneut jemand auf den abwegigen Gedanken kommen würde, im Amazonasgebiet nach den Spuren einer verlorenen Zivilisation zu suchen, und dabei auf ihre sterblichen Überreste stoßen würde?

Über Alexandra Lessings Züge huschte ein freudloses Lächeln. Die ersten zwei Stunden nach der Explosion und dem Einsturz des Stollens hatte sie in heller Panik verlebt und in schrecklicher Todesangst. Irgendwann jedoch war ihr aufgegangen, dass sich dadurch nichts ändern würde, und der rational arbeitende Verstand der Wissenschaftlerin hatte die Kontrolle übernommen. Die gezackten Rinnsale auf ihrem staubbedeckten Gesicht waren getrocknet, und sie hatte damit begonnen, ihre Lage nüchtern zu analysieren.

Gemessen am Sauerstoffvorrat und an dem wenigen Proviant, den sie bei sich hatten und der nur aus einigen Schlucken Wasser und ein paar Energieriegeln bestand, würden ihnen vier, vielleicht fünf Tage bleiben.

Zeit genug, um den Verstand zu verlieren - aber kaum ausreichend, um gefunden und gerettet zu werden.

Das Hauptquartier wusste von der Expedition, allerdings waren die exakten GPS-Koordinaten des Fundorts aus Sicherheitsgründen nicht übermittelt worden. Von denen, die zum Zeitpunkt des Überfalls im Camp gewesen waren, war zweifellos keiner mehr am Leben - der Orden kannte keine Gnade, wenn es darum ging, seine Interessen zu wahren. Lidenbrock, der unsichtbare Gelehrte, der die Expedition begleitet hatte, war vermutlich ebenso tot wie alle anderen. Was Kim Li und Elizabeth Kwon betraf, so war sich Alex nicht sicher, ob sie überhaupt hoffen sollte, dass beide noch lebten - die Verhörspezialisten des Ordens standen mittelalterlichen Folterknechten an Brutalität und Grausamkeit in nichts nach, auch wenn ihre Methoden ausgefeilter waren ...

Alex musste an ihr eigenes Kind denken. Die Ängste, die sie gehabt hatte, das Ringen um die Entscheidung, das Baby allen Widrigkeiten zum Trotz zu behalten, auch wenn es möglicherweise unsichtbar sein würde wie sein Vater und damit eine potentielle Bedrohung für die Menschheit darstellte - all das war plötzlich bedeutungslos geworden, ebenso wie ihre Zweifel bezüglich Ismael. Das Wiedersehen mit ihrem Vater, der Kampf gegen den Orden - das alles brauchte Alex nicht mehr zu kümmern, und übermüdet und ausgezehrt, wie sie war, ertappte sie sich dabei, dass ihr der Gedanke gefiel.

»Ich habe versagt«, sagte Kenneth Bowder zum ungezählten Mal in die Stille. »Ich habe versagt ...«

Ein Stück von Alex entfernt kauerte ihr Vater am Boden, wo genau, wusste sie nicht, da sie die Taschenlampen abgeschaltet hatten, um die Batterien zu schonen. Wozu das angesichts ihrer aussichtslosen Lage gut sein sollte, entzog sich Alex' Verständnis, aber sie hatte nicht widersprochen.

»Alles schien so einfach, so klar«, fuhr Bowder fort. »Der Plan war von langer Hand vorbereitet. Wir wussten, dass es einen Ort wie diesen geben musste ...«

»Der Orden wusste es offenbar auch«, konterte Alex hart.

»Nein - sonst hätte er uns niemals so weit kommen lassen. Die Grauen haben erst von der Existenz dieser Maschine erfahren, *nachdem* wir sie gefunden hatten.«

Alex war klar, was ihr Vater damit sagen wollte, und der Gedanke war so hässlich, dass er sie aus ihrer Lethargie riss. »Du meinst ...?«

»Es ist offensichtlich«, war Bowder überzeugt. »Wir wurden verraten. Irgendjemand hat ein doppeltes Spiel gespielt und uns damit um die Chance gebracht, dem Orden einen schweren Schlag zu versetzen. Dass es so weit kommen konnte, habe allein ich zu verantworten. Ich muss etwas übersehen haben, irgendetwas ...«

»Wenn es wirklich einen Verräter in unseren Reihen gab, kannst du nichts dafür«, hörte sich Alex sagen, auch wenn sie eigentlich keinen Grund sah, ihren Vater zu trösten. Nicht nach allem, was er ihr angetan hatte.

»Ich hätte es ahnen, es voraussehen müssen. Verstehst du denn nicht, wie viel bei dieser Sache für uns auf dem Spiel stand? Es ging um alles oder nichts!«

»Doch, natürlich verstehe ich das«, entgegnete Alex, sich mühsam zur Ruhe zwingend, »aber vielleicht verstehst du ja auch, dass mir das inzwischen völlig egal ist! Wir werden in diesem verdammten Bunker zugrunde gehen! Dein Enkelkind wird sterben, noch ehe es das Licht der Welt überhaupt erblickt hat! Darüber solltest du dich sorgen und nicht um vergebene Chancen. Aber offenbar gibt es Dinge, die dir wichtiger sind.«

Für einige Sekunden schaltete ihr Vater seine Taschenlampe an und richtete sie auf Alex' Gesicht. »Glaubst du das wirklich von mir?«

»Was soll ich denn glauben?«, fragte Alex, nachdem die Höhle und alles um sie herum wieder in Dunkelheit versunken waren. »Ich kenne dich ja kaum.«

Eine Weile lang blieb es still. Bowder schien sich seine nächsten Worte sorgfältig zu überlegen.

»Ich habe dir gesagt, warum ich deine Mutter und dich damals verlassen habe«, entgegnete er schließlich. »Es ging mir darum, euch zu schützen.«

»Spar dir deine Erklärungen«, zischte sie. »Für Mom kommen sie ohnehin zu spät.«

»Ich weiß. Ich habe mit großem Bedauern von ihrem Tod erfahren.«

»Tatsächlich? Wie rührend.«

»Sonja war eine außergewöhnliche Frau. Wenn ich dich anschaue, sehe ich viel von ihr ...«

»Nein!«, rief Alex so laut, dass es von der hohen Decke widerhallte. »Tu das nicht, hörst du? Fang nicht so an!«

»Warum nicht? Ich bin dein Vater ...«

»Was du nicht sagst! Und wo bist du die letzten fünfzehn Jahre gewesen? Wo warst du, als ich ganz allein war und dich brauchte?«

»Auf die eine oder andere Art war ich immer bei dir, Alex, das musst du mir glauben. Ich habe dich beobachtet und ...«

»Wunderbar.« Verärgert wischte sie die Tränen weg, die ihr in die Augen getreten waren, froh darüber, dass er es in der Dunkelheit nicht sehen konnte. »Das tröstet mich ungemein.«

»Du warst kein Kind mehr, als ich euch verließ.«

»Nein«, räumte sie ein, »aber ich war auch noch nicht erwachsen. Und ich hätte dich gebraucht, zumal, als Mutter nicht mehr da war.«

»Es tut mir leid, Alex.«

»Nicht nötig - ich habe gelernt, auch ohne dich zurechtzukommen. Ich frage mich nur, warum du mich nicht einfach in Ruhe lassen konntest.«

»Was meinst du damit?«

Sie lachte freudlos auf. »Seit ich von den Unsichtbaren weiß, habe ich darüber gerätselt, warum man damals ausgerechnet mir das Logbuch zugespielt hat, mit dem alles anfing. Nun kenne ich die Antwort – es war einzig und allein deinetwegen. Du wolltest, dass ich von diesen Dingen erfahre.«

»Allerdings«, kam es leise zurück.

Alex schloss die Augen, um die Tränen zurückzuhalten. »Warum, Vater?«, fragte sie nur.

»Ich habe es dir gesagt. Weil ich fühlte, dass es das Richtige war. Diese Sache ist so bedeutend, dass ich dich unbedingt dabeihaben wollte. Außerdem hätte der Orden früher oder später ohnehin von deiner Existenz erfahren. Es geschah also auch zu deinem Schutz.«

»Was du nicht sagst.« Sie schnaubte. »Ist dir je der Gedanke gekommen, dass ich vielleicht gar keinen Schutz wollte? Dass mir mein Leben gefiel, so wie es war?«

»Das ist nicht wahr. Willst du mir erzählen, du wärst glücklich gewesen? Dein altes Leben war eine Illusion, mein Kind, eine einzige Lüge. Ich wollte, dass du die Wahrheit kennst, dass du weißt, wie es um diese Welt bestellt ist.«

»Wie aufmerksam von dir.« Ihre Stimme triefte vor Sarkasmus. »Aber vielleicht wollte ich das nicht. Vielleicht bin ich nicht wie du und sehne mich nicht danach, die Wahrheit zu suchen und allen Geheimnissen auf den Grund zu gehen.«

»Wer sagt, dass ich mich danach sehne?«, fragte ihr Vater ruhig. »Glaubst du, ich habe das alles gern getan? Oder auch nur freiwillig?«

»Warum denn sonst?«

»Sehr einfach – weil es außer mir niemanden gab, der tun konnte, was getan werden musste.«

»Du solltest dich reden hören. Deine Selbstgefälligkeit, deine Arroganz ... Selbst nach all den Jahren hast du noch nicht begriffen, was du uns damals angetan hast.«

»Ich hatte keine Wahl, Alex.«

»Natürlich. Man hat immer eine Wahl«, widersprach sie und konnte nicht verhindern, dass sie die Beherrschung verlor. Die Tränen schossen ihr erneut in die Augen, und ihre Stimme wurde lauter als gewollt. Sie hatte sich vor ihrem Vater keine Blöße geben, ihm nicht zeigen wollen, wie sehr die Begegnung mit ihm sie innerlich aufwühlte.

»Ich habe dich geliebt, verstehst du? Ich habe dich gebraucht! Jeden Tag habe ich darauf gewartet, dass du zurückkehrst, und als das nicht geschah, habe ich mich gefragt, was ich falsch gemacht habe! Ich dachte, es wäre meine verdammte Schuld!«

»So ein Unsinn, Alex. Du konntest nichts dafür, ich ...«

»Das weiß ich inzwischen selbst, aber es hat mich viel Mühe gekostet, das herauszufinden«, schrie sie. »Und wenn ich eines ganz gewiss nicht wollte, dann dem Mann wieder begegnen, der für all dies ...«

Sie unterbrach sich, als plötzlich der Schein einer Taschenlampe durch die Dunkelheit schnitt. Unstet wischte der Lichtkegel über verbogene Pfeiler und zerstörte Apparaturen, während sich sein Träger näherte. Paolo Genaro war losgezogen, um sich in der Höhle umzusehen. Wahrscheinlich hatte er es nur nicht ertragen, tatenlos herumzusitzen und auf das unausweichliche Ende zu warten.

»Alex!«, rief er schon von weitem. Seine Stimme klang aufgeregt.

Alex war dankbar für die Ablenkung. Sie schaltete ihre eigene Taschenlampe an, um ihm die Orientierung zu erleichtern. »Was ist?«, fragte sie.

»Erinnerst du dich noch, was du vermutet hast, als wir den Eingangsschacht in den Bunker fanden?«

»Ja«, bestätigte sie, während sie sich mit dem Handrücken über das Gesicht fuhr, um die Tränen wegzuwischen. »Dass es sich möglicherweise nur um eine Art Notausgang gehandelt hat.«

»Genau das«, entgegnete er, und ein triumphierendes Grinsen erschien auf seinen fein geschnittenen, von schwarzem Haar umrahmten Zügen. »Und du hattest recht damit.«

»Woher weißt du das?«

»Ganz einfach - weil ich den *Haupt*eingang gefunden habe.«

»Sie haben - *was*?«, rief Alex' Vater verblüfft.

»Auf der anderen Seite der Halle gibt es ein großes Schott. Von den metallverkleideten Wänden ist es kaum zu unterscheiden, deshalb ist es uns vorher nicht aufgefallen. Zweifellos handelt es sich dabei um den eigentlichen Zugang zur Anlage.«

»Und?«, fragte Bowder. »Wie sollen wir das Schott aufbekommen? Schon die Panzertür, mit der der Notausgang gesichert war, ist an die sechzig Zentimeter dick gewesen. Und der Generator wurde durch die Explosion zerstört ...«

»Ich weiß«, gab Paolo zu, doch das zuversichtliche Lächeln in seinem Gesicht blieb bestehen. »Aber unweit davon ist einer der Pylonen umgestürzt und hat die Metallverkleidung der Wand durchschlagen. Dahinter befindet sich eine Art Kontrollraum, der mit allerhand Technik vollgestopft ist. Von diesem Kontrollraum geht ein Lüftungsschacht aus. Wohin er führt, weiß ich nicht, aber alles ist besser, als hier zu bleiben und auf das Ende zu warten, oder?«

Ouaddaï, Tschad
Krankenhaus des ICO
11 Uhr 50 Ortszeit

Die Hitze war fast unerträglich.

Mit gleichmäßigen Schlägen geißelte der Deckenventilator die zentnerschwere Luft, die von klebriger Süße ebenso erfüllt war wie vom strengen Geruch der Desinfektionsmittel.

Obwohl sich Suzanne Leclerc freiwillig dazu entschieden hatte, dem Komfort und den Annehmlichkeiten Europas zu entsagen und für ein halbes Jahr im Zuge eines Entwicklungshilfe-Projekts als Ärztin nach Afrika zu gehen, hatte sie sich noch nicht daran gewöhnen können. Es war die sechzehnte Woche ihres Aufenthalts - der Schweiß jedoch stand ihr noch wie am ersten Tag auf der Stirn, und der strenge Geruch verursachte ihr noch immer Übelkeit. Sie nahm an, dass ihre Eltern einiges darum gegeben hätten, sie so sehen zu können, und wie so viele Male zuvor, wenn sie in einem Moment der Schwäche an der Richtigkeit ihrer Entscheidung zweifelte, gab der Trotz, den sie beinahe reflexhaft verspürte, ihr neue Kraft.

»Und? Tut es noch weh?«

Sie schaute den Jungen an, der acht oder neun Jahre alt sein mochte und dessen rechten Oberarm sie soeben mit einem Wundverband versorgt hatte. Ein rostiger Nagel hatte für eine üble Fleischwunde gesorgt, die sich angesichts von Hitze und unzureichender Hygiene fast augenblicklich entzündet hatte. Suzanne hatte die Wunde gesäubert, einen Verband angelegt und dem Jungen anschließend eine Spritze verabreicht, deren Inhalt einer Infektion entgegenwirken sollte.

Der Junge, der den Einstich mit einem leisen Schrei quittiert hatte, schaute sie aus großen Augen an, in denen eine Mischung aus Furcht und Erstaunen zu lesen war. Sowohl Arabisch als auch Französisch wurden im Tschad als Amtssprachen geführt - das Land hatte noch bis Ende der Fünfzigerjahre unter französischer Kolonialherrschaft gestanden -, dennoch wurden unter den vielen ethnischen Gruppen des Landes weit über einhundert verschiedene Sprachen gesprochen. Im Verwaltungsbezirk Ouaddaï waren Hausa und Maba die häufigsten, im Grenzgebiet wurden auch sudanesische Dialekte gesprochen, was nicht zuletzt mit den Flüchtlingen zusammenhing, die während des Darfur-Konflikts über die Grenze drängten und die ohnehin schon prekäre humanitäre Lage im Land noch verschärften. Da Suzanne weder das eine noch das andere beherrschte, schickte sie der dunkelhäutigen Krankenschwester, die neben ihr stand und deren pechschwarzes Haar ein weißes Häubchen zierte, einen Hilfe suchenden Blick. Amilah stammte selbst aus dem Osten des Landes, sprach fließend Hausa und zwei weitere Sprachen und verstand zumindest ein halbes Dutzend weitere, so dass sie in vielfacher Hinsicht eine unentbehrliche Hilfe war.

Bereitwillig betätigte sie sich als Dolmetscherin und fragte den Jungen, wie es ihm ginge. Die Antwort war international verständlich - ein Lächeln und ein dankbares Nicken -, und einmal mehr wusste Suzanne Leclerc, weshalb sie sich dazu entschlossen hatte, sich all dies anzutun, obwohl zu Hause in Marseille eine gut bezahlte Festanstellung auf sie gewartet hatte. Sie erwiderte das Lächeln, worauf sich der Junge abwandte und schleunigst das Behandlungszimmer verließ, das nur etwa drei Meter im Quadrat maß und von dessen gekalkten Wänden der Putz an vielen Stellen abgefallen war.

Ursprünglich hatte es sich bei dem alten Gebäude, das sich auf halber Strecke zwischen der Provinzhauptstadt Abéché und der Grenzstadt Adré befand, um eine Poststation gehandelt. Die jedoch war während der Angriffe der sudanesischen Rebellen auf das Territorium des Tschad aufgegeben worden. Eine Granate hatte das Gebäude getroffen und einen der beiden Flügel in Schutt und Asche gelegt - im anderen war mit Spendengeldern ein provisorisches Krankenhaus eingerichtet worden. Ein fünfköpfiges internationales Ärzteteam versuchte seither, eine Region zu versorgen, die so groß war wie die Schweiz und Luxemburg zusammen und in der an die zweihunderttausend Menschen lebten: Bauern zum einen, aber zum großen Teil auch Flüchtlinge, die alles verloren hatten.

Die Kindersterblichkeit lag bei zwanzig Prozent, Malaria und Cholera grassierten in den Lagern - und über allem lag noch immer der drohende Schatten des Krieges, der vom benachbarten Sudan aus immer weiter auf den Tschad übergriff. Viele Hilfsorganisationen hatten ihre Tätigkeit bereits eingestellt - International Care, die Organisation, für die Suzanne arbeitete, war eine der wenigen, die ihre Einrichtungen aufrechterhielt, weil sie es den Ärzten selbst überlassen hatte, zu bleiben ...

»Wie viele noch?«, fragte Suzanne mit einem Blick auf ihre Armbanduhr. Es war fast Mittag, was bedeutete, dass sie seit sechs Stunden ohne Pause arbeitete.

»Dreiundsiebzig«, antwortete Amilah in akzentschwerem, aber gut verständlichem Französisch. »Die Notfälle, die bestimmt noch reinkommen, nicht mitgerechnet.«

»Dreiundsiebzig.« Suzanne vergrub ihr Gesicht in den Händen und massierte mit den Daumen die Schläfen. Auch an diesem Tag würde sie keine Pause machen können und demzufolge auch kein Mittagessen bekommen ...

Sie schaute auf. Ihr Blick fiel auf den fleckigen Spiegel, der über der schäbigen Kommode hing, die das Verbandsmaterial und - soweit es sich machen ließ - steriles Besteck enthielt. Die junge Frau, die ihr daraus entgegenblickte, hatte grüne Augen und dunkelblondes Haar, das sie streng zurückgekämmt und zum Pferdeschwanz gebunden trug. Suzanne kam sich selbst wie eine Fremde vor. Als sie ihre Arbeit im Krankenhaus begonnen hatte, hatte ihr Sanderson, der norwegische Teamleiter, prophezeit, dass sie sich schon in ein paar Wochen nicht mehr wiedererkennen würde - inzwischen wusste sie, was er damit gemeint hatte. Es war unmöglich, unter diesen Bedingungen und angesichts von so viel Elend zu leben, ohne sich dabei zu verändern.

Allein das Wissen, dass es andere Orte auf dieser Welt gab, an denen es den Menschen nicht am Notwendigsten fehlte und Kinder nicht an Masern zu sterben brauchten, sorgte für zweierlei Gefühle:

Scham - und Wut ...

Scham darüber, dass man in der westlichen Welt im Überfluss schwelgte, während die Menschen in diesem Land einen Kampf um das tägliche Überleben führten - und eine ohnmächtige Wut auf all jene, die Schuld an diesem unerträglichen Zustand trugen. Zu ihnen gehörten einerseits die USA und die Europäische Union, die sich nur halbherzig in der Region engagierten und meist auch nur dann, wenn eigene Interessen betroffen waren - andererseits aber auch die regionalen Machthaber, die korrupt waren und in deren Taschen ein Großteil des Geldes versickerte, das auf den Ölfeldern des Landes erwirtschaftet wurde und eigentlich der Bevölkerung zugutekommen sollte.

Suzanne schüttelte müde den Kopf. Die Frau, die sie im Spiegel sah, hätte dank der Beziehungen ihres Vaters als Assistenzärztin an einem der renommiertesten Krankenhäuser Frankreichs arbeiten können. Sie hatte sich jedoch dazu entschieden, ihren eigenen Weg zu gehen. Sie hatte etwas verändern, ihren Teil zur Verbesserung der Welt beitragen wollen. Angesichts der Ausmaße der Probleme, mit denen sie jeden Tag konfrontiert wurde, stand sie allerdings immer wieder kurz davor zu resignieren - und das machte ihre Wut nur noch größer. Vielleicht, sagte sie sich, hatte ihr Vater ja recht gehabt. Es würde immer Elend und Not auf der Welt geben, und es lag nicht in der Hand eines Einzelnen, das zu ändern ...

»In Ordnung«, sagte sie und räusperte sich, um den Kloß loszuwerden, der sich in ihrem Hals gebildet hatte. »Holen Sie den nächsten Patienten herein, Amilah.«

Die Krankenschwester, die damit beschäftigt gewesen war, die von Eiter und Blut durchtränkten Lappen zu entsorgen, die um die Wunde des Jungen gewickelt gewesen waren, nickte und trat an den Vorhang, der in Ermangelung einer Tür die Abtrennung zum Wartezimmer bildete. Die Schlange derer, die auf eine Behandlung hofften, reichte bis nach draußen, wo sich die Menschen unter das notdürftig reparierte Vordach drängten, um den sengenden Sonnenstrahlen nicht schutzlos ausgeliefert zu sein. Die meisten von ihnen warteten seit vier Uhr morgens, ein paar waren bereits am Vortag gekommen. Am frühen Vormittag war eine Frau, die unter hohem Fieber litt, zusammengebrochen und an Herzversagen gestorben.

Kein guter Tag ...

Der Vorhang wurde beiseitegezogen, und ein augenscheinlich greiser Mann betrat das Behandlungszimmer. Vermutlich, dachte Suzanne, war er erst um die fünfzig Jahre alt, aber das Klima und die Entbehrung sorgten dafür, dass die Menschen rascher alterten. Zudem waren fünfzig Jahre in manchen Gegenden des Landes schon ein gesegnetes Alter ...

Das dunkle Gesicht des Mannes war von tiefen Falten zerfurcht, die Augen steckten in tiefen Höhlen. Er trug die typische Kleidung der Hausa, eine Pluderhose und ein weites, darüber geworfenes Gewand. Die Hausa stellten die größte ethnische Gruppe innerhalb des Tschad dar und legten Wert auf ihre Eigenständigkeit. Die meisten von ihnen waren Muslime, was wohl auch den entsetzten Gesichtsausdruck erklärte, mit dem der Alte Suzanne anstarrte, ehe eine knappe Frage seinen Mund verließ.

»Er will wissen, wo der Doktor ist«, dolmetschte Amilah.

»Ich bin der Doktor«, erklärte Suzanne und deutete auf sich selbst, worauf der Alte erneut etwas erwiderte.

»Sie sind kein Mann«, übersetzte Amilah.

»Schön, dass ihm das aufgefallen ist.« Suzanne seufzte. Es war nicht das erste Mal, dass sie sich mit derlei Vorurteilen auseinanderzusetzen hatte, aber sie verlor allmählich die Geduld damit. »Sagen Sie ihm, dass ich die gleiche Ausbildung habe wie ein männlicher Arzt. Er kann bleiben oder gehen, aber er soll sich rasch entscheiden.«

Amilah übersetzte abermals, worauf das Erstaunen des Alten noch zuzunehmen schien. Er verließ das Behandlungszimmer jedoch nicht, sondern bedachte Suzanne mit einem prüfenden Blick. Dann trat er näher, humpelnd und in leicht gebückter Haltung. Sein rechtes Bein schien verkrüppelt, wohl eine Folge des Krieges.

»Haben wir uns also entschieden.« Suzanne rang sich ein Lächeln ab. »Fragen Sie ihn nach seinen Beschwerden, Amilah.«

Die Krankenschwester holte Luft, um sich erneut als Dolmetscherin zu betätigen, doch der Alte begann von sich aus zu berichten. Er sprach in leisem, fast leierndem Tonfall, und obwohl Suzanne kein Wort verstand, konnte sie seinen Gesichtszügen entnehmen, wie sehr er leiden musste. In seinen Augen glänzte es feucht, und schließlich rannen sogar Tränen über seine faltigen, staubigen Wangen.

»Was ist mit ihm?«, wollte Suzanne wissen. Sie hatte gelernt, sich innerlich vom Leid ihrer Patienten zu distanzieren, weil sie sonst selbst dabei zugrunde ging und ihnen keine Hilfe war. Aber dieser alte Mann hatte etwas an sich, das es ihr schwer machte, jenen inneren Abstand zu finden, den sie für ihre Arbeit brauchte. Diese traurigen Augen, mit denen er sie anschaute, der Ausdruck in seinem Gesicht, seine ruhige Art zu sprechen – all das nahm sie auf seltsame Weise gefangen.

»Sein Name ist Abdulayeh Nukur«, berichtete Amilah, nachdem der Alte geendet hatte. »Er ist nicht seinetwegen hier, sondern wegen seiner Tochter. Er sagt, sie sei sehr krank und benötige dringend Hilfe.«

»Was fehlt ihr?«, wollte Suzanne wissen.

Die Krankenschwester gab die Frage weiter und übersetzte die Antwort: »Er sagt, dass sie viel Blut verloren hat und unter hohem Fieber leidet. Sie redet wirr und ist die meiste Zeit über nicht ansprechbar.«

Der Alte ließ Amilah ausreden, dann fügte er etwas hinzu, das die Krankenschwester erstarren ließ, und ihre Gesichtszüge verhärteten sich.

»Was ist?«, wollte Suzanne wissen.

»Er sagt, sie wäre schwanger ... Von einem Dämon.«

»Ich verstehe.« Die Ärztin nickte, nicht halb so beeindruckt wie ihre Helferin. Obwohl die überwältigende Mehrheit der Hausa dem Islam angehörte, waren viele auch noch Elementen alter Naturreligionen verhaftet; mit dem Wirken von Geistern und Dämonen versuchten sich die Menschen Dinge zu erklären, die sie nicht verstanden oder nicht wahrhaben wollten. Vermutlich hatte die Tochter des Alten ohne das Wissen und die Billigung der Familie einen Freund gehabt, von dem sie schwanger geworden war, und nun hatte sie eine Fehlgeburt erlitten ...

»Wo ist sie?«, wollte Suzanne wissen

»In seinem Dorf, etwa einen Tagesmarsch von hier.«

»Verdammt.« Suzanne biss sich auf die Lippen. Mit dem Mitsubishi, der den Ärzten als Einsatzfahrzeug zur Verfügung stand, war die Distanz in knapp zwei Stunden zu bewältigen. Das bedeutete, dass sie, die Behandlungszeit mitgerechnet, für mindestens fünf Stunden ausfallen würde – angesichts der übrigen zweiundsiebzig Patienten, die seit den frühen Morgenstunden warteten (und erfahrungsgemäß würden es im Lauf des Nachmittags noch mehr werden), ein nicht zu rechtfertigender Zeitaufwand. Zudem hatte es in den letzten Monaten wiederholt blutige Unruhen gegeben, wenn sich Bevölkerungsgruppen gegenüber anderen benachteiligt oder zurückgesetzt gefühlt hatten. Ohnehin war das Verhältnis zwischen der ansässigen Einwohnerschaft, die sich größtenteils aus Hausa und tschadischen Halbnomaden zusammensetzte, und den über die Grenze drängenden Sudanesen zum

Zerreißen gespannt, so dass ein winziger Funke genügte, die Situation eskalieren zu lassen. Andererseits ging es um ein Menschenleben, und so erschöpft Suzanne war, sie war nicht bereit, das eine gegen das andere aufzuwiegen.

Sie schaute dem Alten ins Gesicht und fühlte sich einmal mehr eigenartig berührt dabei. »Sagen Sie ihm, dass ich meine Pflichten hier nicht wegen einer einzelnen Patientin vernachlässigen kann«, wies sie Amilah an, und die Krankenschwester übersetzte abermals. Die Reaktion in den Zügen des alten Hausa war unübersehbar. Bestürzung, Furcht, Ablehnung – alles stand zugleich darin zu lesen.

»Aber«, fuhr Suzanne fort, noch ehe er etwas erwidern konnte, »wenn er bereit ist, solange zu warten, werde ich mich heute Abend um seine Tochter kümmern, wenn die Sprechstunden vorbei sind. Ich hoffe nur«, fügte sie leiser und an sich selbst gewandt hinzu, »dass es dann noch nicht zu spät sein wird ...«

Amilah zögerte mit der Übersetzung; ihre ohnehin schon großen Augen hatten sich geweitet.

»Was ist?«, fragte Suzanne. »Sagen Sie's ihm schon.«

»Aber wenn Sie am Abend fahren, wird es dunkel sein, bis Sie das Dorf erreichen.«

»Und?«

»Dr. Sanderson hat verboten, dass wir die Station nach Einbruch der Dunkelheit verlassen. Es ist zu gefährlich wegen der Rebellen ...«

»Dr. Sanderson«, entgegnete Suzanne seufzend, »wird dem zustimmen, was medizinisch notwendig ist. Und Sie brauchen mich nicht zu begleiten, Amilah. Ich verstehe Ihre Sorge sehr gut, glauben Sie mir, deshalb werde ich allein fahren.«

Die Krankenschwester zögerte noch immer, die Bestürzung war ihr deutlich anzusehen. Dann aber fügte sie sich und teilte dem Alten mit, wozu sie angewiesen worden war.

Die Reaktion ließ nicht auf sich warten. Die Kinnlade des Alten klappte nach unten, die Falten in seinem Gesicht strafften sich, und der Blick, mit dem er Suzanne bedachte, enthielt ehrliche Überraschung. Offenbar, so schien es, hatte er nicht wirklich damit gerechnet, Hilfe zu bekommen. Umso erleichterter war er.

»Vielen Dank, Doktor«, sagte er, zu Suzannes und Amilahs Überraschung in gebrochenem, aber gut verständlichem Französisch. »Ich draußen auf Sie warte ...«

3.

Ein Sprichwort besagt, dass jemands Zuhause dort ist, wo er sich niederlässt. Wir Amerikaner neigen dazu, dieser alten Weisheit nur dann zuzustimmen, wenn sich dieses Zuhause auf dem Grund und Boden von Uncle Sam befindet. Sobald wir die Staaten verlassen, befällt uns eine gewisse Unruhe, der wir dadurch zu entgehen versuchen, dass wir Inseln errichten: Botschaften. Kasernen. Flugplätze. Stützpunkte. Kleine amerikanische Kolonien, die uns in der Ferne das Heimweh nehmen und uns ein Gefühl von Sicherheit vermitteln. Und jene, die in Ausübung ihres Dienstes gezwungen sind, die USA zeitweise zu verlassen, vertrauen nur allzu gern auf den vermeintlichen Komfort, den diese Inseln bieten.

Insofern stellte ich keine Ausnahme dar, als ich im März 1978 nach Deutschland kam - ein junger Corporal der U. S. Army, der dazu verdonnert worden war, zwei Jahre lang seinen Dienst auf einem Armeestützpunkt in der Nähe von Heidelberg zu versehen.

Es war eine unruhige Zeit.

Im Herbst zuvor hatte eine Serie von Anschlägen und Entführungen das Land erschüttert und an den Rand einer Krise gebracht, deren Auswirkungen noch immer zu spüren waren. Da sich der Terror auch gegen uns Amerikaner gerichtet hatte, waren die Sicherheitsvorkehrungen an allen Kasernen und Stützpunkten verschärft worden und wurden teils noch immer aufrechterhalten, obwohl die Drahtzieher der Anschläge inzwischen nicht mehr am Leben waren. Die Verunsicherung, die das Land erfasst hatte, war jedoch noch immer vorhanden, ebenso wie die Furcht der Menschen.

Ein Corporal der U. S. Army, der noch dazu in einer Versorgungs-

einheit diente, bekam davon zum Glück nicht allzu viel mit. Meine Aufgabe bestand darin, die Anforderungsformulare zu bearbeiten, die Tag für Tag auf dem Tisch des Versorgungsoffiziers landeten, und auf ihre Dringlichkeit hin zu prüfen: Treibstoff, Munition, Verpflegung, Ausrüstung - all das wurde mit peinlicher Akribie verwaltet, und rückblickend schäme ich mich fast dafür, ein Rad im Getriebe dieser ebenso großen wie unsinnigen Maschinerie gewesen zu sein. Damals allerdings fand ich nichts dabei. Zwei Jahre, so sagte ich mir, waren eine überschaubare Zeitspanne - dass es am Ende sehr viel mehr werden würde, konnte ich nicht ahnen ...

An Bord eines Flugzeugs
Genaue Position unbekannt
4 Uhr 15 Ortszeit

Das Erwachen war fürchterlich.

Selten zuvor in ihrem Leben - nicht einmal, als sie im vergangenen Jahr auf David Wilkes' Geburtstagsfeier verdorbenes Tiramisu gegessen und sich eine Salmonellenvergiftung zugezogen hatte - hatte sich Elizabeth Kwon so elend gefühlt.

Das Erste, was die junge Psychologin fühlte, als sie wieder zu sich kam, war stechender Schmerz in ihrem Nacken, der von dort aus ihre Wirbelsäule und ihren Hinterkopf malträtierte. Außerdem war ihr übel, was sie auf den schwankenden Untergrund zurückführte.

»Wo bin ich ...?«

Der Klang ihrer Stimme brachte sie vollends zu Bewusstsein, und sie schlug die Augen auf. Zunächst sah sie nichts als tanzende Flecke, dann nahm sie ihre Umgebung zumindest verschwommen wahr. Sie blinzelte, ihr Blick fokussierte sich langsam - und sie stellte fest, dass sie sich an Bord eines Flugzeugs befand, was ihre Übelkeit und den schwankenden

Boden erklärte. Dem dumpfen Brummen nach handelte es sich um eine Propellermaschine, deren Kabine acht Passagieren Platz bot.

Elizabeth saß in der letzten Reihe. Als sie an sich herabblickte, stellte sie fest, dass sie Handschellen trug, und als wäre das noch nicht genug, hatte man ihr die Beine an den Sitz vor ihr gekettet. Instinktiv zerrte sie an ihren Fesseln, natürlich ohne etwas auszurichten, und sie erinnerte sich, wie sie in diese prekäre Lage geraten war.

Das Camp im Dschungel.

Die Dunkelheit.

Das Betäubungsgeschoss.

Schüsse in der Nacht ...

Furcht befiel sie und legte sich wie eine eiserne Klammer um ihre Brust, als ihr klar wurde, dass sie entführt worden war und sich in der Hand des Feindes befand - jenes erbarmungslosen gesichtslosen Feindes, der Kim Li und ihr nach dem Leben trachtete.

Kim Li!

Elizabeth schnappte nach Luft. Wo war Kim Li? Sie schalt sich selbst dafür, dass sie erst jetzt an das Mädchen dachte, aber die Benommenheit und der Schmerz hatten für einige Augenblicke ihre ganze Aufmerksamkeit in Anspruch genommen. Jetzt gehörte ihre ganze Sorge dem Kind. Gehetzt blickte sie sich in der Passagierkabine um, doch die übrigen Sitze schienen alle unbesetzt - was allerdings nicht allzu viel sagte ...

»Wo ist Kim Li?«, fragte Elizabeth aufs Geratewohl. Dann noch einmal, lauter, um das Geräusch der Motoren zu übertönen: »Wo ist Kim Li?«

Ihre Worte verloren sich in der Passagierkabine, deren Deckenbeleuchtung kalten bläulichen Schein verbreitete. Die Sonnenblenden der kreisrunden Fenster waren herabgezogen, so dass man nicht hinausschauen konnte. Nicht nur, dass Elizabeth keine Ahnung hatte, wohin die Reise ging, sie wusste noch nicht einmal, ob es draußen hell war oder dunkel. Sie wollte einen Blick auf ihre Armbanduhr werfen, stellte jedoch fest, dass sie sich nicht mehr an ihrem Handgelenk befand.

Ihre Häscher wollten also nicht, dass sie die Uhrzeit kannte. Was hatte das zu bedeuten?

Ihre Angst steigerte sich, wurde zu Panik.

Sie bereute plötzlich, Berkeley jemals verlassen zu haben und nach Hongkong geflogen zu sein. Alles, einfach alles, hatte sich dadurch geändert - und vielleicht würde sie diese unvorsichtige Entscheidung sogar mit dem Leben bezahlen ...

»B-bitte«, stammelte Elizabeth flehend in die Leere. »Falls Sie hier sind - bitte antworten Sie mir. Wo bin ich? Und was wollen Sie von mir?«

»Offensichtlich«, antwortete eine gedämpfte Stimme, die bewies, dass die Kabine längst nicht so leer war, wie es den Anschein hatte, »verfügen Sie nicht über die Fähigkeit Ihres kleinen Schützlings.«

Elizabeth erstarrte. Sie kannte diese Stimme. Sie gehörte Lidenbrock, einem Unsichtbaren, der zum Widerstand gehörte und die Expedition ins Amazonasgebiet begleitet hatte.

»Professor«, sagte sie hoffnungsvoll.

»Guten Morgen, Doktor Kwon«, tönte es zurück. Ein erster Hinweis auf die Tageszeit ...

»Sind Sie auch gefangen genommen worden?«, fragte Elizabeth in die Richtung, in der sie den Unsichtbaren vermutete.

Lidenbrocks Lachen war widerlich. »Ich fürchte, mein guter Doktor, Sie gehen von falschen Voraussetzungen aus.«

»Falsche Voraussetzungen?« Elizabeth war noch zu erschöpft von der Betäubung, und ihr Schädel schmerzte zu sehr, als dass sie Lidenbrocks Andeutungen hätte folgen können. »Wovon genau sprechen Sie?«

Der Sitz, der sich gegenüber ihrem auf der anderen Seite des Mittelgangs befand, knarrte. Da erst nahm Elizabeth die Mulde wahr, die sich in der Sitzfläche abzeichnete.

Lidenbrock ...

Erneut lachte der Unsichtbare. »Ich fürchte, Sie sind nicht ganz im Bilde, was meine Präferenzen betrifft, Doktor«, sagte er, und endlich begriff Elizabeth.

Der Unsichtbare war nicht entführt worden, und er war auch keineswegs ein Gefangener wie sie - sondern er war hier, um sie zu bewachen! Und dies wiederum bedeutete, dass ...

»Professor?«, fragte sie unsicher, fast ängstlich.

»Sehen Sie es mir nach, Dr. Kwon. Das Angebot war einfach zu reizvoll, als dass ich es hätte ausschlagen können.«

»Sie arbeiten nicht für die ›Anderen‹, oder?«

»Nein«, gab Lidenbrock zu.

»Sie ... Sie sind ein Verräter ...«

»Ich bevorzuge die Bezeichnung ›Doppelagent‹«, verbesserte Lidenbrock. »Sie ist weniger wertend.«

»Dann ... waren Sie die ganze Zeit über für den Orden tätig?«

»Nicht doch. Es gab eine Zeit, da glaubte ich tatsächlich, mich der Macht der Grauen widersetzen zu können. Also sagte ich mich vom Orden los und trat dem Widerstand bei. Die Ermordung Luigi Benatis allerdings machte mir klar, dass es vor dem Orden kein Entrinnen gibt. Die Macht der Grauen ist praktisch grenzenlos, und was immer der Widerstand auch unternehmen wird, am Ende wird er scheitern. Also beschloss ich, reumütig in die Arme meiner Väter zurückzukehren - natürlich mit einem kleinen Präsent unter dem Arm ...«

»Genaro«, vermutete Elizabeth. »Sie haben vorgeschlagen,

Dr. Genaro auszuspionieren, und im Gegenzug hat man Ihnen Amnestie gewährt. Sie sind es also gewesen, der die Position unseres Lagers verraten hat.«

»Meine alten und neuen Auftraggeber waren mit mir wirklich sehr zufrieden«, bestätigte der Professor, und Elizabeth war sicher, dass er dabei grinste.

»Darauf möchte ich wetten.« Sie nickte und verzog angeekelt das Gesicht. »Wo ist Kim Li?«, wollte sie dann wissen.

»Erwarten Sie wirklich, dass ich Ihnen das sage?«

»Wo ist sie?«, wiederholte Elizabeth energisch. Ihre anfängliche Furcht war angesichts von Lidenbrocks Verrat in hilflose Wut umgeschlagen. Zumal der Unsichtbare nicht einen Hauch von Reue für sein Handeln zu empfinden schien. »Sagen Sie es mir!«

»Ich weiß es nicht«, klang es zurück, und es klang bestürzend ehrlich. »Sie wurden in dieses Flugzeug gebracht, das Mädchen in ein anderes. Genügt Ihnen das?«

»Das genügt mir keineswegs«, widersprach die Psychologin. »Warum hat man uns entführt? Was haben diese Leute mit Kim Li vor?«

»Glauben Sie denn, das interessiert mich? Ich habe den Auftrag, Sie nach ... an einen bestimmten Ort zu bringen, und genau das werde ich tun. Was mit dem Mädchen geschieht, ist mir gleichgültig.«

»Mistkerl.«

»Was erwarten Sie von mir?« Lidenbrock schnaubte laut. »Falls Sie es noch nicht gemerkt haben sollten, Dr. Kwon – dort draußen tobt ein Krieg, und in solchen Zeiten ist sich jeder selbst der Nächste. Statt sich um das Mädchen zu sorgen, sollten Sie sich lieber Gedanken um Ihr eigenes Wohlergehen machen.«

»Wovon sprechen Sie? Was hat man mit mir vor?«

Erneut knarrte Lidenbrocks Sitz, und Elizabeth konnte

den Unsichtbaren leise atmen hören. Eine Auskunft blieb er schuldig.

»Haben Sie nicht gehört?«, rief sie, während sie erneut Übelkeit in sich aufsteigen fühlte. »Ich will wissen, was man mit mir vorhat! Wohin werde ich gebracht?«

Das Brummen der Motoren und das Rauschen ihres eigenen Blutes in ihren Ohren waren die einzigen Antworten, die sie erhielt.

Der Verräter schwieg.

Provinz Abéché, Tschad
Zur selben Zeit

Unruhig auf und ab wippend schnitten die Lichtkegel der Scheinwerfer durch die Dunkelheit, während der geländetaugliche Van über die staubige Straße rumpelte.

Der Mitsubishi - ein L300 4×4 Baujahr '95 - hatte ohne Frage schon bessere Zeiten gesehen, und Suzanne Leclerc wusste nicht, auf welchen verschlungenen Pfaden der Wagen nach Zentralafrika gelangt war. Die Front war von Beulen übersät, die Heckscheibe von Sprüngen durchzogen - der Motor jedoch war gut gewartet und erfüllte zuverlässig seinen Dienst.

Mit zu Schlitzen verengten Augen starrte die Ärztin auf die Fahrbahn vor ihr in der Dunkelheit. Die Bezeichnung »Straße« verdiente diese Piste nicht; sie bestand nur aus plattgestampftem, trockenem Boden, der sich durch die karge Landschaft wand und höhere Geschwindigkeiten unmöglich machte.

Suzanne hasste es, um diese Zeit unterwegs zu sein. Sanderson, der Leiter des Krankenhauses, hatte den Wagenschlüssel nur unter Protest herausgerückt, und das aus gutem Grund. In letzter Zeit kam es im Grenzland immer häufiger vor, dass Hilfstransporte überfallen wurden, und natürlich verspürte Suzanne kein Verlangen danach, Milizionären in die Hände zu fallen. Aber sie hatte Sanderson klargemacht, dass es um das Leben einer jungen Frau ging, und schließlich hatte er nachgegeben. Auf den Gedanken, sie zu begleiten, war keiner ihrer Kollegen gekommen - jeder war für das, was er tat, selbst verantwortlich, so lautete die oberste Regel.

Bei der Abfahrt vom Krankenhaus war es noch hell gewesen - inzwischen war die Sonne längst untergegangen und das Land in teeriger Schwärze versunken. Suzanne war froh darüber, dass sie die Fahrt nicht allein unternehmen musste - Abdulayeh Nukur, der Hausa, der um Hilfe für seine erkrankte Tochter gebeten und den ganzen Tag über geduldig gewartet hatte, saß auf dem Beifahrersitz, um ihr den Weg zu seinem Dorf zu weisen.

Auch wenn sie den Grund dafür nicht genau benennen konnte, hatte Suzanne instinktiv Vertrauen zu dem Alten gefasst. Vielleicht, sagte sie sich, würde es sich im Zweifelsfall günstig für sie auswirken, einen Einheimischen bei sich zu haben. Ansonsten blieb ihr nichts anderes übrig, als zu hoffen, dass der weiße Anstrich des Wagens (von dem unter all dem Staub nicht mehr allzu viel zu sehen war) sowie die großen roten Kreuze, mit denen Seiten und Heckklappe versehen waren, ihren Zweck erfüllen würden.

Während der Fahrt wurde kaum ein Wort gesprochen. Nukur beschränkte sich darauf zu sagen, wohin der Weg führte, obgleich es ganz offenbar keine Sprachbarriere mehr gab, die sie trennte ...

»Wieso haben Sie nicht gleich gesagt, dass Sie Französisch sprechen?«, fragte Suzanne, als ihr das Schweigen irgendwann unangenehm wurde.

»Sie nicht danach fragen.«

»Das war nicht der Grund.« Sie bedachte ihn mit einem

prüfenden Seitenblick. »Sie wollten mich auf die Probe stellen, richtig?«

»Warum fragen, wenn schon wissen?«, kam es mit derart entwaffnender Logik zurück, dass Suzanne beschloss, das Thema zu wechseln.

»Wo haben Sie Französisch gelernt?«, wollte sie wissen.

»War Scout in Kolonialarmee«, lautete die knappe Antwort. Der Hausa schien noch einiges mehr zu sagen zu haben, hielt sich aber zurück, wohl weil er der Ärztin, die ja auch Französin war, nicht zu nahe treten wollte.

Suzanne verspürte Sympathie für ihn. Am liebsten hätte sie dem Mann gesagt, dass sie seine Beweggründe nachvollziehen konnte, dass auch sie die imperialistische Politik, die von vielen westlichen Staaten bis weit in das vergangene Jahrhundert hinein betrieben worden war, für eine Verfehlung hielt, die für viele der Probleme, mit denen das heutige Afrika zu kämpfen hatte, direkt oder indirekt verantwortlich war. Aber was hätte es genützt?

Sie konnte begangenes Unrecht nicht ungeschehen machen. Für Abdulayeh Nukur war sie vermutlich nichts weiter als ein reiches, verwöhntes Gör aus einer anderen Welt, die ihm unvorstellbar fremd sein musste, und vermutlich hatte er sogar recht damit. Fast schämte sie sich dafür, dass es Zeiten gab, in denen sie sich nach Europa zurücksehnte, und sie nahm sich vor, alles daranzusetzen, der Tochter des Alten zu helfen. Vorausgesetzt, sie war noch am Leben ...

»Dort vorn ist es!«

Sie war überrascht, als er plötzlich geradeaus deutete, denn in der Dunkelheit war nichts zu erkennen. Schon im nächsten Moment jedoch konnte sie im unruhigen Scheinwerferlicht die vagen Umrisse flacher Gebäude ausmachen. Sie hatten ihr Ziel erreicht.

Das Dorf bestand aus vielleicht zehn Hütten, die alle

in Lehmbauweise errichtet waren. Fast hätte man glauben können, in eine andere Zeit zurückversetzt zu sein, wären da nicht allenthalben Versatzstücke der modernen Welt gewesen: hier eine schäbige rote Plastikwanne, dort ein altes Fahrrad, das man in Europa längst zum Sperrmüll gegeben hätte, dazu ein paar rostige, verbeulte Ölfässer.

Suzanne verlangsamte die Fahrt. Sand knirschte unter den Reifen, als der L300 an den Behausungen vorbeirollte. Die meisten Dorfbewohner schienen bereits zu Bett gegangen zu sein. Elektrizität gab es hier draußen nicht, folglich lebte man mit den Tageszeiten. Nur aus einem Haus, das sich am Ende der Dorfstraße befand, drang gedämpftes Licht.

Nukurs Heim ...

Die Ärztin musterte ihren Begleiter mit einem verstohlenen Blick. Die Anspannung war ihm deutlich anzumerken, offenbar fragte auch er sich, ob sie noch rechtzeitig kamen. Er sagte jedoch nichts und machte ihr keinen Vorwurf, was sie ihm hoch anrechnete.

Sie brachte den Wagen zum Stillstand und stellte den Motor ab. Dann stieg sie aus, öffnete die seitliche Schiebetür und griff nach dem Arztkoffer, der alles enthielt, was für eine Erstversorgung nötig war. Ihre wichtigste Aufgabe würde es sein, die Blutungen der jungen Frau zu stoppen, sofern sie noch nicht von selbst zum Stillstand gekommen waren. Anschließend würde sie ihr etwas geben, um ihren Zustand zu stabilisieren, und sie danach mit ins Krankenhaus nehmen. Mit etwas Glück würde sie gegen Mitternacht zurück sein und noch fünf Stunden Schlaf bekommen, ehe der Dienst wieder begann.

Nukur nickte ihr zu, gleichermaßen dankbar wie besorgt. Dann schlug er den Vorhang vor dem Eingang beiseite, der die Tür ersetzte, und bedeutete ihr einzutreten. Suzanne kam der Aufforderung nach. Noch vor einigen Monaten hätte sie das, was sie auf der anderen Seite vorfand, in Bestürzung versetzt; inzwischen wusste sie Elend von Armut zu unterscheiden.

Die Hütte bestand aus zwei großen Räumen: einem Wohnraum, der zugleich auch als Küche diente und wo es eine Feuerstelle gab, und einem Schlafraum, der vom flackernden Schein einer Öllampe beleuchtet wurde. Das Mobiliar war schäbig und uralt, aber immerhin gab es welches. Nukurs Familie lebte in äußerst bescheidenen Verhältnissen, die in keiner Weise mit dem zu vergleichen waren, was in Europa als Standard angesehen wurde. Aber es gab Menschen im Tschad, die noch weitaus weniger besaßen, von den Flüchtlingen, die alles verloren hatten, ganz zu schweigen. Vermutlich nannte Nukur eine oder zwei Ziegen oder vielleicht sogar eine Kuh sein Eigen, was ihn zu einem wohlhabenden Mann machte.

Vergleichsweise ...

Er deutete auf den Durchgang zum Schlafraum, und Suzanne trat hindurch. Sie musste den Kopf einziehen, um ihn sich nicht zu stoßen. Dabei hörte sie bereits das Summen der Fliegen, und der Ekel erregende Gestank von altem Blut stieg ihr in die Nase, so dass sie instinktiv flacher atmete.

Der Schlafraum mochte drei Meter im Quadrat messen – eine fensterlose Kammer, deren Boden mit Matten aus Bast belegt war. Auf einer davon kauerte eine dunkelhäutige, ältlich aussehende Frau, die überrascht aufschaute, als Suzanne eintrat. Verzweiflung stand in ihren Zügen zu lesen, ihre Augen waren vom Weinen gerötet. Vor ihr auf der Bastmatte lag eine junge Frau, die mehr tot schien als lebendig. Ihr Kopf war kahl geschoren und von Schweißperlen übersät, ihre Haut wirkte wie Wachs im Licht der Flamme.

»Meine Tochter«, erklärte Nukur überflüssigerweise, der hinter Suzanne eingetreten war. »Bitte, Doktor, ihr helfen.«

Suzanne nickte und beugte sich hinab, um die Patientin zu untersuchen. Die ältliche Frau, die offenbar die ganze

Zeit über an der Seite der Kranken gewacht hatte, wich nur widerwillig zurück. Vermutlich war sie Nukurs Ehefrau und die Mutter der Patientin, und natürlich wollte sie möglichst nah bei ihrer Tochter sein. Beruhigend sprach Nukur auf sie ein, während Suzanne mit der Untersuchung begann.

»Wie ist ihr Name?«, erkundigte sie sich.

»Zaynah«, antwortete Nukur mit brüchiger Stimme.

»Das bedeutet ›schön‹, nicht wahr?«

Der Hausa nickte, Tränen in den Augen.

»In Ordnung, Zaynah«, sagte Suzanne und gab sich Mühe, ihre Stimme trotz der Anspannung möglichst weich und sanft klingen zu lassen. »Kannst du mich hören, Zaynah? Zaynah?«

Die junge Frau, deren Alter die Ärztin auf höchstens zwanzig schätzte, warf den Kopf hin und her. Ihre bebenden Lippen öffneten und schlossen sich und formten leise Worte.

»Was sagt sie?«, wollte Suzanne wissen.

»Immer das Gleiche«, entgegnete Nukur. Seine Frau schien kein Französisch zu verstehen, entsprechend verunsichert war ihr Blick. »Sie sagt, dass Dämonen sie entführt. Immer und immer wieder ...«

Suzanne war froh darüber, dass die Patientin ansprechbar war, allerdings schien sie kurz davor, das Bewusstsein zu verlieren. Suzanne schlug die Decke zurück und prüfte Puls und Atmung. Das Ergebnis war alarmierend. Zaynahs Herzschlag war schwach und unregelmäßig, ihr Atem rasselte. Offenbar stand ihr Körper kurz vor dem Kollaps ...

Vorsichtig zog die Ärztin die Decke weiter nach unten. Der Unterleib der jungen Frau war von feuchten Lappen bedeckt, die blutdurchtränkt waren. Ihre Mutter hatte sie wohl aufgelegt, um die Blutung zu stillen, was an sich richtig war, jedoch hatte offenbar keine Kompression eingesetzt.

Suzanne öffnete ihre Tasche und zog Gummihandschuhe

über, dann entfernte sie behutsam einen Lappen nach dem anderen. Was darunter zum Vorschein kam, ließ die junge Ärztin vor Entsetzen nach Luft schnappen. In der vergleichsweise kurzen Zeit, die sie nun in Afrika war, hatte sie manches zu sehen bekommen - das hier übertraf alles.

Der Unterleib der jungen Frau war blutüberströmt, doch anders als Suzanne angenommen hatte, schien das viele Blut nicht von einer Fehlgeburt herzurühren. Im Unterbauch der Patientin klafften mehrere Einschnitte, aus denen der rote Lebenssaft sickerte und die - Suzanne traute ihren Augen nicht - offenbar mit einem Skalpell vorgenommen worden waren, zumindest aber mit einem sehr spitzen und scharfen Gegenstand. Die Geschlechtsorgane der jungen Frau allerdings schienen unverletzt. Was Zaynah angetan worden war, entzog sich jeder rationalen Erklärung. Fast hätte man meinen können, jemand hätte den Versuch unternommen, den Unterleib der jungen Frau bei lebendigem Leib zu sezieren ...

»Mein Gott«, flüsterte Suzanne, die ihr Entsetzen nicht ganz verbergen konnte. »Wer hat das getan?«

»Ich schon sagte - böse Geister«, antwortete Nukur ernst.

Die Ärztin nickte. Sie wusste, dass sich bei den Hausa der islamische Glaube oftmals mit alten Naturreligionen vermischte, aber das hier war etwas anderes. Nukur und seine Frau *glaubten* nicht nur, dass ein böser Dämon ihrer Tochter dies angetan hatte, sie waren *überzeugt* davon. Und es gab augenscheinlich physische Beweise dafür ...

Natürlich zog Suzanne keinen Augenblick lang in Erwägung, dass übernatürliche Kräfte am Werk gewesen waren. Die Verletzungen der jungen Frau jedoch waren so real, wie sie es nur sein konnten, und zudem lebensbedrohend. Als Erstes musste es der Ärztin gelingen, den Zustand der Patientin so zu stabilisieren, dass sie transportiert werden konnte. Zaynah musste dringend ins Krankenhaus gebracht werden, nicht nur der weiteren Versorgung wegen, sondern auch, damit Sanderson sich die Patientin ansehen konnte.

»Wie ist das passiert?«, wollte Suzanne wissen, während sie ihre Tasche nach dem Adrenalin durchsuchte.

»Nicht wissen«, antwortete Nukur matt.

»Sie wissen es nicht?« Die Ärztin hob für einen Moment den Blick, während sie eine Spritze aufzog.

»Sie kamen in der Nacht. Unsichtbare Geister. Haben Zaynah entführt.«

»Wann ist das gewesen?«

»Vor drei Monaten.«

»Vor drei Monaten? Und Sie haben den Vorfall nicht gemeldet?«

»Wem melden?«, fragte Nukur. Eine unausgesprochene Anklage schwang in seiner Stimme mit.

Suzanne nickte und schalt sich für ihre eigene Naivität. Natürlich hatte der Hausa recht. Im Grenzland herrschte, zumal nach der Flüchtlingswelle und den Gefechten mit den Rebellen, ein weitgehend gesetzloser Zustand. Und in den ruhigeren Gebieten des Landes war die Korruption so weit verbreitet, dass sich nur die Wohlhabenden von den offiziellen Stellen Hilfe erhoffen konnten. Im Grunde kümmerte es niemanden, was hier draußen vor sich ging – weder in der Hauptstadt N'Djamena noch im fernen Europa ...

Nukurs Frau sagte etwas, das der alte Hausa übersetzte: »Können Zaynah helfen?«, fragte er leise.

»Ich hoffe es. Zunächst kommt es darauf an, ihren Zustand zu stabilisieren. Zu diesem Zweck werde ich ihr eine Spritze geben.«

»Verstehen. Tun, was tun können ...«

Suzanne nickte, dann verabreichte sie der Patientin die Spritze. Rings um den Einstich verfärbte sich augenblicklich die Haut und wurde dunkelblau. Zaynah zuckte zusammen, ein Beleg dafür, dass sie noch bei Bewusstsein war, und für einen Moment hatte es den Anschein, als würde ihr die Spritze helfen. Ihr Pulsschlag, der zuletzt selbst an den Leisten kaum noch zu ertasten gewesen war, wurde kräftiger und beschleunigte sich wieder, und Suzanne glaubte, Hoffnung schöpfen zu dürfen ...

... als sich die Lage dramatisch veränderte.

Der Körper der Patientin begann zu zucken, als würde er von Elektroschocks durchfahren, während noch mehr Blut aus den Wunden trat. Vergeblich versuchte Suzanne, die Entwicklung zu stoppen. Die Patientin war dabei, vor ihren Augen zu verbluten - und es gab nichts, das sie dagegen tun konnte ...

»Zaynah?«, rief Suzanne. »Zaynah, kannst du mich hören ...?«

Der Zustand der jungen Frau verschlechterte sich schlagartig. Erneut wurde ihr Herzschlag unruhig - das Adrenalin hatte das genaue Gegenteil von dem bewirkt, was Suzanne bezweckt hatte! Offenbar stand die Patientin noch unter dem Einfluss anderer Medikamente, die nun zu heftigen Kontraindikationen führten ...

»Was ist los?«, fragte Nukur.

Suzanne blieb eine Antwort schuldig. Hastig durchwühlte sie ihre Tasche nach etwas, das die Wirkung des Adrenalins aufheben oder zumindest mindern konnte, aber da war nichts. Hilflos presste sie ihre Hände auf die Wunden, aber es war zu spät. Der Blutverlust, den die junge Frau erlitten hatte, war bereits zu hoch, und die Notfallausrüstung enthielt keine Blutbeutel.

Nukurs Frau, die begriff, was vor sich ging, begann leise zu wimmern, und zum ersten Mal in ihrer noch jungen Laufbahn als Medizinerin verlor Suzanne die Nerven.

Ihre Hände begannen zu zittern, als ihr klar wurde, dass es nur noch eine Frage von Sekunden war, bis die Patientin endgültig kollabierte.

Der Augenblick kam.

Die junge Frau bäumte sich auf, und für einen kurzen Moment riss sie die Augen auf und starrte Suzanne an - mit einem Blick, der sich unauslöschlich in deren Gedächtnis einbrannte. Dazu flüsterte sie etwas - ehe sie kraftlos zurück auf ihr Lager fiel. Noch einmal verkrampfte sich ihr geschundener Körper, dann blieb er reglos liegen - und Suzanne wusste, dass sie versagt hatte. Ihr blieb nichts, als den Tod der Patientin festzustellen.

Wie erstarrt kauerte die junge Ärztin neben der Toten. Sie brachte es nicht fertig, aufzublicken und Zaynahs Vater in die Augen zu sehen, der so viel auf sich genommen hatte, um für seine Tochter Hilfe zu holen. Das Jammern und Wehklagen von Zaynahs Mutter klang in ihren Ohren, und obwohl sie wusste, dass sie nicht wirklich etwas für das konnte, was geschehen war, fühlte sie sich schuldig.

Gedanken, von denen sie wusste, dass ein Arzt sie nicht haben durfte, weil er sonst niemals wieder in der Lage sein würde, seine Arbeit zu tun, schlichen sich in ihr Bewusstsein. Nukur und seine Frau hatten ihre Hoffnungen auf sie gesetzt, hatten ihr vertraut - und sie hatte versagt.

Ohne dass sie etwas dagegen tun konnte, wurden ihre Augen feucht, und im nächsten Moment brach der Damm der Tränen, die sie bislang so tapfer zurückgehalten hatte. Tränen nicht nur über den Tod dieser jungen Frau, sondern auch über so viele andere, denen sie nicht hatte helfen können.

Männer und Frauen, vor allem aber Kinder, die hatten sterben müssen, weil man andernorts nicht sehen wollte, was in diesem Teil der Welt vor sich ging. Gleichgültigkeit regierte die Welt - eine Gleichgültigkeit, mit der sich auch Suzanne gewappnet hatte, weil sie all das Leid und das Elend sonst nicht ertragen hätte. Aber in diesem Moment ging der mühsam errichtete Schutzwall zu Bruch, und ihre Trauer brach sich Bahn – Trauer über das Schicksal eines ganzen Erdteils ...

Wie lange sie so kauerte, wusste sie später nicht mehr. Ihr war klar, dass es unprofessionell war und den Eltern, die einen so schmerzlichen Verlust erlitten hatten, wie blanker Hohn vorkommen musste, aber sie konnte nicht anders. Bei so vielen anderen Gelegenheiten hatte sie sich zurückgehalten – in diesem Augenblick, in der Abgeschiedenheit von Abdulayeh Nukurs Hütte, forderten Trauer, Frustration, Müdigkeit und Überarbeitung ihren Tribut.

Die Zeit kam ihr dabei abhanden. Sie hätte sich nicht gewundert, wenn Nukur und seine Frau sie gepackt, an den Haaren aus ihrem Heim gezerrt und sie in Schimpf und Schande davongejagt hätten – aber nichts dergleichen geschah.

Dafür spürte Suzanne irgendwann, wie sich eine Hand auf ihre Schulter legte. Sanft, fast zärtlich.

Tröstend ...

Aus tränengeröteten Augen blickte sie auf und schaute in Nukurs faltiges Gesicht. Die Züge des Hausa waren voller Trauer, enthielten jedoch keine Spur von Anklage. Seine Frau kauerte Suzanne gegenüber auf der anderen Seite des Totenlagers und sprach flüsternde Gebete.

»Verzeihen Sie mir«, flüsterte Suzanne und konnte nicht anders, als Nukurs Hand zu ergreifen. »Bitte verzeihen Sie mir. Ich habe getan, was ich konnte, aber ...«

»Das ich weiß.«

»Sie ... wissen es?«

Der Hausa nickte. »Zaynah«, entgegnete er leise, und es war deutlich zu erkennen, wie schwer es ihm fiel, den Namen seiner Tochter auszusprechen, »bereits tot, als zu uns kam. Nicht Ihr Fehler, Doktor.«

Suzanne schluchzte, während sie eine Welle aus Dankbarkeit durchflutete. Die Großherzigkeit des alten Hausa beschämte sie. Wie herablassend, wie arrogant sie diesen Menschen gegenüber gewesen war ...

»Was hat sie zu mir gesagt?«, fragte Suzanne flüsternd. »Was waren ihre letzten Worte?«

»Nicht viel.« Nukur schüttelte den Kopf. »Zaynah Fieber. Tod ihren Geist bereits umfangen.«

»Was sagte sie?«, beharrte Suzanne.

»Sie hat gesagt: ›Kind in mir‹«, erwiderte Abdulayeh Nukur flüsternd, ehe auch er die Tränen nicht länger zurückhalten konnte und weinend an Zaynahs Leichnam niedersank.

4.

Das Phänomen der sog. Savants wurde erstmals gegen Ende des 19. Jahrhunderts wissenschaftlich beschrieben. Gemeint sind Menschen, die trotz erheblicher, meist im kognitiven Bereich angesiedelter Beeinträchtigungen über außergewöhnliche Begabungen auf künstlerischen oder intellektuellen Gebieten verfügen. Diese werden zutreffend als Inselbegabungen bezeichnet, da es sich - um mit den Worten des niederländischen Psychologen Draaisma zu sprechen - um »isolierte Gaben umgeben von Defekten« handelt.

Anders als in der Öffentlichkeit oft dargestellt, ist nur jeder zweite Inselbegabte autistisch veranlagt. Die Ursachen des Phänomens sind noch weitgehend unerforscht; da es weltweit nur etwa einhundert Menschen mit ausgeprägten Inselbegabungen gibt, kann nur eine international angelegte Untersuchung zu verlässlichen Ergebnissen führen ...

Aus: Elizabeth Kwon
Savants - eine Einführung
erschienen in Medical Essays Vol. 8
Berkeley 2007

Unbekannte Lokalität
22 Uhr 16 Ortszeit

Das Büro war spartanisch eingerichtet.

Ein breiter Schreibtisch.

Ein schwarzer Ledersessel.

Nach drei Seiten wurde die Kammer von metallverkleideten Wänden begrenzt; die Stirnseite jedoch bildete ein großes Fenster, dessen gewölbtes, zentimeterdickes Panzerglas eine ebenso unwahrscheinliche wie atemberaubende Aussicht bot. Die indirekte Beleuchtung des Büros war gedimmt, so dass unheilvolles Halbdunkel herrschte.

Nummer 8 hatte eine Aversion gegen grelles Licht. Es schmerzte in seinen Augen und brannte auf seiner Haut - einer der vielen Preise, die er hatte bezahlen müssen, um zu werden, was er geworden war ...

Schweigend und fast reglos saß der Graue in dem Sessel, dessen Sitz und Lehne so beschaffen waren, dass sie sich seinem deformierten Körper anpassten. Auf diese Weise wurde der Schmerz, der sein ständiger Begleiter war, auf ein einigermaßen erträgliches Maß reduziert - auch dann, wenn er seine Medikamente nicht schluckte, ein exakt dosierter Cocktail aus Morphium und anderen Drogen, wie ihn auch die übrigen Angehörigen des Innersten Kreises einnahmen. Im selben Umfang, in dem das Medikament die Empfindsamkeit gegenüber Schmerzen herabsetzte, benebelte es auch den Geist, und Nummer 8 musste klaren Verstandes sein, wenn er seine Aufgaben effizient erfüllen wollte.

Als Sicherheitschef des Ordens brauchte er seine Sinne in denkbar wachem Zustand - zumal sich die Ereignisse gegenwärtig überschlugen: Gleich zwei wichtige, womöglich entscheidende Schläge waren gegen die »Anderen« geführt worden, jenen impertinenten Haufen Abtrünniger, der sich der Macht des Ordens widersetzte.

Nummer 8 hatte nie verstanden, was jemanden dazu trieb, sich dem Widerstand anzuschließen. Der Orden war alles, was sie hatten. Er gab ihnen eine Identität, er gab ihnen eine Heimat, er gab ihrem Dasein Sinn und Zweck - doch sie wandten ihm den Rücken zu und machten gemeinsame Sache mit denen, die für das Elend der Welt verantwortlich waren.

Die Sichtbaren ...

In ihrem törichten Streben nach Freiheit und Individualität hatten sie nichts als Unheil heraufbeschworen. Nummer 8 war der festen Überzeugung, dass nur Kontrolle die Wege der Menschheit in geordnete Bahnen lenken und die Welt vor dem Absturz ins Chaos bewahren konnte.

Absolute Kontrolle ...

Über Jahrzehnte hatte sich der Orden damit begnügt, indirekte Macht auszuüben. Politische Zwischenfälle waren inszeniert, Kriege provoziert, Regierungen eingesetzt und andere gestürzt worden. Natürlich hatte es Opfer gegeben, aber diese waren auf einen überschaubaren Personenkreis beschränkt gewesen. Wer einen Patienten von seinen Geschwüren befreien wollte, musste in Kauf nehmen, dass dabei Blut floss, und genau das war es nach dem Verständnis von Nummer 8, was der Orden in den vergangenen Jahrzehnten getan hatte: Er hatte gezielte chirurgische Eingriffe vorgenommen, um den Lauf der Geschichte in seinem Sinn zu korrigieren und von allem zu befreien, was seine Entwicklung hemmte. Allerdings hatte sich der Widerstand der sichtbaren Welt als sehr viel zäher erwiesen, als es die Grauen zu Anfang angenommen hatten. Der menschliche Drang nach Unabhängigkeit war lange Zeit unterschätzt worden, vielleicht weil er jeder rationalen Grundlage entbehrte.

So wie die »Anderen«. Auch sie handelten nicht rational. Die meisten Mitglieder des Innersten Zirkels hatten wohl angenommen, dass sich das Problem erledigen würde, wenn man es nur lange und konsequent genug ignorierte, aber das genaue Gegenteil war der Fall. Der Widerstand war zahlenmäßig immer stärker geworden, und spätestens seit dem gescheiterten Attentat von New York City war jedem der zwölf Grauen klar, dass die »Anderen« eine ernst zu nehmende Bedrohung darstellten, die ausgemerzt werden musste. Anders als man zunächst geglaubt hatte, waren sie kein kopflos agierender Haufen, sondern gut organisiert und verfügten über ein weit verzweigtes Kommunikationsnetz. Dieses zu zerschlagen, war das eine Ziel von Nummer 8 und seiner Abteilung – den geheimnisvollen Anführer der Rebellen ausfindig und unschädlich zu machen das andere.

Seines Kopfes beraubt, würde der Widerstand zugrunde gehen. Der Orden würde sich, daran hegte Nummer 8 nicht den geringsten Zweifel, nach darwinistischem Prinzip als überlegen erweisen und durchsetzen. Die Unsichtbaren würden herrschen, schon deshalb, weil sie nicht anders konnten. Es war ihre Berufung, der Zweck ihres Daseins. Der *homo invisibilis* war die überlegene Rasse, der nächste konsequente Schritt der menschlichen Evolution.

Ein elektronisches Summen brachte Nummer 8 zurück ins Hier und Jetzt. Fast ein wenig bestürzt darüber, wie sehr er sich in seinen Gedanken verloren hatte, schaute er auf und blickte auf die Bildschirme, die über dem Schreibtisch angebracht waren. Auf einem davon war eine schlanke Gestalt zu sehen, die einen schwarzen Overall trug, jedoch weder Hände noch einen Kopf zu haben schien.

Peragon ...

Nummer 8 atmete keuchend und wartete, bis sich die Aufzugtüren, die in die rechte Seitenwand des Büros eingelassen waren, teilten. Heraus trat jene scheinbar kopflose Gestalt, die er eben noch auf dem Bildschirm gesehen hatte, um vor seinem Schreibtisch Haltung anzunehmen.

»Melde mich zum Rapport, Sir.«

»Gut, Peragon, gut«, erwiderte Nummer 8 mit jenem kehligen Krächzen, das seine Stimmbänder noch hervorbrachten. »Berichten Sie«, verlangte er im Bemühen, sich seine Anspannung nicht anmerken zu lassen.

Nach dem Fehlschlag von New York waren kritische Stimmen im Kreis laut geworden, und Nummer 2 und Nummer 10 hatten unverhohlen seine Absetzung gefordert. Noch war es nicht dazu gekommen, aber Nummer 8 brauchte Erfolge, die er vorweisen konnte - oder sein Einfluss würde weiter schwinden ...

»Wie Sie wünschen, Sir«, schnarrte Peragon. Wie immer war ihr nicht anzumerken, was sie wirklich dachte oder wie sie tatsächlich empfand. Wie alle *Demons*, die die Ausbildung durchlaufen hatten, war sie darauf konditioniert worden, möglichst keine Emotionen zu empfinden, und wenn doch, diese zu ignorieren und zu unterdrücken. Nur ein Wesen, das frei war von Gefühlen, war anderen überlegen.

Mit im Rücken verschränkten Armen straffte die Agentin ihre schlanke, athletische Gestalt, und einmal mehr kam Nummer 8 nicht umhin, sich zu fragen, wie sie wohl ausgesehen hätte, wäre sie nicht unsichtbar gewesen. Doch alles, was er von ihr kannte, waren jene in Rot- und Gelbtönen leuchtenden Umrisse im Display des Wärmesichtgeräts. An diesem Tag aber verzichtete er auch auf dieses Hilfsmittel, um sich ganz auf ihre Stimme und die Nuancen darin konzentrieren zu können.

»Nach allem, was wir bislang sagen können, war Operation Counterstrike ein voller Erfolg«, erklärte die Agentin, und so sehr Nummer 8 auch lauschte, er konnte nicht den Hauch einer Unsicherheit in ihrer Stimme ausmachen. Überzeugung sprach aus ihren Worten.

»Der Angriff traf die Rebellen völlig unerwartet«, fuhr Peragon fort. »Ihnen blieb kaum eine Möglichkeit zur Gegenwehr. Entsprechend gab es auf unserer Seite kaum nen-

nenswerte Verluste. Die verräterischen Spuren im Dschungel wurden durch Sprengung beseitigt. Elizabeth Kwon und das Mädchen Kim Li befinden sich in unserer Gewalt und wurden zu den bezeichneten Orten gebracht.«

»Sehr gut«, sagte Nummer 8 anerkennend, als hätte er nichts anderes erwartet. In Wirklichkeit spürte er Erleichterung, aber auch er hatte gelernt, seine ohnehin nur noch spärlich vorhandenen Gefühle geschickt zu verbergen. »Und was ist mit Alexandra Lessing und dem Verräter?«

»Die Abtrünnigen, die sich zum Zeitpunkt des Angriffs im Lager aufhielten, wurden ohne Ausnahme getötet. Die meisten konnten wir inzwischen identifizieren, aber weder Dr. Lessing noch der Verräter Ismael befanden sich darunter. Ich lasse die Gegend um das Lager durchkämmen für den Fall, dass sie geflohen sein sollten, aber zum gegenwärtigen Zeitpunkt ist wohl nicht davon auszugehen.«

»Ich verstehe.« Nummer 8 nickte. Die Nachricht, dass sowohl Ismael als auch Lessing dem Griff des Ordens entschlüpft waren, dämpfte seine Euphorie. »Also«, fügte er nachdenklich hinzu, »war Gallagher wohl doch auf der richtigen Spur ...«

»Irgendwelche Neuigkeiten von ihm?«, erkundigte sich Peragon.

»Nein«, antwortete Nummer 8, und obwohl er sich erneut mit aller Kraft dagegen stemmte, wallten Emotionen in ihm auf, die ebenso entstellt und verkrüppelt waren wie sein Leib. Hassgefühle. Reue. Ohnmächtige Wut ...

Gallagher war nicht irgendein *Demon*, sondern der beste von allen, sein persönlicher Adjutant. Seine Loyalität gegenüber dem Orden würde nur noch von seiner Ruchlosigkeit übertroffen, sein Gehorsam nur von seinem Willen, den Feind um jeden Preis zu vernichten - und vielleicht war ihm dies zum Verhängnis geworden.

Infolge einer Reihe von Fehlentscheidungen war Nummer 8 gezwungen gewesen, ihn zum »Ronin« zu erklären, zum herrenlosen Krieger, dessen Rehabilitation davon abhing, ob es ihm gelingen würde, ein bestimmtes Ziel zu erreichen. Dieses Ziel war die Eliminierung des Verräters Ismael gewesen, und die Spur hatte nach Rom geführt ...

Nummer 8 bemerkte, dass Peragon reglos vor ihm stand und offenbar auf eine weitere Antwort wartete. »Wir müssen wohl mit einem Verlust rechnen«, fügte der Graue deshalb hinzu.

»Werden Sie es dem Innersten Kreis mitteilen?«

Nummer 8 zögerte, denn seine auf Vorsicht geschulten Sinne hatten angesprochen. Die Frage war in einer Weise indiskret, die den Keim zukünftiger Insubordination in sich tragen mochte. Andererseits enthielten weder Peragons Haltung noch ihre Stimmführung einen entsprechenden Hinweis, so dass es sich auch ebenso um harmlose Neugier handeln mochte. Oder es ging dabei um etwas ganz anderes ...

»Ich wüsste nicht, was Sie das anginge, Peragon«, zischte der Graue.

»Verzeihen Sie, Sir.« Peragons schlanke Gestalt verkrampfte sich. »Ich weiß nicht, was in mich gefahren ist ...«

»Aber ich weiß es«, erwiderte Nummer 8 nachsichtig. »Vorerst«, fuhr er dann fort, »werde ich dem Kreis noch nichts von Agent Gallaghers Verschwinden berichten. Ein weiterer Verlust würde nach den Misserfolgen des vergangenen Jahres nur noch mehr Unruhe erzeugen. Was unsere Organisation in diesen Tagen mehr als alles andere braucht, sind Erfolgsmeldungen von der Art, wie Sie sie gebracht haben.«

»Ich danke Ihnen, Sir.«

Nummer 8, der einen grauen Mantel und einen grauen Hut als Zeichen seiner Zugehörigkeit zum Führungszirkel trug, nickte. »Bis auf Weiteres gilt Agent Gallagher nur als im Einsatz verschollen – was jedoch nicht bedeutet, dass die

Position, die er bekleidet hat, nicht von jemand anderem eingenommen werden sollte.«

»Sir.« Erneut straffte sich Peragons schlanke Gestalt, und Nummer 8 war klar, dass er richtig vermutet hatte: Nicht Neugier, sondern Ehrgeiz war der Grund, dass sie sich nach Gallagher erkundigt hatte.

»Ich brauche eine neue rechte Hand«, erklärte Nummer 8 wohlwollend, »und ich könnte mir niemand Geeigneteren für den Posten vorstellen als Sie, Peragon.«

»Es wäre mir eine Ehre, Sir!«

»Dann ist es entschieden. Mit augenblicklicher Wirkung übertrage ich Ihnen Agent Gallaghers Rechte und Pflichten und setze Sie als seine Nachfolgerin ein. Dienen Sie dem Orden gut, Peragon, so wie Sie es bisher getan haben – und wie Sie es geschworen haben.«

»Das werde ich, Sir«, schnarrte es zurück. »Ich danke Ihnen für Ihr Vertrauen«

»Danken Sie nicht mir, Peragon, danken Sie dem Orden. Wir alle dienen nur der Sache ...«

Unterirdisches Bunkersystem
Genaue Position unbekannt
3 Uhr 29 Ortszeit

Alex begann zu ahnen, wie sich eine Kanalratte fühlen musste, die ihr Dasein in finsteren Röhren fristete, ohne jedes Tageslicht.

Aber sie waren am Leben.

Noch ...

Paolos Plan war aufgegangen. Durch den Lüftungsschacht, der groß genug war, dass sich ein Mensch hindurchzwängen konnte, waren sie von dem Kontrollraum in einen Korridor gelangt, dessen Wände ebenso mit Metall verkleidet waren wie in der Halle. Zu beiden Seiten des Ganges gab es stählerne Schotts, die allerdings allesamt verschlossen waren und sich mit bloßer Körperkraft nicht öffnen ließen. Alles, was den drei Verschütteten blieb, war, ihren Irrweg durch das unterirdische Labyrinth fortzusetzen, das sich als viel weitläufiger erwies, als es zunächst den Anschein gehabt hatte.

»Das ist einfach unglaublich«, kommentierte Alex' Vater, dessen Entsetzen wieder seiner Neugier Platz gemacht zu haben schien, wofür Alex ihn nur noch mehr hasste. Seine Taschenlampe in der Hand, ging er voraus, und Alex und Paolo folgten ihm. Um die Batterien zu schonen, benutzten sie ihre Taschenlampen nur abwechselnd. »Das ist eine ganze Stadt! Eine unterirdische Stadt! Ich frage mich, welchem Zweck sie gedient haben mag.«

»Forschungszwecken, nehme ich an«, meinte Paolo. »Das war doch der Grund, weshalb diese Reisen durch die Zeit überhaupt unternommen wurden.«

»Anfangs ja.« Kenneth Bowder blieb einen Augenblick stehen und wandte sich zu ihnen um. Das Licht der Taschenlampe beleuchtete sein Gesicht von unten und warf harte, unheimliche Schatten. »Aber ist euch noch nicht der Gedanke gekommen, dass diese Menschen aus der Zukunft auch noch andere Ziele gehabt haben könnten als wissenschaftliche Erkenntnis?«

»Was für Ziele zum Beispiel?«

»Nehmen wir an, dass die Erde in jener fernen Zukunft, von der wir hier sprechen, nicht mehr der Planet ist, den wir heute kennen. Vielleicht haben Überbevölkerung und Klimaveränderung dafür gesorgt, dass sich die Menschen auf die Suche nach einer neuen, unberührten Welt begeben mussten ...«

»In der Vergangenheit?«, fragte Paolo zweifelnd. »Ist es das, worauf Sie hinauswollen?«

»Warum nicht?«

»Das wäre Wahnsinn! Die Gefahr, die Geschichte zu verändern und damit seine eigene Zukunft zu zerstören, wäre viel zu groß.«

»Vielleicht«, meinte Bowder. »Sie vergessen dabei nur eine Kleinigkeit, Doktor.«

»Nämlich?«

»Dass es sich bei diesen Zeitreisenden um Unsichtbare gehandelt hat.«

»Worauf willst du hinaus?«, wollte nun auch Alex wissen.

»Am Anfang«, führte Bowder aus, »verhielt es sich wohl wie mit allen Entdeckungen, die die Menschheit jemals gemacht hat, vom Feuer über das Dynamit bis hin zur Kernspaltung: Man war fasziniert von den Möglichkeiten und wollte sie zu friedlichen Zwecken nutzen. Vielleicht hatten die ersten Zeitreisenden lautere Absichten, und es ging ihnen nur darum, ihre eigenen Wurzeln zu erforschen. Um sich jedoch zu tarnen und auszuschließen, dass ihre Arbeit die Geschichte beeinträchtigte, bedienten sie sich einer Technik, die sich im Lauf der Zeit als zweischneidiges Schwert erwies: Sie lernten, sich unsichtbar zu machen, und darin lag die Saat des Untergangs. Wer sich nicht an jene Regeln zu halten braucht, die seit Anbeginn der Geschichte für die Menschheit gelten, der verfällt - so er nicht über ein wirklich ausgeprägtes moralisches Wertesystem verfügt - früher oder später jener Hybris, die seinen Willen zum Maß aller Dinge erhebt. Genau das ist wahrscheinlich auch den Zeitreisenden widerfahren. Gewissermaßen sind sie zum Opfer ihrer eigenen Ideen und Fähigkeiten geworden, und all das hier -«, er ließ den Lichtkegel der Lampe über die glatten Wände des Korridors schweifen, »- ist nur ein Beleg dafür, wie weit sie in ihrem Größenwahn bereits gegangen waren.«

»Was hat sie schließlich aufgehalten?«, fragte Paolo. »Wieso ist Tunguska die letzte Zeitreise, von der wir wissen?«

»Ist das nicht offensichtlich?« Der Anführer der Anderen blieb abermals stehen, und zum ersten Mal zeigte sich wieder der Anflug eines Lächelns auf seinen staubigen Zügen. »Es hat Widerstand gegeben.«

»Woher weißt du das alles?«, wollte Alex wissen. »Denkst du dir das alles aus, während wir hier durch die Korridore irren? So wie damals die Gutenachtgeschichten, die du mir vor dem Einschlafen erzählt hast?«

»Ich war ein guter Geschichtenerzähler, nicht wahr?«

»Deshalb frage ich«, bestätigte sie.

»Du traust mir nicht, oder?«

»Wie sollte ich?«

Kenneth Bowder nickte, dann wandte er sich um und setzte seinen Weg durch die Dunkelheit fort. »Ich habe dich niemals belogen, Alex«, sagte er. »Nicht einmal, als ich euch verlassen ha...«

Abrupt blieb er stehen, so dass Alex und Paolo um ein Haar gegen ihn geprallt wären. Schon im nächsten Moment erkannten sie, was der Grund für die plötzliche Unterbrechung war: Ein paar Meter voraus bedeckte Wasser den Boden des Korridors.

»Was ist hier passiert?«, fragte Alex mit Blick auf die grünlich trübe Brühe, die im Licht der Taschenlampe schimmerte.

»Wahrscheinlich hat es irgendwo einen Riss im Beton gegeben«, vermutete Paolo. »Der Fluss ist nicht weit und der Boden von Feuchtigkeit durchdrungen. Offen gestanden wundert es mich, dass die Stollen überhaupt noch intakt sind - schließlich ist diese ganze Anlage rund fünfhundert Jahre alt.«

»Schön«, meinte Alex. »Und was machen wir jetzt?«

»Der Gang führt von hier an bergab«, stellte ihr Vater fest. Mit der Taschenlampe versuchte er den weiteren Verlauf des Korridors zu ergründen, aber ihr Lichtschein verlor sich nach einigen Metern im dunstigen Dunkel. »Ich schlage vor, wir gehen trotzdem weiter.«

»Ich stimme zu.« Paolo nickte. »Da es unterwegs keine Abzweigung gab, sehe ich keine Alternative.«

»Keine Alternative?«, fragte Alex. Der Gedanke, tief unter dem Erdboden inmitten schier undurchdringlichen Dunkels einen schlammigen Pfuhl zu durchqueren, in dem es vielleicht Giftschlangen und anderes Getier gab, behagte ihr ganz und gar nicht. »Wie wär's damit«, schlug sie vor. »Wir bleiben einfach hier und warten, bis es vorbei ist.«

»Ist das dein Ernst?«, fragte ihr Vater. »Du willst aufgeben?«

»Nein«, widersprach sie entschieden. »Ich *will* nicht aufgeben, ebenso wenig, wie ich mich deiner beschissenen Widerstandsbewegung anschließen wollte. Aber du hast für mich entschieden, Vater. Ich sehe nur dem Unvermeidlichen ins Auge.«

»Noch leben wir«, stellte Paolo klar.

»Natürlich.« Sie nickte. »Aber wie lange wird es dauern, bis wir vor Erschöpfung und Durst den Verstand verlieren? Oder sollen wir das Wasser aus dieser Pfütze trinken? Dann können wir uns ebenso gut gleich erschießen – es ginge nur schneller und schmerzloser.«

»Alex!«, fuhr ihr Vater sie an. »Reiß dich verdammt noch mal zusammen! Wenn du schon nicht an dich selbst denkst, dann wenigstens an dein ...« Er unterbrach sich und kniff die Lippen zusammen, um sich selbst am Weitersprechen zu hindern. Alex jedoch war nur zu klar, was er hatte sagen wollen. Dass die Worte nicht aus seinem Mund gekommen waren, machte die Sache nicht besser.

Ihre Brust hob und senkte sich unter wütenden Atemzügen, und sie brauchte einen Moment, um sich wieder zu beruhigen. »Von allen Menschen auf dieser Welt«, sagte sie dann, »solltest du mir am allerwenigsten sagen, dass ich an mein Kind zu denken habe. Nicht, nachdem du mich feige im Stich gelassen hast.«

»Ich habe dich nicht im Stich gelassen. Ich habe getan, was notwendig war, um dich zu schützen und dein Leben zu retten - und genau das erwarte ich jetzt auch von dir, nicht mehr und nicht weniger. Es ist wahr, wir sind hier eingeschlossen, und es stimmt auch, dass unsere Chancen nicht gut stehen. Aber ehe wir nicht alle Möglichkeiten ausgeschöpft haben, werden wir auf gar keinen Fall aufgeben, hast du verstanden?«

»Natürlich habe ich verstanden«, entgegnete sie bitter, »und du solltest endlich verstehen, dass du mir nichts mehr zu sagen hast. Nicht nach allem, was du mir angetan hast ...«

Der Wortwechsel war ebenso lautstark wie sinnlos. Unter anderen Bedingungen, zu einem anderen Zeitpunkt, hätte es vielleicht eine Aussprache gegeben - hier unten, angesichts von Dunkelheit und Verzweiflung, gab es nur die Konfrontation, die beide Seiten zu Verlierern machte.

Paolo Genaro sah sich deshalb genötigt einzuschreiten. »Ich weiß nicht, was ihr beide einander angetan habt, und ich maße mir auch nicht an, es euch nachfühlen zu können. Aber ich weiß, dass wir hier unten nicht die geringste Chance haben, wenn wir nicht zusammenarbeiten. So wie ich das sehe, muss dieses Wasser irgendwo eingedrungen sein, und vielleicht gelangen wir durch diesen Einbruch ja hinaus. Oder wie seht ihr das?«

Sein Blick glitt von Alex zu Bowder und wieder zurück. Noch immer standen Vater und Tochter einander wie Feinde gegenüber, doch die Worte ihres Begleiters schienen beide nachdenklich zu machen.

»Einverstanden«, sagte Bowder schließlich und wandte sich ab.

»Und du, Alex?« Paolo schaute sie fragend an.

Ihre Wut und ihr Widerstand schwanden. Alles, wonach

sie sich in diesem Augenblick sehnte, war jemand, der sie verstand und der ihre Sorgen teilte.

»Ich habe Angst«, gestand sie leise.

»Ich weiß.« Er nickte. »Ich auch. Aber wenn wir hier bleiben, wird es nicht besser. Also, was meinst du?« Er streckte ihr die Hand hin, während er sich bereits in Richtung der brackigen Brühe in Bewegung setzte.

»Gibt es denn noch Hoffnung?«, fragte sie ihn, ihren Vater dabei absichtlich ignorierend. Paolo Genaro, so die Botschaft, genoss ihr uneingeschränktes Vertrauen, wohingegen Kenneth Bowder es für immer verloren hatte.

»Solange wir noch leben, besteht immer Hoffnung«, erwiderte der Archäologe.

Sie ergriff seine Hand, und er zog sie an sich heran und schloss sie tröstend in die Arme.

Alex ließ es geschehen, nicht nur, weil sie ihrem Vater zu verstehen geben wollte, wie überflüssig er in ihrem Leben geworden war, sondern auch, weil sie sich nach menschlicher Nähe und Trost sehnte, genau wie in jener Nacht im Lager, die Ewigkeiten zurückzuliegen schien ...

»Wird es gehen?«, erkundigte er sich bei ihr, als sie sich wieder voneinander lösten.

»Ich denke schon.«

»Dann komm.«

Bowder war bereits ein Stück vorausgegangen. Die Taschenlampe in der Hand, stand er bis zu den Knien in der grünen Brühe und spendete ihnen Licht. Alex wusste selbst nicht zu sagen, wieso es sie solch große Überwindung kostete, in die grüne Brühe zu steigen. Sie empfand dabei Ekel, und sie musste mit aller Macht dagegen ankämpfen. Vielleicht, vermutete sie, hing es mit der Schwangerschaft zusammen, die sie gewisse Dinge anders sehen und empfinden ließ als früher, und zum ersten Mal hatte Alex das Gefühl, das kleine Wesen, das in ihr heranwuchs, tatsächlich zu fühlen.

Unwillkürlich legte sie ihre Hand auf den Unterbauch, während sie Paolo in das schmutzige Nass folgte. Es war kalt und klebrig, und sie spürte, wie sich ihre Hosenbeine damit vollsogen und es klamm an ihr emporkroch.

»Du machst das gut, sehr gut«, sagte Paolo und schenkte ihr ein aufmunterndes Lächeln, das sie halbherzig erwiderte. Mit zusammengebissenen Zähnen folgte sie ihm und ihrem Vater in die dunkle, halb überflutete Röhre, die sich vor ihnen erstreckte. Und es war nicht nur die dumpfe, irrationale Furcht vor dem, was sie dort erwarten würde, die Alexandra Lessing in ihren Klauen hielt.

Sondern auch jene vor dem noch ungeborenen Leben, das in ihr reifte ...

5.

In der ersten Zeit, die ich in Deutschland verbrachte, bekam ich so gut wie nichts davon zu sehen. Das Wenige über dieses Land wusste ich aus dem Kino und von den Lehrfilmen, die die Army uns gezeigt hatte: dass die Nazis das Land in einen Trümmerhaufen verwandelt und wir dabei geholfen hatten, es wieder aufzubauen, dass es an einem strategisch wichtigen Punkt an der Schnittstelle zwischen Ost und West lag, und man ermahnte uns, dass viele Menschen uns dort als Besatzer ansahen und im Umgang mit ihnen Vorsicht angebracht war.

Deshalb dauerte es wohl eine ganze Weile, bis ich es wagte, die Sicherheit des Stützpunkts zu verlassen und mich unter jenes Volk zu mischen. Ich erlebte eine Überraschung. Denn die Deutschen, die ich sah, waren ganz anders, als ich gedacht hatte: Weder paradierten die Männer im Stechschritt, noch waren die Frauen verhärmt und ausgemergelt, und die Kinder waren auch nicht barfuß in den Straßen unterwegs. Stattdessen tranken sie Coca-Cola, stopften sich mit Hamburgern voll, die es im Schnellrestaurant um die Ecke zu kaufen gab, und standen vor den Kinos Schlange, um sich »Star Wars« anzusehen.

All das trug dazu bei, meine Vorurteile zu revidieren - am meisten jedoch war es ihr *Verdienst.*

Der Tag, an dem wir uns zum ersten Mal begegneten, wird mir immer unvergesslich bleiben - es war der 18. Juni 1978. Für einen Kameraden, dessen Dienstzeit zu Ende ging, organisierten wir ein Abschiedsfest, und unser Vorgesetzter, Lieutenant Devaney, war auf die wenig originelle Idee verfallen, ihm zur bleibenden Erinnerung an seine Zeit in Deutschland eine Kuckucksuhr zu schenken. Ich ging also in dieses Geschäft in der Altstadt von Heidelberg, um eines dieser kitschigen Dinger zu besorgen, die wohl nur für Touristen gefertigt werden - und da war sie.

Ihr Name war Sonja.

Sonja Lessing ...

Unterirdisches Bunkersystem
Exakte Position unbekannt
6 Uhr 14 Ortszeit

Ein Blick auf die Armbanduhr sagte Alexandra Lessing, dass sie seit fast drei Stunden durch die halb gefluteten Korridore irrten - hätte sie sich allein auf ihr Zeitgefühl verlassen, so hätte sie angenommen, dass es schon Tage waren.

Der Marsch durch die Dunkelheit war beschwerlich.

Wenn der Korridor anstieg, sank der Wasserspiegel und man kam vergleichsweise rasch voran; sobald es jedoch tiefer hinabging, stieg das Wasser wieder an, so dass es ihnen hin und wieder bis zur Brust reichte. Erschöpft, verdreckt und bis auf die Haut durchnässt schleppten sich die drei Verschütteten immer weiter durch die dunklen Gänge auf der verzweifelten Suche nach einem Weg aus dem unterirdischen Gefängnis.

Wie lang die Strecke war, die sie dabei bereits zurückgelegt hatten, war unmöglich zu sagen. Mehrmals hatte es Abzweigungen gegeben, denen sie jeweils gefolgt waren, nur um festzustellen, dass es sich um Sackgassen handelte. Schotts gab es häufig zu beiden Seiten des Korridors, aber nicht ein einziges davon ließ sich öffnen, so dass Alex und ihren Begleitern nichts anderes blieb, als umzukehren und ihr Glück in der anderen Richtung zu versuchen.

Es war ein ebenso ermüdendes wie deprimierendes Unterfangen, und Alex merkte, wie ihre Kräfte sie allmählich verließen. Als sie ins Straucheln geriet und im kniehohen Wasser stürzte, war ihr Vater sofort bei ihr, um ihr aufzuhelfen. Aber sie strafte ihn mit Nichtbeachtung und rappelte sich aus eigener Kraft wieder hoch. Ihr Zorn gab ihr die Kraft dazu - ohnmächtige Wut, die durch ihre Adern pulste und weder Maß noch Richtung hatte.

Mehrmals mussten Pausen eingelegt werden, um die Blutegel zu entfernen, von denen es im trüben Wasser nur so wimmelte. Mithilfe seines Feuerzeugs, das allerdings schon fast leer war, entfernte Paolo die kleinen schwärzlichen Tiere, indem er sie mit der immer kleiner werdenden Flamme versenkte, und die Gelassenheit, mit der er zu Werke ging, ließ vermuten, dass er dies schon oft getan hatte. Alex konnte nicht anders, als ihn für seinen Mut zu bewundern. Sie fand manches an ihm, das sie an Ismael erinnerte - seine Hilfsbereitschaft, seine Zuverlässigkeit, nicht zuletzt die Sicherheit, die er ausstrahlte. Und da war etwas, das ihn gegenüber Ismael sogar im Vorteil erscheinen ließ.

Er war sichtbar, ein gewöhnlicher Mensch.

Genau wie sie ...

Alex schämte sich für den Gedanken, aber während sie sich stundenlang durch die Dunkelheit kämpften, überkam er sie ein um das andere Mal, und unwillkürlich fragte sie sich, wie es wäre, ihr Kind nicht mit Ismael, sondern mit Paolo zu haben ...

Sie ärgerte sich über sich selbst, aber seit jener Nacht im Lager konnte sie in Paolo Genaro nicht mehr nur den Freund und Vertrauten sehen. Für beide hatte nur der Augenblick gezählt, und eine Nacht lang hatten sie nur für diesen Moment, nur für sich selbst gelebt, ohne sich dabei um andere oder um die Folgen zu scheren. Doch inmitten von Dunkelheit und Stille, als kaum ein Wort gesprochen wurde, dachte Alex sehr wohl daran.

Und ihr gefiel nicht, was sie dachte ...

Erneut stieg der Wasserspiegel an. Zunächst reichte er ihnen nur bis zu den Oberschenkeln, dann, nach einigen Metern, bereits bis zu den Hüften. Alex fühlte, wie sich ihr Khakianzug wieder mit Nässe vollsog.

In der Hoffnung, das Wasser würde bald wieder flacher werden, setzten sie den Marsch fort, doch das Gegenteil war der Fall. Das stinkende Nass kroch immer weiter an ihnen empor, und Alex verwünschte die Tatsache, dass ihre Körpergröße allenfalls durchschnittlich war: Während sie bereits bis zu den Schultern in der Brühe stand, reichte sie Paolo und ihrem Vater gerade mal bis zur Brust.

Das Vorankommen wurde schwierig. Verblüfft stellte Alex fest, dass es eine Strömung zu geben schien. Sie verlor mehrmals den Bodenkontakt und verlegte sich darauf, sich in großen Sprüngen fortzubewegen, die angesichts der vollgesogenen Kleidung und Stiefel allerdings Kraft kosteten. Sie versuchte zu schwimmen, aber das wollte ihr nicht recht gelingen. Schließlich blieb ihr nichts anderes übrig, als doch ihrem Vater die Hand zu geben, der eisern einen Fuß vor den anderen setzte und sie dabei hinter sich herzog. Nach einigen Metern trafen sie auf Paolo, der die Vorhut übernommen hatte und plötzlich stehen geblieben war.

»Was ist?«, wollte Alex' Vater wissen.

»Sehen Sie sich das an.«

Der Italiener hob die Lampe und leuchtete den Korridor hinab. Was im Lichtschein zu sehen war, war niederschmetternd.

Erneut waren sie in einer Sackgasse gelandet - mit dem Unterschied, dass der Weg diesmal nicht vor einer Wand aus metallverkleidetem Fels endete, sondern im Wasser.

Offenbar befand sich dort eine Treppe, die in der dunklen Brühe verschwand.

»Verdammt«, knurrte Kenneth Bowder in die Stille.

Alle wussten, was dies zu bedeuten hatte. Sie waren nicht nur am Ende des Weges angelangt, sondern auch am Ende ihres Lebens, das sich allerdings bei weitem nicht so rasch und spontan einstellen würde, sondern quälend langsam ...

Alex lachte leise und resignierend. »Seid ihr nun zufrieden?«, fragte sie.

»Das ist nicht fair«, schnaubte Paolo und ballte hilflos die Faust. »Das ist verdammt noch mal nicht fair ...«

»Es war alles vergeblich«, versetzte Alex. »Der ganze lange Marsch, all die Mühen ...«

»Wir haben es wenigstens versucht«, sagte ihr Vater in dem Versuch, seine jüngeren Begleiter zu trösten, wovon Alex allerdings nichts wissen wollte.

»Tu mir einen Gefallen«, zischte sie. »Behalte deine altväterlichen Ratschläge für dich!«

»Wie du willst.«

Er widersprach nicht, was nicht mehr und nicht weniger bedeutete, als dass auch er keinen Rat mehr wusste. Mit einem resignierenden Nicken wandte er sich ab, und zum ersten Mal hatte Alex das Gefühl, vielleicht zu hart zu ihm zu sein.

Andererseits - was spielte es noch für eine Rolle, nun, da alles verloren war?

Schlagartig wurde es dunkel. Von einem Augenblick zum anderen konnte man die Hand nicht mehr vor Augen sehen, und angesichts des Wassers, das sie umgab, und der Kreaturen, die sich darin tummeln mochten, fühlte Alex Panik in sich aufwallen.

»Paolo?«, fragte sie.

»Alles in Ordnung. Ich habe nur die Lampe abgeschaltet, weil ich etwas überprüfen möchte.«

»Was? Ob es sich im Dunkeln leichter stirbt?«

»Das nun gerade nicht«, widersprach er, blieb aber die

Auskunft schuldig, worum es ihm tatsächlich ging. Noch einige quälende Sekunden verstrichen, ehe er die Lampe wieder anschaltete. Alex atmete innerlich auf. Angesichts des nahen Todes kam es ihr fast lächerlich vor, aber die Dunkelheit war ihr unerträglich gewesen.

»Was ist?«, wollte ihr Vater wissen. »Haben Sie etwas gefunden?«

»Ich denke ja«, sagte Paolo, während er Alex seine Taschenlampe in die Hand drückte und zu ihrem Befremden damit begann, sein Hemd auszuziehen.

»W-was hast du vor?«

»Ich werde tauchen«, antwortete er knapp - und verschwand auch schon unter der nachtschwarzen Oberfläche. Nur wenige Augenblicke später war er wieder zurück, in jeder Hand einen seiner Stiefel, die er ausgezogen hatte. »Ich will wissen, wohin dieser Gang führt«, erklärte er.

»Und wenn er nirgendwohin führt?«, fragte Alex.

»Dann will ich auch das wissen«, erklärte er und lächelte tapfer. »Ich bin mir nicht sicher, aber ich bilde mir ein, dort unten einen Lichtschimmer gesehen zu haben.«

»Licht?«, fragte Bowder. »Wie kann das sein?«

»Das weiß ich nicht, aber ich bin entschlossen, es herauszufinden. Bitte verwahren Sie solange mein Hemd und die Stiefel. Wollen Sie das tun?«

»Natürlich, aber ...«

»Das ist Wahnsinn!«, wandte Alex ein. »Wenn dir da unten die Luft ausgeht ...«

»Dann sollte ich besser tief einatmen, oder?« Er gab sich Mühe, unbeschwert zu klingen, aber sie kannte ihn inzwischen gut genug, um zu wissen, dass es nur Fassade war.

»Sie müssen Ihre Atemluft halbieren, Genaro«, schärfte Bowder ihm ein. »Wenn Sie sich auf dem Hinweg verausgaben und auf keinen Hohlraum mit Luft stoßen, gibt es für Sie kein Zurück mehr.«

»Das ist mir klar, Sir.«

»Kennen Sie Ihren Körper so gut, um sich das zuzutrauen?«

»Ganz ehrlich?« Paolo schüttelte den Kopf. »Ich weiß es nicht, aber angesichts unserer Lage fällt mir nichts Besseres ein. Auf dem Weg hierher haben wir alle Abzweigungen und Nebengänge überprüft. Wenn überhaupt, dann führt nur dieser Gang nach draußen, und ich bin nicht gewillt, jetzt aufzugeben.«

»Du wirst sterben«, sagte Alex leise. Es klang nicht wie eine Befürchtung, die sie äußerte, sondern wie eine Feststellung.

»Wenn wir nichts unternehmen, gibt es ohnehin keine Rettung mehr«, erwiderte er. »Wir haben also nichts zu verlieren.«

»Aber ich möchte nicht, dass du gehst, bitte.« Sie schaute ihn durchdringend an. »Lass mich nicht allein.«

Er sah das Flehen in ihren Augen, und kurz entschlossen kämpfte er sich durch das Wasser auf sie zu, schloss sie in die Arme und küsste sie hart auf den Mund. Dann holte er tief Luft - und tauchte kopfüber in die Dunkelheit.

»Paolo! Nein!«, schrie Alex, dass der halb geflutete Korridor dumpf davon dröhnte. Entsetzt starrte sie auf die Stelle, wo Genaro verschwunden war, in der vagen Hoffnung, dass er es sich vielleicht anders überlegen und wieder auftauchen würde - aber das war nicht der Fall.

Sie wischte sich die Tränen weg, die ihr in die Augen gestiegen waren, und dann erst bemerkte sie den Blick, der auf ihr lastete.

Sie wandte den Kopf und sah ihren Vater, der sie mit einer Mischung aus Vorwurf und Entsetzen anstarrte. Sie wusste, was er dachte, und ein Teil von ihr war der gleichen Ansicht - ein anderer Teil allerdings, derjenige, der all das hier hinter sich lassen und am liebsten ein anderes, befreites Leben beginnen wollte, fühlte sich unwiderstehlich zu Paolo

Genaro hingezogen. Doch was für eine Rolle spielte es noch, nun, nachdem er gegangen war?

»Sag nichts, Vater«, flüsterte sie nur.

Und Kenneth Bowder schwieg.

Unbekannter Ort
Zur selben Zeit

Elizabeth Kwon erinnerte sich nicht, wann sie wieder eingeschlafen war. Aber die Tatsache, dass sie sich ganz offenbar nicht mehr an Bord des Flugzeugs befand, ließ sie vermuten, dass sie erneut das Bewusstsein verloren hatte – für wie lange, vermochte sie nicht zu sagen.

Vermutlich hatte man ihr ein Betäubungsmittel verabreicht, und es dauerte einen Augenblick, bis die Erinnerung vollends zu ihr zurückkehrte. Der Überfall im Dschungel, Kim Lis Entführung, der Verräter Lidenbrock ...

Lidenbrock!

Das plötzliche Gefühl, beobachtet zu werden, ließ sie die Augen aufreißen. Im ersten Moment nahm sie ihre Umgebung nur verschwommen wahr, aber dann traten Details hervor: weiße, gekalkte Wände ... allerlei Apparaturen, deren Zweck die Psychologin nicht kannte ... ein kleiner Tisch mit einem Bildschirm darauf. Beleuchtet wurde der Raum von grellem Neonlicht, das unmittelbar über ihr angebracht war und sie blendete. Sie selbst befand sich in der Mitte der Kammer, auf einer stählernen Platte liegend – und jäh wurde ihr bewusst, dass es sich dabei um einen Operationstisch handelte!

In einem Fluchtreflex wollte sie sich aufrichten – nur um festzustellen, dass dies unmöglich war. Ihre Hand- und Fußgelenke waren mit ledernen Riemen an den Tisch geschnallt und hinderten sie an der Flucht. Erst da stellte Elizabeth fest, dass man ihr die Kleidung abgenommen hatte. Von einem Augenblick zum anderen verfiel sie in Panik.

Ihr Atem stockte, und ihr Pulsschlag beschleunigte sich, gleichzeitig wurde ihr speiübel. Wie von Sinnen zerrte sie an den ledernen Fesseln, auch wenn sie wusste, dass es zwecklos war. Während ihrer Zeit in Berkeley war sie oft genug dabei gewesen, wenn Patienten, die eine Gefahr für sich und andere dargestellt hatten, auf ähnliche Weise fixiert worden waren. Diese Menschen hatten ihre ganze Wut, ihre ganze Kraft und ihre ganze Verzweiflung in das fruchtlose Bemühen gesteckt, sich zu befreien - ebenso vergeblich, wie Elizabeth es nun versuchte.

»Lassen Sie es gut sein, Dr. Kwon. Ihre Lage verbessert sich nicht dadurch, dass Sie sich verausgaben.«

Elizabeth erstarrte. Die Stimme war unmittelbar neben ihr aufgeklungen, was bedeutete, dass ihr instinktiver Eindruck, beobachtet zu werden, sie nicht getrogen hatte. Aber es war nicht Lidenbrock, der zu ihr sprach.

Es war eine Frau, die ebenso unsichtbar war wie der Verräter ...

»Wer sind Sie?«, wollte Elizabeth wissen. Ihre Stimme hörte sich matt und kraftlos an und sehr viel weniger entschlossen, als sie es beabsichtigt hatte.

»Das hängt ganz von Ihnen ab, Doktor. Ich kann Ihnen eine gute Freundin sein - oder der grässlichste Alptraum, den Sie jemals hatten. Die Entscheidung überlasse ich Ihnen.«

»Wo bin ich hier?«

»Sie erwarten nicht wirklich, dass ich diese Frage beantworte, oder?«

»Nein«, gab Elizabeth zu. Sie fror, aber das war nicht der einzige Grund, warum sie zitterte. Nie zuvor hatte sie eine Stimme vernommen, in der eine solch eisige, abgründige Kälte gelegen hatte.

Die Stimme einer Mörderin ...

»Ich schlage vor, dass ich die Fragen stelle«, sagte die Unsichtbare. Sie hatte ihren Platz am Kopfende des Tisches aufgegeben und umrundete ihn offenbar unaufhörlich, denn Elizabeth vernahm sie bald auf dieser, bald auf jener Seite, was sie nur noch mehr einschüchterte. Nie zuvor in ihrem Leben hatte sie sich so hilflos und ausgeliefert gefühlt, und sie begann zu ahnen, wie sich der eine oder andere Patient gefühlt haben musste, den sie im Zuge ihrer Forschungsarbeit begutachtet hatte - mit einem bedeutsamen Unterschied: Sie war klaren Verstandes. Aber hatten das nicht auch ihre Patienten stets von sich behauptet?

Kennzeichnete es nicht das Wesen des Wahnsinns, dass man ihn an sich selbst nicht erkannte? Dass man nicht in der Lage war, zwischen Wahn und Wirklichkeit zu unterscheiden? Hatte Elizabeth womöglich den Verstand verloren? Hatte sie sich alles nur eingebildet? Eine Weltverschwörung von Unsichtbaren, ein Kind, das im Infrarotbereich sehen konnte, eine archäologische Grabung im südamerikanischen Dschungel ... Waren das nicht genau solche Dinge, die sie bei einem Patienten als »eindeutig psychotischen Ursprungs« bezeichnet hätte?

Für einige Augenblicke zweifelte sie an sich selbst. Bis heißer, brennender Schmerz durch ihren Körper flutete und ihr unmissverständlich klarmachte, dass sie keinesfalls nur eine Geistesstörung durchlitt, sondern die Realität - die grässlicher war als alles, was sich in den dunklen Winkeln ihrer Seele verbergen mochte.

Ein Schrei entfuhr ihr, den die Unsichtbare mit leisem Gelächter quittierte. »Nur damit Sie wissen, Doktor, dass ich nicht scherze.«

»W-was war das?«

»Elektrizität. Fünfhunderttausend Volt, um genau zu sein. Nicht tödlich, aber sehr schmerzhaft, wie Sie zweifellos festgestellt haben.«

Elizabeth schluckte und zwinkerte, um die Tränen wegzublinzeln, die ihr in die Augen geschossen waren. Plötzlich wurde ihr klar, wozu all die Apparaturen dienten, die den Tisch umlagerten, und sie begriff, dass dies keineswegs ein Krankenzimmer war ...

Sondern eine Folterkammer!

Die Erkenntnis stachelte ihre Übelkeit nur noch mehr an. Sie würgte und hätte sich übergeben, wäre ihr Magen nicht völlig leer gewesen. Krämpfe zogen ihren Verdauungstrakt zusammen, und sie wollte sich krümmen, was wegen der Fesseln jedoch nicht möglich war. Die Folge war abermals Schmerz - hämmernder, bleierner Schmerz, der von ihren Eingeweiden die Wirbelsäule hinaufkroch und ihr das Gefühl gab, ihr Kopf würde explodieren. Sie wollte schreien, aber alles, was sie zustande brachte, war ein heiseres Husten. Indem sie all ihren Willen aufwandte, gelang es ihr, sich wieder ein wenig zu beruhigen - auch wenn sie das Gefühl hatte, in einen gähnenden schwarzen Abgrund zu blicken, der sie jeden Augenblick verschlingen würde.

»Ich sehe, wir verstehen uns«, sagte ihre Peinigerin in einem Tonfall, als ginge es um den Kauf eines Gebrauchtwagens.

Gebrauchtwagen ...

Wie ein Echo geisterte das Wort durch Elizabeths Bewusstsein, und sie musste daran denken, dass sie ihren alten Dodge im nächsten Frühjahr hatte verkaufen wollen, um einen dieser neuen, spritsparenden Kleinwagen zu erstehen, die groß im Kommen waren. Fremde Gedanken aus einer fernen Welt ...

»Was ... wollen Sie von mir?«

»Ist das nicht offensichtlich?«

»Sie - Sie haben kein Recht, mich gefangen zu halten ...«

»Wir haben *jedes* Recht, Dr. Kwon. Sie sind eine überführte Delinquentin und haben sich der Kollaboration mit dem Feind schuldig gemacht.«

»Mit welchem Feind?«, presste Elizabeth hervor. »Ihrem?«

»Dem des Ordens«, antwortete die kalte, gestaltlose Stimme. »Der Orden ist überall, Dr. Kwon. Es war ein Fehler, gegen ihn zu arbeiten.«

»Das habe ich nicht getan. Ich habe nur ...«

»Dies ist kein Gericht, Dr. Kwon, also sparen Sie sich Ihre Verteidigungsreden. Ihre Schuld wurde bereits festgestellt, und Sie sind des Verrats und der Verschwörung überführt. Normalerweise betrachten wir dies als todeswürdiges Verbrechen, aber in seiner Großzügigkeit hat der Orden beschlossen, Ihnen noch eine Chance zu geben.«

»Tatsächlich?« Elizabeth verzog das Gesicht. »Wie freundlich von ihm.«

»Offenbar«, sagte die Stimme, »haben Sie den Ernst der Lage noch nicht ganz begriffen. Der Orden ist keine Phantasterei, Dr. Kwon. Er ist kein Hirngespinst, wie Sie vielleicht glauben wollen, sondern die Wirklichkeit. Auch wenn die meisten Menschen dort draußen nichts von seiner Existenz ahnen, ist er dennoch real, und es sind seine Gesetze, die gelten. Sollten Sie sich weigern, diese einfache Wahrheit anzuerkennen, wird es mir ein Vergnügen sein, Ihnen ein wenig Nachhilfeunterricht zu erteilen.«

»Davon bin ich überzeugt«, sagte Elizabeth nur.

»Ich würde Ihnen also raten zu kooperieren, Dr. Kwon. Alles andere wird Ihnen nur sehr viel Schmerz und einen ebenso langsamen wie grausamen Tod eintragen.«

Wieder sprach die Stimme mit derartiger Erbarmungslosigkeit, dass Elizabeth erneut Panik verspürte, und ohne dass sie es wollte, hörte sie sich selbst sagen: »Was wollen Sie wissen?«

»Alles, Dr. Kwon«, antwortete die Stimme. »Alles, was Sie von den Anderen erfahren haben: ihre Namen, ihre Anzahl, ihre technischen Möglichkeiten ... Vor allem aber will ich wissen, wo sich der Verräter aufhält, der sich Ismael nennt.«

»Wie kommen Sie darauf, dass ich etwas darüber wissen könnte?«

»Tun Sie das nicht, Doktor. Glauben Sie nicht, mich zum Narren halten zu können. Menschen, die sehr viel härter waren als Sie und von weitaus robusterer Konstitution, haben das vergeblich versucht.«

»Was ... ist mit ihnen geschehen?«

Die Stimme lachte leise. »Sie meinen, nachdem sie sich in ihrem eigenen Blut und ihren Exkrementen wanden und heulend nach ihrer Mutter riefen?«

Elizabeth erwiderte nichts darauf, denn ihr war klar, dass ihre unsichtbare Peinigerin die Wahrheit sagte - das bewies die Eiseskälte ihrer Stimme.

»Ich weiß nicht, wo Ismael ist«, sagte Elizabeth leise.

»Aber Sie kennen ihn?«

Elizabeth deutete ein Nicken an.

»Wo und wann haben Sie ihn zuletzt gesehen?«

»Das weiß ich nicht mehr.«

»Nein? Vielleicht wird dies Ihrem Gedächtnis auf die Sprünge helfen ...«

Sie hatte noch nicht zu Ende gesprochen, als ein neuerlicher Elektroschock durch Elizabeths Körper raste und sich von den Füßen bis zum Gehirn emporfraß. Der Schmerz war mörderisch, dennoch schrie Elizabeth nicht auf, sondern presste die Lippen so fest aufeinander, wie sie nur konnte.

»Wo haben Sie ihn zuletzt gesehen?«, bohrte die Unsichtbare weiter, nachdem der Schmerz nachließ. »Ist es in Europa gewesen?«

Wieder eine Schmerzwelle, die sie mit der Wucht eines Hammerschlags traf - aber Elizabeth schwieg. Ismael war ihr zuletzt in der auf Macao befindlichen Operationsbasis 44 begegnet, doch wenn sie das verriet, bedeutete das nicht nur den Tod all der Menschen dort, sondern letztlich ihren eigenen. Von Interesse war sie für den Orden nur, solange man annahm, dass sie etwas wusste. Hatte sie ihr Wissen erst preisgegeben, würde ihre unsichtbare Peinigerin sie beseitigen. Sie musste also schweigen, schon um des eigenen Überlebens willen – und ihr größter Feind dabei war sie selbst, ihr Unterbewusstsein, das der Qual entgehen und den schnellen, direkten Weg nehmen wollte.

Ihr war klar, dass weder ihr Wille noch ihre Kraft ausreichen würden, um der Folter lange standzuhalten. Ihre einzige Hoffnung war eine Ohnmacht. Das würde ihr Zeit verschaffen – auch wenn sie nicht recht wusste, wie sie das letztendlich retten sollte ...

»Ich kann sehen«, sagte die Unsichtbare, »dass Sie sich innerlich wappnen. Das zeugt von einem starken Charakter, und ich muss zugeben, dass ich das bei Ihnen nicht erwartet hätte.«

»Soll das ein Kompliment sein?«, fragte Elizabeth zweifelnd.

»Kaum«, sagte die Stimme, plötzlich ganz nah an ihrem Ohr. »Aber ich darf dir versichern, dass es mir ein Vergnügen wäre, mich mit dir zu messen und deine Persönlichkeit bloßzulegen, Schicht für Schicht, bis ich dich so nackt und schutzlos sehe wie zuletzt nur dein Schöpfer ...«

Elizabeth erschauderte unter den Worten. Sie konnte den Atem der Unsichtbaren spüren, ihre körperliche Nähe, und sie zitterte wieder am ganzen nackten Leib, weil sie nicht wusste, was als Nächstes geschehen würde. Einen Moment lang glaubte sie, von einer Hand berührt zu werden, aber schon einen Lidschlag später war dieser Eindruck wieder verflogen, so dass sie nicht wusste, ob es eine Täuschung gewesen oder wirklich geschehen war.

»Bedauerlicherweise«, stellte ihre Peinigerin sachlich fest, nun wieder den Operationstisch umkreisend, »fehlt uns die Zeit, dieses Vergnügen bis zur Neige auszukosten. Statt dich also der hohen Kunst der Folter zu unterziehen, werde ich auf ein einfacheres, jedoch - wie ich glaube - sehr viel wirkungsvolleres Druckmittel setzen, das auch auf dich seine Wirkung nicht verfehlen wird. Sieh her.«

Elizabeth wandte den Blick und sah den Bildschirm auf einem der Beistelltische, der auf einmal einen Raum zeigte, dessen Wände metallverkleidet waren. In der Mitte war ein Stuhl aufgestellt, auf dem ein kleines Mädchen kauerte, einen Ausdruck namenloser Furcht im Gesicht.

Kim Li ...

Sie war nicht gefesselt, aber das schien auch nicht nötig zu sein. Angst und Entsetzen hatten das Kind erstarren lassen und hielten es gefangen, unnachgiebiger als alle Ketten.

Der Anblick des Mädchens, das ganz allein und völlig verängstigt war, traf Elizabeth bis ins Mark. »Kim Li«, hauchte sie. »Wo ist sie?«

»Weit weg von hier, an einem geheimen Ort«, lautete die Antwort. »Sicher kannst du dir denken, wie sich das Kind fühlen muss, ganz allein und von allen verlassen.«

»Warum tun Sie das?«, wollte Elizabeth wissen. »Sie ist noch ein Kind, ein unschuldiges Kind.«

»Ein Kind zweifellos, aber ›unschuldig‹ trifft es wohl nicht ganz. Du selbst hast doch herausgefunden, wozu die Kleine in der Lage ist, oder nicht? Sie ist ein *Videns*, und das bedeutet, dass sie in der Lage ist, uns zu sehen. Glaubst du, der Orden könnte es sich leisten, eine solche Gefahr einfach zu ignorieren?«

»Was ... haben Sie mit ihr vor?«

»Natürlich wird das Mädchen eingehend untersucht werden, vor allem ihre DNS. Wir müssen wissen, ob es sich bei ihrer Fähigkeit lediglich um eine Laune der Natur handelt oder ob sich mehr dahinter verbirgt. Was danach mit ihr geschieht, hängt ganz von dir ab. Solltest du dich entschließen, doch mit uns zu kooperieren, so wird sich der Orden gnädig zeigen und dich und das Mädchen an einen geheimen Ort bringen, wo ihr sicher seid.«

»Sicher?«, fragte Elizabeth ungläubig. »Was bedeutet das?«

»Ihr würdet der Überwachung des Ordens unterliegen, aber ihr würdet leben, alle beide. Du könntest für die Kleine sorgen und ihr als ihre Mutter Liebe und Trost schenken - und das ist es doch, was du willst, oder nicht?«

Der Spott und die Verachtung, die in diesen Worten mitschwangen, ließen erkennen, dass die Unsichtbare nicht wusste, wovon sie sprach. Weder hatte sie jemals mütterliche Liebe empfangen noch sie selbst jemals empfunden. Der Anblick Kim Lis sorgte jedoch dafür, dass in Elizabeth Kwon dieses Gefühl stärker wurde als je zuvor.

»Und - wenn ich mich weiter weigere?«, wollte sie wissen.

»Dann«, versicherte die Unsichtbare, wobei sie sich erneut über sie beugte und ihre Stimme zu einem Flüstern senkte, »werde ich die Anweisung geben, die Kleine nach Abschluss der Untersuchungen zu töten - und ich werde dich zwingen, dabei zuzusehen.«

»Nein.« Elizabeth schüttelte den Kopf. »Das werden Sie nicht tun. Nicht einmal Sie können so unmenschlich sein.«

»Du willst mit mir über Menschlichkeit debattieren? Angesichts all der Kriege, die dort draußen toben? Angesichts all der Hungersnöte und Barbareien in eurer sichtbaren Welt? Wenn dem globalen Finanzmarkt der Zusammenbruch droht, sind eure Nachrichten voll davon - aber wenn Menschen in Afrika verhungern, dann schert euch das einen Dreck. Nein, meine Teure - diskutiere lieber nicht mit mir über den Wert der Menschlichkeit, denn soweit es mich betrifft, seid ihr alle nichts wert, nicht mehr als Tiere. Eure Zeit ist abgelaufen, und das ist auch gut so. Die Zukunft auf diesem Planeten gehört der unsichtbaren Rasse. Also zweifle keinen Augenblick daran, dass ich den Befehl geben werde, deinem Liebling die Kehle durchzuschneiden, denn ich werde nicht mehr dabei empfinden, als wenn ich eine Ameise unter meinen Füßen zertrete. Hast du das verstanden?«

Elizabeth nickte krampfhaft. Selbst bei den gravierendsten Fällen menschlicher Psychose, denen sie im Laufe ihrer Arbeit an der Universität begegnet war, war ihr nie ein solcher Ausbund an grenzenlosem Hass und nur mühsam beherrschter Aggression begegnet. Die Vorwürfe, die gegen die Menschheit erhoben wurden, mochten nicht unbegründet sein, aber das rechtfertigte nicht, sie zu instrumentalisieren und Unschuldige zu töten. Selbstüberschätzung, Rassenwahn und faschistoides Gedankengut waren die Zutaten eines pervertierten Menschenbildes, das dem Orden als Rechtfertigung für jede noch so grausame Untat diente ...

»Sie irren sich«, sagte Elizabeth leise, fast flüsternd. »Sie irren sich sehr.«

»In welcher Beziehung?«

»In jeder Beziehung. Die Menschheit mag mit Fehlern behaftet sein, aber sie ist in der Lage zu lernen.«

»Ihr hattet Zeit genug zu lernen, jahrhunderte-, jahrtausendelang, also beklagt euch nicht. Und nun sage mir, Doktor Kwon: Wirst du mir verraten, was ich wissen will, oder willst du die kleine Kim Li für deine Überzeugungen opfern? Mir ist es gleich, nur entscheide dich!«

Elizabeth biss sich auf die Lippen, so als wollte sie sich selbst daran hindern, eine vorschnelle Antwort zu geben. Die Wahl, vor die ihre unsichtbare Peinigerin sie stellte, war grauenhaft: Wenn sie weiter beharrlich schwieg, würde Kim Li einen ebenso grausamen wie sinnlosen Tod sterben – und keine andere als sie selbst würde schuld daran sein.

Wäre sie nicht so versessen darauf gewesen, den Fall der kleinen Chinesin mit der ungewöhnlichen Inselbegabung zu untersuchen, und wäre sie nicht so leichtfertig mit ihren Erkenntnissen umgegangen, hätte der Orden wohl niemals

Kenntnis von Kim Lis Existenz erlangt. In ihrer Gier nach wissenschaftlicher Anerkennung hatte Elizabeth Verderben über das Mädchen und seine Familie gebracht.

Natürlich konnte man einwenden, dass nicht sie es gewesen war, die Kim Lis Pflegeeltern in Hongkong getötet hatte, und natürlich konnte sie nichts dafür, dass ein Orden von Unsichtbaren existierte, der nach der Weltherrschaft strebte. Die Last der Verantwortung jedoch spürte sie trotzdem, und sie war der Grund dafür, dass sich Elizabeth Kwon entschloss, ihrer Peinigerin nachzugeben.

Der Preis war Kim Lis Leben ...

»Versprechen Sie mir, dass Sie das Kind schonen«, verlangte Elizabeth mit brüchiger Stimme. »Schwören Sie es ...«

»Glaubst du denn, das würde etwas ändern?«

»Sie müssen es schwören, bei allem, woran Sie glauben.«

»Bitte sehr, wenn dir so viel daran liegt - ich schwöre, dass die Kleine leben wird. Vorausgesetzt, du sagst uns, was wir wissen wollen.«

Elizabeth holte tief Luft; den Geruch von rostigem Eisen und altem Öl nahm sie kaum wahr. Es kostete sie Überwindung, zur Verräterin zu werden. Aber wenn sie Kim Lis Leben retten wollte, blieb ihr keine Wahl. Ihre uneingeschränkte Loyalität hatte dem Mädchen zu gelten, nicht einer Gruppe von Widerstandskämpfern, von deren Existenz sie noch vor kurzem nicht einmal etwas geahnt hatte.

»Ich weiß nicht, wo sich Ismael gegenwärtig aufhält ...«, begann sie schließlich zögernd.

»Falsche Antwort«, kommentierte die Unsichtbare.

»... aber«, fuhr Elizabeth fort, »ich kann Ihnen sagen, wo sich einige ihrer Stützpunkte befinden. Vielleicht finden Sie dort weitere Hinweise.«

Endlose Sekunden lang erfolgte keine Antwort, so dass Elizabeth schon befürchtete, sie hätte einen Fehler begangen und sowohl ihren Tod als auch den von Kim Li verschuldet.

Unvermittelt ließ sich ihre unsichtbare Peinigerin jedoch schließlich wieder vernehmen.

»Sieh an«, bemerkte sie, »offenbar beginnen wir uns allmählich zu verstehen ...«

Unterirdisches Bunkersystem
Exakte Position unbekannt
Zur selben Zeit

Alex vermochte nicht zu sagen, wie oft sie in den letzten Minuten im Licht der Taschenlampe auf die Uhr geblickt hatte. Viel zu rasch war der Sekundenzeiger über das Zifferblatt gehuscht, und wertvolle Zeit war verronnen.

Zeit, die über Leben oder Tod von Paolo Genaro entschied.

Nach Ablauf der ersten Minute hatte sie sich noch eingeredet, dass alles in Ordnung wäre, und auch, nachdem zwei Minuten verstrichen waren, hatte sie sich noch immer gesagt, dass es für einen Mann von Paolos Konstitution keine Schwierigkeit wäre, den Atem so lange anzuhalten.

Nach drei Minuten allerdings waren ihr erste Zweifel bekommen, nach vier ernste Befürchtungen. Und nun, da der Zeiger seine Runde zum fünften Mal vollendete, schien aus Alex' Ahnung, dass Paolo nicht zurückkehren würde, Gewissheit geworden zu sein.

»Nein«, hauchte sie ebenso leise wie flehend und sprach in Gedanken lautlose Gebete. »Bitte nicht ...«

»Alex«, ließ sich ihr Vater vernehmen, der schweigend im Hintergrund gewartet hatte. Weder ein Wort des Trostes noch ein Vorwurf war von ihm zu hören gewesen, was Alex ihm positiv anrechnete. Nun allerdings schien er sein Schweigen brechen zu wollen, um als Stimme der Vernunft zu ihr zu sprechen.

»Nein!«, rief sie laut und schüttelte störrisch den Kopf, sowohl den Blick als auch das Licht von Paolos Taschenlampe weiter auf das Zifferblatt ihrer Armbanduhr gerichtet. »Sag nichts! Ich will es nicht hören!«

Fünfeinhalb Minuten.

Nicht einmal geübte Schwimmer vermochten ihre Luft so lange anzuhalten, dazu war Paolo noch durch den beschwerlichen Marsch geschwächt gewesen ...

»Es tut mir leid, Alex«, sagte ihr Vater dennoch, allen Mahnungen zum Trotz. »Wenn ich ...«

»Es braucht dir nicht leidzutun«, erwiderte sie, sich wie eine Ertrinkende an den letzten Strohhalm Hoffnung klammernd. »Paolo ist okay. Es geht ihm gut, verstehst du?«

Bowder erwiderte nichts darauf, und das war noch schlimmer, als wenn er offen widersprochen hätte.

»Er ist nicht tot«, behauptete Alex mit bebender Stimme. »Er hat gesagt, dass er zurückkehrt ...«

Sechs Minuten.

Niemand vermochte es derart lange ohne Atemgerät unter Wasser auszuhalten.

Wahrscheinlich war genau das geschehen, was Alex' Vater befürchtet hatte – Paolo hatte sich auf dem Hinweg übernommen. Er hatte seinen Lungenvorrat falsch eingeschätzt und es nicht mehr zurückgeschafft ...

»Ich werde ihn holen«, erklärte Alex spontan und wollte ebenfalls tauchen, aber ihr Vater sprang vor und packte sie, hielt sie unnachgiebig fest.

»Nein!«, stellte er klar.

»Lass mich los! Ich muss zu ihm! Ich muss ihn retten ...!«

»Das kannst du nicht«, erwiderte Bowder hart. »Er hat das Risiko gekannt und getan, was er für das Richtige hielt – ganz sicher wollte er nicht, dass du ihm in den Tod folgst.«

»Er ist nicht tot!«, widersprach sie, während sie sich mit

aller Kraft aus seinem Griff zu entwinden versuchte. »Er lebt noch!«

»Unsinn. Länger als fünf Minuten schafft das niemand – und ein Akademiker, der den größten Teil seines Lebens damit zugebracht hat, seine Nase in Bücher zu stecken, schon gar nicht.«

»Lass mich los, verdammt noch mal!« Mit zu Fäusten geballten Händen schlug sie auf ihren Vater ein. »Er darf mich nicht allein lassen, hörst du? Das darf er nicht ...«

Kenneth Bowder hatte aus der Vergangenheit gelernt.

Anders als vor fünfzehn Jahren ließ er seine Tochter diesmal nicht los, sondern hielt sie fest, alle Beschimpfungen und Schläge ignorierend, auch dann noch, als ihre Kräfte schließlich ermatteten und die Trauer sie überwältigte. Ungehemmt schossen Alexandra Tränen in die Augen, und in ihrer Not konnte sie nicht anders, als sich an den einzigen Menschen zu klammern, der ihr inmitten von Dunkelheit und Verzweiflung noch geblieben war – ihren Vater.

»Ich weiß«, flüsterte er ihr ins Ohr, während sie von Weinkrämpfen geschüttelt wurde. »Ich weiß, wie es ist, jemanden zu verlieren ...«

Diesmal widersprach sie nicht. Der Schmerz war zu groß, als dass sie etwas hätte erwidern können. Sie hatte den Eindruck, in einem See aus Trauer und Verzweiflung zu versinken – als sie plötzlich ein lautes Plätschern vernahm.

»Was zum ...?«

Erschrocken fuhr Bowder herum und riss seine Tochter mit – und mit vor Staunen weit aufgerissenen Augen erblickten die beiden keinen anderen als Paolo Genaro, kreidebleich, aber mit einem breiten Grinsen im Gesicht. »*Ciao*«, krächzte er keuchend. »Ich hatte ja gesagt, dass ich wiederkomme ...«

Alex wusste nicht, wie ihr geschah. Einen Augenblick lang war sie wie vom Donner gerührt. Aus tränengeröteten Augen starrte sie den Italiener an, als wäre er ein Gespenst - dann riss sie sich von ihrem Vater los, eilte durch das gischtende Wasser auf Paolo zu und schloss ihn in die Arme.

»Verdammt, Junge«, knurrte Bowder und machte ein grimmiges Gesicht, um seine eigenen Emotionen zu verbergen. »Wo haben Sie die ganze Zeit über gesteckt? Wir haben uns Sorgen um Sie gemacht.«

Der Archäologe grinste. »Das lag nicht in meiner Absicht, glauben Sie mir.«

»Wie haben Sie es geschafft, so lange da unten zu bleiben? Sie müssten tot sein.«

»Dazu hätte auch nicht viel gefehlt«, räumte Paolo ein, dessen Atmung sich allmählich wieder beruhigte. »Dort geht es tatsächlich eine Treppe runter, und ich bin bis zu ihrem Fuß hinabgetaucht und dann dem anschließenden Korridor gefolgt, und schon nach wenigen Metern hatte ich den Eindruck, an seinem Ende tatsächlich Licht zu sehen. Ich schwamm also weiter und musste mich schließlich entscheiden, ob ich umkehren oder dem Ursprung des Lichts auf den Grund gehen wollte, auch auf die Gefahr hin, dass ich es nicht mehr zurückschaffen würde. Und ich entschloss mich weiterzumachen.«

»Und dann?«, fragte Alex atemlos.

»Ich legte eine weite Strecke zurück, schwamm immer weiter und erreichte schließlich die Quelle des Lichts.«

»Und?«, wollte Bowder wissen. »Was ist es?«

»Sonnenlicht«, erwiderte Paolo nur.

»S-Sonnenlicht?«

Das Grinsen des Archäologen wurde noch breiter. »Ich habe einen Weg nach draußen gefunden ...«

Ouaddaï, Tschad
Krankenhaus des ICO
14 Uhr 18 Ortszeit

»Und deshalb unterbrechen Sie meine Arbeit? Haben Sie eine Ahnung, wie viele Patienten dort draußen auf mich warten?«

Lars Sandersons stahlblaue Augen blitzten in unverhohlener Ablehnung. Die nordische Herkunft des Arztes aus Oslo, der die Leitung des Krankenhauses innehatte, ließ sich nicht leugnen. Wie er so vor Suzanne Leclerc stand, groß gewachsen und kräftig, mit blondem Haar und Bart, kantigem Kinn und energisch in die Hüften gestemmten Armen, hatte er etwas von einem Wikinger. Schon von Sandersons bloßer körperlicher Erscheinung nicht eingeschüchtert zu sein, war nicht einfach, ganz zu schweigen von seiner fachlichen Kompetenz und seiner Erfahrung auf dem Gebiet der Entwicklungshilfe. Dennoch war Suzanne diesmal fest entschlossen, nicht nachzugeben.

»Allerdings«, bekräftigte sie nickend. »Haben Sie mir denn überhaupt zugehört?«

»Durchaus, Suzanne«, versicherte Sanderson, »ich habe Ihnen sehr wohl zugehört. Aber ich kann nicht glauben, was Sie da von mir verlangen. Ich soll eine Obduktion anordnen? Die Untersuchung einer Leiche, während dort draußen Hunderte von Lebenden Schlange stehen, die unsere Hilfe brauchen? Haben Sie eine Ahnung, was geschieht, wenn das herauskommt? Man wird uns grillen – und zwar völlig zu Recht!«

»Ich erwarte nicht, dass dafür Sprechstunden gekürzt werden«, versicherte Suzanne, »aber vielleicht wäre es möglich, den Operationssaal nachts zu benutzen. Und vielleicht könnten Sie oder Dr. Alvarado ...«

»Javier braucht seinen Schlaf ebenso wie ich«, schnitt Sanderson ihr barsch das Wort ab. »Wir haben weder die Zeit noch überflüssige Energie, irgendwelchen Hirngespinsten nachzujagen.«

»Das sind keine Hirngespinste, Lars«, entgegnete Suzanne verärgert. »Die Wunden dieser jungen Frau sind mehr als ungewöhnlich. Fast hatte es den Anschein, als wären sie klinischen Ursprungs.«

»Klinischen Ursprungs?« Sanderson blitzte sie an. »Wissen Sie auch, was Sie da sagen?«

»Natürlich weiß ich das.«

Sanderson schien eine geharnischte Erwiderung auf der Zunge zu liegen, doch er besann sich, holte tief Luft und schloss für einen Moment die Augen, um sich zur Ruhe zu zwingen. »Suzanne«, sagte er dann, noch immer energisch, aber nicht mehr ganz so vorwurfsvoll wie zuvor, »glauben Sie mir, ich weiß, was Sie durchmachen.«

»Ach ja? Was mache ich denn durch?«

»Jedem von uns ist das passiert. Kein Arzt, der sich dazu entscheidet, hierher zu kommen, weiß wirklich, worauf er sich einlässt. Die Hitze, die Entbehrung, die psychische Belastung – all das setzt uns sehr viel mehr zu, als wir uns eingestehen wollen.«

»Vielleicht«, räumte Suzanne ein, »aber das ist nicht ...«

»Anfangs«, fuhr ihr Vorgesetzter unbeirrt fort, »reden wir uns ein, dass es schließlich genau das war, wofür wir uns entschieden haben, und dass wir wussten, was uns erwarten würde, und wir versuchen, mit einer Mischung aus Gleichgültigkeit und Professionalität zu bewältigen, wovor unser Verstand kapituliert. Eine Weile lang funktioniert das auch, aber dann kommt irgendwann der Tag, das Ereignis, das unser mühsam errichtetes Lügengebäude in sich zusammenstürzen lässt. Wollen Sie wissen, was mein Ereignis gewesen ist?«

»Nein«, erwiderte Suzanne. »Aber Sie werden es mir trotzdem sagen, oder?«

»Allerdings. Es war ein kleiner Junge. Er hatte sich mit Masern infiziert und ist daran gestorben, und wissen Sie, wieso? Weil einige Wochen zuvor der Transport überfallen worden war, der uns neue Medikamente hätte bringen sollen.« Sanderson unterbrach sich. Mit zwei Fingerspitzen massierte er seine Nasenwurzel, und für einen kurzen Moment war zu erahnen, dass irgendwo unter der rauen Schale des Mediziners ein weicher Kern schlummerte. »Fahrer und Beifahrer«, fuhr er fort, »waren mit Kopfschüssen getötet worden, den Laster hatten die Mörder gestohlen. Die Kisten mit den Medikamenten jedoch haben sie einfach in der Hitze liegen gelassen. Sie wussten noch nicht einmal, was sie damit anfangen sollten.«

»Eine schlimme Geschichte«, sagte Suzanne leise.

»Ja – und nur eine von vielen. In Afrika sind solche schlimmen Geschichten an der Tagesordnung, Suzanne. Je eher Sie das einsehen, desto besser. Ich kann verstehen, wenn der Tod dieser jungen Frau Sie persönlich betroffen macht. Nehmen Sie sich einen Tag frei, wenn Sie müssen, aber dann kommen Sie verdammt noch mal drüber weg und machen Ihren Job. Wir brauchen Sie hier, verstehen Sie? Sie sind eine zu gute Ärztin, als dass ich Sie einfach gehen lassen könnte.«

»Danke für das Kompliment«, entgegnete Suzanne. »Aber wenn ich wirklich so gut bin, wie Sie sagen, dann muss ich an der Sache dranbleiben. Wissen Sie noch, als Sie einmal sagten, die Gleichgültigkeit wäre der größte Feind der Menschen hier?«

»Und?«

»Genau aus diesem Grund kann ich die Sache nicht auf sich beruhen lassen. Ich brauche Gewissheit, was den Tod dieser jungen Frau betrifft. Wenn Sie mir nicht helfen wollen, auch gut – dann werde ich eben auf eigene Faust noch mal zurück in das Dorf der Hausa fahren und mir den Leichnam ansehen. Aber offen gestanden wäre es mir lieber, wenn ich dabei Ihre Unterstützung hätte.«

Sanderson schnaubte laut, während er einen kurzen inneren Kampf auszutragen schien. »Sie sind hartnäckig, wissen Sie das?«, fragte er dann. »Und verdammt stur ...«

Sie lächelte schwach. »Das pflegt mein Vater auch zu behaupten.«

»Ein kluger Mann.«

»Und? Werden Sie mir helfen oder nicht?«

»Was ist mit den Eltern des Mädchens? Haben sie eingewilligt?«

»Ich habe ihnen gesagt, dass jemand Schuld am Tod ihrer Tochter trägt. Und sie wollen alles dazu beitragen, dass dieser Jemand gefasst und bestraft wird.«

Sanderson gefiel die Sache nicht, das war ihm anzusehen. »Wissen Sie auch, worauf Sie sich da einlassen?«

»Nein«, gab sie zu.

»In den zwei Jahren, die ich nun hier bin, habe ich viele Dinge gesehen, Suzanne. Schreckliche Dinge. Es ist unglaublich, was sich Menschen gegenseitig antun können.«

»Damit haben Sie sicher recht«, stimmte Suzanne Leclerc zu und nickte düster. »Aber in diesem speziellen Fall habe ich das Gefühl, dass noch etwas anderes dahintersteckt. Etwas, das wir zu diesem Zeitpunkt noch nicht einmal erahnen können ...«

6.

Vermutlich hört es sich schnulzig an, aber wir verloren einander nicht mehr aus den Augen. Als wenige Tage nach Stu Townsends Abschiedsfeier Colonel Haleys Frau Geburtstag hatte, schlug ich vor, ihr ebenfalls eine Kuckucksuhr zu schenken. Nicht so sehr, weil ich meine Leidenschaft für Touristenkitsch entdeckt hatte, sondern nur, um die junge Frau wiederzusehen, die die Uhren verkaufte. Da ich nicht wusste, ob sich so bald ein weiteres Treffen ergeben würde, beschloss ich, an diesem Tag aufs Ganze zu gehen und sie zu fragen, ob sie mit mir ausgehen würde, und zu meiner eigenen Überraschung sagte sie zu. Viel später gestand Sonja mir, dass ich ihr schon bei meinem ersten Besuch aufgefallen war und sie an den darauffolgenden Tagen auf meine Rückkehr gewartet hatte.

Es blieb nicht unsere einzige Verabredung.

Wir trafen uns immer öfter, schließlich fast täglich, so oft mein Dienst es zuließ. Sie hatte eine kleine Wohnung, die sich unmittelbar über dem Laden befand, den sie von ihren früh verstorbenen Eltern geerbt hatte, und von der aus sich ein romantischer Blick auf das Heidelberger Schloss bot. So schwülstig es sich anhören mag – meine Welt, die bislang nicht sehr viel mehr gekannt hatte als die Wälder von Milwaukee und den Drill der Armee, wurde auf einen Schlag bunter und reicher, als ich es mir je erträumt hätte.

Wir unternahmen ausgedehnte Spaziergänge, und Sonja, die auch als Fremdenführerin für amerikanische Touristen arbeitete und deshalb fließend Englisch sprach, schien es zu genießen, mir ihre Heimat zu zeigen. Der Winter kam, und die Stadt verwandelte sich in eine weiße Märchenlandschaft, was dafür sorgte, dass ich mich nicht nur in die junge Frau verliebte, die mir all dies zeigte, sondern in das ganze Land. Als das Frühjahr kam, sprachen wir bereits darüber, dass wir heiraten wollten und eine Familie gründen und dass ich nach Ablauf meiner Dienstzeit in Deutschland bleiben würde.

Eines Tages jedoch - ich glaube mich zu erinnern, dass es ein Dienstag gewesen ist - war plötzlich alles anders. Sonja war mir gegenüber zurückhaltend, geradezu reserviert, und als ich sie nach dem Grund dafür fragte, wollte sie ihn mir nicht nennen. Da ich jedoch fühlte, dass etwas nicht in Ordnung war, ließ ich nicht locker, und schließlich gestand sie mir die Wahrheit. Ihr Gesicht dabei werde ich niemals vergessen: Tränen standen ihr in den Augen.

»Ich bin heute früh beim Arzt gewesen«, erklärte sie schluchzend. »Ich bekomme ein Kind ...«

Ihre Tränen beschämten mich, denn sie zeigten mir, dass es mir während der vergangenen Monate zwar gelungen war, ihr Herz zu gewinnen, jedoch nicht ihr Vertrauen. Vermutlich, sagte ich mir, hatte sie Geschichten von GIs gehört, die deutsche Frauen schwängerten, um sich dann ihrer Verantwortung zu entziehen und zurück in die Staaten zu flüchten.

»Das ist doch wunderbar«, sagte ich nur, zog sie an mich und küsste sie.

»W-wirklich?«

»Mein Vater hieß Alexander«, erwiderte ich grinsend. »Wenn es ein Junge wird, nennen wir ihn nach ihm, einverstanden?«

Sie wischte sich die Tränen aus den Augen, und ein Lächeln hellte ihre wunderhübschen Züge auf, um schon gleich darauf wieder zu verschwinden. »Und - wenn es ein Mädchen wird?«, fragte sie vorsichtig.

Mein Grinsen wurde noch breiter.

»Dann nennen wir es Alexandra.«

»Alex«, verbesserte sie.

Ich musste grinsen. »Ich schätze, das wird sie selbst entscheiden, wenn sie alt genug ist ...«

Operationsbasis 13
Sao Paolo, Brasilien
2 Uhr 14 Ortszeit

Es ging schnell.

So schnell, dass der Wächter am Eingang des alten Lagerhauses, das sich in der Nähe des Flughafens befand und Observationsbasis 13 beherbergte, nicht mehr reagieren konnte. Als seine Sinne ansprachen und ihn vor der nahenden Gefahr warnten, war es bereits zu spät. Gleich zwei unsichtbare Gegner griffen ihn aus dem Hinterhalt an und brachen ihm das Genick. Ein Lieferwagen fuhr vor, aus dem acht in nachtschwarze Kampfanzüge gehüllte und mit Infrarotsichtgeräten ausgerüstete Männer sprangen, die schon im nächsten Moment das Lagerhaus stürmten. Eine Explosion zerfetzte das Tor, die Beleuchtung fiel aus. Nebelgranaten wurden geworfen, dann drangen die Kommandokämpfer in die Basis ein.

Schallgedämpfte Calico-M960-Maschinenpistolen spuckten Tod und Verderben. Die vier Personen, die in der Kommunikationszentrale saßen, wurden regelrecht durchsiebt, noch ehe sie begriffen, was geschah. Ein Alarm schrillte, und ein Unsichtbarer hetzte blitzschnell heran, um sich den Angreifern entgegenzuwerfen. Die Vermummten sahen ihn als orangeroten Schemen im Display ihrer Sichtgeräte und drückten ab - mehrere Garben entrissen seinen Körper in einer Fontäne von schreiend rotem Blut dem Zustand der Unsichtbarkeit. Gleichgültig setzten die Kommandokämpfer über seine am Boden liegende Leiche hinweg, stürmten die Küche, die Aufenthaltsräume und die Schlafquartiere.

Auf Gegenwehr stießen sie nur vereinzelt. Nur wenigen der völlig überrumpelten Opfer gelang es, eine Waffe zu ziehen, geschweige denn einen Schuss abzugeben, und so hatten die Killer ihren Auftrag schon bald erledigt.

Der Kommunikationsraum wurde geplündert, die Speichereinheiten und Festplatten entfernt. Anschließend wurden C4-Sprengstoff und ein Zeitzünder angebracht.

Exakt achtundzwanzig Minuten, nachdem der Lieferwagen vorgefahren war, wurde das nächtliche Sao Paolo von einer dumpfen Explosion erschüttert. Zeitgleich wurde eine verschlüsselte Nachricht gesendet, die nur aus vier Worten bestand.

Mission erfolgreich - Ziel zerstört!

Amazonasdschungel
Genaue Position unbekannt
Zwei Tage später

Die Stille war gespenstisch.

Alexandra Lessing hatte das Gefühl, darin zu schweben, umgeben von tiefer Dunkelheit und der quälenden Ungewissheit darüber, was sich jenseits der Schwärze befand.

Mit aller Macht versuchte sie, nicht daran zu denken, während sie Zug um Zug weiterschwamm, dem schwachen Lichtschein entgegen, der am Ende des gefluteten Korridors auszumachen war.

Sonnenlicht ...

Die Aussicht, dem unterirdischen Bunker doch noch entkommen zu können, trieb sie weiter an - aber zugleich merkte Alex auch, wie die Luft in ihren Lungen knapper wurde. Wäre sie keine passionierte Taucherin gewesen (ein Hobby, das sie ausgerechnet ihrem Vater zu verdanken hatte), hätte sie sich dieses Unternehmen vermutlich nicht zugetraut. So jedoch hatte sie sich in die Fluten gestürzt, im verzweifelten Bewusstsein, dass dies die letzte Chance war - sowohl für sie selbst als auch für das Kind in ihr.

Sie konnte im schwachen Widerschein ihren Vater und

Paolo Genaro sehen, die ein Stück voraus schwammen, und mit Erschrecken erkannte sie, dass der Abstand zu ihnen immer größer wurde. Sie wollte ihnen zurufen, aber das ging unter Wasser nicht; von ihnen war keine Hilfe zu erwarten.

Sie musste weiterschwimmen, immer weiter ...

Ihre Lungen begannen zu brennen, ihre Schwimmzüge wurden hektischer und weniger kräftig. Ruhig, sagte sie sich. Sie musste Ruhe bewahren, durfte nicht in Panik geraten. Panik war der Feind des Tauchers ...

Indem sie sich ins Gedächtnis rief, was sie über das Tauchen gelernt hatte, und nicht daran zu denken versuchte, was dem Kind in ihrem Leib durch eine unzureichende Sauerstoffversorgung widerfahren konnte, schwamm sie weiter, dem Licht entgegen. Doch zum einen hatte sie das Gefühl, dass der rettende Schein mit jedem Schwimmzug sogar noch in weitere Ferne rückte, zum anderen hatte sie plötzlich den Eindruck, dass da etwas hinter ihr war.

Etwas folgte ihr aus der unheimlichen Dunkelheit.

Etwas Großes ...

Sie schwamm, so rasch sie nur konnte, stieß die Arme nach vorn und wieder zurück, während sie gleichzeitig wild mit den Beinen schlug. Doch der Abstand zu ihren Begleitern, die sie als verschwommene Silhouetten vor dem fahlen Lichtschein wahrnahm, vergrößerte sich immer noch – während ihr Verfolger immer weiter aufzuholen schien.

Bislang hatte Alex dem Drang widerstanden, sich nach ihm umzudrehen, aber in diesem Moment hielt sie es nicht mehr aus. Im Schwimmen warf sie den Kopf herum, blickte in den schwarzen Schlund des Korridors in der Erwartung, ein riesiges Maul zu sehen, das aus der Dunkelheit heranschoss und sie verschlingen würde.

Doch Alex konnte nichts entdecken. Dennoch hatte sie das Gefühl, dass ihr monströser Verfolger sie jeden Augenblick einholen würde. Und plötzlich dämmerte ihr die schreckliche Erkenntnis: Was immer ihr durch den Tunnel folgte - es war *unsichtbar!*

Der Gedanke versetzte sie in Panik.

Sie riss den Mund auf und wollte um Hilfe schreien, aber Wasser erstickte ihre Worte. In einem Anfall wilder Hysterie schlug sie um sich und schaffte es irgendwie, aus Leibeskräften um Hilfe zu brüllen, während sie spürte, wie unsichtbare Krallen nach ihr griffen. »Hilfe! Bitte helft mir ...!«

»Alex? Alex ...!«

Die Stimme, die ihren Namen rief, nahm sie zunächst gar nicht wahr. Panisch schrie und schlug sie weiter, worauf die Krallen nur noch fester zupackten.

»Alex, um Himmels willen! Komm zu dir ...!«

»Ich kann nicht! Ich darf nicht! Der Unsichtbare - er wird mich verschlingen, er ...«

Auf einmal wurde ihr klar, dass das, was sie da von sich gab, wenig Sinn machte. Und dann dämmerte ihr, dass es nicht die Wirklichkeit war, die sie durchlitt, sondern ein Traum ...

Blinzelnd schlug sie die Augen auf.

Sie sah Bäume. Riesige Stämme, die ringsum aufragten, dazu große Blätter, die das einfallende Sonnenlicht leuchten ließ. Und sie hörte das Kreischen der Harpyien und das Geschrei der Brüllaffen, die ihr ins Gedächtnis riefen, wo sie sich befand ...

»Alles in Ordnung?«

Sie wandte den Blick und schaute in die vertrauten Züge von Paolo Genaro, der neben ihr kniete und besorgt auf sie herabblickte. »Du hast im Schlaf um Hilfe gerufen.«

»Tut mir leid.« Sie stützte sich auf die Ellbogen und stemmte den Oberkörper hoch. »Ich bin okay.«

»Ganz bestimmt?«

Sie nickte, während die Erinnerung vollends zu ihr zurückkehrte. Jener dramatische Tauchgang hatte tatsächlich stattgefunden - allerdings nicht eben erst, sondern vor zwei Tagen. Paolos Unerschrockenheit hatten sie es zu verdanken, dass sie schließlich doch noch aus dem Bunker der Zeitreisenden gefunden hatten. Ein Aufzugschacht, dessen Decke eingestürzt und der infolgedessen von Regen und Schwemmwasser überflutet worden war, hatte den einzigen Fluchtweg aus der Tiefe dargestellt - ohne diese unverhoffte Unterstützung seitens der Natur wäre ihr Schicksal fraglos besiegelt gewesen.

Durch den gefluteten Korridor zu tauchen, hatte viel Kraft gekostet, sowohl physische als auch psychische, und obwohl es in Wirklichkeit keinen unsichtbaren Verfolger gegeben hatte, schien zumindest Alex' Unterbewusstsein noch immer nicht damit abgeschlossen zu haben.

»Ich bin okay«, sagte sie noch einmal, bestimmter diesmal.

»Freut mich zu hören.« Er nickte. »Das Floß ist fertig. Willst du es sehen?«

Natürlich, das Floß ...

Die Tatsache, dass Paolo die letzten fünf Jahre an Ausgrabungsprojekten in Mittel- und Südamerika teilgenommen hatte, kam ihnen in ihrer Lage zugute. Denn anders als Alex oder ihr Vater, dessen Survival-Training beim US-Militär Jahrzehnte zurücklag, verfügte der Archäologe über nützliches Wissen, das für das Überleben im Urwald von großem Wert war. So vermochte er essbare Früchte von giftigen zu unterscheiden und sorgte dafür, dass ihre Schlafplätze für die Nacht einigermaßen sicher waren. Es war auch Paolos Vorschlag gewesen, sich zunächst bis zu einem der vielen Flussarme durchzuschlagen, die den Dschungel durchzogen. Ihre einzige Chance bestand darin, auf eine Siedlung zu stoßen und von dort aus Hilfe anzufordern, und die Caboclos des Regenwaldes errichteten ihre Dörfer ohne Ausnahme entlang der Flüsse, wo sie entweder das Dasein von Fischern führten oder sich mit der Gewinnung von Kautschuk ihren mageren Lebensunterhalt verdienten. Der Plan sah vor, sich auf dem Floß von der Strömung treiben zu lassen – und auf das Beste zu hoffen.

Was ihre eigenen Kommunikationsmöglichkeiten betraf, sah es düster aus. Ken Bowders Funkempfänger war nutzlos ohne das Basisgerät, und die Satellitentelefone bekamen inmitten des grünen Nirgendwo keinen Empfang. Lediglich der kleine Peilsender, den Bowder bei sich trug, versah fleißig seinen Dienst, aber seine Reichweite war beschränkt und konnte nicht über Hunderte von Kilometern hinweg geortet werden. Die Flüchtlinge waren also auf sich gestellt, isoliert von der Außenwelt. Gelang es ihnen nicht, eine Siedlung zu finden, so war ihr Schicksal besiegelt, aber daran wollte im Augenblick noch niemand denken. Nicht, nachdem sie der Finsternis des Bunkers entkommen waren ...

Alex folgte Paolo zum nahen Fluss. Die Hitze und der Marsch durch den Dschungel hatten ihr zugesetzt, so dass sie sich in den Schatten gelegt und ein wenig ausgeruht hatte – dabei war sie wohl eingeschlafen. Ihr Vater und Paolo hatten unterdessen ein behelfsmäßiges Floß gefertigt, das groß genug war, sie alle drei den Fluss hinabzutragen. Dass die ganze Arbeit ohne sie getan worden war, beschämte Alex ein wenig. Sich zurückzuziehen und andere den Job erledigen zu lassen, entsprach nicht ihrem Naturell. Aber sie musste immer öfter erkennen, dass sich die Schwangerschaft auch körperlich bemerkbar machte. Das neue Leben, das in ihr reifte, zehrte an ihren Kräften.

Ihr Vater stand bis zu den Hüften im bräunlich grünen Uferwasser. Sein Oberkörper war nackt, und auf seinen Zügen lag ein jugendlich wirkendes Lächeln.

»Bereit für die große Fahrt?«

Alex kam nicht umhin zuzugeben, dass ihr Vater und

Paolo großartige Arbeit geleistet hatten. Mit Hilfe von aus Lianen geflochtenen Stricken hatten sie armdicke Äste zu mehreren Bündeln verschnürt, die sie wiederum aneinandergebunden hatten, so dass ein Gefährt entstanden war, das ein wenig wie eine hölzerne Luftmatratze aussah.

»Balsaholz«, erklärte Paolo nicht ohne Stolz. »Leicht wie eine Feder und mit dem denkbar größten Auftrieb. Möchtest du es versuchen?«

»Habe ich denn eine Wahl?«, fragte sie dagegen.

»Eigentlich nicht.«

»Das dachte ich mir.« Sie lächelte, dann stieg sie ins Wasser und kletterte auf das abenteuerliche Gefährt.

Es war wichtig, dass sie sich gut verteilten: Während sich Alex vorn am Bug platzierte, hockte sich ihr Vater in die Mitte des Floßes, und Paolo, aufgrund seiner Körpergröße der schwerste von ihnen, setzte sich aufs Heck. Dann griffen die beiden Männer nach den Ruderstangen, die sie sich geschnitten hatten, und zwar mit dem Taschenmesser, das der Archäologe stets bei sich trug, und dem Kampfmesser an Kenneth Bowders Gürtel.

Mit leisem Plätschern steuerte das Floß auf die Mitte des Flusses zu, der eine Breite von zehn oder zwölf Metern hatte. Zu beiden Seiten ragten Bäume wie grüne Giganten auf, über denen sich ein fahlblauer Himmel spannte. Die sengende Hitze und die drückende Schwüle ließen keinen Zweifel daran, dass die Reise anstrengend werden würde, auch wenn sie nicht mehr zu Fuß gehen mussten. Die Moskitos, die in Schwärmen über dem Wasser schwirrten, trugen ein Übriges dazu bei, die Floßfahrt zur Qual zu machen, ganz abgesehen von der Ungewissheit, in der die drei Flüchtlinge schwebten.

Würde es ihnen gelingen, eine Siedlung zu finden? Würden sie nach all den Fährnissen, die hinter ihnen lagen, doch noch gerettet werden – oder würden sie inmitten dieser endlosen Wildnis zugrunde gehen? Keiner von ihnen kannte die Antwort, während ihr Floß träge flussabwärts trieb.

Abéché, Ouaddaï
UN-Vertretung
Zur selben Zeit

Von dem kleinen Büro oberhalb von Abéchés Hauptverkehrsader konnte man auf die staubige, zu beiden Seiten von gedrungenen Läden und Geschäftshäusern gesäumte Straße blicken. Die Luft in dem Raum war schwül und stickig. Der Ventilator unter der Decke stand still, was dem Stromausfall zuzuschreiben war, der seit dem frühen Morgen in der Provinzhauptstadt herrschte. Alltag an einem Ort, der von der Welt vergessen schien.

»Nun?«, fragte Dr. Suzanne Leclerc forsch. »Was sagen Sie?«

»Was soll ich dazu sagen?« Steven Carver, der Leiter der örtlichen UN-Niederlassung, sandte ihr einen ungeduldigen Blick. »Die Geschichte, die Sie mir da erzählen, ist haarsträubend - so haarsträubend, dass ich sie offen gestanden kaum glauben kann.«

»Hier geht es nicht um das, was Sie *glauben*, Mr Carver«, konterte Suzanne und deutete auf die mit einer Sofortbildkamera geschossenen Fotos, die sie vor ihm auf den Schreibtisch gelegt hatte. Mit dem Transportflugzeug, das einmal pro Woche Medizin und andere Hilfsgüter von Abéché zum Krankenhaus brachte, war sie in die Provinzhauptstadt gekommen, um mit dem dortigen UN-Büro Kontakt aufzunehmen. Bislang allerdings mit geringem Erfolg ... »Sehen Sie sich die Bilder an, und Sie wissen, dass ich die Wahrheit sage.«

»Ach ja?« Carver, ein junger Mann Ende zwanzig, der aus Quebec stammte, es aber dennoch vorzuziehen schien, sich mit der Französin auf Englisch zu unterhalten, schüttelte den Kopf. »Was weiß ich, was diese Bilder zeigen, Dr. Leclerc? Ich bin kein Mediziner!«

»Das brauchen Sie auch nicht zu sein, Mr Carver - ein menschlicher Embryo ist auch für Laien deutlich zu erkennen. Es sei denn, es fehlt Ihnen am nötigen Willen.«

»Was fällt Ihnen ein?«, schnappte Carver. »Haben Sie eigentlich eine Ahnung, was da draußen los ist? Dieses ganze verdammte Land ist auf dem besten Weg auseinanderzufallen, und ihre einzige Sorge gehört diesen Fotos?«

»Aus gutem Grund«, versicherte die Ärztin. »Als Abdulayeh Nukur, jener Hausa-Eingeborene, von dem ich Ihnen erzählte, mich um Hilfe bat, glaubte ich, seine Tochter hätte einen Abgang erlitten und ihr Baby verloren. Aber die letzten Worte vor ihrem Tod galten ihrem ungeborenen Kind, also nahm ich zusammen mit meinem Kollegen Dr. Sanderson, dem Leiter des ICO-Krankenhauses, eine Obduktion vor. Dabei fanden wir heraus, dass die Patientin zum Zeitpunkt ihres Todes tatsächlich noch immer schwanger war, ungefähr in der achten Woche.«

»Und?«

»Die Verletzungen der Frau weisen darauf hin, dass Abdulayeh Nukurs Tochter einem operativen Eingriff unterzogen wurde.«

»Was für einem Eingriff?«

»Das weiß ich nicht genau, aber die Art der Schnitte und die Tatsache, dass ...«

»Kommen Sie!«, fiel Carver ihr ins Wort. Der UN-Mitarbeiter saß schon lange nicht mehr auf seiner Seite des Schreibtischs, sondern war aufgesprungen und stützte sich mit gestreckten Armen auf die Tischplatte, den Kopf und das Kinn angriffslustig vorgereckt. Der Vergleich mit einem Gorillamännchen, das sein Revier verteidigte, drängte sich Suzanne auf. »Was versuchen Sie mir da zu erzählen?«

»Das weiß ich selbst nicht genau«, erwiderte die Ärztin leise, »aber ich weiß, dass die junge Frau von einem Tag auf den anderen spurlos verschwunden ist - und als sie wieder auftauchte, war sie halb verblutet.«

»Wer weiß?« Carver trat vom Tisch zurück und schlug mit den Armen in der Luft herum wie ein Ertrinkender. »Womöglich ist sie ungewollt schwanger geworden und hat versucht, das Kind auf irgendeine Weise loszuwerden, es abzutreiben. Ich muss Ihnen nicht erzählen, was es in dieser Gegend für eine junge Frau bedeutet, unverheiratet schwanger zu werden.«

»Sagen Sie, hören Sie mir überhaupt zu? Ich habe Ihnen doch erklärt, dass die Frau erst im zweiten Monat war - verschwunden war sie hingegen schon vor einem Vierteljahr.«

Carver rollte mit den Augen. »Vielleicht ist sie mit dem Kerl durchgebrannt, der ihr das Kind angedreht hat, oder sie hat so lange gebraucht, um ...« Der UN-Mitarbeiter verstummte, als er Suzannes anklagenden Blick bemerkte. »Was weiß ich denn?«, schnaubte er achselzuckend. »Ich kann jedenfalls nichts für Sie tun, Doktor.«

»Ist das Ihr Ernst?« Suzanne traute ihren Ohren nicht.

»Was erwarten Sie denn von mir?«

»Zum Beispiel, dass Sie eine offizielle Untersuchung des Vorfalls einleiten!«

»Eine offizielle Untersuchung?«, fragte Carver entgeistert. »Falls Sie es noch nicht bemerkt haben sollten, Dr. Leclerc - die Menschen in diesem Teil des Landes sind uns alles andere als wohlgesonnen. Im Verlauf der letzten acht Monate ist es wiederholt zu gewalttätigen Übergriffen auf UN-Mitarbeiter gekommen, und wir mussten unsere Präsenz hier bereits zwei Mal aussetzen. Nach einem erneuten Zwischenfall werden wir mit hoher Wahrscheinlichkeit nicht zurückkehren, und ich muss Ihnen nicht sagen, wie dringend unsere Hilfslieferungen hier gebraucht werden.«

Suzanne atmete tief durch und versuchte, sich zu beruhigen. Auch wenn ihr nicht gefiel, was sie zu hören bekam, gewann sie allmählich doch den Eindruck, dass Carver nicht der karrieresüchtige Bürokrat war, für den sie ihn gehalten hatte. Bislang hatte sie den Eindruck gehabt, dass der Kanadier lediglich keinen Ärger wollte und sich deshalb nicht für ihr Anliegen interessierte. Aber ihm schien tatsächlich etwas an diesem Land und seinen Bewohnern zu liegen.

»Warum ist es denn zu diesen Unruhen gekommen?«, fragte sie deshalb in versöhnlicherem Tonfall.

»Aus verschiedenen Gründen.« Er deutete auf ein Regal in seinem Büro, das zum Bersten mit Aktenordnern vollgestopft war. »Das hier ist nur ein Teil der Vernehmungsprotokolle, die wir von der Polizei bekommen haben. Darin ist von Unregelmäßigkeiten bei der Vergabe von Hilfslieferungen die Rede und dass Medikamente absichtlich von uns zurückgehalten werden, was natürlich ausgemachter Unsinn ist. Manche Eingeborenen, die während der Unruhen festgenommen wurden, warfen den UN-Mitarbeitern auch vor, sie würden ...« Carver stutzte plötzlich, und Suzanne hatte das Gefühl, dass sein Gesicht um einige Nuancen blasser wurde.

»Sie würden was?«, hakte sie nach.

»Warten Sie!«, verlangte Carver und wandte sich dem Regal zu. Sein Zeigefinger glitt suchend über die arabisch beschrifteten Rücken der Ordner, bis er endlich fündig wurde. Er zog einen der Ordner heraus und wuchtete ihn auf den Schreibtisch. Dann schlug er ihn auf und begann hektisch darin zu blättern. Es hatte den Anschein, als würde der UN-Mitarbeiter genau wissen, wonach er suchte, deshalb stellte Suzanne keine weiteren Fragen. Sie wartete geduldig, bis Carver endlich einen triumphierenden Schrei von sich gab.

»Hier!«, rief er und drehte den Ordner so herum, dass

Suzanne lesen konnte. Es schien sich um eine Art Protokoll zu handeln, das offenbar bei der Vernehmung eines festgenommenen Aufständischen durch die Polizei entstanden war. Der Text war auf einer uralten Schreibmaschine getippt, jedoch dankenswerterweise in Französisch, so dass Suzanne ihn rasch überfliegen konnte.

»Mein Gott«, sagte sie dann. »Wie alt ist diese Aussage?«

»Erst ein paar Wochen. Als es vergangenen Monat erneut zu Übergriffen auf UN-Mitarbeiter kam, wurde der Sonderbeauftragte Abdul Mahir nach N'Djamena geschickt – offiziell, um die Vorfälle zu untersuchen, inoffiziell, um ein wenig internationalen Druck auf die Behörden auszuüben. Für kurze Zeit entwickelten die Polizeipräfekturen in N'Djamena und Abéché daraufhin tatsächlich so etwas wie Diensteifer und nahmen rund vierhundert Aufständische fest, darunter auch diesen. Die Protokolle der Verhöre schickten sie an Mahir, der sie zu einem vertraulichen Bericht für das UN-Generalsekretariat zusammenfasste.«

»Und weiter?«

»Nichts weiter.« Carver schüttelte den Kopf.

»Der Vorfall wurde also nicht weiter untersucht?« Suzanne deutete ungläubig auf das Protokoll. »Der Mann, von dessen Vernehmung hier berichtet wird, hat die örtlichen UN-Mitarbeiter beschuldigt, für das Verschwinden von Frauen und Mädchen im Grenzland verantwortlich zu sein!«

»Die Vorwürfe waren haltlos. Warum hätte man ihnen nachgehen sollen? Was der Mann von sich gab, ist ziemlich wirr und diffus.«

»Er spricht von ›Schatten‹«, bestätigte Suzanne mit Blick in die Akte. »Von Schatten, die in die Dörfer schleichen und die Zukunft seines Volkes rauben.«

Carver nickte. »Wirr und diffus, genau wie ich sagte.«

»Wie viele solcher Aussagen gibt es?«, wollte Suzanne wissen.

»Nun, ich ...«

»Wie viele?«, hakte Suzanne nach. »Ich werde es ohnehin herausfinden, also sagen Sie es mir lieber gleich.«

»Zwanzig oder dreißig schätzungsweise«, gab Carver niedergeschlagen zu. »Vielleicht auch ein paar mehr.«

»Und dennoch hat es niemand für nötig befunden, diesen Vorwürfen nachzugehen?«

»Wozu? Um nach unsichtbaren Schatten zu suchen? Dr. Leclerc, Sie sind lange genug hier im Tschad, um zu wissen, wie die Leute im Grenzland sind. Der Statistik nach mögen fast alle dem Islam angehören, aber auch alter Aberglaube hat dort seinen festen Platz, nicht nur unter den Hausa. Schatten, Dämonen und Geister sind für diese Leute real existent.«

»Und damit wollen Sie rechtfertigen, dass niemand diesen Männern geglaubt hat?«, fragte Suzanne. »Ihre Aussage deckt sich bis ins Detail mit der von Abdulayeh Nukur, der mir ebenfalls von bösen Geistern erzählt hat - der Tod seiner Tochter jedoch ist kein Hirngespinst, das kann ich Ihnen versichern, Mr Carver.«

»Das glaube ich Ihnen ja, aber ...«

»Warum hat man die Aussagen nicht wenigstens überprüft?«, wollte Suzanne wissen.

»Wer hätte das tun sollen? Die Polizei?« Carver schüttelte den Kopf. »Wenn, dann hätten wir eine solche Untersuchung selbst vornehmen müssen, aber die bescheidenen Mittel, die uns zur Verfügung stehen, reichen gerade aus, um die notwendigsten Posten zu besetzen. Ganz abgesehen davon, dass man im Grenzland nicht gut auf uns zu sprechen ist. Der Sache nachzugehen hätte kaum Aussicht auf Erfolg gehabt, und die damit beauftragten Mitarbeiter hätten nur unnötig ihr Leben riskiert.«

»Unnötig?« Suzanne schaute ihn aus großen Augen an. »Im Grenzland sind offenbar noch mehr junge Frauen verschwunden, und Sie sprechen von einer *unnötigen Untersuchung*?«

»Kommen Sie, Sie wissen, was ich meine. Wir kämpfen hier auf verlorenem Posten. Wenn dieses Land noch weiter im Konflikt mit dem Sudan versinkt, werden wir endgültig abgezogen und die UN-Vertretung geschlossen.«

»Das darf nicht geschehen, das wäre eine Katastrophe für die Menschen hier!«

»Das brauchen Sie mir nicht zu sagen, Doktor. Statt also mit weiteren Nachforschungen für Unmut zu sorgen, sollten wir uns lieber still verhalten und alles daransetzen, dass ...«

»Und wenn Sie Ihren Vorgesetzten begreiflich machen könnten, was hier los ist?«

Carver lachte freudlos auf. »Haben Sie schon einmal versucht, einen Bürokraten von etwas zu überzeugen, Dr. Leclerc? Dafür brauchen Sie Argumente. Knallharte Fakten – nicht nur ein paar zweifelhafte Aussagen.«

»Und wenn ich Ihnen eindeutige medizinische Beweise dafür vorlegen würde, dass wir es hier mit einer massiven und vielleicht sogar geplanten Menschenrechtsverletzung zu tun haben?«

»Eine geplante Menschenrechtsverletzung? Wissen Sie auch, was Sie da sagen?«

»Nehmen wir einmal an, Sie würden eine Schweinerei im großen Stil durchführen wollen«, entgegnete die Ärztin, »wo würden Sie das wohl am ehesten tun? Unter den Augen der Weltöffentlichkeit oder dort, wo niemand hinsieht und die Menschen kaum Rechte haben? Wo es keine Gesetze gibt, können sie auch nicht übertreten werden, richtig?«

»Von was für einer Schweinerei sprechen Sie, Doktor? Sofern diese Aussagen richtig sind, haben wir bislang nicht mehr als eine Gruppe von verschwundenen Frauen sowie ein Mädchen, das an den Auswirkungen einer Fehlgeburt gestorben ist. Tragisch, gewiss, aber in einem Land, das von Armut und Krieg gezeichnet ist, keineswegs ungewöhnlich.«

»Zaynah Nukur hatte keine Fehlgeburt, das hat die Obduktion ergeben. Vielmehr sieht es so aus, als wäre sie einer Art ... *Experiment* unterzogen worden. Anfangs hielt ich den Gedanken für abwegig, aber da wir nun aufgrund der Zeugenaussagen wissen ...«

»Vermuten«, verbesserte Carver.

»... dass es sich nicht um einen Einzelfall handelt, erscheint mir der Verdacht keineswegs mehr aus der Luft gegriffen. Jemand raubt diese jungen Frauen aus den Grenzdörfern und macht mit ihnen ... *irgendwas.*«

»Aber was genau? Und weshalb sollte jemand so etwas tun?«

»Aus dem gleichen Grund, der alles in dieser Welt anzutreiben scheint, Mr Carver - Geld. Beispielsweise könnte jemand diese jungen Frauen dazu benutzen, um auf unkomplizierte Weise an embryonale Stammzellen heranzukommen. Sie wissen, dass die Forschung in den meisten Ländern strengen Kriterien unterworfen ist, die man auf diese Weise jedoch umgehen könnte. Denken Sie nicht, dass ein solcher Verdacht eine Untersuchung rechtfertigt? Solange Sie noch hier sind, können Sie noch etwas unternehmen.«

Steven Carver antwortete nicht sofort. Seinen angespannten Zügen war zu entnehmen, dass er nachdenklich geworden war. Schweiß stand auf seiner hohen Stirn, die Schwüle in dem kleinen Büro war unerträglich.

»Beweise«, sagte er schließlich. »Was ich brauche, sind klare, handfeste Beweise.«

»Die werde ich Ihnen liefern.«

»Fünf Tage«, sagte Carver. »So lange haben Sie Zeit.«

»Aber das reicht kaum, um ...«

»Fünf Tage«, wiederholte er. »Wenn Sie mir bis dahin etwas geben, womit ich diese Bürohengste beeindrucken kann, werde ich eine offizielle Untersuchung einleiten.«

Amazonasdschungel
Genaue Position unbekannt
Ein Tag später

Endlose Kilometer dicht bewachsenen Ufers zogen an Alex und ihren Begleitern vorbei, unzählige umgestürzte Bäume, die wie faulende Kadaver in der Sonne lagen, und zahllose abgestorbene Stümpfe, die wie bizarre Denkmäler aus dem grünen Wasser ragten. Eine Siedlung jedoch hatten sie nicht entdeckt.

Schlinggewächse und Äste hingen bisweilen so dicht herab, dass sich die Reisenden mühsam durch das dichte Grün kämpfen mussten. Bei der Hitze, die über dem Wasser brütete, war jede Anstrengung eine Qual, von den Moskitos ganz zu schweigen. Und über allem lagen die nie verstummenden Laute des Waldes, die vom ewigen Werden und Vergehen kündeten.

Unter anderen Bedingungen wäre die Fahrt über den Fluss ein Abenteuer gewesen, für das mancher zivilisationsmüde Tourist viel Geld bezahlt hätte: Alex und ihre Begleiter bekamen exotische Vögel zu sehen - Tukane, Araraunas und andere Vögel, dazu Kaimane und sogar einen Jaguar, der für einen kurzen Moment auf einem quer über den Fluss ragenden Ast erschien, um dann sofort wieder im Dickicht zu verschwinden. Die Strapaze jedoch, die sengende Hitze und die bohrende Ungewissheit über das eigene Schicksal - all das sorgte dafür, dass sich sowohl Alexandra Lessing als auch ihre Gefährten danach sehnten, diesen unwirtlichen Ort hinter sich zu lassen, den der mittelalterliche Gelehrte Fiorino nicht von ungefähr als »orcum verdum« bezeichnet hatte.

Als grüne Hölle ...

Die Nacht hatten Alexandra und ihre Begleiter auf einem großen Baum verbracht, der ihnen halbwegs sicher erschienen war. Sie hatten das Floß ans Ufer gezogen und sich darin abgewechselt, Wache zu halten, wobei Alex darauf bestanden hatte, ebenfalls eingeteilt zu werden. Die Schwangerschaft setzte ihr zu, nicht nur körperlich, sondern immer mehr auch in emotionaler Hinsicht, aber sie wollte ihren Beitrag leisten.

Gesprochen wurde kaum etwas während der Fahrt. Zum einen, weil Alex und ihr Vater sich ohnehin nichts mehr zu sagen hatten, zum anderen, weil es mit ihren ausgedörrten Kehlen eine Qual war, mehr als zwei Worte zu sprechen. Das Flusswasser ungefiltert zu trinken, verbot sich, und Reinigungstabletten, mit denen sich zumindest die gefährlichsten Bakterien abtöten ließen, hatten sie nicht. Alles, was sie tun konnten, war, das Tauwasser zu sammeln, das sich am frühen Morgen unter den Blättern bildete, und ihre Feldflaschen damit zu füllen - dieser geringe Vorrat musste für den ganzen Tag reichen.

So war jeder in seine eigenen Gedanken versunken, als sich am Nachmittag des zweiten Tages ein anderes, fremdes Geräusch in den schaurigen Gesang des Dschungels mischte.

Zunächst hielt Alex es für eine Täuschung, für einen Streich, den ihre erschöpften Sinne ihr spielten. Aber das Geräusch verschwand nicht, sondern blieb - und es kam näher!

Sie hob den Kopf und lauschte.

»Hört ihr das auch?«

»Ja«, bestätigte Paolo. »Das ... das ...«

»... ist ein Hubschrauber«, brachte Kenneth Bowder den Satz zu Ende, der sich auf dem Floß aufgerichtet hatte und nach Südosten blickte, den Flusslauf hinab.

Auch Alex sprang auf, wodurch das Gefährt bedenklich ins Wanken geriet. Ihr Vater hatte recht. Es war fraglos ein Hubschrauber, der sich ihnen näherte.

Das erste Anzeichen von Zivilisation seit einer - so schien es - endlos langen Zeitspanne.

Alex konnte nicht anders, als einen lauten Freudenschrei auszustoßen, in den auch Paolo mit einfiel. Schon im nächsten Moment jedoch war die erste Begeisterung verflogen, und Ernüchterung kehrte ein.

»Wie soll er uns finden?«, fragte Alex.

»Wir müssen ihn auf uns aufmerksam machen!«, rief Paolo.

»Und wie?«, fragte Bowder. »Haben Sie vielleicht zufällig eine Signalrakete dabei?«

»Wir könnten Lichtsignale mit der Taschenlampe geben«, schlug Alex vor.

»Am helllichten Tag? Außerdem müsste die Maschine dazu erst in Sichtweite kommen, und die Chancen dafür stehen ...«

Er verstummte, als der Hubschrauber am Himmel zwischen den Bäumen zu sehen war und sich rasch näherte.

»Sie kommen!«, rief Alex. »Sie kommen hierher!«

»Ja«, stimmte Paolo zu. »Genau in unsere Richtung!«

Sie tauschten Blicke, und es war offensichtlich, dass jeder denselben Gedanken hatte. Eben noch hatten sie sich sehnlich gewünscht, dass die Besatzung des Hubschraubers sie entdecken würde - nun hatten sie Angst, dass dieser Wunsch in Erfüllung ging ...

»*Demons*«, sprach Ken Bowder aus, was alle dachten. »Sie suchen nach uns!«

Weiterer Worte bedurfte es nicht. Trotz aller bestehender Meinungsverschiedenheiten hatte der gemeinsame Überlebenskampf die drei Flüchtlinge zusammengeschweißt, und so handelten sie ohne Zögern. Mit Hilfe der Ruderstöcke manövrierten Bowder und Paolo das Floß aus der Strömung und an den Rand des Flusses, wo Würgefeigen und andere Schlingpflanzen bis auf die Wasseroberfläche herabhingen.

Hastig sprangen die drei von ihrem Fortbewegungsmittel. Bis zu den Knien im seichten Uferwasser stehend, spähten Alex und ihre Begleiter hinauf zum grünen Blätterdach, durch das sie hier und dort einen Blick auf den bewölkten Himmel erheischen konnten. Den Hubschrauber entdeckten sie nirgends mehr, aber sie hörten das Lärmen seiner Rotoren, das unaufhaltsam näher kam ...

Bowder griff an sein Holster mit der M1911-Pistole und löste die Sicherungsschlaufe, und Alex und Paolo zückten ihre Waffen, bereit, ihre Haut so teuer wie möglich zu verkaufen.

Das Rotorenwummern verstärkte sich, und dann waren am Himmel die dunklen Umrisse der Maschine zu sehen. Es war ein altertümlicher Transporthubschrauber vom Typ Bell Modell 205, der seiner Robustheit wegen häufig in diesen Breiten eingesetzt wurde. Offenbar handelte es sich um eine ehemalige Militärmaschine - sie hatte noch den olivgrünen Anstrich, die Hoheitsabzeichen waren jedoch entfernt worden. Alex wusste, dass der Orden aufgrund seiner schier unerschöpflichen finanziellen Ressourcen seine Schergen stets mit dem modernsten technischen Gerät auszustatten pflegte. Zum Aufatmen sah sie dennoch keinen Grund, denn es konnte sein, dass sich die Unsichtbaren einheimischer Handlanger bedienten - Guerilleros oder Drogengangster, die gegen Bezahlung die Schmutzarbeit erledigten.

Bowder schien das Gleiche zu denken, denn seine Miene hellte sich keinen Deut auf. »Brillen«, ordnete er an, und sie setzten die Spezialbrillen auf, um gegen Angriffe sichtbarer wie unsichtbarer Natur gleichermaßen gewappnet zu sein.

Der Hubschrauber kam näher.

Das Dröhnen seines Motors ließ den Wald zittern und

scheuchte die Vögel in Scharen aus den Baumkronen auf. Affen schrien in wilder Panik, irgendwo brüllte ein Raubtier. Träge und schwer sank die Maschine aus dem Himmel und folgte dem Flussbett. Das Licht der Sonne brach sich auf dem Kanzelglas, so dass die Piloten nicht zu sehen waren, aber es schien offensichtlich, dass sie nach etwas suchten – und Alex und ihren Begleitern war nur zu klar, was das Objekt dieser Suche war. Der Feind wusste also, dass sie aus dem Bunker entkommen waren – woher auch immer –, und wollte auch noch die letzten Zeugen beseitigen, die von der Zeitmaschine wussten ...

Die drei Flüchtlinge zogen sich aufs Trockene zurück. Ihr Floß zerrten sie mit, weil es sie sonst verraten hätte. Ein Stück weit zogen sie das klobige Gefährt die Uferböschung hinauf, bis sie sicher sein konnten, dass es nicht ins Wasser zurückgleiten würde. Durch Lehm und Schlamm wühlten sie sich anschließend noch weiter empor und suchten unter riesigen Farnblättern Zuflucht. Dort verharrten sie schweigend, Rücken an Rücken, um sich nach allen Seiten verteidigen zu können, während der Hubschrauber höher stieg – und schließlich am Himmel über ihnen verharrte.

Sehen konnten sie die Maschine nicht wegen des dichten Blätterdachs, das sich über ihnen wölbte, aber sie hörten das Wummern der Rotoren, das drohend über ihnen hing. Wie ein Raubvogel, der kurz davor stand, sich auf seine Beute zu stürzen, schwebte der Bell 205 am Himmel. Alex merkte, wie ihre Handflächen um den Griff der P2000 zu schwitzen begannen. Ihr Pulsschlag steigerte sich und hämmerte in ihren Schläfen. Hatten sie all die Mühen nur auf sich genommen, um nun doch noch gestellt und getötet zu werden?

»Verdammt«, flüsterte sie, während sie unverwandt nach oben starrte, als vermochten ihre Blicke das Gewirr der Äste und Blätter zu durchdringen. »Wie haben die uns nur gefunden?«

»Wer weiß?«, gab Bowder grimmig zurück. »Möglicherweise ...« Er verstummte, und Alex konnte fühlen, wie er zusammenzuckte.

»Was ist?«

»Der Sender!«, zischte Bowder. »Der verdammte Sender!« Er holsterte die Waffe und fingerte hektisch an der linken Oberarmtasche seines Overalls herum. Mit einer Hand, die vor Aufregung zitterte und nichts mehr von dem überlegenen Anführer erkennen ließ, als der sich Kenneth Bowder seiner verblüfften Tochter noch vor wenigen Tagen vorgestellt hatte, öffnete er den Klettverschluss und beförderte ein winzig kleines Gerät zutage, an dem eine LED-Anzeige blinkte.

Der Peilsender, den er in seiner Eigenschaft als Anführer der »Anderen« bei sich trug ...

Die Mundwinkel vor Abscheu herabgezogen, nahm Bowder das kleine Gerät mit beiden Händen und zerquetschte es kurzerhand. Die LED erlosch - und mit ihr auch das Funksignal.

»Ich verdammter Idiot«, schalt er sich selbst. »Das Signal wird zwar auf einem geheimen Kanal gesendet, aber wenn es ihnen gelungen ist herauszufinden, wo ...«

Ein Knacken im nahen Unterholz ließ ihn zusammenfahren. Mit einer blitzschnellen Bewegung griff er wieder nach seiner Pistole.

Dann warteten sie, die Waffen schussbereit in den Händen, und spähten in das sie umgebende Dickicht. Obwohl sie die Spezialbrillen trugen, war es nicht einfach, etwas zu erkennen. Aufgrund der hohen Temperaturen gab es überall rötliche und orangefarbene Flecken, die einem Angreifer zusätzliche Tarnung verschafften - noch dazu, wenn er sich so geschickt bewegte, wie *Demons* das zu tun pflegten. Auf dem *iter invisibilium*, dem lautlosen Pfad der Unsichtbaren.

Alex hatte das Gefühl, dass ihr etwas die Kehle zuschnürte. Ihr Herz raste in ihrer Brust, Schweiß lief ihr in die Augen und brannte wie Feuer. Dennoch hielt Alex sie unbarmherzig offen und starrte auf das nahe Dickicht, bereit, auf alles zu feuern, was sich ihnen näherte.

»Ist das eine Art, einen Freund willkommen zu heißen?«, fragte plötzlich jemand laut.

Um ein Haar hätte Alex abgedrückt – nicht so sehr aus Furcht als vielmehr aus Überraschung. Denn die Stimme war sowohl ihr als auch ihren Begleitern nur zu vertraut.

»I-Ismael ...?«

Aus dem Augenwinkel nahm sie wahr, wie etwas senkrecht aus den Bäumen fiel – ein leuchtend gelber, orangerot geränderter Schemen, der sich im nächsten Moment vor ihnen aufbaute.

»Schön, euch wohlbehalten zu sehen.«

»Ismael!« Ebenso erschöpft wie glücklich ließ Alex ihre Waffe sinken, und vermutlich wäre sie in die Knie gesackt, hätten sie nicht unsichtbare Arme aufgefangen. Sie sagte nichts, sondern klammerte sich nur an ihn, und seine Nähe und Gegenwart gaben ihr neue Zuversicht.

Dass Ismaels Auftauchen zugleich auch ihre Rettung bedeutete, begriff sie erst im nächsten Moment. Und noch einen Augenblick später dämmerte ihr, dass sich vieles geändert hatte seit ihrer letzten Begegnung in Macao ...

Die Umarmung erschien ihr plötzlich unaufrichtig, und sie verkrampfte sich innerlich und löste sich von ihm.

»Alles in Ordnung?«, fragte er besorgt.

»Natürlich«, erwiderte sie und rang sich ein Lächeln ab. »Jetzt ja ...«

Kenneth Bowders Erleichterung hingegen war ehrlich. »Junge, dich schickt der Himmel«, meinte er und ließ die Armeepistole sinken. »Ich dachte wirklich, diese verdammten *Demons* hätten uns hier draußen aufgespürt.«

»Nicht der Himmel schickt mich, sondern das Hauptquartier«, erklärte Ismael mit jenem Ernst, der Unsichtbaren zu eigen war und sich aus einer gewissen Unerfahrenheit im Umgang mit bildlichen Vergleichen erklärte. »Als der Kontakt zum Basislager abriss, wurde sofort ein Suchteam auf den Weg geschickt, und ich habe darauf bestanden, dabei zu sein.«

»Dafür sind wir dankbar«, versicherte Paolo Genaro, der ebenfalls sichtlich erleichtert war. Ein breites Grinsen teilte seine ausgezehrten, schmutzverkrusteten Gesichtszüge. »Aber wie konnten Sie uns finden?«

»Indem wir die letzten bekannten GPS-Koordinaten der Expedition angesteuert haben«, gab Ismael zur Antwort.

»Das Lager«, folgerte Bowder. »Was hast du dort vorgefunden?«

»Nichts. Keine Ausrüstung, keine Leichen, keine Spuren. Jemand hat sich sehr viel Mühe gegeben, den Anschein zu erwecken, als hätte es niemals eine Ausgrabung gegeben.«

»Verstehe«, sagte Bowder und biss sich auf die Lippen. Ihnen allen war klar, was mit denen geschehen war, die sich zum Zeitpunkt des Angriffs im Lager aufgehalten hatten. Sie waren entweder tot oder befanden sich in der Gewalt des Ordens. Keinen von ihnen würden sie jemals wiedersehen.

»Wir haben die Gegend nach Spuren abgesucht, aber nichts gefunden«, fuhr Ismael leise fort. »Unsere Hoffnung, dass jemand das Massaker überlebt haben könnte, schwand mit jeder Stunde. Dennoch haben wir nicht aufgehört, die Geheimfrequenzen nach Notrufen zu scannen – und plötzlich hatten wir ein Alpha-Signal auf dem Schirm.«

»Mein Peilsender«, erklärte Bowder.

»Genau.« Ismaels leuchtende Silhouette nickte – eine Geste, die er von Sichtbaren übernommen hatte und die den Grad seines inneren Aufruhrs verriet. Als jemand, der niemals gelernt hatte, mit Gefühlen umzugehen oder sie auch nur zuzulassen, fiel es Ismael noch immer schwer, seinen Empfindungen Ausdruck zu verleihen, aber Alex ahnte, welche Qualen er durchlebt haben musste. Zu glauben, dass man einen Menschen, den man liebte, verloren hatte, war entsetzlich, und selbst wenn sich die Furcht im Nachhinein als unbegründet erwies, kostete es unendlich viel Kraft.

So erleichtert Alex darüber war, dass Ismael sie gefunden hatte – sie war zu müde und zu erschöpft, um aufrichtige Dankbarkeit zu empfinden. Anders als ihre männlichen Begleiter, die ihren Gefühlen überschwänglich Ausdruck verliehen.

»Und ich dachte schon, es wäre vorbei mit uns«, sagte Paolo feixend.

»Dazu hätte auch nicht viel gefehlt, Doktor«, erwiderte Ismael. »Wäre ich tatsächlich ein feindlicher *Demon* gewesen, wären Sie jetzt tot.«

»Seid ihr unterwegs auf feindliche Truppen gestoßen?«, wollte Bowder wissen.

Ismael nickte. »Wir haben rund zwanzig Kilometer südöstlich von hier ein Kanonenboot gesichtet, das flussaufwärts fuhr und dessen Besatzung sofort das Feuer auf unsere Maschine eröffnet hat.«

»Soldaten, die auf der Gehaltsliste des Ordens stehen«, mutmaßte Bowder.

»Das nehme ich an«, bestätigte Ismael.

»Flussaufwärts«, überlegte Paolo. »Rund zwanzig Kilometer, sagen Sie?«

»Exakt.«

»Dann wären wir ihnen spätestens heute Abend begegnet«, folgerte der Archäologe. »Somit haben Sie uns gleich in zweifacher Hinsicht das Leben gerettet. Ich weiß nicht, wie ich Ihnen danken soll.«

»Schon gut, Doktor«, erwiderte Ismael in der ihm eigenen Bescheidenheit. »Und nun sollten wir diesen Ort so rasch wie möglich verlassen – nur für den Fall, dass diese Soldaten nicht die einzigen sind, die sich hier herumtreiben.«

Allen war klar, was er damit meinte, und sie verloren keine Zeit. Alex' Vater glitt die schlammige Böschung hinab, zückte sein Messer und durchschnitt die Lianenstricke, die das Floß zusammenhielten - der Feind sollte keine Hinweise auf eventuelle Überlebende finden. Die Bündel aus Balsaholz lösten sich auf, Bowder stieß die Überreste des Gefährts ins Wasser, und die Strömung trug sie davon.

Auch Ismael stieg zum Fluss hinab, sprang ins Wasser und watete einige Schritte hinaus. Seine Silhouette wurde sichtbar, als das Wasser darauf perlte, und durch die Spezialbrillen war zu sehen, wie er dem Hubschrauber Handzeichen gab.

Der Pilot, dessen Helm fraglos mit einer Infrarot-Optik ausgestattet war, reagierte augenblicklich. Die Maschine schwebte bereits wieder über dem Fluss und ging nun tiefer. Unter dem Sturm, den ihre Rotoren entfesselten, kräuselte sich die Wasseroberfläche, und die Äste der grünen Riesen, die das Ufer säumten, bogen sich. Nur etwa acht Meter über der Flussmitte verharrte der Hubschrauber. Das Seitenschott öffnete sich, eine Seilwinde wurde ausgeschwenkt und Gurtzeug zur Personenbergung herabgelassen.

Ismael bestand darauf, dass Alex als Erste hinaufgezogen wurde. Entkräftet und apathisch ließ sie sich den Gurt anlegen, und sogar Ismael, der es nicht gewohnt war, sichtbare Mienen zu deuten, bemerkte, dass etwas mit ihr nicht stimmte.

»Bist du wirklich okay?«, rief er ihr über das Dröhnen der Rotoren zu.

Sie nickte und rang sich ein Lächeln ab - während sie zugleich den vorwurfsvollen Blick ihres Vaters auf sich lasten fühlte.

7.

Die Republik Tschad ist ein Staat in Zentralafrika. Das 7,6 Mio. Einwohner zählende Land grenzt im Norden an Libyen, im Osten an den Sudan, im Süden an die Zentralafrikanische Republik sowie im Westen an Kamerun, Niger und Nigeria. Die Bevölkerung des Tschad setzt sich aus fast zweihundert verschiedenen Ethnien zusammen, von denen die meisten auch eigene Sprachen oder Dialekte sprechen. Im Großen lässt sich das Land in einen vorwiegend arabisch-islamischen Bereich im Norden und einen schwarzafrikanisch-animistischen, teils auch christlichen im Süden einteilen. Während die arabische Bevölkerung meist halbnomadische Viehzucht betreibt, leben die Bewohner des Südens überwiegend vom Ackerbau - Erdnüsse, Getreide, Reis, Tabak und Baumwolle. Zusammen mit dem Erdöl, das seit 2003 unter Aufsicht der Weltbank exportiert wird, stellt Baumwolle mit einem Anteil von vierzig Prozent das wichtigste Exportgut des Landes dar. Importgüter sind unter anderem Brennstoffe, Fahrzeuge, Zucker, Getreide und Textilien. Haupthandelspartner sind Frankreich, Kamerun und Nigeria. Die Infrastruktur ist nur wenig entwickelt. Bei einer Größe von 1 284 000 km² gibt es nur 267 km befestigte Straßen.

Der Tschad wurde am 11. August 1960 als unabhängige Republik aus französischer Kolonialherrschaft entlassen. Nach langwierigen inneren Auseinandersetzungen trat am 14. April 1996 die neue Verfassung in Kraft, die dem Land in Form einer präsidialen Republik neue Stabilität verleihen sollte. Die drückende Armut sowie die seit 2003 in großer Anzahl vor dem Konflikt in Darfur fliehenden sudanesischen Flüchtlinge stellen den Tschad jedoch vor immer neue

Probleme. Im Jahr 2005 griffen die Auseinandersetzungen auch auf das Staatsgebiet des Tschad über, ein Jahr später brach offener Krieg zwischen Regierungstruppen und Rebellen aus, der sich bis in die Hauptstadt N'Djamena erstreckte und zur Verhängung des Ausnahmezustands führte.

Aufgrund des Bürgerkriegs und längerer Dürreperioden zählt der Tschad zu den ärmsten Ländern der Welt. Auf dem Human Development Index *der UNO von 2006 rangiert er unter insgesamt 177 Staaten an 171. Stelle (Liste des Jahres 2006). Achtzig Prozent der Bevölkerung leben unterhalb der Armutsgrenze. Staatliche Einrichtungen wie Verwaltung, Bildungs- und Gesundheitswesen sind kaum entwickelt. Die Säuglingssterblichkeit liegt bei 11,7 Prozent, Kindersterblichkeit bei zwanzig Prozent. Auf jeweils etwa 50 000 Menschen kommt ein Arzt. Insbesondere die medizinische Unterversorgung ist ein Grund dafür, dass vor allem Malaria, aber auch Meningitis-, Cholera- und Masern-Epidemien jährlich Tausende Todesopfer fordern.*

Nach: Wikipedia, Die freie Enzyklopädie.
Stand 08/07

Luftraum über Yukatan, Mexiko
18 Stunden später

Es war ein ruhiger Flug.

Die Frachtmaschine vom Typ AN-12 hielt Kurs Nordosten, und das gleichförmige, dumpfe Geräusch der vier Propellermotoren stand in krassem Gegensatz zu den Lauten des Urwalds und ihrer grausamen, niemals endenden Symphonie des Todes. Dennoch – sobald Alex die Augen schloss, wähnte sie sich wieder dort, umgeben von Dickicht und Dunkelheit und mit der Angst als ständigem Begleiter. Sie fürchtete sich trotz ihrer Erschöpfung davor einzuschlafen, weil sie ahnte, was ihr im Traum begegnen mochte. Den Dschungel hatte sie zwar hinter sich gelassen, nicht jedoch die Dunkelheit ...

Der Hubschrauber hatte sie zurück nach Manaus gebracht, jene Stadt im Herzen des Regenwalds, zu der keine Straßen führten und die nur über den Amazonas oder durch die Luft zu erreichen war. Von einer dubiosen Firma, deren offizielles Geschäft in der Ausfuhr exotischer Früchte bestand, die in Wahrheit jedoch mit verbotenen Waren handelte, hatten sie schließlich die Antonov gechartert, die sie zunächst nach Campeche bringen würde. Von Mexiko aus ging es mit etwas Glück weiter nach Europa ...

Der Gedanke, dass in dem von rotem Tarnlicht beleuchteten Frachtraum, auf dessen Notsitzen die Passagiere kauerten, normalerweise Kunstgegenstände und vom Aussterben bedrohte Tierarten geschmuggelt wurden, gefiel Alex nicht, ebenso wenig wie die Tatsache, dass der Widerstand die Machenschaften dieser Verbrecher indirekt unterstützte, indem er mit ihnen Geschäfte machte. Aber sie war zu müde, um sich ernsthaft damit auseinanderzusetzen. Zu viel lief nicht so, wie es sollte, und es lag nicht in ihrer Hand, etwas daran zu ändern.

Ihre unverhoffte Rettung hätte sie mit Trost und Hoffnung erfüllen sollen, aber das tat sie nicht. Während Ismael überglücklich gewesen war, sie wiederzusehen, hatte ihre Freude nur einen kurzen Moment gedauert; im nächsten Augenblick hatte Alex eine innere Leere gefühlt, die sie schaudern ließ. Immer wieder dachte sie an das Kind in ihr, redete sich ein, dass es gerettet sei und sie darüber glücklich sein müsste – aber das war eine Lüge.

Denn zusammen mit Ismael war auch die Furcht zurückgekehrt, die Sorge um das, was aus ihrem gemeinsamen Kind werden würde. Alex wünschte sich, diesem Kind das Leben zu schenken, und sehnte sich danach, es im Arm zu halten und ihm ihre ganze Liebe und Zuneigung zu schenken, doch sie fragte sich, ob die Entscheidung, es zur Welt zu bringen, richtig ...

Sie erschrak über ihren eigenen Gedanken und verbot sich, ihn zu Ende zu bringen. Was, in aller Welt, war nur in sie gefahren? Alex horchte in sich hinein und erkannte, dass es auf diese Frage eine einfache Antwort gab: Vieles hatte sich geändert, seit Ismael und sie sich zuletzt in Macao begegnet waren.

Sie hatte begonnen, sich innerlich von ihrem unsichtbaren Beschützer zu distanzieren. Doch nicht genug damit - sie war auch auf Paolo getroffen, der dem Idealbild, das sie sich vom Vater ihres Kindes machte, viel mehr entsprach. Und schließlich war sie auch noch ihrem eigenen Vater wiederbegegnet, und obwohl Alex noch zu sehr unter dem Schock der jüngsten Ereignisse stand, um auch nur annähernd ermessen zu können, was dies für ihr Leben bedeutete, hatte es ihre Wahrnehmung in mancher Hinsicht verändert.

Parallelen drängten sich auf, auch wenn die eigentlich unsinnig waren: Alex hatte ihren Vater verloren geglaubt, und er war schließlich zurückgekehrt - und in Hongkong war Ismael plötzlich verschwunden, und er war ebenfalls zurückgekommen.

Und außerdem musste er gewusst haben, wer der geheimnisvolle Anführer des Widerstands tatsächlich war. Warum nur hatte er es ihr die ganze Zeit über verschwiegen? Alexandra fühlte sich betrogen, nicht nur von dem Mann, der ihr das Leben geschenkt hatte, sondern auch von jenem, dessen Kind sie erwartete ...

Sie streifte Bowder mit einem Seitenblick. Er saß auf dem Notsitz neben ihr und schrieb Notizen in ein kleines Büchlein. Es war dasselbe Gesicht, in das sie früher so gerne geschaut hatte, wenn er abends auf der Kante ihres Betts gesessen und ihr Gutenachtgeschichten vorgelesen hatte - auf Englisch, damit sie seine Sprache lernte. Auf diese Weise hatte sie die Erzählungen von der Katze mit dem Hut, von Peter Pan und Captain Hook, vom grünen Grinch, der Weihnachten stahl, und von der kleinen Dorothy im fernen Zauberland Oz ebenso verinnerlicht wie die meisten US-amerikanischen Kinder ... Doch ebenso wie der kleinen Dorothy im Lande Oz war ihr irgendwann aufgegangen, dass der große und mächtige Zauberer in Wahrheit nur ein Scharlatan war.

Und dennoch war da diese Vertrautheit, die so weit in die Vergangenheit reichte, dass sie sich allen rationalen Vorbehalten widersetzte ...

Irgendwann schien er zu bemerken, dass sie ihn anstarrte. Er schaute auf und erwiderte ihren Blick. »Kannst du nicht schlafen?«, fragte er.

Sie schüttelte nur den Kopf.

»Geht mir genauso.« Zu ihrem Befremden glitt ein Lächeln über sein Gesicht. Dasselbe Lächeln, mit dem er früher das Vorlesebuch zuschlug, kurz bevor er ihr den Gutenachtkuss gab und das Licht löschte ...

»Was machst du da?«, fragte sie, um das Thema zu wechseln. Dabei deutete sie auf das Büchlein in seiner Hand.

»Notizen«, sagte er. »Ich habe mir angewöhnt, alles aufzuschreiben, was später von Wichtigkeit sein könnte.«

»Zum Beispiel?«

»Ist dir aufgegangen, wie viel Glück wir hatten?«

»Das stimmt wohl. Wäre der Peilsender nicht noch aktiv gewesen ...«

»Davon spreche ich nicht. Ich meine den Bunker.« Bowder zeigte ihr die aufgeschlagene Seite, auf der er einen Grundriss des Gewölbes skizziert hatte, in dem sich die Zeitmaschine befand. Die Zerstörungen durch die Explosion waren ebenfalls eingezeichnet, jedenfalls soweit er sich an sie erinnerte. »Die Halle selbst ist intakt geblieben, was bedeutet, dass die Maschine noch immer dort ist – und mit ihr alle

Beweise. Alles, was wir also zu tun brauchen, ist, eine weitere Expedition auszustatten und ...«

»Ist das dein Ernst?«

»Natürlich. Ausgehend von den GPS-Koordinaten unserer Rettung müssten wir in der Lage sein, den Schacht wiederzufinden, durch den wir den Bunker verlassen haben. Voraussetzung wäre natürlich eine entsprechende Ausrüstung – Taucheranzüge, Pressluftgeräte ...«

»Kannst du an nichts anderes denken?«, fragte Alex. »Unsere Freunde sind alle tot, und es hätte nicht viel gefehlt, dann wären wir dort unten in diesem Bunker geblieben.«

»Ich weiß«, entgegnete ihr Vater, »und genau aus diesem Grund dürfen wir nicht aufgeben. Denn wenn wir es tun, waren alle Ängste, die wir ausgestanden haben, und alle Opfer, die gebracht wurden, vergebens.«

»Du solltest dich hören.«

»Was meinst du?«

»Glaubst du eigentlich, was du da sagst? Es hört sich an wie Kriegspropaganda.«

»Wir befinden uns auch im Krieg, schon vergessen?«

»Nein.« Sie schüttelte den Kopf. »Aber ich hätte beinahe vergessen, dass du in erster Linie Soldat bist und erst in zweiter Linie Mensch. Das ist schon früher so gewesen, und daran hat sich nichts geändert.«

»Nun«, konterte er und schnitt eine Grimasse, die wohl verbergen sollte, wie sehr ihre Worte ihn trafen, »zumindest kenne ich meine Pflichten.«

»Was soll das nun wieder heißen?«

»Das weißt du genau, Alex. Tu nicht so, als ob du noch ein kleines Mädchen wärst, das nicht unterscheiden kann, was richtig ist und was falsch.«

»Ich verstehe nicht, was du meinst«, behauptete sie.

»Nein?« Bowder schnaubte wütend. »Ich habe bemerkt, wie du ihn angesehen hast.«

»Wen? Ismael?«

Er schaute sie durchdringend an. »Genaro ...«

»Und?« Natürlich ahnte sie, worauf er anspielte, aber sie wollte sichergehen. Teils, weil sie hoffte, dass sie sich irrte; teils, weil sie nach einem weiteren Grund suchte, ihn zu hassen.

Ihr Vater seufzte tief, dann schüttelte er den Kopf. »Ich habe über das nachgedacht, was du gesagt hast«, sagte er dann. »Und wenn ich dir auch nicht in allem recht geben kann, so ist mir zumindest klar geworden, dass du mich nicht mehr brauchst. In all den Jahren musstest du ohne mich zurechtkommen und hast es gut gemacht. Also werde ich jetzt nicht damit anfangen, dir Vorschriften zu machen.«

»Aber?« Sie war sich sicher, dass er noch nicht fertig war.

»Aber«, fuhr Bowder prompt fort, »sobald wir in Rom sind, wirst du dich entscheiden müssen, das bist du nicht nur Ismael und Paolo schuldig, sondern auch dem Kind in dir.«

Alex' Züge verhärteten sich. Wut kochte in ihr hoch. Wut über ihren Vater, der plötzlich wieder aufgetaucht war und sich in ihr Leben einmischte; Wut aber auch über sich selbst, weil sie im Grunde wusste, dass er nur zu recht hatte. Keine andere als sie selbst hatte sie in diese missliche Lage gebracht, und sie musste die Sache irgendwie bereinigen.

Zu gegebener Zeit ...

»Ich werde es dir nur noch einmal sagen, Vater«, stellte sie dennoch klar. »Ich brauche deine Ratschläge nicht, und ich will sie auch nicht. Kümmere dich um die Dinge, von denen du etwas verstehst, und halte dich aus meinem Leben raus. Andernfalls werde ich ...«

Sie unterbrach sich, als jemand zu ihnen trat. Es war der Copilot der Maschine – kein Schmuggler, sondern einer von ihren eigenen Leuten.

»Sir«, wandte er sich an Alex' Vater.

»Ja, Sohn. Was gibt's?«

Obwohl ihr klar war, dass es sich nur um eine Floskel handelte, zuckte Alex ob der vertrauten Anrede zusammen. Dass ausgerechnet der Mann, der seine Familie im Stich gelassen hatte, den jungen Piloten »Sohn« nannte, erschien ihr auf beleidigende Weise unpassend. Mehr noch ärgerte sie sich jedoch über die Empfindung, die wie geschüttelte Cola in ihr emporschäumte.

Eifersucht!

Seinen Untergebenen schien Kenneth Bowder genau jene Vaterfigur zu sein, die Alex in ihrem Leben so schmerzlich vermisst hatte ...

»Wir haben soeben eine verschlüsselte Nachricht erhalten, Sir«, erstattete der Copilot Bericht. »Demnach wurden unsere geheimen Observationsbasen in Sao Paolo und auf Macao angegriffen.«

Bowders Züge wurden hart und zeigten blankes Entsetzen. »Schäden?«, erkundigte er sich gepresst.

»Noch wissen wir nichts Genaues, Sir. Aber wir müssen wohl davon ausgehen, dass beide Stützpunkte vernichtet und die Besatzungen von *Demons* getötet wurden.«

»Ich verstehe«, sagte Bowder nur, und für einen Moment kehrte Schweigen ein, so dass nur noch das beständige Dröhnen der Flugzeugmotoren zu hören war. »Was ist mit Crusoe?«, fragte er schließlich.

»Ich weiß es nicht, Sir. Aber da sich Macao nicht mehr gemeldet hat, müssen wir wohl davon ausgehen, dass er ebenfalls getötet wurde.«

Alex spürte, wie sich ihr Magen zusammenzog. Der Unsichtbare, der sich nach Daniel Defoes berühmter Romanfigur benannt hatte, war einer der ersten Widerstandskämpfer gewesen, denen sie begegnet war, damals, auf Observationsbasis Zero. Sie hatte Robinson stets für seine offene und verbindliche Art geschätzt. Dass er nicht mehr am Leben sein sollte, war ein Schock - noch ungleich mehr jedoch erschreckten Alex die Konsequenzen, die sich aus der Meldung ergaben und die ihr erst im nächsten Moment klar wurden ...

»Sao Paolo und Macao«, ächzte sie. »Auf diesen Stützpunkten sind wir zuletzt gewesen.«

»Ich weiß«, bestätigte ihr Vater.

»Jemand muss ihre Lage verraten haben. Jemand, der dabei gewesen ist«, mutmaßte Alex atemlos.

»Hast du einen Verdacht?«

»Dr. Kwon«, nannte Alex den ersten Namen, der ihr in den Sinn kam. »Sie war sowohl in Macao als auch in Sao Paolo dabei und wusste von der Existenz dieser beiden Stützpunkte. Möglicherweise wurde sie bei dem Überfall auf das Lager nicht getötet, sondern gefangen genommen. Freiwillig hat sie sicher nichts verraten, aber wenn sie gefoltert wurde ...«

»Davon ist auszugehen«, stellte Bowder mit erschreckender Kaltblütigkeit fest. »Lieutenant?«

»Ja, Sir?«, fragte der Copilot.

»Senden Sie sofort eine verschlüsselte Botschaft auf dem Befehlskanal: Hiermit wird die sofortige Evakuierung sämtlicher Stützpunkte angeordnet, mit denen Dr. Kwons Gruppe Kontakt hatte. Außerdem räumen wir auch jene Basen, die mit Macao und Sao Paolo zuletzt in Verbindung standen. Wir müssen rasch handeln. Unsere Leute sollen mitnehmen, was sie tragen können, der Rest muss vernichtet werden.«

»Aber Sir«, wandte der Copilot ein. »Wenn wir das tun, bricht unser gesamtes Informationsnetz zusammen.«

»Das können wir ohnehin nicht mehr vermeiden«, war Bowder überzeugt. »Wir können uns nur noch überlegen, ob wir es selbst tun wollen oder es dem Orden überlassen. Oder können Sie mir eine Alternative nennen, Lieutenant?«

Das Gesicht des jungen Mannes verriet Betroffenheit. »Nein, Sir«, gestand er.

»Dann führen Sie Ihre Befehle aus«, sagte Bowder, worauf sich der Copilot rasch in Richtung Cockpit zurückzog.

Alex betrachtete ihren Vater von der Seite. Die Unbekümmertheit, die er so gern zur Schau trug, war einmal mehr aus seinen Zügen gewichen, Anspannung hatte sich dort breitgemacht.

»Das ist ein herber Rückschlag, Tochter«, flüsterte er, während die rote Frachtraumbeleuchtung seine aschfahlen Züge gespenstisch beleuchtete. »Der Herr helfe uns ...«

Unbekannter Ort
Zur selben Zeit

»Meldung?«

Einmal mehr fühlte Nummer 8 Unruhe in sich aufsteigen. Zu viel stand auf dem Spiel - deshalb hatte er ja seine beste Agentin mit der Angelegenheit betraut.

»Die Ziele wurden ausfindig gemacht und zerstört, Sir«, drang Peragons schnarrende Stimme aus dem Hörer. Die Art und Weise, wie sie es sagte, verriet, dass ihr nicht klar war, wie viel vom Gelingen dieser Missionen abhing. Für sie war es nur ein Auftrag von vielen, den sie mit Präzision und Sorgfalt erledigt hatte, genau wie der Orden es verlangte. Ein einzelnes Rad inmitten einer Maschinerie, die um so vieles größer war.

Der Einzelne bedeutete nichts, der Orden alles ...

»Wie sich zeigte, befanden sich die feindlichen Basen genau dort, wo Kwon sagte. Die Ziele auf Macao und in Brasilien wurden zeitgleich angegriffen und ausgeschaltet.«

»Gibt es Überlebende?«

»Allerdings, Sir, und wir vernehmen sie bereits. Offenbar

unterhält der Feind noch eine ganze Anzahl weiterer Basen, aber wir müssen davon ausgehen, dass sie bis zu unserem nächsten Zugriff evakuiert werden.«

»Unwichtig - wir zerschlagen damit das Informationsnetz, das die Anderen so überaus sorgfältig geknüpft haben. Ein Feind, der nichts sehen kann, ist leicht zu besiegen.«

»Das ist richtig, Sir.«

»Vor allem aber«, fuhr Nummer 8 fort, »müssen wir herausfinden, wo ihr Hauptquartier ist. Quetschen sie es aus den Gefangenen heraus. Foltern Sie sie, häuten Sie sie bei lebendigem Leib, wenn es sein muss - aber ich will diese Information, haben Sie verstanden?«

»Ja, Sir.«

»Tun Sie, was Sie tun müssen, Peragon. Sie haben mein volles Vertrauen.«

»Danke, Sir ... Und Gallagher? Ist er ...?«

Nummer 8 atmete tief und rasselnd ein. »Sie brauchen die Konkurrenz nicht länger zu fürchten, Peragon«, sagte er. »Da wir von Ihrem Vorgänger noch immer keine Nachricht erhalten haben, müssen wir davon ausgehen, dass er bei seinem letzten Einsatz getötet wurde. Seine Spur verliert sich in Rom.«

»Ich verstehe, Sir. Peragon Ende.«

Ein leises Rauschen, und die verschlüsselte satellitengestützte Verbindung, die die Kommunikation über Tausende von Meilen hinweg ermöglichte, wurde unterbrochen.

Nummer 8 nickte.

Es hatte ihn einige Überwindung gekostet, sich Gallaghers Tod einzugestehen, und dies wohl nicht nur, weil der sein bester Agent gewesen war. Da war eine ganze Reihe von Emotionen, die der Graue weder verstand noch zulassen wollte, doch er ging davon aus, dass sie mit der Zeit verblassen würden.

Allerdings kam Nummer 8 nicht mehr umhin, dem Innersten Kreis vom Ausfall des *Demons* zu berichten, der als mögliches zukünftiges Mitglied des Zirkels gegolten hatte. Peragon war eine ebenso zuverlässige wie engagierte Agentin - ob er in ihr jedoch jemals seine potentielle Nachfolgerin sehen würde, bezweifelte Nummer 8 ernstlich.

Doch die Gelegenheit war günstig, dem Innersten Kreis Bericht zu erstatten, denn unter dem Eindruck der jüngsten Erfolge gegen den Widerstand würde der Verlust eines einzelnen Agenten weitgehend kritiklos zur Kenntnis genommen werden - auch wenn dieser Agent der persönliche Günstling des Chefs der Abwehr gewesen war und dieser in seinem verrotteten Inneren den dumpfen Drang nach Rache verspürte.

Der Einzelne bedeutete nichts, der Orden alles ...

Luftraum über dem Südatlantik
12 Stunden später

»Na? Gut geschlafen?«

Alex blinzelte - und war in mehrfacher Hinsicht verwundert.

Zum einen herrschte nicht mehr das rote Dämmerlicht der Tarnbeleuchtung, und sie saß auch nicht mehr auf dem kargen Notsitz einer altersschwachen Antonov, sondern auf dem bequemen Passagiersitz einer Düsenmaschine vom Typ Gulfstream IV. Die eigentliche Überraschung jedoch war, dass sie trotz der Anspannung, unter der sie gestanden hatte, irgendwann eingeschlafen sein musste.

Die Erinnerung kehrte nur allmählich zu ihr zurück.

Nachdem das Frachtflugzeug in Campeche gelandet war, waren sie auf die Gulfstream umgestiegen; sie gehörte einer in Kalifornien ansässigen Strohfirma, die Transaktionen verschiedener Art für den Widerstand tätigte. Inzwischen befanden sie sich auf dem Weg nach Europa. Draußen herrschte fahles Dämmerlicht; der neue Tag kündigte sich mit einem feurigen Streif am östlichen Horizont an, der den Himmel in Brand zu setzen schien.

Alex rieb sich die Augen. Erst dann wurde ihr bewusst, dass sie jemand geweckt hatte, und sie wandte den Blick. Der Sitz neben ihr war scheinbar unbesetzt; wenn sie jedoch genauer hinschaute, konnte sie sehen, dass sich das Polster unter einer unsichtbaren Last wölbte.

Ismael ...

»Gut geschlafen?«, erkundigte er sich noch einmal.

»Es geht.«

»Alpträume?«

»Nein.« Alex lächelte schwach. »Gar keine Träume.«

»Ist das gut oder schlecht?«

»Weder noch«, antwortete sie, sich daran erinnernd, dass Unsichtbare nicht wie gewöhnliche Menschen träumten. Ismael war nie in der Lage gewesen, ihr jene Bilder zu beschreiben, die er im Schlaf sah. Aber da seinesgleichen die Umwelt anders wahrnahm als die Sichtbaren, war es nur konsequent, dass auch die Reflexion dieser Wahrnehmungen durch das Unterbewusstsein anders war als bei einem normalen Menschen.

»Wo ist mein Vater?«, wollte sie wissen.

»Vorn im Cockpit. Er hält Kontakt mit dem Hauptquartier. Zwei weitere Basen wurden überfallen und die Besatzungen getötet.«

»Verdammt«, murmelte Alex und biss sich auf die Lippen.

»Können wir reden?«, fragte Ismael.

»Klar.«

»Geht es dir gut?«

Sie nickte.

»Du lügst«, stellte er fest.

»Woher willst du das wissen?« Sie verzog das Gesicht. »Du hast keine Übung darin, Mienen zu deuten.«

»Aber ich habe inzwischen einige Übung darin, *dein* Gesicht zu deuten«, konterte er. »Und ich kann sehen, dass etwas nicht in Ordnung ist. Was ist mit unserem Kind? Geht es ihm gut?«

»Ich denke ja.«

»Du solltest dich sofort nach unserer Rückkehr untersuchen lassen. Nur um sicherzugehen.«

»Einverstanden.«

»Und sonst?«

»Was meinst du?«

»Du bist so ... so ...«

»Erschöpft«, half sie aus.

»Das ist es nicht, was ich sagen wollte. ›Distanziert‹ trifft es eher.«

»Und das wundert dich?«

»Ein wenig. Ich habe alles darangesetzt, euch in dieser grünen Hölle zu finden. Ein wenig mehr Dankbarkeit ...«

»Ich habe mich bereits bedankt, weißt du nicht mehr?«

»Darum geht es nicht.« Irgendwie war sie sich sicher, dass er gerade unwirsch den Kopf schüttelte. »Ich spreche von anderen Dingen. Von Zuneigung, von Vertrauen, von ...«

»Vertrauen?« Ihr Blick bohrte sich dorthin, wo sie seine Augen vermutete. »Du sprichst von Vertrauen? Und hast mir die Sache mit meinem Vater verheimlicht?«

»Ich hatte keine Wahl, Alex«, verteidigte er sich.

»Nein?« Sie schnalzte mit der Zunge. »Wo habe ich das nur schon mal gehört?«

»Es ist die Wahrheit«, bekräftigte er. »Als ich damals die Anweisung erhielt, dich zu beschatten und für unsere Organisation zu rekrutieren ...«

»Ach, so nennst du es jetzt?«

»... da wusste ich noch nicht, wer du bist. Und als dein

Vater es mir verriet, nahm er mir das feierliche Versprechen ab, es dir niemals zu verraten.«

»Tatsächlich? Mir hast du auch etwas versprochen!«

»Das ist etwas anderes.«

»Inwiefern?«

»Du hast deinen Vater lange nicht gesehen, Alex. Du weißt nicht, wer er ist und was er für den Widerstand bedeutet.«

»Das stimmt«, gab sie zu. »Ich weiß tatsächlich nicht, wer er ist, ebenso wenig wie *er* weiß, wer *ich* bin. Aber das hat ihn nicht davon abgehalten, ungefragt in mein Leben einzudringen und es zu zerstören. Und du hast ihm noch dabei geholfen. Seit ich dir begegnet bin, wird mein Leben mit erschreckender Regelmäßigkeit auf den Kopf gestellt!«

»Das tut mir leid«, kam es gepresst zurück. »Zumindest das musst du mir glauben.«

»Das glaube ich dir«, versicherte Alex. »Es ist nur ...« Sie seufzte resignierend. »Noch vor einiger Zeit schien alles so klar zu sein. Nun ist es so verworren ...«

»Nicht alles«, widersprach er. »Es gibt noch immer einen Feind, den es zu bekämpfen gilt – und dieser Kampf ist noch lange nicht zu Ende.«

»Ich weiß.«

»Ich maße mir nicht an, beurteilen zu können, was zwischen deinem Vater und dir gewesen ist, Alex. Ich kenne ihn nur in seiner Eigenschaft als Anführer der Anderen, und er ist der bei weitem klügste und loyalste sichtbare Mensch, der mir in meinem Leben begegnet ist. Jeder von uns würde jederzeit sein Leben für ihn geben. Mir ist klar, dass dir das nichts nützt, aber vielleicht solltest du ihn mal von dieser Warte aus betrachten und deinen Frieden mit ihm machen.«

Sie lächelte gequält – überzeugt war sie nicht.

»Ich bin zu müde, um mich zu streiten«, erklärte sie.

»Ich glaube dir, dass du aus bester Absicht heraus gehandelt hast, und ich bin dir auch nicht böse. Nur ein wenig ... enttäuscht.«

»Das verstehe ich. Und ich fürchte, es wird nicht die einzige Enttäuschung bleiben ...«

»Was meinst du damit?«

Ismael senkte die Stimme zu einem Flüstern. »Hast du dich schon mal gefragt, wie der Orden von der Expedition erfahren konnte?«

Sie zuckte mit den Schultern. »Mein Vater, den du so sehr bewunderst, vermutet einen Verräter in unseren Reihen, aber ich denke nicht, dass ...« Sie unterbrach sich, als sie ihn geräuschvoll atmen hörte. »Du glaubst das auch«, sagte sie mit leisem Spott. »Wie überraschend.«

»Es ist die einzig plausible Schlussfolgerung. Die Expedition wurde kurzfristig angesetzt und unterlag der strengsten Geheimhaltung. Nur eine Handvoll Menschen wusste Bescheid, unter ihnen Dr. Genaro ...«

»Paolo?« Alex blickte zur anderen Seite der Passagierkabine, wo der Italiener in seinem Sitz saß und tief und fest schlief. »Soll das ein Witz sein?«

»Ich wollte, es wäre so«, erwiderte Ismael grimmig. »Aber wenn man es ganz nüchtern betrachtet, ergibt es durchaus Sinn: Genaro war eingeweiht, von Anfang an ...«

»Sicher«, räumte Alex ein, »weil ihr ihn dazu verpflichtet habt, nach dem verdammten Bunker zu suchen.«

»... und seine einzige Referenz ist ein Brief seines einstigen Mentors, der jedoch von Killern des Ordens ermordet wurde«, fuhr Ismael fort. »Wir kennen ihn erst kurz und wissen nicht, ob wir ihm trauen können – und er hat auf wundersame Weise nicht nur das Massaker überlebt, sondern auch noch einen Weg aus dem Bunkersystem gefunden. Ist das nicht seltsam?«

»Nein«, zischte Alex, »seltsam ist, dass ihr vor Paranoia

schon nicht mehr wisst, wer euer Freund ist und wer euer Feind. Macht ihr das immer so, dass ihr die Leute zuerst rekrutiert, sie für euch arbeiten lasst und sie dann des Verrats bezichtigt? Dann kann ich mir ja ausrechnen, wann es bei mir so weit ist!«

»Du redest Unsinn, und das weißt du.«

»Ja? Und was aus deinem Mund kommt, ist alles wohlüberlegt, richtig? Mach die Augen auf, Ismael! Wenn wir anfangen, uns alle gegenseitig zu verdächtigen, dann hat der Orden so gut wie gewonnen. Paolo ist kein Verräter! Er ist einer der fähigsten Wissenschaftler, die ich jemals kennengelernt habe - und dazu ein zuverlässiger Freund.«

»Woher willst du das wissen?«

»Ich weiß es, weil ...«

»Ja?«, hakte er nach, als sie zögerte.

»Weil ich ihn mag«, entgegnete sie leise, »und weil ich weiß, dass er niemals etwas tun würde, das mir oder uns schaden könnte.« Sie blickte auf und gab sich Mühe, dabei die Fassung zu bewahren, aber ihre Augen glänzten feucht. »Paolo ist kein Verräter, Ismael, das musst du mir glauben. Er ist einer von uns. Ein Freund.«

»Ich ... verstehe«, erwiderte der Unsichtbare, der offenbar nicht wusste, wie er reagieren sollte. »Und ... wie sehr magst du ihn?«, fragte er. »Wenn du dich so für ihn einsetzt ...«

»Ich weiß es nicht«, gestand sie offen. »Und ich weiß auch nicht mehr, was ich für dich empfinden soll.«

»Ist es deshalb, weil du ihn sehen kannst und mich nicht?«

Die Frage kam so unvermittelt, dass sie schmerzte.

»Nein«, entgegnete Alex bestimmt. »Sondern weil ich nach jener Nacht in Hongkong begriffen habe, dass unser Glück niemals von Dauer sein kann. Deine Loyalität gehört in erster Linie der Organisation, ich komme erst an zweiter Stelle, ebenso wie dein Kind. Du wirst im Einsatz immer dein Leben riskieren, und wir werden immer Angst um dich haben.«

»Das haben wir gewusst, Alex. Das ist unser Leben ...«

»Durchaus nicht«, widersprach sie. »Das ist *euer* Leben, Vaters und deins, aber ich weiß nicht, ob ich euch noch weiter folgen kann. Verstehst du, was ich meine? In jener Nacht, als wir alle glaubten, dass du ertrunken wärst, da ist etwas in mir zerbrochen. Für eine kurze Zeit war ich überzeugt, dich für immer verloren zu haben ...«

»Aber ich bin zurückgekehrt«, wandte Ismael sanft ein.

»Ja«, gestand sie. »Und nein ...«

Nördliches Ouaddaï
Grenzland zwischen Tschad und Sudan
Zwei Tage später

Der Name des Mannes, dessen Vernehmungsprotokoll Suzanne Leclerc im Büro des UN-Vertreters Steven Carver gelesen hatte, lautete Mahmud Alfayr.

Es hatte Suzanne einige Mühe gekostet, Carver dazu zu überreden, ihr den Namen preiszugeben, da es sich immerhin um Angaben aus einem als streng vertraulich eingestuften Bericht an das UN-Hauptquartier handelte. Aber die Aussage war ein Beleg dafür, dass auch noch andere Frauen aus dem Grenzland spurlos verschwunden waren, und damit Suzannes einzige Spur. Deshalb hatte sie nicht lockergelassen, bis Carver ihr schließlich entnervt die Informationen gegeben hatte.

Demnach lebte Alfayr in einem Dorf, das sich ein gutes Stück nördlich von dem befand, in dem Abdulayeh Nukur und seine Frau lebten. Da er ebenfalls dem Volksstamm der Hausa angehörte und Suzanne weder deren Sprache noch Gebräuche kannte, entschloss sie sich nach einigem Zögern,

Nukur um Hilfe zu bitten. Zwar reagierte der alte Hausa zunächst befremdet, als sie nur wenige Tage nach dem Tod seiner Tochter auf ihn zutrat; als er jedoch erfuhr, dass es womöglich noch andere Fälle gab, in denen junge Frauen verschwunden waren, und dass Suzanne dazu beitragen wollte, diese Vorkommnisse aufzuklären, erklärte er sich bereit, sie zu unterstützen – um Zaynahs willen, wie er sagte.

Da es in den Dörfern der Hausa weder Straßennamen noch Hausnummern gab, waren die Adressangaben entsprechend ungenau; ohne Nukurs Hilfe hätte Suzanne wohl nur geringe Aussichten gehabt, Mahmud Alfayr zu finden. Schon die Blicke, mit denen sie betrachtet wurde, als sie aus dem L300 stieg, waren niederschmetternd. Unverhohlene Abneigung schlug der Ärztin entgegen, geboren aus Misstrauen und Furcht. Unwillkürlich dachte Suzanne an das, was Carver gesagt hatte – dass die Menschen im Grenzland den UN-Mitarbeitern feindlich gesonnen wären und dass diese ihr Leben riskierten, wenn sie sich unter sie mischten. Aber vielleicht, dachte Suzanne, hatten diese Leute ja auch allen Grund, misstrauisch zu sein ...

Die Tatsache, dass die Ärztin von einem Einheimischen begleitet wurde, schien die Menschen ein wenig zu besänftigen. Die meisten wandten sich ab und gingen wieder ihrer Arbeit nach, nur ein paar Kinder, die höchstens fünf Jahre alt und halbnackt waren, beobachteten sie zunächst weiterhin. Suzanne schenkte ihnen ein Lächeln, worauf sie kichernd in einer der Hütten verschwanden.

Bei einem alten Mann, der unter einem strohgedeckten Vordach saß, erkundigte sich Nukur nach Mahmud Alfayr. Suzanne hörte die beiden einige Worte wechseln, ohne dass sie verstand, worüber sie sprachen.

»Nun?«, fragte sie deshalb ungeduldig, als sich ihr Begleiter wieder ihr zuwandte. »Ist es das richtige Dorf?«

»Ja.« Nukur nickte und deutete auf eine der aus gestampftem Lehm errichteten Behausungen. »Alfayr lebt in dieser Hütte dort. Er ist der Mamam des Dorfes.«

»Ein Mamam? Was bedeutet das?«

»So Hausa nennen heilige Männer«, gab Nukur zur Antwort. Die Art, wie er es sagte, zeugte von tiefem Respekt. »Kennen Lehre des Propheten, aber wissen auch alles über Geister und kennen die Zukunft.«

»Ich verstehe.« Wenn Alfayr unter seinen Leuten eine gehobene Stellung einnahm, steigerte das nur seine Glaubwürdigkeit. Suzanne brannte darauf, den geheimnisvollen Mann kennenzulernen - und wenige Augenblicke später stand sie ihm von Angesicht zu Angesicht gegenüber.

Mahmud Alfayr mochte in Nukurs Alter sein. Seine dunkle Haut war faltig und wettergegerbt, und ein langer Bart zierte sein markantes Kinn. Er trug die charakteristische weite Tracht seines Volkes, und seinen Kopf zierte ein Turban. Der Argwohn in seinen dunklen Augen war unübersehbar, während er die Besucherin von Kopf bis Fuß musterte.

Suzanne wollte sich vorstellen, als Nukur bereits zu sprechen begann. Dabei verbeugte er sich tief, und Suzanne hatte instinktiv das Gefühl, dass es klug war, seinem Beispiel zu folgen. Daraufhin schien der Mamam ein wenig milder gestimmt, und er bot den Besuchern an, sich zu ihm auf den Boden zu setzen. Suzanne bedankte sich, und sie nahmen Platz, wobei die Ärztin erstmals Gelegenheit hatte, sich in der Hütte umzusehen. Fahler Schein, der durch den Türvorhang sickerte, beleuchtete den gedrungenen Raum, der dem Mamam offenbar weniger als Behausung denn als Arbeitsstätte diente. Suzanne sah einige Gegenstände umherliegen, denen wohl kultische Bedeutung zukam, und ein paar arabische Schriftrollen, die auf einem niederen Tisch ausgebreitet waren. Über ihnen schien der Mamam gebrütet zu haben, als er von seinem Besuch überrascht worden war.

»Sie sind also Ärztin?«, erkundigte sich der Priester unvermittelt in fließendem Französisch.

»Ja«, bestätigte Suzanne verblüfft.

»Wer hat Sie geschickt? Die Polizei?«

»Nein.« Sie schüttelte heftig den Kopf. »Ich bin auf eigene Faust hergekommen.«

»Aus welchem Grund?«

»Weil ich einige Fragen an Sie habe.«

»Fragen? Worüber?«

»Über das, was Sie während Ihrer Vernehmung durch die Polizei ausgesagt haben«, erklärte Suzanne offen.

»Wozu, Doktor?« Ein Anflug von Heiterkeit huschte über die Züge des Priesters, während er auf sein stoffumwickeltes Haupt deutete. »Wollen Sie meinen Kopf untersuchen? Glauben Sie, dass ich verrückt bin?«

»Nein«, widersprach Suzanne, »das glaube ich nicht. Genau deshalb bin ich hier, Monsieur Alfayr. Ich möchte wissen, was genau Sie gesehen haben.«

»Ich habe bereits alles gesagt - und es hat niemanden interessiert.«

»*Mich* interessiert es!«, versicherte sie.

»Und Sie sind bereit, mir zu vertrauen?«, hakte der Alte nach. »An Geisterwesen zu glauben? An die Natur, die unser Leben beeinflusst? An die Kraft der Vorsehung?«

»Ich bin bereit, mir Ihren Bericht in Ruhe anzuhören, und ich bin überzeugt, dass Sie nichts hinzuerfinden werden«, entgegnete Suzanne diplomatisch.

»Das ist nicht dasselbe.«

»Nein«, gab die Ärztin zu. »Ich bin Wissenschaftlerin, und als solche glaube ich nicht an die Dinge, die Sie gerade erwähnt haben. Aber ich versichere Ihnen, dass ich Ihnen helfen will - nur muss ich dazu alles wissen.«

Alfayrs Miene blieb unbewegt. Noch immer stand Misstrauen darin zu lesen, und es hatte nicht den Anschein, dass sich seine Haltung allzu schnell ändern würde. Suzanne überlegte verzweifelt, was sie noch anführen konnte, um den Mamam umzustimmen - als Abdulayeh Nukur überraschend das Wort ergriff. Ihr Begleiter sprach nicht Französisch, sondern Hausa, so dass sie kein Wort verstand, aber der Art, wie er auf Alfayr einredete, und dem Mienenspiel in seinem Gesicht nach ergriff er für sie Partei.

Und er hatte Erfolg damit.

Alfayrs bärtige Züge, die wie versteinert gewirkt hatten, entspannten sich ein wenig, ebenso wie seine Haltung. Und schließlich nickte er bedächtig.

»Also gut, Dr. Leclerc«, erklärte er zu Suzannes Erleichterung, »ich will Ihnen sagen, was ich erfahren habe. Aber ich warne Sie - wer einmal in den Schlund der Hölle gesehen hat, wird den Anblick nie mehr vergessen.«

»Das Risiko bin ich bereit einzugehen«, versicherte die Ärztin leichtfertig. »Was haben Sie mir zu erzählen? Bitte sagen Sie mir, was Sie über diese verschwundenen Frauen wissen.«

»Im Grunde nur das, was andere mir darüber berichtet haben. In meiner Eigenschaft als Mamam nicht nur dieses Dorfes, sondern des ganzen Umlands treffe ich viele Menschen. Und sie haben übereinstimmend berichtet, dass junge Frauen aus ihren Häusern verschwunden sind.«

»Auf welche Weise verschwunden?«

»Geraubt«, entgegnete Alfayr nur.

»Von wem?«

»Von Kräften, denen es einen Vorteil verschafft, wenn sie die Zukunft unseres Volkes stehlen.«

»Die Zukunft? Was ist damit gemeint?«

»Dr. Leclerc«, sagte der Priester und lächelte freudlos, »Sie wissen doch ganz genau, was ich damit meine. Viele Neugeborene in diesem Land verlieren ihr Leben schon beim Verlassen des Mutterleibs, und die Gründe dafür sind vielfältig.

Aber wir brauchen Kinder, wenn unser Volk überleben soll. Gesunde Kinder von gesunden Müttern - und es ist nicht ein Fall bekannt, in dem eine kranke Frau von den Schatten verschleppt worden wäre.«

»Von den Schatten«, wiederholte Suzanne und konnte nicht verhindern, dass sie trotz der Hitze, die im Halbdunkel der Hütte herrschte, ein wenig fröstelte. »Das haben Sie auch in Ihrer Aussage erwähnt. Wer sind diese ›Schatten‹?«

»Zuerst glaubte ich, es wären jene, die ungefragt in unser Land eindringen und uns mit einer Hand füttern, während die andere uns beraubt«, erwiderte Alfayr, und Suzanne brauchte einen Moment, um zu begreifen, dass er damit die ausländischen Hilfsorganisationen meinte, die im Tschad ihrer Arbeit nachgingen. Natürlich, sagte sie sich, wie konnte es auch anders sein? Wie sollte er unterscheiden zwischen jenen Weißen, die aufopferungsvoll Hilfe leisteten, um die Not des Landes zu mindern, und jenen, denen es nur um Bodenschätze ging und um globalstrategische Vorteile?

»War das der Grund, weshalb Sie sich an den Ausschreitungen gegen die Niederlassung der Vereinten Nationen beteiligt haben?«, fragte sie.

»Ja«, gestand der Mamam unumwunden ein. »Inzwischen weiß ich jedoch, dass ich mich geirrt habe.«

»Inwiefern?«

»Kurz nach meiner Vernehmung, nachdem mich die Polizei wieder aus dem Gefängnis entlassen hatte, hatte ich eine Vision.«

»Eine ... Vision?«

Wieder lächelte der Priester. »Ich weiß, dass Sie nicht an dergleichen Dinge glauben, Dr. Leclerc. Aber Allah –«, seine Hände wiesen zur Hüttendecke, »– hat mich in seiner Weisheit mit der Gabe bedacht, das in der Zukunft Verborgene zu sehen.«

»Ich verstehe«, sagte Suzanne wenig überzeugt. »Und was genau haben Sie gesehen?«

»Sie glauben mir nicht«, stellte er fest.

»Berichten Sie mir zuerst, was Sie gesehen haben. Dann sage ich Ihnen, ob ich Ihnen glaube oder nicht.«

»Nun gut - aber Ihnen wird nicht gefallen, was Sie hören. Was ich im Traum gesehen habe, Doktor, war das blanke Grauen. Unzählige menschliche Leiber, blutend und zerschnitten ...«

»Erzählen Sie«, verlangte Suzanne. Ihr Mund war trocken geworden, innere Unruhe hatte sie erfasst. Was sie nervös machte, war nicht nur, was Mahmud Alfayr erzählte, sondern auch die Art und Weise, wie er dies tat. Sein fester Tonfall ließ nicht den geringsten Zweifel an der Richtigkeit seiner Behauptungen aufkommen, und die Endgültigkeit in seiner Stimme ließ die Ärztin erschaudern.

»Es waren die Körper junger Frauen«, fuhr der Priester fort, »leblos und tot. Ihre Leibesfrucht hatte man ihnen geraubt, und sie waren verblutet wie Vieh, das geopfert wird. Ihre Unterleiber waren übersät von Einstichen ...«

»Ihre Unterleiber?«, hakte Suzanne nach und sandte Nukur einen fragenden Blick. Ihr Begleiter schüttelte den Kopf - er hatte Alfayr also nichts erzählt von dem, was seiner Tochter widerfahren war. Die Übereinstimmung war rein ... zufällig?

»Zweifeln Sie bereits jetzt an meinen Worten?«

»Nein«, versicherte Suzanne kopfschüttelnd. »Fahren Sie bitte fort.«

»Ich sah ihre leblosen, ausgebluteten Leiber - und ich sah die Schatten, die über ihnen schwebten, Dämonen aus einer anderen Zeit und Welt. Sie waren es, die die Kinder aus den Leibern der Mütter geraubt hatten, und sie brachten sie fort, an einen entfernten Ort, der in ewiger Dunkelheit liegt. Mein Herz war voller Furcht, aber ich folgte ihnen, und in den Tiefen der Erde erblickte ich, was keines Menschen Auge je erblicken sollte ...«

»Was?«, fragte Suzanne ungeduldig. »Was haben Sie gesehen, Monsieur?«

»Das Grauen«, erwiderte der Priester, in dessen Blick ein unstetes Flackern getreten war. Die Erinnerung an das, was er in seinem Traum erblickt hatte, schien ihn noch immer schaudern zu lassen.

»Können Sie es mir beschreiben?«, fragte die Ärztin sanft.

Alfayr zögerte, schien nach den passenden Worten zu suchen. »Die Schatten waren bei ihnen, und sie waren tot und dennoch am Leben - bis sie nicht mehr gebraucht wurden. Dann wich das Leben von ihnen, und man warf sie in einen dunklen Pfuhl, wo ihre Leiber langsam zerfielen.«

Er schaute die Ärztin herausfordernd an, die sich fragte, ob der Mamam noch bei Verstand war. Was er sagte, hörte sich verworren an. Vielleicht jagte sie ja auch einem Phantom nach, und Alfayr war nichts weiter als ein verrückter alter Mann. Dann hätte sie den weiten Weg vergeblich auf sich genommen, ganz abgesehen von dem Streit, den sie mit Lars Sanderson gehabt hatte, weil sie sich zwei Tage freigenommen hatte. Doch noch war sie nicht bereit, dies zu glauben ...

»Ich fürchte, ich verstehe nicht ganz«, gestand sie offen. »Was genau haben Sie gesehen?«

Der Priester schaute sie unverwandt an. »Wissen Sie, was eine Fabrik ist, Dr. Leclerc?«

»Was eine ...? Natürlich weiß ich das.«

»Was ich gesehen habe, war eine Fabrik«, erklärte der Mamam leise. »Eine Fabrik, in der Menschen gemacht werden.«

Es kostete Suzanne einige Mühe, sich ihre Bestürzung nicht anmerken zu lassen. Mahmud Alfayr dabei zuzuhören, wie er von seiner Vision berichtete, war an sich schon unheimlich genug - seine Schlussfolgerung jedoch deckte sich auf geradezu unheimliche Weise mit dem Verdacht, den Suzanne insgeheim hegte und den sie auch Steven Carver gegenüber geäußert hatte: dass jemand diese jungen Frauen entführte, um sie als lebende Brutkästen zur Züchtung embryonaler Stammzellen zu benutzen.

Das spurlose Verschwinden der Opfer aus den Dörfern, Zaynah Nukurs Verletzungen, die Vision des Priesters - all das schien in diese Richtung zu deuten. Andererseits sträubte sich alles in Suzanne anzunehmen, dass es tatsächlich so etwas wie eine unterirdische Menschenfabrik gab. Schließlich, redete sie sich ein, berichtete Alfayr lediglich von einer *Vision*, die er gehabt hatte, von einem Traum, der die Zukunft weissagte - und sie war rational genug, um nicht dergleichen Dinge Vertrauen zu schenken ...

»Sie zweifeln«, stellte der Mamam unverwandt fest.

»Es fällt mir nicht leicht, es zu glauben«, räumte sie ein, jedes Wort mit Bedacht wählend, »was nicht bedeutet, dass ich es für unwahr halte. Die Leute, für die ich arbeite, verlangen Beweise.«

»Sie wollen Beweise?«

»Wenn es sich machen lässt.«

Alfayr nickte, und ein wissender Ausdruck glitt über seine bärtigen Züge, der der Ärztin nicht gefallen wollte. »Also gut, Doktor - Sie sollen Ihre Beweise bekommen.«

»Wann?«

»Noch heute«, versicherte der Priester. »Vorausgesetzt, Sie fürchten sich nicht vor der Wahrheit ...«

»Keine Sorge«, versicherte Suzanne unerschrocken.

»Aber das werden Sie noch«, war der alte Hausa überzeugt.

8.

Ich war zufrieden.

Das erste Mal in meinem Leben.

Nur zwei Monate, nachdem wir geheiratet hatten, kam unser Kind zur Welt. Als hätte Sonja in die Zukunft sehen können, wurde es tatsächlich ein Mädchen, und wir nannten es Alexandra. Damit war unser Glück vollkommen.

Wir lebten außerhalb des Stützpunkts, in einem kleinen Haus, das wir uns gekauft hatten, und ich kann mich nicht erinnern, je zuvor in meinem Leben ein solches Gefühl von innerer Ruhe und tiefem Frieden empfunden zu haben. Nach Jahren der Suche und rastlosen Wanderns glaubte ich, im Leben angekommen zu sein. Die beiden Frauen in meinem Leben halfen mir dabei.

Unsere Tochter aufwachsen zu sehen, mitzubekommen, wie sie zum ersten Mal lächelte, wie sie die ersten Schritte tat und die ersten Worte sprach, berührte mich auf eine Art und Weise, wie mich nichts zuvor berührt hatte, und ich war von einer Dankbarkeit erfüllt, die mich zu einem besseren Menschen machte. Zuvor war ich ein Zyniker gewesen, einzelgängerisch und voller Misstrauen - jetzt liebte ich das Leben und hatte zum ersten Mal das Gefühl, den Menschen um mich herum etwas geben zu können. Ich lernte, die Welt nicht mehr nur durch meine Augen zu betrachten, und sah Dinge, die ich zuvor, wenn überhaupt, nur am Rande wahrgenommen hatte.

Nur eines sah ich nicht - nämlich wie zerbrechlich das Glück war, das ich erlebte.

Denn eines Tages erblickte ich, First Sergeant Kenneth Bowder, etwas, das ich niemals hätte zu Gesicht bekommen dürfen, und das nicht nur mein Leben veränderte, sondern auch das der Menschen, die ich liebte ...

Es begann mit einem Auftrag, den ich erhielt.

In einem stillgelegten Kohlebergwerk im Ruhrgebiet, das von der NATO als Munitionsdepot benutzt wurde, sollte ein größerer Posten der innerhalb des nordatlantischen Bündnisses gebräuchlichen 7,62-mm-Patronen übernommen werden. Als Mitarbeiter des Versorgungsstabes oblag es mir, den Transport zu beaufsichtigen.

An einem eisig kalten Januarmorgen brachen wir auf. Da Sonja mir ihre Muttersprache inzwischen ganz gut beigebracht hatte, wusste ich, dass der deutsche Wetterbericht starken Schneefall gemeldet hatte, wohingegen unsere eigenen Wetterfrösche allenfalls ein paar Flocken voraussagten. Ich fragte deshalb beim Versorgungsoffizier wegen einer Verschiebung des Transports an, aber die Lieferung wurde dringend erwartet, so dass mein Ersuchen abgelehnt wurde. Wir verließen das Camp mit vier schweren M809-Trucks.

Es kam, wie es kommen musste.

Bereits ein gutes Stück hinter Limburg wurde der Schneefall so dicht, dass wir das Tempo drosseln mussten, dazu kam starker Wind, der unsere Fünftonner fast von der Straße wehte. Der Ruhrpott versank an diesen Tagen in weißer Pracht - es war ein nicht enden wollender Schneesturm, der sich über dem Land entlud. Wir erreichten das NATO-Depot schließlich mit fast achtzehnstündiger Verspätung, und wahrscheinlich rechnete dort niemand mehr mit unserem Eintreffen. Bis heute weiß ich nicht, ob es purem Zufall oder dem Schicksal zu verdanken ist, dass unsere Trucks zu einer stillgelegten Zeche mit der Codebezeichnung »ConcorE« geleitet wurden. Inmitten dichten Schneegestöbers, das es unmöglich machte, die Beschilderungen zu lesen, brachten wir die Trucks zum Stehen, und um meinen Leuten eine kurze Pause zu gönnen, zog ich allein mit den Unterlagen los, um die Formalitäten für die Übernahme der Munition zu klären.

Mit einem alten Transportaufzug fuhr ich in den Stollen ein.

Was ich dort sah, jagt mir noch heute, während ich diese Zeilen schreibe, eisige Schauer über den Rücken.

Es waren Geister.

In der dampfigen Luft, die infolge der Luftfeuchte und des Temperaturunterschieds im Stollen herrschte, konnte ich sie sehen: fünf Gestalten mit den Umrissen menschlicher Wesen, doch ihre Körper waren durchsichtig, man konnte die Stollenwand hinter ihnen sehen.

Einen Augenblick lang stand ich wie erstarrt vor Schreck, bis ich begriff, dass sie mich nicht bemerkt hatten. Sie unterhielten sich mit leisen Stimmen und schienen damit beschäftigt, den Inhalt mehrerer olivgrüner Metallkisten zu überprüfen. Den Versorgungsnummern nach handelte es sich um M240-Maschinengewehre und die dazugehörige Munition.

Wer waren diese schemenhaften Gestalten? Und was bezweckten sie mit diesen Waffen? So sehr es mich nach Antworten auf diese Fragen verlangte, so sehr drängte mich meine Furcht dazu, mich abzuwenden und den Stollen hinabzuflüchten, durch den ich gekommen war. Aus einem unerfindlichen Grund war mir klar, dass sie mich töten würden, wenn sie mich erwischten. Meine einzige Hoffnung war, den Aufzug ungesehen zu erreichen und zurück zur Oberfläche zu gelangen. Und ich hatte Glück.

Als ich oben ankam, sah man mir meine Furcht wohl an, denn meine Jungs erkundigten sich besorgt, ob mit mir alles in Ordnung sei. Ich bejahte und murmelte etwas von der Aufzugfahrt, die mir nicht bekommen wäre, und dass wir uns wohl im Stollen geirrt hätten. Warum ich meinen Leuten nichts von der Sache erzählte, weiß ich bis heute nicht mit Bestimmtheit zu sagen.

Vielleicht, weil ich mir bereits im nächsten Moment nicht mehr ganz sicher war, ob es Wirklichkeit gewesen war, was ich erlebt hatte, und weil ich nicht wollte, dass sie mich für verrückt hielten. Vielleicht aber auch, weil ich schon damals ahnte, dass das, was ich gesehen hatte, die Welt verändern würde ...

Farnesische Gärten
Palatino, Rom
15 Uhr 46 Ortszeit

Es war ein Idyll.

Schlanke Pinien, die sich in einen makellos blauen Himmel reckten. Eine von Bienen und Schmetterlingen umwimmelte Akazie, deren würziger Duft die laue Luft durchtränkte. Daneben malerische Ruinen aus Stein, Überreste einer längst vergangenen Zeit. Und rings das sich nach allen Himmelsrichtungen erstreckende Häusermeer jener Stadt, der die Dichter und Geschichtsschreiber nicht von ungefähr das Adjektiv »ewig« zugeschrieben hatten.

Ein trügerisches Idyll, das demjenigen, der die wahre Natur der Dinge kannte und von dem tödlichen Kampf im Verborgenen wusste, verlogen und heuchlerisch erscheinen musste.

Doch Alexandra Lessing hatte es satt, hinter allem, was sie sah, eine Bedrohung zu vermuten. Sie hatte genug davon, in ständiger Paranoia zu leben, die Welt in Scherben fallen zu sehen und das, was die überwältigende Mehrheit der Menschen als wahr und wirklich erachtete, als bloße Kulisse zu betrachten. All das war sie leid, und sie sehnte sich zurück nach jenem Zustand der Unschuld, in dem sie gelebt hatte, bevor die Unsichtbaren in ihr Leben getreten waren. Ganz bewusst versuchte sie, all dies unerwünschte Wissen aus ihrem Kopf zu verbannen und ihre Umgebung so wahrzunehmen, wie sie nun einmal war.

Bunt und voller Wärme.

Prachtvoll und schön ...

Es war später Nachmittag, und die Stadt erwachte allmählich aus der zähen Müdigkeit, in die sie über die Mittagsstunden versunken war. Von ihrem Platz im äußersten Nordwesten des Palatin aus bot sich eine überwältigende

Aussicht, vom Forum Romanum, das sich unmittelbar am Fuß des Hügels erstreckte, bis hinüber zu den eindrucksvollen Ruinen des Kolosseum.

»Der Boden, auf dem du stehst«, erklärte Paolo Genaro, »bedeutet uns Römern viel: Der Sage nach wurde hier die Stadt gegründet. Später haben hier die römischen Kaiser gelebt. Unmittelbar unter uns beispielsweise befand sich einst der Palast des Tiberius. Ein Kardinal namens Alessandro Farnese hat dieses Land Mitte des 16. Jahrhunderts aufgekauft und diese Gärten anlegen lassen.«

»Wunderschön«, meinte Alexandra, obwohl sie kaum zugehört hatte. Wenn sie ehrlich war, stand ihr der Sinn nicht nach Sightseeing, aber sie war Paolo dankbar für die Ablenkung. Und es war rührend, wie stolz er war, ihr seine Stadt und sein Land zu zeigen.

Von Mexiko aus waren sie nach London geflogen, von dort nach Lyon und schließlich über einen kurzen Zwischenstopp in Genua in die italienische Hauptstadt. Die Maschinen, mit denen sie gereist waren, waren dabei immer kleiner und unauffälliger geworden. Zuletzt hatten Alex und ihre männlichen Begleiter in einer einmotorigen Cessna Stationair gesessen. Wieso sie gerade Rom ansteuerten, hatte Alex zunächst nicht gewusst – bis ihr Vater ihr eröffnet hatte, dass die Tiefen der Ewigen Stadt nicht nur alte Ruinen bargen, sondern auch jenen Ort, ohne den der Kampf gegen den Orden der Unsichtbaren undenkbar war.

Die Keimzelle des Widerstands.

Das Hauptquartier der Anderen.

Unter der Erdoberfläche, vor den Augen des Feindes verborgen, befand sich die Zentrale, von der aus die Aktionen der Rebellen koordiniert wurden. Dort liefen die Fäden zusammen, dort wurden die Informationen ausgewertet, die von den Observationsbasen in aller Welt eintrafen, und es kam Alex wie eine bittere Ironie der Geschichte vor, dass sich

Oberons Reich ausgerechnet dort befand, wo sich vor fast zwei Jahrtausenden schon einmal der Widerstand gegen eine Weltmacht formiert hatte: in den Katakomben.

Ein von der Archäologie noch unentdecktes System unterirdischer Grabstätten bildete den Kern der Zentrale. Von dort aus waren weitere Gänge und Stollen in die Felsen getrieben worden, auf denen sich die Tiberstadt erhob. Bislang hatten Alex und Paolo nur einen geringen Teil des Hauptquartiers zu Gesicht bekommen. Was sie jedoch gesehen hatten, ließ darauf schließen, dass sich die Anlage noch sehr viel weiter und tiefer in den Fels erstreckte, eine verborgene Enklave in einem geheimen Krieg ...

Auch die Tatsache, dass sich das Herz des Widerstands in Rom befand, schien Paolo auf eigenartige Weise mit Stolz zu erfüllen. Es war ein Beleg dafür, dass er sich der Stadt trotz allem, was ihm hier widerfahren war, noch immer verbunden fühlte. »In Rom treffen Vergangenheit, Gegenwart und Zukunft wie an keinem anderen Ort der Welt aufeinander. Jeder Quadratzentimeter Boden hier ist von Geschichte durchdrungen. Die ›Hütten des Romulus‹ beispielsweise stammen noch aus der Eisenzeit und sind die frühesten Belege für eine Besiedlung. Und jene Gebäude, die sich dort im Süden an den Garten anschließen, wurden einst von Kaiser Augustus und seiner Gemahlin Livia bewohnt. Daneben erstrecken sich noch immer Teile der gewaltigen Palastanlage, die Kaiser Domitian im ersten Jahrhundert nach Christus errichten ließ. Versuch nur einmal, dir vorzustellen, wie es hier einst ausgesehen haben muss ...«

Alex, die mit ihm im Schatten einer großen Pinie auf einer Parkbank saß, musste ob der offenkundigen Begeisterung ihres Fremdenführers lächeln. »Meinst du, uns droht ebenfalls irgendwann dieses Schicksal?«

»Was meinst du?«

»Werden zukünftige Generationen auch irgendwann in

den Trümmern unserer Zivilisation umherstolzieren und sich fragen, wie es damals wohl gewesen ist?«

»Gut möglich.« Der Archäologe zuckte gleichmütig mit den Schultern. »Wenn uns die Vergangenheit eines gelehrt hat, dann dass weltliche Macht nur von begrenzter Dauer ist. Jedes große Reich der Menschheitsgeschichte - vom Perserreich über das Alte China bis hin zum Imperium Romanum - ist irgendwann an den Punkt gelangt, da es sich selbst überlebt hatte. Dann kamen andere, junge Mächte, die die Herrschaft übernahmen und ihre eigenen Reiche gründeten - von Alexander dem Großen über die Mongolen bis hin zu den Germanenstämmen, die das Römische Reich zu Fall brachten.«

»Ob die Menschen damals ahnten, was ihnen widerfuhr?«, fragte Alex beklommen.

»Unwahrscheinlich. Jeder Mensch ist ein Kind seiner Zeit. Nur wenigen war es vergönnt, über die Grenzen ihrer Epoche hinauszublicken, und oft genug wurden sie dafür hart bestraft. Man hat sie als Frevler und als Ketzer gebrandmarkt.«

»Du denkst dabei auch an Professor Benati, nicht wahr?«

»Der Professor war ein Visionär und seiner Zeit weit voraus«, bestätigte Paolo in Erinnerung an seinen Freund und Mentor, der vor mehr als einem halben Jahr auf dem Flughafen Rom einem vom Orden geplanten Anschlag zum Opfer gefallen war. »Er hat von der Existenz der Unsichtbaren erfahren - und wurde dafür nur mit Hohn und Spott überschüttet. Aber wenigstens kannte er die Wahrheit.«

»Und du glaubst, damit war er glücklicher?«, fragte Alex zweifelnd. »Glücklicher als jene Millionen der Weltgeschichte, die völlig ahnungslos waren?«

»Schwer zu sagen.« Paolo ließ ein tiefes, fast resignierendes Seufzen vernehmen. »Eigentlich hatte ich dich an diesen Ort gebracht, um dich ein wenig abzulenken. Aber das scheint wohl nicht möglich zu sein.«

»Nein.« Alex schüttelte den Kopf. »Ich möchte es gern, aber an diesem Ort wird man auf Schritt und Tritt an das erinnert, was auch unserer Zivilisation widerfahren könnte.« Sie wandte den Blick und schaute ihm direkt in die Augen. »Ich habe Angst, Paolo«, gestand sie leise.

»Möchtest du lieber ins Versteck zurück?«

»Nein.« Ihr Blick blieb unverwandt auf ihn gerichtet. »Ich möchte mit dir lieber woanders hingehen.«

»Was meinst du?«

»An einen Ort, wo wir ... ungestört sind.«

Die letzten fünf Jahre, die er im selbstgewählten Exil in Südamerika verbracht und einsam und in dünnwandigen Zelten und schäbigen *albergues* gehaust hatte, mochten Paolo Genaro dem weiblichen Geschlecht entwöhnt haben - aber doch nicht so sehr, dass er nicht verstanden hätte, was sie meinte. Ein Teil von ihm war der Ansicht, dass es nicht richtig sei, die Schwäche einer jungen Frau auszunutzen, die verängstigt war und sich nach Trost und Zuwendung sehnte - der Rest jedoch brauchte nur in die hübschen, leicht sonnengebräunten und von kurz geschnittenem schwarzem Haar umrahmten Züge zu blicken, um alle Bedenken fahren zu lassen.

»Bist du sicher?«, fragte er nur.

Sie nickte.

»Ich habe noch immer meine Wohnung«, erklärte er leise. »Sie ist gar nicht weit von hier, in der Via Marco Aurelio ...«

»Willst du sie mir zeigen?«

»Natürlich, aber ...«

Sie brachte ihn zum Verstummen, indem sie ihm die Hand auf den Mund legte. Es war alles gesagt.

»*Va bene*«, sagte er nur. Dann erhob er sich, ergriff ihre Hand und zog sie sanft mit sich.

Nördliches Ouaddaï
Grenzland zwischen Tschad und Sudan
Zur selben Zeit

Der Motor des L300 protestierte lautstark, als Suzanne Leclerc den Wagen einen steilen Anstieg hinaufsteuerte.

Den unwegsamen, von Schlaglöchern übersäten Pfad als Straße zu bezeichnen, wäre blanker Hohn gewesen. Die ohnehin nur spärlich vorhandene Infrastruktur, die es in diesem Teil des Landes gegeben hatte, war während der Konflikte zwischen Rebellen und Regierungstruppen größtenteils zerstört worden. Man war auf Nebenwege angewiesen, und diese zu benutzen, war gefährlich genug. In Sandersons Büro im ICO-Krankenhaus hing eine Landkarte der Region, in die jene Gebiete eingezeichnet waren, die man zu meiden hatte, weil dort überall Minen lagen. Suzanne kannte sich mit der Geographie des Landes nicht sehr gut aus, aber sie wusste, dass sie gerade genau einen solchen Landstrich durchquerte ...

Mahmud Alfayr, der neben ihr auf dem Beifahrersitz hockte, war die Gelassenheit in Person. Den Blick geradeaus durch die schmutzige Windschutzscheibe gerichtet, sagte er Suzanne, wohin sie den Mitsubishi zu lenken hatte, geradeso als könnte er sehen, wo das Verderben im trockenen Boden vergraben war. Nukur, der hinter ihm saß, schien voll und ganz auf die übersinnlichen Fähigkeiten des Priesters zu vertrauen, und auch wenn sie nicht daran glaubte, so musste die Ärztin zumindest zugeben, dass er bislang erfolgreich gewesen war.

Die behelfsmäßige Straße, zu deren beiden Seiten die Abdrücke von Panzerketten im trockenen Boden auszumachen waren, führte über den Hügel, von dessen Kuppe aus sich ein weiter Ausblick nach Osten bot, auf die Grenze und das dahinter liegende Land. Es erschien Suzanne auf bizarre Weise unsinnig, dass sich Menschen um einen solch öden, wertlosen Flecken Erde stritten und sich dafür gegenseitig umbrachten - aber gewann ein Krieg dadurch an Legitimität, dass es um Bodenschätze oder Rohstoffe ging?

Der östliche Ausläufer des Hügels verflachte zusehends, bis er sich irgendwo jenseits der Grenze in der kargen Landschaft verlor, der nordwestliche hingegen beschrieb einen Halbmond, dessen nach Westen weisende Spitze sich nahtlos in das hügelige Grenzland einfügte. Nach Osten hin jedoch fiel das Gelände fast senkrecht ab und formte eine tiefe Schlucht, deren Grund von der Hügelkuppe aus nicht einsehbar war.

»Dort runter!«, verlangte Alfayr.

Suzanne hatte es sich abgewöhnt, Fragen zu stellen. Sie bekam einfach nicht mehr aus dem Mamam heraus, als dieser ihr sagen wollte, also konnte sie ebenso gut schweigen und sich überraschen lassen.

Erneut legte der Antrieb des L300 Protest ein, und zum ungezählten Mal war Suzanne froh über den integrierten Allradantrieb, der unschätzbar wertvolle Dienste leistete. Den steil aufragenden, rötlichen Fels zur linken und den von ausgedörrtem Strauchwerk bewachsenen Hang zur anderen Seite, rumpelte das Gefährt hinab die Schlucht, vorbei am ausgebrannten Wrack einer Panzerhaubitze, die das Grenzland hatte bewachen sollen. Welcher der beiden Seiten das Gefährt gehört hatte, war dem rußgeschwärzten, deformierten Metall nicht mehr anzusehen, und es war auch nicht mehr von Bedeutung. Ungleich mehr interessierte sich Suzanne für das, was sie am Ende der Schlucht erwartete.

Der hohe Aufbau des L300 schaukelte hin und her, während der Mitsubishi die schmale Passage hinabrumpelte, die offenbar auch schon von anderen Fahrzeugen benutzt worden war - Reifenspuren waren im Staub zu sehen, ein rostiger Benzinkanister lag am Straßenrand. Suzanne hatte alle Hände voll zu tun, den Wagen, dessen Lenkrad wild hin- und herschlug, auf Kurs zu halten, und sie atmete auf, als sie den Grund der Schlucht erreichten. Da es bereits später Nachmittag war, lag er bereits im Schatten, und fahles Dämmerlicht herrschte.

Vom Beifahrersitz aus nickte Alfayr Suzanne zu, worauf sie den Wagen zum Stehen brachte und den Motor abstellte. Noch immer wusste sie nicht, was der Mamam ihr eigentlich zeigen wollte, und für einen Moment überkam sie der unangenehme Gedanke, dass sie den beiden Männern in ihrer Gesellschaft schutzlos ausgeliefert war; weder war sie bewaffnet, noch konnte sie auf Hilfe hoffen, falls Abdulayeh Nukur beschlossen hatte, den Tod seiner Tochter blutig zu rächen. Wenn sie hier und jetzt hinterrücks ermordet wurde, würde niemand je erfahren, was ihr zugestoßen war.

Schon im nächsten Moment jedoch schalt sie sich eine Närrin für ihre Gedanken. Die beiden Hausa stiegen aus dem Wagen, und keiner von ihnen schien dabei auch nur einen Gedanken an sie zu verschwenden. Im Gegenteil - ohne sich nach der Ärztin umzusehen, setzte sich der Mamam in Bewegung und folgte dem weiteren Verlauf der Schlucht zu Fuß. Nukur blieb ihm auf den Fersen, und Suzanne hatte keine andere Wahl, als ihm zu folgen. Vorher allerdings holte sie noch die alte Polaroid-Kamera aus dem Wagen, die irgendwann einer der ICO-Ärzte bei seiner Abreise vergessen hatte und die seither zum spärlichen Inventar des Krankenhauses gehörte.

Dann ging sie den beiden Männern hinterher, überrascht darüber, wie kühl es auf dem Grund der Schlucht war. Sie fröstelte leicht in ihrer khakifarbenen Tropenkleidung, und im nächsten Moment durchlief sie ein eisiger Schauder - was allerdings nicht mit den niedrigen Temperaturen zusammenhing, sondern mit dem beißenden Gestank, der über dem Boden der Schlucht lag.

Leichengeruch ...

Suzanne Leclerc hatte ihn in den letzten Wochen zu oft in der Nase gehabt, um ihn zu verkennen. Übelkeiterregender Verwesungsgeruch hing zwischen den Wänden der Schlucht, und mit jedem Schritt, den die Ärztin den beiden Männern folgte, nahm er noch zu.

Erneut schwieg Suzanne, obwohl ihr die Frage auf den Lippen brannte, an welch grausigen Ort Mahmud Alfayr sie geführt hatte. Die Antwort erfolgte ohnehin schon wenige Augenblicke später, als die Hausa unvermittelt stehen blieben, am Rand von etwas, das einst ein Tümpel gewesen sein mochte, aber längst ausgetrocknet war. Nicht Wasser füllte den Pfuhl, dessen Durchmesser an die zehn Meter betrug, sondern etwas anderes, dessen Anblick Suzanne Leclerc nicht nur die Sprache und den Atem verschlug, sondern ihr fast den Magen umdrehte.

Leichen.

Unzählige Leichen.

Die nackten, verwesenden Leiber dunkelhäutiger Frauen ...

Obwohl sie ihren Beruf noch nicht sehr lange ausübte, hatte Suzanne Leclerc schon vieles zu sehen bekommen. Dies hier übertraf jedoch alles: der Anblick der leblosen Körper, an denen sich vielfach bereits die Aasfresser gütlich getan hatten; der Gestank und die Fliegen, die zu Tausenden über dem Leichenhaufen schwirrten; die menschenverachtende Barbarei, die sich hier zugetragen haben musste.

Erst jetzt erkannte sie, dass nicht nur Frauen in der Grube lagen. Auch Männer waren darunter, noch halbe Kinder zumeist, an deren Leichen die Fetzen sandfarbener Kampfanzüge klebten – Milizionäre, die in Auseinandersetzungen entlang der Grenze den Tod gefunden hatten.

Suzanne wankte. Die Sinne drohten ihr zu schwinden angesichts des grässlichen Anblicks, und sie konnte nicht anders, als sich auf Abdulayeh Nukur zu stützen, der kaum weniger betroffen war als sie. Lediglich Mahmud Alfayr schien kaum überrascht, so als hätte er all dies schon einmal gesehen. Zumindest dieser Teil seiner Vision, dachte Suzanne betroffen, entsprach der Wahrheit ...

»Nun, Doktor?«, fragte der Mamam ungerührt und mit einem Lächeln, das seltsam unpassend schien. »Glauben Sie mir nun?«

Suzanne war nicht in der Lage zu antworten. Sie nickte nur und erinnerte sich selbst mit aller Macht an den Grund ihrer Anwesenheit. Sie hatte Beweise gesucht und sie gefunden. Nun musste dafür gesorgt werden, dass andere von diesem Ort erfuhren.

Sie löste sich von Nukur und hob die Sofortbildkamera, um ein paar Bilder zu machen. Das Blitzlicht erhellte den Grund der Schlucht und entriss dem Halbdunkel weitere grässliche Details, die sich in das Gedächtnis der Ärztin einbrannten. Verzweifelt versuchte sie, ihren Verstand gegen das Grauen abzuschirmen, das wie eine Springflut auf sie einstürzte, und band sich das Schweißtuch, das sie um den Hals trug, vors Gesicht, damit es den Gestank ein wenig minderte. Dann trat sie an den Rand des Pfuhls und überwand sich, einige Schritte hinabzusteigen. Sie vermied es, in die leblosen Mienen zu blicken, und konzentrierte sich darauf, die Körper der jungen Frauen in Augenschein zu nehmen – was sie dabei entdeckte, war schrecklich genug.

Die Wunden an den Unterleibern der Leichen stimmten mit denen von Zaynah Nukur überein – mit einer wichtigen Ausnahme: Quer über dem Unterbauch befanden sich Schnitte – *sectiones caesareae* –, die nach dem Öffnen nicht wieder zugenäht worden waren. Die Folgerung, die sich aus dieser Feststellung ergab, war ebenso zwingend wie schockierend: All diese Frauen waren schwanger gewesen, die Kinder hatte man entbunden, die Mütter anschließend verbluten lassen, so als wären sie nichts als biologische Einweg-Brutkästen.

Mechanisch hob Suzanne den Fotoapparat und machte einige weitere Aufnahmen, die sie mit zitternden Händen aus dem Ausgabeschacht riss und in die Beintasche ihrer Hose stopfte. Dabei wankte sie und wäre wohl gestürzt, wäre Abdulayeh Nukur nicht zu ihr getreten und hätte sie aufgefangen.

Angesichts dieser menschlichen Geste inmitten solcher Unmenschlichkeit brach sie in Tränen aus. Insgeheim hatte sie schon die ganze Zeit über befürchtet, dass dies die schreckliche Antwort auf das Rätsel war, das Zaynahs Tod ihnen aufgegeben hatte - die Wahrheit jedoch so schonungslos und offen enthüllt zu bekommen und die Ahnung, dass es Weiße waren, die hinter all dem steckten, skrupellose, gerissene Geschäftemacher, denen der Wert eines Menschenlebens nichts bedeutete, war zu viel. Trauer und Scham erfüllten sie, während die Übelkeit in ihr emporstieg.

Sie löste sich aus Nukurs Griff und wankte einige Schritte, übergab sich hinter einem Felsblock. Unter Schock und am ganzen Körper zitternd, rang sie um ihre Fassung, und ihr wurde klar, dass Mahmud Alfayr zumindest mit einer Voraussage recht gehabt hatte.

Die Wahrheit hatte ihr tatsächlich Angst gemacht ...

Hauptquartier des Widerstands
Katakomben, Rom
Zur selben Zeit

»Ismael?«

Reflexartig schoss der Unsichtbare in die Höhe, als er seinen Namen vernahm. Im Bereitschaftsraum hatte er sich auf eine der Pritschen gelegt, um den Augenblick zu nutzen und sich ein wenig auszuruhen – dabei musste er wohl eingeschlafen sein ...

»Ja?«

Es war Kenneth Bowders Stimme, die ihn gerufen hatte. Alex' Vater stand vor ihm, einen grimmigen Ausdruck in den von Sorgenfalten zerfurchten Zügen. »Es gibt Neuigkeiten«, erklärte er. »Oberon wünscht uns zu sprechen. Die Identität des Verräters wurde festgestellt.«

Hatte Ismael eben noch Benommenheit verspürt, so war er im nächsten Moment hellwach. Ohne noch ein weiteres Wort zu verlieren, nickte er Bowder zu, der eine Spezialbrille trug und ihn deshalb sehen konnte. Beide verließen sie den Bereitschaftsraum, um den eigentlichen Kern der unterirdischen Anlage aufzusuchen, der ihr größtes Geheimnis barg ...

»Du hast es Alex noch nicht gesagt, oder?«, fragte Ismael, während sie durch die Gänge eilten, die teils in nackten Fels gehauen, teils mit Beton verschalt waren. Neonröhren, in regelmäßigen Abständen an der niedrigen Decke angebracht, sorgten für kaltes Licht.

»Was meinst du?«

»Dass du nicht wirklich Oberon bist.«

Bowder verzog das Gesicht wie jemand, der an eine lästige Pflicht erinnert worden war. »Was macht es für einen Unterschied?«, fragte er.

»Es macht *jeden* Unterschied«, war Ismael überzeugt. »Du hast Alex im Glauben gelassen, dass du der Anführer des Widerstands wärst. Sein einziger Anführer ...«

»Weil es besser ist für sie«, war Bowder überzeugt. »Alex darf die Wahrheit noch nicht erfahren, Ismael. Es wäre noch zu früh. Außerdem ist nicht alles unwahr, was ich gesagt habe. Ich bin Oberons Stimme und seine rechte Hand – in gewisser Weise ist es also richtig zu behaupten, dass ich Oberon bin.«

»Alex wird das für eine weitere Haarspalterei halten«, entgegnete Ismael. »Früher oder später wird sie die Wahrheit erfahren - und dafür, dass du sie einmal mehr hinters Licht geführt hast, wird sie dich nur noch mehr hassen.«

»Möglicherweise«, räumte Bowder ein, »aber bisweilen ist es genau das, was von Eltern erwartet wird: unbequeme Entscheidungen zu treffen zum Besten ihrer Kinder.«

»Davon weiß ich nichts«, erwiderte Ismael leise und nicht ohne Bitterkeit. »Ich bin noch kein Vater ...«

Den Rest des Weges legten sie schweigend zurück, vorbei an sichtbaren wie unsichtbaren Wachen, die ihre Identität und ihren Status prüften. Und schließlich gelangten sie in jenen schmucklosen Raum ohne Fenster, dessen Wände aus kahlem Fels bestanden. Über der stählernen Panzertür, die die Stirnseite der Kammer einnahm, hing ein Lautsprecher.

»Bowder, Kenneth, AA-0001«, identifizierte sich Bowder, nachdem sich die Eingangstür zischend hinter ihnen geschlossen hatte. Seine Worte klangen dumpf in der von Neonlicht beleuchteten Enge.

»Identität bestätigt«, schnarrte es, als die Stimmanalyse abgeschlossen war.

»Agent Ismael, AA-4183«, nannte auch Ismael seinen Namen und seine Kennung, die ebenfalls bestätigt wurden.

»Willkommen, meine Freunde«, drang daraufhin eine Stimme aus dem Lautsprecher, die sich seltsam mechanisch anhörte, jener von Bowder jedoch nicht unähnlich war - es waren digitale Aufzeichnungen seiner Stimme, die der Modulator verwendete. Es hatte eine Zeit gegeben, da hatte Bowder es eigenartig gefunden, diese Art von Selbstgesprächen zu führen. Inzwischen hatte er sich längst daran gewöhnt ...

»Du wolltest uns sprechen, Oberon?«

»In der Tat. Ich habe die Analyse der Daten abgeschlossen,

die wir bezüglich des Überfalls auf die Expedition gesammelt haben, und ich glaube, die Identität des Verräters nun zu kennen.«

»Wer ist es?«, fragte Ismael und ballte unwillkürlich die Fäuste. »Genaro?«

»Nein«, gab Oberon zur Antwort. »Dr. Genaro hatte nichts damit zu tun, Ismael. Es war Lidenbrock.«

»Lidenbrock?«, wiederholte Bowder ungläubig.

»Lidenbrock war der Einzige, der über alle notwendigen Informationen verfügte und sie dem Feind zugänglich machen konnte.«

»Aber er hat dem Orden den Rücken gekehrt ...«

»Offenbar«, sagte die Stimme aus dem Lautsprecher, »hat er weiterhin für seine früheren Herren gearbeitet.«

»Dieses elende Schwein!«, stieß Ismael hervor. »Er hat sich kaufen lassen!«

»Vielleicht - vielleicht aber meinte er irgendwann, dass unser Kampf letztlich aussichtslos wäre, und ist reumütig auf die Seite des vermeintlichen Siegers zurückgekehrt.«

»Schwein!«, zischte Ismael abermals. Was Lidenbrock zu seiner Entscheidung bewogen hatte, war letztlich gleichgültig - Tatsache war, dass zahlreiche Widerstandskämpfer seinen Verrat mit dem Leben bezahlt hatten. Für den Orden mochte das Leben eines Einzelnen nicht von Bedeutung sein - die Anderen hingegen hatten Kameraden verloren, Freunde, deren Verlust sich niemals ersetzen ließ ...

»Wir können von Glück sagen, dass Lidenbrock nur als Mittelsmann eingesetzt wurde«, versuchte Bowder der Enthüllung etwas Positives abzugewinnen. »Hätte er einen höheren Informationszugang gehabt, wären die Folgen verheerend gewesen.«

»Das stimmt«, räumte Oberon ein. »Dennoch ist der Schaden beträchtlich genug. Nach dem, was mit unseren Observationsbasen in Südamerika und in Asien geschehen ist, müssen wir davon ausgehen, dass sich Dr. Kwon und die kleine Kim Li dank Lidenbrocks Verrat in der Gewalt des Ordens befinden. Und wir wissen jetzt auch, wer für den Anschlag auf Professor Benati verantwortlich ist.«

»Ebenfalls Lidenbrock?«, fragte Ismael.

»Wer sonst? Er war es, der zu Benati Kontakt aufnahm und ihm als *Guardian* zugeteilt wurde. Leider waren wir wohl entweder zu blind oder zu naiv, um zu erkennen, was er tatsächlich im Schilde führte. Nur so ist es zu erklären, dass Lidenbrock nach Benatis Tod auf Dr. Genaro angesetzt wurde.«

»Auf Genaro?«, hakte Ismael nach.

»Natürlich.« Kenneth Bowder nickte. »Es war Lidenbrock, der Genaro kontaktierte und ihn für den Widerstand rekrutierte. Wusstest du das nicht?«

Ismael blieb eine Antwort schuldig - seine Gedanken waren bereits einige Schritte weiter. »Wenn Lidenbrock Genaro rekrutiert hat, dann war er hier in Rom, richtig? In seiner Wohnung ...«

»Das ist anzunehmen.« Bowder nickte. »Wieso?«

»Weil sie dann möglicherweise noch immer von Agenten des Ordens überwacht wird«, erklärte Ismael atemlos.

»Auch das ist richtig, aber ich verstehe nicht, was ...«

»Alex!«, stieß der Unsichtbare hervor. »Genaro und sie sind in der Stadt unterwegs, in diesem Augenblick!«

»Und?«, fragte Bowder. »Alex weiß, wie sie sich zu verhalten hat. Sie wäre niemals so leichtsinnig, einen Ort aufzusuchen, der womöglich unter feindlicher Beobachtung ...«

»Sie hatte recht«, fiel ihm Ismael ins Wort.

»Recht? Womit?«, fragte Bowder verblüfft.

»Du kennst sie nicht«, sagte der Unsichtbare, während er bereits zum Ausgang lief.

Die ausgeprägte Wahrnehmung, die seiner Art zu eigen war, hatte eine furchtbare Ahnung in ihm geweckt. Und diese Ahnung besagte, dass die Frau, die er liebte und die sein Kind in sich trug, in größter Gefahr war ...

Unbekannter Ort
Zur selben Zeit

Der Innerste Kreis.

Mittelpunkt der Welt.

Zentrale absoluter Macht.

Umgeben von abgründiger Dunkelheit, die jenseits gläserner Fenster herrschte, hielten die Grauen ihre Versammlung ab.

Der Zirkel bestand aus dreizehn Sitzen, die in Kreisform angeordnet waren und in deren Mitte das Emblem des Ordens auf dem Boden prangte - das Zeichen jener Unsichtbaren, die einst aus der Zukunft gekommen waren und damit, ohne es zu wollen, zu den Stiftern des Ordens geworden waren.

Die Grauen kannten das Geheimnis - und sie waren entschlossen, es mit ins Grab zu nehmen ...

In der Vergangenheit waren Vollversammlungen des Zirkels nur äußerst selten einberufen worden, ganz einfach deshalb, weil es unabsehbare Risiken barg, wenn sich alle Führungsmitglieder zur selben Zeit am selben Ort aufhielten. Argwohn und Misstrauen waren die ständigen Begleiter jener schattenhaften Gestalten, die zwölf der dreizehn Sitze belegten und deren Erscheinungsbild für jeden Außenstehenden einen geradezu grotesken Anblick bot.

Die zwölf Männer, deren ausgemergelte und gebeugte Körper auf die Qualen schließen ließen, die sie fortwährend durchlitten, waren in altmodische graue Mäntel gehüllt, dazu trugen sie Hüte mit breiten Krempen - textile Hinterlassenschaften aus jener Zeit, in der sie noch der anderen, sichtbaren Welt angehört hatten und die sie permanent an das erinnerten, was sie einst gewesen waren und niemals wieder sein wollten. Innerhalb des Kreises erfüllten die Mäntel und die tief in die unsichtbaren Gesichter gezogenen Hüte aber auch noch andere Funkionen, die pragmatischer Natur waren: Zum einen machte jedwede Bekleidung einen unsichtbaren Körper sichtbar, was dem Misstrauen Genüge tat, das die Angehörigen des Innersten Kreises auch untereinander hegten, zum anderen kennzeichnete sie ihren Träger als über den Dingen stehend, ja als unantastbar; ein Unsichtbarer, der es sich leisten konnte, weithin sichtbar durchs Leben zu gehen, musste über große, fast grenzenlose Macht verfügen. Diese Botschaft wollten die Grauen mit ihrem theatralischen und - zumindest nach dem Empfinden von Nummer 8 - etwas überholten Aufzug vermitteln.

Das einzige Zugeständnis an die moderne Zeit waren die Wärmesichtbrillen, die die Mitglieder des Ordens trugen und die ihnen zu jeder Zeit verrieten, ob sich noch andere, unbefugte Unsichtbare im Innersten Zirkel aufhielten. Sich fortwährend misstrauisch umzublicken und gegenseitig zu beäugen, war den zwölf Mitgliedern des Führungskreises so sehr in ihr unsichtbares Fleisch übergegangen, dass sie es inzwischen als völlig natürlich betrachteten. Paranoia war der Preis dafür, über eine solch mächtige Organisation zu gebieten - Paranoia sowohl nach innen als auch nach außen.

Die Stimmidentifikation, der sich dem Protokoll gemäß jedes einzelne Mitglied des Zirkels unterzogen hatte, sollte ausschließen, dass sich ein Fremder in den Kreis eingeschlichen hatte. Nachdem sich jeder der zwölf Grauen auf diese Weise ausgewiesen hatte, wechselte die Beleuchtung des von Glas umgebenen Runds auf ein mattes Grün, was bedeutete, dass der Raum nun nach außen hermetisch abgeriegelt war.

Nummer 1, der den Vorsitz führte - eine hagere Gestalt,

die zur linken Seite gebückt ging und aus deren Rücken ein deformiertes Schulterblatt ragte, das den Mantel grotesk ausbeulte –, ergriff das Wort.

»Angehörige des Innersten Zirkels«, sprach er mit einer Stimme, die fest und entschlossen klang und in krassem Widerspruch zu seiner optischen Erscheinung stand, »nachdem wir dem Protokoll Genüge getan haben, erkläre ich die Versammlung für eröffnet. Den Anfang macht der Leiter unserer Abwehrabteilung, der über den Status der laufenden Aktionen berichten wird. Nummer 8, ich erteile Ihnen das Wort.«

»Danke, Nummer 1«, erwiderte Nummer 8 und erhob sich von seinem Sitz, was ihm sichtlich schwerfiel. Zwar war es den immer gebrechlicher werdenden Ratsmitgliedern gestattet, während eines Vortrags sitzen zu bleiben, aber er wollte sich diese Blöße nicht geben. Im Sessel zu verharren hätte bedeutet, dem Schmerz nachzugeben und sich verletzlich zu zeigen – und er wusste, dass seine Gegner auf ein solches Signal nur warteten. Nur seine Stimme klang so tonlos und schwach wie immer.

Nummer 8 schaute prüfend in die Runde, ließ den Blick von einem Ratsmitglied zum anderen schweifen und versicherte sich ihrer ungeteilten Aufmerksamkeit. Dann begann er seinen Bericht. »Angehörige des Innersten Zirkels«, sagte er, »ich stehe hier vor Ihnen, um nach den Rückschlägen des vergangenen Jahres einen großen, bedeutenden Erfolg zu verkünden, der unsere Organisation entscheidend stärken wird. Ich spreche von Operation Counterstrike.«

Niemand sagte etwas, aber einige der in Mäntel und Hüte gehüllten Gestalten tauschten verwunderte Blicke. Da es sich bei Operation Counterstrike um einen begrenzten Einsatz gehandelt hatte, war der Zirkel vorab nicht informiert worden. Für Nummer 8 hatten sich daraus zwei Vorteile ergeben: Zum einen hätte er einen eventuellen Fehlschlag verschweigen können, zum anderen konnte er nun mit einer erfreulichen Überraschung aufwarten, die den Rat wohlwollend stimmen würde.

»Von unseren Erfolgen in Südamerika haben Sie bereits durch die Kommunikees erfahren, die meine Abteilung auf den verschlüsselten Kanälen verschickt hat. Es ist uns nicht nur gelungen, das Camp der Aufständischen im südamerikanischen Dschungel ausfindig zu machen, sondern auch sämtliche Spuren auszulöschen, die sich dort erhalten hatten und Rückschlüsse auf die Vergangenheit und Herkunft des Ordens zuließen. Zudem konnten wir das Mädchen namens Kim Li in unsere Gewalt bringen.«

»Das Mädchen, das uns sehen kann«, krächzte die tonlose Stimme von Nummer 2.

»Angeblich«, bestätigte Nummer 8. »Unsere Wissenschaftler werden das eingehend untersuchen, so dass wir schon bald wissen werden, ob dieses Kind tatsächlich eine Bedrohung für uns darstellt. Wir werden sehr bald Gewissheit haben und entsprechend handeln können.«

Nummer 8 legte eine Kunstpause ein, um seine Worte wirken zu lassen. Er kannte seine Artgenossen gut genug, um zu wissen, dass man ihren von Medikamenten benebelten Gehirnen Zeit geben musste, um die Informationen zu verarbeiten. »Was Sie jedoch noch nicht wissen«, fuhr er schließlich fort, »ist die Tatsache, dass uns beim Zugriff in Südamerika mit der sichtbaren Aufrührerin Elizabeth Kwon eine wertvolle Informantin in die Hände gefallen ist, die uns die genauen Positionen mehrerer Stützpunkte des Feindes preisgegeben hat.«

»Tatsächlich?«, fragte Nummer 4 verblüfft. »Sollten diese Stützpunkte dann nicht umgehend angegriffen werden?«

Nummer 8 hatte Mühe, die Genugtuung, die er in diesem Augenblick verspürte, aus seiner Stimme zu verbannen. »Dies ist bereits geschehen«, eröffnete er. »Die betreffenden Ziele wurden ausgeschaltet und die gegnerischen Agenten getötet, so dass wir davon ausgehen können, dass das Informationsnetz des Widerstands entscheidend geschwächt wurde.«

Seine Worte verhallten, und es wurde still. Hätte Nummer 8 auf lauten Beifall gewartet, wäre er enttäuscht worden - derart emotionale Meinungsbekundung lag den Grauen fern. Stattdessen pflegten sie es mit einem alten Grundsatz zu halten: Wer schwieg, stimmte zu. Und je länger das Schweigen anhielt, desto größer war das Ausmaß der Zustimmung.

»Gute Arbeit, Nummer 8«, ließ sich Nummer 1 schließlich sogar zu wohlwollendem Lob herab. »Sie haben alles darangesetzt, in der Vergangenheit begangene Fehler wiedergutzumachen, und es ist Ihnen offenbar gelungen.«

»Der endgültige Beweis hierfür«, sagte Nummer 10, »steht allerdings noch aus. Was Nummer 8 uns berichtet, klingt in der Tat nach einem weiteren respektablen Erfolg - aber kann er den Fehlschlag von New York wettmachen?«

»Nein«, antwortete Nummer 8 ganz offen. Nummer 10 war sein schärfster Konkurrent im Rat. Mehrfach hatte er seine unsichtbaren Klauen nach dem Posten des Geheimdienstchefs ausgestreckt, sie jedoch wieder zurückziehen müssen. An einer Rehabilitation seines Rivalen konnte ihm daher nicht gelegen sein. »Niemand kann New York wiedergutmachen, doch wir sollten nicht vergebenen Chancen nachtrauern, sondern unseren Blick in die Zukunft richten. Und die jüngsten Erfolge meiner Abteilung geben allen Anlass zur Hoffnung.«

»Das will ich nicht bestreiten«, räumte Nummer 10 ein, »aber nach all den Fehlschlägen der vergangenen Monate ist es auch nicht weiter schwierig, uns eine zweitrangige Aktion wie diese als Erfolg zu verkaufen.«

»Zweitrangig?« Nummer 8 musste seinen Zorn niederkämpfen. »Was wollen Sie damit sagen?«

»Das wissen Sie doch sehr viel besser als ich. Wenn die

Operation tatsächlich von solcher Wichtigkeit war, wie Sie nun behaupten, weshalb wurde der Kreis dann nicht vorab darüber informiert? Ich will es Ihnen sagen: weil Sie sich insgeheim davor gefürchtet haben, uns einen weiteren Fehlschlag eingestehen zu müssen. Also haben Sie sich entschieden, die Sache geheim zu halten und uns im günstigen Fall mit einer Erfolgsmeldung zu überraschen. Wäre der Zugriff auf die feindlichen Basen misslungen, hätte der Zirkel vermutlich niemals davon erfahren.«

Nummer 8 sog scharf die Luft ein - nicht so sehr, weil die Analyse seines Konkurrenten bis ins Detail der Wahrheit entsprach, sondern wegen des eigenen Autoritätsverlusts. Noch vor einigen Monaten hätte es niemand gewagt, ihn auf diese Weise anzugreifen - die Ereignisse von New York hatten alles verändert.

Dass es trotz der offensichtlichen Feindseligkeit zwischen den Kontrahenten still blieb, hatte zwei Gründe: Zum einen entsagten die Grauen jeder Art offen zur Schau getragener Emotion, zum anderen waren viele von ihnen zu müde und zu erschöpft. Die Jahrzehnte lasteten ebenso auf ihren Schultern wie der beständige Schmerz, der ihr Bewusstsein ausgehöhlt hatte. Doch der Zustand molekularer Oszillation, in dem sich ihre Körper befanden, hatte ihre Zellen weniger schnell altern lassen als die gewöhnlicher Menschen. So trugen die Grauen ihren Namen zu Recht: Sie waren alte, verbitterte Männer. Allerdings ausgestattet mit der Macht, die Welt zu beherrschen ...

»Ich habe nichts zu verbergen«, verteidigte sich Nummer 8 mit heiserer Stimme. »Meine Abteilung hat den Innersten Kreis immer offen und in allen Details sowohl über Erfolge als auch über Fehlschläge in Kenntnis gesetzt.«

»Ist das so?«, spottete Nummer 10. »Dann setzen Sie uns doch auch darüber in Kenntnis, was mit Agent Gallagher geschehen ist. Hat er sich inzwischen zurückgemeldet?«

»Nein«, gab Nummer 8 mit betont ruhiger Stimme zu. Unter Unsichtbaren gab es kein Mienenspiel, das sich deuten ließ, auch Körpersprache war nur von untergeordneter Aussagekraft. Daher war der Tonfall von immenser Wichtigkeit, und schon Nuancen konnten verräterisch sein. »Agent Gallagher hat sich nicht zurückgemeldet. Wir müssen wohl damit rechnen, dass er im Einsatz für den Orden gefallen ist.«

»Ein Verlust also?«, hakte Nummer 10 nach, als wäre er Ankläger in einem Prozess.

»So ist es.«

»Agent Gallagher war Ihr Zögling, richtig? Ihr Adjutant und der beste Mann Ihrer Abteilung.«

»Wenn Sie das alles schon wissen, brauchen Sie mich nicht zu fragen«, konterte Nummer 8.

»Würden Sie einen solchen Verlust als Erfolg oder als Misserfolg deuten?«, erkundigte sich Nummer 10 spitz.

»Als Misserfolg«, gestand Nummer 8 unumwunden. »Allerdings darf der Verlust Agent Gallaghers nicht isoliert gesehen werden. Die Informationen, die er im Zuge seines letzten Auftrags gesammelt hat, haben in direkter Linie zu den Erfolgen in Südamerika beigetragen.«

»Und Ismael?«

»Was soll mit ihm sein?«

»Wir alle wissen, dass Agent Gallagher den Auftrag hatte, den Mörder von Nummer 13 seiner gerechten Strafe zuzuführen. Stattdessen erfahren wir nun, dass Gallagher tot und ein gefährlicher Delinquent vom Schlage Ismaels noch immer auf freiem Fuß ist.«

»Der Verräter konnte noch nicht gefasst werden, das stimmt«, kam der Chef der Ordensabwehr nicht umhin einzugestehen, »aber ich darf allen Angehörigen des Innersten Kreises versichern, dass wir nichts unversucht lassen, um ihn aus dem Verkehr zu ziehen – vorher jedoch wird er uns noch die Lage des Schlupfwinkels verraten, in dem sich die Rebellen verborgen halten. Ich habe Agentin Peragon mit der Ausarbeitung eines Plans betraut, der, ausgehend von den neuesten Erkenntnissen, einen vernichtenden Schlag gegen den Widerstand zum Ziel hat. Spätestens dann«, fügte er mit Blick in Richtung von Nummer 10 hinzu, »wird in diesem Kreis wohl niemand mehr von Rückschlägen sprechen, sondern nur noch von Erfolgen.«

»Das hoffe ich sehr«, entgegnete Nummer 1. »Wir werden die Entwicklungen im Auge behalten, und Sie werden uns regelmäßig Bericht erstatten.«

»Verstanden.«

»Als Nächstes erteile ich Nummer 12 das Wort, der uns von den jüngsten Fortschritten an Projekt Caligo berichten wird.«

Der Angesprochene wartete nicht erst ab, bis Nummer 8 seine schmerzenden Knochen wieder in den lederbezogenen Kontursitz gebettet hatte. Der Leiter der Forschungsabteilung erhob sich mit beneidenswerter Leichtigkeit, was Nummer 8 nicht weiter verwunderte: Von allen Mitgliedern des Kreises, die noch am Leben waren, war Nummer 12 dasjenige, das die Tortur der Bestrahlung als Letztes auf sich genommen hatte. Das war Ende '49 gewesen, als man bereits dazu übergegangen war, die Intensität zu reduzieren, und die Nebeneffekte entsprechend geringer ausgefallen waren. Auch war Nummer 12 niemals Soldat gewesen wie die anderen Mitglieder des Kreises; weder hatte er in Europa gekämpft noch in Asien. Er war lediglich ein Schreibtischtäter, ein Wissenschaftler, der die Unsichtbarkeitstechnik im Selbstversuch an sich erprobt hatte - nicht etwa aus Patriotismus, sondern aus reiner Neugier ...

»Projekt Caligo«, begann er, »erweist sich als voller Erfolg. Die jahrzehntelange Vorarbeit, die wir geleistet haben, zahlt sich nun endlich aus - erste Ergebnisse, die wir erzielt haben, sind sehr ermutigend.«

»Was ist mit den Berichten, die ich Ihnen übermittelt habe?«, erkundigte sich Nummer 8. »Nach Informationen meiner Abteilung soll es mehreren Objekten gelungen sein, aus der Anlage zu entkommen.«

»Diese Berichte wurden sorgfältig geprüft, und ich habe mich der Sache persönlich angenommen«, versicherte Nummer 12. »Die Verantwortlichen wurden zur Rechenschaft gezogen, und es wurde dafür Sorge getragen, dass sich derartige Zwischenfälle nicht wiederholen können. Wir werden Projekt Caligo weiter mit unverminderter Energie vorantreiben – und schon bald, das versichere ich Ihnen, wird es sich als dunkler Schatten über die Welt der Sichtbaren senken ...«

Teil II:

RENOVATIO

9.

»... kann von einer archäologischen Sensation ersten Ranges, wie es sowohl in der Tagespresse als auch auf populärwissenschaftlich orientierten Internetseiten kolportiert wird, keine Rede sein. Im Gegenteil ist davon auszugehen, dass Dr. Paolo Genaro, der Leiter des Ausgrabungsprojekts im brasilianischen Regenwald, das Opfer seiner eigenen Fehleinschätzung wurde - und dies nicht von ungefähr. Als Schüler des unlängst verstorbenen Luigi Benati neigt Dr. Genaro ebenso wie sein Professor nicht nur zur wissenschaftlich unreflektierten Popularisierung, sondern hängt auch einer gewissen Theatralik an, die der Seriosität unserer Disziplin weder angemessen noch förderlich ist. Schon Benati pflegte sich als Entdecker verborgener Geheimnisse in den Mittelpunkt des öffentlichen Interesses zu stellen, und was für den Lehrer galt, gilt in noch größerem Maße für seinen Schüler. Objektiv betrachtet muss jedoch festgehalten werden, dass keine der sogenannten Sensationen, die Benati/Genaro entdeckt haben wollen, einer kritischen Überprüfung standhält. Im Gegenteil muss davon ausgegangen werden, dass Dr. Genaro dieselbe fatale Neigung zur Übersteigerung anhängt, die auch seinem Mentor zu eigen war. Die Archäologische Fakultät der Universität Rom distanziert sich daher in aller Deutlichkeit von Genaros Aussagen und betont, dass die Ausgrabung in Südamerika ausschließlich aus privaten Geldern finanziert wurde und in keiner Weise von der La Sapienza oder einer ihrer Einrichtungen unterstützt wurde.«

Dr. Silvana Praga
Leiterin der Archäologischen Fakultät, La Sapienza, Rom
Aus: Historian Monthly No. 78, S. 128f.

Via Marco Aurelio
Lateran, Rom

»Das also ist es?«

Alex zögerte einzutreten. Es kam ihr vor, als würde sie außerhalb der offiziellen Besuchszeiten in ein Museum eindringen. Dabei handelte es sich bei dem engen, abgedunkelten Raum, auf dessen Schwelle sie stand, um ein gewöhnliches Wohnzimmer. Allerdings eines, in dem schon seit geraumer Zeit niemand mehr lebte.

Die Regale waren leer, ebenso wie der alte Wandschrank. Auf dem Sofa in der Mitte des Raums lag ein altmodisches Häkelkissen. Der Röhrenfernseher und der Computer, der auf einem großen, ansonsten blanken Schreibtisch stand, waren beide uralt. Sogar einen offenen Kamin gab es, in dem jedoch seit Unzeiten kein Feuer mehr gebrannt hatte. Die Vorhänge an den beiden Fenstern waren zugezogen und filterten die Nachmittagssonne. Die Luft war stickig und roch nach altem Holz und Mottenkugeln.

»Das ist es«, bestätigte Paolo Genaro mit entschuldigendem Lächeln. »Meine bescheidene Bleibe - wenigstens dann, wenn ich für längere Zeit in Europa weile, was in den letzten Jahren allerdings nicht der Fall war.«

»Hübsch«, kommentierte Alex höflich.

»Komm schon.« Er schüttelte den Kopf. »Das ist nicht dein Ernst, oder?«

»Nein«, gab sie zu. »Es ist eine Bruchbude. Warum hast du nicht längst versucht, sie loszuwerden?«

»Das wollte ich«, versicherte er, »aber zuletzt kam immer wieder etwas dazwischen. Außerdem ...«

»Außerdem?«, fragte sie keck, während sie sich rücklings auf das Sofa zubewegte und dabei begann, ihre Bluse aufzuknöpfen.

»... mache ich gerade die Feststellung, dass es ganz nützlich ist, eine eigene Wohnung zu haben«, flachste er mit Blick auf die Rundungen ihrer Brüste, die unter dem weißen Stoff zum Vorschein kamen.

»Was du nicht sagst.«

»Und ob«, bekräftigte er und zog sein T-Shirt aus. Der sonnengebräunte Oberkörper schien nicht recht zu einem Akademiker zu passen, aber Paolo Genaro entsprach generell nicht den Vorstellungen, die Alex früher von Archäologen gehabt hatte. Sie konnte sich gar nicht sattsehen an seiner sehnigen Gestalt, die zwar weit davon entfernt war, vollendet zu sein, aber immerhin *sichtbar* war, ohne dass sie eine Spezialbrille aufsetzen oder die Haut ihres Partners mit Farbe beschmieren musste. Paolo war ein normaler, ein gewöhnlicher Mann im besten Sinn des Wortes, und diese Normalität war es, nach der sich Alex sehnte ...

Er trat auf sie zu, und sie schloss die Augen, während sich ihre Lippen in ungestilltem Verlangen öffneten. Ihre innere Stimme sagte ihr, dass es falsch war, aber ihre Sehnsucht nach ein wenig Glück war so groß, dass sie nicht widerstehen konnte. Nach all den Aufregungen der letzten Tage genoss sie die Stille, und es gefiel ihr, mit Paolo in dessen Wohnung allein zu sein, anders als auf den Stützpunkten der Anderen, wo es kaum Platz für Privatsphäre gab. Alex fühlte sich unwiderstehlich zu ihm hingezogen und wollte da weitermachen, wo sie in jener Nacht am Lagerfeuer aufgehört hatten ...

Aber die innere Stimme wurde lauter.

Ehe seine Lippen die ihren berührten, zog sie sich plötzlich zurück und öffnete die Augen. Bestürzung sprach aus Paolos Gesicht.

»Entschuldige«, sagte er. »Habe ich ...?«

»Verzeih«, sagte sie schnell und berührte ihre Lippen, als hätte sie sich diese verbrannt. »Es ist nicht deine Schuld.«

»Was hast du?«, fragte der Archäologe und legte den

Kopf schief, während er sie prüfend ansah. »Stimmt etwas nicht? Bin ich zu forsch gewesen? Ich dachte, du wolltest es auch.«

»Das wollte ich«, versicherte sie, »mehr als alles andere ... Aber da ist etwas, das ich dir sagen muss ...«

»Ich dachte es mir.« Er lächelte schwach.

»Was meinst du?«

»Diese Andeutungen zwischen deinem Vater und dir, diese unglaubliche Wut ... Ich ahnte, dass noch etwas anderes dahinterstecken muss als nur der Zorn eines enttäuschten Kindes.«

Sie nickte und blickte zu Boden, während sie sich die Bluse wieder zuknöpfte. Der Gedanke, sich ihm auf solche Weise zu offenbaren, war ihr unangenehm. Manches, was in den unterirdischen Katakomben des Bunkers gesprochen worden war, hätte sie am liebsten dort zurückgelassen, so wie die Überreste der Zeitmaschine.

»Du hast recht«, gestand sie widerwillig ein. Sie hatte es nicht sagen, es noch weiter für sich behalten wollen, aber Paolos Zuneigung zwang sie dazu. Er sollte wissen, woran er bei ihr war - auch wenn es bedeutete, ihn zu verlieren. »Da ist noch etwas anderes ...«

Er verschränkte die Arme vor der Brust, als wappnete er sich gegen das, was folgen würde. »Es ist Ismael, nicht wahr?«

Eifersucht schwang in seinen Worten mit, und sie fühlte sich elend deswegen. »So einfach ist es nicht«, erwiderte sie ausweichend.

»Natürlich nicht. Es ist niemals einfach, nicht wahr?« Er bemühte sich gar nicht erst, seine Enttäuschung zu verbergen, und sie wusste auch wieso. Er hatte ihr von seiner großen Liebe erzählt, einer angehenden Archäologin namens Silvana Praga, die mit ihm zusammen an der La Sapienza studiert und wie er bei Luigi Benati promoviert hatte. Wie sich jedoch herausstellte, hatte Praga ihn lediglich benutzt, um in Benatis Mitarbeiterstab aufgenommen zu werden. Sie hatte sich dafür bedankt, indem sie den Professor öffentlich brüskiert und Paolo den Laufpass gegeben hatte – heute war sie die Leiterin der Archäologischen Fakultät. Praga hatte ihn belogen und ausgenutzt, und natürlich fürchtete er, erneut getäuscht worden zu sein ...

»Ich bin schwanger«, erklärte Alex leise.

»Was?«

»Ich erwarte ein Kind – von Ismael.«

Einen Augenblick lang stand er nur da und starrte sie mit halb offenem Mund an, was ihn wenig intelligent aussehen ließ, während sie den letzten Knopf ihrer Bluse schloss. Seine Arme fielen an seinen Seiten herab und baumelten dort wie überflüssiger Ballast. In seinen Zügen wechselten Entsetzen, Fassungslosigkeit und Erleichterung wie die Anzeigen auf den großen Werbetafeln des Bahnhofs Termini.

»Warum ...?«, hauchte er schließlich. »Ich meine ... ich hatte keine Ahnung, dass ...«

»Es ist passiert«, sagte sie, was ihr schon im nächsten Moment nicht nur unpassend banal, sondern auch ziemlich dämlich vorkam. Plötzlich hatte sie das Gefühl, sich rechtfertigen zu müssen. »Ismael hatte mich gerettet«, fügte sie hinzu. »Ich verdankte ihm so viel ...«

»Liebst du ihn?«, fragte Paolo. Der ablehnende Unterton war deutlich herauszuhören, und ihr war klar, dass nicht allein Eifersucht daran schuld war, sondern auch unterschwellige Angst. Die Angst vor jemandem, der ... *anders* war.

Unsichtbar.

Ein Monster ...

»Es tut mir leid«, sagte sie nur, ohne auf die Frage einzugehen. »Ich hätte es dir sofort sagen sollen. Aber ich wollte ...«

»Was wolltest du? Mich vor allen Leuten zum Idioten

machen? Diese Erfahrung habe ich schon einmal gemacht, Alex. Sie wird überschätzt, glaub mir.«

»Nein«, versicherte sie, »das wollte ich ganz gewiss nicht. Es ist nur ... Als wir dort im Dschungel waren, da war alles andere so weit weg, und ich hatte das Gefühl, noch so viel Zeit zu haben. Aber dann hat uns die Vergangenheit eingeholt, und jetzt ... Das alles ist noch neu und ungewohnt für mich.«

»Und für mich vielleicht nicht?« Er schnaubte laut. »Noch vor ein paar Wochen war ich ein stinknormaler Archäologe, der damit zufrieden war, im Dreck nach Scherben und anderem Tand zu buddeln. Ich war nicht glücklich, aber ich hatte ein Leben, verdammt noch mal - bis ihr gekommen seid und alles auf den Kopf gestellt habt!«

»Wir?« Alex starrte ihn an.

»Natürlich, du gehörst doch längst zu ihnen, merkst du das nicht? Deinem Vater wirfst du vor, dich aus deinem alten Leben gerissen zu haben, aber was hast du denn mit mir getan? Ich dachte, wir hätten etwas gemeinsam, Alex. Dabei bist du schon genauso manipulativ geworden wie sie. Du hast mit mir gespielt, und ich Trottel habe es noch nicht einmal bemerkt.«

»Das ist nicht wahr«, widersprach sie. »Ich habe nicht mit dir gespielt. So etwas würde ich niemals tun.«

»Willst du behaupten, es wäre ehrlich gewesen? Dass du wirklich etwas für mich empfunden hast in jener Nacht?«

Sie starrte ihn an. Ihre Augen schwammen in Tränen, jedoch wollte sich keine davon lösen und an ihren Wangen herabrinnen. »Es tut mir leid«, hauchte sie noch einmal.

Sie konnte sehen, wie sich seine Mundwinkel verächtlich nach unten zogen und er etwas erwidern wollte - das jedoch nie über seine Lippen kam, denn etwas Unerwartetes geschah.

Das gelborange Licht der späten Nachmittagssonne, das

durch die Vorhänge gesickert war, wich jäh blendender Helligkeit, die in grellen Schäften durch die Scheiben stach und gegen die Alex und Paolo die Augen schirmen mussten. Dazu war plötzlich ohrenbetäubendes Rattern zu vernehmen, das sie beide nur zu gut kannten.

Ein Helikopter!

»Was zum Henker ...?«

Der Rest von dem, was Paolo sagte, war nicht zu verstehen. Der Lärm der Rotoren wurde schlagartig lauter, stülpte sich wie eine Glocke über das Mietshaus, in dem die Wohnung des Archäologen lag. »Achtung! Achtung!«, ließ sich eine schnarrende Stimme über Lautsprecher vernehmen, die in mit italienischem Akzent behaftetem Englisch sprach. »Hier spricht die Polizei. Wir geben Ihnen eine Minute Zeit, das Gebäude zu verlassen und mit erhobenen Händen herauszukommen. Danach werden wir das Haus stürmen!«

Alex und Paolo tauschten einen entsetzten Blick. Während der Archäologe einen Irrtum vermutete, war ihr sofort klar, was geschehen war. »Der Orden!«, schrie sie über den Rotorenlärm und die Stimme des Polizisten hinweg, der seine Aufforderung soeben wiederholte. »Er hat uns gefunden!«

»Aber ... das ist die *Polizia die Stato*!«, erwiderte Paolo in einer Mischung aus Unglauben und Naivität.

»Na und?« Sie schüttelte den Kopf. »Hast du denn noch nicht begriffen, wie das läuft? Die Polizei *arbeitet für* den Orden.«

»Du meinst ... wie für die Mafia?«

Es war schwer festzustellen, ob Paolo es ernst meinte oder im Scherz, und es war Alex auch gleichgültig. Zu Hause in Deutschland hatte sie am eigenen Leib erfahren, was der Orden vermochte; es war den Unsichtbaren ein Leichtes gewesen, sie als Wissenschaftlerin zu diffamieren und so ins Fadenkreuz polizeilicher Ermittlungen zu bringen. Der Arm der Grauen reichte weit genug, um so etwas zustande zu bringen – wer vermochte zu sagen, was sie den italienischen Behörden erzählt hatten? Ein paar gezielte Indiskretionen, ein wenig Bestechung hier und dort, einige Änderungen in Personenakten – und aus einer schwangeren Frau und einem Wissenschaftler wurden international gesuchte Terroristen!

»Wir sollten uns stellen!«, schlug Paolo vor.

»Bist du verrückt?«, rief Alex entsetzt. »Wenn wir das tun, sind wir tot.«

»Aber die Polizisten ...«

»... sind nur deren Handlanger, begreif das endlich!«, herrschte sie ihn an. »Die werden uns verhaften und abführen, und als Nächstes werden wir uns in der Gewalt von Verhörspezialisten des Ordens befinden! Wir müssen hier raus! Sofort!«

Sie schalt sich selbst eine Närrin, so lange gezögert zu haben. Das, wonach sie sich noch vor wenigen Augenblicken gesehnt hatte – der grausamen Wirklichkeit zu entfliehen und zumindest für kurze Zeit ein anderes, unwissendes Leben zu führen –, wurde ihr nun zum Verhängnis. Das Idyll war nicht nur verlogen gewesen, es war auch gefährlich, denn Alexandra Lessing verschenkte wertvolle Sekunden damit, ihre Fassung zurückzugewinnen und wieder ins Hier und Jetzt zu finden – aber dann ergriff sie die Flucht.

»Komm!«, schrie sie, packte Paolo an der Schulter und riss ihn auf die Tür zu, und das keinen Augenblick zu früh. Schon waren vor dem grellen Scheinwerferlicht schwarze Schatten zu erkennen, die aus dem dunkelnden Himmel fielen – Elitekämpfer der Spezialeinheit Nucleo Operativo Centrale di Sicurezza, die sich vom Helikopter abseilten. An sich war es ihre Aufgabe, Zivilisten vor Terror und Willkür zu beschützen – in diesem Fall aber waren sie die tödlichen Werkzeuge des Ordens ...

Hals über Kopf stürmten Alex und Paolo aus dem Wohnzimmer. Paolo, der sein T-Shirt nicht wieder angezogen hatte, griff sich seine Jacke, die er im kurzen Flur an einen Haken gehängt hatte, während Alex die Wohnungstür aufriss und in den dahinter liegenden Hausflur stürzte - nur um jäh zu verharren, als sie von unten Stimmen hörte. Hektische Befehle wurden auf Italienisch gebrüllt, und das dumpfe Poltern von Kampfstiefeln war zu hören, die die alte Holztreppe heraufstampften. Die NOCS-Kämpfer hatten den Befehl zum Zugriff erhalten und stürmten das Haus!

»Verdammt!«, rief Alex. »Zurück!« Doch in diesem Moment war aus dem Wohnzimmer das Splittern von Holz und das Bersten von Glas zu hören. Alex und ihr Begleiter tauschten einen gehetzten Blick. Umkehren konnten sie nicht, und auch der Weg auf die Straße war ihnen verwehrt. Blieb nur das Dach ...

Diesmal war es Paolo, der die Führung übernahm. Er streifte sich die Jacke über den nackten Oberkörper und hastete mit ausgreifenden Schritten, denen Alex nur mit Mühe folgen konnte, die Treppe zum nächsten Stockwerk hinauf. Von dort führten einige weitere Stufen zu einem von einer Falltür verschlossenen Durchstieg - dem Ausgang zum Dach. Alex fragte nicht, was sie dort oben tun würden. Natürlich war es eine Sackgasse, aber dorthin zu fliehen war immer noch besser, als den Handlangern des Ordens gleich in die Hände zu fallen. Sie stürzten die Stufen zur Dachluke empor, während sie unter sich das Rufen und die schweren Schritte ihrer Verfolger hörten.

»*Fermo o sparo!*«, schrie einer von ihnen - im nächsten Augenblick ratterte eine der kurzläufigen Beretta-Maschinenpistolen, die zur Standardbewaffnung des NOCS gehörten.

»Zurück!«, rief Paolo und stieß Alex unsanft gegen die Wand, während eine Salve Neun-Millimeter-Projektile aus der Tiefe emporzuckte, in die schräge Decke schlug und dabei handtellergroße Stücke aus dem Putz sprengte.

Alex schrie und schirmte das Gesicht mit den Händen,

als Kalkbrocken und Mörtel auf sie prasselten. Im nächsten Moment hatte Paolo die Luke erreicht. Der Archäologe zog den Riegel zurück und stemmte sich gegen die Falltür, die sich quietschend öffnete - der Weg zum Dach war frei.

»Seltsam«, kommentierte Paolo trocken. »Als ich noch hier gewohnt habe, bin ich kein einziges Mal auf dem Dach gewesen.«

»Jetzt ist der richtige Zeitpunkt dafür gekommen«, erwiderte Alex, während sie an ihm vorbei auf das flache, ungefähr zehn Meter im Quadrat messende Dach huschte, das mit Platten aus Waschbeton gedeckt und von einer hüfthohen Brüstung umgeben war. Nach Osten bot sich ein Ausblick auf das von Sonnenlicht beschienene Kolosseum, der fast romantisch zu nennen gewesen wäre.

An einem anderen Tag ...

Alex und Paolo hatten das Dach kaum betreten, als ein drohender Schatten auf sie fiel, der die untergehende Sonne verdunkelte. Der Helikopter!

Es war eine Maschine vom italienischen Typ Agusta A109. Die Luke an der Backbordseite stand noch immer offen, teils hingen noch die Seile herab, an denen sich die NOCS-Kämpfer herabgelassen hatten. Am Bug des blau-weiß lackierten Helikopters waren zwei schwenkbare Scheinwerfer montiert, deren gleißende Lichtkegel über das Dach tasteten - und die Flüchtlinge im nächsten Moment erfassten.

»Stehen bleiben!«, schnarrte die Lautsprecherstimme erneut, und tatsächlich verharrten Alex und ihr Begleiter wie angewurzelt - nicht so sehr, weil sie der Aufforderung Folge leisten wollten, sondern weil sie nicht wussten, wohin.

Der Dachgarten bot wenig Optionen. Entweder sie traten den Rückzug an und liefen den nachfolgenden Polizisten vor die Mündungen ihrer Waffen, oder sie sprangen - was angesichts einer Tiefe von immerhin vier Stockwerken ebenfalls nicht ratsam war.

Der Helikopter schwenkte in ihre Richtung und ging tiefer, wobei seine Rotoren einen wahren Sturm entfesselten. Um die Augen zu schützen, schirmte Alex das Gesicht mit den Händen und blinzelte nur, während sich die Maschine unter infernalischem Getöse herabsenkte. Nur gut zwei Meter über dem Dach verharrte der A109, und aus dem Dunkel der Kabine lösten sich zwei Gestalten in Kampfanzug, Schutzweste und Sturmhaube, die ohne Zögern in die Tiefe sprangen. Geschmeidig wie Raubkatzen kamen die Männer auf dem Boden auf und rollten sich ab, um schon im nächsten Moment wieder auf den Beinen zu stehen. Der Lauf der M12-Maschinenpistole, mit der einer von ihnen bewaffnet war, richtete sich sofort auf Paolo, und der andere Polizist hielt eine Beretta in der Faust, deren Mündung auf Alex zeigte.

»Keine Bewegung!«, scholl es herüber.

Aus dem Augenwinkel sah Paolo, wie Alex leicht zusammenzuckte und ihre Hand unter die Jeansjacke gleiten wollte, um ihre eigene Pistole zu zücken – in Anbetracht der schussbereiten Waffen ihrer Gegner ein ebenso aussichtsloses wie tödliches Unterfangen.

»Neeein!«, hörte er sich aus Leibeskräften brüllen, während er herumfuhr, um Alex von der Wahnsinnstat abzuhalten. Sie jedoch schien den Tod im Kugelhagel der Gefangenschaft durch den Orden vorzuziehen und griff nach der Waffe. Dann überstürzten sich die Ereignisse.

Der Polizist, der auf sie zielte, stand mit der Routine des geübten Kämpfers da, die Beretta beidhändig im Anschlag, während seine Augen aus den Sehschlitzen der Sturmhaube starrten. In dem Moment, da Alex ihre Pistole zücken wollte, krümmte sich sein Finger am Abzug – und Paolo wusste, dass er nichts mehr tun konnte, um Alex zu retten.

Ein hilfloser Schrei entrang sich seiner Kehle, während sich alles wie in Zeitlupe abzuspielen schien.

Der Polizist betätigte den Abzug - doch im allerletzten Moment riss er die Waffe senkrecht nach oben und ballerte in den dunkelnden Himmel. Paolo konnte es nicht fassen, ebenso wenig wie der Kamerad des NOCS-Kämpfers.

»*Che fai?*«, brüllte er, während er die Maschinenpistole in Alex' Richtung riss. Die Projektile verließen den Lauf jedoch nie, denn im selben Augenblick verfiel der Polizist in wilde Zuckungen, so als träfe ihn etwas mehrmals hintereinander in die Leibesmitte.

Er brach in die Knie und ließ die M12 los, die im nächsten Moment ein seltsames Eigenleben entwickelte und mit der Schulterstütze gegen seinen Schädel schmetterte. Der Polizist kippte um und blieb reglos liegen, während sein Kumpan noch immer zu begreifen versuchte, was vorgefallen war. Dann traf ihn etwas und fegte ihn von den Beinen, und bewusstlos blieb er am Boden liegen.

Das alles war so schnell gegangen, dass das Auge kaum hatte folgen können. Entsprechend dauerte es, bis Paolo klar wurde, was passiert war, und auch dieses Mal war Alex schneller als er.

»Ismael ...«, hauchte sie heiser.

Mit bebender Hand griff Paolo nach der Spezialbrille, die in der Innentasche seiner Jacke steckte, und setzte sie auf. Was er sah, überwältigte ihn - ein in feurigem Orange lodernder Schemen war dort, wo eigentlich nichts hätte sein dürfen, und bewegte sich mit einer Schnelligkeit und Gewandtheit, dass es jedem Akrobaten zur Ehre gereicht hätte.

Von den beiden Polizisten, die wie leblos am Boden lagen, katapultierte sich der leuchtende Schatten auf die Balustrade und von dort - Paolo traute seinen Augen nicht - senkrecht in die Höhe, wo der Hubschrauber hing, bekam die Kufe zu fassen und zog sich daran empor. Mit unglaublicher Behändigkeit schwang er sich hinauf und schleuderte sich mit den Beinen voran in den offen stehenden Fond der Maschine. Was dann geschah, konnte Paolo nur vermuten - durch das Kanzelglas waren mehrere leuchtende, verschwommene Gestalten zu erkennen, zwischen denen offenbar ein Handgemenge entbrannt war.

In diesem Augenblick erreichten Alex' und Paolos Verfolger das Dach.

»Vorsicht!« Alex, die ihre Pistole herausgerissen hatte, schoss in Richtung der Dachöffnung. Mehrmals bellte die P2000 in ihren Händen auf. Im Vertrauen darauf, dass ihre Kameraden den Gegner bereits festgenommen hatten, stürmten die NOCS-Beamten auf das Dach. Eine Kugel traf den Anführer des Trupps in den linken Arm, aufschreiend kippte er zurück und riss jene mit, die auf der schmalen Treppe folgten. Mit einem dumpfen Knall fiel das Dachluk zu, und Paolo schleifte kurzerhand einen der bewusstlosen Polizisten zu dem Einstieg, um ihn auf die Falltür zu legen und diese damit zu beschweren.

Im nächsten Moment hörten sie wieder überlaut das Dröhnen des Helikopters. Während des Kampfs im Cockpit war die Maschine höher gestiegen, so dass der Sturm, den sie auf dem Dach entfesselte, ein wenig nachgelassen hatte. Nun jedoch sank der A109 wieder tiefer. Die wulstige Nase der Maschine neigte sich bedrohlich in Alex' und Paolos Richtung, und für einen Augenblick sah es aus, als wollte der Pilot die beiden vom Dach fegen. Dann jedoch erloschen die Scheinwerfer am Bug, und die Maschine drehte sich, so dass sie ihnen den offenen Einstieg darbot.

»Los doch!«, war die vertraute Stimme Ismaels zu vernehmen. »Worauf wartet ihr?«

Alex und Paolo verloren keine Zeit. So schnell sie konnten, sprangen sie auf und kletterten durch das offene Seitenschott - in dem Moment, da die NOCS-Kämpfer die Dachluke wieder öffneten. Gleich zwei vermummte Polizisten erschienen, aber sie erfassten die Situation nicht sofort. Die Sekunden, die sie brauchten, um zu begreifen, dass der Helikopter den Besitzer gewechselt hatte, genügten Ismael, um den A109 senkrecht in die Luft steigen zu lassen. Als die Polizisten schließlich erkannten, was die Stunde geschlagen hatte, und das Feuer auf den Hubschrauber eröffneten, ließ der Unsichtbare die Maschine zur Seite wegkippen und zog in engem Winkel über die Häuser und Straßen des Lateran davon.

Alex und Paolo, die sich auf die nächsten Sitzplätze geflüchtet und festgeschnallt hatten, sahen das nächtlich beleuchtete Kolosseum seitlich aus dem Cockpitfenster kippen. Lichter wischten vorbei, danach war nur noch dunkler Himmel zu sehen – und ihnen wurde klar, dass Ismael ihnen erneut das Leben gerettet hatte.

Sie griffen nach den Kopfhörern, die in den dafür vorgesehenen Halterungen steckten, und setzten sie auf. Der Bordfunk war aktiviert, so dass sie mit ihrem Retter kommunizieren konnten.

»Danke«, sagte Alex nur. Es war lapidar und wenig einfallsreich, aber es drückte aus, was sie empfand.

»Schon gut«, kam es zurück. Vor ihr im Cockpit schienen die Kopfhörer des Piloten frei in der Luft zu schweben.

»Wohin fliegen wir?«

»Zu einem Landeplatz außerhalb der Stadt. Dieser Vogel ist Eigentum der italienischen Staatspolizei und damit so heiß, wie er nur sein kann. Wir müssen zusehen, dass wir ihn loswerden.«

»Verstanden«, bestätigte Alex. Dann stellte sie die Frage, die ihr am meisten auf den Nägeln brannte. »Woher wusstest du, wo du uns finden würdest?«

»Ich habe es nicht gewusst. Ich habe nur vermutet.«

Die Antwort war ebenso knapp wie verletzend. Alex fragte sich, ob Ismael die Worte mit Bedacht gewählt hatte, und sie überlegte, ob sie etwas sagen, ob sie eine Erklärung dafür liefern sollte, dass Paolo und sie gemeinsam in dessen Wohnung gewesen waren. Sie fühlte sich elend deswegen, zumal sie Ismael ihr Leben verdankten, aber sie wusste nicht, wie sie ihre Empfindungen in Worte fassen sollte. Dankbarkeit, Bestürzung, Scham - all das brodelte gleichzeitig in ihr.

Sie war froh, als Paolo das Wort ergriff. »Ich möchte Ihnen ebenfalls danken, Ismael.«

»Keine Ursache, Doktor«, erwiderte der Unsichtbare. »Allerdings haben Sie sträflich leichtsinnig gehandelt.«

»Wovon sprechen Sie?«

»Ich spreche davon, Ihre alte Wohnung aufzusuchen. Ihnen muss doch klar gewesen sein, dass es dort nicht sicher war. Was, in aller Welt, hat Sie geritten, auch noch Alex dorthin mitzunehmen?«

Alex warf Paolo einen Blick zu. Es bestürzte sie, dass er für etwas gescholten wurde, für das allein sie die Verantwortung trug, und natürlich erwartete sie, dass er dies Ismael gegenüber klarstellen würde, zumal in Anbetracht des Streits, den sie vorhin noch gehabt hatten.

Aber sie irrte sich. »Sie haben recht, Ismael«, bestätigte der Archäologe nur, »mit jedem Wort. Ich hätte niemals so leichtfertig sein dürfen, das weiß ich jetzt. Bitte verzeihen Sie mir.«

»Entschuldigen Sie sich nicht bei mir, Dr. Genaro«, entgegnete Ismael, während er den Helikopter in Richtung Osten lenkte, dem Stadtrand entgegen. »Entschuldigen Sie sich nicht bei mir ...«

Nördliches Ouaddaï
Grenzland zwischen Tschad und Sudan
Drei Tage später

»Dort! Der Hügel, der von oben wie ein großes Ypsilon aussieht!«

Suzanne Leclerc deutete durch das Kanzelglas des Helikopters, der in geringer Höhe über das hügelige Grenzland fegte. Der Pilot änderte daraufhin die Flugrichtung und hielt auf die Hügelformation zu, deren Taleinschnitt ein grausiges Geheimnis barg.

Es war eine nicht mehr ganz neue Maschine vom Typ MBB BO105, die dem Leiter des örtlichen UN-Büros zur Verfügung stand, damit er sich trotz des so gut wie nicht vorhandenen Straßennetzes rasch fortbewegen konnte. Unmittelbar nach ihrer schrecklichen Entdeckung war Suzanne nach Abéché zurückgekehrt, um Steven Carver Bericht zu erstatten. Sie hatte ihm die Polaroidbilder gezeigt, die sie von den verstümmelten Leichen gemacht hatte, aber noch ungleich mehr als die Aufnahmen schien den UN-Mitarbeiter die Ärztin selbst beeindruckt zu haben, die völlig verstört gewesen war und noch ganz unter dem Eindruck der grässlichen Bilder gestanden hatte. Gemäß ihrer Abmachung löste Carver nun seinen Teil des Handels ein, und sie waren auf dem Weg, um sich vor Ort ein Bild von den verheerenden Zuständen zu machen, die im Grenzland herrschten.

»Alles in Ordnung?«, erkundigte sich Carver über Helmfunk. Der UN-Mitarbeiter saß hinter Suzanne im Fond der Maschine, zusammen mit Abdulayeh Nukur und Mahmud Alfayr, die darauf bestanden hatten mitzukommen. Von der Tatsache, dass sie sich in einer Flugmaschine befanden, zeigten sich beide unbeeindruckt. Nukur war in seiner Zeit beim französischen Militär öfter geflogen, doch für Alfayr war es eine neue Erfahrung, der der Mamam allerdings mit demonstrativer Gelassenheit begegnete.

Suzanne drehte sich zu Carver um. »Wieso fragen Sie mich das?«

»Weil Sie übel aussehen«, entgegnete der Kanadier.

»Kein Kunststück«, meinte sie. »Wenn Sie gesehen haben, was ich dort unten gesehen habe, wird auch Ihnen das Grauen ins Gesicht geschrieben stehen, das verspreche ich Ihnen.«

Carver erwiderte nichts, aber in seiner sonnengebräunten Miene zuckte es. Natürlich war er alles andere als begeistert über Suzannes Entdeckung. Wenn sich als wahr herausstellte, was sie vermutete, war das ein Skandal von noch nie da gewesenen Ausmaßen. Es würde zu weiteren Aufständen kommen, wenn bekannt wurde, was im Grenzland vor sich ging. Gewalt und Chaos würden die Folge sein, und alles würde nur noch schlimmer werden. Aber die ganze Sache war zu ungeheuerlich, als dass man sie einfach unter den Teppich hätte kehren können. Hatte jemand diese Frauen tatsächlich als lebende Brutkästen benutzt, um sich ruchlos an ihrer Leibesfrucht zu bereichern?

Als Leiter der örtlichen UN-Vertretung wusste er besser als jeder andere um die Sprengkraft, die Suzanne Leclercs Entdeckung barg. Zwar hatte er Nukur und Alfayr schwören lassen, dass sie vorerst über die Angelegenheit schweigen würden, und sie nur unter der Bedingung an der Erkundung teilnehmen lassen, dass sie alles für sich behielten, was sie sahen und erfuhren. Aber natürlich war ihm klar, dass sich eine Sache von solcher Brisanz nicht lange verheimlichen ließ. Im Grunde gab es nur einen Weg, um blutige Unruhen zu vermeiden: rasche, lückenlose Aufklärung!

Der Helikopter setzte zur Landung an. Routiniert ließ der Pilot die Maschine niedersinken und auf dem kahlen Felsrücken des halbmondförmigen Hügels aufsetzen. Die Passagiere lösten ihre Gurte und stiegen aus, wobei Nukur dem

Mamam behilflich war. Suzanne war einigermaßen froh, wieder festen Boden unter den Füßen zu haben - allerdings wäre sie lieber woanders gewesen.

Die karge Landschaft, der Abhang zum Tal, das ausgebrannte Wrack der Panzerhaubitze - all das ließ die schreckliche Erinnerung mit Macht zurückkehren, und ihr Pulsschlag beschleunigte sich. Hätte sie die Wahl gehabt, wäre dies der letzte Ort gewesen, an den sie zurückgekehrt wäre. Ihr Pflichtbewusstsein zwang sie jedoch dazu. Sie hatte Abdulayeh Nukur versprochen, alles daranzusetzen, die Hintergründe des Todes seiner Tochter aufzuklären. Und selbst wenn es nicht so gewesen wäre, hätte sie nicht anders gekonnt. Viele unschuldige Menschen waren gestorben - und es würden noch ungleich mehr werden, wenn es ihnen nicht gelang, den Mördern das Handwerk zu legen.

Sie folgten dem Weg in die Schlucht. Obwohl Carver die Zahl der Mitwisser so gering wie möglich hatte halten wollen, hatte er dennoch für eine bewaffnete Eskorte gesorgt: Sowohl der Pilot des Helikopters als auch der Mechaniker waren ehemalige Angehörige der französischen *Légion Étrangère* und trugen Maschinenpistolen mit sich.

Plötzlich blieb Suzanne stehen. Vor ihr zeichneten sich Reifenspuren im staubigen Boden ab. Zunächst dachte die Ärztin natürlich an den L300, mit dem sie zum Grund der Schlucht gefahren war. Aber diese Abdrücke waren wesentlich breiter und grobstolliger als jene des Mitsubishi, was die Folgerung nahelegte, dass nach ihrem Besuch noch jemand hier gewesen war - mit einem Lastkraftwagen!

Suzanne beschleunigte ihre Schritte. »Kommen Sie!«, forderte sie ihre Begleiter auf. Wieder stieg ihr der Verwesungsgeruch in die Nase, und wieder wollte ihr Magen rebellieren, aber sie wollte unbedingt weiter, wollte Carver die Beweise präsentieren, nach denen er verlangt hatte.

Aber es kam anders.

Als Suzanne Leclerc den Grund der Schlucht erreichte, sah sie sofort, dass etwas anders war. Noch immer lagen verwesende Körper kreuz und quer in der Grube, aber sie alle trugen die Überreste von Milizuniformen und Tarnanzügen. Gehetzt blickte sich Suzanne um, konnte jedoch nirgends mehr einen der nackten, verstümmelten Frauenkörper entdecken, die noch vor kurzem dort gelegen hatten. Die Leichen der jungen Frauen waren abgeholt worden ...

»Nun?«, erkundigte sich Carver, der neben ihr an den Rand der Grube getreten war, die Hand vor Mund und Nase haltend. »Wo sind die Leichen, von denen Sie mir erzählt haben? Alles, was ich sehe, sind gefallene Soldaten.«

»I-ich weiß nicht«, erwiderte Suzanne matt. »Sie sind alle fort ...« Mit einem fragenden Blick wandte sie sich an Nukur und Alfayr, die jedoch nur betroffen die Köpfe schüttelten – mit einer solchen Wendung hatten auch sie nicht gerechnet.

Für einen Moment überkam Suzanne der Verdacht, einer der beiden könnte geplaudert und die Mörder gewarnt haben, aber sie verwarf den Gedanken sofort wieder. Nukur hatte seine Tochter verloren und wollte, dass die Mörder zur Verantwortung gezogen wurden. Und ohne Mahmud Alfayr hätte sie niemals von diesem Ort erfahren – weshalb also sollte er sie erst hierher führen, wenn er sie dann verriet?

Entweder, die verbrecherischen Drahtzieher des Massakers hatten ohnehin vorgehabt, die Leichen verschwinden zu lassen. Oder aber – und diese Möglichkeit erschien Suzanne weitaus wahrscheinlicher – sie waren über das Handeln der Ärztin informiert gewesen. Und das wiederum bedeutete, dass sie sehr viel mächtiger waren, als Suzanne es bislang angenommen hatte ...

»Sie waren hier«, sagte sie hilflos und kam sich dabei vor wie ein trotziges Schulkind. »Ich schwöre es Ihnen ...«

»Nicht nötig«, versicherte Carver. »Ich habe schließlich die Bilder gesehen. Aber ich fürchte, dass ein paar Polaroids nicht ausreichen werden, um eine groß angelegte Untersuchung einzuleiten.«

»Wozu auch?«, murmelte die Ärztin bitter. »Die Beweismittel sind verschwunden, ein Skandal somit ausgeschlossen. Wegen ein paar Dutzend gefallener Soldaten, die in ein Massengrab geworfen wurden, wird es keinen Aufstand geben.«

»Das ist richtig«, bestätigte der UN-Mitarbeiter. Ihm war anzusehen, dass ihm nicht wohl war dabei, gleichzeitig schien er aber auch erleichtert, dass er doch keine offizielle Ermittlung anzuordnen brauchte.

Das nahm ihm Suzanne übel. »Sie wissen, dass hier eine Riesensauerei abläuft. Irgendjemand hat diese Verbrecher gewarnt, und sie haben die Leichen der Frauen weggeschafft, damit es keine Beweise gibt. Aber ihre Spuren sind immer noch hier. DNS-Material - Blut, Haare ...« Die Ärztin deutete auf die Grube. »Sie bräuchten nur einige Bodenproben zu entnehmen, und schon könnten Sie beweisen, dass ...«

»Dass was?«, hakte Carver nach. »Dass Frauen unter den Opfern waren? Glauben Sie, dass das jemanden interessiert?« Er schüttelte den Kopf. »Haben Sie eine Ahnung, Dr. Leclerc, wie viele Mädchen und Frauen in diesem Land täglich sterben? Krankheit, Hunger, Vergewaltigung, prügelnde Ehemänner - die Gründe dafür sind zahlreich. Glauben Sie wirklich, dass sich jemand dafür interessiert?«

»*Ich* interessiere mich dafür«, sagte Suzanne.

»Damit stehen Sie aber ziemlich allein da. Haben Sie eine Ahnung, was eine Untersuchung, wie Sie sie vorschlagen, an Kosten verursacht? Geld, das fehlen würde, um damit Medikamente und andere Hilfsgüter zu kaufen, die dringend benötigt werden. Wir sind in erster Linie den Lebenden verpflichtet, Dr. Leclerc, und nicht den Toten.«

»Ich weiß, Mr Carver - das habe ich schon einmal gehört.«

»Wer immer es gesagt hat, er hatte recht. Und nun lassen Sie uns zurückkehren. In Abéché wartet Arbeit auf mich.«

»Sie wollen die Geschichte einfach auf sich beruhen lassen?« Suzanne glaubte, nicht recht zu hören.

»Ich werde tun, was in solchen Fällen üblich ist«, sagte er und wies auf die Grube voller Leichen. »Ich werde die Polizei informieren, die dafür sorgen wird, dass diese Menschen ein halbwegs anständiges Grab bekommen.«

»Sie werden mit einer Planierraupe kommen und die Grube zuschütten«, war Suzanne überzeugt, »und mit ihr auch alle Spuren.«

»So ist es – und das ist auch gut so. Soweit es die Vereinten Nationen betrifft, hat es kein Massaker an jungen Frauen im Grenzgebiet gegeben.«

»Und ... und die Fotos?«

»Werde ich vernichten, sobald ich wieder in Abéché bin.«

»Das dürfen Sie nicht!«

»Wer sollte mich daran hindern, Dr. Leclerc? Sie etwa?«

»Wenn Sie das tun, werde ich Mr Nukur und Mr Alfayr sagen, dass sie nicht länger zu schweigen brauchen. Was glauben Sie wohl, wie lange es dauern wird, bis sich im Grenzland herumgesprochen hat, dass ein leitender Mitarbeiter der UN maßgeblich an der Vertuschung vielfachen Mordes beteiligt ist?«

»Nicht sehr lange«, gab Carver zu. »Eine Woche, vielleicht zwei. Schlechte Nachrichten verbreiten sich bekanntlich schnell. Die Folge wären weitere Ausschreitungen gegen unsere Einrichtung, und New York wäre gezwungen, sämtliche Vertretungen zu schließen und alle Hilfslieferungen einzustellen. Wenn es das ist, was Sie wollen, dann nur zu, Dr. Leclerc. Ich kann Sie nicht daran hindern.«

Der Kanadier machte auf dem Absatz kehrt und trat den Rückweg an, gefolgt von den Bewaffneten. Suzanne blieb zurück, wie betäubt vor Wut und Trauer, während sie die Blicke der beiden Hausa auf sich lasten fühlte. Es kostete sie einige Überwindung, sich zu ihnen umzudrehen. Unverständnis stand in den Mienen der beiden Männer, und Suzanne fühlte sich außerstande, ihnen zu erklären, was soeben geschehen war. Was hätte sie ihnen auch sagen sollen? Dass es für ihr Volk besser war, wenn diese Morde nicht aufgeklärt wurden? Was für einen Eindruck musste das auf diese Menschen machen, die sich ohnehin von aller Welt verlassen fühlten?

Trotzig ballte Suzanne Leclerc die Hände zu Fäusten. Ein Teil von ihr wusste, dass Carver recht hatte, aber ein anderer Teil sagte ihr, dass ein Verbrechen wie dieses nicht ungesühnt bleiben durfte, ganz gleich, was die Konsequenzen sein mochten. Die Wahrheit hatte letztlich immer mehr Bestand als eine Lüge – und Suzanne würde dafür sorgen, dass die Wahrheit ans Licht kam. Wie sie das bewerkstelligen sollte, wusste sie nicht, aber sie wollte nicht, dass die Mörder dieser Frauen ungestraft davonkamen und ihr blutiges Handwerk fortsetzten.

Das war sie Zaynah Nukur schuldig.

Hauptquartier des Widerstands
Katakomben, Rom
Zur selben Zeit

Ismael war benommen.

Wie in Trance schritt er durch die Gänge, die vom tiefen Kern der unterirdischen Anlage in die weiter oben liegenden Sektionen führten – und konnte noch immer nicht glauben, was er soeben gehört hatte.

Viele Male war er in der Kammer gewesen, in der Oberon mit ihnen zu sprechen pflegte, und er hatte dort viele Befehle entgegengenommen, die er alle ohne Zögern ausgeführt hatte, in der festen Überzeugung, das Richtige zu tun. In diesem Augenblick jedoch fühlte er erstmals Zweifel.

An Deutlichkeit ließ der Befehl nichts zu wünschen übrig, Ismael wusste genau, was er zu tun hatte. Als Oberon ihn zu sich gerufen und ihm berichtet hatte, dass es gelungen war, den Aufenthaltsort von Elizabeth Kwon ausfindig zu machen, hatte er sich zunächst sogar gefreut.

Ein Informant in Toronto hatte eine Nachricht abgefangen, der zufolge eine offenbar wichtige Gefangene in einem Lagerhaus in der Nähe von Winnipeg festgehalten wurde. Spätestens bei der Erwähnung dieser Fakten war Ismael klar gewesen, weshalb Oberon ausgerechnet ihn zu sich gerufen hatte – denn in eben jenem Lagerhaus, das in Wahrheit nichts anderes war als ein Foltercamp des Ordens, war auch er vor vielen Jahren festgehalten worden. Damals hatte er noch zum Orden gehört, doch mehrmals hatte er versucht, ihm zu entfliehen. Also hatte man ihn dorthin gebracht, und ein unsichtbarer Folterknecht hatte Ismaels Widerstand brechen und ihn auf den »Pfad der Tugend« zurückführen sollen. Doch Ismael hatte sich befreit und seinen Peiniger getötet. Er hatte seine Hände mit dem Blut eines Unsichtbaren befleckt und damit ein Tabu gebrochen – nicht ahnend, dass jener grausame Folterknecht in Wahrheit Frank Gallaghers Vater gewesen war.

Er war schuld, dass sein ehemaliger Freund ein Leben in Hass und Rachsucht geführt hatte, und hatte ihn damit zu einem gefügigen Werkzeug des Ordens gemacht.

Die Erinnerungen, die Ismael mit Kanada verband, waren grauenvoll. Nun musste er dort wieder hin: Oberon hatte Dr. Kwons Befreiung angeordnet – und nicht nur das ...

»Ismael?«

Er zuckte zusammen, als ihm aus einem Seitengang eine Gestalt entgegentrat. Obgleich sie sichtbar war, hatte er ihr

Kommen nicht bemerkt, was ihn zugleich verwunderte und erschreckte. Zumal, als er erkannte, dass es Alex war.

»Hallo«, sagte er nur.

»Hast du ... einen Augenblick Zeit?«, fragte sie. »Wir hatten noch kaum Gelegenheit, uns über das zu unterhalten, was ... was vorgefallen ist.«

»Nein«, stimmte er grimmig zu, »und bedauerlicherweise haben wir sie auch jetzt nicht. Ich habe einen neuen Auftrag erhalten und werde in Kürze aufbrechen.«

»Wohin?«, wollte sie wissen.

»Kanada.«

»Dann werde ich dich begleiten«, erklärte sie unverwandt.

»Ausgeschlossen.« Er schüttelte den Kopf. »Nicht dieses Mal, Alex.«

»Warum nicht?«

»Weil es zu gefährlich wäre. Für dich und für das Kind.«

»Das ist Unsinn, und das weißt du. Solange der Orden existiert, gibt es nicht einen einzigen Ort, an dem wir sicher sind. Also ist es völlig gleichgültig, wo ich mich aufhalte.«

»Nicht ganz«, widersprach er. »Von allen möglichen Orten ist dies hier der sicherste. Deshalb wirst du verantwortlich handeln und hier bleiben.«

»Verantwortlich handeln? Wie darf ich das verstehen?«

»Das weißt du genau«, gab er sich überzeugt.

Sie erwiderte zunächst nichts, sondern schaute ihn prüfend an. Für Ismael war es ohnehin schwierig, das Mienenspiel von sichtbaren Menschen zu deuten - durch die getönten Brillengläser, die Alex' Augen verdeckten, war es schlicht unmöglich.

»Ich weiß, dass ich Fehler gemacht habe«, gestand sie schließlich, »aber ich will es wiedergutmachen, verstehst du? Ich will dich begleiten, Ismael. Bitte ...«

»Aus welchem Grund?«, wollte er wissen.

»Vielleicht, weil ich inzwischen nachgedacht habe. Weil

das, was du über dich und meinen Vater sagtest, doch Sinn ergibt.«

»Vielleicht«, sagte er nickend. »Aber es hat sich nichts geändert. Noch immer bist du verwirrt und weißt nicht, wohin du gehörst.«

»Aus diesem Grund möchte ich dich begleiten«, erklärte sie. »Ich will es herausfinden.«

»Das ist nicht möglich«, sagte der Unsichtbare hart.

»Warum nicht? Willst du mich nicht mehr bei dir haben?« Ihr war anzusehen, dass sie der Gedanke erschreckte.

»Darum geht es nicht.«

»Du fürchtest Gefahr für unser Kind?« Sie schüttelte den Kopf. »Die ärztliche Untersuchung hat keinerlei Auffälligkeit ergeben. Trotz meines Zustands bin ich sehr wohl in der Lage ...«

»Das alles weiß ich«, versicherte Ismael ein wenig versöhnlicher. »Dennoch muss ich diesen Auftrag allein erledigen.«

»Aber wieso? Ich verstehe nicht ...«

Er trat vor sie, nahm ihr die Brille ab und blickte ihr in die Augen, die zu seiner Bestürzung von Tränen gerötet waren. Den Kopf halb erhoben und eine Falte hilflosen Zorns auf der Stirn, hielt sie seinem unsichtbaren Blick stand.

»Du musst nichts beweisen, Alex«, sagte er leise und mit einer Milde, die ihn selbst verwunderte. »Weder dir noch mir. Und deinem Vater schon gar nicht. Wir alle wissen, was du zu leisten in der Lage bist, und du selbst weißt es auch.«

»Aber ich weiß nicht mehr, was ich empfinden soll«, flüsterte sie hilflos.

»Das tut mir leid - aber ich fürchte, dass du es allein herausfinden musst. Diesmal kannst du nicht mit mir kommen.«

Sie senkte traurig den Blick, und Ismael fühlte sich leer und elend. Für einen Augenblick erwog er, ihr die Wahrheit zu sagen. Aber was wäre dadurch gewonnen? Als sie einander kennengelernt hatten, war er ihr strahlender Held gewesen, der sie vor den Killern des Ordens gerettet und zum Widerstand gebracht hatte. Vielleicht, dachte er, war es nur konsequent gewesen, dass sie sich in ihn verliebte. Inzwischen jedoch hatte sie erkennen müssen, dass auch eine unsichtbare Person nicht ohne Makel war. Das Befremden in ihren Zügen, als er ihr erzählt hatte, dass er einst einen Grauen getötet hatte und dass er ein Transplantat von dessen Hand an seiner Rechten trug, würde er nie vergessen. Ihr zu sagen, worin der Auftrag, den er in Kanada zu erfüllen hatte, tatsächlich bestand, hätte die Situation nur noch verschlimmert.

»Es tut mir leid, Alex«, sagte er noch einmal.

»Mir auch.«

»Ich wünschte, ich könnte dir alles erklären, aber ich fürchte, ich fände nicht mal die passenden Worte, also ...«

Sie nickte tapfer und zwang sich zu einem Lächeln. »Ist alles ziemlich hektisch in diesen Tagen, nicht wahr?«

»Willst du mir etwas versprechen?«, fragte er.

»Was meinst du?«

»Ich bin anders als du, Alex. Vieles von dem, was ihr Sichtbaren tut, ist mir ein Rätsel, und ich habe wenig Übung darin, in euren Mienen zu lesen. Aber ich kann sehen, dass du unglücklich bist, und ich bin weder gefühllos noch ein Idiot.« Er räusperte sich kurz. »Ich möchte dich bitten, dich zu entscheiden.«

»Mich zu entscheiden? Wofür?«

»Das überlasse ich dir«, erklärte er, »aber bis zu meiner Rückkehr solltest du deine Wahl getroffen haben - er oder ich.«

Damit beugte er sich vor, küsste sie sanft auf die Stirn und entfernte sich dann den Gang hinab, ohne sich noch einmal umzudrehen.

Er sah nicht, wie sie eine kleine Ewigkeit lang dastand,

die Hand auf die sanfte Wölbung gelegt, die sich an ihrem Unterleib abzuzeichnen begann.

Und auch die Tränen, die in ihre Augen stiegen und in glänzenden, gezackten Rinnsalen über Alexandra Lessings Wangen rannen, sah er nicht.

10.

Mit der Wahrheit hat es seine ganz eigene Bewandtnis.

Die meisten Menschen würden von sich behaupten, dass sie der Wahrheit jederzeit gegenüber der Lüge den Vorzug geben würden – in Wirklichkeit jedoch belügen wir uns jeden Tag. Wir reden uns ein, dass der Klimawandel nur eine Zeiterscheinung wäre und wir nur lange genug die Augen verschließen müssten, um ihn unbeschadet zu überstehen. Wir sagen uns, dass gegen den Hunger in den armen Regionen dieser Welt schon genug getan werde und wir allein schließlich nichts ausrichten könnten im Kampf gegen das Elend. Und wir betrügen uns, indem wir auf Banken und Börsen vertrauen statt auf unseren Verstand.

Vielleicht, so vermute ich inzwischen, brauchen wir all diese Lügen, um in einer immer komplizierter werdenden Welt zu bestehen. Oder haben sich auch frühere Generationen schon selbst betrogen? Ist der Mensch ein Meister darin, sich selbst zu täuschen?

Von all diesen Fragen wusste ich nichts, als ich meiner eigenen Wahrheit auf den Grund ging. Ohne Rücksicht auf die Folgen und natürlich auch ohne zu ahnen, was ich damit heraufbeschwören würde.

Was genau hatte ich dort beobachtet, in jenem stillgelegten Stollen, dem man die Bezeichnung »ConcorE« gegeben hatte? Hatte ich überhaupt etwas gesehen, oder hatten mir meine von der langen Fahrt übermüdeten Sinne nur einen Streich gespielt?

Tatsache war, dass man uns an den falschen Stollen verwiesen hatte. Die Munition, die wir transportieren sollten, stand an anderer Stelle für uns bereit. Über »ConcorE« verlor man kein Wort, und ich hütete mich, danach zu fragen. Erst als wir wieder in unseren eigenen Stützpunkt zurückgekehrt waren, versuchte ich, Antworten zu bekommen.

Wer waren diese schemenhaften Gestalten gewesen? Hatte ich möglicherweise ein neues Waffensystem gesehen? Man munkelte, dass das Pentagon schon seit einigen Jahren an der Herstellung eines neuen, verbesserten Camouflage-Anzugs arbeitete. Aber was ich zu Gesicht bekommen hatte, war nicht nur einfach gute Tarnung. Diese Kerle waren förmlich *unsichtbar* gewesen!

Über das EDV-System der Army-Versorgungseinheiten, das sich in den frühen Achtzigerjahren in einem Stadium der Erprobung befand und noch weit davon entfernt war, ein wirkliches Datennetz zu sein, versuchte ich, an Informationen über »ConcorE« zu kommen, was mir jedoch nicht gelang. Also fasste ich meine Recherche weiter und bezog andere Soldaten ein, ehemalige Kameraden und Vorgesetzte, mit denen ich auf anderen Stützpunkten zusammengearbeitet hatte. Um keine Details enthüllen zu müssen, dachte ich mir aberwitzige Begründungen aus, aber auch dieses Vorgehen brachte keinen Erfolg.

Irgendwann im Lauf meiner Nachforschungen kam mir ein alarmierender Gedanke: Was, wenn die Gestalten, die ich gesehen hatte, keine Amerikaner gewesen waren? Wenn es sich um Eindringlinge gehandelt hatte, um Terroristen oder sowjetische Speznaz? Die Sache begann, mir an die Nieren zu gehen, und ich versuchte, Informationen einzuholen über gemeldete Zwischenfälle bei europäischen Munitionsdepots der US-Streitkräfte sowie der NATO. Zu meiner Erleichterung ließ sich keiner davon mit meinen Beobachtungen in Einklang bringen, dennoch ließ mir die Sache keine Ruhe.

Von meinen Ängsten erzählte ich niemandem etwas, nicht einmal Sonja. Weder wollte ich unser Familienglück stören noch die Frau, die ich liebte, mit etwas belasten, womit sie nichts zu tun hatte. Und wer wusste zu sagen, wie sie reagieren würde? Womöglich würde sie an meinem Verstand zweifeln, wie ich es schon selbst von Zeit zu Zeit tat!

Ich schwieg also, doch rückblickend frage ich mich, ob dies nicht ein Fehler war. Vielleicht hätte ich mehr Vertrauen haben, mehr Mut beweisen sollen. Damals jedoch glaubte ich, keine Wahl zu haben ...

Ouaddaï, Tschad
Krankenhaus des ICO
Tags darauf

»Nein.«

In Lars Sandersons hageren, sonnengebräunten Zügen stand äußerste Entschlossenheit, und in seiner Stimme lag eine Endgültigkeit, die Suzanne Leclerc an den Rand ihrer Fassung brachte.

»Verdammt noch mal!« Frustriert ließ die Ärztin die flache Hand auf den Tisch fallen. Das dumpfe Geräusch, das dabei entstand, schien die Ablehnung in Sandersons Gesicht erst recht zu zementieren. »Von diesen UN-Bürokraten habe ich nichts anderes erwartet, als dass sie sich feige aus der Affäre ziehen - aber nicht von Ihnen! Ich habe gedacht, dass Sie mich unterstützen würden und ...«

»Ich *habe* Sie unterstützt, Suzanne«, fiel ihr der Leiter des ICO-Hospitals ins Wort, »und ich habe mich bemüht, Verständnis für Ihr persönliches Engagement in dieser Sache aufzubringen. Aber man muss auch erkennen, wann man aufhören muss - und dieser Zeitpunkt ist gekommen.«

»Sie können das leicht sagen.« Suzanne schüttelte trotzig den Kopf. »Ich habe diesen Menschen versprochen, ihnen zu helfen. Ich habe ihnen mein Wort gegeben, verstehen Sie?«

»Natürlich.« Sanderson nickte. »Aber Sie müssen im Gegenzug auch verstehen, dass es gewisse Zwänge gibt, denen Sie sich zu beugen haben. Sie sind keine Studentin mehr und nicht mehr an der Universität. Dies hier ist das richtige Leben.«

»Glauben Sie, das wüsste ich nicht?«, entgegnete Suzanne schnippisch. Natürlich war sie noch jung und vergleichsweise unerfahren, aber sie mochte es nicht, wenn darauf herumgeritten wurde. »Hier geht es nicht darum, meinen Kopf durchzusetzen, sondern um die Aufdeckung eines abscheulichen Verbrechens!«

»Da stimme ich Ihnen zu«, bestätigte Sanderson.

»Und trotzdem verweigern Sie mir Ihre Hilfe? Allein habe ich nicht die geringste Chance gegen diese Leute, wer immer sie sein mögen. Was ich brauche, sind Gewebeproben, genetische Analysen, verlässliche Zahlen. Wenn Sie ein wenig Ihre Beziehungen spielen lassen, wäre es möglich ...«

»Vielleicht«, räumte Sanderson ein, »dennoch werde ich nichts dergleichen tun.«

»Warum nicht? Wenn diese Leute weiter ihr Unwesen treiben, töten sie noch mehr unschuldige Menschen!«

»Und wenn die Sache bekannt wird, werden blutige Unruhen die Folge sein.«

»Und deshalb machen wir uns alle zu Mittätern?«, fragte Suzanne empört.

»Hören Sie«, versuchte der Norweger seine französische Kollegin zu beschwichtigen, »ich behaupte in keiner Weise, dass mir gefällt, was dort draußen geschehen ist, und natürlich würde ich die Typen, die so etwas getan haben, lieber heute als morgen hinter Schloss und Riegel sehen. Aber so wie die Dinge liegen, haben Sie allenfalls Indizienbeweise. Die Ermittlungen würden eine Menge Staub aufwirbeln und dann im Sand verlaufen. Und was wäre gewonnen? Wir hätten das ohnehin schon spärliche Vertrauen, das uns die Menschen in diesem Land entgegenbringen, endgültig verspielt, und alles würde noch schlimmer werden als zuvor.«

»Hören Sie sich selbst eigentlich reden, Lars? Irgendetwas Schreckliches geht dort draußen im Grenzland vor sich, und Sie ... Sie ...« Sie schüttelte fassungslos den Kopf. »Sie fordern mich auf, einen Massenmord zu decken!«

»Um weiteres Übel zu verhindern«, stimmte er zu.

»Würden Sie das auch sagen, wenn wir in Europa wären?«

»Wir sind hier nicht in Europa, das sollten Sie allmählich begriffen haben«, schnaubte Sanderson.

»Allerdings, es ist unübersehbar«, konterte Suzanne. »In Ihrem Land oder in meinem würde eine Sache wie diese einen Skandal von gewaltigen Ausmaßen auslösen - aber hier in Afrika handelt es sich nur um Menschen zweiter Klasse, von daher können wir ruhig alles unter den Tisch fallen lassen, richtig?«

»Das geht zu weit!« Diesmal war es Sanderson, der auf den Tisch schlug, und zwar mit der geballten Faust. Die Vorwürfe seiner jüngeren Kollegin brachten das Blut des sonst so beherrschten Skandinaviers zum Kochen. »Wollen Sie mir unterstellen, ich würde mich nicht für die Menschen in diesem Land engagieren? Ich habe hier schon Entwicklungshilfe geleistet, als Sie noch Pickel im Gesicht hatten und Poster von Boy-Groups an den Wänden, also erzählen Sie mir nicht, was richtig ist und was nicht! Wir alle riskieren bei unserem Einsatz in diesem Land unser Leben, um das Unrecht in dieser Welt ein wenig zu mildern. Das schaffen wir aber nicht, indem wir Helden spielen oder uns fortwährend beschweren, sondern indem wir die Ärmel hochkrempeln und diesen Menschen helfen!«

»Aber ich ...«

»Besinnen Sie sich auf das, was Ihre Aufgabe ist: Sie sind Ärztin, Suzanne, also hören Sie auf, Detektivin zu spielen und Ihre Kollegen von der Arbeit abzuhalten!«

»Das also sehen Sie in mir.« Suzanne war plötzlich leise

geworden. Ihre Stimme bebte, und es blitzte feucht in ihren Augen. »Eine Unruhestifterin.«

»Ich behaupte nicht, dass Sie das absichtlich tun«, schränkte Sanderson ein, wieder ein wenig ruhiger. »Ich bin überzeugt, dass Sie nur das Beste wollen. Aber im Augenblick tun Sie weder unserer Organisation noch sich selbst einen Gefallen. Wenn Sie mit all der Armut, dem Elend und dem Sterben rings um uns herum nicht fertig werden, verstehe ich das. Wir hatten schon gestandene Ärzte hier, die hatten sich für ein halbes Jahr Entwicklungshilfe verpflichtet und sind nach einer Woche abgereist. Nicht jeder kann das alles hier ertragen, das ist keine Schande. Wenn es so ist, dann kehren Sie zurück nach Frankreich und treten Sie die Stelle an, die Ihr Vater Ihnen angeboten hat. Aber wenn Sie sich entschließen zu bleiben, dann reißen Sie sich verdammt noch mal zusammen und akzeptieren Sie die Realität. Die Welt ist nun einmal so, wie sie ist. Je eher Sie das einsehen, desto besser.«

Sandersons Worte verklangen, und Stille kehrte in der schäbigen kleinen Kammer ein, die ihm als Büro diente. Suzanne erwiderte nichts, sondern starrte auf den Boden zu ihren Füßen. Sie konnte nicht anders, sie fühlte sich in diesem Augenblick unverstanden und allein, aber es gelang ihr, die Tränen der Enttäuschung zurückzuhalten. Was sie gehört hatte, konnte ihr nicht gefallen, aber sie wollte auch nicht zurück nach Frankreich. Nicht, bevor sie nicht einige Dinge erledigt hatte ...

»Also schön«, erklärte sie sich einverstanden. »Vielleicht haben Sie recht ...«

»Wissen Sie, so gefallen Sie mir bereits sehr viel besser.« Sanderson rang sich ein Lächeln ab. »Ich brauche Sie hier, Suzanne. Das Krankenhaus kann es sich nicht leisten, eine Ärztin wie Sie zu verlieren. Sie haben alles, was man für diesen Job braucht, Sie wissen es nur noch nicht.«

»Wie Sie meinen.«

»Die Bedingungen, unter denen wir hier arbeiten, sind wahrhaftig schon schlimm genug, auch ohne dass wir uns gegenseitig das Leben schwer machen. Kann ich in Zukunft wieder auf Sie zählen?«

Suzanne hob den Kopf und hielt seinem prüfenden Blick stand. Diesmal war sie es, die sich ein Lächeln abnötigte. »Natürlich.«

»Sehr gut. Es ist wichtig, dass wir in den nächsten Tagen alle an einem Strang ziehen. Das Krankenhaus muss gut aussehen, wenn diese Leute kommen.«

Suzanne hob die Brauen. »Was für Leute?«

»Hatte ich Ihnen das nicht gesagt? Eine Gesandtschaft von EU-Politikern wird das Krankenhaus in den nächsten Tagen besuchen, um sich ein Bild von unserer Arbeit zu machen. Anschließend werden sie einen Bericht an die Kommission für Entwicklungshilfe abgeben. Ich muss Ihnen nicht sagen, was es bedeuten würde, wenn die ICO von der Europäischen Union als förderungswürdig eingestuft und in Zukunft mit EU-Geldern bezuschusst würde. Dann könnten wir hier *richtige* Medizin betreiben.«

»Werden denn auch Vertreter der Presse mit dabei sein?«

»Natürlich, ein ganzer Tross. Ein britisches Fernsehteam hat sich angekündigt, außerdem Vertreter von IPA und diversen ...« Sanderson unterbrach sich und bedachte seine jüngere Kollegin mit einem zweifelnden Blick. »Warum fragen Sie mich das?«

»Nur so aus Interesse«, behauptete sie.

Sanderson holte tief Luft, und für einen Moment hatte es den Anschein, als wollte er nun richtig explodieren. Er beherrschte sich jedoch und bewahrte Ruhe, auch wenn es ihm sichtlich schwerfiel.

»Suzanne«, sagte er, jedes einzelne Wort betonend, »ich bin nicht in der Lage, Gedanken zu lesen, von daher weiß ich nicht, was in diesem Augenblick in Ihrem Kopf vor sich geht. Aber eines weiß ich bestimmt: Sollten Sie die Anwesenheit dieser Politiker oder der Presse dafür nutzen wollen, in eigener Sache Stimmung zu machen, werde ich nicht zögern, Sie augenblicklich von Ihren Pflichten als Ärztin des ICO zu entbinden und in die nächste Maschine nach Frankreich zu setzen. Haben wir uns verstanden?«

Suzanne nickte. »Natürlich.«

»Ich möchte das nicht tun, aber wenn Sie vorhaben sollten, mir auf diese Weise in den Rücken zu fallen, lassen Sie mir keine Wahl. Ist das klar?«

»Allerdings, Lars«, versicherte die Französin. »Seien Sie ganz unbesorgt. Ich weiß, was mich erwarten würde ...«

Lagerhaus nahe Winnipeg, Kanada
Zwei Tage später
20 Uhr 43 Ortszeit

Zurück zu sein, weckte Erinnerungen.

Erinnerungen der unangenehmen Art ...

Fast kam es Ismael vor, als würde er einen Alptraum, aus dem er schon vor langer Zeit erwacht war, wieder von neuem erleben.

Er kannte diesen Ort, und obwohl es nur ein Foltercamp von vielen war, die der Orden der Unsichtbaren rund um den Globus unterhielt, hatte dieses eine besondere Bedeutung für ihn - denn hier war er einst selbst gefangen gehalten und bis an den Rand des Wahnsinns gequält worden. Und nun hielt dieser Ort nach so langer Zeit eine neue Prüfung für ihn bereit ...

Noch immer hallten Oberons Worte in seinem Bewusstsein nach. »Deine Mission«, hatte der Anführer des Widerstands ihm erklärt, »besteht darin, Elizabeth Kwon ausfindig zu machen und sie zu befreien. Sollte sich dies allerdings als nicht möglich erweisen, musst du um jeden Preis dafür sorgen, dass Kwon keine weiteren Geheimnisse mehr preisgeben kann.«

Mehr hatte Oberon nicht gesagt, und Ismael hatte auch nicht nachgefragt. Die Anweisung war klar und ließ keinen Spielraum für Alternativen.

Mehr als zwanzig Jahre waren vergangen, seit Ismael als junger Mann von diesem Ort geflohen war. Verändert hatte sich jedoch kaum etwas. Das alte Lagerhaus, das am nördlichen Stadtrand von Winnipeg stand, war noch immer von einem drei Meter hohen und von Stacheldraht gekränzten Zaun umgeben. Nach Osten grenzte das Gelände an weitere Lagerhäuser, die sich bis ins Industriegebiet Winnipegs erstreckten und eine perfekte Tarnung darstellten; entlang der Westflanke verlief eine schmale Straße, auf deren anderer Seite sich ein riesiges Maisfeld erstreckte. Das Korn stand kurz vor der Ernte, die Pflanzen waren mehr als mannshoch und boten zuverlässigen Schutz für jemanden, der sich dem Areal unbemerkt nähern wollte.

Auf seine Unsichtbarkeit durfte sich Ismael in nur sehr eingeschränktem Umfang verlassen. Das Lagerhaus mochte alt und verlassen wirken, das Gelände von Schrott und Unrat übersät und die Zäune mochten rostig sein. Aber all dies sollte nur über die wahre Bestimmung dieses Ortes hinwegtäuschen. Niemand hätte an einem Platz wie diesem ein Foltercamp vermutet, in dem Gefangene planmäßig gequält und brutalen Verhören unterzogen wurden – vermutlich nicht einmal die Angehörigen des Ordens selbst, mit Ausnahme der Abwehr.

Ismael hatte die Methoden der Abwehr kennengelernt, jener Abteilung, der die *Demons* unterstanden, die unsichtbaren Killer, zu denen auch Frank Gallagher gehört hatte. Man konnte Elizabeth Kwon keinen Vorwurf machen, wenn sie unter deren Folter ihr Schweigen gebrochen und die Lage der Stützpunkte verraten hatte.

Aber dies musste ein Ende haben ...

Die Kameras, die an jedem zweiten Zaunpfeiler installiert waren, hatten rostige Gehäuse, um den Anschein zu erwecken, als wären sie längst nicht mehr funktionsfähig. In ihrem Inneren jedoch befand sich Hochtechnologie: Mit Wärmesensoren ausgestattete hochauflösende Scanner waren an ein vollautomatisches Überwachungssystem angeschlossen, das augenblicklich Alarm gab, sobald ein Unbefugter geortet wurde. Das Gelände selbst war durch eine Unzahl tödlicher Fallen gesichert, die von Selbstschussautomaten bis hin zu unter Starkstrom stehenden Hindernissen reichten.

Zu fliehen und das Gelände lebend zu verlassen, war nahezu unmöglich, und unbeschadet hinein- *und* wieder herauszugelangen grenzte an ein Wunder.

Es sei denn, man verfügte über Ismaels Erfahrung ...

Der Unsichtbare grinste verwegen, während er sich durch das dichte Maisfeld an den Zaun heranpirschte. Die Philosophie des Ordens lehnte jede Form von Individualität ab und propagierte das gleichgeschaltete Kollektiv als die überlegene Form menschlichen Zusammenlebens. Daraus ergab sich zwingend ein gewisser Hang zur Normierung, die erfolgreiche Lösungen beständig wiederholte.

Es war Ismael einmal gelungen, aus dem Foltercamp zu fliehen - der Weg hinaus hatte sich so unauslöschlich in sein Gedächtnis eingebrannt, als hätte sich die dramatische Flucht eben erst ereignet. Und er hätte jeden Betrag darauf gewettet, dass sich die Fallen noch immer genau dort befanden, wo sie auch vor zweiundzwanzig Jahren gewesen waren. Es widersprach dem Selbstverständnis des Ordens, vom Kollektiv erarbeitete Lösungen wegen eines individuellen Vorfalls zu verwerfen. Diese Form intellektueller Arroganz war es, die

Ismael nun zugutekam und die ihm Anlass zu der Hoffnung gab, dass er Elizabeth Kwon befreien konnte.

Den zweiten, sehr viel hässlicheren Teil von Oberons Befehl verdrängte Ismael geflissentlich. Wenn es ihm aus irgendwelchen Gründen nicht gelang, Dr. Kwon aus ihrem Gefängnis herauszuholen, würde er von einem Augenblick zum anderen entscheiden müssen, ohne Vorbehalte und Emotion.

Wie ein verdammter *Demon* ...

Lautlos näherte er sich dem Rand des Maisfeldes. Zwischen Blättern und Stängeln hindurch spähte er auf das Lagerhaus, über dem das letzte Licht des Tages in grauen Wolken ertrank. Ismael hoffte, dass es nicht zu regnen begann, denn dann würde er auch für das bloße Auge erkennbar werden und damit das letzte bisschen Tarnung verlieren. Bei allem, was er tat, kam es vor allem darauf an, dass er rasch und entschlossen handelte - und ohne Fehler.

Reglos wartete er ab, sich der Meditationstechnik bedienend, die Oberon ihn gelehrt hatte und die es ihm ermöglichte, trotz äußerer Anspannung innere Ruhe zu bewahren. Alles hing davon ab, den richtigen Augenblick zu erwischen ...

Und dieser Augenblick kam im nächsten Moment.

Ein Posten tauchte jenseits der Umzäunung auf - ein hoch gewachsener Mann, der eine Wollmütze und einen langen Ledermantel trug, um sich vor der kühlen Feuchte der hereinbrechenden Nacht zu schützen. Bewaffnet war er mit einem etwas antiquiert wirkenden HK-G3-Sturmgewehr, das er an einem Riemen unter der rechten Schulter hängen hatte. Vermutlich war der Mann bei einem zivilen Wachunternehmen angestellt und hatte nicht die geringste Ahnung, was in der Lagerhalle vor sich ging. Schonen konnte Ismael ihn deshalb aber nicht - denn der Wachmann war seine Chance, ungesehen auf das Gelände zu gelangen. Oder besser ausgedrückt: *gesehen*, aber unbemerkt ...

Die Wachposten im Außenbereich mit Infrarot-Sichtgeräten auszustatten, wäre zu auffällig gewesen, folglich überließ man den Automaten die Überwachung. Für deren Sensoren jedoch spielte es keine Rolle, *wer* am Zaun entlangpatrouillierte, solange er sich nur in der vorgesehenen Richtung bewegte - und genau diesen Umstand würde Ismael ausnutzen.

Am Zaun entlang kam der Wachmann auf ihn zu. Ismael wartete ab, bis der Posten auf seiner Höhe war. Dann sprang er auf und hetzte zu jener Stelle am Zaun, wo die Beobachtungsbereiche zweier Scanner aneinandergrenzten und es einen toten Winkel gab. Dort musste es passieren - und es musste rasch geschehen, denn auf dem Dach des Lagerhauses waren Wärmebild-Kameras installiert, die um dreihundertsechzig Grad kreisten und das gesamte Gelände überblickten.

Ismael blieb ein Zeitfenster von exakt fünfzehn Sekunden!

Mit einem ausgreifenden Sprung katapultierte er sich gegen den Maschendraht, auf dessen anderer Seite der Posten stand.

Der Mann begriff nie, was geschah. Weder verstand er, warum sich der Zaun plötzlich bewegte, noch erfasste er die unsichtbare Gestalt, die sich in einer geschmeidigen Bewegung mit den Beinen voran über die Stacheldrahtrolle am oberen Rand des Zauns schleuderte, fast wie ein Leichtathlet beim Hochsprung.

Iter invisibilium wurde diese Technik genannt, die nicht nur eine spezielle Art der Fortbewegung, sondern auch eine für gewöhnliche Menschen ans Übernatürliche grenzende hypersensorische Wahrnehmung beinhaltete. Der »Weg der Unsichtbaren« begriff jedes scheinbare Hindernis als Herausforderung, deren physikalische Gesetzmäßigkeiten es zu respektieren galt.

Ismael stürzte auf der anderen Seite des Zauns wieder hinab, um sich geschmeidig abzurollen. Der Wächter, der verdutzt stehen geblieben war, starrte fassungslos auf die Mulde, die sich plötzlich im schlammig weichen Erdboden bildete, doch noch ehe er einen klaren Gedanken fassen konnte, packte jemand seinen Kopf und riss ihn mit furchtbarer Gewalt herum. Das Genick brach mit einem leisen Knacken, und leblos sackte der Mann zusammen.

Ismael zog eilig die Mütze und den Mantel des Wachmanns an, dann wälzte er den Leichnam im kühlen Schlamm, damit die Wärmesensoren ihn nicht entdeckten. Er bedauerte zutiefst, jemanden getötet zu haben, der noch nicht einmal gewusst hatte, wofür er starb. Der Orden bediente sich bevorzugt ahnungsloser Marionetten, die er für sich arbeiten ließ. Gegen die Grauen zu kämpfen, bedeutete, den Tod Unschuldiger zumindest in Kauf zu nehmen - ein weiterer Grund dafür, dass Ismael die Hintermänner des Ordens hasste.

In den Mantel des Postens gekleidet und mit dessen G3 unter der Schulter setzte Ismael die Patrouille fort. Was die Kameras sahen, als sie ihn erfassten, war ein einzelner Mann, der am Zaun entlang Streife ging.

Nichts Verdächtiges ...

Ismaels Weg führte zum nächsten Kontrollpunkt. Dort flüchtete er sich erneut in einen toten Winkel, legte Mütze und Mantel ab und sprintete auf die Halle zu. Sein Ziel war das Dach, das, wie er aus Erfahrung wusste, weniger gut gesichert war als der Rest des Gebäudes. Über die Lüftungsanlage wollte er hineingelangen - danach würde seine eigentliche Mission beginnen ...

Hauptquartier des Widerstands
Katakomben, Rom
Zur selben Zeit

Alex schreckte hoch und brauchte einen Moment, um sich zurechtzufinden. Suchend tastete ihre Hand in der Dunkelheit nach dem Lichtschalter, und als sie ihn endlich fand, flackerte grelles Neonlicht auf und vertrieb die Schwärze.

Die Einrichtung des Raums, in dem sie sich wiederfand, war denkbar nüchtern: Wände aus nacktem Beton, dazu ein Spind, ein Tisch, ein Stuhl sowie die Pritsche, auf der Alex lag. Dabei konnte sie noch von Glück sagen, ein eigenes Quartier bekommen zu haben - die meisten Widerstandskämpfer, die sich im Hauptquartier aufhielten, nächtigten in Gruppenräumen und teilten sich ihr Schlaflager oftmals in wechselnden Schichten.

Eigentlich unterschied sich die Basis in nichts von den anderen Stützpunkten, die die Anderen überall auf der Welt unterhielten und auf denen Alex schon gewesen war - dennoch hatte sie das Gefühl, dass hier etwas anders war.

Vielleicht, sagte sie sich, lag es an der Tradition dieses Ortes. Schaudernd dachte sie daran, dass die Katakomben, die den Kern des Verstecks bildeten, einst als Grabstätten gedient hatten und dass die Überreste unzähliger Verstorbener in diesen unterirdischen Gewölben ruhten. Zur Zeit der Christenverfolgungen waren die Katakomben schon einmal als Zufluchtsstätte benutzt worden, wenn auch in weit geringerem Umfang, als Historienromane und Hollywoodfilme es glauben machen wollten.

Dennoch strahlte dieser Ort etwas aus, das Alex verunsicherte. Eine Atmosphäre steter Bedrohung und nahenden Untergangs - oder bildete sie sich das nur ein?

Waren es in Wahrheit nur ihre eigenen Zweifel, die sie so empfinden ließen?

Ein metallisches Klopfen war plötzlich zu vernehmen, und sie erinnerte sich, dass es dieses Geräusch gewesen war, das sie aus dem Schlaf gerissen hatte.

Ein Blick auf die Uhr.

Weit nach Mitternacht.

»Verdammt.«

Sie hätte ein wenig Schlaf gut gebrauchen können. Auch wenn sie es nicht gern zugeben wollte - die Schwangerschaft machte sich allmählich auch körperlich bemerkbar. Alex fühlte sich müde und abgeschlagen, und außerdem meinte sie, dass ihre Sinne viel sensibler geworden waren. Gerüche, Geräusche und andere sinnliche Wahrnehmungen stürzten sehr viel intensiver und ungefilterter auf sie ein als früher. Oder war auch das nur Einbildung?

»Ja?«, fragte sie laut.

»Ich bin es - Paolo.«

Sie seufzte, teils erleichtert, teils betrübt. »Was gibt es?«

»Kann ich mit dir sprechen?«

»Es ist spät.«

»Ich weiß.«

Alex rieb sich mit Zeigefinger und Daumen der linken Hand die Augen. Paolo draußen vor der Tür stehen zu lassen, würde ihre Probleme nicht aus der Welt schaffen. Seit Ismaels Abreise war sie ihm aus dem Weg gegangen. Zum einen, weil sie sich für das schämte, was sie ihm angetan hatte, zum anderen weil es Ismael gegenüber nicht fair war. Alex war klar, dass sie eine Entscheidung treffen musste - aber wie sollte sie das, wenn sie vor Müdigkeit keinen klaren Gedanken fassen konnte?

»Kann ich reinkommen?«, drang es von jenseits der Tür, nicht fordernd, sondern zaghaft, fast resignierend.

»Natürlich.« Sie war aufgestanden und trat vor die Tür, betätigte den Öffner, und das Türschott glitt beiseite.

Paolo sah elend aus. Den Rändern um seine Augen nach

hatte auch er in den letzten Tagen kaum geschlafen. Sein Hemd war zerknittert, sein Haar in Unordnung. Das Leben unter Tage war zermürbend, zumal die sanitären Möglichkeiten begrenzt waren.

Wie die meisten Bewohner des Verstecks hatte auch Alex in ihrer Kleidung geschlafen, die aus einer weit geschnittenen Armeehose und einem schwarzen T-Shirt bestand - eine Art inoffizielle Uniform, die die meisten Angehörigen des Führungsstabes trugen. Jedenfalls, soweit sie sichtbar waren.

»Ich wollte mit dir reden«, sagte Paolo und trat ein; das Schott schloss sich leise hinter ihm. »Über das, was gewesen ist ...«

Sie nickte. »Es tut mir leid, Paolo. Ich hätte dich nicht belügen dürfen.«

»Du hast mich nicht belogen.«

»Aber ich habe dir auch nicht die Wahrheit gesagt.« Sie setzte sich auf die Pritsche und schaute zu ihm hoch. »Du wusstest nichts von Ismael, und du wusstest auch nichts von dem Kind, das ich erwarte. Das war nicht fair.«

»Nein«, gab er zu, »das war es nicht. Aber ich habe nachgedacht, Alex, und ich glaube jetzt, den Grund für dein Handeln zu kennen.«

»Ja?« Sie lachte freudlos auf. »Dann hast du mir etwas voraus. Ich weiß nämlich nicht mehr, was ich denken soll. Ich habe das Gefühl, alles falsch gemacht zu haben.«

»Unsinn.« Er setzte sich zu ihr auf die Pritsche, unterließ es jedoch, sie zu berühren, wofür sie ihm dankbar war. »Ich bin sicher, du hattest für alles gute Gründe. Es ist nur so, dass wir manchmal bereits ein wenig später nicht mehr in der Lage sind, diese Gründe nachzuvollziehen. Glaub mir, ich weiß, wovon ich spreche.«

»Wirklich?« Sie schaute ihn ratlos an.

»Als Silvana mich damals verließ und sich gegen Professor Benati und mich wandte, da verstand ich die Welt nicht mehr. Ich dachte bis dahin, ich hätte alles richtig gemacht, aber dann stellte sich heraus, dass ich genau die falschen Entscheidungen getroffen hatte - oder zumindest glaubte ich das. Jetzt, mit einigem Abstand, kann ich nur sagen, dass ich alles richtig gemacht habe. Silvana war eine Schlange, ein karriereversessenes Miststück, das von Anfang an vorhatte, mich zu hintergehen. Ich wusste das damals nicht, aber mein Herz hat für mich die richtige Entscheidung getroffen - und genauso wird es auch bei dir sein, Alex.«

»Glaubst du wirklich?« Sie war wenig überzeugt.

»Allerdings.« Er nickte. »Eigentlich bin ich nur gekommen, um dir zu sagen, dass ich dir nichts nachtrage. Was in jener Nacht in Brasilien geschehen ist, ist geschehen - wir können die Zeit nicht zurückdrehen. Aber wir können beide wie erwachsene Menschen damit umgehen und es als etwas betrachten, was gewesen ist und sich nicht wiederholen wird. Es sei denn«, fügte er nach einer kurzen Pause hinzu, »du könntest dich dazu entschließen, deine Zuneigung nicht an Ismael, sondern an mich zu vergeben ...«

Ihre Miene zeigte keine Regung. Innerlich jedoch schalt sie sich dafür, dass sie in jener Nacht im Dschungel ihrem törichten Drang nach Trost und körperlicher Nähe nachgegeben hatte, obwohl ihr klar gewesen war, dass dies Probleme nach sich ziehen würde. Was, in aller Welt, hatte sie sich nur dabei gedacht? Sie hatte nicht nur Ismael verletzt, sondern auch Paolo, und zu allem Überfluss wusste sie nicht, welchen von beiden sie tatsächlich liebte. Den Vater ihres Kindes, dem sie so viel zu verdanken hatte? Oder den Mann, der ihr ein Leben in jener Normalität versprach, nach der sie sich so sehr zurücksehnte?

»Ich mag dich, Paolo«, gestand sie leise. »Ich mag dich sehr. Aber ich weiß nicht, wie ...«

Statt weiterzusprechen, legte sie die Hand auf ihren Unterbauch - das war Antwort genug.

»Ich verstehe«, sagte er nur.

»Ich habe eine Verpflichtung«, flüsterte sie.

»Wem gegenüber?«

»Meinem Kind.«

»Dann solltest du das tun, was für dein Kind am besten ist«, folgerte er. »Wie viel Sicherheit kann es von jemandem erwarten, den es noch nicht einmal sehen kann?«

»Ismael ist ein guter Mensch, Paolo. Auch wenn er manches getan hat, das ...«

»Vor allen Dingen ist er Soldat, genau wie dein Vater«, unterbrach er sie. »Sollte er sich je zwischen seiner Familie und seiner Pflicht entscheiden müssen, weißt du genau, wie diese Entscheidung ausfallen wird. Oder willst du das bestreiten?«

Sie schwieg, aber ihren flehenden Augen und den zu einem schmalen Strich zusammengepressten Lippen war anzusehen, dass er den Finger in die offene Wunde gelegt hatte.

»Ich erwarte nicht von dir, dass du dich sofort entscheidest«, fuhr er leise fort, »aber bei allem, was du tust, solltest du bedanken, dass ...«

Er wurde unterbrochen, als abermals gegen die Tür geklopft wurde.

»Ja?«, fragte Alex.

»Es gibt Neuigkeiten«, hörte sie jemanden rufen; es war die Stimme ihres Vaters, und sie klang aufgebracht.

Alex seufzte, stand auf und betätigte den Türöffner abermals. Das Schott glitt zur Seite und gab den Blick auf Kenneth Bowder frei, der auf dem Gang stand, in einen olivgrünen Kampfanzug gekleidet. Der strenge Ausdruck in seinem Gesicht ließ keine Müdigkeit erkennen. Aber er verstärkte sich, als er Paolo Genaro erblickte.

Alex' Vater verkniff es sich, Fragen zu stellen oder ihr gar Vorhaltungen zu machen. Aber seiner starren Miene konnte Alex entnehmen, dass er die Situation in keiner Weise billigte.

Einen Moment lang erwog sie, ihm zu sagen, dass Paolo

und sie sich lediglich unterhalten hatten, aber sie verwarf den Gedanken sofort wieder. Sie war eine erwachsene Frau und brauchte sich nicht zu rechtfertigen.

Vor niemandem ...

»Was gibt's?«, fragte sie deshalb spitz.

»Neuigkeiten«, wiederholte er mit rauer Stimme, während er an ihr vorbeitrat und sich das Schott wieder hinter ihm schloss. »Von einem unserer Beobachter ist uns ein TV-Beitrag mit höchst brisantem Inhalt zugespielt worden.«

»Nämlich?«, hakte Alex nach.

»Eine französische Ärztin, die als Entwicklungshelferin im Tschad arbeitet, ist auf Vorgänge gestoßen, die auf eventuelle Ordenstätigkeiten schließen lassen.«

»Auf Ordenstätigkeiten?« Paolo horchte auf. »Wie darf man das verstehen?«

»Ein globales Netz von Informanten durchforstet beständig die Datenbanken und Medien nach Hinweisen auf den Orden. Nicht nur Internet, Radio- und TV-Sender, sondern auch diverse Mobilfunknetze werden fortwährend gescannt, um verdächtige Aktivitäten zu entdecken - von illegalen Geldtransfers über Bestechungsskandale bis hin zu Terroranschlägen.«

»Wollen Sie behaupten, solche Dinge gingen stets auf das Konto des Ordens?«

»Keineswegs. Aber die Grauen verstehen sich wie niemand sonst darauf, sich der Dienste Dritter zu bedienen, indem sie ihre eigenen Anliegen zu deren machen - denken Sie nur an den Anschlag auf Ihren Mentor Benati auf dem Flughafen Rom. Wir suchen nach Aktivitäten, die ein bestimmtes Schema erkennen lassen und zusammen mit bereits gesammelten Informationen ein schlüssiges Gesamtbild ergeben.«

»Und auf einen solchen Hinweis seid ihr gestoßen?«, fragte Alex.

»Möglicherweise. Ein britisches Kamerateam, das eine Abordnung von EU-Politikern auf ihrer Afrikareise begleitet, hat eine junge Entwicklungshelferin interviewt, und die berichtete vor laufender Kamera von angeblich planmäßigen und organisierten Menschenrechtsverletzungen im Tschad: Zahlreiche junge Frauen sollen aus Grenzdörfern verschleppt und später tot aufgefunden worden sein, und angeblich wiesen alle dieselben Verletzungen auf.«

»Aber wie kommen Sie darauf, dass der Orden dabei seine Hände im Spiel haben könnte?«, wunderte sich Paolo.

»Inwieweit sind Sie über die Lage in Zentralafrika informiert, Dr. Genaro?«

»Nicht besonders. Vergessen Sie nicht, dass ich die letzten Jahre in Südamerika verbracht habe. Natürlich weiß ich vom Darfur-Konflikt und von den Plänen der Europäischen Union, Truppen dorthin zu entsenden, aber ...«

»Der Tschad«, fiel Bowder ihm kurzerhand ins Wort, »ist einer der humanitären Brennpunkte dieser Welt. Armut, Dürre, Krieg - all das führt dazu, dass die Menschen dort auf Hilfe von außen angewiesen sind. Die Vereinten Nationen haben deshalb verschiedene Hilfsprojekte gestartet, doch in den letzten Monaten ist es wiederholt zu Übergriffen auf die örtlichen UN-Mitarbeiter gekommen.«

»Wie das?«

»Die genauen Gründe dafür kennen wir nicht, aber wenn irgendwo Unruhen ausbrechen, ist dies für uns ein Anlass, genauer hinzusehen. Schon damals haben Menschen von Entführungen berichtet, die sich allerdings noch mit den Kriegswirren im Grenzland erklären ließen. Nach der Aussage von Dr. Leclerc jedoch glauben wir ...«

»... dass jemand das Chaos dort nutzt, um seine eigenen Pläne zu verfolgen«, ergänzte Paolo.

»In der Art.« Bowder nickte.

»Und warum stehst du mitten in der Nacht in meinem Quartier, um mir das zu erzählen?«, fragte Alex.

»Weil jemand nach Afrika fliegen und sich mit Dr. Leclerc treffen muss.«

»Und das soll ich sein?«

»Du hast Ismael wissen lassen, dass es dir nicht gefällt, untätig hier zu sitzen und dich zu verstecken. Du wolltest einen Auftrag – hier ist er.«

»Wow!«, rief Alex, und es war eindeutig sarkastisch gemeint. Sie brannte zwar darauf, das Hauptquartier verlassen zu können und wieder eine konkrete Aufgabe zu übernehmen, aber dieses Kommando kam überraschend plötzlich.

»Da Ismael im Einsatz ist und durch die personellen Verluste der letzten Zeit stehen mir keine unsichtbaren Agenten zur Verfügung«, erklärte ihr Vater. »Die Reihe ist also an dir, Alex. Natürlich kann ich dich nicht zwingen, meiner Anweisung Folge zu leisten, aber wir brauchen schleunigst Gewissheit, was diese Sache angeht.«

»Wieso?«, fragte Paolo. »Was genau vermuten Sie?«

»Etwas, das diese Welt in ihren Grundfesten erschüttern könnte«, entgegnete Bowder düster. »Mehr kann und darf ich Ihnen nicht darüber sagen.«

»Weshalb? Wer hindert Sie? Ich dachte, Sie wären das Oberhaupt des Widerstands?«

»Gute Frage«, bekräftigte Alex mit forschendem Blick.

»Das steht hier nicht zur Debatte«, stellte ihr Vater mit dem Tonfall eines Mannes klar, der von seinen Untergebenen Gehorsam gewohnt war. »Alex, wirst du den Auftrag annehmen oder nicht?«

»Natürlich«, versicherte Alex ohne Zögern. »Wann breche ich auf?«

»Bei Tagesanbruch. Wir organisieren bereits den Transfer.«

»Sehr gut«, meinte Paolo. »Dann organisieren Sie gleich für zwei Personen. Ich werde Ihre Tochter begleiten.«

»Das musst du nicht«, wehrte Alex ab.

»Ich weiß, aber ich möchte es trotzdem. Oder haben Sie etwas dagegen, *Sir?*«

Das letzte Wort betonte er wie ein U.S. Marine in einem Kriegsfilm. Es lag eine gewisse Provokation darin. Wenn Bowder sie jedoch bemerkte, so zeigte er es nicht.

»Natürlich nicht«, versicherte er ohne mit der Wimper zu zucken. »Aber ich muss Sie darauf aufmerksam machen, dass es gefährlich werden kann.«

»Und das sagen Sie mir, nachdem meine Wohnung von einer Spezialeinheit gestürmt wurde und ich mit aller Wahrscheinlichkeit als gemeingefährlicher Terrorist auf den Fahndungslisten der Polizei stehe? So wie ich es sehe, habe ich nichts zu verlieren.«

»Nun, Ihr Leben schon noch«, räumte Bowder ein.

»Ich werde Alex begleiten«, stellte Paolo dennoch klar.

»Danke, Paolo«, sagte sie. Dann trat sie an ihren Spind und nahm ein Handtuch heraus.

»Was tust du?«, wollte ihr Vater wissen.

»Was wohl? Ich gehe noch einmal duschen«, gab sie achselzuckend zurück. »Sieht nicht so aus, als würde ich so schnell wieder in den Genuss von warmem Wasser kommen.«

Sie verließ das Quartier, und Paolo und ihr Vater blieben allein zurück. Einen Augenblick lang herrschte betretenes Schweigen, das der Archäologe schließlich brach.

»Hören Sie, Bowder, ich ...«

»Sie müssen mir nichts erklären«, sagte Alex' Vater schnell, »und Sie sind mir auch keine Rechenschaft schuldig. Soweit ich es einschätzen kann, sind Sie ein ehrlicher Kerl, was in diesen verrückten Zeiten nicht selbstverständlich ist, und Sie haben dem Widerstand einen wertvollen Dienst erwiesen. Dass es idiotisch war, Alex in Ihre Wohnung mitzunehmen, da Ihnen doch klar gewesen sein musste, dass sie noch immer überwacht wurde, brauche ich Ihnen nicht zu sagen.«

»Nein, Sir«, antwortete Paolo, diesmal auf den provozierenden Unterton verzichtend, »das brauchen Sie nicht.«

»Meine Tochter hat ihren eigenen Kopf, und nach allem, was zwischen uns vorgefallen ist, bin ich wohl kaum der Richtige, um ihr Ratschläge zu erteilen«, fuhr Bowder fort. »Ich bitte Sie nur um eines.«

»Nämlich?«

»Passen Sie auf Alex auf. Sie ist ein hartes Mädchen und kann einiges wegstecken. Aber die Schwangerschaft zehrt an ihren Kräften, auch wenn sie das nie zugeben würde.«

Paolo nickte. »Verstanden, Sir.«

»Ich schicke meine Tochter nicht gern in diese Hölle, das können Sie mir glauben, aber aus verschiedenen Gründen habe ich keine Wahl. Bleiben Sie bei ihr, hören Sie? Egal, was passiert.«

»Egal, was passiert?« Paolos Augen verengten sich. »Wovon genau sprechen Sie?«

»Wenn ich das wüsste.« Ein seltsames ernstes Lächeln glitt über die Züge des alten Soldaten. »So viel ist in letzter Zeit geschehen, die Ereignisse haben sich geradezu überschlagen. Sicher können wir uns nirgendwo mehr fühlen, nicht einmal hier. Also tun Sie, worum ich Sie gebeten habe, und geben Sie auf mein Mädchen acht.«

»Ich werde sie mit meinem Leben schützen, sollte es nötig sein.«

»Sie lieben sie wirklich, nicht wahr?« Die Frage kam unerwartet, und es war auch nicht der militärische Befehlshaber, der sie stellte, sondern der besorgte Vater.

»Natürlich«, bestätigte Paolo ohne Zögern.

»Verdammt«, sagte Bowder nur. Dann machte er auf dem Absatz kehrt und wollte die Kammer ebenfalls verlassen.

»Sir?«, rief Paolo ihn noch einmal zurück.

»Was gibt es noch?«

»Sie haben es gewusst, nicht wahr?«

»Was soll ich gewusst haben?«

»Dass ich Alex nicht allein nach Afrika gehen lassen würde. Dass ich darauf bestehen würde, sie zu begleiten ...«

»Gehofft«, verbesserte Bowder, und der Anflug eines Lächelns huschte über seine strengen militärischen Züge, ehe er sich endgültig abwandte und Paolo allein ließ.

11.

»... sollten wir eigentlich über den Besuch der EU-Entwicklungshilfe-Delegation im von Krieg gezeichneten Grenzland zwischen Tschad und Sudan berichten. Durch einen unerwarteten Zwischenfall jedoch hat sich das Thema unserer Reportage geändert.

Während des Besuchs eines Krankenhauses östlich der Provinzhauptstadt Abéché, das von International Care betrieben wird, einer gemeinnützigen Organisation, die ihren Sitz in den Niederlanden hat, ergriff unerwartet eine Ärztin des Mitarbeiterstabes das Wort.

Dr. Suzanne Leclerc, so der Name der jungen Frau, nannte Lars Sanderson, den Leiter des Krankenhauses, vor laufenden Kameras einen Heuchler und berichtete von unglaublichen Menschenrechtsverletzungen, die sich jüngst im Grenzland zugetragen hätten. Leclerc gab vor, von der offenbar planmäßigen Verschleppung und anschließenden Tötung zahlreicher junger Frauen zu wissen, und beschuldigte die EU-Delegierten gleichzeitig, durch ihre Afrikapolitik der Vertuschung derartiger Vorfälle Vorschub zu leisten. Nora Alvarez, die Sprecherin der Delegation, wies diese Vorwürfe weit von sich und forderte Leclerc auf, ihre Informationsquellen offenzulegen. Die streitbare Ärztin, die wegen ihres eigenmächtigen Handelns bereits vom Dienst suspendiert wurde, hat angekündigt, dies in einem exklusiven Interview zu tun, das sie uns am heutigen Abend geben will.

Was immer im Zuge dieses Interviews auch ans Licht kommen wird - schon jetzt spricht unter den Teilnehmern der Delegation niemand mehr über das eigentliche Thema Entwicklungshilfe, und es scheint offensichtlich, dass im von Unruhen geplagten Grenzland auch weiterhin kein Friede einkehren wird.

Cindy Newman für International Broadcast, Abéché.«

Lagerhaus nahe Winnipeg, Kanada
21 Uhr 12 Ortszeit

Elizabeth Kwon bereute es, jemals auf ihren Kollegen Wilkes gehört und sich auf das Wagnis eingelassen zu haben, in einem ihr fremden Land wissenschaftlichen Ruhm zu suchen. Sie bereute es, sich in Angelegenheiten eingemischt zu haben, die sie nichts angingen. Und sie bereute es zutiefst, die Kreise einer Organisation gestört zu haben, deren Macht weiter zu gehen schien, als sie es jemals für möglich gehalten hätte.

Der Grund für Elizabeths Haltung war nicht etwa Einsicht.

Sondern Schmerz ...

Schreckliche Qualen, die durch ihren Körper jagten und ihre Gliedmaßen zucken ließen, sobald ihr erbarmungsloser Peiniger die Knöpfe an seinem Pult betätigte – und er schien sein Handwerk trefflich zu verstehen. Die Pausen, die er ihr zwischen den Elektroschocks ließ, waren gerade lang genug, um ihrem Körper so viel Erholung zu gönnen, dass sie nicht das Bewusstsein verlor.

»Nun, Dr. Kwon? Wie fühlen Sie sich?«

Sie konnte Lidenbrocks hämische Stimme nicht mehr ertragen. Wie ein Tier, das auf bestimmte Laute konditioniert war, genügte allein der Klang, um Elizabeth in Panik zu versetzen, und zum wiederholten Mal flehte sie um Gnade – auch wenn sie wusste, dass es vergeblich war ...

»Bitte«, hauchte sie mit einer Stimme, die nur noch wenig mehr war als ein heiseres Krächzen. »Bitte, hören Sie auf ...«

»Ich bedaure, meine Teure«, schnarrte es gefühllos aus dem Nichts zurück. »Das kann ich nicht.«

»Warum? Warum tun Sie das? Ich habe Ihnen alles gesagt, was ich weiß ...«

»Das behaupten Sie.«

Elizabeth versuchte, auf der stählernen Folterbank den Kopf zu drehen, was ihr wegen der Fesseln und ihrer durch die Elektroschocks verkrampften Muskulatur nur schwer gelang. Mit blutunterlaufenen Augen starrte sie in die Richtung, in der sie ihren Peiniger vermutete, aufrecht stehend, ein sadistisches Grinsen im Gesicht. Sie konnte es nicht sehen, aber sie *wusste*, dass er grinste.

»Was wollen Sie denn noch? Sie haben gedroht, Kim Li etwas anzutun, also habe ich Ihnen alles gesagt. Ich habe Ihnen gesagt, was ich gesehen habe, und ich habe Ihnen die Position der Stützpunkte verraten. Mehr kann ich Ihnen nicht sagen - und wenn Sie mich zu Tode quälen.«

»Darin besteht die Logik der Folter«, meinte Lidenbrock. »Sie schweigen, und ich füge Ihnen Schmerz zu. So geht es immer weiter, bis Ihr Schweigen schließlich endgültig wird.«

»Dann werden Sie auf jeden Fall gar nichts mehr von mir erfahren«, erwiderte die Psychologin mit bitterem Scharfsinn. Ihr schwarzes Haar war nass vor Schweiß, und sie war nackt bis auf die Unterwäsche. Mehrmals hatte Lidenbrock sie mit eiskaltem Wasser überschüttet, um die Wirkung der Elektroschocks zu erhöhen.

»Das wird auch nicht mehr nötig sein«, sagte der Unsichtbare, und erneut war sie sich sicher, dass er dabei grinste. »Denn etwas werden Sie mir bis dahin auf jeden Fall verraten haben.«

»Und das wäre?«

»Dass Sie tatsächlich nichts mehr wissen«, antwortete er und lachte leise. »Nun werden Sie wahrscheinlich einwenden, dass Sie mir das schon die ganze Zeit über zu erklären versuchen. Aber genau darin besteht der Unterschied. Ich möchte es nicht von Ihnen erklärt bekommen, Dr. Kwon. Ich möchte die Einsicht selbst gewinnen. Nennen Sie es wissenschaftlichen Ehrgeiz.«

Erneut lachte er, und sie fühlte bittere Wut in sich aufsteigen - Zorn, der sich mit ihrer Verzweiflung mischte und nicht mehr nach den Folgen fragte. »Sie krankes, perverses Arschloch!«, stieß sie hervor, entgegen ihrer sonst so ruhigen und beherrschten Art.

»Ich kann verstehen, dass Sie meine Vorgehensweise nicht billigen, Dr. Kwon. Aber urteilen Sie nicht vorschnell über mich. Ich bin keine Bestie, und es bereitet mir gewiss kein Vergnügen, Sie zu quälen. Aber meine Auftraggeber verlangen Gewissheit - schließlich könnten Sie uns auch etwas vorgemacht haben, um das Kind zu retten. Die Wahrheit, geschätzte Kollegin, erweist sich stets erst unter Leiden.«

»Bastard!«, schrie sie - um gleich darauf von einer weiteren Flutwelle von Schmerz überschwemmt zu werden. Einen Augenblick lang, als die Qual unerträglich war, hegte sie die Hoffnung, ihr Körper würde kapitulieren und sie doch noch das Bewusstsein verlieren, aber sofort legte sich der Schmerz wieder. Zurück blieb nur nackte Verzweiflung.

Elizabeth wurde klar, dass sie keine Chance hatte. Was auch immer sie tat, was auch immer sie sagte - ihr Peiniger würde so lange weitermachen, bis er auch das letzte Quäntchen Leben aus ihr getrieben hatte. Nach der pervertierten Logik des Ordens durfte sie nicht überleben, weil andernfalls stets Ungewissheit darüber bestand, ob sie noch etwas wusste oder nicht. Die Einsicht, dass sie in Kürze sterben würde, traf sie wie ein weiterer Elektroschock. Es war unausweichlich, Lidenbrock selbst hatte es gesagt.

»Jeder von uns hat seine Funktion im Plan des Ordens, Dr. Kwon, Sie ebenso wie ich«, tönte der Verräter. »Es ist unausweichlich. Fügen Sie sich einfach in die Rolle, die die

Grauen Ihnen zugedacht haben, und verraten Sie mir, was Sie noch wissen.«

»Nichts«, zischte sie. »Nichts weiß ich.«

»Das Hauptquartier des Widerstands? Wo befindet es sich?«

Sie schwieg.

Es spielte keine Rolle, was sie sagte - sterben würde sie so oder so.

»Schön, wie Sie wollen«, sagte Lidenbrock, lauernd wie eine Natter. »Dann sollten Sie berei...«

Er verstummte mitten im Wort, denn der Zugang zur Folterkammer wurde plötzlich geöffnet. Das Metallschott hob sich, dahinter erschien einer der schwarz vermummten Schergen des Ordens. Der Mann hatte ein M16-Gewehr umhängen, doch er bot mehr einen seltsamen denn einen bedrohlichen Anblick. Er hatte den rechten Arm senkrecht nach oben gereckt, so als wollte er winken, und der Kopf stand in einem grotesken Winkel auf seinen Schultern - um im nächsten Moment mit einem hässlich Knirschen ganz zur Seite zu rucken. Dann sank der Vermummte leblos zu Boden.

Lidenbrock brauchte einen Augenblick, um zu begreifen, was geschehen war - und dann überstürzten sich die Ereignisse.

Elizabeth fühlte einen eisig kalten Windhauch, der sie frösteln ließ, halbnackt, wie sie war. Im nächsten Moment war die Luft neben ihr von wilden Kampfgeräuschen erfüllt, ohne dass sie zu sagen vermocht hätte, was genau vor sich ging. Das Pult, von dem aus Lidenbrock die Stromzufuhr gesteuert hatte, erhielt einen harten Stoß, fiel um und krachte zu Boden, und das Gleiche geschah kurz darauf mit dem Beistelltisch, auf dem allerhand chirurgische Instrumente lagen; sie dienten nur dem einen Zweck, Schmerzen zuzufügen. Klirrend landeten die Instrumente auf dem Boden - bis auf ein Skalpell, das sich wie von Geisterhand auf einen wilden

Flug begab. Bald stach es hierhin, bald dorthin, bald schnitt es durch scheinbar leeren Raum – bis es plötzlich auf Widerstand traf. Ein Stöhnen war zu vernehmen, und mitten im Nichts war plötzlich eine ellenlange Wunde zu sehen, die sich klaffend öffnete. Grellrotes Blut trat daraus hervor und rann über Rippenknochen, die dadurch sichtbar wurden.

Triumphierendes Gelächter war für einen Moment zu vernehmen, dann ging der wilde Kampf weiter. Abermals zuckte das Skalpell durch die Leere, bis es plötzlich abgefangen wurde. Unter heftigem Stöhnen, das anzeigte, dass ein unsichtbarer Kampf auf Leben und Tod ausgetragen wurde, ging es quer durch die Folterkammer bis zur gegenüberliegenden Wand, gegen die das Messer mehrmals hintereinander gedroschen wurde – bis es schließlich zu Boden fiel. Das hektische Geräusch satter Schläge und Tritte war zu hören, in das sich unvermittelt das hässliche Knacken eines brechenden Knochens mischte, gefolgt von einem gellenden Schmerzensschrei.

Eines der Kabel, die über den Boden bis zur Folterbank verliefen, flog plötzlich in die Höhe und formte sich zu einer Schlinge, die sich im nächsten Moment um etwas zu legen schien und unbarmherzig zugezogen wurde. Ein erneuter Schrei erstarb und ging in ein Röcheln über. Und kurz darauf – Elizabeth traute ihren Augen nicht – wurde sichtbar, was bislang verborgen gewesen war.

Es war die schemenhafte Gestalt eines nackten Mannes, zunächst nur in Umrissen zu sehen, dann flackernd wie ein defektes Neonlicht. Die Hände hatte er an den Hals gelegt und versuchte vergeblich, die Kabelschlinge wegzuzerren, doch wer immer sie zuzog, kannte keine Gnade. Der Mann, dessen Kopf kahl geschoren und dessen Statur so hager war wie seine Gesichtszüge, zuckte am ganzen Körper, sein Mund war aufgerissen wie der eines Fischs auf dem Trockenen. Die Frequenz des Flackerns verlangsamte sich – und im selben

Moment, in dem seine Gestalt erschlaffte und seine Augen einen blicklosen, ins Leere gerichteten Ausdruck annahmen, wurde er vollständig sichtbar.

Die Schlinge um seinen Hals löste sich, und er sackte zu Boden - und erst in diesem Moment wurde Elizabeth Kwon klar, dass jener Unbekannte, der nackt und leblos auf dem kalten Linoleum lag, ihr unsichtbarer Peiniger gewesen war.

Lidenbrock ...

»Verdammter Verräter«, hörte sie eine Stimme sagen, die ihr irgendwie bekannt vorkam, die sie jedoch in ihrem geschwächten Zustand nicht einzuordnen vermochte. Erst als sie noch einmal erklang, diesmal unmittelbar über ihr, wurde ihr klar, wer der Besucher war, der ihr so unverhofft zu Hilfe gekommen war ...

»Guten Tag, Dr. Kwon. Schön, Sie am Leben zu sehen.«

»I-Ismael ...?«

»Genau der«, kam die Bestätigung, während sich jemand bereits an den metallenen Fesseln zu schaffen machte, die ihre Hand- und Fußgelenke fixierten. Eine Spange nach der anderen sprang auf, und Elizabeth, die ihr Glück nicht fassen konnte, wollte sich erheben - doch ihre von den Elektroschocks geschwächten Glieder wollten ihr nicht gehorchen.

»Warten Sie«, sprach Ismael beruhigend auf sie ein, während er ihren Arm ergriff und ihr dabei half, sich aufzurichten. »Die Folter hat Ihrem Körper arg zugesetzt. Sie werden Ihre Bewegungsfähigkeit vollständig zurückerlangen, aber es wird ein Weilchen dauern.«

»Wie ... wie soll ich dann ...?«

»Ich werde Sie tragen«, erklärte Ismael schlicht, der ihr in diesem Augenblick wie ein rettender Engel erschien. Ihr begann zu dämmern, wieso sich jene Unsichtbaren, deren Auftrag es war, Menschen zu beschützen, *Guardians* nannten ...

»Sie sind verletzt«, stellte sie fest, als er sich über sie beugte, um sie sich auf die Arme zu laden. Die Schnittwunde, die Lidenbrock ihm mit dem Skalpell beigebracht hatte, verlief unterhalb der linken Brust. Das Blut, das daraus hervorsickerte, hatte die Rippen und einen Teil der Bauchmuskulatur sichtbar gemacht.

»Nur ein Kratzer«, wehrte er ab.

»Aber Sie werden dadurch sichtbar ...«

»Dann haben wir etwas gemein«, erwiderte er trocken, während er unter ihre Knie griff, um sie hochzuheben.

»Ismael?«

»Ja, Elizabeth?«

»Ich habe versagt. Ich habe ... geredet. Und ich habe Geheimnisse verraten ...«

»Ich weiß«, sagte er nur.

»Sie wissen es? Und trotzdem befreien Sie mich?«

»Nein - es ist der *Grund*, warum ich Sie befreie. Wir alle sind nur Menschen, Elizabeth. Nur Menschen ...«

Damit hob er ihre zierliche, zerbrechlich wirkende Gestalt hoch und trug sie zum Ausgang. Elizabeth wandte den Blick. Das Letzte, was sie von ihrer Folterkammer sah, war die Liege aus kaltem Stahl, die um ein Haar zu ihrem Totenlager geworden wäre.

Weinen konnte sie längst nicht mehr - ihre Tränen waren schon vor langer Zeit versiegt. Aber sie schloss die Augen und dankte ihrem Schicksal dafür, dass sie gerettet war. Plötzlich jedoch kam ihr noch ein Gedanke ...

»Warten Sie, Ismael!«

»Was ist?«

»Kim Li! Was ist mit Kim Li?«

Es beschämte Elizabeth, dass sie so lange nicht an das Mädchen gedacht hatte, das sich ebenfalls in der Gewalt des Ordens befand. In ihrem Schmerz und ihrer Agonie hatte sie Kim Li schlicht vergessen - nun jedoch kehrte Elizabeths Sorge um die Kleine umso stärker zurück ...

»Ich weiß es nicht«, lautete die enttäuschende Antwort.

»Vielleicht ist sie hier ...«

»Und wenn - mein Auftrag lautet, Sie zu finden und zu befreien. Um das Mädchen kümmern wir uns später.«

Elizabeth wollte protestieren und gegen die vermeintliche Gefühllosigkeit des Unsichtbaren Einspruch erheben. Aber zum einen fehlte ihr die Kraft dazu, und zum anderen dämmerte irgendwo tief in ihr die Erkenntnis, dass Ismael recht hatte. Es war sinnlos, planlos nach dem Mädchen zu suchen. Wenn man sie schnappte und dann auch noch Ismael in die Gefangenschaft des Ordens geriet, war Kim Li nicht geholfen - und allein die Vorstellung, erneut einem dieser sadistischen Folterknechte ausgeliefert zu sein, ließ Elizabeth Kwon am ganzen Leib zittern.

Sie wollte fort, nur weg von diesem schrecklichen Ort, von dem sie geglaubt hatte, dass sie dort sterben würde. Danach würde sie alles daransetzen, Kim Li zu finden und zu befreien - vorausgesetzt, es war dann noch nicht zu spät ...

Sie widersprach nicht, sondern klammerte sich an ihren Retter, der sie den von kalten Betonwänden gesäumten Korridor hinabtrug und mit traumwandlerischer Sicherheit den Weg aus dem Foltercamp fand, das sich nach außen als harmloses Lagerhaus tarnte, vorbei an den Wachen und von den Sensoren unbemerkt.

Zurück ins Leben ...

Zurück ins Licht.

Unbekannter Ort
Zwei Stunden später

Nummer 8 war zufrieden.

Immer wieder glitt der Blick seiner brennenden, entzündeten Augen über den Wortlaut des verschlüsselten Kommunikees, das vor wenigen Augenblicken eingetroffen war.

Es stammte von Peragon, die mit knappen Worten berichtete, dass ihr Plan aufgegangen war. Der Feind hatte genau das getan, was sie vorausgesehen hatten, und damit unwissentlich sein Schicksal besiegelt.

Es war wie beim Schach. Mitunter musste man eine wertlose Figur opfern, um einen Vorteil zu erringen, der womöglich spielentscheidend war. In diesem Fall waren es gleich zwei Opfer gewesen, die der Spielzug verlangt hatte: zum einen ein Stützpunkt in Nordamerika, der allerdings nur noch selten benutzt worden und entsprechend wertlos gewesen war, zum anderen ein Wissenschaftler namens Fryer.

Aus persönlichem Opportunismus hatte er sich vom Orden losgesagt und sich den Anderen angeschlossen. Deren von lächerlicher Sehnsucht nach Individualität bestimmter Tradition folgend, hatte er sich dort den Namen einer literarischen Figur gewählt und sich fortan »Lidenbrock« genannt. Doch es hatte nicht lange gedauert, bis Fryer entdeckt hatte, dass das angeblich so freie Leben im Widerstand ihm weitaus weniger Möglichkeiten zur Arbeitsentfaltung bot als der Orden, und so hatte er heimlich Kontakt mit der Abwehr aufgenommen. Statt ihn, wie in solchen Fällen üblich, zu exekutieren, hatte Nummer 8 ihm die Rückkehr zum Orden in Aussicht gestellt, diese aber an eine Bedingung geknüpft: Er sollte als Lidenbrock beim Widerstand bleiben, als Doppelagent - und in seiner Beschränktheit und seiner Angst vor Bestrafung hatte Fryer eingewilligt.

Zwar schienen die Rebellen ihm niemals ganz vertraut zu haben, denn ihm wurde kein Zugang zu geheimen Informationen gewährt. Beim Anschlag auf den Widerstands-Sympathisanten Luigi Benati hatte er jedoch wesentliche Hinweise geliefert, ebenso wie beim Überfall auf das Grabungscamp in Amazonien. Als Köder hatte Lidenbrock dem Orden anschließend noch einmal einen guten Dienst erwiesen und damit seine Schuld gegenüber den Grauen beglichen; zu seinem eigenen Pech war es sein letzter Einsatz gewesen.

Der Verräter war tot, was Nummer 8 nicht weiter kümmerte. Fryer hatte seinen Zweck erfüllt, und zu trauen war ihm ohnehin nicht gewesen. Nummer 8 interessierte nur der Plan, den er verfolgte und der funktioniert zu haben schien ...

Nummer 8 hatte die Information durchsickern lassen, dass Elizabeth Kwon ausgerechnet in jenem Lagerhaus gefangen gehalten wurde, in das auch Ismael seinerzeit gebracht worden war. Und tatsächlich hatte man Ismael nach Kanada geschickt, um Kwon zu befreien.

Obwohl es in seinen Zügen schmerzte, konnte der Chef der Ordensabwehr nicht anders, als breit zu grinsen. Dass man ihn absichtlich hatte entkommen lassen, ahnte Ismael natürlich nicht. Ebenso wenig, wie er von dem Sender wusste, den Elizabeth Kwon bei sich trug, oder von dem *Demon* namens Peragon, der seine Spur aufgenommen hatte und ihm folgte.

Auf diese Weise würde der Verräter Ismael erneut zum Verräter werden - aber diesmal an seiner eigenen Sache ...

Flughafen Leonardo da Vinci, Rom
5 Uhr 58 Ortszeit

Ihr Name war Constanze Kofler.

Sein Name lautete Walter Kofler.

Laut Legende waren sie seit acht Jahren verheiratet, italienische Staatsbürger und wohnhaft in Bozen, Südtirol. Constanze war gebürtige Österreicherin, die während eines Arbeitsaufenthalts jenseits der Alpen ihr Herz an den schneidigen Walter verloren hatte. Gemeinsam waren sie auf dem Weg nach Kenia, wo sie ihren Urlaub verbringen wollten ...

In Anbetracht des Gefühlschaos, das in ihr herrschte,

behagte es Alexandra Lessing nicht, Paolo Genaros Ehefrau zu spielen. Sie trug eine blonde Perücke und farbige Kontaktlinsen. Normalerweise vermied es der Widerstand, seine Agenten auf Linienflügen in den Einsatz zu schicken, in diesem Fall jedoch hatte es keine andere Möglichkeit gegeben, und da es keinen Flug direkt nach N'Djamena gab, mussten Alex und Paolo den Umweg über Nairobi in Kauf nehmen, getarnt als zwei der Millionen Touristen, die dem ostafrikanischen Land Jahr für Jahr ihren Besuch abstatteten; vor allem Deutsche und Engländer waren darunter, aber auch Italiener, Franzosen und Holländer. Wem die italienischen Pässe, mit denen sie sich auswiesen, tatsächlich einmal gehört hatten und was den echten Koflers aus Bozen widerfahren war, wusste Alex zwar nicht, doch sie war sich sicher, dass ihr Vater niemals zulassen würde, dass Unschuldige zu Schaden kamen.

Sie befanden sich bereits am Gate. Ihr Gepäck hatten sie eingecheckt - zwei Koffer voller unverfänglichem Zeug, das sie nicht wirklich brauchten und das lediglich Tarnzwecken diente. Mit Linienmaschinen zu reisen hatte den Nachteil, dass sie sowohl polizeilichen Regelungen als auch Zollbeschränkungen unterlagen, was wiederum bedeutete, dass sie weder Waffen noch sonst irgendwelches technisches Equipment mitnehmen konnten. Ihre eigentliche Ausrüstung würden sie am Zielort organisieren müssen, mithilfe eines afrikanischen Mittelsmannes, den sie in Nairobi trafen. Lediglich eine der Spezialbrillen, die oberflächlich betrachtet wie Sonnenbrillen aussahen, hatte Alex bei sich. Die exzentrische Touristin mimend, die ihr empfindliches Augenlicht auch in geschlossenen Räumen schützen wollte, spähte sie durch die mit Infrarotscannern ausgestatteten Gläser. Sie befürchtete nicht, sie *erwartete* fast, irgendwo einen orangerot leuchtenden Schemen auftauchen zu sehen, der im Bereich des sichtbaren Lichts keine optische Entsprechung hatte.

Aber sowohl das Gate als auch der angrenzende Korridor waren »sauber«.

Noch ...

Paolo kam zu ihr und ließ sich in einen der futuristisch aussehenden, aber ziemlich unbequemen Plastiksitze nieder. »Schatz«, sagte er so laut, dass die anderen Passagiere, die ihnen am nächsten waren, es hören konnten. »Ich habe mit der Dame von der Fluggesellschaft gesprochen. Du hast einen Platz am Gang, damit du ab und zu aufstehen kannst. Das ist wichtig in deinem Zustand ...«

Alex lächelte gequält. Paolo machte ihre Schwangerschaft zum Bestandteil der Tarnung, aber zum einen wollte sie keine Sonderbehandlung, zum anderen hatte sie das Gefühl, dass Paolo die Situation auskostete. Zu gern hätte sie ihm gesagt, dass sie keine Extrabetreuung brauchte, aber das hätte die Tarnung unnötig gefährdet. Ihr oberstes Ziel musste darin bestehen, unauffällig zu bleiben – oder besser: so auffällig wie jeder andere, der nichts zu verbergen hatte ...

Sie blätterte in der Illustrierten, die sie auf dem Schoß liegen hatte und die über Belanglosigkeiten aus der ganzen Welt berichtete: welcher Hollywoodstar mit wem liiert war, welche Frisuren im kommenden Herbst angesagt sein würden und wo man das beste Sushi zu essen bekam: All das war angesichts der Bedrohung, der die Menschheit ausgesetzt war, so unwichtig, wie es nur sein konnte. Dennoch tröstete es Alex ein wenig, dass es noch immer Menschen gab, die sich für derlei Dinge interessierten.

Arglose Menschen.

Glückliche Menschen ...

»Alex ...«

Die Tatsache, dass Paolo ihren richtigen Namen gebrauchte, ließ sie alarmiert aufblicken. Zwar hatte er nur geflüstert, aber irgendetwas musste ihn sehr erschreckt haben ...

Im nächsten Moment sah sie eine Gruppe Sicherheitsbeamte den Korridor herabmarschieren. In ihren schwarzen Overalls mit den Kevlarwesten darüber und den Spectre-Maschinenpistolen in den Händen wirkten sie an sich schon einschüchternd - noch mehr erschreckte Alex jedoch die Tatsache, dass die Männer Infrarotsichtgeräte an ihren Helmen trugen, die sich wie ein Visier herunterklappen ließen.

Paolo und sie wechselten einen Blick - und dachten in diesem Moment das Gleiche.

Wenn die Security-Beamten mit Wärmesichtgeräten ausgestattet waren, mussten sie einen Tipp bekommen haben - und dieser Tipp wiederum musste vom Orden gekommen sein. Es war bekannt, dass die Grauen Verbindungen bis in höchste Regierungsgremien hatten, aber diese Demonstration ihrer Macht und Möglichkeiten hatte eine neue Qualität.

Offenbar ging man davon aus, dass die Anderen den TV-Bericht entsprechend gedeutet hatten und versuchen würden, einen Agenten in den Tschad zu entsenden - und man rechnete damit, dass dieser Agent ein Unsichtbarer war. Alex fragte sich, ob ihr Vater davon gewusst hatte. Womöglich war dies der Grund dafür, dass er sie mit der Mission betraut hatte. Oder die Anderen hatten gezielt Falschinformationen gestreut, um den Orden in die Irre zu führen, indem sie vorgaukelten, einen unsichtbaren Agenten nach Afrika zu schicken ...

Zu durchschauen, was tatsächlich vor sich ging, war längst nicht mehr möglich in dem ständigen Spiel von Täuschung und Gegentäuschung, das der Orden und der Widerstand sich lieferten. Jeder versuchte, den anderen hinters Licht zu führen und sich dadurch einen Vorteil zu verschaffen, wobei die Grauen in der ungleich komfortableren Position waren und nicht nur auf ein weltweites Netz von Informanten und Kollaborateuren, sondern auch auf schier unerschöpfliche finanzielle Mittel zurückgreifen konnten. Besitzanteile an Rohstoffen, die die US-Regierung den Unsichtbaren in den frühen Siebzigerjahren im Rahmen einer verfehlten Beschwichtigungspolitik überschrieben hatte, sorgten ebenso für stetig sprudelnde Einnahmequellen wie ein undurchschaubares Geflecht von Firmen, die weltweit agierten und Geschäfte aller Art tätigten - von ganz legalem Im- und Export bis hin zum illegalen Waffenhandel. Außerdem hatte der Orden die Börsen dieser Welt im Griff und maximierte durch Leerverkäufe und andere Manipulationen rücksichtslos seine Gewinne. Gegen eine solche Organisation zu kämpfen, war ein wenig wie der biblische Kampf Davids gegen Goliath, nur dass der Schwächere diesmal keine Steinschleuder hatte. Die Möglichkeiten des Ordens - das zeigte sich gerade einmal mehr - waren schier unbegrenzt.

Und dennoch - oder gerade deshalb? - würde Alex nicht aufgeben. In diesem Augenblick gewann sie viel von der Entschlossenheit zurück, die sie angetrieben hatte, bevor sie ihrem Vater begegnet war. Persönliche Empfindungen hatten ihr Pflichtgefühl überlagert und dafür gesorgt, dass sie eine Zeitlang nicht gewusst hatte, wofür sie eigentlich kämpfte. Das aber wurde ihr wieder eindringlich bewusst, als sie die mit Wärmesichtgeräten ausgerüsteten Sicherheitsleute sah, und sie begriff, dass private Streitigkeiten und persönliche Probleme zurückzustehen hatten, solange es diesen gemeinsamen Feind zu besiegen galt. Nicht alle Zweifel schwanden, die sie in letzter Zeit gehegt hatte, aber der Anblick der Security-Männer brachte Alex die Überzeugung zurück, auf der richtigen Seite zu stehen, und diese Einsicht gab ihr neue Kraft.

Der Kampf gegen den Orden ging weiter ...

12.

Anfang April - der Vorfall in dem Munitionsbunker, der offiziell gar nicht existierte, lag inzwischen zehn Wochen zurück - bat ich Colonel Haley, den Kommandanten unseres Stützpunkts, um ein Vieraugengespräch. Ohne ihm direkt zu schildern, was ich erlebt hatte, berichtete ich Haley von »verdächtigen Vorgängen«, die ich seinerzeit beobachtet hätte, und fragte ihn, ob ihm das Wort »ConcorE« ein Begriff sei. Der Colonel verneinte, versprach aber, sich in der Sache umzuhören.

Zwei Wochen später - ich rechnete schon nicht mehr mit einer Antwort - rief er mich über das Diensttelefon an und wies mich an, um Mitternacht in eine der Wartungshallen zu kommen. Einigermaßen verwundert über diese ungewöhnliche Maßnahme, fand ich mich zur verabredeten Zeit am Treffpunkt ein, wo ich zwischen stinkenden Ölfässern und auseinandergenommenen Lastwagenmotoren Haley traf. So nervös hatte ich den Colonel noch nie zuvor erlebt. Mit bebender Stimme und von Unruhe getriebenem Blick übergab er mir ein großformatiges Kuvert mit der Anweisung, den Inhalt streng vertraulich zu behandeln. Dann verschwand er.

Ich verließ den Stützpunkt, und in einer Autobahnraststätte, die um diese späte Stunde noch geöffnet hatte, öffnete ich das Kuvert. Es enthielt nur ein Blatt - die Kopie eines Briefes, der einen »confidential«-Vermerk trug. Sowohl der Absender als auch der Adressat waren durch schwarze Farbe unkenntlich gemacht, aber ein Name stach mir sofort ins Auge:

Concor Enterprises.

ConcorE ...

Die Ähnlichkeit konnte kein Zufall sein.

Aus dem Brief ging hervor, dass Concor eine Firma war, die im Auftrag der U. S. Army Waffen- und Munitionstransporte durchführte. Warum diese scheinbar belanglose Information der Geheimhaltung unterlag, erfuhr ich erst, als ich am nächsten Tag versuchte, etwas über Concor in Erfahrung zu bringen, und dabei eine verblüffende Entdeckung machte.

Die Firma existierte nicht! Weder in den Staaten noch in Europa gab es ein Unternehmen dieses Namens.

Was hatte das zu bedeuten? Und weshalb war Colonel Haley in jener Nacht so nervös, um nicht zu sagen verängstigt gewesen?

Ich beschloss, ihn zu fragen. Aber es kam nie dazu. Zwei Tage nach unserer Unterhaltung kamen Haley und seine Frau bei einem Autounfall ums Leben. Die Ursache war angeblich Eigenverschulden, aber natürlich hatte ich da meine Zweifel. Hatte Haley sterben müssen, weil er zu viel wusste? Weil er etwas gesehen hatte, das er nicht hatte sehen sollen? Und würde ich dann nicht der Nächste sein?

Die Angst, die ich an jenem Januartag im Stollen verspürt hatte, kehrte mit Vehemenz zurück. Ich verbrannte den Brief und alle Aufzeichnungen, die ich mir im Zuge meiner Recherchen gemacht hatte, und beschloss, nie wieder ein Wort über die Angelegenheit zu verlieren. Nicht nur Haley war gestorben, sondern auch seine Frau, und das bedeutete, dass, wer immer hinter alldem steckte, auch vor den Familien nicht haltmachte. Und wenn es etwas gab, das ich keinesfalls wollte, dann dass Sonja und die kleine Alex für Fehler bezahlen mussten, die ich in meiner Unvorsicht begangen hatte.

Ich kehrte in mein altes Leben zurück und versah meinen Dienst. Tag für Tag, Woche für Woche, Monat für Monat.

Lange Zeit fürchtete ich, die Vergangenheit könnte mich einholen und mich die Rache jener fremden Macht, in deren Kreise ich unwissentlich eingebrochen war, vielleicht doch noch ereilen. Aber mit jedem Jahr, das verstrich, wuchs meine Zuversicht, dass meine

Nachforschungen unbemerkt geblieben waren und das alles hinter mir lag.

Ich irrte mich.

An einem Abend im Januar, fast auf den Tag genau zwölf Jahre nach dem Vorfall im Stollen, klingelte mein Telefon. So viel Zeit war verstrichen, dass ich die Sache inzwischen fast vergessen hatte. Ich war befördert worden und Alex zu einer jungen Frau herangewachsen, die allen Jungs in ihrer Klasse den Kopf verdrehte. Der Anrufer jedoch schaffte es mit nur einem einzigen Wort, dieses Glück für mich zu zerstören.

Es war der Name »Concor«.

Der Unbekannte fragte mich, ob ich nachts gut schlafen könne. Und er sagte, dass er mich zu treffen wünsche ...

Luftraum über dem Nordatlantik
4 Uhr 38 Ortszeit

»Wie fühlen Sie sich? Besser?«

Elizabeth Kwon blinzelte.

Den Zustand, in den sie immer wieder verfiel, seit sie aus dem Foltercamp des Ordens befreit worden war, konnte man nicht wirklich Schlaf nennen; es war eher ein Abgrund der Erschöpfung, in den sie stürzte, sobald sie die Augen schloss. Doch es gab dort weder Ruhe noch Erholung. Immer wieder tauchten die leblosen Gesichtszüge ihres Peinigers Lidenbrock vor ihren Augen auf, nachdem dieser sichtbar geworden war. Dann fühlte sie den Schmerz, der bis in den entlegensten Winkel ihres Körpers drang, und hörte ihre eigenen Schreie, die von der kahlen Decke widerhallten – bis sie die Augen öffnete, um ein ums andere Mal festzustellen, dass sie sich nicht mehr in jener Folterkammer befand, sondern in Sicherheit, an Bord einer kleinen Düsenmaschine, die auf dem Weg nach Europa war.

»Hier, nehmen Sie.«

Der Sitz neben ihrem war besetzt – von einem Unsichtbaren. Unmittelbar vor ihr schwebte ein Pappbecher mit frisch aufgebrühtem Tee. Der Dampf, der von dem Getränk aufstieg, ließ die Konturen von Ismaels Gesicht hervortreten.

»Es wird langsam«, sagte sie und rang sich ein Lächeln ab, während sie dankbar nach dem Becher griff. »Meine Bewegungsfähigkeit kehrt allmählich zurück, aber ...« Sie verstummte, denn die Stimme versagte ihr.

»Ich weiß«, erwiderte Ismael. »Manche Narben werden heilen, andere hingegen bleiben. Glauben Sie mir, Doktor – ich spreche aus Erfahrung.«

Sie nickte nur; nachhaken wollte sie nicht. Als wäre er ein Rettungsanker, der sie vor dem nächsten Absturz in die Tiefen der Erinnerung bewahren könnte, klammerte sie sich an den Pappbecher. Obwohl sie einen warmen, wenn auch um viele Nummern zu großen Mechanikeroverall trug – andere Kleidung war auf die Schnelle nicht aufzutreiben gewesen – und Ismael ihr eine Wolldecke um die Schultern gelegt hatte, fror sie noch immer. Wahrscheinlich, sagte sie sich, war es weniger die physische Kälte, die sie frösteln ließ, als jene des Todes, dem sie nur um Haaresbreite entkommen war.

»Ich weiß nicht, wie ich Ihnen danken soll«, sagte sie zwischen zwei zaghaften Schlucken. Der sanfte Geschmack der Kamille war mit angenehmeren Erinnerungen verbunden als die überstandenen Folterqualen.

»Lassen Sie nur, Doc. Ich bin froh, Sie lebend dort rausgeschafft zu haben.«

»Sie haben Ihr Leben riskiert, um das meine zu retten, Ismael.«

»Nicht nur das Ihre«, erklärte er ihr. »Es ging auch darum, all jene zu schützen, deren Existenz durch die Weitergabe von Informationen hätte gefährdet werden können.«

»Dann sind Sie zu spät gekommen, Ismael«, flüsterte sie

und schickte einen Seitenblick dorthin, wo sie sein Gesicht vermutete. »Diese Leute haben gedroht, Kim Li zu ermorden. Also habe ich ihnen alles gesagt, was ich wusste. Der einzige Grund, warum man mich weitergefoltert hat«, fügte sie unter Tränen hinzu, »war der, dass man glaubte, ich würde immer noch etwas verheimlichen. Können Sie das begreifen?«

»Ich kenne den Orden, Elizabeth«, versicherte er, »und ich weiß, wozu diese Leute fähig sind. Sie haben sich nichts vorzuwerfen.«

Sie schöpfte jähe Hoffnung. »Soll das heißen, mein Verrat ist ohne Folgen geblieben?«

»Nein.«

»D-die Stützpunkte ...?«

»Wurden angegriffen.«

»Und es hat ... Tote gegeben?«

»Bedauerlicherweise. Aber nicht Sie haben diese Menschen getötet, Elizabeth, sondern der Orden. Es herrscht Krieg, vergessen Sie das nicht.«

»Wie könnte ich das?« Sie schüttelte den Kopf. »Ich habe so viele Fehler gemacht, Ismael. Ich hoffe, Sie können mir verzeihen. Ich hoffe, Kim Li kann mir verzeihen ...«

»Sie haben das Mädchen gesehen?«

Elizabeth nickte. »In einer Bildübertragung ...«

»Könnte auch eine Aufzeichnung gewesen sein.«

»Ich denke nicht. Diese Unsichtbare, die mich am Anfang verhörte, hat gesagt, das Mädchen werde an einem weit entfernten Ort festgehalten. Aber natürlich könnte das auch eine Lüge gewesen sein.«

»Eine Unsichtbare, sagen Sie? Eine Frau?«

»Ja. Sie schien Lidenbrocks Vorgesetzte zu sein.«

»Nannte sie ihren Namen?«

»Nicht, dass ich mich erinnere. Wieso ist das von Bedeutung?«

»In der Abwehr – so wird in der Organisation des Ordens

jene Abteilung genannt, der für die Bekämpfung innerer und äußerer Feinde zuständig ist ...«, erklärte Ismael und setzte neu an. »In der Abwehr gibt es nur sehr wenige weibliche Agenten. Der Grund dafür sind die Grauen, nach deren Überzeugung Frauen nicht ansatzweise so leistungsfähig sind wie Männer.«

»Diese Kerle sind ... Chauvinisten?« Elizabeth runzelte die Stirn.

Sie vernahm einen Laut, der wohl etwas wie ein leises Lachen und zugleich Bestätigung war. »Die Unsichtbaren der ersten Generation sind Kalte Krieger, einer wie der andere, und natürlich sind sie auch Kinder ihrer Zeit. Frauen haben in ihrer Hierarchie nur dann eine Chance, wenn sie außergewöhnlich begabt sind und besser und härter als jeder Mann. Wenn es also eine Frau war, die auf Sie angesetzt wurde, müssen wir davon ausgehen, dass wir es mit einer besonders gefährlichen Gegnerin zu tun haben, andernfalls würden die Grauen sie nicht zum Einsatz bringen.«

Elizabeth nickte. »Diese Frau war wirklich eiskalt. Sie würde ohne Zögern töten, um ihre Ziele zu erreichen, daran habe ich keinen Zweifel.«

»Ich auch nicht, Doktor.«

»Ismael?«, fragte sie zaghaft.

»Ja?«

»Glauben Sie ... Denkst du, dass wir noch eine Chance haben, Kim Li zu befreien?«

»Ganz ehrlich?«

Sie nickte.

Der Unsichtbare ließ sich mit der Antwort Zeit. »Ich weiß es nicht«, gestand er dann, »aber ich möchte es gern glauben. Sobald wir das Ziel unserer Reise erreicht haben, werden wir alles daransetzen, den Aufenthaltsort der Kleinen ausfindig zu machen – und ich schwöre dir bei meinem Leben, dass ich alles versuchen werde, sie zu retten.«

»Das ist lieb von dir, danke.« Die Psychologin versuchte ein Lächeln, doch es gelang ihr nicht; stattdessen füllten sich ihre Augen mit Tränen. »Ich schäme mich«, flüsterte sie.

»Weswegen?«

»Ich bin so ... so nutzlos.«

»Das ist nicht wahr.«

»Nein?« Sie schnaubte. »Nicht nur, dass ich dem Feind wichtige Informationen verraten habe – ich habe auch versagt, als es darum ging, Kim Li zu beschützen. Welcher Mutter würde so etwas passieren?«

»Du bist nicht ihre Mutter.«

»Aber ich bin für sie das, was einer Mutter am nächsten kommt«, beharrte Elizabeth. »Sie hat niemanden mehr außer mir, und wenn sie sich nicht auf mich verlassen kann, auf wen dann?«

»Wie ich schon sagte«, versuchte Ismael sie zu trösten, »wir werden alles daransetzen, Kim Li zu finden und zu befreien. *Ich* werde alles daransetzen, in Ordnung?«

Seine Zusicherung schien sie tatsächlich ein wenig aufzubauen. Mit verkniffener Miene und Tränen in den Augen schaute sie ihm direkt ins Gesicht. Nicht länger war er für sie unsichtbar, denn sie hatte plötzlich den Eindruck, seine Präsenz erfühlen zu können. Zaghaft streckte sie ihre Rechte aus und berührte seine nackte Brust. Als er sich nicht dagegen wehrte, tastete sich ihre Hand weiter empor, befühlte sein markantes Kinn und schließlich sein Gesicht.

»Ich kann dich sehen«, stellte sie fest, noch immer flüsternd.

Er erwiderte nichts darauf, aber da er sich auch nicht zurückzog, hob sie auch die zweite Hand, umfasste sein Gesicht und küsste ihn sanft auf den Mund.

Es war ein seltsames Gefühl. Nicht, dass Elizabeth übertrieben viel Erfahrung mit Männern gehabt hätte – aber einen Unsichtbaren zu küssen war anders als alles, was sie je erlebt hatte. »Danke«, hauchte sie noch einmal.

»Schon gut, Doc.«

Noch immer hielt sie sein Gesicht in ihren Händen, und dabei hatte sie das Gefühl, dass sein unsichtbarer Blick sie bis ins Mark durchschaute, ihre Ängste und ihre Schwächen sah, aber auch ihre Sympathie und Zuneigung. Sie hatte das Gefühl, dass Ismael der einzige Mensch auf Erden war, dem sie noch vertrauen konnte. Mehr noch, sie fühlte sich zu ihm hingezogen und suchte nach den passenden Worten, um genau das zum Ausdruck zu bringen - als sie plötzlich einen Einstich in ihrer linken Schulter fühlte.

Sie zuckte zusammen. »Was ...?«

»Nur ein Schlafmittel«, versicherte er, und aus dem Augenwinkel sah sie die Spritze neben sich schweben. »Du brauchst Ruhe.«

»Aber ich ...«, wollte sie sich beschweren - während sie bereits merkte, wie tonnenschwere Müdigkeit von ihr Besitz ergriff. Sie sank auf ihren Sitz zurück, und er nahm die Decke und breitete sie über sie.

»Entschuldige«, flüsterte er, »aber ich muss verhindern, dass die Dinge zu kompliziert werden ...«

N'Djamena, Tschad
Zwei Tage später

Der Gestank im Zellentrakt war unbeschreiblich, ein übles Gemisch aus Fäulnis, Schweiß und Exkrementen, das die schwüle Luft tränkte und darauf schließen ließ, unter welch unmenschlichen Bedingungen die in Polizeigewahrsam genommenen Häftlinge vegetierten.

Der Blick in die Zellen war noch erschreckender: Zehn bis zwanzig Personen waren, je nach Zellengröße, in einem Raum zusammengepfercht. Betten oder auch nur Pritschen gab es nicht, die Gefangenen mussten auf dem Boden schlafen, und die einzige sanitäre Einrichtung war ein Loch im hinteren Zellenbereich, über dem Schwärme von Fliegen kreisten.

Alexandra Lessing war erschüttert. Natürlich hatte sie von Orten wie diesem gehört, hatte in Zeitungsberichten davon gelesen und die eine oder andere TV-Reportage darüber gesehen. Dieses erbarmungswürdige Elend jedoch mit eigenen Augen zu sehen war etwas völlig anderes. Bemüht, nur durch den Mund zu atmen, folgte sie dem Polizisten durch den schmalen Gang an den Gittertüren vorbei. Hinter ihr ging Paolo Genaro, und es beruhigte Alex, ihn bei sich zu wissen.

Zu beiden Seiten drängten sich Häftlinge an die Gitterstäbe. Alex blickte in dunkle Gesichter, die von Hoffnungslosigkeit gezeichnet waren. Ablehnung oder gar Begehrlichkeit, weil eine Frau ihren Fuß in den Zellentrakt setzte, waren darin nur selten zu erkennen, Furcht und Verzweiflung dafür umso häufiger.

»Bist du in Ordnung?«, fragte Paolo, dem wohl aufgefallen war, wie sie sich verkrampfte.

»Natürlich«, versicherte sie, allem Anschein zum Trotz. Sie hatte die Hände auf ihren Unterbauch gelegt, eine unwillkürliche Geste, um ihr Kind vor diesem Elend zu schützen. Eine werdende Mutter, die verantwortungsvoll handelte, setzte sich nicht in ein Flugzeug nach Zentralafrika. Aber Alex trug nicht nur für ihr Kind Verantwortung, und nicht immer war es leicht, die eine Sache gegen die andere abzuwägen. Wenn ihr Kind eine Zukunft haben sollte – eine Zukunft, in der es sich zu leben lohnte –, musste ihr Kampf gegen den Orden weitergehen ...

»Wie weit ist es noch?«, wollte sie von dem Polizisten wissen.

»Sind gleich da.«

Sie erreichten das Ende des Gangs, eine Tür aus rostigem Eisen, die der Polizist geräuschvoll entriegelte. Krächzend schwang sie auf, und der Uniformierte forderte die Besucher auf einzutreten. Auf der anderen Seite gab es einen weiteren Gang mit Zellen, deren Inneres kaum weniger verwahrlost war. Dass zwei weibliche Wächter auf dieser Seite der Tür ihren Dienst versahen, ließ erkennen, dass sie den Frauentrakt erreicht hatten.

Der Gestank ließ ein wenig nach, was allerdings nicht daran lag, dass die sanitären Einrichtungen besser gewesen wären; die Zellen waren lediglich nicht ganz so dicht besetzt. Die Insassen - meist junge Frauen, denen man genau wie den Männern die Köpfe kahl geschoren hatte, um die Ausbreitung von Läusen und anderem Ungeziefer zu verhindern - sahen nicht weniger elend und verzweifelt aus als ihre männlichen Kollegen.

Der Polizist wechselte einige Worte mit einer Wärterin, die daraufhin die Führung übernahm. Schweigend führte sie Alex und Paolo den Korridor hinab bis zu einer Zelle, die nur mit vier Frauen belegt war. Eine von ihnen unterschied sich nicht nur durch ihre helle Hautfarbe, sondern auch durch ihre Kleidung von den übrigen Häftlingen: Sie trug einen hellen Khaki-Anzug, der allerdings arg in Mitleidenschaft gezogen und völlig verdreckt war. Außerdem hatte man ihr das blonde Haar gelassen, allerdings war es wohl ziemlich gestutzt worden.

»Dr. Leclerc?«

Als Alex den Namen aussprach, reagierte die Gefangene zunächst gar nicht. Mit dem Rücken an die hintere Zellenwand gelehnt, kauerte sie auf dem Boden und starrte vor sich hin, ihre trüben Augen ein Spiegelbild dessen, was sie gesehen haben mochte.

»Suzanne Leclerc?«, fragte Alex noch einmal - und diesmal gab es eine Reaktion.

Die junge Frau blickte auf, und es hatte den Anschein, als würde sie aus einer tiefen Trance erwachen, in die sie sich selbst versetzt hatte, um bei all dem Elend um sie herum nicht zu verzweifeln. Sie erhob sich schwerfällig und kam ans Gitter.

»J-ja ...?«

Sie sprach Englisch, mit leichtem französischem Akzent. Aus der Akte, die ihr Vater ihr gegeben hatte, wusste Alex, dass Suzanne Leclerc Französin war, ursprünglich aus Nantes stammend, aber seit ihrer Kindheit in Marseille lebte. Unmittelbar nach ihrem Medizinstudium war sie als Entwicklungshelferin in den Tschad gegangen - eine Entscheidung, die sie sicherlich inzwischen bereute ...

»Mein Name ist Kathryn Keeler, Doktor«, behauptete Alex; die Identitäten ständig zu wechseln, war bei dieser Mission unumgänglich. »Dies ist mein Kollege Francesco Guaro.«

»Doktor.« Paolo nickte grüßend.

»S-sind Sie von der EU?«, fragte die Ärztin zweifelnd. »Hat man auf meinen Anruf also reagiert? Oder hat mein Vater Sie geschickt?«

»Weder noch, Doktor«, gestand Alex mit entschuldigendem Lächeln. »Dennoch sind wir hier, um Ihnen zu helfen.«

»Wer sind Sie?«, fragte Leclerc, in deren dreckverschmierten Zügen plötzlich Misstrauen stand.

»Reporter«, sagte Alex schnell. »Wir haben Ihr TV-Interview gesehen und dachten uns, das könnte eine gute Story sein.«

»So, dachten Sie?«

»Was wir Ihnen anbieten, Doktor, ist ein einfacher Handel. Geben Sie uns die Story, dann helfen wir Ihnen.«

»Inwiefern?«

»Sie sagen uns, was Sie wissen, und wir sorgen dafür, dass Sie aus diesem Loch herauskommen. Ein faires Angebot, oder?«

»Kommt darauf an.«

»Worauf?«, wollte Alex wissen.

»Ob es Ihnen nur um ein paar Schlagzeilen geht oder ob Sie den Menschen in diesem Land helfen wollen.«

»Das eine geht nicht ohne das andere«, schaltete sich Paolo zum ersten Mal in den Wortwechsel ein. »Wenn Sie die Menschen in Europa auf die Zustände in diesem Land aufmerksam machen wollen, brauchen Sie Schlagzeilen ...«

»... und Sie brauchen Hilfe«, ergänzte Alex voll Überzeugung. »Der Polizeipräfekt hat uns berichtet, weshalb Sie in Untersuchungshaft sitzen. Sie haben unter den Einheimischen eine Demonstration organisiert, in deren Zuge es zu Ausschreitungen geko...«

»Sie sollten nicht alles glauben, was in den Medien berichtet wird«, fiel Suzanne Leclerc ihr ins Wort. »Und selbst wenn es so gewesen wäre – viele dieser Männer haben ihre Frauen und Töchter verloren, und die Regierung schweigt dazu. Die meisten von ihnen sind Hausa, stolze Menschen mit jahrhundertealten Traditionen. Sie haben viel erduldet, aber sie werden nicht tatenlos zusehen, wie ihr Volk ermordet wird.«

»Sie identifizieren sich sehr mit diesen Menschen.«

»Das würden Sie auch, hätten Sie gesehen, was ich gesehen habe.«

»Und was genau haben Sie gesehen, Doktor?«, fragte Alex. »In dem TV-Interview erwähnten Sie etwas von einem Massengrab ...«

»... wofür man mich der Lüge bezichtigte. Ich verlor meinen Job bei der ICO, und die Behörden legten mir die sofortige Ausreise nahe.«

»Woran Sie sich allerdings nicht gehalten haben«, sagte Paolo.

»Nein. Denn mir war klar, dass man die Sache in dem Augenblick, in dem ich das Land verlassen hätte, sofort unter den Teppich kehren würde. Also hatte ich gar keine andere Wahl, als zu bleiben. Um die Behörden dazu zu zwingen, in der Angelegenheit tätig zu werden, organisierte ich eine Kundgebung hier in der Hauptstadt, was natürlich nicht erwünscht war. Schon an der zweiten Kreuzung wurden wir von bewaffneten Polizisten gestoppt, die die Demonstranten zusammenknüppelten. Einer von ihnen, ein alter Schamane namens Alfayr, wurde dabei so schwer am Kopf verletzt, dass er kurz darauf starb. Der Rest von uns wurde verhaftet und in dieses Loch gesteckt, wo wir seither auf unsere Verhandlung warten – aber allmählich frage ich mich, ob es überhaupt je dazu kommen wird.«

»Wahrscheinlich nicht«, befürchtete Alex. »Aber Sie können trotzdem freikommen, wenn Sie versprechen, mit uns zusammenzuarbeiten.«

»Kathryn Keeler«, nannte die Ärztin Alex' Tarnnamen und trat so nah an das Gitter, bis ihre Stirn die Stäbe berührte; dabei blickte sie Alex durchdringend an. »Können Sie sich auch nur annähernd vorstellen, was in mir vorgeht? Haben Sie schon einmal ganz allein einen aussichtslosen Kampf geführt? Hatten Sie je in Ihrem Leben das Gefühl, von allen verlassen zu sein?«

»Allerdings«, antwortete Alex ohne Zögern, und die Bestimmtheit, mit der sie es sagte, schien die Ärztin zu beeindrucken.

»Schön«, sagte sie nach kurzem Überlegen, »ich werde Ihnen helfen. Aber unter einer Bedingung.«

»Nämlich?«

»Sie holen auch meine Helfer aus dem Gefängnis, allen voran meinen Assistenten. Sein Name ist Abdulayeh Nukur.«

»Also eigentlich ...«

»Ich dachte, Sie wollen erfahren, was ich weiß? Dann sollte Ihnen dieser Preis nicht zu hoch sein. Außerdem soll die

Polizei in N'Djamena ziemlich preiswert sein.« Es war klar, dass sie damit Bestechungsgelder meinte.

Alex biss sich auf die Lippen. Der Tonfall der jungen Frau, ihr ganzes Auftreten, hatte etwas Verletzendes. Andererseits hatte Suzanne Leclerc viel durchgemacht, und trotz ihrer abweisenden Art konnte Alex nicht anders, als Bewunderung für die Ärztin zu empfinden. Dr. Leclerc gehörte zu den Menschen, die sich für ihre Überzeugungen einsetzten, auch wenn die Konsequenzen für sie mehr als unangenehm waren, und von solchen Menschen gab es nicht allzu viele.

»Einverstanden«, sagte Alex deshalb. »Wir holen Sie und Ihre Leute aus dem Knast, und im Gegenzug werden Sie uns zu diesem Massengrab führen.«

»Wozu?«, fragte Suzanne. »Wenn Sie das Interview gesehen haben, wissen Sie doch, dass die Leichen nicht mehr da sind. Jemand hat sie fortgeschafft.«

»Das wissen wir«, versicherte Paolo mit mattem Lächeln. »Aber ich bin gewissermaßen Spezialist, wenn es darum geht, Geheimnisse der Vergangenheit ans Licht zu holen ...«

13.

Das Wort »Katakombe« leitet sich vom lateinischen catacumbae *ab, das sich wiederum aus den griechischen Worten* kata *(herunter) und* tymbos *(Grab) zusammensetzt. In der römischen Antike bezeichnete dieser Begriff ursprünglich die unterirdischen Vulkantuff-Steinbrüche an der Via Appia, doch ab dem zweiten nachchristlichen Jahrhundert wurde er auch für in den Tuff geschlagene Grabgewölbe verwendet, die zur Zeit der Christenverfolgung zumindest kurzfristig auch als Versammlungsstätte dienten. Von der Vorstellung, die frühen Christen hätten scharenweise in den unterirdischen Kammern Schutz vor Verfolgung gesucht, muss jedoch angesichts der Ergebnisse neuerer Forschung Abstand genommen werden. Zutreffend dürfte vielmehr sein, dass die frühchristliche Gemeinde ihre Toten deshalb in den Katakomben bestattete, weil Erdbestattungen in Rom untersagt waren, man die dort übliche Feuerbestattung jedoch ablehnte. Während dieser Nutzung, die bis zum fünften Jahrhundert andauerte, wurden die Katakomben beständig und in beträchtlichem Umfang erweitert - die* Catacombe di San Callisto *beispielsweise beherbergen auf einer Gesamtlänge von rund zwanzig Kilometern und fünf Etagen rund eine halbe Million Gräber, während die* Catacombe di Santa Domitilla *mit einer beeindruckenden Gewölbehöhe von rund fünf Metern aufwarten.*

In der Spätantike sowie während des Mittelalters gerieten die Katakomben zunehmend in Vergessenheit, und es erfüllt mich mit großem Stolz, dass einem Archäologen unserer Fakultät der Verdienst zukommt, dieses erstaunliche Vermächtnis der Geschichte neu entdeckt zu haben: Mitte des 19. Jahrhunderts brach Professor

Gian Battista de Rossi zu einer erstaunlichen Forschungsreise in die Tiefen unserer Stadt auf und entdeckte bis zu seinem Tod im Jahr 1894 nicht weniger als siebenundzwanzig verschiedene Katakombensysteme, die er erforschte und detailliert beschrieb. Wie viele unterirdische Gewölbe allerdings dort in der Tiefe liegen mögen und ihrer Entdeckung bis zum heutigen Tag harren, weiß niemand mit Bestimmtheit ...

Aus: Luigi Benati
Herausforderungen der Archäologie
Rom, 1987

Flugplatz Dieppe
Normandie, Frankreich
16 Uhr 23 Ortszeit

Die Landebahn reichte gerade aus für das Flugzeug, das Ismael und Elizabeth Kwon über den Atlantik gebracht hatte. Während eines kurzen Zwischenstopps in England hatten sie die Maschine gewechselt und waren auf eine Piper Saratoga umgestiegen.

Bis dahin hatte Elizabeth geschlafen. Die Beruhigungsspritze, die Ismael ihr verabreicht hatte, hatte dafür gesorgt, dass sie trotz der schrecklichen Dinge, die sie gesehen und durchgemacht hatte, tief und traumlos geschlummert hatte, was ihrem Körper Gelegenheit gab, sich einigermaßen zu regenerieren. Aus Erfahrung wusste Ismael, dass es Wochen, wenn nicht Monate dauern würde, bis die Nachwirkungen der Elektroschocks ganz verschwunden waren; vielleicht würde die eine oder andere Beschwerde auch bleiben. Aber er hatte die Psychologin aus der Gewalt des Ordens befreien können, und darüber war nicht nur sie selbst überglücklich, sondern auch ihr unsichtbarer Retter.

Ein grauer Renault Koleos, der am Flugplatz bereitstand, brachte sie zu einem kleinen Hotel, das sich auf einer Klippe oberhalb des Meeres erhob und aus grauem Naturstein errichtet war. Die Fensterläden waren geschlossen, und ein Schild im Garten wies darauf hin, dass der Besitzer verstorben und der Hotelbetrieb eingestellt war, bis man einen Pächter gefunden hatte. Ismael und Elizabeth Kwon traten dennoch ein - denn für die Zeit der Vakanz hatte ein neuer, etwas anderer Hotelier den Betrieb übernommen ...

»Ismael«, scholl es ihnen aus der Lobby entgegen, die im besten Sinn altmodisch eingerichtet war: eine Rezeptionstheke, die aus dem halbierten Rumpf eines Fischerkahns bestand, ein paar verstreute Sitzmöbel und ein offener Kamin, in dem natürlich kein Feuer brannte. »Endlich seid ihr da!«

Ismael erkannte die Stimme sofort - und selbst wenn dies nicht der Fall gewesen wäre, hätten die Schwingungen des anderen Unsichtbaren seine Identität verraten. Es war Dr. Jekyll, ein Angehöriger nicht nur des Widerstands, sondern auch des wissenschaftlichen Beirats, den Oberon ins Leben gerufen hatte. Jekyll war schon einige Jahre vor Ismael zu den Anderen gestoßen und war nicht nur ein versierter Kommunikationsspezialist und genialer Tüftler, sondern auch ein guter Freund - und das war in der Welt der Unsichtbaren, die von Täuschung und Schein bestimmt war, eine Seltenheit.

Die beiden umarmten einander ohne die geringste Schwierigkeit, ihre unsichtbaren Körper gegenseitig zu finden. Es war das gleiche Prinzip, das auch zum Einsatz kam, wenn sich die Invisiblen bekämpften: Ein Unsichtbarer war in der Lage, die Präsenz des anderen zu spüren; je nach Begabung konnte es so weit gehen, dass man den Gegner mitunter auch »sehen« konnte, und das ohne jedes technische Hilfsmittel.

Für Elizabeth Kwon traf das natürlich nicht zu, und so war sie froh, dass Ismael ihr eine der Spezialbrillen gegeben hatte, durch die sie nicht nur die Umrisse ihres Beschützers, sondern auch jene von Dr. Jekyll sehen konnte. An die Eigenheit der Anderen, sich Namen aus der Weltliteratur zu wählen, hatte sie sich inzwischen gewöhnt - auch wenn es noch immer ein seltsames Gefühl war, einer berühmten Romanfigur gegenüberzustehen, die noch dazu unsichtbar war. Unwillkürlich stellte sie sich Dr. Jekyll als viktorianischen Gentleman vor - mit glattem, kurz geschnittenem Haar, sauber getrimmtem Bärtchen und dem obligatorischen Gehrock. Mit der Wirklichkeit hatte das nichts zu tun, da Jekyll wie alle Unsichtbaren nackt war, aber es half ihr, besser mit der Situation zurechtzukommen.

»Wie geht es Ihnen, Doktor?«, fragte Jekyll.

Sie nickte. »Ich schätze, nach allem, was hinter mir liegt, kann ich zufrieden sein. Wenn Ismael nicht gewesen wäre ...« Elizabeth fiel auf, dass die Unsichtbaren einen langen Blick tauschten. »Was ist?«, wollte sie wissen.

»Du hast es ihr noch nicht erklärt?«, fragte Jekyll.

»Nein«, gab Ismael zur Antwort.

Jekyll winkte ab. »Wir werden das gleich erledigt haben.«

»W-wovon sprechen Sie?«, fragte Elizabeth, die plötzlich Unruhe verspürte. »Was ist gleich erledigt?«

»Der Scan«, erklärte Jekyll.

»Was für ein Scan?«

Diesmal war es Ismael, der antwortete, und seiner Stimme war anzuhören, dass es ihm nicht leichtfiel. »Unsere Flucht aus dem Lagerhaus«, begann er leise, »war erstaunlich leicht. Weder sind wir dabei auf nennenswerten Widerstand gestoßen, noch haben wir es mit Verfolgern zu tun bekommen.«

»Und?«

»Das kann zweierlei Ursachen haben. Der Orden neigt zur Arroganz. Möglicherweise haben wir ihn kalt erwischt, und man war von unserer Flucht so überrumpelt, dass man nicht dazu kam, Gegenmaßnahmen zu ergreifen ...«

»Oder?«, fragte Elizabeth.

»... oder«, führte der Unsichtbare weiter aus, »die Sache war ein abgekartetes Spiel, und man hat uns absichtlich entkommen lassen.«

»Wieso sollten die Grauen so etwas tun?«

»Zum Beispiel, um auf diese Weise die Lage weiterer Observationsbasen herauszufinden«, erklärte Ismael.

»Ich verstehe ...«

»Aus diesem Grund sind wir hier«, erläuterte Jekyll. »Die Wände dieses Gebäudes sind aus massivem Naturstein, der die Impulse eines eventuellen Senders in jedem Fall dämpfen wird. Nebenan befindet sich ein transportabler Hochleistungsscanner, den wir eigens für Zwecke wie diesen entwickelt haben. Er wird Ihren Körper nach eventuellen Fremdobjekten absuchen, so dass wir schon in wenigen Augenblicken wissen, ob ihr beide pures Glück hattet oder uns der Orden eine Falle stellen will. Sind Sie dazu bereit?«

»Natürlich.« Elizabeth nickte ohne Zögern.

»Gut, Doktor. Dann folgen Sie mir bitte.« Jekyll bedeutete ihr, ihm in das Hinterzimmer zu folgen, während Ismael zurückblieb und sich in einen der Sessel fläzte, dessen Sitzfläche sich unter seiner unsichtbaren Gestalt eindellte.

Im Nebenzimmer wartete noch ein weiterer Unsichtbarer, der Statur nach eine Frau, die Elizabeth zu einer eigenartigen Vorrichtung führte, die ein wenig wie ein Schrank aus schimmerndem Metall aussah.

»Bitte nehmen Sie die Brille ab, Dr. Kwon«, forderte die Unsichtbare die Psychologin auf, »dann treten Sie in den Scanner, spreizen die Arme ab, und bleiben Sie dann ruhig stehen. Alles andere erledigt die Maschine.«

Elizabeth nickte und betrat den merkwürdigen Schrank, der sich daraufhin schloss. Von einem Augenblick zum anderen wurde es dunkel, und Elizabeth merkte, wie sich ihr Pulsschlag beschleunigte. Sie konnte Dunkelheit nicht gut vertragen, und hinzu kam die Enge des Raums. Aber sie tat, wozu die Unsichtbare sie aufgefordert hatte, und blieb reglos stehen, die Arme ein Stück vom Körper gestreckt.

Dann wartete sie.

Und während sie in der Enge des Scanners stand, umgeben von völliger Finsternis, kamen ihr Bedenken. Jäh wurde ihr bewusst, dass sie der einzige *normale* Mensch in diesem Hotel war und dass es außer den drei Unsichtbaren auf der ganzen Welt niemanden gab, der wusste, wo sie sich befand. Der Gedanke erschreckte sie. Plötzlich fühlte sie sich allein und völlig schutzlos, und neue Furcht stieg in ihr auf.

Was, wenn sich herausstellte, dass sie *tatsächlich* einen Sender bei sich trug? Sie erinnerte sich an die Injektionen, die ihre Folterknechte ihr verabreicht hatten - vermutlich waren es nur Wahrheitsdrogen gewesen, aber möglicherweise war auch noch etwas anderes darin enthalten gewesen. Das Stichwort Nanotechnologie kam ihr in den Sinn, und sie dachte dabei an winzige Sender, die man ihr injiziert haben könnte. Was, so fragte sie sich, würden die Unsichtbaren mit ihr tun, wenn man ihr so etwas verabreicht hatte? Würden sie in der Lage sein, die Sender zu entfernen? Würden sie sich überhaupt entfernen lassen? Und wenn nicht?

Elizabeth gab sich keinen Illusionen hin. Ismael hatte sein Leben eingesetzt, um sie zu retten, wofür sie ihm dankbar war - aber der Unsichtbare war in erster Linie Soldat, und als solcher würde er tun, was er tun musste, wenn es für das Überleben und die Sicherheit des Widerstands notwendig war.

Angst überkam sie, die Furcht davor, dass ihre Rettung nur ein schöner Traum gewesen sein und ihr Beschützer sich gegen sie wenden könnte - als plötzlich Licht aufflammte: Ein blau leuchtender Streifen glomm über ihrer Stirn auf, der von einem leisen Summen begleitet an ihr hinabglitt. Sie schloss die Augen, als das Licht des Scanners über ihr Gesicht wischte, über ihren Rumpf und die Arme und schließlich über ihre Beine. Der Vorgang wiederholte sich in umgekehrter Reihenfolge, ehe das Licht so unvermittelt erlosch, wie es aufgeglüht war.

Wieder war da die Dunkelheit, in der Elizabeth allerdings blau leuchtende Flecke sah, und ihre Ungewissheit steigerte sich zu ausgewachsener Panik ...

... bis sich der »Schrank« endlich wieder öffnete.

Das Licht der Zimmerbeleuchtung blendete Elizabeth, und sie setzte die Brille wieder auf, deren Gläser getönt waren. Durch die Spezialoptik konnte sie sehen, wie sich ihr eine Hand entgegenstreckte, die sie dankbar ergriff und die ihr beim Verlassen der Apparatur behilflich war.

»Und?«, fragte sie zaghaft.

»Alles in Ordnung«, versicherte Jekyll mit hörbarer Erleichterung. Er war es, der ihr die Hand gereicht hatte; die unsichtbare Frau stand an der Seite der Apparatur und tippte etwas in eine Tastatur ein. »Der Scan hat keinerlei Fremdobjekte in Ihrem Körper feststellen können«, fuhr Jekyll fort. »Kein subkutaner Mikrosender, keine Nanotechnik in den Blutbahnen - nichts. Sie sind sauber, wie es so schön heißt.«

»Das ist gut.« Elizabeth atmete auf. »Danke, Doktor.«

»Danken Sie nicht mir, danken Sie Ismael - er war es, der Sie da rausgeholt hat.«

»Ich weiß.«

»Hm«, machte Jekyll. »Wie alle meine Artgenossen bin ich es nicht gewohnt, Ihr Mienenspiel zu deuten, aber ich würde sagen, Sie sehen noch immer ... besorgt aus. Was ist los?«

»Nichts, Doc«, erwiderte Elizabeth mit mattem Lächeln. »Ich bin nur froh, dass Sie nicht meine Gedanken gescannt haben, während ich in diesem Schrank war.«

»Haben Sie etwa gezweifelt?«

»Ein wenig«, gab sie zu.

»Wir alle sind nur Menschen, Dr. Kwon«, versicherte der Unsichtbare. »Nur Menschen ...«

»Das hat auch Ismael schon zu mir gesagt.«

»Wirklich?« Jekyll wandte den Blick demonstrativ zur Tür, hinter der er den anderen Unsichtbaren wusste. »Dieser elende Dieb«, knurrte er in gespieltem Zorn. »Das ist meine Weisheit, und das weiß er auch.«

Er führte Elizabeth aus dem Nabenzimmer und ging zurück in die Lobby, wo Ismael wartete und Wache hielt.

»Und?«, fragte er.

»Sauber«, sagte sie nur.

»Sehr gut. Wir werden mit dem Wagen nach Paris fahren und dort den Nachtzug nach Italien nehmen.«

»Nach Italien?« Sie schüttelte den Kopf. »Aber ich dachte, wir suchen nach Kim Li!«

»Das tun wir auch«, versicherte Ismael. »Aber während du gescannt wurdest, habe ich Rücksprache mit dem Hauptquartier gehalten. Oberon wünscht dich zu sehen - sofort ...«

Nördliches Ouaddaï
Grenzland zwischen Tschad und Sudan
Zur selben Zeit

Sie war wieder da.

Zurück an dem Hügel, der sich wie ein Ypsilon teilte und dessen kahler Rücken in der späten Nachmittagssonne so bleich wie ein abgenagter Knochen wirkte. Zurück an dem Einschnitt, der zum Grund der Schlucht führte. Zurück am Schauplatz des Grauens, wo alles seinen Anfang genommen hatte ...

Suzanne Leclerc hatte nicht wirklich damit gerechnet, noch einmal zurückzukommen. In den letzten Tagen hatte sie fast befürchtet, das Gefängnis von N'Djamena niemals wieder verlassen zu können - und wenn doch, so hatte sie sich in der Dunkelheit ihrer Zelle geschworen, würde sie diesem Land den Rücken kehren.

Es war jedoch anders gekommen. Diese beiden Journalisten aus Europa hatten die korrupte Polizeimaschinerie an den entsprechenden Stellen geschmiert und dadurch nicht nur Suzannes Freilassung, sondern auch die ihrer Mitstreiter erwirkt. Damit hatten sie ihren Teil der Abmachung erfüllt, nun war sie - Suzanne Leclerc - an der Reihe, auch wenn ihr nicht wohl dabei war.

Die anderen Demonstranten, die man verhaftet hatte, hatten sich in alle Winde zerstreut. Die meisten von ihnen waren Hausa, die überglücklich gewesen waren, wieder zu ihren Familien zurückkehren zu dürfen. Nur einer war an Suzannes Seite geblieben: Abdulayeh Nukur, der sich wiederum als ihr Führer angeboten und sie einmal mehr sicher durch das raue Grenzland gebracht hatte.

Die Ärztin sah die Anhänglichkeit des Hausa mit einem lachenden und einem weinenden Auge. Einerseits ehrte es sie, dass er ihr die Treue hielt und bei ihr blieb - wahrscheinlich, sagte sie sich, war es seine Art, den Tod seiner Tochter zu verarbeiten -, andererseits fühlte sie aber auch die Verpflichtung, sich weiter um die Angelegenheit zu kümmern und Nachforschungen anzustellen, auch wenn ihr insgeheim längst dämmerte, dass dies ein aussichtsloser Kampf war. Wer immer die Drahtzieher hinter den Morden waren, sie verfügten über große Macht, und die Tage in Haft, die damit verbundenen Entbehrungen und die nagende Ungewissheit hatten Spuren bei Suzanne hinterlassen. Ihre Entschlossenheit war geschrumpft, und zumindest ein Teil von ihr wollte nur noch nach Hause, zurück nach Marseille, um das Angebot ihres Vaters anzunehmen ...

»Dort hinunter«, sagte sie knapp, in die Schlucht deutend, in der das Grauen lauerte.

Ihr Wagen - ein Landrover aus ehemaligen Militärbeständen, der so staubbedeckt war, dass er sich kaum von der Umgebung unterschied - stand oben auf dem Hügelgrat. Keeler und Guaro, die beiden Reporter, holten Rucksäcke aus dem Kofferraum und schnallten sie sich um, ehe sie Nukur in die Schlucht folgten. Es war schwer zu sagen, was der Hausa über sie dachte - geäußert hatte er sich nicht über sie, gerade so, als ob er sich selbst noch nicht sicher war in seinem Urteil.

Suzanne erging es ebenso.

Keeler - dem Namen und ihrem Akzent nach Amerikanerin - schien sehr engagiert in ihrem Beruf, doch Suzanne bezweifelte zwar, dass die junge Frau mit dem kurzen schwarzen Haar den nötigen Einfluss und das Durchhaltevermögen hatte, um diese Story groß herauszubringen. Aber immerhin war sie eine Verbündete - und Verbündete waren das, was Suzanne im Augenblick dringender benötigte als alles andere.

Was sie von Francesco Guaro halten sollte, wusste sie nicht. Der Italiener hielt sich im Hintergrund und überließ seiner Kollegin das Reden. Wenn er jedoch einen Einwand vorbrachte, so war dieser wohlüberlegt und begründet.

In ihrer Eigenschaft als Ärztin hatte es Suzanne Leclerc nicht oft mit Presseleuten zu tun gehabt, daher fehlten ihr die Vergleichsmöglichkeiten. Dennoch schienen ihr diese beiden von einem ungewohnten Ernst erfüllt. Ihre Neugier und ihre Wissbegier, so kam es Suzanne vor, zielten nicht vorrangig darauf ab, eine gute Schlagzeile zu bekommen oder sich für den Pulitzer-Preis zu qualifizieren. Stattdessen schienen sie den Dingen tatsächlich auf den Grund gehen zu wollen, um die Verantwortlichen zur Rechenschaft zu ziehen - und das war etwas, was Suzanne mit ihnen teilte, auch wenn ihre Entschlossenheit ein wenig gelitten hatte ...

Während des Marsches wurde kaum ein Wort gesprochen. Die beiden Reporter begnügten sich damit, ab und zu einen Blick zu wechseln, und Keeler, die ihre verspiegelte Sonnenbrille kaum jemals abnahm, schoss eine Reihe von Aufnahmen mit ihrer Digitalkamera. Sie stellte keine Fragen, sondern schien im Gegenteil ganz genau zu wissen, worauf sie zu achten hatte, gerade so, als wäre sie schon häufiger an Orten wie diesem gewesen. Suzanne überlegte noch, ob sie die Reporterin danach fragen sollte, als sie den Grund der Schlucht erreichten.

Von den Leichen war - natürlich - nichts mehr zu sehen. Die leblosen Körper der jungen Frauen waren bereits zu einem früheren Zeitpunkt entfernt worden, und nachdem Carver den Fund eines Massengrabs an die Behörden gemeldet hatte, hatte man sich um die sterblichen Überreste der Soldaten gekümmert. Die frischen Planierspuren, die allenthalben zu sehen waren, verrieten allerdings, dass man sich nicht die Mühe gemacht hatte, die Leichen fortzuschaffen oder gar ihre Identität herauszufinden - man hatte das Massengrab einfach mit Erde gefüllt. In einem Land, in dem die Probleme der Lebenden so drückend waren, fand keiner Zeit für die Toten.

Suzanne schauderte. Sie sah noch immer die entstellten, halb verwesten Körper vor sich und hatte den Leichengeruch in der Nase. Als Ärztin hatte sie stets geglaubt, mit derlei Dingen fertig zu werden - dieser Ort hatte sie eines Besseren belehrt.

»Hier ist es also gewesen?«, fragte Keeler zwischen zwei Aufnahmen.

Suzanne nickte. »Genau hier. Es hat wohl einen Zusammenstoß zwischen Regierungstruppen und Rebellen gegeben - die Toten wurden einfach in eine Grube geworfen und zurückgelassen. Aber dann hat jemand das Grab dazu benutzt, um *seine eigenen* Opfer dort abzuladen ...«

»Wie viele Frauen waren es?«

»Ich schätze so um die fünfundzwanzig«, antwortete Suzanne mit bedrückter Stimme. »Auffallend waren vor allem ihre Verletzungen, die meiner Ansicht nach alle von einem Skalpell rührten.«

»Sie bleiben also dabei, dass diese Frauen einem chirurgischen Eingriff unterzogen wurden?«

»Das habe ich in jenem Interview gesagt, und das behaupte ich immer noch«, stimmte Suzanne zu.

»Und Ihre Folgerung?«, wollte Guaro wissen.

»Ist nach wie vor dieselbe: Ich denke, dass diese Frauen allesamt schwanger waren und dass man ihre Föten gestohlen hat, um auf diese Weise an Stammzellen für die Forschung zu gelangen - Stammzellen, die man meistbietend verkauft.«

»Meistbietend?«

»Die Beschränkungen der Stammzellenforschung sind in vielen Ländern sehr rigide«, erklärte die junge Ärztin. »Auf dem Schwarzmarkt werden Millionen für Material bezahlt, das - sagen wir - *unbelastet* ist.«

»Material«, wiederholte Keeler missbilligend. »Wir sprechen hier immerhin von werdendem Leben.«

»Sie und ich ja«, stimmte Suzanne zu. »Diesen Leuten hingegen ist es gleichgültig, womit sie handeln. Ihnen kommt es nur darauf an, dabei einen möglichst guten Schnitt zu machen.«

»Ich verstehe«, murmelte die Reporterin, ohne dass zu erkennen war, was sie dachte. Ihr Kollege indes lud seinen Rucksack ab, öffnete ihn und entnahm ihm ein längliches Kästchen, in dem Reagenzgläser säuberlich aufgereiht in einem Kissen aus Schaumgummi steckten. Definitiv nicht die Grundausstattung eines Reporters ...

»Was tun Sie da?«, fragte Suzanne verblüfft.

»Ich entnehme an verschiedenen Stellen Bodenproben«, erklärte der Italiener, während er sich bereits bückte, um die ersten der schmalen Gläschen zu füllen.

»Wozu?«

»Ich sagte Ihnen doch schon, dass ich ein Spezialist bin,

wenn es darum geht, die Geheimnisse der Vergangenheit ans Licht zu bringen.«

»Und das bedeutet?«

»Wir werden die Bodenproben im Labor untersuchen lassen. Die Leichen mögen verschwunden sein, aber sicher sind noch Spuren von Blut und Gewebe vorhanden, anhand derer sich eine DNS-Analyse tätigen lässt.«

»Vielleicht«, räumte Suzanne ein, »aber das Genmaterial dürfte infolge der Tatsache, dass der Boden hier förmlich umgegraben wurde, ziemlich verwässert sein. Was also erhoffen Sie sich von einer solchen Untersuchung?«

»Hinweise«, antwortete Keeler nur, während sie sich immerzu umblickte, so als befürchtete sie heimliche Beobachter.

»Hinweise worauf?«, bohrte Suzanne weiter. Der Verdacht, dass sie es nicht mit gewöhnlichen Reportern zu tun hatte, drängte sich ihr einmal mehr auf, aber sie bekam ihre Frage nicht beantwortet - denn in diesem Augenblick ließ Abdulayeh Nukur einen Warnruf vernehmen und deutete hinauf zum Rand der Schlucht.

Suzanne zuckte zusammen und schaute ebenfalls an den Felswänden empor, wo sie zahlreiche Männer erblickte, deren Silhouetten sich gegen das Tageslicht als schwarze Schatten abzeichneten.

Sie wirkten bedrohlich, was vor allem an den Waffen lag, die sie im Anschlag hielten - Sturmgewehre des Typs AK-47. Soweit es im Gegenlicht zu erkennen war, trugen die Männer keine einheitliche Kleidung - die einen steckten in zerschlissenen Tarnanzügen, andere in Jeans und schmutzigen Shirts, wieder andere in den Uniformresten der Armee, in deren Dienst sie einst gestanden haben mochten. Zumindest so viel war klar ersichtlich: Es handelte sich nicht um Regierungstruppen. Also mussten es sudanesische Rebellen sein, die offenbar einmal mehr über die Grenze gedrungen waren.

Der Anführer des rund zwanzig Kämpfer umfassenden Trupps, ein hagerer Mann mit einem roten Stirnband um seinen ansonsten kahlen Schädel, rief etwas mit heiserer Stimme herab.

»Was sagt er?«, wandte sich Suzanne an Abdulayeh.

»Ergeben, sonst tot«, übersetzte der Hausa.

Die Ärztin sandte den Reportern einen fast verzweifelten Blick, aber aus dieser Situation schienen auch sie keinen Ausweg zu wissen.

Guaro war der Erste, der die Hände hob. Suzanne folgte seinem Beispiel, und schließlich reckte auch Kathryn Keeler widerwillig die Arme hoch, wobei sie die Kamera noch in der linken Hand hielt.

»Nicht gut«, kommentierte Nukur überflüssigerweise.

Unbekannter Ort
Zur selben Zeit

»Bericht!«, verlangte Nummer 8.

An Tagen wie diesem fiel ihm sogar das Sprechen schwer. Er hatte dann das Gefühl, dass die Geschwüre, die seinen Oberkörper übersäten, seinen Brustkorb zusammendrückten und ihm so die Luft zum Atmen nahmen. Drogen verschafften ihm keine Linderung. Sie hemmten nur sein Denken und sorgten dafür, dass er gleichgültig wurde. Das Einzige, was seinen Zustand zu bessern vermochte, waren gute Nachrichten. Erfolgsmeldungen, die ihm das Gefühl gaben, nicht unter all dem Druck zu ersticken, den die anderen Ratsmitglieder auf ihn ausübten. Nummer 8 war zeit seines langen Lebens selbst derjenige gewesen, der kontrollierte. Das hatte sich geändert.

»Wir verfolgen das Signal noch immer«, erstattete die Frauenstimme Bericht, die aufgrund des Zerhackers leicht verzerrt aus dem Lautsprecher drang. »Von Rouen sind sie nach Paris gereist, von dort haben sie den TGV nach Italien genommen. Sie haben Turin und Mailand hinter sich gelassen und bewegen sich nach Süden.«

»Sehr gut.« Nummer 8 schloss die Augen. Eine gute Nachricht wie diese ersetzte die stärkste Droge. Sie gab ihm Sicherheit, Schutz vor seinen Rivalen im Innersten Kreis ...

»Wir können also davon ausgehen, dass der Sender, den Kwon bei sich trägt, nicht entdeckt wurde«, sagte die Frauenstimme.

»Das können wir wohl«, stimmte Nummer 8 zu.

Es war ein Risiko gewesen, diese neuartige, sich nur organischen Materials bedienende Technik zu verwenden. Es war nur eine Sequenz Aminosäuren, die Elizabeth Kwons Position ihren Verfolgern übermittelte, und die Sache schien zu funktionieren. Der Biosender erfüllte seinen Zweck. Und das Beste daran war, dass sich der künstliche, von Körperelektrizität gespeiste Parasit nach getaner Arbeit auflösen und vom Wirtskörper entsorgt werden würde, ohne dass irgendwelche Spuren zurückblieben. Ein perfektes Werkzeug, so unsichtbar wie jene, die es einsetzten ...

»Italien also ...«, sagte Nummer 8, und er klang sehr zufrieden. Er hatte angenommen, dass die Anderen Elizabeth Kwon an einen sicheren Ort bringen würden, um sie dort einer eingehenden Befragung zu unterziehen, und er hatte gehofft, dadurch die Positionen von einer oder zwei weiteren Observationsbasen des Feindes zu erfahren, die alle unabhängig voneinander operierten und daher nur einzeln ausgemerzt werden konnten. Und natürlich ging es ihm auch darum, den Verräter Ismael zu fassen.

Doch auf einmal eröffneten sich ganz neue Perspektiven. Auch Gallagher, der sich zum Ziel gesetzt hatte, Ismael zu finden und zu eliminieren, hatte sich zuletzt aus Italien gemeldet. Es schmerzte Nummer 8, sich einzugestehen, dass sein bester Agent am Ende offenbar das eigentliche Ziel aus den Augen verloren hatte und seinen eigenen Rachegelüsten zum Opfer gefallen war. Aber er zweifelte nicht daran, dass Gallagher auf der richtigen Spur gewesen war - und diese Spur schien nach Süden zu führen, möglicherweise an jenen Ort, nach dem die Ordensabwehr seit Jahren vergeblich suchte: dem Hauptquartier des Feindes!

»Gute Arbeit, Peragon«, lobte Nummer 8 entgegen seiner sonstigen Gewohnheit. »Verfolgen Sie sie weiter und lassen Sie sie nicht entkommen. Ich habe das Gefühl, dass wir kurz vor dem Durchbruch stehen ...«

14.

Der Mann, der mich angerufen und dessen Stimme so sachlich und beiläufig geklungen hatte wie die eines Versicherungsvertreters, war ein Unsichtbarer.

Die Erkenntnis, dass jene Menschen nicht nur existieren, sondern sogar unerkannt unter uns weilen und unsere Geschicke mitbestimmen, schockierte mich natürlich. Ich zweifelte an meinem Verstand und hatte das Gefühl, verrückt werden zu müssen. Denn eines war mir vom ersten Augenblick an klar: dass niemand, der eine solche einschneidende Wahrheit erfuhr, danach weiterlebte wie bisher.

Ich wusste, dass dieses Wissen alles verändern würde, und in einem Zustand, den ich rückblickend nur als Lethargie bezeichnen kann, lauschte ich dem, was mir der Unsichtbare zu berichten hatte.

Er war nur ein kleiner Fisch, ein Abtrünniger, der aus einer der Kaderschulen des Ordens geflüchtet war und entsprechend wenig wusste - aber was er erzählte, genügte, um mir einen Eindruck von einer Welt zu vermitteln, die um vieles undurchschaubarer und komplexer war, als ich es je vermutet hätte. Mein auf festen Fundamenten gegründetes Weltbild, demzufolge wir die Guten und die Sowjets die Schurken waren, geriet nicht nur ins Wanken, sondern brach wie ein Kartenhaus in sich zusammen. Der wahre Kampf, so musste ich erkennen, fand auf einer ganz anderen, auf einer nicht sichtbaren Ebene statt, und er war für die Zukunft der Menschheit von entscheidender Bedeutung. Während die USA und die UdSSR einander gegenseitig bedrohten und sich mit immer neuen, wahnwitzigen Massenvernichtungswaffen zu übertreffen versuchten, war im

Schatten dieses Kalten Krieges eine neue Bedrohung herangewachsen, die um vieles gefährlicher war als das Streben der Kommunisten zur Weltherrschaft.

Der Orden der Invisiblen ...

Ursprünglich als Waffe im Kampf gegen die Feinde der Freiheit gedacht, hatten sich die Unsichtbaren von ihren einstigen Herren losgesagt. Die Waffe hatte sich gegen ihre Erschaffer gerichtet und war selbst zu einer Bedrohung geworden, von deren Existenz die meisten Menschen noch nicht einmal ahnten. So ungeheuerlich das war, was ich erfuhr, so sehr drängte sich mir eine Frage auf, die ich meinem unsichtbaren Informanten schließlich stellte.

»Warum gerade ich?«, wollte ich wissen. »Warum erzählen Sie ausgerechnet mir das alles?«

Die Antwort, die er mir gab, werde ich nie vergessen.

»Aus zwei Gründen«, sagte der Unsichtbare. »Zum einen, weil Sie ein Electus *sind ...«*

»Was bedeutet das?«

»Es ist Lateinisch und bedeutet ›auserwählt‹. So nennen wir die Menschen, die von allein und ohne unser Zutun von unserer Existenz erfahren haben.«

»Aber ... das habe ich nicht.«

»Irrtum, Mr Bowder. Erinnern Sie sich an jenes stillgelegte Kohlebergwerk, das Sie vor zwölf Jahren betreten haben? An den Stollen, den es angeblich gar nicht gibt?«

»Natürlich.«

»An jenem Tag, Mr Bowder, haben Sie Unsichtbare entdeckt, Schergen des Ordens.«

»Aber wie ist das möglich? In einem Stützpunkt der NATO ...?«

»Der Orden hat es stets verstanden, sich der Unterstützung durch die US-Regierung zu versichern, die sich auf diese Weise von seinem Einfluss freizukaufen versuchte - unter anderem durch Munitionslieferungen, die über eine Firma namens Concor Enterprises abgewickelt werden ...«

»Concor«, stieß ich hervor.

»Sie erinnern sich«, war der Unsichtbare überzeugt, »was nur bestätigt, was ich soeben sagte. Ob willentlich oder nicht - Sie sind ein Electus, *Mr Bowder.«*

»Was Sie nicht sagen«, knurrte ich, unschlüssig, ob ich bestürzt sein oder mich geschmeichelt fühlen sollte. »Und was war der andere Grund dafür, dass Sie mich hierher bestellt haben?«

»Sehr einfach«, drang es aus dem Nichts zurück. »Wir glauben, dass Sie uns helfen könnten ...«

Nördliches Ouaddaï
Grenzland zwischen Tschad und Sudan
Ein Tag später

»Wo, verdammt noch mal, sind wir hier?«

Alexandra Lessing fand die Frage nur zu berechtigt - auch wenn sie sich keine Antwort erwartete.

Die Rebellen, in deren Gewalt sie sich befanden, hatten nicht ein einziges Wort mit ihnen gesprochen. Mit vorgehaltenen Waffen hatten sie sie gezwungen, die Schlucht zu verlassen und auf die überplante Ladefläche eines alten Lkw zu steigen. Viele Stunden lang waren sie in dem altersschwachen Gefährt über Stock und Stein gerumpelt, ohne zu wissen, was man mit ihnen vorhatte oder wohin die Reise ging. Spätnachts hatten sie dann ein Dorf erreicht, das den Rebellen als Basis zu dienen schien: gedrungene Hütten aus gestampftem Lehm, zwischen denen Sandsäcke aufgeschichtet waren. Dahinter kauerten Kindersoldaten in viel zu großen Uniformen, in deren kleinen Händen die Kalaschnikows einen geradezu obszönen Anblick boten.

Weder hatte man den Gefangenen die Augen verbunden noch sie gefesselt. Man begnügte sich damit, sie in eine der Lehmhütten zu stecken und diese von zwei Bewaffneten bewachen zu lassen. Offenbar sah man sie nicht als gefährlich an.

»Schwer zu sagen«, antwortete Abdulayeh Nukur auf Alex' Frage und zuckte mit den schmalen Schultern. »Möglicherweise befinden wir uns im Niemandsland zwischen den Grenzen. Oder wir sind bereits auf sudanesischer Seite.«

»Was haben die mit uns vor?«, wollte Paolo Genaro wissen.

»Wer weiß das schon?« Suzanne Leclerc lachte bitter auf. Trotz ihrer jungen Jahre legte die Französin eine Härte an den Tag, die Alex fast erschreckte. »Wahrscheinlich denken sie, mit uns ein Lösegeld erpressen zu können. Dafür ist es aber notwendig, dass sie mit den entsprechenden Stellen Kontakt aufnehmen. Sollte ihnen das nicht gelingen, werden sie uns früher oder später loswerden wollen.« Alex biss sich auf die Lippen, und auch Paolo schwieg. Jedem war klar, was Leclerc ihnen damit sagen wollte. »Wahrscheinlich beraten sie sich gerade«, fuhr die Ärztin fort.

»Was sind das für Leute?«, fragte Paolo. »Wofür kämpfen sie?«

»Für sich selbst«, gab Leclerc zur Antwort. »In diesem Teil der Welt hat man längst damit aufgehört, für etwas anderes als das eigene Überleben zu kämpfen. Offiziell gehen die sudanesischen Rebellen gegen die Regierungstruppen des Tschads vor, aber die Verhältnisse haben seit Beginn des Bürgerkriegs so oft gewechselt, dass niemand mehr den Überblick hat. Viele der Kriegstrupps, die im Grenzland ihr Unwesen treiben, unterstehen selbsternannten Warlords, die ihre eigenen Ziele verfolgen.«

»Sie meinen Typen wie den Kerl mit dem roten Stirnband?«, fragte Alex.

»Exakt. Häufig sind es ehemalige sudanesische Freischärler, die sich von ihrer Führung losgesagt haben und ihren eigenen Krieg austragen. Ihre Leute sind meist keine regulären

Kämpfer, sondern Milizionäre. Dazu kommen Kindersoldaten, die in den Grenzdörfern rekrutiert werden.«

»Wieso legt man diesen Kerlen nicht das Handwerk?«

»Weil sich die westliche Welt dafür die Finger schmutzig machen müsste«, entgegnete Leclerc, »und das will niemand. Man gefällt sich besser darin, hehre Reden zu schwingen als zu handeln. Wenn Sie verstehen, was ich meine.«

Alex verstand durchaus. Und noch etwas wurde ihr in diesem Augenblick klar. Dass es nicht wirklich Härte war, die Suzanne Leclerc so abgebrüht erscheinen ließ, sondern Verbitterung. Wahrscheinlich, sagte sich Alex, war dies die unausweichliche Folge, wenn man in ein Land kam, um zu helfen, und erkennen musste, dass das, was man tun konnte, nur der berühmte Tropfen auf dem heißen Stein war. Insofern waren sie beide Schwestern im Geiste – denn sie kämpften beide gegen eine unsichtbare Macht, die sich nicht wirklich greifen ließ und dennoch Tod und Elend über viele Menschen brachte, während der Rest der Welt es nicht mitbekam oder nicht mitbekommen wollte.

»Wir müssen etwas unternehmen«, sagte Paolo schließlich. »Hier zu sitzen und abzuwarten, gefällt mir gar nicht.«

»Mir auch nicht«, pflichtete Leclerc ihm bei und fragte mit vor Sarkasmus triefender Stimme: »Warum verlassen wir die Hütte also nicht und fragen nach dem Weg nach Hause?«

»Daran hatte ich gerade nicht gedacht«, knurrte der Italiener. »Aber ich habe auch keine Lust, hier in aller Seelenruhe abzuwarten, bis ein brutaler *cretino*, der sein bisschen Verstand mit einem Stück Stoff festbinden muss, über unser Ende entschieden hat.«

»Ganz deiner Meinung«, murmelte Alex und schlich zum Eingang der Hütte, wo sie einen Blick durch die Ritzen des Bretterverschlags warf, der als Tür diente. »Die Dämmerung hat begonnen«, flüsterte sie.

»Und? Was siehst du?«, fragte Paolo.

»Scheint alles ruhig zu sein. Die meisten von den Kerlen haben sich wohl aufs Ohr gelegt. Ich sehe zwei drüben bei den Sandsäcken und einen bei den Ölfässern, aber der rührt sich nicht; scheint zu schlafen. Auf der anderen Seite gibt es ein Flugabwehrgeschütz, über das ein Tarnnetz gebreitet ist ...«

»Was ist mit einem Fahrzeug? Kannst du den Lkw sehen?«

»Fehlanzeige.«

»Verdammt. Ohne fahrbaren Untersatz kommen wir nicht weit.«

»Zuallererst müssen wir uns darüber Gedanken machen, wie wir an den Wachen vor unserer Hütte vorbeikommen«, war Leclerc überzeugt. »Blöderweise haben sich ja zwei von uns vieren ihre Waffen abnehmen lassen.«

»Das klingt vorwurfsvoll«, stellte Paolo fest.

»Nicht doch.« Die Ärztin schüttelte den Kopf. »Wieso sollte ich Ihnen Vorwürfe machen? Es war eine wirklich mutige Entscheidung, sich von diesen Kerlen entwaffnen zu lassen, ohne dass auch nur ein einziger Schuss abgegeben wurde.«

»Was soll das heißen?«

»Was wohl?«, zischte Leclerc. »Verdammt noch mal, wieso haben Sie keine Gegenwehr geleistet, als Sie noch die Möglichkeit dazu hatten?«

»Weil es Wahnsinn gewesen wäre«, antwortete Alex an Paolos Stelle. »Diese Kerle waren uns zahlenmäßig weit überlegen, und in der Schlucht saßen wir in der Falle. Hätten wir Gegenwehr geleistet, wären wir jetzt tot, und es gäbe niemanden mehr, der sich für Ihre Mordfälle interessiert.«

»Meine Mordfälle, natürlich.« Leclerc nickte. »Für wie dämlich halten Sie mich eigentlich, Kathryn? Glauben Sie wirklich, ich würde Ihnen die Geschichte mit den beiden Reportern noch abkaufen?«

»Wovon sprechen Sie?«

»Journalisten«, stellte die Französin klar, »machen für gewöhnlich keine DNS-Tests. Und sie pflegen auch nicht mit Pistolen bewaffnet herumzulaufen.«

»Es ist eine unsichere Gegend, das haben Sie selbst gesagt.«

»Und ich habe Ihnen auch gesagt, dass ich Sie nur unterstütze, wenn Sie tatsächlich daran interessiert sind, die Wahrheit ans Licht zu bringen«, erklärte die Ärztin. »Im Augenblick habe ich allerdings das Gefühl, dass Sie beide ganz andere Ziele verfolgen.«

»Das ist nicht wahr!«

»Hören Sie, ich habe es satt, an der Nase herumgeführt zu werden. Jeder hier kocht sein eigenes Süppchen. Die Warlords, die Armee, die Polizei, mein Chef im Krankenhaus, die Vereinten Nationen ... Das ist einer der Gründe, warum es diesem Land so dreckig geht. Für die Wahrheit scheint sich außer Abdulayeh und mir niemand zu interessieren.«

»Doch, nämlich *wir*«, beteuerte Alex, doch dann fügte sie hinzu: »Wenn auch aus anderen Gründen, als wir vorgegeben haben.«

Suzanne Leclerc riss die Augen auf und starrte Alex an. »Sie haben mich belogen!«

»Zu Ihrer eigenen Sicherheit«, erklärte Alex. »Die Organisation, für die wir arbeiten, legt Wert darauf, im Hintergrund zu bleiben. Aber ich darf Ihnen versichern, dass uns sehr daran gelegen ist, die Drahtzieher dieser Morde ausfindig zu machen.«

»Dann wir alle am rechten Ort«, merkte Abdulayeh Nukur unvermittelt an. Sein Englisch war kantiger und akzentbeladener als sein Französisch, aber durchaus verständlich.

»Wie meinst du das?«, fragte Suzanne.

»Soldaten, die uns gefangen nehmen, sind auch Mörder von jungen Frauen«, war der Hausa überzeugt.

»Wie kommen Sie darauf?«, wollte Alex wissen.

»Achte auf Reifenspuren. Derselbe Lastwagen, der bringt Leichen von jungen Frauen.«

»Bist du sicher?«

Der Hausa nickte überzeugt.

»Unsinn, das ist doch nur irgendein alter Militärlaster«, wandte Paolo ein, »wahrscheinlich aus russischen Beständen. Nach dem Ende des Kalten Krieges hat die Rote Armee ihren Schrott in alle möglichen Drittweltstaaten verscherbelt.«

»Die gleiche Spur«, sagte Nukur mit einer Stimme, die keinen Widerspruch duldete.

»Und daran besteht kein Zweifel?«, fragte Alex.

»Abdulayeh war früher Scout in der französischen Kolonialarmee«, erklärte Suzanne Leclerc. »Wir sollten ihm glauben.«

»Und was folgern wir daraus?«, fragte Paolo.

»Zweierlei«, antwortete Alex. »Entweder, dieser Warlord und seine Leute sind selbst für die Morde an den jungen Frauen verantwortlich, was aufgrund der Informationen, die wir von Dr. Leclerc bezüglich der Verwundungen an den Leichen haben, jedoch kaum der Fall sein dürfte ...«

»Kaum«, bekräftigte die Französin.

»... oder aber die Rebellen arbeiten für einen Auftraggeber.«

»Was wiederum für meine Theorie spricht, dass wir es mit einem Fall von gut organisiertem Diebstahl menschlichen Genmaterials zu tun haben«, fügte Leclerc hinzu.

»Das stimmt.« Alex nickte. »Was uns allerdings fehlt, sind konkrete Beweise.«

»Und die werden wir auch nicht bekommen, solange wir hier herumsitzen«, sagte Paolo.

»Wir müssen fliehen«, meinte Alex, »und das möglichst rasch. Denn wenn die Rebellen ihre Auftraggeber über uns informieren und diese hier auftauchen ...«

»... werden sie mich erkennen und wissen, wer ich bin«, folgerte Suzanne Leclerc und wurde blass. »Schließlich war mein Gesicht sogar im Fernsehen.«

»Zur besten Sendezeit«, fügte Alex düster hinzu. »Und Sie können uns glauben, auch wir haben ein paar Feinde, denen wir nicht gern begegnen würden. Also?«

»Ausbruch«, sagte Paolo nur.

Die vier Gefangenen tauschten im Halbdunkel ihres kargen Gefängnisses entschlossene Blicke. Sie alle wussten, dass eine Flucht kaum Aussicht auf Erfolg hatte, selbst wenn es ihnen gelang, ihren Bewachern zu entkommen. Denn sie waren fernab jeglicher Zivilisation und würden es ohne fahrbaren Untersatz niemals bis zur nächsten Siedlung schaffen. Zu bleiben und abzuwarten war allerdings keine Option, denn in diesem Fall war ihr Ende bereits besiegelt.

In diesem Moment war von außerhalb der Hütte ein Laut zu vernehmen, der Hoffnung weckte: das heisere Brummen eines Lkw-Motors, das sich rasch näherte.

»Hört ihr das auch?«, fragte Paolo.

»Und ob«, versicherte Alex und schlich wieder zum Verschlag vor dem Hütteneingang, um hinauszuspähen. »Es ist der Lastwagen von gestern«, flüsterte sie gegen den Motorenlärm an, der draußen immer lauter wurde und dann – direkt vor der Hütte – in ein leises Tuckern überging. Stimmen waren zu hören und knirschende Schritte im Sand. »Der Laster scheint beladen zu sein«, fügte Alex hinzu. »Der Fahrer lässt den Motor weiterlaufen. Die Fahrt ist also noch nicht zu Ende.«

»Wir müssen mit«, sagte Suzanne Leclerc. »Das ist vielleicht unsere einzige Chance.«

Alex nickte. Die Ärztin hatte recht. Aber was konnten sie tun, um ungesehen aus ihrem Gefängnis zu entkommen und den Lastwagen zu erreichen? Alex musste an die Unsichtbaren denken und an Ismael, und sie ertappte sich dabei, dass sie viel darum gegeben hätte, ihn in diesem Augenblick bei sich zu haben.

Nukur sagte plötzlich etwas auf Französisch und tauschte einige Worte mit Dr. Leclerc. Dabei zog er - zu Alex' Verblüffung - ein rostiges Messer mit kurzer, leicht gekrümmter Klinge unter seinem weiten Gewand hervor, das er offenbar erfolgreich vor den Wachen versteckt hatte.

»Sie ... Sie haben eine Waffe?«, fragte Alex.

»Ja.«

»Warum haben Sie das nicht gleich gesagt?«

»Das macht er immer so«, kommentierte Suzanne Leclerc trocken.

»Rufen Wachen«, forderte Nukur die Frauen auf. »Kommen herein, dann ich sie töten.«

Alex und Leclerc schauten einander an. Beide wussten, wenn sie taten, was der Hausa sagte, gab es keinen Weg mehr zurück.

Abdulayeh Nukur nickte ihnen entschlossen zu, das Messer in der Hand. »Schreien«, verlangte er. »Schreien, so laut wie können.«

Und Alex schrie.

Die Reaktion ließ nicht lange auf sich warten, der Bretterverschlag wurde aufgerissen. Die beiden Gestalten, die im Eingang erschienen, waren beide kaum dem Kindesalter entwachsen - der eine mochte an die sechzehn sein, der andere etwas älter. Alex hasste sich für das, was sie tat, aber sie wusste, dass sie keine Wahl hatte.

Sie war auf den Boden niedergesunken und krümmte sich dort, als ob sie große Schmerzen hätte. Leclerc tat es ihr gleich, während Nukur und Paolo hinter dem Bretterverschlag lauerten, so dass sie nicht auf den ersten Blick entdeckt wurden. Als die beiden Wachen die Frauen sahen, traten sie zögernd auf sie zu, die Sturmgewehre mit den aufgepflanzten Bajonetten im Anschlag.

Abdulayeh Nukur tötete mit der kaltblütigen Routine eines Mannes, der dies nicht zum ersten Mal tat, und die Art und Weise, wie er sich bewegte, ließ die militärische Ausbildung erkennen, die er genossen hatte. Wie ein Schatten huschte er aus seinem Versteck, durchschnitt seinem ersten Opfer die Kehle, damit es nicht schreien konnte, und stieß dem Jungen mit derselben Bewegung das Messer bis zum Heft in die Brust.

Sein jüngerer Kumpan fuhr herum und wollte schießen, aber da war Paolo auch schon bei ihm und versetzte ihm einen krachenden Faustschlag ins Gesicht. Der junge Kerl taumelte zurück, riss die Waffe dabei aber wieder in den Anschlag, gleichzeitig stürzte sich Nukur auf ihn, um ihm das Messer in den Leib zu rammen – und lief geradewegs in das Bajonett.

»Nein!«, rief Suzanne Leclerc entsetzt. Die Klinge war in die Brust des Hausa gedrungen, und sein weißes Gewand färbte sich an der Stelle rot.

Für einen Augenblick schien die Zeit stillzustehen. Nukur wankte, seine Augen waren weit aufgerissen. Der Bursche, der nur eine Armlänge von ihm entfernt stand, schien selbst entsetzt zu sein über das, was er getan hatte. Reglos stand er da, das Gewehr noch immer mit beiden Händen haltend und am ganzen Leib zitternd.

Das kostete ihn das Leben. Denn im nächsten Moment zuckte Abdulayeh Nukurs Messerhand vor und rammte die Klinge in den Hals des Jungen. Mit einem gurgelnden Laut kippte er nach hinten, dabei riss er das Bajonett aus Nukurs Brust. Der Hausa hielt sich noch einen Moment lang aufrecht. Als er zusammenbrach, war Suzanne Leclerc bei ihm, um ihn aufzufangen und zu Boden zu betten.

»Suzanne ...«, keuchte er. »Müsst gehen ... fliehen ...«

»Nein«, widersprach sie. »Wir lassen dich nicht zurück.«

»Keine Wahl ...«

»Ich werde dich nicht hier lassen. Nicht nach allem, was wir gemeinsam durchgemacht haben ...«

»Suzanne ...«, hauchte er, und seine Augen leuchteten dabei in einem inneren Frieden, wie Alex es bisher bei niemandem gesehen hatte. »Suzanne, ich schon tot, als Zaynah starb ...«

Alex biss sich auf die Lippen. Leclerc hatte ihr erzählt, wie sie und der Hausa sich kennengelernt hatten. Die steinerne Fassade der Ärztin bröckelte bei seinen Worten, platzte dann ganz ab, und Tränen rannen ihr über die Wangen.

»Los doch!«, drängte Paolo, der eine der Kalaschnikows an sich genommen hatte. »Der Laster wird jeden Augenblick weiterfahren, dann ist es zu spät!«

Suzanne nickte. Sie beugte sich hinab und küsste den Hausa auf die Stirn. Dann erhob sie sich rasch und huschte Paolo hinterher ins Freie.

»Danke«, sagte Alex leise und nickte dem Hausa zu, dann folgte sie den anderen hinaus in die Morgendämmerung. Sie schloss den Verschlag, damit ihre Flucht nicht sofort bemerkt würde.

Der Laster stand mit laufendem Motor nur wenige Meter von der Hütte entfernt.

Sie rannten geduckt darauf zu, und sie hatten Glück, denn niemand wurde auf sie aufmerksam. So erreichten sie unentdeckt das Heck des Lkw. Während Paolo mit der AK-47 sicherte, schlug Alex die Heckplane beiseite, und Leclerc kletterte über die Ladeklappe, deren olivgrüner Anstrich an vielen Ställen abblätterte. Alex folgte ihr, doch als Paolo sich gerade die Kalaschnikow über die Schulter hängte, um ebenfalls auf die Ladefläche zu klettern, war vom Führerhaus her ein lauter Ruf zu vernehmen.

»*Merda!*«, zischte der Italiener in seiner eigenen Sprache und schwang sich über die Ladeklappe; dann ließ er sich auf die Pritsche fallen, was für ein dumpfes Geräusch sorgte. Er und die beiden Frauen verharrten im Halbdunkel unter der

Plane, während sich draußen Schritte näherten. Eine heisere Stimme rief etwas, das wie eine Frage klang. Alex biss sich auf die Lippen. Wenn sie entdeckt wurden, würde ihre Flucht zu Ende sein, noch ehe sie überhaupt richtig begonnen hatte. Trotz des wenigen Lichts konnte sie sehen, wie sich Paolos Zeigefinger um den Abzug der Kalaschnikow legte. Der Italiener schien entschlossen, ihre Haut so teuer wie möglich zu verkaufen - angesichts der zahlenmäßigen Überlegenheit des Gegners würde es jedoch ein aussichtsloser Kampf werden ...

Plötzlich ein dumpfes Geräusch. Von außen schlug jemand gegen die Ladeklappe, und Alex konnte nicht verhindern, dass ihr ein erstickter Schrei entfuhr. Entsetzt schlug sie die Hand vor den Mund, aber es war zu spät.

Der Mann draußen musste den Schrei gehört haben. Wenn er bislang noch nicht misstrauisch geworden war, nun war er es bestimmt.

Für einige Sekunden blieb alles still. Nur das gleichmäßige Tuckern des Motors war zu vernehmen, der sich nach wie vor im Leerlauf befand.

Dann war etwas zu hören, das wie eine Verwünschung klang. Der Posten rief etwas - und im nächsten Augenblick setzte sich der Laster in Bewegung.

Auf den ersten Metern fürchteten Alex und ihre Begleiter noch, es könnte sich um eine Falle handeln und ihre Häscher könnten sie nur in Sicherheit wiegen wollen. Aber als zehn, fünfzehn Sekunden verstrichen und noch immer nichts geschehen war, wurde ihnen klar, dass der Posten den Schrei aus unerklärlichem Grund entweder nicht gehört oder ihm keine Bedeutung beigemessen hatte.

Vorsichtig richtete sich Alex auf und spähte unter der Plane hindurch. Jenseits einer Wolke aus Staub und schwarzen Abgasen, die der Laster hinter sich herzog, sah sie das Dorf der Rebellen in der Dämmerung verschwinden, und zum ersten Mal nach langer Zeit hatte sie das Gefühl, zumindest aufatmen zu dürfen. Ihre Erleichterung währte jedoch nur einen Augenblick.

Im nächsten Moment zupfte sie jemand am Ärmel ihrer Bluse. Sie wandte sich um und sah, dass es Suzanne Leclerc war, die sie offenbar auf etwas aufmerksam machen wollte. Der Blick der Ärztin war nicht auf sie gerichtet, sondern in die schummrige Tiefe der überplanten Ladefläche.

»Suzanne! Was ...?«

Alex wandte sich vollends um, sah, dass auch Paolo vor Schreck wie erstarrt war - und im nächsten Moment erkannte sie den Grund dafür.

Sie waren nicht allein.

Die Sitzbänke links und rechts der Ladepritsche, auf denen sie während der Fahrt ins Dorf selbst gesessen hatten, waren besetzt - mit jungen Frauen, deren Haut dunkel und deren Blicke lethargisch geradeaus gerichtet waren ...

Hauptquartier des Widerstands
Katakomben, Rom
Drei Stunden später

Der Raum hatte nur eine Tür und keine Fenster. Man hatte Elizabeth Kwon mit verbundenen Augen hierher geführt. Zwar war ihr klar, dass man diese Maßnahme nur ergriffen hatte, um sie zu schützen, doch drückte sich dadurch auch ein gewisses Misstrauen aus - Misstrauen, das sie wohl aber durchaus verdiente nach allem, was vorgefallen war.

Im Foltercamp des Ordens hatte sie jedes Gefühl für Zeit und Raum verloren. Fast war es ihr vorgekommen, als würde ihre Umgebung nicht mehr wirklich existieren. Nur der Schmerz war real gewesen, und seine Nachwirkungen verfolgten Elizabeth immer noch. Obwohl sie nun schon seit einigen Tagen in Freiheit war, fühlte sie sich noch immer schwach, und die Furcht war ihr ständiger Begleiter. Zum Zeitpunkt ihrer Befreiung hatte sie mit ihrem Leben bereits abgeschlossen, Resignation hatte von ihr Besitz ergriffen, die erst ganz allmählich wieder von ihr wich. Aber je mehr Elizabeth wieder sie selbst wurde, desto mehr galten ihre Gedanken dem kleinen Mädchen, für das sie sich verantwortlich fühlte.

Kim Li ...

»Wie geht es Ihnen, Dr. Kwon?«

Die Stimme aus den Lautsprechern, die mit einer ganzen Batterie Bildschirmen an den Wänden angebracht waren, schnarrte blechern, und Elizabeth zuckte erschrocken zusammen. Ismael hatte ihr erklärt, dass die Stimme dem Oberhaupt des Widerstands gehörte, doch was sie hier erlebte, erschien ihr dennoch äußerst surreal. Ganz allein stand sie in einem offenbar unterirdisch gelegenen Raum, und man erwartete von ihr, dass sie sich mit jemandem unterhielt, der seine Identität um jeden Preis verbergen wollte ...

»Danke, ganz gut«, antwortete sie leise, fast kleinlaut.

»Hatten Sie eine gute Reise?«

Tränen traten ihr in die Augen. Sie hatte manches erwartet, aber nicht, dass sich Oberon nach ihrem Befinden erkundigen würde. Immerhin hatte sie Verrat an seiner Organisation und damit auch an ihm geübt, und viele Widerstandskämpfer waren ihretwegen gestorben. Es war für sie nicht leicht, mit dieser Bürde umzugehen. Wie musste da erst das Oberhaupt der Anderen empfinden? Anstatt ihr jedoch Vorhaltungen zu machen, schlug Oberon einen weichen, fast väterlichen Tonfall an, der ihre mühsam bewahrte Fassung zusammenbrechen ließ.

»Es tut mir leid«, versicherte sie schluchzend. »Ich wollte nicht, dass es so kommt. Ich ...«

»Dr. Kwon?«

»Ja?«

»Falls Sie denken, Sie wurden an diesen Ort gebracht, um Abbitte zu leisten, muss ich dies korrigieren. Nach allem, was Ismael mir berichtet hat, haben Sie sich sehr tapfer verhalten. Sie waren einer Situation ausgesetzt, auf die Sie nicht vorbereitet waren. Wenn, dann sind die Fehler auf unserer Seite zu suchen. Aber ich fürchte, in diesen Tagen sind die Dinge so verworren, dass sich Schuld und Schicksal nicht mehr voneinander trennen lassen. Verstehen Sie, was ich meine?«

»I-ich denke schon, Sir«, versicherte Elizabeth nickend, die kaum glauben konnte, dass ihr so viel Nachsicht widerfuhr. »Sie sind sehr gütig ...«

»Kaum«, wehrte Oberon ab. »Wenn Sie wüssten, was für Entscheidungen ich in der Vergangenheit zu treffen hatte, würden Sie das nicht von mir denken. Aber wir sind nicht hier, um über das zu sprechen, was gewesen ist, Doktor, sondern um unseren Blick in die Zukunft zu richten. Und Kinder sind unsere Zukunft, nicht wahr? Die einzige, die die Menschheit hat ...«

»Kim Li«, stieß Elizabeth hervor, der sofort klar war, worauf ihr geheimnisvolles Gegenüber hinauswollte. »Wissen Sie, wo sie sich aufhält?«

»Bedauerlicherweise nicht, Dr. Kwon. Aber wir werden alles daransetzen, es herauszufinden und das Mädchen wohlbehalten zu Ihnen zurückzubringen.«

»Und - wenn Kim Li nicht mehr am Leben ist?« Es kostete Elizabeth viel Überwindung, die Worte auszusprechen, aber sie wollte wissen, was Oberon dachte. Oder vielleicht, gestand sie sich insgeheim ein, wollte sie auch nur ein wenig Trost ...

»Davon ist nicht auszugehen«, sagte der Anführer des Widerstands mit einer Stimme, die erfreulich wenig Raum für Zweifel ließ. »Der Orden hat das Mädchen nur aus einem einzigen Grund in seine Gewalt gebracht: weil Kim Lis Fähigkeit, mit bloßen Augen Wärmebilder zu sehen, eine potentielle Bedrohung darstellt. Würde man Kim Li aus dem Weg räumen, wäre die Bedrohung damit nicht beseitigt. Der Orden muss wissen, ob es sich bei Kim Lis Fähigkeit um eine Laune der Natur handelt oder um eine genetische Weiterentwicklung. Denn zum einen wäre es dann möglich, dass anderswo auf der Welt noch mehr Menschen existieren, die die gleiche Fähigkeit haben, und zum anderen müsste der Orden eine seiner größten Lügen eingestehen.«

»Welche?«, wollte Elizabeth wissen.

»Dass er nicht erst seit ein paar Jahrzehnten existiert und der *homo invisibilis* die nächste Stufe der menschlichen Evolution darstellt«, antwortete Oberon mit entwaffnender Offenheit. »Beides sind Lügen, vom Orden nur zu dem einen Zweck in die Welt gesetzt: den eigenen Herrschaftsanspruch zu legitimieren. Nicht dass die Grauen eine solche Legitimation benötigten - aber alle Diktatoren, von Cäsar bis Hitler, haben sich den Anschein von Berufung gegeben, um sich vor ihren Anhängern zu rechtfertigen. Cäsar betrachtete sich als legitimer Erbe der römischen Könige, Hitler stellte seinen Verbrecherstaat in die Tradition der deutschen Geschichte und bezeichnete ihn als ›Drittes Reich‹.«

»Und der Orden?«, fragte Elizabeth.

»Überhöht sich selbst, indem er vor seinen Gefolgsleuten das Bild eines neuen Supermenschen propagiert, das einer sachlichen Überprüfung jedoch nicht standhält. Die Unsichtbaren sind nicht die Folge einer natürlichen genetischen Entwicklung, sondern eines bewussten Eingriffs, und die Grauen wissen das nur zu genau. Kim Li jedoch könnte all das sein, was sie nur zu sein vorgeben - und deshalb ist das Mädchen in ihren Augen eine solche Bedrohung. Sie werden nichts unversucht lassen, um herauszufinden, was es mit Kim Lis Fähigkeit auf sich hat, und das wird Zeit in Anspruch nehmen. Zeit, die für uns arbeitet, Dr. Kwon.«

»Wieso?«, fragte Elizabeth. »Was haben Sie vor?«

»Unsere Observationsbasen werden auch weiterhin sämtliche zur Verfügung stehenden Informationsquellen nach Hinweisen auf den Verbleib des Mädchens scannen. Ob sie dabei etwas finden werden, kann ich nicht versprechen, aber ich versichere Ihnen, dass jeder Einzelne von uns sein Bestes gibt.«

»Das weiß ich«, versicherte Elizabeth, »und ich danke Ihnen.«

»Danken Sie mir lieber nicht, Doktor«, erwiderte Oberon.

»Darf ich Sie noch etwas fragen?«

»Natürlich.«

»Was ist Ihre persönliche Einschätzung?«, fragte die Psychologin, obwohl sie nicht sicher war, ob sie die Antwort überhaupt hören wollte. »Glauben Sie, dass wir Kim Li finden werden?«

Der Anführer des Widerstands ließ sich mit der Antwort Zeit – so lange, dass Elizabeth schon glaubte, er würde ihr eine Erwiderung schuldig bleiben.

»Ich weiß nicht, was geschehen wird, Doktor«, gestand er schließlich. »In die Zukunft zu sehen ist meiner Art ebenso wenig möglich wie der Ihren. Aber ich weiß, dass die Zeit, in der wir leben, eine Zeit des Umbruchs ist, der Veränderung. Hatten Sie jemals in Ihrem Leben das Gefühl, dass alles, was Sie je getan, gelernt und gesagt haben, einem einzigen großen Ziel diente? Dass alles auf ein Ereignis zuläuft, das in naher Zukunft stattfinden wird und nach dem die Welt nicht mehr die sein wird, die sie vorher war?«

»Nein«, antwortete Elizabeth, obwohl sie nicht behaupten konnte, tatsächlich verstanden zu haben, wovon Oberon sprach.

»Ich habe dieses Gefühl, Doktor«, gestand das Oberhaupt der Anderen leise. »Es verfolgt mich bei Tag und bei Nacht und lässt mich keine Ruhe finden. Eine Entscheidung steht bevor. Die Anzeichen dafür häufen sich. Wenn es der Widerstand sein sollte, der am Ende den Sieg davonträgt, so werden Sie Kim Li schon bald wieder in Ihre Arme schließen können. Ist es der Orden, so wird es keine Rolle spielen, ob das Kind befreit wird oder nicht - denn dann werden wir alle Gefangene sein ...«

Grenzland zwischen Tschad und Sudan
Genaue Position unbekannt
Zur selben Zeit

Alex zählte sechzehn Frauen, acht auf jeder Seite. Ihre langen Kleider waren zerschlissen, an ihren dürren Fußgelenken trugen sie Eisenschellen, über die sie aneinandergekettet waren. Die Schrammen und Blessuren in ihren Gesichtern ließen darauf schließen, dass sie misshandelt worden waren - aber der Blick der jungen Frauen ließ weder Furcht noch Schmerz erkennen.

Im Gegenteil: Die sechzehn Frauen, von denen einige kaum dem Kindesalter entwachsen waren, blickten starr geradeaus und nahmen von den drei Weißen keine Notiz.

»Sieht so aus«, vermutete Suzanne Leclerc, die die Fassung als Erste wiedergewonnen hatte, »als stünden sie unter Drogen ...« Sie richtete sich auf der heftig schwankenden Ladefläche des Lkw halb auf und bewegte sich auf eine der jungen Frauen zu, um sie näher in Augenschein zu nehmen. »Geweitete Pupillen«, stellte sie fest, »katatonischer Zustand. Man hat ihnen etwas verabreicht, um sie gefügig zu machen.«

»Diese Mistkerle!«, murrte Alex.

»Offenbar handelt es sich um einen neuen Transport«, mutmaßte Leclerc. »Einige dieser Frauen sind Hausa, ich erkenne es an der Kleidung. Sie wurden aus ihren Dörfern entführt, genau wie Zaynah Nukur. Ist Ihnen klar, was das bedeutet?«

»Allerdings«, sagte Paolo, die erbeutete Kalaschnikow noch immer mit beiden Händen umklammernd. »Es bedeutet, dass diese Brüder diesmal leer ausgehen.«

»Was meinst du damit?«, wollte Alex wissen.

»Sehr einfach - wir werden diese Frauen befreien.« Er hob die Waffe in seiner Hand. »Wir brauchen den Fahrer nur dazu zu bringen, den Laster anzuhalten. Dann werde ich diesen Verbrechern Blei zu fressen geben.«

»Und dann?«, hakte Alex nach.

»Werden wir die nächste Siedlung ansteuern und Hilfe organisieren«, fuhr Paolo achselzuckend fort. »Was sonst?«

Alex schüttelte den Kopf. »Nein.«

»Was?« Der Italiener schaute sie verständnislos an, und auch Suzanne Leclerc war verwundert. »Warum nicht?«

»Weil es nichts bringen würde. Diese Kerle würden annehmen, dass ihr Transport irgendwo in einen Hinterhalt geraten ist, und einfach eine neue ›Lieferung‹ zusammenstellen. Damit wäre nichts gewonnen.«

»So? Was willst du stattdessen tun?«

»Nichts«, erklärte Alex ruhig.

»Nichts?« Paolo machte große Augen. »Das ist nicht dein Ernst!«

»Und ob. Dass wir auf diesen Transport gestoßen sind, ist für uns wie ein Lotteriegewinn - und mit ein klein wenig mehr Glück wird er uns geradewegs zu den Drahtziehern dieses abscheulichen Verbrechens führen.«

»Sie ... Sie wollen diese Frauen als Köder benutzen?«, fragte Suzanne zweifelnd.

»Das sollte in Ihrem Sinne sein«, entgegnete Alex. »Schließlich kommen wir so an die Hintermänner heran.«

»Das möchte ich aber nicht auf Kosten des Lebens dieser Frauen«, erklärte die Ärztin.

»Die Chance, die sich uns bietet, ist einmalig«, hielt Alex dagegen. »Wenn wir sie nicht nutzen, werden wir möglicherweise niemals erfahren, wer oder was hinter dieser Sache steckt.«

»Sie würden diese jungen Frauen opfern wegen einer verdammten Story?« Suzanne Leclercs Augen weiteten sich voller Abscheu.

Alex' Züge verhärteten sich, ihre Lippen wurden zu einem schmalen Strich. »Nein«, erklärte sie dann. »Nicht wegen einer Story. Es geht dabei um mehr. Um viel mehr ...«

»Was - was soll das heißen?«

»Wir sind keine Reporter, Suzanne«, gestand Alex, »und mein wirklicher Name ist auch nicht Kathryn Keeler. Wir haben Ihnen das erzählt, um Sie zu schützen, aber wie die Dinge liegen, werden wir Ihnen wohl die Wahrheit sagen müssen.«

»Die Wahrheit.« Die Ärztin schnaubte. »Und wie sieht diese Wahrheit aus?«

»Wie Wahrheit ist, Suzanne, dass wir im Auftrag einer unabhängigen Organisation gegen eine Bedrohung von globalen Ausmaßen kämpfen. Im Augenblick kann ich Ihnen weder die Hintergründe noch den konkreten Anlass unserer Anwesenheit in diesem Land erklären, aber ich versichere Ihnen, dass wir auf derselben Seite stehen.«

»Sie versichern es mir? Nachdem Sie mir gerade erst eröffnet haben, dass Sie mich belogen haben?«

»Ja, das Timing könnte besser sein«, gab Alex zu, »aber es ändert nichts an dem, was ich sage. Mein wirklicher Name ist Alexandra Lessing.« Sie wies auf ihren Begleiter. »Und dies ist Dr. Paolo Genaro, ein italienischer Archäologe.«

»Und das ist nun die Wahrheit?«

»Eine andere gibt es nicht«, bekräftigte Alex. »Unser Auftrag besteht darin, herauszufinden, was hier im Grenzland vor sich geht, denn möglicherweise verbirgt sich dahinter noch eine viel größere und schrecklichere Bedrohung, als Sie es im Augenblick erahnen können.«

»Wovon genau sprechen Sie?«

»Es ist wichtig, dass Sie mir vertrauen. Bitte, Suzanne ...«

»Ihnen zu vertrauen ist eine Sache«, konterte die Ärztin, »aber es bedeutet noch längst nicht zuzulassen, dass Sie diese Frauen in ihr Verderben schicken.«

»Wir wissen nicht, was mit ihnen geschieht«, gab Alex zu bedenken. »Wenn zu einem späteren Zeitpunkt die Möglichkeit besteht, sie zu retten, wäre ich die Letzte, die etwas dagegen einwenden wird. Aber im Augenblick ...«

»Das ist Blödsinn, und das weißt du!«, fiel Paolo ihr ins Wort. »Wen die Grauen einmal in ihren Klauen halten, den lassen sie nicht wieder frei.«

»Die Grauen?«, fragte Suzanne. »Wer sind die Grauen?«

»Unsere Feinde«, antwortete Alex nur. »Je weniger Sie darüber wissen, desto besser ist es für Sie. Glauben Sie mir, ich spreche aus Erfahrung ...«

»Und genau diese Erfahrung sollte dir sagen, dass du dabei bist, einen schweren Fehler zu begehen«, blaffte Paolo. »Wenn wir diese Frauen nicht befreien, machen wir uns mitschuldig an allem, was ihnen noch widerfahren wird.«

»Glaubst du, das wüsste ich nicht?«, fragte Alex spitz. »Aber hier geht es nicht darum, ein gutes Dutzend Menschen zu retten, sondern die Hunderte und Tausende Unschuldiger, die noch folgen werden, wenn wir den Drahtziehern nicht das Handwerk legen.«

»Aber wir wissen ja noch nicht einmal, ob es wirklich der Orden ist, der bei dieser Sache die Fäden zieht«, hielt er dagegen. »Möglicherweise hat Dr. Leclerc recht und es handelt sich tatsächlich nur um einen Fall von Gen-Diebstahl ...«

»›Nur‹?«, fragte Suzanne entrüstet. »Was soll das heißen, ›nur‹? Und was ist das für ein Orden, von dem Sie sprechen?«

»Zugegeben«, antwortete Alex ihrem Begleiter, ohne auf Suzannes Fragen einzugehen, »aber die Möglichkeit, dass dies das Werk des Ordens ist, besteht, und wir sollten jede Chance nutzen, wenn es darum geht, die Pläne dieser Organisation zu vereiteln.«

»Kein Leben darf geopfert werden, um ein anderes zu retten«, hielt Paolo dagegen. »Wenn wir wie die Grauen handeln und dem Zweck den Vorrang über die Moral geben, werden wir wie sie!«

»Paolo, ich will doch nur ...«

»Du hast dich verändert, Alex«, warf er ihr vor. »Ich weiß nicht, was mit dir geschehen ist, aber es gefällt mir nicht. Du bist nicht mehr die Frau, die ich in jener Nacht im Dschungel kennengelernt habe.«

»Nein«, gab sie zu, »wahrscheinlich nicht.« Und tief in ihrem Inneren wusste sie, dass es mit Sicherheit so war.

Noch vor ein paar Monaten, vielleicht auch noch vor einigen Wochen, wäre sie genau wie Paolo der Ansicht gewesen, dass man sich beim Kampf gegen den Orden davor hüten musste, zu dem zu werden, was man bekämpfte. Für den Orden zählte der Einzelne nichts. Ein Grauer hätte in dieser Situation, in der Alex steckte, keinen Augenblick mit der Überlegung verschwendet, ob das Wohl weniger dem der Organisation vorzuziehen war – und Alex ertappte sich dabei, dass auch sie weniger lang über die Frage nachgedacht hatte, als es angemessen gewesen wäre. Der Wunsch, den Orden zu besiegen und damit künftige Generationen vor den Grauen zu bewahren, war stärker als alles andere, und sie war dafür auch bereit, einige der Regeln zu verletzen, für die die ›Anderen‹ einstanden.

Vielleicht, dachte Alex, war dies das Schicksal eines jeden Soldaten. Zu Beginn schien alles einfach, und es war klar, wer die Guten und wer die Bösen waren. Aber je länger der Kampf dauerte, desto mehr traten die eigentlichen Beweggründe des Kampfes in den Hintergrund, und dann ging es nur noch um den Sieg, egal um welchen Preis. Schon einmal, ganz zu Beginn, hatte Alex gezweifelt und damit die ›Anderen‹ fast vernichtet.

Diesmal durfte es keine Zweifel geben. Der Orden musste besiegt werden, nur das zählte - auch wenn dabei ein paar Ideale auf der Strecke blieben. Die Notwendigkeit verlangte es, die Zukunft der Menschheit verlangte es - und das neue Leben in ihr verlangte es ebenfalls.

Und zum ersten Mal, wenn auch nur für einen kurzen Augenblick, konnte Alexandra Lessing verstehen, was ihren Vater einst bewogen haben mochte zu tun, was er getan hatte ...

Das erschreckte sie so sehr, dass ihre Miene heftig zuckte. Paolo deutete die Reaktion richtig, zog jedoch die falschen Schlüsse.

»Du hast dich selbst gesehen«, murmelte er, »und du bist darüber erschrocken. Also lass uns tun, was ich vorgeschlagen habe, und diese Frauen befreien. Du weißt, dass es das einzig Richtige ist ...«

»Nein«, widersprach sie. »Wir müssen bleiben und abwarten. Eine Gelegenheit wie diese bekommen wir nicht wieder.«

»Suzanne?«, wandte sich Paolo Hilfe suchend an die Französin.

Suzanne Leclerc zögerte. Ihr Blick pendelte zwischen Alex, Paolo und den gefangenen Frauen hin und her, während der Lastwagen weiterhin seinem unbekannten Ziel entgegenrumpelte.

»Ich will diese Frauen befreien«, erklärte sie schließlich, »denn ich denke, dass ich das dem armen Abdulayeh schuldig bin, der sein Leben geopfert hat, um uns zu retten ...«

Paolo nickte. »Sehe ich auch so.«

»... aber«, fuhr die junge Ärztin fort, »ich denke auch, dass Alexandra recht hat. Wenn wir die Drahtzieher dieses furchtbaren Verbrechens ausfindig machen und ihnen das Handwerk legen wollen, müssen wir herausfinden, wohin man die Frauen bringt, also ...«

»Ich verstehe«, sagte der Italiener resignierend, als Suzanne verstummte.

»Wirst du uns helfen?«, fragte Alex.

»Natürlich«, erwiderte er - aber an der Art und Weise, wie er es sagte, erkannte sie, dass etwas zwischen ihnen zerbrochen war.

»Es tut mir leid, Paolo«, sagte sie, aber er blieb eine Antwort schuldig und begnügte sich damit, auf der Ladepritsche zu kauern und starr vor sich hin zu blicken, gerade so als stünde auch er unter Drogen.

Benommen und erschöpft hockte auch Alex einfach nur da. Sie hatte sich durchgesetzt, aber ihr war alles andere als wohl dabei. Nun begann das Warten, das andauern würde, bis der Laster sein Ziel erreichte.

Dann hoffentlich würden sie erfahren, was im Grenzland vor sich ging - doch Alex bezweifelte, dass ihnen des Rätsels Lösung gefallen würde ...

15.

Die In-vitro-Fertilisation - in Kurzform IVF genannt - ist eine Möglichkeit der künstlichen Befruchtung, die in vitro, *also im Reagenzglas, stattfindet. Bei der klassischen Form der In-vitro-Fertilisation werden durch gezielte Hormonbehandlung zur Reifung gebrachte Eizellen dem weiblichen Körper entnommen und mit durch Masturbation oder mikrochirurgische Entnahme gewonnenen Spermien im Reagenzglas befruchtet. Die auf diese Weise gewonnenen Zygoten werden in einem speziellen Brutbehälter kultiviert und dabei ständig überwacht, bis sie schließlich im sog. Vier-Zell-Stadium (Tag zwei nach der Befruchtung) oder im Blastozysten-Stadium (Tag fünf nach der Befruchtung) in den Uterus der Mutter eingesetzt werden. Diese muss nicht mit der Eizellenspenderin übereinstimmen, auch Leihmutterschaft ist, abhängig von den Gesetzgebungen der jeweiligen Länder, prinzipiell möglich.*

Die Erfolgsrate für eine durch In-vitro-Fertilisation eingeleitete Schwangerschaft liegt bei zirka dreißig Prozent.

Nach: Mayer, Irwin
Woher wir kommen
Cincinnati, 2001

Grenzland zwischen Tschad und Sudan
Genaue Position unbekannt
12 Uhr 21 Ortszeit

Da man ihnen auch die Armbanduhren abgenommen hatte, konnte Alexandra Lessing nur schätzen, wie spät es war, als der Lkw endlich seine Fahrt verlangsamte.

Dem Stand der Sonne nach zu urteilen war es um Mittag; der gelbe Glutball hing hoch am Himmel und ließ die karge Landschaft flimmern. Wo sie waren, entzog sich ebenfalls Alex' Kenntnis. Auch Suzanne Leclerc, die sich immerhin schon einige Zeit im Grenzland aufhielt, war damit überfragt. Die umliegenden Berge ließen vermuten, dass sie sich irgendwo im Norden befanden, in einem der zahllosen Täler, die sich zwischen den zerklüfteten Felsriesen erstreckten und die allesamt unbewohnt waren - der perfekte Ort, wenn man bei dem, was man tat, unbeobachtet bleiben wollte ...

Paolo Genaro hatte während der letzten sechs Stunden kaum ein Wort gesprochen. Es war nicht festzustellen, ob der Italiener gekränkt oder einfach nur enttäuscht war. Keines von beidem war Alex recht; sie hatte Paolo weder vor den Kopf stoßen wollen, noch war es ihr egal, was er von ihr dachte. Aber sie hatte sich durchgesetzt, weil sie davon überzeugt war, das Richtige zu tun.

Das Richtige für den Widerstand.

Das Richtige für den Sieg.

Der Motor des Lasters verfiel in heiseres Gebrüll, als der Fahrer das Tempo abermals verlangsamte. Ohnehin war der Lkw nicht sehr schnell gefahren - die nur aus gestampftem Boden bestehende Fahrbahn ließ selten mehr als vierzig Stundenkilometer zu. Nun jedoch rollte der Laster in Schrittgeschwindigkeit dahin - und von einem Augenblick zum anderen war das Rumpeln, das die gesamte Fahrt begleitet hatte, plötzlich verschwunden.

»Was ist denn jetzt?«, fragte Suzanne, und Alex, die noch immer an der Heckklappe kauerte, richtete sich halb auf, um unter der Plane hindurchzuspähen.

»Eine Straße aus Beton«, sagte sie, um einen Lidschlag später, als es schlagartig dunkel wurde, hinzuzufügen: »Und da ist ein Dach ...«

»Ein Dach?«, fragte Paolo und brach damit sein langes Schweigen.

»Ein Tor. Ein Tor im Boden«, berichtete Alex. »Wir fahren in eine unterirdische Basis ein.« Während sie sprach, sah sie Neonröhren wie Schlaglichter vorbeiwischen. »Stahl und Beton. Alles scheint brandneu.«

»Eine unterirdische Basis?«, fragte Paolo. »Wer, in aller Welt, unterhält eine unterirdische Basis mitten im Nirgendwo?«

»Ja, wer wohl«, fragte Alex dagegen und sandte ihm einen vielsagenden Blick. »Der Lkw wird gleich anhalten, schätze ich.«

»Wir müssen abspringen«, drängte Paolo, »sonst werden sie uns entdecken.«

Niemand widersprach. Natürlich war das gefährlich. Vielleicht würden sie es mit bewaffneten Posten zu tun bekommen, die ohne Zögern das Feuer auf sie eröffneten. Aber dieses Risiko mussten Alex und ihre Begleiter eingehen, sonst waren sie in jedem Fall geliefert.

Paolo war der Erste. Kurzerhand schlug er die Plane beiseite, schwang die Beine über die Heckklappe und sprang. Sofort flüchtete er sich zur nahen Wand, aus der in regelmäßigen Abständen Pfeiler aus Stahlbeton hervorragten. Hinter einem dieser Pfeiler ging er in Deckung, sicherte mit der Kalaschnikow, dann löste er die linke Hand von der Waffe und bedeutete den Frauen mit emporgerecktem Daumen, dass die Luft sauber war.

Alex und Suzanne Leclerc verließen den Wagen. Während

Alex den Sprung mit den Knien abfederte, kam die Ärztin zu Fall, rollte sich jedoch über die Schulter ab und stand sofort wieder auf. Auch sie huschten in den Schutz des Vorsprungs und pressten sich dort eng an den glatten, kalten Beton.

Alex merkte, wie ihr das Herz bis zum Hals schlug. Sie schloss kurz die Augen und sammelte sich, konzentrierte sich darauf, ruhig und gleichmäßig zu atmen. Erst dann war sie in der Lage, sich einen Überblick zu verschaffen.

Wie sie und ihre Begleiter feststellten, war es höchste Zeit gewesen, den Laster zu verlassen. Nur dreißig oder vierzig Meter weiter nämlich endete der von grellem Neonlicht erhellte Tunnel und mündete in eine große unterirdische Halle, aus der Schritte und Stimmengewirr drangen.

Die drei Eindringlinge tauschten einen Blick. Dann nickten sie einander zu und wollten sich vorsichtig zum Ende des Tunnels schleichen, den der Lastwagen inzwischen passiert hatte - als Paolo Alex plötzlich an der Schulter packte und sie in den Schutz des Pfeilers zurückzog.

»Was ...?«

Statt zu antworten, deutete er zur Decke, wo ein unscheinbares kleines Kästchen montiert war, aus dessen Vorderseite ein Objektiv lugte.

Eine Überwachungskamera.

Alex bedankte sich bei Paolo mit einem Lächeln. Um die gesamte Tunnelröhre im Sucher zu behalten, schwenkte das Kästchen mit dem Objektiv hin und her. Alex wartete ab, bis das Objektiv in eine andere Richtung wies, dann huschte sie aus dem Versteck und dicht an der Wand entlang zum nächsten Pfeiler, gefolgt von ihren Begleitern.

Da es dort eine weitere Kamera gab, die zur ersten asynchron geschaltet war, mussten die Eindringlinge die Seiten wechseln, um nicht prominent auf irgendeinem Überwachungsmonitor zu erscheinen. Dieses Manöver wiederholten sie zweimal, und bei der letzten Kamera, die sie passierten, hatte Alex das hässliche Gefühl, einen Sekundenbruchteil zu langsam gewesen zu sein.

Hatte die Kamera sie noch erfasst?

War man bereits auf sie aufmerksam geworden?

Mühsam den keuchenden Atem unterdrückend, schmiegte sie sich eng an die kalte Wand und erwartete, dass im nächsten Moment ein Alarm losschrillen würde - aber alles blieb ruhig. Offenbar war ihr Eindringen trotz ihrer Unvorsichtigkeit nicht entdeckt worden ...

Behutsam, Stück für Stück, arbeiteten sie sich an die Tunnelmündung heran und konnten endlich sehen, was sich dahinter befand: ein unterirdisches Gewölbe von der Größe eines halben Fußballplatzes, dessen Dach von einer komplexen, freitragenden Stahlkonstruktion gehalten wurde, die in zehn oder zwölf Metern Höhe schwebte. Unweit von ihnen stand der Lastwagen, und zu ihrem Entsetzen erblickte Alex noch drei weitere Militärlaster, die allesamt nicht weniger alt, staubig und verbeult waren als der, mit dem sie gekommen waren - und von allen diesen Lkws wurden Frauen abgeladen. Junge Frauen mit dunkler Haut, die die Trachten verschiedener Bevölkerungsgruppen trugen. Alex wusste zu wenig, um sie zuordnen zu können, aber die unterschiedliche Stammeszugehörigkeit war offensichtlich. Ihr trauriges Schicksal jedoch war diesen Frauen gemein - sie alle trugen Ketten an den Füßen, und in ihren Augen lag der gleiche lethargische Ausdruck.

Den Frauen dabei zuzusehen, wie sie von den Lastwagen stiegen, mit apathisch langsamen Bewegungen und begleitet vom gleichförmigen Klirren ihrer Ketten, hatte etwas Gespenstisches, so wie die ganze Szenerie an Dinge erinnerte, die Alex in der Menschheitsgeschichte längst überwunden geglaubt hatte. Die Assoziation willenloser Sklaven, die von ihren Meistern angetrieben wurden, drängte sich förmlich auf, auch wenn diese Sklavenhalter keine Peitschen benutzten.

Stattdessen hielten sie Stöcke in den Händen, mit denen sie die Gefangenen dirigierten. Ihre Maschinenpistolen trugen sie dabei am Riemen über der Schulter, aber Alex zweifelte nicht, dass sie davon Gebrauch machen würden, falls eine der Frauen Widerstand leistete - denn es waren Schergen des Ordens!

Alex hatte die schwarzen Overalls mit den dazugehörigen Sturmhauben schon oft genug gesehen. Obwohl - oder gerade weil - die Kampfanzüge weder Hoheitsembleme noch Dienstgradabzeichen oder sonst eine Kennung aufwiesen, identifizierte Alex sie sofort als jenen Aufzug, den die sichtbaren Schergen des Ordens zu tragen pflegten - gewissenlose Söldner, die in allen Teilen der Welt angeworben wurden und die ohne Skrupel töteten, solange die Bezahlung stimmte.

Zu sehen, wie diese gesichtslosen Verbrecher mit den gefangenen Frauen umgingen, brachte nicht nur Alex' Blut in Wallung, sondern auch das von Suzanne Leclerc - und dabei wusste die Ärztin noch nicht einmal, für wen die Vermummten arbeiteten. Alex merkte, wie Suzanne neben ihr die Fäuste ballte.

»Ruhig«, flüsterte sie der jungen Ärztin zu. »Keine unüberlegte Handlung jetzt. Wir können nur etwas erreichen, wenn wir unentdeckt bleiben ...«

Widerwillig blieb Suzanne in Deckung; ihr war anzumerken, dass sie sich am liebsten mit bloßen Händen auf die Vermummten gestürzt hätte, von denen Alex zwei Dutzend zählte. Auf der anderen Seite der Halle, den drei Lastwagen gegenüber, standen zwei moderne Geländefahrzeuge vom Typ Humvee M998, wie sie bei der U. S. Army in Gebrauch waren. Daneben stapelten sich zahlreiche Container aus Stahl, in denen sich offenbar Ausrüstung befunden hatte.

Was für Ausrüstung? Waffen?

Das ergab keinen Sinn. Es musste etwas mit den jungen

Frauen zu tun haben, die in Scharen an diesen Ort gebracht wurden.

Plötzlich bereute es Alex, hart geblieben zu sein und die Mädchen und Frauen damit womöglich zu einem grausamen Tod verurteilt zu haben. Doch die Entscheidung war getroffen, Alex konnte sie nicht mehr rückgängig machen. Stattdessen mussten sie das Geheimnis dieses Ortes ergründen - wohl war ihr allerdings nicht dabei.

Fassungslos schauten die drei Eindringlinge zu, wie die Fahrer der Lastwagen - allesamt in zusammengeschusterten Kampfanzügen steckende Paramilitärs - die Entlohnung für die Transporte entgegennahmen, die ihnen direkt auf die Hand ausbezahlt wurde. Einhundert US-Dollar für jede Frau, schätzte Alex. Diese verdammten Schweine ...

Inzwischen hatten die Kolonnen der Gefangenen die Halle durch einen der Ausgänge an der rückwärtigen Seite verlassen. Die Fahrer kehrten zu ihren Lkws zurück und wendeten, um rauszufahren, und in dem Motorenlärm und den Rußwolken aus den Auspuffen der Lkws huschten Alex und ihre Begleiter in gebückter Haltung zu den Containern, in deren Schutz sie abermals verharrten.

»Was nun?«, fragte Paolo.

»Den Frauen hinterher«, zischte Suzanne. »Wir dürfen sie nicht aus den Augen verlieren.«

»Die Wachen hauen ab«, flüsterte Alex, die zum Ende der Containergasse geschlichen war und vorsichtig hinausspähte. Ihre Spezialbrille war ihr von den Freischärlern ebenso abgenommen worden wie alles andere, so dass sie keine Möglichkeit hatte sich zu vergewissern, ob sich die Halle tatsächlich leerte oder ob es noch Wachen gab, die das bloße Auge nicht entdecken konnte. Sie würde sich auf ihr Gefühl verlassen müssen - und dieses Gefühl sagte ihr, dass die Luft rein war.

Die meisten Vermummten hatten sich durch einen zweiten Ausgang auf der Rückseite der Halle zurückgezogen. Nur zwei Mann waren geblieben, die auf der anderen Seite Posten bezogen hatten und die Einfahrt im Auge behielten. Einer von ihnen lachte laut und dreckig, was Alex' hilflosen Zorn nur noch mehr anstachelte.

»Lach nur«, flüsterte sie. »Dir wird das Lachen noch vergehen.« Dann wandte sie sich um und kehrte zu den anderen zurück.

»Und?«, erkundigte sich Paolo erwartungsvoll.

»Mit etwas Glück können wir den Gang, in den die Gefangenen geführt wurden, ungesehen erreichen. Es gibt nur zwei Wachen, und wir können die Container und die Geländewagen als Deckung nutzen.«

»Gut.« Der Italiener nickte. »Und wenn nicht ...« Er hielt demonstrativ das Sturmgewehr hoch.

»Daran solltest du nicht mal denken«, schärfte Alex ihm ein. »Gegen eine solche Übermacht hätten wir nicht den Hauch einer Chance. Entweder, wir schaffen es, ungesehen hinein- und wieder herauszukommen, oder gar nicht.«

Niemand widersprach.

Sie würden sich vorsehen müssen, auf Posten und Kameras achten - und sogar auf unsichtbare Beobachter. Im Grunde war es unmöglich, was sie hier abzogen, aber Alex wollte nicht aufgeben. Sie *durfte* nicht aufgeben, das war sie den Frauen schuldig, die sie in diese Hölle hatte fahren lassen.

»Also los!«, forderte Suzanne Leclerc sie auf, und nacheinander verließen sie ihr Versteck und huschten auf den Gang zu, durch den die Frauen abgeführt worden waren, dabei immer auf die beiden Posten achtend. Im Augenblick wandten sie ihnen den Rücken zu, aber schon das leiseste Geräusch oder auch nur ein unglücklicher Zufall konnten dies ändern ...

Instinktiv hatte Alex die Führung übernommen, aber es gab auch rationale Gründe dafür. Obwohl sie noch nicht sehr lange zu den Anderen gehörte, wusste sie von allen dreien noch am besten, worauf sie zu achten hatte, wenn es darum ging, Unsichtbare zu entdecken. Außerdem ertappte sie sich dabei, dass sie Paolo misstraute. Der Archäologe war sichtlich nervös, und sie wollte nicht, dass sein südländisches Temperament mit ihm durchging. Ein kühler Kopf war gefragt - Alex konnte nur von sich hoffen, dass sie ihn behalten würde ...

Ungesehen erreichten sie den Gang. Sich an die kalte Betonwand drückend, verharrten sie einen Moment und vergewisserten sich, dass die beiden Wachen sie wirklich nicht bemerkt hatten. Alex spähte auch zu den beiden Humvees hinüber, die offenbar nagelneu waren - ein Zeichen dafür, dass der Orden trotz gegenteiliger Versicherung Washingtons nach wie vor enge Verbindungen zu offiziellen Stellen unterhielt. Mit fast unerschöpflichen finanziellen Ressourcen ausgestattet, konnten die Grauen so ziemlich jedes Waffensystem in ihren Besitz nehmen, das die US-Streitkräfte zu bieten hatten. Im Zweifelsfall sogar einen atomaren Sprengkopf, wie der Zwischenfall in New York gezeigt hatte ...

Alex bemühte sich, ihr Schaudern zu unterdrücken. Ein Anführer, das hatte Ismael ihr beigebracht, hatte stets Zuversicht auszustrahlen - selbst dann, wenn er sich seiner Sache keineswegs sicher war. Der Gedanke, dass Paolo und Suzanne sie brauchten, gab Alex erstaunlicherweise Kraft, und für einen kurzen Moment fragte sie sich, wie viel vom Erbe ihres Vaters dafür verantwortlich sein mochte.

Vorsichtig pirschten sie sich den Gang hinab, der schon nach wenigen Metern endete. Ein Schott aus schimmerndem Metall versperrte den Weg, so dass Alex schon glaubte, ihre Erkundungstour wäre zu Ende. Als Paolo jedoch versuchsweise die Knöpfe einer in die Wand eingelassenen Schalttafel betätigte, glitten die beiden Hälften des Schotts mit einem leisen schabenden Geräusch auseinander.

»Kein Schloss?«, flüsterte Suzanne.

»Offenbar nicht.«

Erneut übernahm Alex die Führung. Jenseits des Schotts befand sich ein Raum, in dem die Luft feucht war und dampfig. Der Boden bestand aus einem Eisengitter, unter dem sich Wasser sammelte, fast wie in einer Autowaschanlage. Ein saurer, antiseptischer Geruch tränkte die Luft, der Alex' Magen rebellieren ließ. Noch übler allerdings wurde ihr, als sie die Kleider entdeckte, die entlang der Wand aufgehäuft waren. Es waren die Gewänder, die die Frauen getragen hatten.

Auf der anderen Seite, dem Kleiderhaufen gegenüber, hingen mehrere dünne Schläuche von der Decke; sie endeten in Gerätschaften, die wie langläufige Pistolen aussahen. Dampfstrahler, mit denen man die Gefangenen offenbar einer ebenso rohen wie erniedrigenden Reinigungsprozedur unterzogen hatte.

»Diese Schweine«, hauchte Suzanne, den Tränen nahe. »Diese elenden Schweine ...«

Auch Alex und Paolo waren erschüttert. Nicht genug damit, dass man diese jungen Frauen entführte und ihrer Freiheit beraubte, man behandelte sie wie Vieh. Unbändige Wut wallte durch Alex' Adern, während sie sich zum ungezählten Mal fragte, welchem Zweck all dies dienen mochte - als sie plötzlich Gesellschaft bekamen. Das Schott, durch das sie gekommen waren, hatte sich wieder geschlossen, dafür öffnete sich in diesem Moment die schwere zweiflügelige Milchglastür auf der gegenüberliegenden Seite des Raums.

Eine verschwommene Gestalt war durch das halbtransparente Glas auszumachen, dann schwangen die beiden Türhälften auf - und Alex und ihre Begleiter sahen sich einem Mann in einem schneeweißen Overall gegenüber, der OP-Haube und Mundschutz trug, so dass von seinem Gesicht kaum mehr als die Augen zu sehen waren, offenkundig die eines Asiaten. Verblüfft klingendes Japanisch drang unter dem Mundschutz hervor, von dem Alex nicht eine einzige Silbe verstand. Aber das spielte auch keine Rolle.

Sie waren entdeckt!

Der Mann - ein Laborwissenschaftler oder was immer er sein mochte - schien davon auszugehen, dass ein Hilfeschrei im Gewirr der unterirdischen Korridore ungehört verhallen würde. Jedenfalls fuhr er auf dem Absatz herum und wollte die Flucht ergreifen. Paolo jedoch kam ihm zuvor.

Mit bewundernswerter Reaktionsschnelle stürzte der Archäologe auf den Vermummten zu und brachte die Kalaschnikow zum Einsatz, allerdings auf erfreulich geräuscharme Weise. Den Kolben der Waffe als verlängerte Faust benutzend, traf er den Wissenschaftler zwischen den Schulterblättern, und mit einem erstickten Schrei ging der Japaner zu Boden. Sofort war Paolo über ihm, und der Gewehrkolben ging ein weiteres Mal nieder, diesmal ins Genick des Mannes, der daraufhin reglos liegen bleib.

Alex und Suzanne, die dem ebenso kurzen wie heftigen Kampf atemlos zugeschaut hatten, kamen näher, und die Französin kniete sich hin, um das Handgelenk des am Boden Liegenden zu ergreifen.

»Tot«, stellte sie ohne erkennbares Bedauern fest. »Und was jetzt?«

»Wir lassen den Leichnam verschwinden und sehen uns weiter um«, schlug Alex vor und wies in den sich anschließenden Korridor. »Da ist eine weitere Tür.«

Paolo gab Suzanne seine Waffe, die sichtlich nichts damit anzufangen wusste, dann beugte er sich zu dem Toten hinab, wuchtete ihn hoch und lud ihn sich kurzerhand auf die Schulter.

»Hier hinein«, sagte Alex; sie war zu der Tür gegangen, auf die sie vorhin gewiesen hatte, und öffnete sie. Dahinter lag ein Umkleideraum; weiße Metallspinde reihten sich entlang der Wände, in der Mitte gab es einen Kleiderständer, an dem

Overalls in Plastikfolie hingen, genau wie jener, den der tote Japaner trug. Auch OP-Hauben und -Masken lagen bereit, daneben stand ein Container, in dem gebrauchte Kleidungsstücke entsorgt wurden.

»Wir sollten uns die Dinger anziehen«, meinte Suzanne. »Auf diese Weise fallen wir weniger auf.«

Alex und Paolo waren einverstanden. Den Leichnam des Japaners verfrachtete Paolo kurzerhand in den Behälter für die Schmutzwäsche, zusammen mit der Kalaschnikow, die von nun an eher hinderlich denn nützlich gewesen wäre. Vorher nahm Paolo die in einer Plastikfolie steckende ID-Karte an sich, die der Tote an seinem Overall hängen gehabt hatte; darauf befanden sich nur ein Balkencode und der Name »Tanaka«. Dann schlüpften alle drei in die Overalls und zogen sich auch die Hauben und Masken an.

»Bereit?«, fragte Alex.

Die anderen nickten. Suzanne und Paolo wollten schon zurück auf den Korridor huschen, aber Alex wies auf einen anderen Durchgang und sagte: »Dort lang!«

Es handelte sich um eine Schleuse, wie es sie auch bei den Operationssälen von Krankenhäusern gab. Am Ende eines kurzen, hell beleuchteten Korridors befand sich ein weiteres Schott, das mit einem Scannerschloss gesichert war, und darüber war eine Überwachungskamera angebracht.

»Nun?«, fragte Paolo, als er die Kamera sah.

»Frechheit siegt«, murmelte Alex, und sie setzten sich alle drei in Bewegung und passierten gemessenen Schrittes den Gang, nicht als hätten sie etwas zu verbergen, sondern mit der Gelassenheit alltäglicher Routine.

Sie vermieden es, direkt zur Kamera hochzuschauen, und taten so, als würden sie sich miteinander unterhalten. Vor dem Schott zog Paolo die ID-Karte des toten Japaners über das Scannerfeld. Endlos scheinende Sekunden verstrichen, in denen Alex und ihre Begleiter schon befürchteten, ihre

Glückssträhne hätte ein Ende gefunden, aber dann wechselte die rot leuchtende Diode des Schlosses auf Grün, und das Schott öffnete sich. Ohne Zögern traten die drei hindurch und aus dem Blickfeld der Kamera - um schon im nächsten Moment so ruckartig stehen zu bleiben, als wären sie gegen eine Glaswand gelaufen.

Zu überwältigend, zu ungeheuerlich war das, was sie sahen.

»Verdammt!«, stieß Paolo voller Abscheu hervor. »Was, in aller Welt, ist das hier ...?«

Unbekannter Ort
Zur selben Zeit

Nummer 8 frohlockte. Endlich wusste er, wo sich das Hauptquartier des Feindes befand. Dort, wo schon vor Jahrtausenden Verfolgte Zuflucht gesucht hatten. Das zeigte, wie sich die abtrünnigen Verräter, die sich als Widerstandskämpfer bezeichneten, selbst sahen: als kleine Gruppe aufrechter Streiter im Kampf für die Freiheit und gegen eine totalitäre Macht ...

Nummer 8 konnte darüber nur lachen.

Er hatte selbst einige geschichtsträchtige Ereignisse miterlebt: den Beginn des Kalten Krieges nach dem Sieg über Hitler-Deutschland; den Koreakrieg, in dessen Zuge er zu dem geworden war, was er war, und die damit verbundene Teilung des Landes; Vietnam mit all seinen Schrecken; den Krieg der Sowjets in Afghanistan und den Niedergang der UdSSR; die Auseinandersetzungen in Nahost mit ihren kleinlichen Konflikten, die der Orden genüsslich mit immer neuer Nahrung versorgte; zwei Kriege in der Golfregion; schließlich den global vernetzten Terrorismus.

So unterschiedlich die Konflikte gewesen waren, etwas war

dabei stets gleich: Jede der verfeindeten Parteien hatte sich selbst die Rolle des Helden zugeschrieben, der für Frieden und Freiheit kämpfte und einen *bellum iustum* focht. Erst die Zeit hatte die Dinge im Nachhinein wieder gerade gerückt und Helden und Schurken ihre jeweiligen Plätze zugewiesen - und so würde es auch diesmal sein. Denn die Geschichte wurde von Siegern geschrieben, und Nummer 8 hegte keinen Zweifel daran, dass es am Ende der Orden sein würde, der über seine Gegner triumphierte. Die Nachwelt würde den Widerstand ohne romantische Verbrämung sehen, als das, was er nun einmal war: ein Störfaktor auf dem Weg zu einer umfassenden Neuordnung der Welt.

Ein Störfaktor allerdings, der irgendwann aufgehört hatte zu existieren, weil der Ordensabwehr der endgültige, entscheidende Schlag geglückt war. Ein Vorstoß geradewegs ins Herz des Feindes ...

Nummer 8 starrte auf den Stadtplan vor ihm, ein dichtes Netz von Straßen und engen Gassen, in das zahlreiche Plätze eingebettet waren. Öffentliche Gebäude waren ebenso markiert wie Kirchen, von denen es in dieser Stadt so viele gab. Ein Fluss durchschnitt die Stadt von Norden nach Süden, wobei er zwei weite Windungen beschrieb.

Man hätte meinen können, der Plan wäre mit filigranen Strichen auf die große Glasscheibe gemalt, vor der Nummer 8 stand, doch in Wahrheit waren es Myriaden in Glas gebetteter Flüssigkristalle, die für das gestochen scharfe Bild sorgten.

Auf eine Berührung von Nummer 8 hin wechselte die Anzeige, und ein anderer Plan erschien, der dieselbe Stadt zeigte, jedoch unter einem anderen Gesichtspunkt. Der Flusslauf war unverändert, die Straßen allerdings waren nicht mehr zu sehen. Dafür jedoch ein verzweigtes Röhrensystem, das die wichtigsten Plätze miteinander verband, sowie ein zweites, noch sehr viel feineres Geflecht: die U-Bahn-Tunnels sowie die Kanalisation. Das LCD-Display zeigte gewissermaßen die Unterwelt der Stadt.

Durch eine weitere Berührung der interaktiven Glasscheibe sorgte Nummer 8 dafür, dass Bahnschächte und Kanäle farblich voneinander getrennt wurden. Das unterirdische Verkehrsnetz war nun blau, die Kanäle grün – und ein weiteres Netz von scheinbar planlos in die Erde getriebenen Stollen erschien in roter Umrandung. Die dichteste Konzentration dieser Stollen befand sich im Süden der Stadt, östlich des Flusses, aber es gab auch noch einige andere, und das seit Tausenden von Jahren. Sie hatten einst als Grabstätten gedient, aber im Lauf ihrer wechselvollen Vergangenheit auch andere Zwecke erfüllt. Es gab unzählige Geschichten, die sich um sie rankten – und nun wurde diesen Geschichten eine weitere hinzugefügt ...

Nummer 8 berührte das Glas abermals, um wieder den Straßenplan aufzurufen. Dann schaltete er mehrere Male zwischen beiden Darstellungen hin und her.

Im linken oberen Bereich des drei Meter hohen und ebenso breiten Displays war ein weißer Punkt, der wie ein Fixstern unverändert blieb, auch wenn die Darstellung wechselte. An diesem Punkt, dessen GPS-Koordinaten am Rand eingeblendet waren, war laut Agentin Peragon der Biosender, den Elizabeth Kwon in ihrem Körper trug, zum letzten Mal angepeilt worden. Danach war das Signal plötzlich weg gewesen.

Zunächst hatte man an eine Funktionsstörung geglaubt, was angesichts der noch neuen und vergleichsweise unerprobten Technologie durchaus möglich gewesen wäre (wenngleich Nummer 8 keinen Augenblick gezögert hätte, die für den Fehler verantwortlichen Techniker auszusondern und ihrer sofortigen Exekution zuzuführen). Natürlich hatte man auch die Möglichkeit in Betracht gezogen, dass der Feind das Manöver durchschaut und den Sender unschädlich gemacht haben könnte, aber Nummer 8 wusste nicht, wie dies hätte geschehen können. Peragon war es schließlich gewesen, die das Rätsel gelöst hatte, indem sie nicht nur das Offensichtliche, sondern auch das Verborgene in ihre Überlegungen einbezogen hatte.

Den Untergrund der Stadt ...

Wieder wechselte Nummer 8 die Darstellung. Es war, als würde man die Röntgenaufnahme eines Beins betrachten, das nach außen unversehrt wirkte, dessen Knochen jedoch gebrochen war: Auch hier war das Schadhafte nicht auf den ersten Blick zu erkennen - der leuchtende Fixpunkt jedoch, der sich in unmittelbarer Nähe einer der unterirdischen Grabanlagen befand, bewies, dass es vorhanden war. Der Komplex bestand scheinbar nur aus wenigen Gängen, aber wer vermochte zu sagen, ob es dort unten nicht noch mehr gab, bislang noch unentdeckte Gewölbe, die noch nicht kartographiert worden waren?

Die Darstellung änderte sich abermals und zeigte eine Satellitenaufnahme der Stadt - nur der Fixpunkt blieb. Nummer 8 vergrößerte den betreffenden Ausschnitt, so dass er fast das gesamte Display einnahm, und wechselte dann auf die Aufnahmen der Infrarot-Vermessung, die Peragon hatte vornehmen lassen.

Das Ergebnis war verblüffend, denn es ließ erkennen, dass sich genau dort, wo das Signal zuletzt empfangen worden war, unterirdische Hohlräume befanden. Risse im Knochen, wenn man es so ausdrücken wollte ...

Abermals verzog sich die Fratze des Grauen zu einem Lächeln, das gleichermaßen Stolz wie Genugtuung zum Ausdruck gebracht hätte, wären seine Züge sichtbar gewesen. Stolz auf seine Stellvertreterin, die er mit der gleichen Akribie ausgesucht hatte wie vor ihr Gallagher und die dessen Fähigkeiten sogar noch zu übertreffen schien. Genugtuung, weil diese Entdeckung nicht mehr und nicht weniger als den

Sieg bedeuten konnte, den endgültigen Triumph des Ordens über seine Feinde.

Das Signal war nicht etwa deshalb abgebrochen, weil der Peilsender defekt war oder weil er entdeckt worden wäre - sondern weil sich Dr. Kwon und ihr Begleiter im wörtlichen Sinn in den Untergrund begeben hatten, in einen unterirdisch gelegenen Bunkerkomplex, der gegen Funkwellen abgeschirmt war.

Damit wusste der Orden nun, wo sich ein weiterer bedeutender Stützpunkt des Widerstands befand - und vielleicht sogar dessen Hauptquartier.

Tief unter den Straßen der italienischen Hauptstadt Rom.

In den Katakomben ...

Geheime unterirdische Forschungsbasis
Grenzland zwischen Tschad und Sudan
13 Uhr 1 Ortszeit

Es dauerte einen Moment, bis sich Alexandra Lessing und ihre beiden Begleiter von dem grässlichen Anblick erholt hatten, der sich ihnen jenseits des gesicherten Schotts bot. Und selbst als sie wieder zu atmen wagten und die Sprache wiederfanden, waren sie noch nicht wirklich in der Lage zu begreifen, was ihre Augen sahen.

»Das ... das glaube ich nicht«, flüsterte Suzanne Leclerc.

Vor ihnen erstreckte sich die größte unterirdische Halle, die je einer von ihnen erblickt hatte. Die Decke war vergleichsweise niedrig, unzählige Leuchtstoffröhren waren daran befestigt, und dicke Bündel von Kabeln und Schläuchen verliefen darunter entlang, die sich immer weiter verzweigten, bis sie schließlich senkrecht herabhingen, um eine Reihe von Apparaturen zu versorgen: EKG-Geräte, Infusionsautomaten, Überwachungsbildschirme und noch einige mehr. Eine ganze Phalanx medizinischer Gerätschaften war jeweils um einen metallenen OP-Tisch gruppiert, von denen sich in säuberlicher, fast militärischer Ordnung viele Dutzend aneinanderreihten, und das in vier Kolonnen. Nach Alex' Schätzung mussten es weit über zweihundert OP-Tische sein, die sich bis ans andere Ende der Halle erstreckten. Und auf beinahe jedem dieser Tische lag eine dunkelhäutige junge Frau.

An diesen Ort also wurden die Gefangenen gebracht ...

Die Frauen waren allesamt kahlköpfig und schienen unbekleidet zu sein, doch man hatte sterile Laken über Oberkörper und Beine gebreitet - wohl nicht aus Gründen der Diskretion, sondern damit die Körperwärme nicht entwich. Ohnehin war es nicht sehr warm in der Halle, vielleicht zwanzig Grad; die Temperatur schien, ebenso wie die vergleichsweise hohe Luftfeuchte, automatisch geregelt zu werden. Den Frauen mochte es gleichgültig sein, wie warm oder kalt es war, denn sie bekamen nichts davon mit.

Nicht eine einzige von ihnen war bei Bewusstsein, was Alex auf das Zeug zurückführte, das ihnen mittels der Schläuche injiziert wurde, die von der Decke hingen und über diverse Kanülen in den Körpern der jungen Frauen endeten, während die Monitore die organischen Funktionen überwachten und jede noch so kleine Veränderung verzeichneten ...

»Was, in aller Welt, ist das?«, wiederholte Paolo seine Frage von vorhin - eine Antwort erhielt er jedoch auch diesmal nicht. Der Anblick war zu gespenstisch, der Verdacht, der sich ihnen allen aufdrängte, zu unfassbar, als dass jemand gewagt hätte, ihn offen auszusprechen.

»Sehen wir uns das an«, schlug Alex vor. Sie gab sich betont sachlich, um die Empfindungen zu überspielen, die in ihrem Inneren tobten. Das wohl stärkste Gefühl in ihr war Wut. Ohnmächtiger Zorn auf jene, die sich anmaßten, einen Ort wie diesen zu errichten und Menschen wie Dinge zu missbrauchen. Außerdem verspürte sie ein nahezu schmerzhaftes Mitleid für die jungen Frauen. Sie hatten keine Lobby, keinen Anwalt, der für sie sprach; nicht von ungefähr, da war sich Alex sicher, hatten die Grauen ausgerechnet diesen Teil der Welt ausgewählt für das, was immer sie hier taten ...

Prüfend schaute sich Alex um. Gegenwärtig hielten sich keine Wissenschaftler in der Halle auf - wahrscheinlich waren sie damit beschäftigt, die neu angekommenen Gefangenen in Empfang zu nehmen. Beklommen musste Alex daran denken, dass es ihre Entscheidung gewesen war, die jungen Frauen ihren Peinigern auszuliefern.

Sie erreichten den OP-Tisch, der ihnen am nächsten stand, und Alex fiel etwas auf, was sie zuvor übersehen hatte - vielleicht deshalb, weil es ihr in ihrem Zustand als völlig normal erschienen war. Die Unterbäuche der jungen Frauen wiesen allesamt Wölbungen auf, in unterschiedlicher Ausprägung, aber unübersehbar.

Alle diese Frauen waren schwanger!

Das war kein Zufall, und es lag auf der Hand, welchem ungeheuerlichen Zweck diese Anlage diente. Der Verdacht, den sie insgeheim bereits alle gehegt hatten, bestätigte sich, als die Eindringlinge die Monitore in Augenschein nahmen und auf dem EKG nicht eine, sondern zwei verschiedene Herzspannungskurven entdeckten.

»Das also ist es«, folgerte Suzanne Leclerc erschüttert. »Das ist des Rätsels Lösung. Dieser schreckliche Ort ist nichts anderes als eine ... eine *Plantage*. Eine verdammte Menschenfabrik ...«

Nun, da jede andere Möglichkeit ausgeschlossen und der Verdacht zur Gewissheit geworden war, traf die Erkenntnis Alexandra Lessing mit der Wucht eines Hammerschlags.

Die jungen Frauen, die man aus den Dörfern des Grenzlandes verschleppte, wurden nur zu einem Zweck hierhergebracht: um sie als natürliche Brutstätten zu benutzen!

»Aber wie ... wie ist so etwas möglich?«, fragte Paolo.

»In-vitro-Fertilisation«, sagte Suzanne lakonisch. »Den Frauen werden im Labor befruchtete Eizellen eingepflanzt, die in ihren Körpern heranreifen.«

»Das heißt, diese Frauen ... liegen neun Monate hier?«

»Eher zehn«, verbesserte die Ärztin mit freudlosem Lächeln. »Allerdings wird wohl keiner dieser Embryonen ausgetragen, denn den Betreibern dieser Anlage geht es nur darum, Stammzellen zu gewinnen. Davon bekommen die Frauen allerdings nichts mit, denn sie werden in künstlichem Koma gehalten«, fuhr Suzanne mit Blick auf die Infusionskanülen und die Überwachungsbildschirme fort. »Durch diese Schläuche werden ihnen Nährlösungen zugeführt, die dafür sorgen, dass sich die Embryonen und Föten optimal entwickeln.«

»Optimal?«, fragte Alex. »Diese Kinder nehmen niemals eine Reaktion ihrer Mütter wahr, hören niemals ihre Stimmen ...«

»Optimal im medizinischen Kontext«, schränkte Suzanne ein, »und es sind auch nicht wirklich ihre Kinder. Diese Frauen werden lediglich als Wirtskörper benutzt. Was ihnen widerfährt, wenn sie ihren Zweck erfüllt haben, wissen wir ja bereits.«

Alex verkrampfte sich innerlich. Daran hatte sie noch gar nicht gedacht, aber natürlich hatte Leclerc recht: Nach Ablauf der Schwangerschaft wurden die Frauen von ihren Häschern wieder abgeholt und ihre Körper im Niemandsland »entsorgt«. Ein Akt von planmäßiger Barbarei, der nur deshalb nicht aufgefallen war, weil es niemanden gegeben hatte, der sich darum kümmerte – bis eine Ärztin namens Suzanne Leclerc für die Opfer Partei ergriffen hatte ...

Die Sympathie, die Alex schon zuvor für die junge Französin empfunden hatte, steigerte sich noch - zusammen mit der Entrüstung, mit der sie sich gegen diesen Ort empörte. Wie zynisch und menschenverachtend musste jemand sein, um eine Anlage wie diese zu errichten und zu betreiben? Und wie viele unschuldige Opfer mochten hier bereits ihr Leben gelassen haben? Alex fühlte tiefe Verstörung, die wohl auch der Tatsache geschuldet war, dass sie selbst ein werdendes Leben in sich trug. Das Wunder der Fortpflanzung auf diese Weise zu pervertieren, schien ihr das verabscheuungswürdigste Verbrechen überhaupt. Dass ein Menschenleben für den Orden nichts bedeutete und die Grauen für sich in Anspruch nahmen, über jeder geltenden Moral zu stehen, hatte Alex gewusst - die konkrete Ausformung dieser an Wahnsinn grenzenden Hybris jedoch machte ihr zu schaffen.

Vielleicht, weil sie in ihrem Zustand verletzlicher war; vielleicht, weil ihre Sinne geschärfter waren; vielleicht aber auch nur, weil der Orden der Unsichtbaren seine Maske endgültig hatte fallen lassen und nun sein wahres Gesicht zeigte. Denn in einer Hinsicht irrte Suzanne Leclerc: Der Zweck dieser Anlage bestand in keiner Weise darin, Stammzellen zu gewinnen und diese an illegale Forschungsprojekte zu verkaufen. Wäre es dem Orden nur darum gegangen, hätte er fraglos andere Wege gefunden, dies zu bewerkstelligen.

Hier ging es um mehr, um viel mehr - und Alex ahnte, dass das Kind, das in ihr heranwuchs, und die Embryonen, die in jenen Frauen reiften, mehr gemeinsam hatten, als ihr oder irgendjemandem sonst auf der Welt lieb sein konnte. Dieser Ort diente nicht der Gewinnung von Stammzellen, sondern der Aufzucht einer neuen Rasse, einer neuen Spezies Mensch.

Des *homo invisibilis* ...

Übelkeit befiel Alex. Doch es war die einzig logische Folgerung.

Völlig unvorbereitet waren sie auf eine Zuchtstation

des Ordens gestoßen. Alex hatte sich stets gefragt, wie die Grauen das Problem der Reproduktion lösen und ihren Fortbestand sichern wollten. Die erste Generation von Unsichtbaren, die die Anführer des Ordens selbst repräsentierten, waren schließlich aus Strahlenexperimenten des US-Militärs hervorgegangen, und auch die zweite Generation verdankte ihre Existenz der - wenn auch zu diesem späteren Zeitpunkt bereits ungleich ausgereifteren - Unsichtbarkeitstechnologie. Erst die dritte Generation, der Ismael angehörte, war durch natürliche Fortpflanzung entstanden, und das aus purem Zufall, denn bis dahin hatte niemand gewusst, dass die Behandlung mit Y-Strahlen eine Mutation des menschlichen Genmaterials nach sich zog, die zur Folge hatte, dass unsichtbare Eltern auch unsichtbare Kinder hervorbrachten. Was Alex' eigenes Kind betraf, so standen die Chancen fünfzig zu fünfzig, vorausgesetzt, die herkömmliche Vererbungslehre hatte hier Gültigkeit. Den Grauen allerdings musste es darum gehen, möglichst viele Nachkommen in die Welt zu setzen, die mit hundertprozentiger Sicherheit jener neuen »Herrenrasse« angehörten, die sie propagierten.

Alex entsann sich, ihren Vater gefragt zu haben, wie der Innerste Kreis dieses Problem zu lösen gedachte - und sie erinnerte sich auch noch, dass er einer Antwort ausgewichen war. Nun wusste sie warum.

Wahrscheinlich, sagte sie sich, hatte er bereits eine Ahnung gehabt - und vielleicht war diese Ahnung auch der Grund dafür gewesen, dass er Paolo und sie auf diese Mission geschickt hatte. Möglicherweise würde ihr Bericht nur bestätigen, was man im Lager der Anderen bereits vermutet hatte, aber dann würde Gewissheit bestehen; umso wichtiger war es, dass man in Rom von dem erfuhr, was Alex und ihre Begleiter hier im Grenzland zwischen Tschad und Sudan vorgefunden hatten.

»Wir müssen ihnen helfen«, stieß Suzanne Leclerc unvermittelt hervor, die offenbar ebenfalls nachgedacht und einen Entschluss gefasst hatte. »Wir müssen diese Frauen befreien!«

»Nein«, sagte Alex hart, »das ist leider nicht möglich.«

»Warum nicht?«

»Weil, wer immer hinter diesem Verbrechen steht, dann gewarnt sein würde und wir keine Chance hätten, ihn zu fassen. Was wir brauchen, sind noch mehr Informationen.«

»Aber diese Frauen ... werden sterben!«

»Nicht unbedingt. Wir müssen dem Hauptquartier möglichst rasch Bericht erstatten. Möglicherweise kann eine Rettungsaktion gestartet werden, die ...«

»Dem Hauptquartier? Welchem Hauptquartier? Wovon, verdammt noch mal, sprechen Sie?«

Alex war klar, dass sie einen Fehler gemacht hatte. So sympathisch ihr die Französin sein mochte und so sehr sie in ihr eine Gleichgesinnte sah - Dr. Leclerc war keine Eingeweihte und gehörte nicht zum Widerstand. Ihr internes Wissen zukommen zu lassen, kam nicht in Frage - schon deshalb nicht, um sie zu schützen. Alex ertappte sich dabei, dass ihr dies für einen kurzen Augenblick völlig gleichgültig gewesen war. Sie hatte nur das Ziel ihrer Mission vor Augen gehabt - und dieses Ziel lautete, das Hauptquartier über diese Anlage möglichst rasch und umfassend in Kenntnis zu setzen ...

»Ich kann Ihnen nicht mehr darüber sagen, Suzanne«, erklärte sie deshalb, »aber ich bitte Sie, mir zu vertrauen. Wenn wir jetzt versuchen, diese Frauen zu befreien, würden wir zwar eine Schlacht gewinnen, den Krieg jedoch verlieren. Verstehen Sie, was ich meine?«

»Nein.« Die Ärztin schüttelte kategorisch den Kopf. »Ich verstehe nur, dass Sie schon wieder Unschuldige für Ihre eigenen Ziele opfern wollen - und dabei weiß ich noch nicht einmal, worin diese Ziele eigentlich bestehen.«

»Informationen«, sagte Alex, während sie merkte, wie kalter Schweiß ihren Rücken hinabrann. Sie fühlte sich plötzlich schwach und entkräftet. »Was wir brauchen, sind Informationen. Vertrauen Sie mir, und ich verspreche Ihnen, dass ich zurückkehren und alles daransetzen werde, diese ...«

Weiter kam sie nicht.

Denn in diesem Augenblick hatte Alexandra Lessing das Gefühl, dass eine eiserne Klaue nach ihr griff und sich mit rasiermesserscharfen Krallen durch ihren Unterleib wühlte. Ein Krampf, heftiger als alles, was sie je zuvor verspürt hatte, ließ sie zusammenzucken. Sie krümmte sich, das Gesicht schmerzverzerrt.

»Alex!«, stieß Paolo erschrocken hervor. »Was ...?«

Sie gab keine Antwort. Der Blick, den sie ihm zuwarf, war leer, ihre Züge wie versteinert. Im nächsten Moment verlor sie das Gleichgewicht und kippte nach vorn. Der Archäologe reagierte blitzschnell und fing sie auf, bettete sie zu Boden. Sofort war Suzanne Leclerc bei ihr.

»Alexandra«, stieß sie hervor. »Können Sie mich hören?«

»J-ja ...«

Leclerc prüfte die Pupillen, dann den Puls. »Wie geht es Ihnen? Reden Sie mit mir ...«

»Tut weh ... verdammt weh ...«

»Sie blutet«, stellte Paolo entsetzt fest - und tatsächlich waren zwischen den Beinen des schneeweißen Overalls dunkle Flecke zu sehen, die sich rasch vergrößerten.

»Scheiße«, fauchte Leclerc. »Was ...?«

»Baby«, hauchte Alex. »Mein Baby ...«

»Sie ist schwanger?«, fragte die Ärztin, und der Blick, mit dem sie Paolo dabei bedachte, war unverhohlen vorwurfsvoll.

»Was sehen Sie mich an? Ich bin's nicht gewesen!«

»Das behaupten viele«, konterte Suzanne trocken. »Hören Sie, möglicherweise erleidet sie gerade eine Fehlgeburt. Das bedeutet, dass sie Blut verlieren wird, viel Blut. Wir müssen hier raus, und das so rasch wie möglich!«

»Nein«, widersprach Alex, die nicht mehr in der Lage war, ihren Blick zu fokussieren; ziellos wanderten ihre Pupillen umher. »Will mein Kind ... behalten ...«

»Schon gut«, redete die Ärztin ihr zu und strich ihr über das schweißnasse Haar. »Es kommt alles in Ordnung, okay? Alles wird gut ...«

»Darauf würde ich nicht wetten«, knurrte Paolo.

»Was ist?«

Statt zu antworten, deutete der Archäologe nur zum anderen Ende der Halle, wo sich ebenfalls ein Eingang befand - durch den vier weiß gekleidete und von Kopf bis Fuß vermummte Gestalten getreten waren!

Noch hatten die vier Gestalten die Eindringlinge nicht entdeckt, denn Suzanne und Paolo knieten neben der am Boden liegenden Alex, so dass der OP-Tisch ihnen Deckung gab.

Der Archäologe und die Ärztin tauschten einen gehetzten Blick. Sie mussten verschwinden, und das, ohne dass man sie bemerkte, sonst wäre alles verloren.

»Geht«, zischte Alex. »Lasst mich ... zurück ...«

»Bist du bescheuert?«, flüsterte Paolo. »Wir gehen alle oder keiner.«

»Sind Sie sicher?«, fragte Leclerc und schielte unter dem OP-Tisch hindurch zu den Vermummten. »Wir kriegen jeden Augenblick Gesellschaft ...«

Die Gestalten in Weiß hatten sich aufgeteilt. Jede von ihnen hatte eine Reihe OP-Tische übernommen, die sie langsam abschritt. Dabei trugen sie die Messergebnisse, die sie von den Bildschirmen ablasen, in Listen auf ihren Klemmbrettern ein, die sie bei sich trugen. Auch der abgründigste Wahnsinn bedurfte einer gewissen Organisation ...

»*Merda*«, knurrte Paolo, während er sehnsüchtig zum

Ausgang stierte, der so nah und doch unerreichbar war. Natürlich - wenn sie Alex zurückließen und sich unauffällig bewegten, mochten die anderen sie für Mitarbeiter dieser Anlage halten, und es bestand eine gewisse Chance, dass sie unbehelligt entkamen. Aber Paolo Genaro war nicht gewillt, diesen Schritt zu tun - auch wenn er sich fragte, ob Alexandra Lessing ihm gegenüber dieselbe Loyalität an den Tag gelegt hätte ...

»Geht«, flüsterte sie wieder, während ihr ruheloser Blick von einem zum anderen zuckte. »Müsst Oberon warnen ...«

Suzanne Leclerc schaute Paolo an und schüttelte resignierend den Kopf, was wohl bedeuten sollte, dass sie Alex' Worte auf deren geschwächten Zustand zurückführte und ihnen keine Bedeutung beimaß. Anders als Paolo. Der Archäologe wusste, wer die wahren Drahtzieher hinter dieser unmenschlichen Maschinerie waren, und das flößte ihm eine Heidenangst ein. Allerdings war er nicht bereit, ein Menschenleben zu opfern. Mit fliegenden Blicken suchte er nach einem Fluchtweg, nach einer Möglichkeit, Alex *unsichtbar* zu machen und sie auf diese Weise aus der Halle zu schmuggeln ...

... und fand sie.

»Dort drüben«, zischte er, »an der Wand!«

Suzanne wandte den Blick. »Sie meinen die Bahre?«

»Genau die.« Paolo nickte. An der kahlen, weiß getünchten Betonwand der Halle stand eine fahrbare Liege, die nicht gepolstert war und eine rings umlaufende Blutrinne hatte. Der Zweck war offensichtlich: Das Ding diente dazu, um Wirtskörper - denn nichts anderes waren die Frauen hier - abzutransportieren, die aus irgendwelchen Gründen nicht mehr wie gewünscht funktionierten. Der Gedanke ließ Übelkeit in Paolo aufsteigen. Dennoch - die Bahre bot eine Möglichkeit zur Flucht.

»Ich verstehe, was Sie meinen«, flüsterte die Ärztin - und

war schon unterwegs. Langsam, so als hätte sie am Boden etwas gesucht, richtete sie sich auf, überflog die Anzeigen auf dem nächstbesten Monitor und wandte sich dann ab, um die Bahre zu holen. Die anderen Vermummten bemerkten sie und blickten kurz herüber, jedoch schien keiner von ihnen Verdacht zu schöpfen.

Obwohl Eile geboten war, ließ sich Suzanne Zeit. Mit bewundernswerter Ruhe gelang es der Ärztin, ihre Bewegungen ebenso routiniert wirken zu lassen wie die der Wissenschaftler. Sie erreichte die Bahre, löste die Arretierung der Räder mit dem Fuß und schob das Gefährt auf Alex und Paolo zu. Das leise Quietschen der Räder entlockte Paolo eine leise Verwünschung, doch die anderen Vermummten reagierten nicht darauf.

»Bloß raus hier«, raunte Suzanne ihm zu, als sie bei ihm anlangte.

»Keine Sorge.«

Der Italiener griff unter Alex' Oberkörper, Suzanne schnappte sich die Beine. Auf ihr Nicken hin hoben sie die halb Bewusstlose an, deren Lippen nur noch ganz leise unverständliche Worte formten.

»Ruhig, Alex, ruhig«, sprach Paolo flüsternd auf sie ein, während Suzanne kurzerhand nach einem Laken griff, es so entfaltete, dass es den Vermummten die Sicht nahm - und es dann über Alex breitete, und zwar so, dass es sowohl den Körper als auch das Gesicht bedeckte. Dass etwas Blut durch das Laken sickerte, schadete in diesem Fall nicht - es machte ihre Tarnung nur glaubwürdiger.

»Nichts wie weg«, knurrte Paolo.

Die Ärztin widersprach nicht.

Gemeinsam schoben sie die Bahre Richtung Ausgang. Auf den ersten Schritten erwarteten sie, dass jemand sie anrufen und auffordern würde, stehen zu bleiben. Aber als nichts dergleichen geschah und sie die Hälfte der Distanz unbehelligt zurückgelegt hatten, dämmerte in ihnen die schwache Hoffnung, dass sie es tatsächlich schaffen konnten.

Paolo schob die Bahre vor sich her, während sein Herz in seiner Brust Tarantella tanzte. Immerzu fragte er sich, wie sich jemand denn wohl bewegte, der nichts zu verbergen hatte, während ihm gleichzeitig klar war, dass er sich gerade dadurch auffällig machte. Wie, verdammt noch mal, war er nur in diese Lage geraten? Und was, in aller Welt, hatte er verbrochen, dass er offenbar immer an die falschen Frauen geriet?

Endlich erreichten sie den Ausgang.

Paolo hoffte, dass man auf die Distanz nicht sah, wie seine Hand zitterte, während er die ID-Karte unter den Scanner hielt. Eine endlos scheinende Sekunde verstrich, dann wechselte die LED-Anzeige auf Grün, und das Schott öffnete sich.

In diesem Moment ließ Alex ein lautes Stöhnen vernehmen und warf unter dem Laken den Kopf hin und her.

»Verdammt«, zischte Suzanne. »Einer von ihnen hat hergesehen ...«

»Raus hier«, knurrte Paolo. Er biss die Zähne zusammen und schob die Bahre über die Schwelle, atmete auf, als sich das Schott hinter ihnen wieder schloss. Er konnte nur hoffen, dass sich die Kerle in den Overalls in diesem unterirdischen Versteck so sicher fühlten, dass sie nicht auf den Gedanken kamen, Eindringlinge könnten sich in ihre Anlage geschlichen haben.

Mit raschen Schritten durchmaßen sie den Korridor und die Schleuse und kehrten auf den Hauptgang zurück. Die Überwachungskameras ignorierten sie geflissentlich, da sie so am wenigsten auffielen. Sie mussten die Anlage verlassen, und das möglichst rasch, und dazu brachten sie ein Fortbewegungsmittel ...

Die Auswahl war nicht allzu groß. In der unterirdischen

Fahrzeughalle standen noch immer die beiden Humvees. Der eine war als Patrouillenfahrzeug konzipiert, und auf einer Lafette war ein M60-Maschinengewehr montiert. Das andere der beiden klobigen, ungeheuer breiten Fahrzeuge hatte ein verlängertes Heck und einen Gepäckraum, der groß genug war, um jemanden hineinzulegen. Die ideale Wahl ...

»Sie da!«, rief einer der beiden Wachen ihnen zu, die vorn an der Auffahrt postiert waren. »Was machen Sie da?«

»Ein Ausfall«, antwortete Suzanne kurzerhand, auf die vermeintlich leblose Gestalt auf der Bahre deutend. »Wir werden das hier wegschaffen.«

»Gibt es dafür eine Autorisation?«, erkundigte sich der Wachmann. Er kam auf sie zu und hielt die Maschinenpistole mit beiden Händen.

»Vorsicht«, raunte Paolo seiner Begleiterin zu, doch die Ärztin schien genau zu wissen, was sie tat.

»Dr. Tanaka«, sagte sie mit bewundernswert fester Stimme, »hat den Abtransport angeordnet. Es handelt sich um eine Anomalie, die sofort untersucht werden muss - möglicherweise ist das gesamte Projekt gefährdet.«

»W-wirklich?«, fragte der Wachmann.

»Halten Sie uns nicht auf, sondern öffnen Sie das Tor, damit wir rausfahren können!«, sagte Suzanne schroff.

»A-aber das Tor darf außerplanmäßig nur in Notfällen geöffnet werden«, wandte der Wachmann ein. Das Augenpaar, das durch die Sehschlitze der Sturmhaube blickte, blinzelte unsicher. »Ich benötige dazu eine Autorisation, die ...«

»Verdammt, Mann!«, blaffte Paolo den Mann an, dass dieser zusammenzuckte. »Meine Kollegin hat Ihnen gerade erklärt, dass wir es hier mit einem Sonderfall zu tun haben. Dieser Wirtskörper litt ganz offenbar an einer ansteckenden Seuche, und wenn wir ihn nicht innerhalb der nächsten zwanzig Minuten entfernen und vernichten ... Man wird Sie persönlich verantwortlich machen, wenn hier drin Dutzende von Menschen krepieren und wir das gesamte Projekt stoppen müssen. Haben Sie mich verstanden?«

So gut er es vermochte, hatte Paolo einen japanischen Akzent nachzuahmen versucht, wobei er sein rollendes italienisches »R« zum Einsatz brachte, was seine Worte geradezu Furcht einflößend wirken ließ. Dabei hatte er es vermieden, den Posten direkt anzublicken, sondern hatte in die andere Richtung gesprochen, scheinbar noch mit dem angeblichen Leichnam beschäftigt.

»V-verstanden, Sir«, stammelte der Posten. »Ich werde sofort den Evakuierungscode eingeben.«

»Tun Sie das! Aber ein bisschen plötzlich!«

Die Wache eilte davon, während Paolo die Tür auf der Fahrerseite öffnete und einstieg. Suzanne Leclerc kletterte in den Gepäckraum, um sich um Alex zu kümmern.

»Eine Seuche?«, fragte sie über die Schulter.

»Was hätte ich denn sonst sagen sollen? Klang überzeugend, oder nicht?«

»Scheint so«, meinte die Ärztin. »Nur gut, dass der Kerl noch weniger von Medizin versteht als Sie.«

»Vielen Dank auch.«

Der Motor des Geländewagens sprang mit einem markigen Brummen an, und Paolo Genaro gab Gas. Der Wagen schoss nach vorn, quer durch die Halle und die Rampe hinauf. Paolo warf einen Blick in den Rückspiegel und vergewisserte sich, dass sie nicht verfolgt wurden. Tatsächlich schien niemand ihr Täuschungsmanöver durchschaut zu haben.

Bis jetzt ...

Mit gut fünfzig Stundenkilometern jagte der Humvee an den verblüfften Wachen vorbei und unter den grell leuchtenden Neonröhren hindurch, die ein Flackern im Inneren des Fahrzeugs erzeugten. Paolo beschleunigte. Sechzig Stundenkilometer ... siebzig ... achtzig ... Die Seitenwände wischten vorbei, das Ende der Auffahrt raste heran - aber das Tor war verschlossen!

In spitzem Winkel näherte sich die aus Betonplatten bestehende Fahrbahn der stählernen Deckenkonstruktion, die den Flüchtenden den Weg abschnitt.

»Verdammt!«, stieß Paolo aus und wollte den Fuß vom Gas nehmen - als sich die Decke plötzlich hob.

Zuerst war nur ein schmaler Streifen blauen Himmels zu erkennen, dann flutete Tageslicht dem klobigen Fahrzeug entgegen - und als wollte das riesige mechanische Maul, das sie zuvor verschlungen hatte, sie wieder ausspucken, hob sich das Tor und entließ den Hummer in die Freiheit.

Seinem südländischen Temperament folgend, stieß Paolo einen heiseren Jubelschrei aus, als der Wagen das Ende der Auffahrt über die Kuppe schoss. Von einem Augenblick zum anderen war rings nichts als Ödnis, die jedoch nichts Deprimierendes oder Furchteinflößendes mehr an sich hatte, sondern Rettung versprach. Der Archäologe schöpfte Hoffnung, auch wenn ihm klar war, dass sie noch längst nicht entkommen waren. Sie würden sich vor Patrouillen vorsehen müssen, nicht nur von solchen zu Lande, sondern auch aus der Luft. Also würden sie ihr Fluchtfahrzeug rasch loswerden müssen, zumal es möglicherweise über einen eingebauten Sender verfügte, der die Position des Humvees verriet.

Sie würden den Satellitenfunk des Wagens dafür benutzen, einen Hilferuf an den Widerstand abzusetzen. Danach konnten sie nur noch abwarten - und beten ...

»Wie geht es ihr?«, erkundigte sich Paolo bei Dr. Leclerc, die Alex so sorgfältig untersuchte, wie es in Anbetracht der bescheidenen Mittel und des rumpelnden Wagens möglich war.

»Sie hat das Bewusstsein verloren«, antwortete sie.

»Und das bedeutet?«

»Ich weiß es nicht«, erwiderte die Ärztin mit gepresster

Stimme. »Die Blutung scheint aufgehört zu haben, aber ihr Puls ist schwach.«

»Wird sie ...?«

»Ich weiß es nicht«, sagte Suzanne noch einmal. »Ich weiß es wirklich nicht.«

Teil III:

REVOLUTIO

16.

Mehr Informationen bekam ich nicht.

Weder nannte mir mein unsichtbarer Besucher seinen Namen, noch sagte er mir, welcher Art die Hilfe wäre, die man von mir erwartete. Stattdessen brachte er mich an einen entlegenen Ort, wo wir auf weitere Unsichtbare trafen, die mir ihr tiefstes, ultimatives Geheimnis enthüllten.

Warum sie das taten, kann ich bis zum heutigen Tag nur vermuten. Damals habe ich zunächst angenommen, dass es an meiner militärischen Qualifikation lag und die »Anderen«, wie sich die an strenge hierarchische Strukturen gewöhnten Abtrünnigen nannten, auf der Suche nach einem Anführer waren. Später gelangte ich zu der Einsicht, dass es wohl seine *Entscheidung gewesen war, die sie dazu bewogen hatte.*

Den Moment, da man mir die Augenbinde abnahm, werde ich niemals vergessen. Denn zum einen wurde mir plötzlich bewusst, welcher Art der Krieg ist, der sich im Verborgenen abspielt, und dass er kein Hirngespinst ist, sondern die Wirklichkeit, zum anderen begriff ich, dass das Wissen, das ich in diesem Augenblick erlangte, tödlich sein konnte.

Tödlich für mich.

Tödlich für jene, die es mir offenbart hatten.

Tödlich aber auch für die Menschen, die ich liebte.

Und obgleich sich alles in mir dagegen sträubte, war mir im selben Augenblick klar, dass ich niemals in meinem Leben zu ihnen würde zurückkehren können, ohne sie zu gefährden.

Ich musste an meine Familie denken, an meine Frau und mei-

ne Tochter, die zu Hause auf meine Rückkehr warteten, und der Schmerz, den ich dabei empfand, brachte mich fast um den Verstand. Aber dieselbe Liebe, die mir in diesem Augenblick das Herz brach, nötigte mich auch dazu, mich von ihnen abzuwenden und sie sich selbst zu überlassen.

Nur noch aus der Ferne würde ich sie beobachten können, jedoch nicht mehr mit ihnen sprechen, an ihrem Leben nicht mehr teilhaben. Der Ehemann und Vater hatte in dem Moment aufgehört zu existieren, als Kenneth Bowder, Sergeant der U. S. Army, die Augen öffnete ...

Hauptquartier des Widerstands
Katakomben, Rom
16 Uhr 10 Ortszeit

»Achtzig Stunden?«

Alexandra Lessing traute ihren Ohren nicht.

Erst vor kurzem war sie zu sich gekommen. Das Erste, was sie gesehen hatte, war das ernste Gesicht ihres Vaters gewesen, und Alex hatte mit Verwirrung reagiert.

Offensichtlich befand sie sich nicht mehr in der unterirdischen Anlage, die der Orden in Zentralafrika unterhielt. Aber wo war sie dann?

Es hatte sowohl einiger Zeit als auch einiger Erklärungen von Seiten Kenneth Bowders bedurft, um Alex klarzumachen, wo sie sich befand: auf der Krankenstation des Hauptquartiers, wohin sie nach der Flucht aus der Ordensplantage gebracht worden war. Noch immer hatte Alex Probleme damit zu begreifen, dass sie gerettet war, noch dazu, ohne auch nur den geringsten Beitrag dazu geleistet zu haben. Aber dass inzwischen so viel Zeit vergangen sein sollte, überstieg ihr Fassungsvermögen ...

»Sogar noch etwas mehr, wenn man es genau nimmt«,

bekräftigte ihr Vater, der am Fußende des schmalen Krankenbetts stand und in dessen kantige Züge sich unübersehbare Sorgenfalten gegraben hatten. »Anfangs fürchteten wir, euch zu verlieren ...«

»Uns?«

»Sowohl dich als auch das Baby.«

Das Baby ...

Unwillkürlich legte Alex die Hand auf ihren Unterbauch, und zum ersten Mal hatte sie das Gefühl, dabei etwas zu spüren. Eine Präsenz, eine Bewegung ...

Entsprach dieser Eindruck der Wirklichkeit? Hatte sie tatsächlich ihr noch ungeborenes Kind körperlich gespürt? Oder war ihre seelische Bindung an das Baby durch die Geschehnisse nur intensiver geworden?

Alex hätte es nicht zu sagen gewusst, und es war ihr auch gleichgültig. Eines jedoch hatten die Ereignisse in Afrika ihr klargemacht: dass sie dieses Kind, obwohl sie es noch nie in ihren Armen gehalten hatte, bereits sehr lieb gewonnen hatte – und dass sie es unbedingt bekommen wollte. Anders war ihr tiefer Schmerz, als Suzanne Leclerc ihr gesagt hatte, dass sie möglicherweise einen Abort erlitt, nicht zu erklären ...

»Und es ist wirklich alles in Ordnung?«, erkundigte sie sich zum wiederholten Mal.

Ihr Vater nickte bedächtig. »Soweit sich das sagen lässt, ja. Jedenfalls hat die Ultraschall-Untersuchung keinerlei Auffälligkeit ergeben, und auch der Herzschlag des Kindes ist wieder völlig normal.«

»Ein Glück.« Alex schloss die Augen, gönnte sich einen Moment der Erleichterung – der jedoch sofort wieder verflog. »Und du sagst, ich wäre fast vier Tage lang ohne Bewusstsein gewesen?«

»So viel Zeit ist vergangen, seit wir euch aus Afrika ausgeflogen haben.«

»Ausgeflogen?«, fragte Alex verwirrt. Das Letzte, woran

sie sich entsann, waren die Neonröhren an der Hallendecke, zu denen sie hinaufgestarrt hatte. Und da war eine Stimme gewesen. Die Stimme von Suzanne Leclerc, die beruhigend auf sie einsprach.

»Es ist Dr. Genaro gelungen, auf einer unserer Notfrequenzen einen Hilferuf abzusetzen. Unser Mitarbeiter in N'Djamena hat ihn aufgefangen und an uns weitergeleitet - und dann haben wir euch dort rausgeholt. Unter ziemlich haarsträubenden Bedingungen, wie du dir vorstellen kannst.«

»Und Paolo?«, fragte Alex. »Suzanne ...?«

»Es geht ihnen gut«, versicherte ihr Vater mit einem Nicken, das wohl seine Sympathie dafür ausdrücken sollte, dass sie sich nach ihren Kameraden erkundigte. »Sie halten sich beide in den höher gelegenen Sektionen auf - zum einen aus Gründen der Geheimhaltung, zum anderen, weil wir Dr. Leclerc trotz ihrer robusten Natur nicht zu viel auf einmal zumuten wollen.«

»Weiß sie inzwischen, wer wir sind und was wir tun?«

»Ja - aber sie wehrt sich noch dagegen. Genau wie du es damals getan hast und ich selbst ebenfalls. Unser Verstand hat es nicht gern, wenn die Welt um ihn herum auf den Kopf gestellt wird, nicht wahr?«

»Das stimmt«, gab Alex zu und nötigte sich ein Lächeln ab.

Ihr Vater lächelte ebenfalls, und für einen kurzen Moment gab es zwischen ihnen etwas wie eine schweigende Übereinkunft, eine Ahnung von Harmonie. Dann jedoch verschwand jede Heiterkeit von Kenneth Bowders Zügen, und die soldatische Strenge kehrte zurück.

»War es wirklich so entsetzlich, wie Dr. Genaro es in seinem Bericht schildert?«, fragte er.

Alex nickte langsam. Etwas schnürte ihr plötzlich die Kehle zu, es fiel ihr schwer, über das Ungeheuerliche zu sprechen. »Ich weiß nicht, was Paolo in seinem Bericht geschrieben hat«, flüsterte sie, »aber es war die Hölle. Niemals zuvor in meinem Leben habe ich etwas Grauenvolleres gesehen. Diese Frauen ... werden nur dazu benutzt, befruchtete Eizellen auszutragen ... Sie sind Gebärmaschinen, nichts anderes ... so wie diese ganze Anlage im Grunde eine einzige riesige Menschenfabrik ist ...«

»Die nur dem Zweck dient, den Orden mit Nachkommen zu versorgen«, ergänzte Bowder nickend.

»Hast du es gewusst?«

»Geahnt wäre das passende Wort. Wir hatten Hinweise darauf, dass der Orden in Afrika Experimente durchführt, die jeder Moral und Ethik spotten, aber wir hatten bislang keine konkreten Anhaltspunkte.«

»Das hat sich nun geändert.«

»Allerdings.«

Alex überlegte. »War das der Grund, dass du uns in den Tschad geschickt hast?«

»Nein. Wir ahnten, dass bei den Entführungsfällen, von denen Dr. Leclerc im Fernsehen berichtete, der Orden eine Rolle spielte, aber weder ich noch irgendjemand sonst wäre auf den Gedanken gekommen, dass die Grauen in ihrer Menschenverachtung so weit gehen würden. Ich fürchte, in dieser Hinsicht haben wir sie noch unterschätzt.«

»Offensichtlich«, stimmte Alex zu. Sie starrte stumpf vor sich hin, während vor ihrem geistigen Auge wieder jene Schreckensbilder auftauchten, die sich ihr unauslöschlich eingeprägt hatten. »Du hättest sie sehen sollen, Vater«, hauchte sie. »Sie liegen dort auf diesen Tischen, bewusstlos und nackt, völlig wehrlos. Sie bekommen nicht mit, wozu diese Bastarde sie verurteilt haben, und vermutlich werden sie es auch nie erfahren ... Sie werden mit aufgeschlitzten Bäuchen in irgendeiner Grube enden, und es wird immer weitergehen, weil es niemanden kümmert. Vermutlich ist in diesem Augenblick schon der nächste Transport unterwegs, um junge, gebärfähige Frauen aus den Grenzdörfern zu verschleppen ...«

Bowder nickte.

»Wird der Widerstand etwas dagegen unternehmen? Werden wir versuchen, diese Frauen zu befreien?«

»Darüber ist noch nicht endgültig entschieden.«

»Noch nicht entschieden?«, fragte Alex ungläubig. »Nachdem so viel Zeit verstrichen ist? Wer weiß, wie viele von diesen Frauen inzwischen schon gestorben sind!«

»Das werden wir später klären«, entgegnete ihr Vater, dann lenkte er schnell vom Thema ab, indem er sagte: »Fürs Erste ist hier jemand, der dich besuchen möchte.«

»Wer?«, fragte Alex.

»Rate«, drang es aus dem Halbdunkel zurück, das jenseits ihres von einer einzelnen Lampe beleuchteten Bettes herrschte – und ihre Freude darüber, Ismaels vertraute Stimme zu hören, war selten größer als in diesem Augenblick.

Offenbar hatte er schon die ganze Zeit über im Hintergrund gewartet. Dass sie ihn nicht wahrgenommen hatte, lag wohl nicht nur daran, dass er unsichtbar war, sondern auch an der Tatsache, dass sie noch immer müde und erschöpft war. In letzter Zeit hatte sie seine Präsenz bei wiederholten Gelegenheiten gespürt, wobei sie sich noch immer fragte, ob diese erhöhte Sensibilität auf die Schwangerschaft zurückzuführen oder ein Hinweis auf eine tiefe Verbundenheit war ...

»Hallo«, sagte Alex nur, dem Aufwall an Gefühlen zum Trotz, der sie in diesem Moment überkam.

»Hallo, Alex«, erwiderte er. »Schön, dich zu sehen.«

»Geht mir genauso«, sagte sie sarkastisch und lächelte schwach. »Du bist also wohlbehalten aus Kanada zurückgekehrt?«

»Ja«, antwortete ihr Vater an Ismaels Stelle, »ebenso übrigens wie Dr. Kwon, die dich herzlich grüßen lässt.«

Ihre Züge hellten sich ein wenig auf. »Dann sind wir ja fast alle wieder vereint.«

»Fast«, bestätigte ihr Vater. Seine zusammengezogenen Brauen verrieten, dass er für einen Moment an jene dachte, die noch immer vermisst wurden - wie die kleine Kim Li -, sowie an jene, die nicht wieder zu ihnen zurückkehren würden, weil sie im Kampf gegen den Orden ihr Leben gelassen hatten.

»Ismael war fast die ganze Zeit über hier«, erklärte er dann. »Er ist nicht von deiner Seite gewichen und hat Tag und Nacht an deinem Bett gewacht.«

»Danke«, sagte sie in die Richtung, in der sie den Unsichtbaren wusste, und das Lächeln, das sie ihm schenkte, war nicht nur voller Dankbarkeit, sondern auch voller Zuneigung.

»Gern geschehen.«

»Ismael, ich ...«

»Später«, unterbrach er sie. »Später ist noch Zeit, darüber zu reden - wenn du dich aussprechen möchtest.«

Ihr Lächeln wurde noch breiter. »Sagte ich schon, dass ich dich liebe?«

»In letzter Zeit nicht.«

»Dann war ich eine Närrin«, gestand sie leise.

»Narren sind wir alle manchmal«, erwiderte der Unsichtbare, und damit schien für ihn alles gesagt zu sein.

Ismael war nie ein Freund großer Worte gewesen. Die Welt der Invisiblen war eine minimalistische, die sich auf das Notwendigste beschränkte. Effektheischende Gesten, wie sie in der sichtbaren Welt gang und gäbe waren, entbehrten jeder Grundlage und wurden daher niemals angewandt. Aber diese Reduzierung auf das Wesentliche bedingte auch, dass den Aussagen Unsichtbarer größere Bedeutung zukam als denen der sichtbaren Menschen. Es gab keine Körperhaltungen, die sie konterkarierten, keine Blicke, die ihnen zuwiderliefen, und Ironie war etwas, das Ismael erst von den Sichtbaren gelernt hatte und nur leidlich beherrschte. Die Folge war, dass der Unsichtbare in der Regel meinte, was er sagte – deswegen fand Alex in diesem Augenblick Anlass zu der Hoffnung, dass sie in ihrer Dummheit und Selbstsucht nicht alles zerstört hatte ...

»Nachdem wir das geklärt haben«, polterte Kenneth Bowder indiskret dazwischen, so als wollte er jede sentimentale Regung im Keim ersticken, »können wir ja wieder zur Tagesordnung übergehen. Fühlst du dich bereits kräftig genug, um aufzustehen?«

Alex nickte und richtete sich auf ihrem Lager auf, was ihr erstaunlich gut gelang. Die Infusion, die sie während ihrer Bewusstlosigkeit erhalten hatte und deren Nadel noch immer in ihrem linken Unterarm steckte, hatte dafür gesorgt, dass sie bei Kräften geblieben war. Lediglich ihr Kreislauf hatte noch ein wenig Anlaufschwierigkeiten, die sie sich jedoch nicht anmerken ließ. »Wie kann ich helfen?«, wollte sie stattdessen wissen.

»Wir brauchen noch Informationen. Nach den Aussagen von Dr. Genaro und Dr. Leclerc haben wir versucht, im Computer ein 3D-Modell der Anlage zu erstellen, aber an einigen Punkten fehlen uns noch die nötigen Details. Wir haben gehofft, dass du die Lücken schließen könntest.«

»Ich werde mir das Modell ansehen und euch alles sagen, was ich weiß«, versicherte Alex.

»Danke.«

»Allerdings unter einer Bedingung.«

»Du stellst Bedingungen für deine Mitarbeit? Nachdem man dir das Leben gerettet hat?«

»Nur diese eine«, stellte Alex klar. »Ich will, dass das nicht nur eine Schreibtischübung wird. Lass uns dieses Computermodell dazu nutzen, einen Angriff auf diese Station zu planen und die Frauen von dort zu befreien. Sie haben niemanden außer uns, Vater. Wenn wir ihnen nicht helfen, sind sie verloren - und ich habe es Dr. Leclerc versprochen.«

»Ich weiß«, sagte Bowder grimmig, »aber es liegt nicht in meiner Macht, darüber zu entscheiden.«

Sie starrte ihn verblüfft an. »Das verstehe ich nicht. Wer sollte es denn sonst entscheiden, wenn nicht du?«

Ihr Vater antwortete nicht sofort. Stattdessen warf er einen fragenden Blick in Ismaels Richtung.

»Nein«, sagte dieser fast erschrocken, »tun Sie es nicht, Sir.«

»Habe ich denn eine Wahl?«

»Es ist noch zu früh!«

»Zu früh?« Bowder lachte freudlos auf. »Auf mich hat deinesgleichen damals sehr viel weniger Rücksicht genommen. Ich glaube, mein Junge, dass du die Dinge in diesem konkreten Fall nicht objektiv beurteilst.«

»Vielleicht nicht. Aber ich denke an das, was Dr. Leclerc gesagt hat. Dass der Schock für die Blutung verantwortlich war und dass weitere Aufregung unbedingt vermieden werden sollte.«

»Worüber sprecht ihr eigentlich?«, fragte Alex. »Dürfte ich das auch mal erfahren?«

Ihr Vater tat so, als hätte er sie gar nicht gehört. »Sie ist meine Tochter«, sagte er entschieden, an Ismael gewandt. »Sie wird die Wahrheit ertragen.«

»Die Wahrheit? Welche Wahrheit?«, wollte Alex wissen.

»Die letzte Wahrheit. Die hinter allem steht - nicht nur hinter dem Orden, sondern auch hinter uns.«

»So geheimnisvoll?«, fragte Alex mit hochgezogenen Brauen. Das letzte Mal, als sie ihren Vater derart kryptische Worte hatte sprechen hören, hatten sie vor einer Zeitmaschine gestanden. Was für eine Wahrheit mochte es noch geben, die sogar diese übertraf?

»Du wolltest wissen, wessen Entscheidung ich mich zu

beugen habe«, sagte Bowder leise. »Wer der wahre Anführer des Widerstands ist.«

Sie nickte vorsichtig.

»Oberon«, sagte Bowder leise.

»Soll das ein Witz sein?« Verunsichert schaute Alex zunächst ihn an, dann in Ismaels Richtung.

»Keineswegs.«

»Aber ... du bist Oberon, oder nicht?«

»Ja«, räumte ihr Vater ein, »und nein. Es ist eine jener Wahrheiten, die im Auge des Betrachters liegen. Es wird nicht einfach für dich sein, aber ...«

»Keine Sorge«, versicherte Alex. »Nach allem, was ich gesehen habe, kann mich nichts mehr erschrecken.«

»Da wäre ich mir nicht so sicher«, sagte Ismael.

Sie verließen das Krankenzimmer.

Alex fühlte sich wacklig auf den Beinen, noch immer war sie benommen, und hätte Ismael sie nicht gestützt, wäre sie vermutlich zusammengebrochen. Zudem erinnerte sie ihr rebellierender Magen daran, dass sie seit vier Tagen nichts gegessen hatte. Aber zunächst wollte sie eine Antwort auf die Frage, wer nun tatsächlich das geheimnisvolle Oberhaupt des Widerstands war.

Oberon ...

Der Name war Programm.

Ähnlich wie der sagenhafte Elfenkönig, den Shakespeare in seinem »Sommernachtstraum« verewigt hatte, herrschte auch dieser Oberon über ein verborgenes Reich. Unter den Anderen war es üblich, sich einen Decknamen aus der Literatur zu wählen, der zugleich aber auch auf die reale Person hinwies. Alex hatte geglaubt, dass kein anderer als ihr Vater der Anführer des Widerstands war. Aber offenbar war das nicht die Wahrheit - oder zumindest nicht die *ganze* Wahrheit. Alex fragte sich, wer denn nun tatsächlich die Entscheidungen traf. Und warum ihr Vater sie in dem Glauben gelassen hatte, er wäre das Oberhaupt des Widerstands.

Sie war noch zu geschwächt, um ihm deshalb böse zu sein. Der Mann, den sie einst als ihren Vater kannte, hatte sie zeit ihres Lebens getäuscht, und offenbar hatte sich daran nichts geändert, auch wenn sie es eine Weile lang zu hoffen gewagt hatte. Dennoch ertappte sie sich, dass sie nach Gründen suchte, aus denen er ihr die Wahrheit verschwiegen hatte. Nach *guten* Gründen, um ihn in Schutz zu nehmen.

Aber sie fand keine ...

»Bist du okay?«, fragte Ismael sie besorgt.

»Natürlich«, versicherte sie. Ihre Züge waren blass, und sie fühlte sich elend, aber zunächst wollte sie die Wahrheit erfahren, wollte wissen, welchem Herrn sie denn eigentlich diente.

»Noch kannst du umkehren«, sagte Ismael.

Sie schüttelte den Kopf. »Aber ich möchte nicht.«

Sie erreichten das Ende des Korridors, der sich tief unter den eigentlichen Katakomben erstreckte und dessen Wände und Decke aus massivem Beton bestanden. Die Menschen, die sich zu antiker Zeit durch den Tuff gegraben hatten, hätten sich wohl nicht träumen lassen, dass sich einst ein weiterer, noch um vieles komplexerer Bau durch diesen Fels erstrecken würde – dessen tatsächliche Ausmaße Alex erst in dem Augenblick bewusst wurden, als sie vor dem Schott eines Aufzugs standen.

»Wohin führt er?«, wollte sie wissen. In diesem Teil des Hauptquartiers war sie noch nie gewesen, ihre Autorisation berechtigte sie nicht dazu.

Die Antwort ihres Vaters klang ebenso lakonisch wie bedeutungsschwer. »Tiefer«, sagte er nur.

Die beiden Türhälften teilten sich, und sie stiegen in eine Art Fahrstuhl. Es gab keine Knöpfe, die man drücken konnte, lediglich einen in die Wand eingelassenen Scanner, auf den

Kenneth Bowder seine rechte Hand legte. Dazu nannte er seinen Namen sowie einen zehnstelligen Code, während ein grünes Leuchten seine Handfläche hinauf- und wieder hinabwanderte. Eine Bestätigung seiner Identifizierung erfolgte nur auf indirektem Weg - nämlich indem sich die Aufzugskabine in Bewegung setzte und summend in die Tiefe fuhr.

Alex, die noch immer von Ismael gestützt wurde, hatte das Gefühl, beobachtet zu werden, und tatsächlich entdeckte sie kleine Kameras, die in jedem der vier Deckenwinkel angebracht waren. Was immer sich am Ende des Aufzugsschachts befand, es musste von großem Wert sein, wenn der Widerstand solchen Aufwand betrieb, es zu bewahren.

Alex wurde unruhig. Sie spürte, wie sich ihr Pulsschlag beschleunigte, und sie atmete auch heftiger.

Abrupt kam der Aufzug zum Stehen.

Die Türhälften öffneten sich, und die drei Besucher traten in eine Art Vorraum, der lediglich zwei Meter im Quadrat maß - und in dem sie nicht allein waren.

»Ihr werdet erwartet«, sagte eine körperlose Stimme, die Alex zusammenfahren ließ. Schon im nächsten Augenblick schalt sie sich eine Närrin dafür. Hatte sie denn vergessen, wo sie sich befand? Zwei unsichtbare Posten bewachten das schwere stählerne Schott, das sich auf der gegenüberliegenden Seite der Kammer befand und hinter dem sich die Lösung des Rätsels zu verbergen schien.

»Oberons Leibwächter«, erklärte Ken Bowder. »Es gibt nur sechs von ihnen, und sie haben ihm Treue bis in den Tod geschworen. Sie wechseln sich darin ab, ihn zu beschützen.«

»Ein wenig archaisch, findest du nicht?«, fragte Alex.

»Angemessen«, meinte ihr Vater, während sich das Schott öffnete, hinter dem schummriges Dunkel herrschte. Die feuchtwarme Luft, die ihnen entgegenströmte, war von einem eigenartigen, fremden Geruch durchsetzt.

»Tretet ein«, forderte eine Stimme aus dem Halbdunkel,

die seltsam schnarrend und mechanisch klang und in der Alex sofort jene Stimme erkannte, die auch in dem Kommunikationsraum zu hören war, in dem die Widerstandskämpfer gewöhnlich mit ihrem Oberhaupt in Kontakt zu treten pflegten. Aber diese Stimme ... war jene ihres Vaters, nur ein wenig verfremdet!

Wie hing das zusammen?

Was erwartete sie dort in der Kammer?

Alex schickte ihrem Vater einen ebenso verwirrten wie fragenden Blick, doch diesmal erhielt sie keine Erklärung. Stattdessen nickte er ihr auffordernd zu, und von Ismael gestützt trat Alex über die Schwelle. Ihr Vater folgte ihr, und das Schott schloss sich hinter ihnen.

Die Akustik veränderte sich schlagartig und wurde dumpf; die schwarzen Wände schienen jeden Schall zu schlucken. Im Boden waren leuchtende Pfeilmarkierungen eingelassen, ähnlich denen, wie sie in Flugzeugen nach einer Notlandung Passagieren den Weg aus der Maschine weisen sollten. Alex und ihre Begleiter folgten dem kurzen Weg, den die Pfeile beschrieben, und gelangten zu einer Wand aus massivem Metall, in die eine Tür mit abgerundeten Ecken eingelassen war.

Als sich die Besucher näherten, öffnete sich eine fächerartige Abdeckung, und ein Bullauge, das einen Durchmesser von etwa fünfzig Zentimetern hatte, wurde in der Tür sichtbar. Das Glas war leicht beschlagen, auf der anderen Seite herrschte mattes Licht.

»Kommt nur«, sagte die Stimme, deren Klang Alex nur noch mehr verwirrte.

Mit einem Nicken bedeutete sie Ismael, dass sie sich gut genug fühlte, um ohne Hilfe zu gehen, und vorsichtig bewegte sie sich auf das Bullauge zu, wissend, dass das, was sich auf der anderen Seite befand, ihr Leben verändern würde, sobald sie es zu Gesicht bekam.

Neugierig wie ein Kind, das seine Nase an das Schaufenster eines Spielzeugladens presst, starrte sie durch das Glas, das konkav geformt war und die Dinge deshalb unproportional verzerrte. Dampfschwaden waren zu sehen, was darauf schließen ließ, dass jenseits des Schotts eine andere Temperatur und Feuchtigkeit herrschten. Die gelblich schimmernde Beleuchtung reichte gerade aus, um eine schemenhafte Form zu erkennen, die sich inmitten der Kammer erhob.

Plötzlich verzogen sich die Schwaden, so als würden sie abgesaugt, und die Sicht klärte sich. Alex hielt den Atem an. Von einem Augenblick zum anderen sah sie, was sich in der Kammer befand - und sie begriff schlagartig, weshalb ihr Vater und Ismael solch ein Geheimnis darum machten.

Denn auf einem etwa zwei Meter langen und etwa halb so breiten Sockel, in den eine Unzahl von Kabeln und Schläuchen mündete und dessen Seitenflächen von matt leuchtenden Displays und kleinen Schalttafeln besetzt waren, lag eine fremdartige Gestalt, nur gut einen Meter fünfzig groß, die Glieder dünn und zerbrechlich wirkend, so als ob sich die aschgraue Haut über bloßen Knochen spannte. Der Rumpf war nicht zu sehen, weil er von einer mechanischen Vorrichtung verdeckt wurde, die sich wie eine Brücke von der einen Seite des Sockels zur anderen spannte. Daran leuchteten Dioden, und es sah aus, als wäre der Körper des Wesens damit verbunden, eine Art Lebenserhaltungssystem.

Der Kopf, der auf einem Konturkissen ruhte, war im Verhältnis zum Körper überproportional groß, die hintere Schädelpartie besonders ausgeprägt. Das Wesen hatte keine Haare und auch keine Ohrmuscheln. Das Gesicht war flach, mit einem kleinen Mund, über dem eine transparente Beatmungsmaske lag, kaum ausgeprägter Nase und großen Augen, die geschlossen waren.

Alex allerdings wusste auch so, welche Farbe die Augen hatten, denn ein Wesen wie dieses hatte sie schon zuvor gesehen - in Kinofilmen und im Fernsehen, in pseudowissenschaftlichen Dokumentationen, in denen mitunter recht seltsam anmutende Zeitgenossen behaupteten, Kontakt mit derlei Geschöpfen gehabt zu haben oder gar von ihnen entführt worden zu sein.

Sie hatte das alles stets für Unsinn gehalten - nun eines dieser Wesen mit eigenen Augen zu sehen, zerschlug alle diesbezüglichen Zweifel mit der Wucht eines Vorschlaghammers.

Reglos stand sie da, von Bestürzung und Staunen ergriffen, während ihr Verstand wieder Tritt zu fassen suchte. Dann fiel ihr wieder ein, dass sie nicht allein war, und sie wandte sich ihrem Vater zu, um ihn zu fragen, was genau sie da vor Augen hatte - als sich erneut jene vertraute und doch fremde Stimme vernehmen ließ.

»Bist du überrascht?«

»Ein wenig«, gab Alex zu, sich selbst darüber wundernd, dass sie zu einer Antwort fähig war. Das Wesen lag reglos auf dem Sockel und hatte den Mund nicht bewegt, dennoch wusste Alex instinktiv, dass es seine Worte waren, die sie hörte.

»Das wundert mich nicht«, sagte die Stimme. »Sicher hast du Fragen.«

»E-ein paar schon«, gab Alex zu, während ein kalter Schauder über ihren Rücken rieselte. Der Gedanke, dass sie sich mit dieser ... Kreatur unterhielt, war befremdlich, geradezu Furcht einflößend.

»Dann zögere nicht, sie mir zu stellen.«

»Was bist du?«, fragte Alex ohne Zögern und mit einer Forschheit, die sie selbst überraschte. »Bist du ...?« Sie brachte es nicht über sich, das Unfassbare auszusprechen. Sollten all diese UFO-Jünger und Alien-Hysteriker am Ende recht gehabt haben? Aber was hatte das alles zu tun mit ...

»Nein«, lautete die Antwort, obwohl sie die Frage noch

nicht einmal zu Ende formuliert hatte. »Was immer dir durch den Kopf gehen mag - es ist falsch, so viel lässt sich sagen. Dass du Bilder gesehen hast, die mir ähnelten, hat mit dem gemeinsamen Erbe zu tun, das wir in uns tragen, mit einer kollektiven Vorahnung, die unserer Art offenbar innewohnt ...«

Alex hörte die Worte, die aus einem verborgenen Lautsprecher drangen, aber ihr gebeutelter Verstand erfasste nicht ihre Bedeutung. »Was bist du?«, wiederholte sie deshalb ihre Frage. »Kannst du mir das sagen?«

»Natürlich«, antwortete das Wesen mit einem Tonfall, der - oder täuschte sie sich? - leicht amüsiert klang. »Ich bin das, was auch du bist - oder besser eines fernen Tages sein wirst, Alexandra. Ich bin ein Mensch.«

»E-ein Mensch?« Ihre Blicke saugten sich an der grauen Haut, den zerbrechlich wirkenden Gliedern und dem übergroßen Schädel fest. »Aber wie ...?«

»Kein Mensch der Gegenwart«, schränkte die Stimme ein, »sondern ein Abkömmling jener Spezies, die ihr als *homo futurus* bezeichnen würdet - den zukünftigen Menschen. In der Welt, aus der ich komme, haben sich die Gegebenheiten verändert, und die Evolution hat uns daran angepasst. Unsere Herausforderungen liegen nicht mehr auf dem Gebiet körperlicher Betätigung, weshalb unsere Extremitäten im Vergleich zu euren verkümmert sind; unser Denkapparat und unsere Wahrnehmungen sind dafür um ein Vielfaches ausgeprägt, was letztlich auch der Grund dafür ist, dass wir diese Unterhaltung führen können, obwohl mein Körper längst aufgehört hat zu funktionieren.«

»Du ... du bist tot?«, fragte Alex, der klar war, wie naiv diese Frage klingen musste.

»Im rein physischen Sinne, ja. Die Apparaturen, die du hier siehst, dienen dazu, meine Gehirnfunktionen zu erhalten, so dass ich auf telepathischem Weg mit einem Rezeptor verbunden bin, der meine Gedanken in Worte formt. Das Stimmmuster, das dabei verwendet wird, ist das deines Vaters, weshalb ich annehme, dass es dir vertraut erscheint – und dir gleichzeitig fremd ist.«

»Das ist wahr«, gestand Alex, während sie ihren Vater mit einem Seitenblick bedachte und anfing zu begreifen.

Als Kenneth Bowder ihr gesagt hatte, er wäre Oberon, hatte er keineswegs gelogen, doch das Wesen in der Kammer hinter dem Schott war nicht weniger Oberon als er. Die beiden teilten sich die Führung des Widerstands, und im Kommunikationsraum, wo ihre Untergebenen mit ihnen sprachen, war nicht zu erkennen, welcher von beiden gerade das Wort führte ...

»Bitte verzeih deinem Vater diese Täuschung, Alexandra«, bat die Stimme. »Er hat es getan, um uns beide zu schützen.«

»Ich weiß«, murmelte sie, zumal sie im Augenblick ohnehin zu verwirrt und bestürzt gewesen wäre, ihrem Vater etwas nachzutragen. Fragen klärten sich, vieles schien einen tieferen Sinn zu bekommen – aber da waren noch viele ungelöste Rätsel ...

»Meine Welt«, fuhr Oberon fort, »hat sich gegenüber der euren verändert, doch der Grundstein dazu wurde in eurer Zeit gelegt. Das Klima, das in meiner Zeit auf diesem Planeten herrscht, ist ein anderes als in diesen Tagen, und es schützt uns auch keine Ozonschicht mehr vor den Strahlen der Sonne. Leben, wie du es kennst, findet in großen gesicherten Bereichen statt, die wir Habitate nennen ...«

»Ich verstehe«, sagte Alex, der die Zusammenhänge nun klar wurden. »Du bist ein Zeitreisender.«

»Das war ich«, bestätigte Oberon.

»Aber wie bist du hierher gekommen? Ich meine ...«

»Für den Menschen der Gegenwart ist es nicht von Vorteil, zu viel über die Zukunft seiner Spezies zu wissen, zumal nicht klar ist, ob es tatsächlich eure Zukunft ist, aus der ich komme. Aber ich kann dir sagen, was in *meiner* Vergangenheit geschehen ist. Vielleicht wird das deine Fragen beantworten.«

»Bitte«, verlangte Alex stammelnd, die Mühe hatte, mit den Gedanken des Zeitreisenden Schritt zu halten. Ihre Zukunft und seine Vergangenheit - war das nicht ein und dasselbe?

»Aus Gründen«, begann Oberon seine Ausführungen, »die zu erläutern zu viel Zeit in Anspruch nehmen würde, da sie nicht die Zukunft, sondern die menschliche Natur betreffen, entschlossen wir uns, eine der letzten Grenzen zu überschreiten, die uns geblieben waren, und entwickelten eine Methode, durch die Zeit zu reisen. Viele andere brillante Denker der Menschheit hatten die theoretischen Grundlagen geliefert, und wir zogen praktischen Nutzen daraus. Doch wenn es in der Geschichte eine Konstante gibt, dann ist es die fatale Neigung des Menschen, alles das in die Tat umzusetzen, was ihm möglich erscheint, und die Risiken seines Handelns zu ignorieren.«

»Ja, viele Dinge tun wir einfach, weil wir sie tun *können*«, drückte Alex es einfacher aus, »ohne uns zu fragen, ob wir sie auch tun *sollten*.«

»Genau so ist es. Ich wünschte, ich könnte sagen, dass der Mensch diese Haltung in der Zukunft ändert, aber das ist nicht der Fall. Vielleicht wäre Fortschritt sonst auch gar nicht möglich, vielleicht ist sie unsere eigentliche Triebfeder.«

»Wer weiß.« Alex nickte. »Und weiter?«

»Es liegt eine gewisse Ironie darin, dass für den Menschen der Zukunft die Vergangenheit ein erstrebenswerteres Ziel zu sein scheint als seine Gegenwart, nicht wahr? Jedenfalls wurde alles darangesetzt, den alten Menschheitstraum, durch die Zeit zu reisen, Wahrheit werden zu lassen, und es ist uns tatsächlich gelungen. Expeditionen reisten in die Vergangenheit der Menschheit, um unsere Ursprünge zu ergründen. Anfangs waren es nur einzelne und zaghafte Vorstöße, aber je ausgereifter die Technik wurde, die es uns ermöglichte, die Zeitbarriere zu durchbrechen, desto mehr Menschen machten von ihr Gebrauch. Ein Fehler, wie sich im Nachhinein herausstellte, denn wir riskierten damit unsere eigene Zukunft.«

»Inwiefern?«, wollte Alex wissen.

»Schon kleinste Veränderungen können sich im Lauf von Jahrhunderten potenzieren und in der Zukunft fatale Auswirkungen haben. Also mussten wir Sorge tragen, dass wir durch unsere Reisen in die Zeit nicht unsere eigene Vergangenheit und damit unsere Gegenwart veränderten. Aus diesem Grund wurde die Unsichtbarkeitstechnik entwickelt, um zu verhindern, dass die Zeitreisenden mit den Menschen der Vergangenheit in Interaktion traten. Im Grunde hätten wir schon zu diesem Zeitpunkt erkennen müssen, dass das Zeitreise-Projekt zu große Risiken barg. Stattdessen versuchten wir, einen begangenen Fehler durch einen zweiten auszumerzen. Aber noch war man zuversichtlich, die Probleme lösen zu können – bis es zu ersten Zwischenfällen kam.«

»Zwischenfälle?« Alex hob die Brauen. »Welcher Art?«

»Einzelne Wissenschaftler, die zu lange Gebrauch von der Unsichtbarkeitstechnik gemacht hatten, begannen sich zu verändern. Ihre Psyche reagierte auf die Tatsache, von den Menschen der Vergangenheit nicht wahrgenommen zu werden, mit etwas, das die alten Griechen als ›Hybris‹ bezeichnet haben – als geradezu zwanghafte Überheblichkeit, die schon bald kriminelle Ausmaße annahm. Was anfangs als Werkzeug der Wissenschaft gedacht war, wurde zur Waffe, aus Forschung wurde Manipulation. Fehlgeleitete Gelehrte, deren Ehrgeiz keine Grenzen kannte, gefielen sich darin, Experimente durchzuführen, deren Objekte ganze Kulturen waren. Um zu vermeiden, dass der Ausgang dieser Experimente Einfluss auf die Zukunft hatte, wählte man abgeschiedene Topographien und in sich geschlossene gesellschaftliche Systeme: die Anasazi im Südwesten der USA, das alte Kreta, die Osterinseln ... Dass es dabei um Menschen ging und dass jedes dieser Experimente mit vielen Hundert oder gar Tausenden von Leben bezahlt wurde, scherte diese Leute nicht.

Aber es regte sich Widerstand gegen ihr Vorgehen, und eine Behörde wurde ins Leben gerufen, deren Aufgabe darin bestand, solche Umtriebe zu verhindern. Dieser Behörde gehörte - und gehöre - auch ich an. Oder werde ihr angehören, je nachdem, wie man es betrachtet.«

»Du ... Sie ... sind eine Art Polizist?«, fragte Alex ungläubig.

»Ihr würdet es wohl eher einen Spezialagenten nennen«, erklärte Oberon. »Meine Aufgabe war es, die kriminellen Gruppierungen zu unterwandern und Beweise gegen sie zu sammeln. Bei einer Zeitreise kam es jedoch zu einem katastrophalen Unfall. Das Ziel war ein abgeschiedenes Bauerndorf in Sibirien, dessen Bewohner unwissentlich einem weiteren menschenverachtenden Experiment unterzogen werden sollten, aber auf der Reise dorthin ging etwas schief. Die Dimensionsöffnung kollabierte, und eine gewaltige Explosion verwüstete einen ganzen Landstrich ...«

»Die Tunguska-Katastrophe von 1908«, flüsterte Alex in Erinnerung an das, was ihr Vater ihr berichtet hatte. Und er hatte ihr auch erzählt, dass zwei der Zeitreisenden die Katastrophe überstanden hatten ...

»Jetzt verstehe ich«, stieß Alex hervor. »Sie waren einer der beiden Überlebenden!«

»Das ist richtig.«

»Einer der Zeitreisenden wurde von einem deutschen Geologenteam aufgefunden. Er soll kurz darauf verstorben und sein Leichnam nach Deutschland gebracht worden sein. Der andere jedoch wurde von russischen Bauern gefunden ...«

»... die ihn pflegten, so gut sie es vermochten, und ihn schließlich dem Militär in Kirensk übergaben«, fuhr Oberon fort. »Dort blieb er lange Jahre, eingekerkert in einem dunklen Loch, wo man ihn wohl vergessen hätte, wenn nicht ein Mann namens Stalin auf den Gedanken gekommen wäre, seine politischen Gegner zu Tausenden nach Sibirien zu deportieren. Der Zeitreisende wurde wiederentdeckt, aber da sein Körper wegen der Kälte in Stasis gefallen war, hielt man ihn für tot. Im Frühsommer des Jahres 1947 brachte man das, was man für seinen Leichnam hielt, in eine streng bewachte Anlage in der Nähe von Nowosibirsk, wo die Rote Armee geheime Raketenforschungen betrieb. Doch der Zeitreisende erwachte, und ihm gelang im Prototyp eines Düsenflugzeugs die Flucht. Er verfügte über genügend Informationen über jene Epoche, um zu wissen, wer die Gegner der Sowjets waren. Die Sowjets hatten ihn all die Jahre über eingesperrt, ihre Gegner aber würden ihn sicherlich nicht nach Sibirien zurückschicken. Also lenkte er das Flugzeug über die Beringsee nach Alaska und von dort immer weiter nach Süden – bis er schließlich in der Wüste von New Mexico zur Notlandung gezwungen war. Die Maschine zerschellte, aber der Zeitreisende überlebte abermals – nur um festzustellen, dass es kaum einen Unterschied machte, ob er sich in den Fängen der Roten Armee oder des US-amerikanischen Geheimdiensts befand. Nach einer kurzen Zeit jedoch gelang ihm erneut die Flucht, und er schwor, dass er sich niemals wieder einfangen und wie ein Tier untersuchen lassen würde.«

»Und was ist dann passiert?«, fragte Alex mit flüsternder Stimme.

»Der Zeitreisende wartete. Wartete, weil er glaubte, früher oder später würde eine Rettungsmission aus der Zukunft eintreffen, um ihn in seine eigene Epoche zurückzuholen. Aber er irrte sich, es kam niemand. Nach der Tunguska-Katastrophe hatte man offenbar alle Zeitreisen eingestellt.«

»Wieso?«, wollte Alex neugierig wissen. »Was hatte es damit auf sich?«

»Das fragte sich der Zeitreisende auch, also wartete er weiter und hoffte - bis er eines Tages von einem Vorfall erfuhr, der sich schon einige Jahre zuvor im Hafen von Philadelphia zugetragen hatte.«

»Etwa das ›Philadelphia-Experiment‹?«, fragte Alex in Erinnerung an das, was Ismael ihr vor - so schien es - undenklich langer Zeit erzählt hatte.

»Genau das. Schon 1943 war der Zerstörer U. S. S. Eldridge vor den Augen verblüffter Zeugen spurlos verschwunden, nur um kurz darauf wieder aufzutauchen. Über die Ursachen wurde und wird viel spekuliert - dem Zeitreisenden jedoch war sofort klar, was dies zu bedeuten hatte: Die Menschen der Vergangenheit waren in den Besitz der Unsichtbarkeitstechnik gelangt. Nun wurde ihm schlagartig auch klar, weshalb niemand gekommen war, um ihn zu retten. Die Zukunft hatte sich verändert, in einem Ausmaß von epochalen Dimensionen! Der Zeitreisende geriet in Panik und überlegte, was er tun sollte, aber erneut blieb ihm nichts, als zu warten und zu beobachten. Und das tat er. Er erfuhr, was in den geheimen Entwicklungslabors des US-Militärs vor sich ging, und obwohl er wusste, welch fatalen Weg die Menschen der Vergangenheit zu beschreiten im Begriff waren, hatte er keine Möglichkeit, sie davon abzubringen. Die Unsichtbaren traten auf, und es geschah, was schon einmal geschehen war - sie wurden Opfer ihrer eigenen Hybris. Der Orden trat auf den Plan und übte Einfluss auf die Geschicke der Menschheit aus und damit auf die gesamte Geschichte. Der gestrandete Zeitreisende jedoch, der es als seine Pflicht erachtete, diese Einflussnahme zu verhindern oder sie zumindest einzudämmen, tat das Einzige, was ihm sinnvoll erschien: Er nahm Kontakt zu einzelnen Unsichtbaren auf und stellte fest, dass nicht alle die Ziele und die verquere Ideologie des

Ordens teilten. Und so gründete er – begründete ich – eine geheime Widerstandsbewegung, eine verschworene Gemeinschaft von Individuen als Gegenentwurf zum Kollektiv des Ordens, und nannte sie die ›Anderen‹.«

Alex nickte erneut. Oberons Bericht schloss viele der Wissenslücken, die ihr Vater offengelassen hatte. Sie verstand nun die Zusammenhänge und begriff, dass es beim Kampf gegen den Orden tatsächlich um nicht weniger als um die Zukunft der Menschheit ging.

Aber es gab noch immer offene Fragen. Wie, beispielsweise, passte ihr Vater in diese Geschichte? Und wieso wurde sie auf einmal für würdig erachtet, all dies zu erfahren? Was hatte sich gegenüber früher verändert?

»Nun kennst du unsere Geschichte, Alexandra, und weißt, was für uns alle auf dem Spiel steht. Hüte dieses Wissen gut und gib es niemandem preis ohne meine ausdrückliche Erlaubnis.«

»Keine Sorge«, versicherte Alex, während sie sich gleichzeitig fragte, weshalb sie für ein scheinbar lebloses Wesen, das nur mit einer guten Portion Phantasie als Mensch betrachtet werden konnte, nicht nur Achtung und Respekt empfand, sondern auch noch das Gefühl hatte, ihm zur Loyalität verpflichtet zu sein ...

»Diese Kammer«, fuhr Oberon fort, »ist *mein* Habitat. Mein Zustand bedingt, dass ich sie nicht verlassen kann, aber die Observationsbasen, die wir in aller Welt unterhalten, sind meine Augen und Ohren. Alle Informationen, die von dort eintreffen, laufen hier zusammen, wo sie von mir gesichtet und ausgewertet werden. Aus diesem Grund weiß ich auch, was in Afrika geschehen ist, und ich bin mir dessen bewusst, dass der Einsatz dort sowohl dich als auch deine Gefährten um ein Haar das Leben gekostet hätte – und dass du dabei beinahe dein Kind verloren hättest.«

»Das ist richtig«, bestätigte Alex.

»Du bist vor Ort gewesen. Du hast gesehen, wozu der Orden fähig ist ...«

»Ja, allerdings.«

»Wie würdest du entscheiden, wenn du an meinem Platz wärst? Wozu würdest du mir raten?«

Alex zögerte nicht einen Augenblick. »Ich würde die Basis angreifen und versuchen, diese Frauen zu befreien. Das sind wir nicht nur den Menschen in diesem Land schuldig, sondern auch Dr. Leclerc, die uns sehr geholfen hat.«

»Ich weiß«, sagte Oberon, womit er verriet, dass er auch über die Details der Tschad-Mission informiert war. »Du hast nicht übertrieben, alter Freund«, wandte er sich dann offenbar an Alex' Vater. »Sie ist tatsächlich deine Tochter - in jeder denkbaren Hinsicht.«

»Was soll das heißen?«, fragte Alex.

»Dass auch dein Vater für einen Angriff plädiert hat, nur habe ich bislang gezögert.«

»Aus welchem Grund?« Alex warf ihrem Vater erneut einen Seitenblick zu. Offenbar hatte sie sich geirrt, was seine Haltung in dieser Sache betraf.

»Weil dies keine leichte Entscheidung ist«, antwortete ihr Oberon, »denn sie bedeutet eine radikale Änderung unserer Taktik: In all den Jahren, die der Widerstand schon existiert, hat er sich meist darauf beschränkt, nur zu reagieren. Aus diesem Grund wird der Orden die Anlage im Tschad auch nicht aufgegeben haben, denn man wird nicht mit einem Angriff unsererseits rechnen, auch wenn euer Eindringen sicherlich bemerkt wurde. Aber dein Vater hat recht, seine Argumente haben mich überzeugt: Wenn es dem Orden gelungen ist, das Problem der Reproduktion zu lösen, steht der Menschheit eine Invasion von bislang noch nie da gewesenen Ausmaßen bevor. Eine Invasion von Unsichtbaren, die sich weder mit Flugzeugen am Himmel noch durch Schiffe am Horizont ankündigt, sondern die Menschheit ohne Vorwarnung und von innen heraus überrollen wird. Am Ende wird die totalitäre Herrschaft des *homo invisibilis* stehen und damit das, was die Grauen schon immer wollten. Nicht nur die Welt wird sich dadurch verändern, sondern auch die Zukunft, und zwar unabänderlich. Wir haben also keine Wahl, als dieser Bedrohung so rasch und so entschieden wie möglich entgegenzutreten, und werden den Orden erstmals offen attackieren: Ich ordne den sofortigen Angriff auf die Ordensbasis im Tschad an.«

»Ich halte das für die richtige Entscheidung«, bekräftigte Bowder. »Wir beide haben immer gewusst, dass dieser Tag kommen wird, mein Freund. Wir mögen gehofft haben, dass er niemals anbricht, aber geahnt haben wir es immer. Ich werde alles Notwendige in die Wege leiten.«

»Der letzte Kampf steht kurz bevor«, meldete sich Oberon noch einmal zu Wort, dann erlosch die schwache Beleuchtung des Habitats, und sein Körper versank in Dunkelheit.

Die Audienz war beendet.

Unbekannter Ort
Zur selben Zeit

»Ja?«

Es hatte eine Zeit gegeben, da Nummer 8 die Berichte seiner Außenagenten mit Besorgnis entgegengenommen hatte. Kurz nach dem vereitelten Anschlag von New York hatte es so ausgesehen, als hätte er alle Trümpfe verspielt, und seine Gegner im Innersten Kreis hatten die Gunst der Stunde genutzt, um seine Position zu schwächen. Nun jedoch war Nummer 8 auf dem besten Weg, sich seine alte Macht zurückzuerobern, und er freute sich auf die stündlichen Reporte, die Agentin Peragon ihm zukommen ließ. Im Grunde, dachte er, sehnte er sie sogar mehr herbei als jedes Medikament ...

»Die Vorbereitungen sind nahezu abgeschlossen, Sir«, drang Peragons Stimme aus dem Lautsprecher des Computers, während Nummer 8 den Schreibtisch umrundete, in seinen schweren Mantel gehüllt und mit hinkendem, schleppendem Schritt.

»Statusbericht«, verlangte er.

»Die acht *Demons* sind eingetroffen und halten sich bereits in der Stadt auf, ebenso wie die zur Unterstützung angeforderten paramilitärischen Einheiten; sie werden zur Stunde an die übermittelten GPS-Koordinaten verlegt. Unseren Berechnungen zufolge kommen zwei Orte als mögliche Eingänge in die unterirdische Anlage infrage: ein Gebäude an der Via Boccea, von dem aus ein Lift in die Tiefe führen könnte, sowie eine antike Grabungsstätte unweit der Metro-Haltestelle Battistini. Wir werden beide Ziele angreifen, um sicherzugehen. Gleichzeitig wird eine dritte Einsatzgruppe versuchen, sich vom nahen U-Bahn-Tunnel aus durch eine gezielte Sprengung Zugang zu der unterirdischen Basis zu verschaffen. Auf diese Weise sollte es uns gelingen, den Stützpunkt binnen kürzester Zeit unter unsere Kontrolle zu bringen.«

»Verstanden«, bestätigte Nummer 8. »Gute Arbeit.«

»Danken Sie mir erst, wenn wir diesen Abschaum vernichtet haben, Sir«, entgegnete Peragon. »Die Vorbereitungen sind damit jedenfalls abgeschlossen. Alles, was uns noch fehlt, ist Ihr Befehl zum Angriff.«

»Ich verstehe«, sagte Nummer 8, während er sich humpelnd vom Schreibtisch weg- und auf das große Fenster an der Stirnseite seines Büros zubewegte. Jenseits davon herrschte Dunkelheit, die nur deshalb nicht vollkommen war, weil einzelne Lichtstrahlen dürren Knochenfingern gleich darin herumstocherten. In ihrem Schein, der sich schon nach vierzig oder fünfzig Metern im trüben Blau verlor, waren mitunter vorbeihuschende Schatten auszumachen – große Meeresräuber, die durch den Lichtschein angelockt wurden, aber auch Makrelenschwärme, die abrupt die Richtung änderten, wenn die Helligkeit sie erfasste ...

Es war ein seltsames Gefühl, hier unten zu stehen, umfangen von eisiger Tiefe, während an der Oberfläche der Konflikt in die entscheidende Phase trat. Die letzte Schlacht stand bevor, und Nummer 8 fühlte Unruhe, die sich allerdings nicht mit jener des Soldaten kurz vor dem Kampf vergleichen ließ. Es war eher die gespannte Erwartung eines Schachspielers, der seine Figuren in Position gebracht hatte und dabei die beruhigende Gewissheit verspürte, dass diese Partie an ihn gehen würde.

Nummer 8 war erfüllt mit einem Hochgefühl, das ihm wieder ins Gedächtnis rief, worum es bei diesem Kampf eigentlich ging: um die *absolute* Macht.

Er zuckte zusammen, als ein Weißhai von vier oder fünf Metern Länge an der Glasscheibe vorbeizog, um schon im nächsten Moment wieder in der dunklen Tiefe zu verschwinden.

»Angriff!«, befahl er.

Zentrale
Hauptquartier des Widerstands
Vier Stunden später

»Noch Fragen?«

Oberons mechanisch klingende Stimme schnarrte in der vor Anspannung fast vibrierenden Luft. Unwillkürlich fragte sich Alex, ob es ihr Vater war oder der echte Oberon, der über Lautsprecher zu ihnen sprach.

Auf dem großen Bildschirm an der Stirnseite der Kammer war eine dreidimensionale Darstellung der unterirdischen Anlage zu sehen, die Alex und ihre Gefährten im Tschad ausspioniert hatten. Mithilfe dieses Drahtgittermodells, das in den vergangenen Tagen erstellt und durch Alex' Angaben noch präzisiert worden war, hatte das Oberhaupt des Widerstands den bevorstehenden Einsatz erläutert.

Natürlich war das Modell nicht vollständig; Alex und ihre Gefährten hatten schließlich nur das beschreiben können, was sie während ihres ebenso kurzen wie gefährlichen Aufenthalts gesehen hatten. Folglich gab es eine Menge toter Gänge, die scheinbar in Sackgassen endeten, oder Türen, von denen man nicht wusste, was sich hinter ihnen verbarg.

Eine rote Linie schien sich in mehreren Windungen durch die Darstellung zu bohren, durch die Einfahrt und die Fahrzeughalle ins Innere der Anlage. Sie markierte den Weg, den der Stoßtrupp während des Angriffs nehmen würde.

Aufgrund der Attacken, denen der Widerstand in den letzten Wochen ausgesetzt gewesen war, und der damit verbundenen logistischen Verschiebungen war die überwiegende Mehrzahl der Kämpfer, sichtbare ebenso wie unsichtbare, zur Sicherung von Observationsbasen abgestellt, die nach der jüngsten Kenntnislage als gefährdet eingestuft wurden. Erst vor wenigen Stunden hatten Mitarbeiter in Tokio eine verschlüsselte Nachricht abgefangen, deren Inhalt darauf schließen ließ, dass den in Asien gelegenen Basen möglicherweise Angriffe bevorstanden. Die Anderen waren nicht gewillt, all diese Stützpunkte nur auf einen Verdacht hin zu räumen und dadurch noch mehr wertvolles Equipment zu verlieren. Man war entschlossen, sich zu verteidigen, wenn es darauf ankam ...

Hinsichtlich der Anlage im Tschad war Ismael der Einsatzbefehl übertragen worden. »Wie können wir sicher sein, dass der Feind nicht gewarnt ist und Abwehrmaßnahmen ergriffen hat?«, erkundigte er sich bei Oberon. »Die Flucht unserer Agenten und Dr. Leclercs kann nicht unentdeckt geblieben sein ...«

»Das nehme ich auch nicht an«, gestand Oberon. »Allerdings hat unsere Abteilung in N'Djamena in den letzten sechsundneunzig Stunden keine auffälligen Aktivitäten im Umkreis der Anlage verzeichnet. Offenbar ist der Orden überzeugt, dass wir unsere bisherige Strategie weiterverfolgen, und glaubt nicht an einen Angriff unsererseits.«

»Das können wir nur hoffen«, sagte Ismael laut. »Andernfalls laufen wir womöglich blindlings in eine Falle.«

»Das Risiko besteht - wie immer, wenn wir es mit dem Orden zu tun haben. Schein und Sein liegen in diesem Konflikt eng beieinander.«

»Deshalb sollten wir vorsichtig sein«, beharrte Ismael. »Außerdem gefällt es mir nicht, dass das Hauptquartier während dieser Aktion so gut wie schutzlos ist.«

»Unsere Berechnungen haben ergeben, dass rund dreißig Mann erforderlich sind, um den Einsatz im Tschad erfolgreich durchzuführen«, erläuterte Oberon. »*Guardians* von den Observationsbasen abzuziehen verbietet sich angesichts der gegenwärtigen Lage. Wir haben also keine Wahl.«

»Aber es gefällt mir dennoch nicht«, beharrte Ismael.

»Das muss es auch nicht, Commander. Es genügt, wenn Sie Ihre Befehle ausführen.«

»Verstanden, Sir.«

Alex sah durch ihre Spezialbrille, wie sich Ismaels Gestalt straffte. Sie kannte ihn gut genug, um zu wissen, dass es nicht mangelnder Mut oder Einsatzwille war, der ihn zögern ließ, sondern ehrliche Sorge. Tatsächlich würde das Hauptquartier des Widerstands für kurze Zeit nahezu unbewacht sein, solange die überwiegende Mehrheit der hier stationierten Kämpfer in Zentralafrika im Einsatz war. Doch es gab keine andere Möglichkeit, und gerade Alex wünschte sich mehr als alles andere, dass den jungen Frauen, die auf so verbrecherische Weise missbraucht wurden, geholfen wurde ...

»Sie haben Ihre Befehle«, schnarrte Oberon, und für einen

Moment war Alex sicher, dass es ihr Vater war, der sprach. »Wegtreten.«

Die Versammlung löste sich auf. Sowohl die vier unsichtbaren Gruppenführer als auch die beiden sichtbaren Agenten, die am Briefing teilgenommen hatten, verließen den Raum durch das Sicherheitsschott, das sich zischend für sie geöffnet hatte. Nur Ismael blieb zurück, der das 3-D-Modell noch einmal genau in Augenschein nahm.

Und Alex ...

Suzanne Leclerc hatte ihr einige Medikamente verabreicht, die ihren Kreislauf stabilisiert und ihr Allgemeinbefinden gesteigert hatten, und seitdem fühlte sie sich schon wesentlich besser. Dass sie mit einer gewissen Erschöpfung zu kämpfen hatte, führte sie eher auf die Schwangerschaft zurück. Das neue Leben in ihr verlangte Tribut, das ließ sich nicht mehr leugnen. Dennoch war Alex nicht gewillt nachzugeben.

Noch nicht ...

»Ismael?«, fragte sie leise.

»Ja?« Er wandte seinen Blick vom Bildschirm und schaute sie direkt an, wobei sie seine Augen durch die Brille als zwei unergründliche dunkle Flecke wahrnahm.

»Hast du das alles gewusst?«, fragte Alex.

»Was genau meinst du?«

»Oberon«, sagte sie. »Hast du das Geheimnis gekannt?«

»Ja«, gab er zu. »Allerdings noch nicht sehr lange. Die meisten von uns wissen es nicht. Die einen halten deinen Vater für unseren Anführer, anderen ist es egal, wer uns leitet, solange es gegen den Orden geht. Warum?«

»Nun«, erwiderte sie, »ich frage mich, was sie wohl sagen würden, wenn sie die Wahrheit erführen. Was die Menschen dazu sagen würden ...«

»Worauf willst du hinaus?«

»Sehr einfach: Der Widerstand versucht seit langer Zeit,

den Krieg gegen die Unsichtbaren publik zu machen und in die Öffentlichkeit zu tragen ...«

»... was an der Ignoranz der sichtbaren Welt gescheitert ist«, ergänzte Ismael. »Du selbst hast es am eigenen Leib erfahren, oder nicht?«

»Das stimmt«, räumte Alex ein, »weil es an konkreten Beweisen fehlte. Aber wenn wir davon ausgegangen sind, dass das Vorhandensein einer ominösen Zeitmaschinen-Apparatur im brasilianischen Regenwald Beweis genug gewesen wäre, um der Menschheit die Existenz des Ordens zu offenbaren - um wie vieles mehr müsste es dann ein Wesen aus der Zukunft sein?«

Ismael stand einfach nur da. »Du sprichst allen Ernstes davon, unser größtes Geheimnis preiszugeben?«

»Oberons Existenz wäre fraglos noch eine sehr viel größere Sensation als eine bloße Anhäufung von Maschinen, deren Zweck noch nicht einmal mehr nachvollziehbar ist. Wenn es ihm tatsächlich darum geht, die Unsichtbaren aufzuhalten, wie er sagt, warum hat er dann niemals versucht, an die Öffentlichkeit zu gehen und ...«

»Das habe ich«, ließ sich die Stimme Oberons plötzlich vernehmen. Sanft. Schnarrend. Er hatte das Gespräch verfolgt, womit Alex nicht nur gerechnet, sondern womit sie insgeheim sogar spekuliert hatte.

»Wirklich?«, fragte sie. »Warum wusste ich dann nichts von diesen Dingen? Warum weiß die ganze Menschheit nichts davon?«

»Sie weiß es - aber anders, als du vermutest. Noch im selben Jahr, in dem der Zeitreisende aus der Gefangenschaft der Russen in die USA floh, ließ der amerikanische Geheimdienst OSS eine solche Unmenge an Gerüchten verbreiten, dass es schon bald unmöglich wurde, die Wahrheit von der Unwahrheit zu trennen.«

»Was für Gerüchte?«

»Es waren die späten Vierzigerjahre. Science-Fiction-Filme und -Romane erfreuten sich in den USA großer Beliebtheit, und nach dem Sieg über die Nazis wurde Stalin über Nacht zum neuen Feind. Der Geheimdienst verstand es, diese beiden Tatsachen geschickt miteinander zu verquicken und eine haarsträubende Story zu spinnen - eine Story über außerirdische Besucher und einen angeblichen UFO-Absturz in der Nähe von Roswell, New Mexico. Anfangs hielt der Zeitreisende das alles für einen schlechten Scherz, aber er hat damals die Erfahrung gemacht, dass die Menschen vor allem das glauben, was sie glauben wollen. Der OSS verstand es, die Ängste der Bevölkerung so zu kanalisieren, dass die Bedrohung durch außerirdische Wesen für viele ebenso real wurde wie jene durch die Kommunisten. Diejenigen, die begriffen, dass es eine Verschwörung gab, brachten diese nur noch mit Außerirdischen und UFOs in Zusammenhang, und da es keine Außerirdischen gab und auch keine UFOs, ließ sich die eigentliche Verschwörung natürlich nicht aufdecken.«

»Ein geschickter Schachzug«, sagte Alex, und etwas wie Anerkennung lag in ihrem Tonfall.

»Zweifellos. Um von der unfassbaren Wahrheit abzulenken, hat man eine ebenso unfassbare Lüge geschaffen, eine Geschichte, die nicht weniger mysteriös war als das eigentliche Geheimnis. Auf diese Weise wurde nicht nur die Existenz des Zeitreisenden selbst verheimlicht, sondern auch die Unsichtbarkeitsexperimente, die unter dem Codenamen ›Gyges‹ bis in die fünfziger Jahre durchgeführt wurden ...«

»... nachdem es im Oktober 1948 zum ersten Mal gelungen war, mittels intensiver Bestrahlung dreizehn Menschen aus dem sichtbaren Quantenspektrum auszukoppeln und dauerhaft invisibel zu machen«, fügte Alex das hinzu, was sie von Ismael wusste. »Die Grauen - die Unsichtbaren der ersten Generation.«

»Das ist richtig.«

»Ein seltsamer Zufall. Nur ein Jahr, nachdem der Zeitreisende in die Gefangenschaft des OSS geraten war, feiert Projekt Gyges den endgültigen Durchbruch.«

»Kein Zufall«, sagte Oberon, und seine Stimme klang schwach und matt dabei.

»Sie haben ihnen dabei geholfen, richtig?«, stellte Alex endlich jene Frage, die sie in den vergangenen Stunden beschäftigt hatte. »Ismael hat mir erzählt, es wäre ein Physiker namens Dubois gewesen, der bei der Entwicklung der Unsichtbarkeitstechnik den letzten Anstoß gab.«

»Das ist richtig - und falsch zugleich. ›Dubois‹ war der Tarnname, unter dem der Zeitreisende von der OSS in deren Unterlagen geführt wurde - angeblich ein Doppelagent, der während des Krieges sowohl für die Résistance als auch für die deutsche Wehrmacht gearbeitet hat und deshalb in Gewahrsam genommen wurde. Anfangs verweigerte der Zeitreisende seine Hilfe, bis ihm klar wurde, dass dies völlig sinnlos war. Denn die Vergangenheit war bereits verändert worden, und wenn er unter der Folter starb, die man ihm für den Fall androhte, dass er weiterhin schweigen würde, würde es niemanden mehr geben, der von der Veränderung wusste und sie rückgängig machen konnte. Also wechselte er seine Taktik. Zum Schein kooperierte er, in Wahrheit jedoch lenkte er die Forschungen in eine Sackgasse. Das Experiment im Herbst des Jahres 1948 gelang, aber nicht so wie erwartet, denn die dreizehn Probanden, die in den Zustand der negativen Wahrnehmung versetzt wurden, wurden schwer entstellt, der Vorgang selbst irreversibel. Der Zeitreisende hoffte, dass dies die Betreiber entmutigen und zur Einstellung des Projekts führen würde, jedoch das Gegenteil war der Fall. Anfang 1949 gelang ihm schließlich die Flucht, und er hoffte, dass es den Wissenschaftlern der Vergangenheit ohne ihn nicht gelingen würde, die Unsichtbarkeitstechnik weiterzuentwickeln ...«

»... was ebenfalls ein Irrtum war«, stellte Alex fest, erschüttert über diese Enthüllung, ein weiteres Puzzlestück, das ihr bisher gefehlt hatte. Sie hatte sich immer gefragt, wie es Baumgartner und den anderen Wissenschaftlern des Gyges-Projekts gelungen war, mit den technischen Mitteln der Nachkriegszeit nach zahllosen Rückschlägen praktisch über Nacht den Durchbruch zu erzielen. Nun kannte sie die Antwort - doch sie gefiel ihr ganz und gar nicht ...

»In der Tat«, bestätigte Oberon ihre Worte, »denn jener ersten Generation von Unsichtbaren folgte eine zweite und eine dritte, bei denen es gelang, die Begleiteffekte auf ein Minimum zu reduzieren. Und nun bereitet der Orden die vierte Generation von Unsichtbaren vor ...«

»... und Sie selbst«, fügte Alex bitter hinzu, »haben diese Entwicklung begründet und ...« Plötzlich stockte sie, dann wollte sie wissen: »Mit welchem von beiden Oberons spreche ich eigentlich? Mit meinem Vater oder ...?«

»Es spielt keine Rolle«, lautete die Antwort. »Was der eine entscheidet, entscheidet auch der andere. Und die Fehler des einen sind auch die Fehler des anderen.«

»Eine erstaunliche Einigkeit«, meinte sie und verzog auf einmal das Gesicht. »Aber beide passen ja auch gut zusammen - beide haben in ihrer Vergangenheit Schuld auf sich geladen und erwarten nun, dass andere dafür geradestehen.«

»Alex!« Zum ersten Mal mischte sich Ismael in das Gespräch ein. »Es steht dir nicht zu, so mit unserem Oberhaupt zu sprechen. Mit keinem von beiden!« Ob er schon zuvor über Oberons Vergangenheit und seine Verstrickung in die Geschichte des Ordens informiert gewesen war, ließ er sich nicht anmerken.

»Nein, Ismael«, drang es resignierend aus dem Lautsprecher, »sie hat recht. Menschen machen Fehler, niemand ist davon ausgenommen, weder die Menschen der Zukunft noch jene der Vergangenheit. Unzählige Male habe ich mich gefragt, ob ich damals anders hätte entscheiden sollen, und vielleicht würde ich das, stünde ich erneut vor der Wahl. Aber mit dem Wissen von damals, als der Mensch, der ich damals gewesen bin, würde ich wieder so urteilen. Ich habe mir nichts vorzuwerfen. Was nicht bedeutet, dass ich nicht sehr bedaure, was aufgrund meines Entschlusses geschehen ist. Zumindest das kannst du mir glauben, Kind.«

Zuletzt hatte die scharrende Stimme nicht mehr wie die eines militärischen Führers geklungen, der vom Hügel des Feldherren aus unangreifbar das Kampfgeschehen überwachte, sondern wie die eines Wesens, das unsicher und verletzlich war, gebeugt unter der Last der Verantwortung, die es in seinem Leben auf sich geladen hatte ...

»V-Vater?«, fragte Alex leise.

Die Antwort ließ auf sich warten.

»Oberon«, sagte die Stimme dann, jetzt wieder mechanisch und beherrscht. »Wir sind Oberon.«

»Ich verstehe.« Alex nickte, frustriert über das Versteckspiel. »Wenn es also nur Oberon ist, mit dem ich spreche, wird er mir ganz sicher auch gestatten, an der Mission im Tschad teilzunehmen.«

»Wie bitte?«

»Du hast mich verstanden, Oberon. Ich bitte um Erlaubnis, Ismael und seine Truppe begleiten zu dürfen.«

»Nein!«, rief Ismael. »Das kommt nicht in Frage!«

»Aus welchem Grund?«, wollte Oberon wissen.

»Ortskenntnis«, antwortete Alex. »Ich bin bereits dort gewesen. Kein Studium einer Computergraphik, und wäre diese Graphik noch so ausgefeilt, kann ortskundige Hilfe ersetzen.«

»Und dein Zustand?«

»Ich fühle mich gut«, versicherte Alex, »und Dr. Leclerc hat bestätigt, dass mit dem Kind alles in Ordnung ist.«

»Trotzdem«, wandte Ismael ein. »Das ist doch Wahnsinn! Du solltest hier bleiben und ...«

»Also gut«, sagte Oberon ebenso spontan wie unerwartet.

»Ganz sicher?«, fragte Alex, die es selbst kaum glauben konnte, und nun war sie sich sicher, dass es nicht ihr Vater war, mit dem sie gesprochen hatte, sondern das Wesen aus der Zukunft ...

»Ja, ganz sicher«, lautete die bestimmte Antwort. »Unter der Voraussetzung, dass du im Flugzeug bleibst und dich darauf beschränkst, den Einsatz über Funk zu koordinieren.«

»Einverstanden«, erklärte sich Alex bereit.

»Aber, Sir. Das ist unnötig«, wandte Ismael ein. »Dr. Leclerc wird die Mission begleiten, und auch sie war schon vor Ort und ...«

»Sie haben Ihre Befehle, Commander«, schnarrte Oberon mit herrischem Tonfall, der nicht mehr den kleinsten Selbstzweifel erkennen ließ.

»Ja, Sir«, erwiderte der Unsichtbare zähneknirschend, während er weiter unverwandt auf Alex starrte. »Warum?«, fragte er sie schließlich.

Alex zögerte. Die Heftigkeit seiner Reaktion überraschte sie. »Ich hatte eigentlich gehofft, dass du den Grund kennst«, sagte sie leise.

»Ich kenne ihn«, versicherte er, »aber ich hätte nie gedacht, dass du so weit gehen würdest. Um deinen Vater zu bestrafen, riskierst du sogar das Leben unseres Kindes.«

»Aber das ist nicht die Ursache«, versicherte sie. »Es geht mir nicht darum, mich an meinem Vater zu rächen.«

»Nein? Warum dann, Alex? Sag es mir, bevor ich auch noch das letzte Quäntchen Achtung vor dir verliere.«

»Der Grund, warum ich dich begleiten möchte«, erwiderte Alex leise, »ist der, dass ich etwas versprochen habe.«

»Ich weiß.« Er nickte. »Dr. Leclerc hat es mir gesagt.«

»Was meinst du?«

»Sie sagte, dass du ihr versprochen hättest, zurückzukehren und diese Frauen zu befreien. Und natürlich willst du dein Wort halten. Aber ist der Preis nicht etwas hoch?«

Sie schüttelte den Kopf. »Das ist nicht das Versprechen, das ich meine.«

»Nein?«

»Bei unserer letzten Begegnung hast du mir das Versprechen abgenommen, dass ich mich bis zu deiner Rückkehr aus Kanada entschieden haben würde. Weißt du nicht mehr?«

Ismaels leuchtende Gestalt straffte sich. »Ich erinnere mich. Und?«

»Ich habe mich entschieden«, erwiderte Alex – und zum ersten Mal seit langer Zeit hatte sie das Gefühl, wieder etwas richtig zu machen.

17.

»… können wir noch keine genauen Angaben zu den Ursachen des Satteliten-Blackouts machen, der in den gestrigen Abendstunden sowohl die Mobilfunknetze als auch die Datenkommunikation in Südeuropa sowie in Teilen Nordafrikas hat zusammenbrechen lassen. Sowohl unsere Techniker als auch die konkurrierenden Unternehmen sind mit dem Problem befasst, allerdings wird es noch einige Zeit dauern, bis definitive Aussagen zum Schadensumfang und hinsichtlich eines möglichen Grundes getroffen werden können. Ein terroristischer Hintergrund ist nach unserer Auffassung jedoch auszuschließen. Selbstverständlich werden wir unsere Kunden für die aufgetretenen Unannehmlichkeiten angemessen entschädigen. Gedacht wird etwa an Freiminuten für Ferngespräche sowie eine Senkung der Netzgebühren, aber auch hierzu werden wir erst zu einem späteren Zeitpunkt endgültige Aussagen treffen können. Ich bitte um Ihr Verständnis …«

Aus der Presseerklärung von Antoine Duprais
Pressesprecher von LeBieNet, Nizza, Frankreich

Hauptquartier des Widerstands
Katakomben, Rom
0 Uhr 32 Ortszeit

»Wer hätte das gedacht!«

»Wovon sprichst du?«

Alexandra Lessing unterbrach das Packen ihrer Tasche für

einen Moment und warf Paolo Genaro einen fragenden Blick zu. Der Archäologe hatte sie in ihrem Quartier besucht, nervös und sichtlich verunsichert.

Seit ihrer Rückkehr aus Afrika hatten sie kaum Gelegenheit gehabt, miteinander zu sprechen. Aber auch so war ersichtlich, dass sich etwas zwischen ihnen verändert hatte. Die Sympathie war geblieben, die Wesensverwandtschaft jedoch, die sie zuvor entdeckt zu haben glaubten, hatte Risse bekommen.

»Man lernt, die Wirklichkeit mit anderen Augen zu betrachten, wenn man von all dem hier weiß«, erwiderte Paolo und machte eine ausladende Handbewegung, die offenbar nicht nur Alex' Kammer und den unterirdischen Bunker, sondern den gesamten Widerstand mit einschließen sollte. »Als ich von dieser Satellitenstörung las, war mir nicht klar, dass wir dahinterstecken.«

»Nur eine Vorsichtsmaßnahme«, erklärte Alex, während sie noch einige Dinge in die kleine Reisetasche warf. »Oberon versucht auf diese Weise, die feindliche Kommunikation zu beeinträchtigen. Bislang scheint unsere Flucht aus der Anlage nicht gemeldet worden zu sein, und wir wollen natürlich, dass das auch so bleibt.«

»Ich verstehe.« Paolo nickte. »Das bleibt wohl nicht aus.«

»Was meinst du?«

»Es ist wie bei allen Dingen, hinter deren Kulissen man einen Blick geworfen hat - sie verlieren ihren Zauber. Als unausweichliche Folge wird man zynisch.«

»Erwachsen«, verbesserte Alex und zog energisch den Reißverschluss der Sporttasche zu. Dann hielt sie für einen Moment inne, suchte nach den passenden Worten. »Paolo, ich hatte noch keine Gelegenheit, mich zu bedanken. Was Suzanne und du für mich getan habt, war ...«

»... nicht der Rede wert«, behauptete er.

»Das ist nicht wahr, und das weißt du. Ich wäre nicht

mehr am Leben, wenn ihr mich zurückgelassen hättet, wie ich es verlangt habe.«

»Tja«, entgegnete er, »manchmal ist es eben von Vorteil, nicht ganz so erwachsen zu sein, richtig?«

»Richtig«, stimmte sie zu, die Besserwisserei, die in seinen Worten mitschwang, einfach überhörend. Sie gönnte ihm den kleinen Triumph angesichts der Tatsache, dass er ihr das Leben gerettet hatte - und erst recht in Anbetracht der Dinge, die sie ihm zu sagen im Begriff war ...

»Aber deswegen hast du mich nicht hierher bestellt, oder?«, fragte er, und sein Blick besagte, dass sie ihm nichts vormachen konnte. Paolo Genaro mochte ein Romantiker sein und ein Idealist, aber er war kein Dummkopf. Offenbar wusste er genau, worauf dieses Treffen hinauslief, und dass er es ihr so einfach machte, beschämte sie.

»Nein«, gab sie zögernd zu, »sondern weil ich dir etwas sagen möchte.«

»Tatsächlich?«, fragte er ohne erkennbares Interesse.

»Ich habe mich entschieden«, sagte sie leise.

»Ich weiß«, entgegnete er nur. »Genau wie ich.«

»Ismael ist der Vater meines Kindes.«

»Und ich bin nun mal der, der ich bin«, erwiderte er, »und ich kann ebenso wenig aus meiner Haut wie du oder irgendjemand sonst. In Afrika ist mir klar geworden, dass du nicht wirklich mich liebst, sondern nur das, was du in mir gesehen hast, und das im wörtlichen Sinn. In Wahrheit jedoch wolltest du die ganze Zeit über *ihn* an deiner Seite haben, nicht wahr?«

Alex antwortete nichts, aber ihre Augen wurden feucht, was mehr besagte als tausend Worte. »Es tut mir leid«, versicherte sie. »Nach allem, was du für mich getan hast, muss dir das wie ein Hohn vorkommen.«

»Es muss dir nicht leidtun«, versicherte Paolo, und er sprach auf einmal ganz sanft. »Ich verstehe dich.«

»Wirklich?«

»Offenbar haben die jüngsten Ereignisse dir klargemacht, auf wessen Seite du tatsächlich stehst - und mir wiederum wurde bewusst, dass ich keinesfalls auf dieser Seite stehen kann. Dieser ganze Kampf, die gesamte Widerstandsbewegung haben nur dann einen Sinn, wenn sie für feste Ideale und unverrückbare Werte stehen. Wenn wir am Ende das werden, was wir mit aller Macht bekämpfen wollten - welchen Zweck hat es dann, diesen Kampf zu führen?«

»Bisweilen«, erwiderte sie, »müssen wir Kompromisse schließen. Schätze, das gehört zum Erwachsensein.«

»Offensichtlich.« Er nickte.

»Bist du enttäuscht von mir?«

»Nicht mehr.« Paolo seufzte. »Als du bereit warst, all diese Frauen kaltblütig zu opfern, da war ich es tatsächlich. Später jedoch, als du deinen Zusammenbruch hattest und Suzanne und mich dazu bringen wolltest, die Basis ohne dich zu verlassen, da wurde mir klar, dass du von anderen lediglich das verlangst, was du auch selbst zu geben bereit bist.«

»Und?«, fragte sie.

»In diesem Moment begriff ich zweierlei. Zum einen, dass der Widerstand dir alles bedeutet und du diesen Leuten sehr viel mehr verbunden bist, als du es dir eingestehen willst.«

»Und zum anderen?«

»Dass du, falls du zwischen mir und deiner Verantwortung zu entscheiden hättest, immer deine Verantwortung wählen würdest - und ich fürchte, das genügt mir nicht.«

»Das verstehe ich.« Sie nickte, und ein Anflug von Trauer überkam sie. »Kannst du mir verzeihen?«

»Zu verzeihen gibt es da nichts. Wie ich sagte: Jeder von uns ist das, was er ist. Zwecklos, etwas anderes darin sehen zu wollen.«

»Also ... können wir Freunde bleiben?«

»Das nehme ich an«, antwortete er, und ein spitzbübisches

Grinsen huschte über die sonnengebräunten Züge des Italieners. »Außerdem werden wir immer Brasilien haben.«

»Verdammt.« Alex errötete, was sein Grinsen nur noch breiter werden ließ. Er beugte sich vor und küsste sie zart auf die Wange.

»Was wirst du tun?«, fragte sie.

»Zurück nach Südamerika gehen. Versuchen, trotz der Dinge, von denen ich weiß, wieder ein halbwegs normales Leben zu führen.«

»Aber sagtest du nicht, dass der Zauber verloren ist?«

Er lächelte schwach. »Ich werde eben versuchen müssen, etwas davon wiederzufinden.«

»Sie werden hinter dir her sein«, prophezeite sie.

»Wahrscheinlich. Aber sie werden mich nicht davon abhalten, mein Leben so zu führen, wie ich es möchte. Ansonsten hätten die Grauen den Krieg gewonnen, richtig?«

»Richtig.« Alex nickte, noch immer Tränen in den Augen. Sie wollte nicht, dass er ging, hatte aber auch kein Recht, ihn aufzuhalten. Einst hatte sie vor der gleichen Wahl gestanden, sich jedoch anders entschieden. Aus welchem Grund, war schwer zu sagen. Vielleicht, weil sie die Konsequenzen gefürchtet hatte. Vielleicht aber auch, weil sie sich ihrer Verantwortung nicht hatte entziehen können.

»Viel Glück, Alexandra«, sagte er leise. »Gib auf dich acht.«

»Du auch, Paolo. Du auch.«

Sie schulterte ihre Tasche und wollte sich zum Gehen wenden, aber auf der Schwelle erschien eine Gestalt, die ihr den Weg versperrte. Alex schnaubte ungehalten, als sie ihren Vater sah.

»Ich werde gehen«, stellte sie klar.

»Ich weiß.«

»Versuch nicht, es mir auszureden. Oberon hat meine Teilnahme an der Mission gestattet.«

»Keine Sorge, das ist nicht meine Absicht, Tochter«, versicherte Bowder und schaute sie durchdringend an. »Aber ich möchte dir ebenfalls Glück wünschen – und ich hoffe, dass du wohlbehalten zurückkehrst.«

Sie war überrascht, ließ es sich jedoch nicht anmerken. »Danke«, sagte sie steif.

»Hör zu, wenn du ... wenn du zurückkehrst ...«

»Ja?«

»Meinst du, wir könnten ... uns dann einmal unterhalten?«

»Klar.« Sie zuckte mit den Schultern und wollte an ihm vorbei. Er jedoch blieb nicht nur in der Tür stehen, sondern fasste sie auch bei den Schultern.

»Alex, ich ...«

»Was willst du, Vater?« Sie schaute ihn fragend, fast flehend an. Ein Teil von ihr sehnte sich danach, ein anderer fürchtete sich davor, dass er sie um Vergebung bat. Denn ihr war klar, dass sie ihm die nicht würde verwehren können.

Kenneth Bowder zögerte. Der ehemalige US-Soldat mochte ein Mann der Entscheidung und des beherzten Handelns sein, aber nicht großer Worte. »Nichts«, sagte er schließlich. »Viel Glück, mein Kind.«

»Danke.« Sie nickte, und als er den Weg endlich freigab, trat sie an ihm vorbei in den Korridor, um dessen Biegung sie im nächsten Moment verschwunden war.

Kein Wort des Bedauerns.

Kein Abschied.

Seufzend blieb Kenneth Bowder zurück. Trauer war in seinen Zügen zu lesen, wohl nicht so sehr über das Verhalten seiner Tochter als vielmehr über sein eigenes Unvermögen.

»Trösten Sie sich, Sir«, meinte Paolo, der wider Willen zum Zeugen des Gesprächs geworden war.

Bowder blickte ihn an. »Wovon sprechen Sie?«

»Alex mag vorgeben, dass Sie ihr gleichgültig sind - aber das ist nicht der Fall.«

»Ich weiß.« Bowder nickte. »Gleichgültig bin ich ihr nicht. Dazu hasst sie mich viel zu sehr.«

»Glauben Sie das wirklich, Sir? Dann kennen Sie Ihre Tochter nicht, fürchte ich. Denn wenn Alex Sie hasst, dann könnte sie ebenso gut auch sich selbst hassen. Sie ist Ihnen sehr ähnlich, Sir. Sehr viel ähnlicher, als ihr selbst klar ist - und Ihnen ganz offensichtlich auch ...«

Rom, exakte Lokalität unbekannt
1 Uhr 18 Ortszeit

Keine Emotion.

Nur logische Strategie.

Agentin Peragon wusste um die Fehler, die ihr Vorgänger im Amt des stellvertretenden Geheimdienstleiters begangen hatte. Nummer 8 hatte ihr davon erzählt.

Gallagher war ein guter *Demon* gewesen, vielleicht sogar der beste, der jemals im Hades ausgebildet worden war, jener streng geheimen Trainingsstätte, die der Orden für seine Agenten und Attentäter unterhielt. In dem Moment jedoch, da er seiner Rachsucht und seinen persönlichen Empfindungen nachgegeben hatte, verließ Gallagher den Pfad des *Demon*: Er hatte seine Verpflichtung gegenüber dem Orden vergessen und sein Ziel aus den Augen verloren, und als direkte Konsequenz aus seinem Fehlverhalten war seine Mission gescheitert.

Was mit ihm geschehen war, das war nach wie vor unklar, aber offiziell ging man davon aus, dass Agent Gallagher im Einsatz gegen den Feind gefallen war. Peragon hatte, inzwischen mit allen Befugnissen, seinen Platz eingenommen, und sie war fest entschlossen, die Fehler ihres Vorgängers nicht zu wiederholen.

Keine Emotionen.

Nur Strategie.

Dies waren die Maximen, nach denen sie ihr Handeln ausgerichtet hatte – und die letztlich auch zum Erfolg führen würden. Zu den Lektionen, die den Anwärtern im Hades beigebracht wurden, gehörten nicht nur die unzähligen Arten lautlosen und effizienten Tötens, für welche die *Demons* berüchtigt waren, ihnen wurde auch strategisches Denken vermittelt, weshalb unter anderem Schach auf dem Lehrplan stand.

Anfangs hatte Peragon wie die meisten jungen Anwärter dem Spiel wenig Bedeutung beigemessen. Je eingehender sie sich jedoch damit beschäftigt hatte, desto mehr war ihr aufgegangen, dass die vierundsechzig schwarzen und weißen Quadrate weit mehr bildeten als ein bloßes Spielbrett: Sie waren ein Übungsgelände, auf dem der Schüler die verschiedenen Aspekte militärischen Denkens erproben konnte. Eine Taktik für das eigene Vorgehen musste gefunden, die Reaktionen des Gegners antizipiert und schließlich aus beidem eine erfolgreiche Strategie abgeleitet werden. Wer hierbei versagte, den erwartete körperliche Bestrafung.

Peragons Miene verzog sich zu einem bitteren Lächeln. Die Ausbilder hatten es stets verstanden, ihre Schüler zu motivieren, und die Anforderungen waren immer mehr gewachsen. Der Anblick von Schachbrettern, an denen sich unsichtbare Kontrahenten gegenübersaßen und sich Figuren wie von Geisterhand bewegten, war an sich schon eindrucksvoll gewesen. Nach und nach jedoch waren auch die Protagonisten des Schachspiels unsichtbar geworden, waren immer mehr ungeschlagene Figuren vom Feld genommen worden, so dass der Gegner deren Positionen im Kopf hatte behalten müssen. Bei dieser Übung scheiterten selbst die Ausbilder, und es hatte unter all den *Demons*, die im Hades ausgebildet worden waren, nur einen gegeben, dem es gelungen war, eine bis auf den König unsichtbare Armee von Schachfiguren zu befehligen.

Gallagher ...

Sein Name wurde selbst von den Ausbildern mit Achtung ausgesprochen, und er war allen Angehörigen der dritten Generation ein Ansporn. Seine Nachfolge anzutreten war für Peragon eine Ehre, aber auch eine Herausforderung. Sie wurde erfüllt von dem Drang, dem Innersten Kreis zu beweisen, dass eine nicht weniger fähige Agentin in ihr steckte, dass sie sowohl willens als auch in der Lage war, die Bedrohung durch die Aufständischen zu beseitigen. Aber sie war frei von jeder Häme. Gallaghers Tod war ein Verlust für den Orden - dass er gleichzeitig ihren Aufstieg ermöglicht hatte, tat nichts zur Sache. Nicht auf den Einzelnen kam es an, sondern auf das Ziel, das es zu erreichen galt. Wenn Peragon starb, würde ein anderer *Demon* ihren Platz einnehmen und zu Ende bringen, was sie begonnen hatte.

Es war wie beim Schachspiel.

Jedem der Akteure auf den Feldern war eine eigene Funktion zugewiesen. Peragons Aufgabe bestand darin, den ihr zur Verfügung stehenden Einsatzkräften ein möglichst effizientes Vorgehen zu ermöglichen. Alle drei Kommandanten hatten inzwischen Einsatzbereitschaft gemeldet:

Team Alpha würde in das Haus an der Via Boccea eindringen, das sich unmittelbar über den georteten Hohlräumen befand. Peragon hatte das Gebäude während der vergangenen sechsunddreißig Stunden observieren lassen und verdächtige Aktivitäten festgestellt: Menschen, die das Haus verlassen hatten, aber nicht hineingegangen waren, und umgekehrt.

Team Beta würde sich eine angebliche archäologische Grabungsstätte in der Nähe der Metro-Endstation Battistini vornehmen. Zwar hatte eine Anfrage bei den zuständigen Behörden ergeben, dass im betreffenden Stadtteil tatsächlich Grabungen angestrengt wurden; von antiken Katakomben wusste man dort jedoch nichts, und das eine musste das andere ja nicht ausschließen.

Team Gamma schließlich war Peragons Joker – jene Figur, die man bis zum Schluss in der Hinterhand behielt, um in der entscheidenden Phase des Spiels einen unerwarteten Vorstoß zu führen. Den Infrarot-Messungen zufolge verlief zumindest ein Teil der unterirdischen Gänge unweit der Linie A der Untergrundbahn. Peragon zweifelte nicht daran, dass es einen verborgenen Zugang gab, den zu suchen allerdings zu viel Zeit in Anspruch nehmen würde. Der Plan sah vor, sich durch die dünnwandigste Stelle zu sprengen, um in die Anlage einzudringen und den Gegner damit völlig zu überrumpeln.

So viel zur Theorie.

Peragon trug die Verantwortung dafür, dass Theorie und Praxis im Einklang stehen würden.

Mit ruhiger Hand griff sie zu dem Funkgerät. »An alle Einsatzgruppen«, sagte sie mit fester Stimme. Die historische Dimension des Augenblicks war ihr einerlei, sie wollte nur die Mission erfüllen, mit der sie beauftragt worden war. »Hier spricht Peragon. Sie haben Befehl zum Angriff. Ich wiederhole: Sie haben Befehl zum Angriff ...!«

18.

Nachdem mir die Unsichtbaren ihr größtes Geheimnis offenbart hatten, gab es für mich kein Zurück mehr. Keine Rückkehr in das Leben, das ich geführt hatte, keine Rückkehr in den Beruf, den ich ausgeübt hatte, keine Rückkehr in das Land, dem ich gedient hatte. Offiziell wurde Sergeant Kenneth Bowder noch als vermisst geführt, aber da es keinerlei Hinweise auf ein Verbrechen gab, würde es nicht lange dauern, bis mich die Military Police als fahnenflüchtig einstufen würde.

Der Rückweg war mir verwehrt, und das in jeder denkbaren Hinsicht - mir blieb nur, den Blick nach vorn zu richten und das zu tun, weshalb ich angeworben worden war. Anfangs haderte ich noch mit diesem Schicksal, warf meinen unsichtbaren Freunden vor, sie hätten mein Leben ruiniert, mich in verantwortungsloser Mutwilligkeit aus alldem gerissen, was mir lieb und teuer gewesen war. Doch je länger ich bei ihnen war und je mehr ich sie zu verstehen begann, desto mehr identifizierte ich mich mit ihrer Sache und machte ihren Kampf zu meinem eigenen. Die gegenwärtigen Konflikte der Welt, in denen es oberflächlich um Religionen ging, um Hautfarben oder politische Weltanschauungen, denen in Wahrheit jedoch nichts anderes zugrunde lag als der ewige Streit um Boden und Ressourcen, kamen mir plötzlich kleingeistig vor. Selbst mein Dienst bei der Army, den ich immer als Dienst an der Gesellschaft verstanden hatte, verlor im Nachhinein jeden Sinn. Der Krieg der Unsichtbaren hingegen entschied darüber, ob Menschen noch als Menschen leben durften oder ob sie einer anderen, angeblich überlegenen Spezies Platz machen mussten.

Es war ein Kampf ums Überleben ...

Je mehr ich über den Orden und seine Vergangenheit erfuhr, desto mehr reifte in mir die Überzeugung, dass wir in diesem Krieg Verbündete bräuchten. Ein kleines Häuflein Abtrünniger sah sich einer riesigen, global agierenden Organisation gegenüber, die Agenten und Mittelsmänner in zahlreichen Regierungen und Behörden sowie in Schlüsselpositionen von Militär und Wirtschaft hatte. Der indirekte Einfluss, den der Orden damit auf die Weltpolitik ausübte, war immens, aber er wollte noch mehr: die unmittelbare politische Macht - und es oblag uns wenigen, dies zu verhindern.

Natürlich dachte ich anfangs daran, die Army zu informieren, meine ehemaligen Vorgesetzten einzuschalten oder mich auch gleich an den Präsidenten zu wenden. Doch je mehr ich über den Orden und seine Strukturen wusste, desto deutlicher ging mir auf, dass dies zum Untergang des Widerstands führen würde. Der Orden würde all unsere Bemühungen unterbinden, indem er seine Beziehungen spielen und Bestechungsgelder in Milliardenhöhe fließen ließ, und dann würde er darangehen, die Rebellen auszumerzen, die ihre Tarnung abgelegt hatten.

Nein, dies war nicht die Lösung.

Unser Kampf musste im Untergrund geführt werden, von verborgenen Basen aus, einem System voneinander unabhängig operierender Zellen, die kurzfristig zusammengeschlossen und dann wieder getrennt werden konnten. Ein solches System zu etablieren und militärische Befehlsstrukturen einzuführen, kurz, aus einem losen Zusammenschluss einzelner Abtrünniger eine schlagkräftige Widerstandsbewegung zu formen, war die Aufgabe, deretwegen mich die Unsichtbaren ausgewählt hatten.

Und in Ermangelung von personellen Alternativen nahm ich die Herausforderung an ...

Luftraum über dem südlichen Mittelmeer
1 Uhr 23 Ortszeit

Sie hatten den kürzesten Weg über Palermo genommen. Die ausrangierte Militärmaschine vom Typ Transall C-160 war als Frachtflugzeug für humanitäre Hilfsgüter getarnt. Je weiter es jedoch nach Süden ging, desto geringer wurde das Aufkommen im Luftverkehr, und daher interessierten sich Militär und Behörden auch mehr für eine einzelne Maschine mit italienischer Kennung, die ebenso gefälscht war wie die Frachtpapiere über angebliche Hilfslieferungen für Zentralafrika.

Der Plan sah vor, bei Erreichen des afrikanischen Festlands die übliche Reiseflughöhe zu verlassen und tiefer zu gehen, um der Radarortung zu entgehen; das Letzte, was die Besatzung der Transall gebrauchen konnte, war eine Patrouille von libyschen Kampfflugzeugen, die das Feuer eröffneten.

Es war ein wild zusammengewürfelter Haufen, der im Frachtraum der Transall beisammensaß. Das Dröhnen der Motoren erfüllte die kalte Luft, die Beleuchtung war gedämpft. Kisten mit Waffen und Ausrüstung waren verzurrt worden, und auf den Sitzen, die sich zu beiden Seiten von der Kabinenwand abklappen ließen, kauerten sichtbare wie unsichtbare Kämpfer, insgesamt sechsundzwanzig Männer und Frauen, die auf den Einsatz warteten.

Alexandra Lessing kannte längst nicht alle von ihnen, doch die meisten gehörten zur Stammbesatzung des Hauptquartiers und galten folglich als besonders zuverlässig. Die beiden Unterführer - Unsichtbare, die sich die schönen Namen »Oliver Twist« und »Dimitri Karamasov« gegeben hatten - befehligten je eine größtenteils aus sichtbaren Kämpfern bestehende Einsatzgruppe. In keiner der Observierungsbasen, die die Anderen rund um den Globus unterhielten, war die Anzahl der sichtbaren Widerstandskämpfer größer als in Rom. Bislang hatte Alex angenommen, dass sich die Rebellen zum allergrößten Teil aus Unsichtbaren rekrutierten, doch das schien nicht der Realität zu entsprechen, und Alex ahnte, dass dies der Verdienst ihres Vaters war, den sowohl die sichtbaren als auch die unsichtbaren Kämpfer als loyalen und besonnenen Anführer schätzten.

Ismaels Gruppe, die den Hauptangriff vortragen würde, war ebenfalls gemischt. Den sichtbaren Kämpfern würde die undankbare Aufgabe zukommen, die Aufmerksamkeit des Gegners und damit auch ihr Feuer auf sich zu lenken und ihren invisiblen Kameraden damit den Vorstoß zu ermöglichen. Zumindest in den Gesichtern der Sichtbaren, die tarnfarbene Overalls trugen und mit Maschinenpistolen und Handgranaten bewaffnet waren, konnte Alex Furcht erkennen. Die wenigsten von ihnen waren tatsächlich Soldaten, die meisten entstammten in Wirklichkeit zivilen Berufen. Der Dienst, den sie leisteten, war freiwillig. Sie taten, was sie tun mussten, in der Hoffnung, irgendwann wieder ein Leben ohne Zwang und ohne Bedrohung führen zu können ...

Zu den wenigen Kämpfern, die Alex kannte, gehörte auch Dr. Jekyll. Der Kommunikationsspezialist, der sich nach Stevensons berühmter Romanfigur benannt hatte und dem Alex damals in Observationsbasis Zero begegnet war, hatte sich als einer der Ersten für den Einsatz gemeldet, ebenso wie Suzanne Leclerc. Dem hübschen, aber etwas blassen Gesicht der jungen Französin, das unter dem etwas zu großen Kevlarhelm hervorlugte, war ebenfalls leise Furcht anzusehen, aber auch grimmige Entschlossenheit. Die Ärztin hatte versprochen, den Menschen im Tschad zu helfen, und so sehr sie auch erschüttert haben mochte, was sie gesehen und erfahren hatte, kehrte sie zurück, um ihr Versprechen einzulösen.

Genau wie Alex ...

»Nun?«, erkundigte sie sich bei Ismael, der neben ihr saß.

»Was?«, brummte es zurück.

»Du hast seit unserem Abflug kein Wort mit mir gesprochen.«

»Worüber sollte ich mit dir sprechen? Du scherst dich doch nicht um meinen Rat.«

»Das ist nicht wahr.«

»Nein?« Auch ohne Spezialbrille wusste sie, dass er den Blick wandte und sie anstarrte.

»Es ist nicht so, dass mich deine Meinung nicht interessieren würde«, versicherte sie. »Aber ich hatte mich nun einmal entschieden ...«

»Natürlich«, sagte er nur.

»Bedeutet es dir denn nichts, dass ich bei dir sein will?«

Ismael ließ sich mit der Antwort Zeit. »Kennst du mich denn so schlecht?«, fragte er sie dann. »In deiner Nähe zu sein, bedeutet mir alles, Alex. Ich bin schon dein Beschützer gewesen, als du noch nicht einmal von mir wusstest. Aber ich kann nicht verstehen, weshalb du unbedingt an diesem Einsatz teilnehmen willst.«

»Vielleicht, weil ich etwas gutzumachen habe?«

»Oder weil du deinem Vater etwas beweisen möchtest«, konterte er. »Dabei solltest du lieber an die Verantwortung denken, die du trägst.«

»Ich bin mir meiner Verantwortung durchaus bewusst«, versicherte sie, wissend, dass er von ihrem Baby sprach. »Genau aus diesem Grund habe ich darauf bestanden, dich zu begleiten. Oberon weiß das, sonst hätte er es mir nicht gestattet.«

»Hoffentlich.«

»Was soll das nun wieder heißen?«

»Ich habe Oberons Entscheidungen niemals in Zweifel gezogen, Alex, und soweit es meine Leute und mich betrifft, werde ich das auch niemals tun. Aber wenn es um dich geht, um meine Familie ...« Er unterbrach sich und sprach nicht weiter, wohl weil sie nicht allein waren und er seine Autorität vor seinen Untergebenen wahren wollte. Ohnehin hatte er schon mehr gesagt, als seiner Meinung nach gut war.

»So siehst du uns also?«, fragte Alex erstaunt, während sie an sich herabblickte. »Als deine ... Familie?«

Ismael antwortete nicht, aber sie glaubte ihn dennoch zu verstehen. Der Widerstandskämpfer und der Vater in ihm lieferten sich einen heftigen Streit, der dafür sorgte, dass der Unsichtbare zum ersten Mal Zweifel hatte.

Zweifel an der Mission.

Zweifel an dem bevorstehenden Kampf.

Zweifel vielleicht sogar an diesem ganzen Krieg ...

»Nicht«, raunte sie ihm zu, so dass nur er es hören konnte. »Du darfst nicht zweifeln, Ismael. Dieser Einsatz ist von großer Wichtigkeit. Nur deshalb bin ich hier, nicht um meinem Vater eins auszuwischen oder um irgendwem etwas zu beweisen. Ich habe das Gefühl, dass ich hier gebraucht werde, und Oberon - welcher von beiden auch immer - scheint diesen Eindruck zu teilen. Glaubst du denn, ich wäre gern hier? Dass ich es toll finde, in diesem verdammten Flugzeug zu sitzen, während ihr dort unten euer Leben riskiert? Aber ich werde es tun, weil ich für unser Kind Verantwortung trage - wenn du im Gegenzug versprichst, deinen Teil zu tun und auf dich aufzupassen.«

»Ich werde mein Bestes geben«, versprach er.

»Gut«, sagte sie, und ein Lächeln huschte über ihre Gesichtszüge, die in den letzten Tagen merklich an Farbe verloren hatten. »Nur noch dieses eine Mal. Vielleicht wird dieser Einsatz alles verändern ...«

»Glaubst du das wirklich?«, fragte er. »Denkst du, dass es irgendetwas bewirkt, wenn wir diese Station zerstören?«

»Warum nicht? Oberon glaubt es doch auch. Wenn es uns gelingt, dem Orden einen entscheidenden Schlag zu versetzen ...«

»Ein entscheidender Schlag ...«, wiederholte Ismael. »Wenn uns die Geschichte des Ordens eines gelehrt hat, Alex, dann dass die Grauen keine halben Sachen machen. Wer sagt uns, dass es nicht noch mehr von diesen Plantagen gibt, an anderen Orten dieser Welt? Und dass dort nicht noch mehr Unsichtbare herangezüchtet werden, die nur darauf warten, eure Welt zu übernehmen? Selbst wenn wir diese eine Schlacht gewinnen, Alex, ist das noch längst nicht das Ende des Krieges. Auch Oberon weiß das.«

»Ja?«, hauchte sie in einem Anflug von Trotz. Ismaels Worte wirkten wie gallebittere Medizin. »Weshalb hat er dann nichts davon gesagt?«

»Vermutlich weil er weiß, was auch jeder andere militärische Führer weiß.«

»Und das wäre?«

»Dass es gelegentlich eines kleinen Sieges bedarf, um die Moral zu stärken«, erwiderte Ismael leise.

Hauptquartier des Widerstands, Rom
Zur selben Zeit

Als sich die Explosion ereignete, war Paolo Genaro sofort hellwach. In seinem Quartier, das sich in den oberen Stockwerken der Basis befand, hatte sich der Archäologe zur Ruhe gelegt und tatsächlich etwas Schlaf gefunden – der dumpfe Knall jedoch und die Erschütterung weckten ihn jäh.

»Was, in aller Welt ...?«

Es gab einen zweiten Knall, noch näher diesmal, der als Nachhall durch die unterirdischen Korridore rollte und den Fußboden und das Feldbett erbeben ließ. Unmittelbar darauf begann eine Sirene zu kreischen – und Paolo war klar, dass dies keine Übung war!

Mit einem Satz sprang er von der Pritsche und schlüpfte

in seine Kargohosen. Barfuß und mit nacktem Oberkörper stürzte er zur Tür, entriegelte sie und hastete hinaus auf den Gang - wo er brutal angerempelt wurde. Er taumelte gegen die Wand, während er stampfende Schritte hörte und einen kalten Luftzug spürte. Mehrere Unsichtbare rannten offenbar in heller Aufregung den Korridor herab.

»Was ... was ist los?«, fragte der Archäologe verwirrt, aber er erhielt keine Antwort. Stattdessen war aus jener Richtung des Korridors, in die die Unsichtbaren rannten, plötzlich das Hämmern einer Maschinenpistole zu hören.

Rasch eilte Paolo zurück in seine Kammer, schnappte sich seine Spezialbrille und setzte sie auf. Dann rannte er in entgegengesetzter Richtung den Korridor entlang, fort von den Schüssen, die erneut zu hören waren.

Der Archäologe merkte, wie ihm das Adrenalin in die Adern schoss. Sein Pulsschlag beschleunigte sich, während er mit ausgreifenden Schritten den Gang hinauf hetzte, die Hände so fest zu Fäusten geballt, dass die Knöchel weiß hervortraten. Wieder hämmerten automatische Waffen, und Schreie gellten durch den Korridor.

Ohne zu wissen, was er eigentlich tat, rannte Paolo weiter. Der Korridor war menschenleer, auch durch die Spezialbrille betrachtet - das lag daran, dass die meisten Kämpfer nach Afrika abkommandiert worden waren.

Zwei sichtbare Kämpfer kamen Paolo entgegen, die wie er nur halb bekleidet und mit Uzis bewaffnet waren. Als sie ihn erblickten, blieben sie stehen und rissen die Maschinenpistolen in den Anschlag.

»Nicht schießen!«, rief er. »Paolo Genaro, Codename Gepetto!«

»Okay.« Der eine Wächter senkte die MPi, der andere hielt seine auf Paolo gerichtet. »Sehen Sie zu, dass Sie verschwinden. Dies hier ist Kriegsgebiet.«

»Kriegsgebiet? Aber ...«

»Wir werden angegriffen«, erklärte der Wachmann. »Offenbar aus mehreren Richtungen.«

»Aber ... Wie ...?«

Paolo erhielt keine weiteren Antworten. Schon waren die beiden an ihm vorbei und den Gang hinab, dem Kampflärm entgegen. Der Archäologe kam nicht umhin, sie für ihren Mur zu bewundern - oder vielleicht war es auch nur bittere Notwendigkeit, die sie dazu trieb, sich dem Feind zu stellen ...

Er eilte weiter und erreichte ein Schott, durch das man in die tiefer gelegenen Sektionen gelangte. Der Durchgang war ihm verwehrt, weil er keine Zugangsberechtigung hatte, so dass er fluchend weiter wollte - in diesem Moment jedoch hob sich das Schott, und durch das halbtransparente Display der Brille konnte er sehen, wie zwei leuchtende Schemen aus dem dahinterliegenden Korridor traten.

»Dr. Genaro«, sagte einer von ihnen, und Paolo erkannte die Stimme einer Frau, mit der er sich in den vergangenen Tagen wiederholt über klassische Mythologie unterhalten hatte.

»Helena!«, stieß er hervor. »Was ...?«

»Hier hinein!«, sagte sie, in den Korridor deutend, aus dem ihr Begleiter und sie gekommen waren. »Das Schott ist aus Titanstahl. Das wird sie eine Weile aufhalten.«

»Wen? Was ist passiert?«

»*Demons*«, stieß der andere Unsichtbare gepresst hervor. »Sie haben unser Versteck ausfindig gemacht und greifen an.«

»Wie ist das möglich? Ich dachte ...«

»Keine Zeit, Doktor«, drängte Helena, während sich das Schott bereits wieder schloss. »In den Korridor, los!«

Paolo war zu schockiert, um zu widersprechen. Atemlos taumelte er in den Gang, bevor sich das Schott hinter ihm herabsenkte und den Schusslärm und das Geschrei ausschloss. In der Stille, die plötzlich eintrat, schienen die Worte des Unsichtbaren nachzuhallen.

Demons ...

Ein Angriff!

Hatte es nicht immer geheißen, das Hauptquartier wäre sicher? Dass der Orden keine Ahnung hätte, wo sich der Anführer des Widerstands aufhielt?

Der Archäologe hatte unzählige Fragen, aber nicht eine plausible Antwort darauf. Eins allerdings war ihm nur zu klar: dass etwas in Oberons Plänen ziemlich schiefgelaufen war.

Obwohl seine Knie zitterten, beschleunigte er wieder seine Schritte. Durch einen Gang, dessen Wände nicht mehr aus nacktem Tuffgestein bestanden, sondern aus weiß gestrichenem Beton, erreichte er einen Durchgang, der auf einen weiteren, noch breiteren Korridor mündete. Vom Ende waren aufgeregte Stimmen zu hören - vielleicht würde Paolo dort endlich erfahren, was geschehen war ...

Atemlos hastete er den Gang hinab, stürzte durch eine Tür - und fand sich in einem sechseckigen Raum wieder, einer Art Kommandozentrale. Eine Unzahl von Bildschirmen war an den Wänden angebracht, die Aufnahmen der Überwachungskameras zeigten: Auf einigen waren nur leere Korridore zu sehen, auf anderen jedoch Kämpfer, sowohl sichtbare Angreifer als auch sichtbare Verteidiger, die sich heftige Schusswechsel lieferten. Es gab kleinere Explosionen, Rauchgranaten wurden gezündet, deren milchig weiße Schwaden durch die Gänge zogen und das Bild eintrübten. Auf einem der Bildschirme konnte Paolo sehen, wie eine Gruppe in schwarze Kampfmonturen gekleideter Eindringlinge gegen eine unsichtbare Mauer zu rennen schien. In wilde Zuckungen verfallend, ließen die Männer ihre Waffen fallen, ehe sie scheinbar leblos niedersanken - das Werk unsichtbarer Verteidiger ...

An den Terminals vor den Bildschirmen saßen Widerstandskämpfer, sowohl sichtbare als auch unsichtbare, die Headsets trugen und mit den wenigen Kämpfern, die sich noch im Hauptquartier befanden, über Funk verbunden waren. In der Mitte der Zentrale stand kein anderer als Kenneth Bowder, der ebenfalls ein Headset trug und mit ruhiger Stimme Befehle gab. Sein düsterer Blick jedoch verriet, dass er sich auf verlorenem Posten sah.

Bei ihm war eine junge Frau, in deren asiatischen Gesichtszügen nackte Panik zu lesen war - Elizabeth Kwon!

»Dr. Genaro!«, rief Bowder, als er Paolo erblickte. »Danken Sie Ihrem Schöpfer, dass Sie noch leben! Der Angriff erfolgte so plötzlich, dass wir nicht rechtzeitig reagieren konnten. Ein Teil der oberen Sektion befindet sich bereits in der Hand des Feindes - und dieser Feind kennt keine Gnade.«

»Aber ... wie konnte das passieren, Sir? Ich dachte, hier wären wir sicher?«

»Das dachte ich auch, Sohn«, beschied ihn Bowder, ehe er sich wieder einem der Leitstände zuwandte und eine Reihe von Befehlen gab. »Rückzug aus Sektion 2A ... Bereich D unbedingt halten, bis er ganz evakuiert ist ...«

Gehetzt blickte Paolo von Bildschirm zu Bildschirm. Das Chaos war unbeschreiblich. Die Unsichtbaren, die eben noch einen Trupp des Feindes ausgeschaltet hatten, wurden nun ihrerseits angegriffen. Paolo sah eine der Gestalten fluktuieren, und eine junge Frau kam zum Vorschein, blutüberströmt, der athletische Körper von Projektilen durchbohrt.

Helena ...

Auf den anderen Monitoren ging das Sterben weiter. Ein Verteidiger nach dem anderen fiel dem wütenden Ansturm zum Opfer, Blut besudelte nicht nur die Gänge, sondern auch die Objektive der Kameras, die die grausigen Bilder lieferten.

»Sie kamen ohne Vorwarnung, und wir wissen nicht, wie

sie uns gefunden haben«, erklärte Bowder. »Soweit wir es sagen können, ist ihr Angriff bei zweien unserer Einstiegspunkte erfolgt. Ein drittes Team hat außerdem versucht, sich von Osten her durch den U-Bahn-Tunnel Zutritt zu verschaffen. Bislang können wir diese Gruppe aufhalten, die beiden anderen jedoch sind auf dem Vormarsch. Es ist nur noch eine Frage von Minuten, und sie werden durchbrechen.«

»Dann sollten Sie ihnen alles entgegenschicken, was Sie haben«, sagte Paolo, der lauter und schneller sprach, als er beabsichtigte. Es lag wohl am Adrenalin, das durch seine Adern pumpte.

»Gute Idee, Doktor«, konterte Alex' Vater sarkastisch. »Nur haben wir das bereits getan. Haben Sie sonst noch Vorschläge?«

»Gibt es denn keine sonstigen Abwehrmaßnahmen? Keinen Notfallplan?«

»Allerdings gibt es den, aber er wird Ihnen nicht gefallen.«

»Evakuierung von Sektor B abgeschlossen«, meldete in diesem Moment einer der Unsichtbaren an den Terminals.

»Gut«, brummte Bowder. »Dann holen Sie unsere Leute da raus.«

»Verstanden, Sir«, bestätigte der Unsichtbare, dessen Headset in der schwülen Luft, die in der Kommandozentrale herrschte, zu schweben schien. Sofort gab er den Befehl weiter. Was jedoch auf den Bildschirmen über ihm zu sehen war, ließ erahnen, dass es bereits zu spät war.

Eine Gruppe sichtbarer Widerstandskämpfer war in einen heftigen Kampf mit *Demons* verstrickt, die unter ihnen wüteten wie Wölfe in einer Herde Schafe. Dem »Weg der Unsichtbaren« folgend, agierten die Angreifer mit derartiger Schnelligkeit, dass die Verteidiger ihren Bewegungen trotz der Spezialbrillen kaum zu folgen vermochten. Immer wieder zog einer den Stecher seiner Waffe durch, und feurige

Garben stießen aus den Mündungen der Maschinenpistolen, aber sie trafen nicht, sondern prallten vom Beton der Wände ab und endeten als gefährliche Querschläger. Die Ordenskiller hingegen bewegten sich mit kaltblütiger Präzision. Schon wieder wurde der Kopf eines Verteidigers gepackt und mit unwiderstehlicher Kraft herumgerissen; leblos sank der Mann zu Boden.

»Feuer einstellen! Rückzug!«, brüllte Bowder. »Verdammt, Merlin, holen Sie sie da raus!«

Aber so sehr sich der Angesprochene an der Konsole auch mühte, die Kämpfer waren nicht mehr in der Lage, auf die Anweisungen der Zentrale zu reagieren.

»Lautsprecher!«, verlangte Bowder heiser, und der Unsichtbare, der auf den Codenamen »Merlin« hörte, betätigte einen Schalter. Lautes Rauschen war daraufhin in der Zentrale zu hören, in das sich das Rattern der MPi-Garben und die entsetzten Schreie der Männer mischten. »Commander, Rückzug!«, brüllte Bowder. »Sehen Sie verdammt noch mal zu, dass Sie ...«

»Keine Chance, Sir! Es sind zu viele! Wir können ihnen nicht entkommen! Wir werden sie aufhalten, bis ...«

Entsetzt sah Paolo auf einem der Monitore, wie eine scheinbar herrenlose Klinge auf einen der Verteidiger zuflog, einen engen Kreis beschrieb und mit derartiger Wucht durch seine Kehle fuhr, dass sie ihm halb den Kopf von den Schultern trennte. In einem wahren Blutschwall brach der Kämpfer zusammen, und an dem grässlichen Gurgeln, das in der Zentrale zu hören war, war zu erkennen, dass es kein anderer als der Kommandant des Trupps gewesen war, den dieses furchtbare Ende ereilt hatte.

Bowder sagte nichts mehr. Mit einer Geste gab er Merlin zu verstehen, die Lautsprecher wieder abzuschalten. Seine Gesichtszüge wirkten wie versteinert, sein Blick war matt und gebrochen. »Aus«, murmelte er leise. »Es ist aus ...«

»Sir, auch die anderen Stationen melden eine drückende feindliche Übermacht«, erklärte ein anderer Unsichtbarer. »Die Verteidiger in den Sektionen E und G könnten sich allerdings noch zurückziehen. Wie lauten Ihre Befehle?«

»Aus«, hauchte Bowder, als wäre er sein eigenes Echo. Sein starrer Blick schien zugleich in die Vergangenheit und die Zukunft gerichtet, während in der Gegenwart die Zeit verrann. »Und wir kennen noch nicht einmal den Grund dafür ...«

»Sir«, drängte ein Sichtbarer an einer der Konsolen und bedachte ihn mit besorgtem Blick. »Ihre Befehle!«

»Was?« Bowder schaute ihn verständnislos an, mit dem verstörten Ausdruck eines Mannes im Gesicht, der alles verloren hatte.

Paolo hielt es nicht mehr aus. »Verdammt!«, schnauzte er und tat, was außer ihm wohl niemand in der Zentrale gewagt hätte – er packte Bowder bei den Schultern und riss ihn zu sich herum, so dass der ihm direkt in die Augen schauen musste. »Ihre Leute sterben dort draußen! Reißen Sie sich verdammt noch mal zusammen und tun Sie, was Sie tun müssen: Ordnen Sie die Evakuierung an, sofort!«

»Evakuierung?«

»Was sonst?«, blaffte Paolo. »Oder sollen wir hier alle verrecken?«

Bowders verständnisloser Blick währte noch eine Sekunde. Dann schien plötzlich wieder das Leben in ihn zurückzukehren. »Sie ... Sie haben recht«, stellte er fest und straffte sich. »An alle Stationen!«, rief er mit lauter Stimme. »Rückzug! Sofort! Wir räumen die Station!«

»Verstanden, Sir«, bestätigten die Frauen und Männer an den Konsolen und gaben den Befehl weiter, woraufhin auf einigen Bildschirmen zu verfolgen war, wie die wenigen verbliebenen Verteidiger ihre Positionen aufgaben und sich feuernd zurückzogen. Was weiter geschah, war nicht mehr zu sehen, denn ein Bildschirm nach dem anderen erlosch.

»Notfallplan Alpha«, ordnete Bowder an. »Virus initiieren - Autorisation Echo Foxtrott 1-1-7-6-8-2. Diese Scheißkerle werden auf unseren Festplatten nichts mehr finden.«

»Und dann, Sir?«, fragte Merlin.

»Dann sehen Sie zu, dass Sie von hier fortkommen, Junge. Vielleicht schaffen Sie es ja zu einem der Sammelpunkte. Gott schütze Sie.«

»Danke, Sir. Sie auch.«

Die Rebellen führten den letzten Befehl aus, den ihr Anführer ihnen erteilt hatte, und riefen das Programm auf, das das System zerstören würde. Dann erhoben sie sich, verließen ihre Terminals und die Zentrale - nicht übereilt und in Panik, sondern mit bemerkenswerter Ruhe.

»Wohin gehen sie?«, wollte Paolo wissen.

»Dorthin, wohin auch Sie nun gehen sollten, Doktor«, entgegnete Bowder. »Der Ausgang der Südpassage ist bislang noch unentdeckt geblieben. Wenn es eine Chance zur Flucht gibt, dann ist es die. Nehmen Sie Dr. Kwon mit - und das hier ebenfalls.«

Damit griff er an den Gürtel, öffnete das Holster und zückte die M1911-Armeepistole, die er Paolo mit dem Griff voraus reichte. »Sollten Sie den *Demons* in die Hände fallen, wissen Sie hoffentlich, was Sie zu tun haben.«

Paolo nickte mechanisch, während er die Schusswaffe entgegennahm.

»Gehen Sie jetzt. Titanstahl wird die Angreifer eine Weile aufhalten, aber nicht lange genug, fürchte ich.«.

»U-und Sie, Sir?«

Bowder schüttelte den Kopf. »Ich habe hier noch etwas zu erledigen. Leben Sie wohl - es war mir eine Ehre, Sie beide kennengelernt zu haben.«

In einer Geste, die keineswegs aufgesetzt wirkte, nahm er Haltung an und salutierte, dann wandte er sich ab und verließ die Zentrale durch einen Nebeneingang.

»Was hat er vor?«, fragte Elizabeth Kwon, deren Stimme nur noch ein Flüstern war.

»Das will ich lieber gar nicht wissen«, knurrte Paolo. Dann nahm er die Psychologin wie ein Kind an der Hand und zog sie nach draußen, den anderen Flüchtenden hinterher.

Auf dem Korridor waren erneut Detonationen zu hören, die von irgendwo über ihnen kamen. Die Beleuchtung flackerte, eine der Röhren implodierte, und es gab einen grellen Funkenregen. Elizabeth Kwon stieß einen Schrei aus.

»Was war das?«, wollte sie wissen.

»Wahrscheinlich der Generator«, vermutete Paolo. »Wenn das Ding schlappmacht, sitzen wir hier unten im Dunkeln.«

Er hatte nie danach gefragt, aber er nahm an, dass das Hauptquartier über seine eigene Energieversorgung verfügte. Diese zu kappen oder zumindest zu beeinträchtigen musste das vorrangige Ziel jedes Angreifers sein ...

Wieder eine Detonation, die sich unmittelbar über ihnen ereignete. Risse entstanden im Deckenbeton, kleine Bruchstücke regneten herab, so dass Paolo und Elizabeth die Arme über die Köpfe hoben, um sich zu schützen.

Endlich erreichten sie das Ende des Korridors, wo sie auf drei Verteidiger stießen, die ihnen entgegenkamen.

Zwei von ihnen waren sichtbar, ihr invisibler Kamerad allerdings hatte eine blutende Bauchwunde erlitten, die ihn der Oszillation entrissen hatte; seine gekrümmte Gestalt war im einen Moment zu sehen, dann verschwand sie wieder. Die beiden anderen hatten ihn in ihre Mitte genommen und stützten ihn, obwohl offensichtlich war, dass er nicht mehr lange durchhalten würde.

»Sackgasse«, erklärte einer von ihnen. »Hier geht es nicht weiter.«

»Wieso nicht? Was ...?«

»Die *Demons*, die durch den U-Bahn-Schacht eingedrungen sind, haben das Südtor gesprengt.«

»Verdammt.« Paolo biss sich auf die Lippen.

»Soll das heißen, wir sitzen in der Falle?«, fragte Elizabeth verängstigt.

»Es gibt noch einen Notausstieg in der anderen Richtung«, stieß einer der Widerstandskämpfer hervor, »aber ich weiß nicht, ob wir ihn noch ...«

Er unterbrach sich mitten im Satz, als ein leuchtender Schemen aus dem Gang zuckte und sich wie ein Raubtier auf ihn stürzte. Schneller, als irgendjemand reagieren konnte, wurde der Kopf des Mannes herumgerissen, so dass sein Genick mit schaurigem Knacken brach. Elizabeth schrie vor Entsetzen, und Paolo riss Kenneth Bowders Armeepistole in den Anschlag und feuerte.

Die schwere Waffe zuckte in seiner Hand, während sie tödliche Projektile spuckte. Paolo zielte nicht, sondern ballerte wild drauflos. Vielleicht war das der Grund dafür, dass zwei der weit gestreuten Kugeln tatsächlich trafen. Ein Stöhnen war zu vernehmen, und durch die Spezialbrille konnte Paolo sehen, wie eine schlanke, schemenhafte Gestalt an der Wand herabsank, die Hände auf die beiden Wunden pressend.

Die Oszillation erlosch, und der *Demon* wurde sichtbar - eine nackte, leblose, nur allzu menschliche Gestalt ...

»Los, kommt schon!«, zischte der verbliebene sichtbare Widerstandskämpfer mit erschreckender Kaltblütigkeit. Wahrscheinlich hatte er in den letzten Minuten derart viele Kameraden sterben sehen, dass ein Toter mehr oder weniger für ihn keinen Unterschied mehr machte.

Paolo half ihm, den verwundeten Unsichtbaren zu stützen, und mit Elizabeth Kwon als Vorhut eilten sie den Korridor ein kurzes Stück zurück, ehe sie in einen schmäleren Seitengang abbogen. Sie hörten polternde Stiefeltritte und schnarrende Befehle, das hässliche Geräusch von Waffen, die neu munitioniert und durchgeladen wurden.

»Schneller, schneller«, drängte der Widerstandskämpfer

überflüssigerweise – auch so gaben sie schon alles, holten das Äußerste aus ihren von Adrenalin gepeitschten Körpern heraus. Sie stürzten den Gang hinab, während sie die Verfolger hinter sich wussten, und im nächsten Moment fielen Schüsse. Paolo glaubte zu spüren, wie ihn die tödlichen Projektile nur um Haaresbreite verfehlten. Ein Teil davon klatschte in die Wand, andere prallten ab und jaulten als Querschläger durch den Korridor. Elizabeth Kwon schrie auf, als eines der abgelenkten Projektile sie streifte und ihr eine blutende Wunde am rechten Arm beibrachte.

»Laufen Sie den nächsten Gang nach links!«, schrie der Widerstandskämpfer, dessen Namen Paolo noch nicht einmal kannte, und wandte sich um, seine Waffe hochreißend. Der Feuerstoß, den er den schwarz vermummten Verfolgern entgegenschickte, zwang diese in Deckung, so dass sie den Beschuss einstellen mussten, und Paolo, Elizabeth und der verwundete Unsichtbare hasteten weiter.

Während hinter ihnen ein wildes Feuergefecht entbrannte, dessen Ausgang bereits feststand, liefen sie auf das Schott am Ende des Korridors zu.

Rennend, strauchelnd, stolpernd erreichten sie das Schott, das zum Glück weit offen stand. Es war eine Feuertür, die sich in Notfällen manuell verriegeln ließ, aber die Zeit reichte dafür nicht. Kurz bevor er das Schott passierte, sah Paolo aus dem Augenwinkel, wie ihr Verteidiger im Kugelhagel der Feinde zusammenbrach und die Vermummten die Verfolgung der verbliebenen Flüchtlinge wieder aufnahmen.

Der Verwundete, den Paolo noch immer mit sich schleppte, wurde in diesem Moment ganz schwer. Bislang hatte er sich noch einigermaßen auf den Beinen gehalten, doch auf einmal sackte er nach unten weg. Paolo wollte ihn packen und ihn sich auf die Schultern laden, doch dann sah er, dass der Unsichtbare nicht mehr unsichtbar war. Seine Körperzellen hatten zu oszillieren aufgehört. Der Mann war tot.

Paolo ließ ihn los, dann ergriff er erneut Elizabeth Kwons Hand, und die beiden rannten um ihr Leben, den schmalen Gang hinab um eine Biegung. Dass sie dabei nicht auf weitere Flüchtende trafen, verhieß nichts Gutes. Die meisten Widerstandskämpfer schienen dem Feind am Südausgang in die Arme gelaufen zu sein, und was das bedeutete, war nur zu offensichtlich.

»Laufen Sie! Schneller, Doc!«

Indem er seine Begleiterin anfeuerte und sie mit durch den Gang zog, der schwarz-gelb umrandeten Tür an dessen Ende entgegen, holte Paolo alles aus seinem ausgepumpten Körper heraus. Elizabeth Kwon gab sich Mühe, mit ihm Schritt zu halten, aber sie strauchelte und stürzte, und es vergingen wertvolle Sekunden, bis sie sich wieder aufgerafft hatte ...

... und plötzlich war ihre Flucht zu Ende.

Durch das Display der Brille sah Paolo, wie ein leuchtender Schemen an ihnen vorbeiwischte, sich mit Bewegungen, die an ein Insekt erinnerten, geradezu an ihnen vorbeikatapultierte.

»Nein!«, rief Elizabeth entsetzt.

Aber es war zu spät.

Der *Demon* versperrte ihnen den Weg, und wieder riss Paolo seine Waffe in den Anschlag, um zu feuern. Diesmal jedoch kam er nicht dazu, denn in einer Attacke, die so schnell und ansatzlos erfolgte, dass das Auge ihr kaum folgen konnte, sprang der Schemen auf ihn zu und drosch ihm die Pistole aus der Hand.

Paolo wartete nur noch darauf, dass unsichtbare Hände seinen Kopf packen würden, um ihm das Genick zu brechen – aber das geschah nicht.

»Wer hätte das gedacht?«, sagte eine Stimme aus dem Nichts, die kaum außer Atem war und – zu Paolos Bestürzung – einer Frau gehörte. »So sehen wir uns also wieder, Dr. Kwon.«

In Elizabeths Zügen spiegelte sich blankes Entsetzen. »Sie ...?«, fragte sie flüsternd.

Paolos Atem rasselte. Seine Blicke flogen zwischen der Psychologin und der leuchtenden Gestalt hin und her. »W-was hat das zu bedeuten?«

»Dr. Kwon und ich sind alte Bekannte«, erklärte die Stimme, die etwas Lauerndes an sich hatte. »Unverständlicherweise hat sie entschieden, unsere Gastfreundschaft nicht länger in Anspruch zu nehmen.«

»Was wollen Sie von mir?«, flüsterte Elizabeth und wich zur Wand zurück, gegen die sie sich presste. Paolo sah die Furcht in ihrem Gesicht. Sie musste grässliche Erinnerungen mit jener weiblichen Stimme verbinden.

»Ihnen danken«, sagte die Unsichtbare, während die schwarz gekleideten Verfolger zu ihnen aufschlossen. Es war ein knappes Dutzend. Die Wärmesichtgeräte an ihren Helmen waren herabgeklappt, die Maschinenpistolen hielten sie schussbereit in den Händen. »Nicht nur ich, auch der Orden ist Ihnen zu großem Dank verpflichtet, Dr. Kwon. Schließlich sind Sie es gewesen, die es uns ermöglicht hat, nach Jahren vergeblicher Suche das Hauptquartier des Feindes endlich ausfindig zu machen.«

»Ich?«, fragte die Psychologin entsetzt und presste sich noch enger an die Wand. Ihren gehetzten Blicken war anzusehen, dass sie kaum noch Herrin ihrer selbst war. Ihre Züge waren bleich, offensichtlich stand sie unter Schock.

»Gewiss doch - oder haben Sie geglaubt, wir hätten Sie einfach nur so aus der Gefangenschaft entkommen lassen? Sie tragen einen Sender, der uns zu jedem Zeitpunkt Ihre Position und Ihren exakten Aufenthaltsort verraten hat.«

»Das ist nicht wahr!«, wandte Paolo ein. »Sie wurde sorgfältig durchsucht und gescannt!«

»Davon gingen wir aus«, erklärte die Unsichtbare. »Mittels einer Technologie, die ich als bahnbrechend bezeichnen möchte, ist es uns jedoch gelungen, einen Sender aus rein organischen Komponenten zu entwickeln, der von keinem Scanner, und wäre er noch so genau, geortet werden kann. Und deshalb, fürchte ich, ist die gute Dr. Kwon zur Verräterin geworden - und zur Heldin des Ordens!«

»Nein!«, rief Elizabeth entsetzt. »Das bin ich nicht!«

»Sehen Sie sich um, Doktor - die Wirklichkeit spricht für sich, oder nicht? Der Feind ist besiegt, der Widerstand ausgelöscht. Und das ist Ihr Verdienst. Ich bin sicher, die Geschichtsbücher kommender Generationen werden Ihren Namen in Ehren hal...«

Weiter kam sie nicht. Noch während sie sprach, hatte Paolo eine Veränderung in Elizabeth Kwons Gesichtszügen bemerkt. Die anfängliche Furcht war in Verzweiflung umgeschlagen, Verzweiflung in Wut - und Wut in blanken Hass. In einer Reaktion, die ihr wohl niemand zugetraut hätte, bückte sie sich und nahm die herrenlos am Boden liegende Armeepistole Kenneth Bowders auf, brachte die Waffe in den Anschlag und wollte in die Richtung feuern, in der sie ihre unsichtbare Peinigerin vermutete.

Die Ordenskämpfer reagierten mit tödlicher Routine.

»Nicht!«, hörte Paolo sich selbst brüllen, während es bereits zu spät war.

Zwei der MPi-Läufe spuckten Feuer, und Elizabeth Kwon brach zusammen, noch ehe sie auch nur einen einzigen Schuss abgegeben hatte, das schwarze Haar und die Jeansjacke blutdurchtränkt.

Mit einem Schrei auf den Lippen stürzte Paolo zu ihr, ungeachtet der schussbereiten Waffen, die auf ihn gerichtet waren. Er glitt aus im Blut, das sich auf dem Boden ausbreitete, und fiel bei Elizabeth nieder, die reglos dalag, mit weit aufgerissenen Augen, während ihre bebenden Lippen leise Worte formten.

»Tut ... mir ... leid ...«

»Das braucht es nicht«, widersprach Paolo. »Sie wussten nichts davon ...«

Sie hob die blutverschmierte Hand, und Paolo, der die Geste missdeutete, griff danach. »Kim Li«, flüsterte Elizabeth Kwon, deren Blicke bereits zu flackern begannen. »Wo ist sie ...?«

»In Sicherheit«, behauptete Paolo, weil ihm nichts Besseres einfiel. »Es geht ihr gut.«

»Jemand muss ... um sie kümmern ... Ist noch so klein ...«

»Ich weiß«, versicherte er.

»Versprechen ... jemanden finden ...«

»Versprochen«, hauchte Paolo - was hätte er sonst auch sagen sollen?

Noch einmal bäumte sich der schlanke Körper der Psychologin auf, und ein ersterbender Schrei drang aus ihrer Kehle. Dann fiel ihr Kopf leblos zur Seite.

Paolo Genaro brauchte einen Moment, um zu begreifen, was geschehen war. Furcht, Wut, Trauer - all das ballte sich wie ein Geschwür in seinem Magen zusammen. Sein Blick fiel auf die Pistole, die in der Blutlache neben Elizabeth Kwons Leichnam lag, und er musste an Kenneth Bowders Ratschlag denken, alles zu tun, um nicht in die Gewalt der Ordensschergen zu geraten. Aber er würde Elizabeths Mörderin mit in den Tod reißen ...

»Verdammte Hexe!«, brüllte er und fuhr herum, packte in einer fließenden Bewegung die Schusswaffe und richtete sie auf die schlanke, orangerot leuchtende Gestalt.

Sein Finger krümmte sich am Abzug, und er rechnete bereits damit, dass glühendheiße Projektile in seinen Körper schlagen würden - doch es fiel kein Schuss. Stattdessen knallte der Kolben einer Maschinenpistole gegen Paolos Hinterkopf.

Noch einen Sekundenbruchteil lang starrte der Archäologe auf die Waffe in seiner Hand, unfähig, sie zu benutzen. Dann dämmerte ihm die Erkenntnis, dass er versagt hatte, und er brach bewusstlos zusammen.

Kenneth Bowder konnte es hören.

Das dumpfe Grollen der Explosionen.

Das mörderische Hämmern von MPi-Salven.

Der Anführer des Widerstands trat aus dem Aufzug, und es war ihm klar, dass das Hauptquartier verloren war - und mit ihm auch der Krieg, in dem sie alle so lange und verlustreich gekämpft hatten. Am Ende hatte der Orden gewonnen, und auch wenn Kenneth Bowder alles darangesetzt hatte, dass dieser Tag niemals anbrechen würde, so hatte ein Teil von ihm doch stets daran gezweifelt, dass ein zusammengewürfelter Haufen aufrechter Streiter einer seelenlosen Maschinerie wie dem Orden über längere Zeit hinweg die Stirn bieten konnte.

Der Orden setzte das Kollektiv gegen Individualismus.

Berechnende Logik gegen Emotion.

Kontrolle gegen Freiheit.

Und am Ende hatte sich sein Konzept als das stärkere erwiesen. Daran konnte im Augenblick der Niederlage kein Zweifel mehr bestehen.

Gemessenen Schrittes ging Bowder den Korridor hinab. Die Zeit drängte, aber er wollte nichts überstürzen auf diesem letzten Gang. Mit dem, was er zu tun im Begriff war, würde er die Geschichte der Menschheit wohl mehr beeinflussen als mit jeder anderen Aktion, die er jemals angeordnet, mit jeder Strategie, die er je verfolgt hatte. Der Widerstand war zerschlagen, die Zeit des Ordens würde anbrechen, es sei denn ...

Bowders Hoffnung war schwach und ruhte allein auf jenen, die zum Zeitpunkt des Überfalls irgendwo dort draußen waren. Zu ihnen zählten Alex und Ismael, aber auch ihr noch ungeborenes Kind. Ihr Kampf würde ein anderer sein als der, den er geführt hatte. Denn nicht länger ging es um den Sieg und das Schicksal der Welt, sondern nur noch um das nackte Überleben.

Für Bowder war der Kampf zu Ende.

Nur noch eins gab es zu tun: seiner Pflicht nachzukommen, wie er es feierlich geschworen hatte!

Er passierte das Sicherheitsschott und erreichte den Vorraum, wo die beiden Leibwächter postiert waren. Keiner von ihnen sprach ein Wort, jedem war klar, was zu geschehen hatte. Mit leisem Zischen öffnete sich das zweite Schott, und Bowder trat in die halbdunkle Kammer, die das Habitat beherbergte.

»Oberon?«

Es dauerte einen Moment, bis sich der Zeitreisende meldete, dessen sterbliche Hülle reglos auf dem Lager ruhte.

»Ja?«

»Du weißt, was geschehen ist?«

»Ja.«

»Dann weißt du auch, warum ich hier bin.«

»Ja«, schnarrte es aus dem Lautsprecher. Kenneth Bowder hatte sich daran gewöhnt, dass der Zeitreisende mit seiner Stimme sprach. In diesem Moment jedoch kam sie ihm fremd und eigenartig vor.

Er seufzte, dann hob er das kleine Kästchen, das er in der Hand hielt. Neben einem Tastenfeld mit Zahlen hatte es einen einzigen Knopf. »Meine Hälfte des Codes ist bereits eingegeben«, erklärte er.

»8-8-5-7-2-6-3-1«, sagte Oberon, und Bowder drückte die entsprechenden Tasten.

»Mein Freund«, sagte er dann in Erinnerung an die Worte, die der Zeitreisende noch vor kurzem in einem ganz anderen Zusammenhang gebraucht hatte, »wir beide haben immer gewusst, dass dieser Tag kommen würde. Wir mögen gehofft haben, dass er niemals anbricht, aber in der Tiefe unseres Herzens haben wir es immer geahnt.«

»Das ist wahr«, sagte Oberon.

Und Kenneth Bowder drückte den Knopf, der die Selbstzerstörung des Bunkers aktivierte.

19.

Rom (ipa).

Aus bislang noch ungeklärter Ursache haben sich in den frühen Morgenstunden im Nordwesten der italienischen Hauptstadt mehrere heftige Explosionen ereignet, deren Erschütterungen noch im Vatikan zu spüren waren. Die Angaben von Augenzeugen schwanken zwischen acht und sechzehn Detonationen, die offenbar allesamt unterirdisch erfolgten. Die letzte und heftigste Explosion ereignete sich gegen zwei Uhr mitteleuropäischer Zeit.

Eine Wolke von Staub und Rauch liegt gegenwärtig über dem gesamten Westen der Stadt und beeinträchtigt den einsetzenden Berufsverkehr. Löscharbeiten in einem U-Bahn-Tunnel der Linie A dauern noch an; ob der Brand mit den Explosionen in Zusammenhang steht, ist derzeit noch unklar. Die Untergrundbahn verkehrt bis auf weiteres nur bis zum Bahnhof Cornelia.

Über die Hintergründe der Explosionen wird derzeit noch spekuliert, bislang wollen die Behörden keine Möglichkeit ausschließen. Nach der Wahrscheinlichkeit eines neuerlichen Terroranschlags auf die italienische Hauptstadt befragt, äußerte sich Regierungssprecher Salvaro zurückhaltend. Man wolle, sagte er, den polizeilichen Ermittlungen in keiner Weise vorgreifen, allerdings seien die Sicherheitsmaßnahmen im Umfeld der Stadt nach dem Flughafen-Anschlag vom vergangenen Jahr konsequent ausgebaut und verbessert worden ...

Aktuelle Pressemeldung
International Press Agency

Libyscher Luftraum
3 Uhr 2 Ortszeit

Im Inneren des Frachtflugzeugs vom Typ C-106 Transall herrschte Schweigen. Nur das Brummen der Motoren war zu hören, die die Maschine in geringer Höhe über das karge Bergland trugen, das sich in den Schatten der Nacht verbarg. Entsetzen hatte um sich gegriffen und die Besatzung in einen Schockzustand versetzt, aus dem sie sich erst ganz allmählich wieder löste.

»Und es besteht wirklich kein Zweifel?«, fragte Alex. Ihre Stimme war gegen das Geräusch der Triebwerke kaum zu hören.

»Nicht der geringste«, antwortete Ismael. »Der Omega-Code ist unmittelbar mit der Selbstzerstörung der Anlage verbunden. Da er auf sämtlichen von uns verwendeten Frequenzen gesendet wird, kann dies nur eines bedeuten: dass das Hauptquartier angegriffen und zerstört wurde.«

Angegriffen und zerstört.

So, wie Ismael es ausdrückte, hörte es sich banal an, verschleierte es die grausame Wirklichkeit, die sich hinter diesen Worten verbarg. Irgendwie musste es dem Feind gelungen sein, die Position des Hauptquartiers der Anderen auszumachen – und allem Anschein nach hatte er erbarmungslos zugeschlagen ...

»Wir müssen umkehren«, war Alex überzeugt. »Sofort!«

»Um was zu tun?«, fragte Ismael.

»Um nach Überlebenden zu suchen natürlich. Und um ihnen beizustehen.«

»Gegen wen? Die *Demons*?«, fragte Ismael. »Selbst wenn wir jetzt umkehrten, würden wir von unserer Basis nichts als Trümmer vorfinden. Und wer sich nicht aus eigener Kraft vor den Killern des Ordens retten konnte, ist ohnehin nicht mehr am Leben.«

»Aber Oberon ...«

»Nein«, sagte Ismael mit einer Endgültigkeit, die sie schaudern ließ. »Die Selbstzerstörung wurde aktiviert. Das bedeutet, dass die Basis völlig vernichtet wurde. Dort unten ist nichts mehr.«

»Und ... mein Vater?« Sie sagte es leise und starrte dabei blicklos vor sich hin, so als schämte sie sich dafür, dass sie in diesem Augenblick mehr an sich selbst dachte als an die Organisation. Ismael schien es ihr jedoch nicht zu verübeln. Tröstend legte er seinen unsichtbaren Arm um ihre Schultern.

»Es tut mir leid, Alex«, sagte er leise.

»Du meinst, er ...?«

»Dein Vater ist nicht mehr am Leben«, sagte Ismael hart.

»Woher willst du das wissen?«

»Weil das Notfallprotokoll es so vorsieht. Falls das Hauptquartier angegriffen wird und es keine Chance gibt, den Angriff abzuwehren, ist es die Aufgabe deines Vaters, dafür zu sorgen, dass Oberon nicht in die Hand des Feindes fällt. Die Grauen wissen nichts von seiner Existenz, sie ahnen nur davon, doch selbst tot würden sie ihn noch immer für ihre Zwecke nutzen. Dein Vater wusste das, deshalb hat er sichergestellt, dass so etwas nicht passieren kann. Er hat sich geopfert, um uns alle zu schützen.«

»Aber vielleicht ist es anders gekommen«, wandte Alex hilflos ein. »Womöglich ist er noch am Leben und ...«

»Glaubst du das?«, fragte Ismael nur.

Sie schüttelte den Kopf, ohne noch ein weiteres Wort zu sagen. Pflichterfüllung war ihrem Vater stets über alles gegangen, selbst seine Familie hatte er dafür geopfert – schwer vorstellbar, dass er in dem Augenblick, da es um alles gegangen war, die Prioritäten geändert hatte ...

Alex presste die Lippen zusammen, bis ihr Mund nur noch einen dünnen Strich bildete. Sie fühlte Trauer, bodenlose

Leere, aber ihre Augen blieben trocken. Vielleicht, weil ihr Herz sich weigerte, sich den Verlust einzugestehen, vielleicht auch, weil ihr Verstand das Geschehene noch nicht erfasste.

»Was werden wir nun tun?«, fragte sie schließlich.

»Unseren Auftrag erfüllen«, war die überzeugte Antwort. Jeder Zweifel schien von Ismael gewichen zu sein.

»Trotz allem, was passiert ist?«, fragte Alex.

»Nein«, widersprach er, »gerade *weil* all dies geschehen ist. Wenn Oberons Tod und der all unserer Kameraden im Hauptquartier irgendeinen Sinn haben soll, dann dürfen wir jetzt nicht von unserem Ziel abweichen. Dort im Tschad haben wir die Chance, dem Orden einen schweren Schlag zu versetzen«, fügte der Unsichtbare grimmig hinzu, »und genau das werden wir tun.«

»Du sprichst von Rache«, sagte Alex.

»Ich spreche von Loyalität«, konterte der Unsichtbare. »All diese Leute sind gestorben im Kampf gegen den Orden. Wir sind es ihnen schuldig - und vor allem deinem Vater. Er war ein Held, Alex.«

Sie verzog das Gesicht. »Soll mich das trösten?«

»Wahrscheinlich tut es das nicht«, gab er zu. »Aber vielleicht das hier.«

Unvermittelt schwebte plötzlich ein Gegenstand vor ihr. Es war ein kleinformatiges, jedoch ziemlich dickes Buch, dessen leinener Einband fleckig und abgegriffen war und von einem Gummi zusammengehalten wurde. Alex erkannte es sofort. Ihr Vater hatte dieses Buch in seinen Händen gehabt, als sie sich auf dem Rückflug von Südamerika nach Europa befunden hatten.

»Was ist das?«, fragte sie trotzdem.

»Sein Tagebuch«, erklärte Ismael. »Er bat mich, es dir zu geben, falls ihm etwas zustoßen sollte. Er meinte, es würde dir vielleicht helfen, ihn zu verstehen.«

Sie nahm das Buch entgegen. Es fühlte sich eigenartig an,

fremd und vertraut zugleich. Sie entfernte den Gummiband und durchblätterte die Seiten, die mit filigraner Handschrift eng beschrieben waren - die Schrift eines Menschen, dem Ordnung und Disziplin über alles gegangen waren. Ganz vorn eingelegt war ein loses Blatt, das Alex entfaltete. Ihre Augen weiteten sich, als sie erkannte, dass es sich um einen Brief handelte, der an sie gerichtet war.

Mein liebes Kind ...

Plötzlich waren die Tränen, denen sie vorhin noch so fern gewesen war, ganz nah. Schnell faltete sie das Blatt wieder zusammen und steckte es zwischen die Seiten des Buchs.

»Du sagst, er hätte es dir gegeben?«

»Ja, hat er.«

»Wann?«

»Kurz vor unserem Abflug.«

»Warum hat er das getan? Ich meine, er konnte doch nicht wissen, was geschehen würde, oder?«

»Nein. Sonst hätte er wohl kaum Kämpfer aus dem Hauptquartier abgezogen, um sie auf diese Mission zu schicken.«

»Du hast versucht, ihn davon abzuhalten, aber er hat sich nicht um deine Einwände gekümmert«, erinnerte sich Alex. »Und Oberon hat mir nur zu bereitwillig die Erlaubnis erteilt, dich auf dieser Mission zu begleiten.« Sie schaute Ismael an und hatte das Gefühl, ihm direkt in die Augen zu blicken. »Doch, er ahnte, dass das Hauptquartier in Gefahr war, und wollte uns retten, indem er uns mit dieser Mission betraute und ...«

»Oder er sah darin die einzige Chance, dem Orden vielleicht zuvorzukommen«, wandte Ismael ein. »So oder so - wir müssen diesen Auftrag zu Ende bringen.«

»Verstanden.« Sie nickte und entschlossener als je zuvor. Für einen kurzen Moment war sie wieder in alte Denkstrukturen verfallen, hatte wieder wie jene junge Frau gedacht, die noch vor etwas mehr als einem Jahr Dozentin an der

Münchener Universität gewesen war und von all diesen Dingen nichts geahnt hatte. Aber die Verhältnisse hatten sich grundlegend geändert. Die Welt war nicht mehr dieselbe. Und auch Alex war nicht mehr das naive Mädchen, das sie einmal gewesen war.

»Hört mir zu«, sagte Ismael so laut, dass alle im Frachtraum ihn vernehmen konnten. Die anderen Widerstandskämpfer, die leise miteinander gesprochen oder einfach nur leer vor sich hin gestarrt hatten, schauten auf. Zumindest den Sichtbaren unter ihnen war anzumerken, dass sie nur darauf gewartet hatten, dass jemand das Wort ergriff. Augen, in denen sich Furcht und Verzweiflung spiegelten, richteten sich auf Ismael.

»Wir alle«, erklärte er, »sind tief erschüttert über die Nachrichten, die uns erreicht haben, und ich kann verstehen, dass manche von euch am liebsten umkehren würden. Welche Chance hat der Widerstand noch, jetzt, da wir keinen Anführer mehr haben? Wie können wir hoffen, einen Feind zu besiegen, der uns scheinbar vernichtend geschlagen hat? Ich will es euch sagen: mit Oberons Hilfe!«

»Mit Oberons Hilfe ...?« Wie ein Echo von Ismaels Worten geisterte die Frage durch den Frachtraum.

»Ganz recht«, bekräftigte Ismael, »denn Oberon lebt in jedem von uns fort. Seine Ideale, sein Mut und sein Vorbild haben uns stets inspiriert und uns Kraft gegeben – und sie haben nach wie vor Gültigkeit. Oberon«, fuhr er fort, »ist niemals nur ein einzelner Mann gewesen. Er war ein Symbol, das den unerschütterlichen Glauben daran verkörpert hat, dass es ein Morgen gibt und wir diesen Kampf gewinnen können. Unser Anführer mag von uns gegangen sein – Oberon jedoch wird immer bei uns bleiben, und ein Teil von ihm lebt nicht nur in seiner Tochter fort, sondern auch in dem Kind, das sie in sich trägt.«

»Ismael«, entfuhr es Alex. »Was ...?«

»Ihr habt richtig gehört«, sprach der Unsichtbare unbeirrt weiter. »Dorothy, Oberons leibliche Tochter, erwartet ein Kind, und ich bin der Vater. Wie immer es dem Orden auch gelungen sein mag, unser Hauptquartier aufzuspüren, es zu zerstören und unsere Organisation ihres Anführers zu berauben - von diesem Geheimnis ahnt er nichts. In unserem Kind lebt jedoch nicht nur ein Teil von Oberon fort, sondern auch unsere Hoffnung auf eine bessere Zukunft und ein Leben in Freiheit. Und für diese Zukunft lasst uns kämpfen, so hart und so erbittert wir nur können!«

Er entriss seinem Nebenmann das M16-Gewehr, das dieser gesichert über den Knien liegen hatte, und hielt es in einer trotzigen Geste hoch, so dass es aussah, als würde die Waffe inmitten der Kabine schweben. Alex fragte sich noch, was dieser schwülstige Auftritt zu bedeuten hatte, und war fest entschlossen, Ismael dafür zur Rede zu stellen, dass er ihr Geheimnis lauthals hinausposaunt hatte - als plötzlich Applaus einsetzte. Die Teammitglieder, einschließlich Suzanne Leclerc und Dr. Jekyll, klatschten in die Hände, und als hätten ihre Trauer und ihre Frustration nur nach einem Ventil gesucht, verfielen einige in erregtes Geschrei. Lauthals brüllten sie die Gefühle hinaus, die sich in ihnen aufgestaut hatten und die von Angst bis Wut, von Trotz bis hin zu unbändigem Hass reichten. In diesem Moment wurde Alex klar, dass Ismael richtig handelte. Nach den verheerenden Nachrichten, die aus Rom eingetroffen waren, hatte er nach einer neuen Perspektive gesucht, die er seinen Leuten geben konnte - und sie offenbar gefunden.

Alex bezweifelte, dass die Euphorie lange anhalten würde, aber für den Augenblick bewahrte sie die Widerstandskämpfer davor, in Apathie zu versinken. Der Preis allerdings, das ahnte Alex, würde hoch sein ...

»Was hast du getan?«, raunte sie Ismael zu, während die Besatzung begann, lauthals ihren Codenamen zu skandieren.

»Do-ro-thy! Do-ro-thy ...!«

»Ihnen etwas zurückgegeben, das sie verloren hatten«, erwiderte der Unsichtbare, dessen Selbstzweifel durch die Katastrophe wie ausgelöscht schienen. Ob es tatsächlich so war oder ob ihn nur die Loyalität zu seinem gefallenen Anführer antrieb, war für Alex nicht zu erkennen.

Sie wusste nicht, wie sie darauf reagieren sollte. Beschämt senkte sie den Blick - und sah das Tagebuch in ihren Händen, das sie fast vergessen hatte. Und während ihre Augen feucht wurden und ihr Blick verschwamm, schlug sie die Aufzeichnungen ihres Vaters auf und begann im spärlichen Licht der Frachtkabine zu lesen ...

Unbekannter Ort
Zur selben Zeit

»Berichten Sie.«

Nummer 8 hatte sich in seinem Kontursessel zurückgelehnt, der sich seinem deformierten Körper exakt anpasste und die Schmerzen auf ein erträgliches Maß reduzierte. In diesen Augenblicken hätte der Chef der Abwehr allerdings keiner Schmerzlinderung bedurft, denn er war sicher, dass Agentin Peragon einen durchschlagenden Erfolg melden würde.

»Die Aktion ist abgeschlossen«, erstattete seine Stellvertreterin über die Satellitenverbindung Rapport. »Das Ziel wurde vollständig zerstört.«

»Offensichtlich«, antwortete Nummer 8 trocken. »Die Medien berichten von mehreren Detonationen auf dem Stadtgebiet ...«

»Bedauerlicherweise ist es dem Feind gelungen, die Selbstzerstörung der Anlage zu initiieren. Dadurch wurden die tiefer gelegenen Sektionen des Stützpunkts zerstört, noch ehe unsere Leute dorthin vorstoßen konnten.«

»Das ist bedauerlich, aber nicht weiter schwerwiegend«, fand Nummer 8. »Das Ziel der Mission war es, das Hauptquartier des Feindes ausfindig zu machen und zu vernichten, und dieses Ziel wurde erreicht.«

»Zu einhundert Prozent, Sir. Nicht nur, dass die feindliche Basis komplett zerstört wurde, auch die Verluste des Feindes sind beträchtlich. Wer auch immer sich zu diesem Zeitpunkt noch in der Anlage aufhielt, hatte keine Chance zu entkommen. Alle anderen sind entweder tot oder befinden sich zur Vernehmung in unserer Gewalt.«

»Eigene Verluste?«

»Ein *Demon* sowie einige Infanteristen. Eine Gruppe, die sich Zugang zur Kernanlage verschafft hatte, fiel der Selbstzerstörung zum Opfer. Insgesamt handelt es sich um achtundzwanzig Mann.«

»Ein geringer Preis«, meinte Nummer 8, während sich etwas in ihm zusammenkrampfte. »Irgendwelche Hinweise auf die Existenz von ... Sie wissen, was ich meine.«

»Negativ, Sir«, drang es aus dem Lautsprecher, worauf sich Nummer 8 wieder entspannte. »Wir haben nichts gefunden, was darauf schließen ließe, dass die Gerüchte auch nur ansatzweise der Wahrheit entsprochen haben. Wenn Sie mich fragen, hat die feindliche Propaganda diese Lügen nur in die Welt gesetzt, um die Autorität des Ordens zu untergraben und seine ruhmreiche Geschichte zu verfälschen. Jeder Mensch, der bei Verstand ist, muss wissen, dass es keine Zeitreisen gibt und sie auch niemals möglich werden. Im Gegenteil, die Ursprünge unserer Organisation reichen bis weit in die Vergangenheit.«

»In der Tat«, sagte Nummer 8, ohne dass sich seine Stimme auch nur im Geringsten veränderte. Ein wissendes Grinsen verzerrte jedoch seine unsichtbaren Züge.

»Es ist unmöglich, in die tiefer gelegenen Sektionen vorzudringen, da sie allesamt verschüttet sind«, fuhr Peragon in ihrem Bericht fort. »Sollte dort unten tatsächlich etwas gewesen sein, dann ist es jetzt tot.«

»Sehr gut«, krächzte Nummer 8. Die Erleichterung war dem Chef der Abwehr nicht anzumerken. »Und was ist mit *ihm*?«

»Keine Spur von Parker, Sir.«

»Ismael«, verbesserte Nummer 8. »Er gehört nicht mehr zu uns, vergessen Sie das nicht.«

»Keine Sorge, Sir - wenn ich ihm begegne, werde ich mich ganz sicher daran erinnern.«

»Wo mag er nur stecken?«, murmelte Nummer 8 versonnen.

»Unter den feindlichen Verlusten befindet sich auch Dr. Kwon, aber ...«

»Dann kann er nicht weit sein«, war der Graue überzeugt.

»Davon gehe ich aus, Sir. Ich habe deshalb eine umfassende Suche angeordnet, die sich nicht nur auf die Stadt erstreckt, sondern auch auf die angrenzenden ...«

»Finden Sie ihn!«, fiel Nummer 8 ihr barsch ins Wort, dessen von Geschwüren gepeinigter Magen erneut zu schmerzen begann. »Wo Sie nach ihm suchen, ist mir völlig gleichgültig, aber ich will ihn haben, verstehen Sie? Ich muss ihn haben!«

»Bei allem Respekt, Sir - es ist Ihnen gelungen, das Hauptquartier des Feindes ausfindig zu machen und auszulöschen. Denken Sie nicht, dass der Innerste Kreis diesen Erfolg anerkennen wird und als ...«

»Das ist nicht Ihre Angelegenheit!«

Es war eine der seltenen Gelegenheiten, bei denen die Stimme des Grauen aus dem Schatten trat und nicht nur als tonloses Krächzen zu hören war. Allerdings klang das, was aus seiner Kehle drang, weniger wie die Stimme eines Menschen als vielmehr wie das Knurren eines Raubtiers.

»Natürlich, Sir. Bitte verzeihen Sie mir, wenn ich ...«

»Sie verstehen es nicht, Peragon. Sie begreifen es einfach nicht.« Die Stimme des Abwehrschefs war wieder zu einem blassen Echo ihrer selbst geworden. »Ismael ist nicht irgendein Feind, den es zu besiegen gilt - er ist ein verdammtes Phantom! Immer wieder hat er unsere Kreise gestört, von dem Tag an, da er einen von uns getötet hat. Er ist nicht irgendein hergelaufener Verräter, sondern überaus gefährlich. Sein Jahrgang war einer der besten, die jemals aus der *educatio* hervorgegangen sind. Die *Demons*, die daraus erwuchsen, bilden den Kern meiner Abteilung. Ismael hat all das, was auch sie haben - das ganze Wissen, die ganze Härte. Mit dem Unterschied, dass er dies alles gegen uns einsetzt. New York war kein unglücklicher Zufall, Peragon - es war Ismaels Werk. Und falls Sie sich der Illusion hingegeben haben, dass Ihr Vorgänger einzig und allein seinem eigenen Fehlurteil zum Opfer fiel, so darf ich Ihnen versichern, dass auch Ismael daran seinen Anteil hatte. Das Hauptquartier der Rebellen mag zerstört und Oberon nicht mehr am Leben sein - aber solange Ismael lebt, lebt auch der Widerstand. Also bringen Sie mir verdammt noch mal seinen Kopf, oder Sie lernen mich von einer Seite kennen, die Ihnen zeigt, wozu absolute Macht in der Lage ist. Haben Sie mich verstanden?«

Die Antwort kam mit kurzer Verzögerung.

»Verstanden, Sir«, schnarrte es aus dem Lautsprecher.

Im Hades, der berüchtigten Ausbildungsstätte der *Demons*, hatte Peragon gelernt, ihre Gefühle zu kontrollieren. Wenn sie eingeschüchtert war, so ließ sie es sich nicht anmerken. Und das war auch gut so, denn wäre ihre Stimme auch nur ein Jota von ihrem normalen Klang abgewichen, hätte Nummer 8 sie auf der Stelle abgesetzt. So jedoch erhielt sie eine zweite Chance. Der Feind mochte eine empfindliche Niederlage erlitten haben, aber er war noch nicht vollständig besiegt.

»Seinen Kopf«, zischte Nummer 8 noch einmal. »Ich will

Ismaels Kopf, und es schert mich einen Dreck, ob Sie das wörtlich oder im übertragenen Sinn verstehen. Töten Sie ihn, mehr verlange ich nicht.«

»Zu Befehl, Sir«, kam es zurück - und Nummer 8 beendete die Verbindung. Er hatte sich mehr erregt, als gut für ihn war, und sein verunstalteter Körper präsentierte ihm die Rechnung dafür. Obwohl es ihm zutiefst widerstrebte, weil er mehr denn je einen klaren Kopf brauchte, musste er etwas gegen diese unerträglichen Schmerzen unternehmen. Er betätigte einen der Schalter auf seinem Schreibtisch, und eine Abdeckung glitt zur Seite. Darunter befand sich ein kleines Fach, in dem zwei Spritzen lagen. Nummer 8 nahm eine davon heraus, entfernte den Schutz von der Nadel und rammte sie in seinen rechten Oberschenkel, presste den Inhalt heraus.

Die Wirkung trat schnell ein, der Schmerz ließ nach.

Stille kehrte ein.

Ismael ...

Die Droge reichte nicht aus, dass Nummer 8 völlig ruhig wurde, aber er war wieder Herr seiner selbst und gewann die Kontrolle über seine Emotionen zurück. Über seinen Schreibtisch hinweg durch die dicke Glasscheibe starrend, auf deren anderer Seite die dunkle Tiefe des Pazifik lag, fragte er sich, ob er vielleicht etwas übersehen hatte.

Zweimal hatte er Ismael unterschätzt und war zweimal hart dafür bestraft worden. Ein drittes Mal durfte das nicht geschehen. Nummer 8 dachte nach, verfiel in dumpfes Grübeln, ob der Abtrünnige womöglich just in diesem Moment einen Gegenangriff plante. Wenn dem so war - was wäre dann sein Ziel? Was würde er wohl angreifen? Jeder, der schon einmal auf der Jagd gewesen war, wusste, dass auch von Raubtieren, die bereits mit einem Bein in der Falle steckten, noch immer eine tödliche Gefahr ausging, bis man ihnen den Fangschuss versetzte.

Nummer 8 war fest entschlossen, seinen Schreibtisch nicht eher zu verlassen, bis die Meldung von diesem erfolgreich getätigten Fangschuss bei ihm eingegangen war. Denn insgeheim fragte sich der Chef der Ordensabwehr, ob es dem glücklosen Nummer 13 damals ebenso ergangen war wie ihm ...

Hafen von Genua, Italien
Vier Jahre zuvor

Ismael wartete.

Und mit jeder Sekunde, die verstrich, schien die Last auf seinen Schultern noch zuzunehmen.

Er hatte sich für diesen Auftrag freiwillig gemeldet, denn er war überzeugt davon, dass nur er ihn erfolgreich ausführen konnte. Aber je länger er wartete, desto schwerer fiel es ihm, seine Gefühle unter Kontrolle zu halten.

Und das vorherrschende Gefühl war Angst!

Man brauchte kein Hellseher zu sein, um zu wissen, was geschehen würde, wenn das Täuschungsmanöver durchschaut werden würde. Mehrmals hatte er den Grauen zu entfliehen versucht und war jedes Mal wieder eingefangen worden, mit verheerenden Folgen.

Das letzte Mal hatten sie ihn in ein Foltercamp gebracht, um ihn dort nach ihren Vorstellungen zu formen – eine letzte Maßnahme, ehe man abtrünnige Ordensmitglieder liquidierte, weil sie dem Allgemeinwohl schadeten. Ismael war es gelungen, seinen Peiniger zu töten, und diesmal war seine Flucht tatsächlich geglückt. Zum ersten Mal in seinem Leben war er frei gewesen, und er hatte diese Freiheit genutzt, um sich dem Widerstand anzuschließen, so dass er nun einen erbitterten Kampf gegen seine ehemaligen Herren führte.

Doch er war dabei, all dies wieder aufs Spiel zu setzen ...

Es war sein Bekenntnis zur Menschlichkeit, das ihm zum Verhängnis zu werden drohte. Als Angehöriger der dritten Generation hatte er seine Eltern niemals kennengelernt. Unmittelbar nach der Geburt war er in ein Heim des Ordens überstellt worden und von dort in eine der Kaderschmieden, die der Orden in verschiedenen Ländern der Welt unterhielt. Das Leugnen eigener Empfindungen, die strikte Ablehnung jeder individuellen Freiheit wurde den jungen Ordensmitgliedern von Kindesbeinen an eingehämmert. Eigenständiges Denken war nicht erwünscht; es lief der Ordensdoktrin zuwider, der zufolge Effizienz nur im zentral gesteuerten Kollektiv zu erreichen war. Ismael hatte schon früh das Gefühl gehabt, dass diese Form der Erziehung einen wesentlichen Teil von ihm überging.

Jede Kreativität, jede Eigenständigkeit war untersagt gewesen, und Zuwiderhandlungen waren hart bestraft worden. Ismael hatte dennoch gewagt, was in nahezu jeder Diktatur als todeswürdiges Verbrechen galt: Er hatte Fragen gestellt.

Anfangs hatte er keine Antworten erhalten, bis ihn einer seiner Lehrer - unter höchster Todesgefahr für sich selbst - angesprochen und ihm vom Widerstand erzählt hatte, von den »anderen Unsichtbaren«, die sich vom Orden losgesagt hatten und ihn bekämpften. Von diesem Tag an hatte Ismael die Welt mit anderen Augen gesehen. Er hatte die Wahrheit über den Orden erkannt und sich auf die Seite des Gegners gestellt, damit aber auch die Unangreifbarkeit der Ordensmitglieder verloren. Denn wer sich eingestand, ein gewöhnlicher Mensch zu sein, der beging auch menschliche Fehler ...

Furcht war seither Ismaels Begleiter, Todesangst, die an jedem Tag neu überwunden werden musste. Nie zuvor seit seiner Flucht aus der Folterhaft hatte er jedoch mehr Grund gehabt, sich zu fürchten, als in diesen Momenten, da er im Heck des Schnellboots saß, welches das Hafenbecken durchquerte, mit unbekanntem Ziel. Aber so groß seine Angst auch sein mochte - niemals hatte er auch nur einen Augenblick lang am Sinn dieses Auftrags gezweifelt, der ihn das Leben kosten, aber Hunderte, wenn nicht Tausende von Unschuldigen retten mochte.

Ismaels Hände und Füße waren gefesselt. Die stählernen Schellen saßen so eng, dass sie tief in seine Gelenke schnitten und schmerzten. Aber er beschwerte sich nicht. Er konnte es seinen Gegnern, die ihn gefangen hatten, nicht einmal verdenken. Nicht nur, dass er einen von ihnen getötet hatte, sein Beispiel hatte auch Schule gemacht. Der Orden hatte alles darangesetzt, die Vorfälle geheim zu halten, aber es hatte Gerüchte gegeben, und mehr Unsichtbare als je zuvor hatten sich von den Grauen abgewandt und dem Widerstand angeschlossen ...

... und nicht wenige von ihnen hatten dafür mit dem Leben bezahlt.

Der Gedanke an sie, an die Opfer, die sie gebracht hatten oder noch bringen würden, gab Ismael die innere Stärke, seine Furcht zu vertreiben und sich auf seine Mission zu konzentrieren. Er war kein Ordensagent mehr, keine lebende Maschine, deren einziger Daseinszweck darin bestand, reibungslos zu funktionieren. Er hatte seinen freien Willen - und sich längst entschieden ...

Die Dämmerung war hereingebrochen. Von Westen her färbte sich der ligurische Himmel in kräftigem Rot, in das sich zartrosa Töne mischten. An Steuerbord zeichnete sich die eindrucksvolle Skyline Genuas ab. Das Häusermeer, das rings um den weiten Hafen an den Hängen emporwuchs, wurde vom Sonnenlicht in warme Farben getaucht, die Straßenbeleuchtung verbreitete ihr flammendes Licht, und auf den Fahrbahnen entlang des *bacino* drängten sich Autos, während im Hafen unzählige Frachtschiffe und ein großer Luxusliner lagen. Die vielen Menschen jedoch ahnten nicht einmal etwas von den Ereignissen, die sich direkt unter ihren

Augen abspielten, nichts von der Macht, die sie bedrohte, und von dem Krieg im Schatten.

Links und rechts von Ismael, auf der Rückbank des Schnellboots, saß je ein Mann in einem schwarzen Overall und mit Sturmhaube und Wärmesichtbrille. Die Maschinenpistolen in ihren Händen waren entsichert; wenn Ismael versuchen sollte zu fliehen, würden sie ihn ohne Zögern töten.

Er fragte sich, welche Lügen man wohl über ihn verbreitet hatte. Die Wahrheit - dass er dem System entflohen und in Notwehr einen Unsichtbaren getötet hatte - hatten die Grauen ihren Untergebenen sicherlich nicht erzählt. Zu ihren Methoden gehörte es, dass sie den Feind dämonisierten und so jede Frage nach dem Sinn des Konflikts zwischen Orden und Widerstand im Keim erstickten. Die Grauen waren Meister der Propaganda und verstanden sich trefflich darauf, andere zu manipulieren und zu lenken.

Ismael aber war eines klar: dass eine Chance wie diese nicht wiederkam und er sie nutzen musste.

»Wohin bringt ihr mich?«, fragte er seine Bewacher, von denen noch zwei weitere vor ihm standen, doch weder sie noch der Steuermann, der das Speedboat durch die sanfte Dünung lenkte, gaben ihm Antwort. Also blieb ihm nichts, als weiterhin abzuwarten - und zu hoffen ...

Auf der anderen Seite des Hafenbeckens, östlich des *bacino della lanterna*, lagen einige Schiffe - vier Frachter, die der tiefen Wasserlinie nach auf die Löschung ihrer Fracht warteten, sowie ein weiteres, das nicht recht zu den anderen passen wollte. Es war eine Motoryacht von beachtlicher Größe, am Heck die albanische Flagge. Nicht nur, dass der Widerstand erst vor kurzem Berichte über verstärkte Aktivitäten des Ordens in dem Balkanstaat erhalten hatte - Ismael glaubte auf einmal auch etwas zu spüren.

Im ersten Moment wusste er selbst nicht zu sagen, ob es an seiner Anspannung lag oder ob seine durch den *iter invisibilium* geschulten Sinne tatsächlich eine für sichtbare Menschen kaum wahrnehmbare Veränderung bemerkt hatten. Als das Motorengeräusch des Schnellboots jedoch jäh abfiel und der Lenker das Tempo drosselte, da wurde Ismael klar, dass er sich keineswegs geirrt hatte: Er hatte das Ziel seiner Reise erreicht!

Das Röhren des Yamaha-Außenborders, das im einen Moment noch die laue Abendluft erfüllt hatte, verkam zu einem hohlen Tuckern, als der Steuermann beidrehte. Auf dem Achterdeck der Yacht, die bis auf die Positionsmarkierungen unbeleuchtet war, tauchten mehrere Gestalten auf; sie trugen ebenfalls schwarze Kampfanzüge, Sturmhaben und Spezialbrillen. Eine von ihnen warf eine Leine herüber, und das Boot ging längsseits.

Noch immer sprach niemand ein Wort mit Ismael, aber zumindest nahm man ihm die Fußfesseln ab. Mit den Läufen ihrer Waffen herumfuchtelnd, bedeuteten ihm seine Bewacher, aufzustehen und über die Außenleiter an Bord der Yacht zu klettern. Ismael tat ihnen den Gefallen, obgleich es mit gefesselten Händen schwierig war. Grobe Pranken nahmen ihn oben in Empfang, und noch ehe er wusste, wie ihm geschah, landete eine Faust in seinem Gesicht.

Er hörte seine Kieferknochen knacken und war für einen Moment benommen. Zwei Männer in schwarzen Kampfanzügen packten ihn und schleppten ihn unter Deck. Dort herrschte grelle Beleuchtung, die allerdings so abgeschirmt war, dass sie nicht nach draußen drang.

»Hinsetzen!«, befahl ihm eine barsche Stimme, und Ismael wurde auf den rostigen Schemel niedergedrückt. Im nächsten Moment schrie er auf, denn man kippte eisig kaltes Wasser über ihn aus. Erst im nächsten Moment begriff er, dass es keineswegs nur Wasser war, sondern dass es mit Farbpigmenten versetzt war, so dass von einem Augenblick zum anderen sichtbar wurde, was soeben noch unsichtbar gewesen war.

Ismael kauerte vor Kälte schlotternd auf dem Hocker, während die Farbe an ihm herabrann und seine nackte Gestalt der Unsichtbarkeit entriss. Ordensangehörigen war es bei Strafe verboten, sich auf diese Weise kenntlich zu machen – er jedoch war rechtlos und hatte in dieser Hinsicht keine Rücksichtnahme zu erwarten.

Seine Bewacher lachten derb. Als ob die Prozedur, die ihn aus seinem natürlichen Zustand riss und praktisch wehrlos machte, an sich nicht erniedrigend genug gewesen wäre, hatten sie auch noch rosa Farbe benutzt, um ihren Feind vollends lächerlich zu machen. Ismael ließ es über sich ergehen.

Auf einmal wurde er an den Haaren emporgerissen, und eine Faust grub sich in seinen Magen. Ismael klappte nach vorn und brach in die Knie, und während die Flüssigkeit auch sein Gesäß und seine Genitalien färbte, rang er keuchend nach Luft. Im Bemühen um einen letzten Rest von Würde wollte er sich wieder aufraffen, aber man packte ihn und schleppte ihn davon.

Über eine weitere Treppe ging es noch tiefer unter Deck, in die Bugsektion des Schiffs, wo es kühl war und schummriges Dämmerlicht herrschte. Dort schmetterten ihn seine Bewacher zu Boden, und er blieb benommen auf dem kalten Metall liegen.

Es dauerte einen Moment, bis sich seine Augen an die spärliche Beleuchtung gewöhnt hatten, dann erblickte er im Halbdunkel eine schemenhafte Gestalt in einem weiten Mantel und mit einem Hut. Dazwischen klaffte Leere.

Ismael war bemüht, nicht eingeschüchtert zu wirken. Indem er sich mit aller Kraft einredete, dass dies die Art und Weise war, wie sich die Grauen zu kostümieren pflegten, suchte er seine Furcht im Zaum zu halten – die Konditionierung jedoch, die vor so langer Zeit erfolgt war und die ihm jene Gestalt in Hut und Mantel als die Verkörperung absoluter Macht vermittelt hatte, zeigte noch immer Wirkung: Ismael begann zu zittern, und das lag nicht nur an den niedrigen Temperaturen, die in der düsteren Kajüte herrschten.

»Nehmt ihm die Fesseln ab«, hörte er eine Stimme sagen, die leise sprach und dennoch auf eine Weise, die keinen Widerspruch duldete.

»S-Sir?«

»Ihr habt mich gehört. Seht ihr nicht, wie er zittert? Er stellt keine Gefahr mehr dar, glaubt mir.«

Seine Bewacher stellten keine weiteren Fragen. Rasch nahmen sie ihrem Gefangenen die Handschellen ab und zogen sich dann einige Schritte zurück. Ismael zweifelte nicht daran, dass die Läufe ihrer MPis weiterhin auf ihn gerichtet waren, auch wenn sein Blick zu Boden gerichtet war. Eine falsche Bewegung, und er war tot.

»Hatte er etwas bei sich, als ihr ihn aufgegriffen habt?«, wollte der Graue wissen.

»Nur diesen Gegenstand dort auf dem Tisch, Sir. Wir haben ihn bereits überprüft. Es besteht keine Gefahr.«

»Hmm«, brummte der Graue und legte die wenigen Schritte zu dem kleinen Metalltisch zurück. Dabei bewegte er sich schleppend, wie die meisten Angehörigen des Innersten Kreises. Alle Unsichtbaren hatten einen Preis für ihre Gabe zu entrichten, die Grauen jedoch hatten die größten Opfer dafür gebracht.

Eine unsichtbare Hand griff nach dem Gegenstand, der auf der metallenen Tischplatte lag, und drehte ihn, während ihn ebenfalls unsichtbare Augen betrachteten. Ismael brauchte nicht hinzusehen, um zu wissen, dass es sich um ein Taschenmesser handelte. Zu den vielen Werkzeugen, die sich aus seinem Griff ausklappen ließen, gehörte auch ein USB-Datenstick.

»Wolltest du mich mit dieser Klinge erstechen?«, fragte der Graue und lachte leise.

»Genau das«, erwiderte Ismael trocken, der allmählich

wieder zu Atem kam. Schwerfällig richtete er sich auf, und niemand hinderte ihn daran.

Der Graue, der nur wenige Armlängen von ihm entfernt stand, musterte ihn von Kopf bis Fuß. »Was ist nur aus dir geworden? Du hättest ein Held werden können, ein Diener des Ordens - und was bist du nun? Schmutz, Abschaum. Der Dreck unter meinen Schuhsohlen. Hast du wirklich geglaubt, dich gegen uns stellen zu können?«

Ismael zögerte. »Vielleicht«, bejahte er dann. »Früher ...«

»Du jämmerlicher Narr. Du hast keine Ahnung, mit wem du dich angelegt hast. Glaubst du denn, ich trage diesen Mantel und diesen Hut nur, weil mir danach wäre? Ich trage sie, weil ich es mir leisten kann. Wir Grauen haben das Schattendasein ablegen können und sind dabei, ins Licht zurückzukehren. Wir müssen uns nicht länger verstecken, denn unsere Unantastbarkeit wird nicht mehr durch die Unsichtbarkeit garantiert, sondern durch absolute Macht. Und genau das symbolisieren Hut und Mantel, die ich trage. Und was ist mit dir? Was ist aus dir geworden? Ein nackter, mit Farbe überschütteter Penner.«

»Dennoch haben Sie sich mit mir getroffen, Sir«, gab Ismael zu bedenken.

»Nach langem Überlegen«, räumte der Graue ein. »Anfangs wollte ich dem Treffen nicht zustimmen, weil ich befürchtete, es könnte sich um eine Falle handeln - dann wurde mir klar, dass das überhaupt keine Rolle spielt.«

»Nein?«, fragte Ismael.

Der Graue schüttelte den Kopf. »Was wollen deine naiven Freunde uns antun? Unsere Beobachter wüssten, wenn dir jemand gefolgt wäre, und schon während wir uns hier unterhalten, nimmt diese Yacht Kurs auf die offene See. Wenn es tatsächlich einen Plan gegeben hat, ist er gescheitert.«

Ismael ließ die Schultern sinken und starrte wieder zu Boden. Der Graue hatte die Veränderung seiner Körperhaltung wahrgenommen und lachte erneut. »Ich habe alles einkalkuliert.«

»Sie lügen«, behauptete Ismael.

»Weshalb sollte ich das tun?«

»Wenn Sie befürchtet haben, dass es sich um eine Falle handelt, weshalb haben Sie sich dennoch auf den Handel eingelassen?«

»Aus zwei Gründen. Zum einen, weil ich sehen wollte, wer der Kerl ist, der für solche Unruhe sorgt. In gewissen Kreisen bist du zur Legende geworden - und so etwas können wir nicht dulden. Ich werde dich töten. Höchstpersönlich.«

»Und wenn schon! Der Widerstand wird weiterleben.«

»Aber er wird um eine Lüge ärmer sein«, beharrte der Graue, dann zuckte er mit den Schultern und sagte: »Nun, zum anderen bist du vielleicht auch nur ein reumütiger Sünder, der in die Arme des Ordens zurück will und Vergebung sucht, nachdem er das Unvorstellbare getan hat, indem er einen von uns tötete. Vielleicht sorgt deine Konditionierung ja dafür, dass deine Tat dich bis in den Schlaf verfolgt und du seither keine Ruhe mehr findest. In diesem Fall könnten sich auf dem Stick tatsächlich die Daten befinden, die du uns versprochen hast: die GPS-Daten sämtlicher Verstecke, die die Abtrünnigen rund um den Globus unterhalten.«

»Sie nennen sie ›Observierungsstationen‹«, sagte Ismael leise.

»Reichlich übertrieben für ein Loch im Boden mit ein paar Computern darin.« Der Graue ächzte abfällig. »Dennoch bleibt noch eine Frage offen.«

»Nämlich?«

»Warum gerade ich? Warum hast du Kontakt zu mir aufgenommen und nicht zu Nummer 5 oder Nummer 8? Und erzähl mir nichts von Vertrauen. Unsere Schulen erziehen euch nicht dazu, uns zu vertrauen, sondern zu gehorchen. Das ist ein Unterschied.«

»Dessen bin ich mir bewusst. Aber mir war klar, dass Sie am ehesten dazu bereit sein würden, mich anzuhören.«

»Aus welchem Grund?«

»Aufgrund Ihrer Situation im Rat«, erklärte Ismael rundheraus. »Sie sind das einzige Mitglied des Innersten Kreises, das keinen fest zugewiesenen Aufgabenbereich hat. Sie haben sich mehrmals um den Posten des Geheimdienstleiters bemüht, aber es ist Nummer 8 immer wieder gelungen, Sie auszumanövrieren. Und nach dem Fehlschlag von Kabul ...«

»Die Operation war kein Fehlschlag!«, widersprach der Unsichtbare schroff. Die Tatsache, dass sich sein Tonfall dabei veränderte, zeigte an, dass Ismael einen wunden Punkt getroffen hatte. »Der Orden hat alle gesetzten Ziele erreicht.«

»Mit gewissen Abstrichen«, meinte Ismael. »Sie sollten die Möglichkeiten Ihrer Feinde nicht unterschätzen, Sir. Dafür, dass sie nur mit ein paar Computern in dunklen Löchern sitzen, sind sie bisweilen erstaunlich gut informiert.«

»Und von wem erhalten sie ihre Informationen?«, brauste der Graue auf.

»Um Ihnen das zu verraten, bin ich hier. Der Handel ist einfach: Ich habe Ihnen Daten von enormer Wichtigkeit beschafft. Mit denen wird es Ihnen nicht nur gelingen, den Widerstand auszulöschen, sondern sich auch Ihrer Gegner innerhalb des Rates ...«

»Der Innerste Kreis kennt keine Gegnerschaft«, fiel der Graue ihm ins Wort. »Alle arbeiten für dasselbe Ziel.«

»Natürlich«, räumte Ismael ein, ehe er sich verbessernd fortfuhr: »... sich Ihrer *Freunde* innerhalb des Rates auf ebenso einfache wie effektive Weise zu entledigen. Wenn Sie dem Innersten Kreis den Widerstand zum Frühstück servieren, wird das Ihren Einfluss und Ihre Position sprunghaft erhöhen, und keines der anderen Ratsmitglieder wird es mehr wagen, sich gegen Sie zu stellen. Und wer weiß, vielleicht wird Nummer 13 ja schon sehr bald Nummer 1 sein ...«

Der Graue keuchte. Dafür, dass es im Rat angeblich keine Gegnerschaft gab, schien er Ismaels Ausführungen erstaunlich interessant zu finden. Natürlich hatte auch er dieses Gedankenspiel schon durchexerziert, hatte sich ausgerechnet, wohin ihn diese Sache bringen würde, andernfalls wäre er nicht zur verabredeten Zeit am Treffpunkt aufgetaucht. Aber für einen Moment hatte es den Anschein gehabt, als wäre der Argwohn des Grauen größer als sein Hang zur Selbstüberschätzung.

»Sehr geschickt«, sagte Nummer 13 schließlich. »Du erzählst mir, was ich hören möchte, und glaubst, dass ich dir dadurch gewogen werde ...«

»Und?«, fragte Ismael. »Funktioniert es?«

»Schwer zu sagen. Du weißt, dass du keine Gnade zu erwarten hast. Die eigenmächtige Tötung eines Unsichtbaren kennt nur eine Strafe.«

»Es sei denn«, wandte Ismael ein, »ein überaus mächtiges Mitglied des Innersten Kreises würde von seinem Vetorecht Gebrauch machen, um einen zwar abtrünnigen, aber reumütigen Sohn des Ordens, der sich zudem als nützlicher Informant erwiesen hat, zu begnadigen.«

Nummer 13 brummte leise; es hörte sich an wie das Knurren eines Tieres. »Wir werden sehen«, sagte er schließlich, und Ismael konnte sehen, wie der USB-Stick aus dem Griff des Taschenmessers geklappt wurde. Dann schwebte das Messer, von Hut und Mantel begleitet, zu dem Terminal, das sich auf der anderen Seite der Kajüte befand. Ein flacher LCD-Bildschirm hing an der metallgetäfelten Wand, darunter gab es eine Tastatur sowie diverse Anschlussbuchsen. Spätestens jetzt war zu erkennen, wie auch Nummer 13 von den Folgen der Experimente gezeichnet war. Die Hand, die den Datenstick führte, zitterte sichtlich, und es dauerte einen Moment, bis der Stecker seinen Platz gefunden hatte. Ein Gefühl durchströmte Ismael, von dem er selbst nicht wusste, was genau es war. Mitleid, Verachtung, Genugtuung? Vielleicht von allem ein wenig.

Unterdessen hatten die Maschinen der Yacht ihre Arbeit aufgenommen, und an den leicht vibrierenden Metallplanken unter seinen Füßen erkannte Ismael, dass das Schiff tatsächlich auslief. Der Graue hatte also die Wahrheit gesagt – zumindest in dieser Hinsicht. Der Bildschirm flammte auf, und eine Programmanzeige erschien. Die Daten auf dem Stick wurden geöffnet, und im nächsten Moment waren diverse Satellitenaufnahmen zu sehen, die mit roten Markierungen und Zahlenangaben versehen waren.

»Sieh an«, knurrte Nummer 13. »Wer hätte das gedacht? Offenbar hast du elender Hundesohn die Wahrheit gesagt. Zumindest dieses eine Mal.«

Ismael erwiderte nichts darauf. Von seiner Position aus sah er Hut und Mantel nur als schwarze Schatten vor dem leuchtenden Bildschirm.

»Diese Aufnahmen sind von minderer Qualität«, rügte der Graue. »Woher hast du sie?«

»Das meiste davon stammt von indischen Spionagesatelliten.«

»Und diese Markierungen?«

»Weisen auf die verschiedenen Stützpunkte hin. Zusammen mit den angegebenen Koordinaten des Global Positioning sollte es kein Problem sein ...«

»Was zu tun?«, fiel ihm der Graue ins Wort. »Ein Kommando hinzuschicken, um die Basen zu vernichten? Es besteht noch immer die Möglichkeit, dass es genau das ist, wofür ich das Ganze am Anfang hielt: eine Falle. Daher werde ich deine Angaben zunächst genau prüfen.«

»Wie soll das gehen?«

Der Graue lachte. »Brücke«, sagte er dann in den Ärmel seines Mantels, der offenbar ein Mikrophon enthielt.

»Sir?«, drang es leise rauschend zurück.

»Satelliten Log-in, Status Gamma, Identifikation Bravo 4-4-8. Übermitteln Sie den Code, den Sie erhalten haben, und gehen Sie auf Stand-by.«

»Verstanden, Sir«, schnarrte es - und die Anzeige auf dem Bildschirm veränderte sich, die Satellitenaufnahme schrumpfte und wich in die linke untere Ecke, dafür erschien graues Bildrauschen, das jedoch sehr bald von einer neuen Satellitenaufnahme abgelöst wurde, und die war ungleich besser aufgelöst als jene von Ismaels Datenstick.

Ismael sah, wie der Unsichtbare einige Befehle in die Konsole eingab, worauf sich Bildausschnitt und Vergrößerungsfaktor änderten. Ein von niedrigen Gebäuden umgebener Platz war auf einmal zu sehen. Das Bild erneuerte sich alle zehn Sekunden, so dass man sehen konnte, wie Menschen ameisengleich auf dem Platz umherwimmelten. Ismael wurde klar, dass dies keine gespeicherte Aufnahme war, sondern eine Live-Übertragung. Offenbar hatten die Grauen uneingeschränkten Zugriff auf ...

»Beeindruckt?«, fragte der Graue, der die Gedanken seines Gefangenen zu erraten schien.

»Es geht«, antwortete Ismael gleichgültig.

»Djakarta«, las Nummer 13 die Anzeigen des USB-Sticks ab, die in der Bildschirmecke weiterhin eingeblendet waren. »Ihr unterhaltet dort also einen Stützpunkt?«

»Wie Sie sehen.«

»Noch nicht, aber gleich«, versicherte der Graue. »Käpt'n?«, sprach er wieder ins Mikro seines Mantels.

»Sir, die Verbindung steht.«

»Gut so. Dann richten Sie die Zieloptik auf folgende Koordinaten aus ...«

Der Graue gab einige die GPS-Daten an den Kapitän der Yacht weiter, worauf sich die Anzeige abermals veränderte. Ismaels heimliche Bewunderung schlug in Bestürzung um.

»Sie ... Sie sind nicht nur in der Lage, sich in diese Militärsatelliten einzuloggen und mit ihren Augen zu sehen«, stellte er leise fest, »Sie können sie auch neu ausrichten!«

»So als wären es unsere eigenen«, bestätigte Nummer 13 selbstgefällig. »Das ist günstiger, als ein eigenes System von Satelliten in den Orbit schießen zu müssen - was uns selbstverständlich möglich wäre. Aber wie wir festgestellt haben, sind sowohl Amerikaner als auch Russen nur zu gern bereit, uns ihr Equipment zur Verfügung zu stellen. Für einen gewissen Preis, versteht sich - und natürlich für rein wissenschaftliche Zwecke.«

»Natürlich«, murmelte Ismael, dem in diesem Moment klar wurde, dass die Lüge, die er dem Grauen aufgetischt hatte, nur noch Augenblicke Bestand haben würde.

Die Darstellung veränderte sich, ein ausgedehntes Waldgebiet war zu sehen; ein Fadenkreuz erschien, das die genannten Koordinaten anvisierte. Im nächsten Moment fokussierte sich das elektronische Auge, und mit einer Perspektive, die jenem eines Sturzfliegers entsprechen musste, zoomte es den betreffenden Bildbereich heran.

Nahtlos ging eine Vergrößerung in die andere über, bis nicht nur mehr eine grüne Fläche, sondern einzelne Bäume auszumachen waren, schließlich eine Lichtung und inmitten dieser Lichtung eine schäbige Baracke. Da es in Indonesien bereits weit nach Mitternacht war, war die Optik des Satelliten auf Restlichtverstärkung geschaltet und lieferte trotz der dort herrschenden Nachtstunde gestochen scharfe Bilder. Dennoch - auf der Lichtung war nicht die geringste Aktivität zu erkennen.

»Infrarot«, befahl Nummer 13 schnarrend. Der Bildausschnitt blieb bestehen, aber die Farbdarstellung änderte sich abrupt in je nach Wärmeabstrahlung von Blau bis Gelb variierende Farbflecke.

Abgesehen von einem kleinen Säugetier, das über die Lichtung hetzte, war jedoch kein Lebewesen auszumachen.

Auch gab es keinerlei Wärmeabstrahlung, wie sie etwa unterirdische Generatoren oder andere Maschinen erzeugten.

Außer der alten, verfallenen Hütte befand sich auf der Lichtung nicht das Geringste. Der Graue hatte nicht sehr lange gebraucht, um das herauszufinden.

»Bemerkenswert«, meinte er. »Ich muss zugeben, für einen Moment habe ich tatsächlich gedacht, du hättest es dir anders überlegt und wolltest tatsächlich in die Obhut derer zurückkehren, denen du deine Existenz und alles, was du bist, verdankst. Aber wie es aussieht, bist du eben doch nur ein nackter Penner, so wie ich es sagte.«

»Und Sie nur ein machtbesessener alter Sack«, konterte Ismael verbissen.

»Sir«, ließ sich in diesem Moment die Brücke über das Interkom vernehmen.

»Was gibt es?«, schnarrte Nummer 13 verärgert.

»Etwas stimmt nicht.«

»Was soll das heißen, Käpt'n?«

»Die Satellitenverbindung steht, aber die eintreffenden Daten ...«

»Was ist mit ihnen?«

»Es gibt Abweichungen, Sir. Der Computer verzeichnet einen Datenstrom, der unseren Satellitenlink benutzt, jedoch offenbar fremden Ursprungs ist.«

»Fremden Ursprungs?«

»Ja, Sir. Wir versuchen, das zu spezifizieren ...«

»Machen Sie schnell, Käpt'n!«

»Es ... es ist eine Art Bestätigungssignal, Sir, das wir an den Satelliten senden.«

»Und?«

»Sir, unsere Routine kennt kein solches Signal. Dadurch kann der Datenstrom zu uns zurückverfolgt werden.«

»Moment mal!«, zischte Nummer 13. »Sprechen Sie ... von einem *Sender*?«

»Etwas in der Art, Sir. Wir geben ein Signal aus, das unsere Position verrät. Offenbar wurde ein Virus in unser System eingeschleust, der ...«

»Ein Virus!«

Ismael sah, wie der USB-Stick aus dem Terminal gerissen wurde. Nummer 13 warf das Taschenmesser, in dem der Stick steckte, wütend von sich, dann wandte er sich Ismael zu.

»Verräter!«, keifte er. »Das wirst du bereuen. Wachen – liquidiert ihn! Auf der Stelle!«

Die Wachen senkten die Maschinenpistolen und zückten stattdessen ihre Kampfmesser. Schon traten sie vor, um den Befehl auszuführen – als sich erneut die Brücke meldete, und gleichzeitig schrillte irgendwo ein Alarm los.

»Sir, haben Radarkontakt mit einem sich rasch nähernden Objekt!«

»Was ist es? Ein anderes Schiff? Ein Flugzeug?«

»Negativ, Sir. Es ist ein ... ein Lenkwaffengeschoss! Offenbar vom Festland aus abgefeuert!«

Dem Grauen dämmerte sofort, wie alles zusammenhing: »Das verdammte Ding orientiert sich an dem Signal, das wir senden! Satellitenverbindung beenden, sofort! Haben Sie verstanden?«

»Zu spät, Sir!«, krächzte es. »Aufschlag in drei ... zwei ... eins ...«

Die Verbindung brach in dem Augenblick ab, als die mit diversen Modifikationen versehene Stinger-Rakete in die Brücke krachte. Die Wucht des Einschlags drückte das Schiff bis zur Deckkante ins Wasser, so als wäre es von der Faust eines Riesen getroffen worden.

Die Beleuchtung flackerte, und im nächsten Moment sorgte der Auftrieb des Schiffs dafür, dass es wieder nach oben schoss, dabei wild hin- und herschwankend. Ismael, der darauf gefasst gewesen war, konnte sich festhalten – seine

Bewacher jedoch, ebenso wie der Graue, wurden davon völlig überrumpelt.

Und Ismael handelte.

Einer der beiden schwarz Gekleideten war gegen die Wand geprallt und noch benommen. Das Kampfmesser allerdings hielt er noch in der Hand. Ismael verzichtete darauf, es ihm zu entwinden, sondern lenkte die Klinge lediglich gegen die Brust des Killers und stieß zu.

Noch während der Mann niederging, brachte Ismael seine Maschinenpistole an sich. Die Garbe, die aus der Mündung jagte, erfasste den anderen Wächter, der zuckend und mit schlenkernden Armen nach hinten getrieben wurde, während sich die Geschosse in seinen Leib bohrten.

Die MPi in beiden Händen fuhr Ismael herum - und erblickte Nummer 13, der gerade wieder hochkam. Seinen Hut hatte der Graue verloren, aber er schien unverletzt, denn der Zustand der Oszillation hielt an.

»Nun?«, fragte Ismael, während er auf ihn zutrat, die Maschinenpistole auf ihn gerichtet. »Wie sieht's aus? Halten Sie sich immer noch für unangreifbar?«

»E-eine Falle«, stöhnte der Unsichtbare. »Also ist es doch eine Falle ...«

»Nicht schlecht für einen nackten Penner, oder?«, fragte Ismael ungerührt.

»Ich werde sterben«, stellte der Graue fest, und es schwang noch nicht einmal Furcht in seiner Stimme mit. Nur maßloses Erstaunen ... »Gerade im Augenblick des Triumphs.«

»Überheblichkeit ist eure größte Schwäche. An ihr werdet ihr noch irgendwann ersticken.«

»Wir werden siegen«, sagte Nummer 13.

»Vielleicht«, konterte Ismael. »Aber Sie werden diesen Sieg nicht mehr erleben.«

Damit wollte er den Befehl ausführen, den das Hauptquartier des Widerstands ihm erteilt hatte, doch er zögerte. In den vielen Jahren, in denen er unter der Knute des Ordens gelitten hatte, hatte er die Grauen hassen gelernt. Und mit jedem Mal, da sie ihn wieder eingefangen und ihn für seine Fluchtversuche grausam bestraft hatten, war dieser Hass noch größer geworden. Er wusste, wozu sie in der Lage waren und was das Ziel ihres Handelns war - und dennoch war da ein innerer Widerstand, Nummer 13 einfach niederzuschießen wie ein tollwütiges Tier. Er hatte schon zuvor Gegner getötet, Sichtbare ebenso wie Unsichtbare, aber das waren Kampfsituationen gewesen, in denen er in Notwehr gehandelt hatte. Dies hier war etwas anderes ...

»Du kannst es nicht?«, fragte Nummer 13, während sich die Yacht zur Seite hin neigte. Offenbar drang Wasser ein, und Ismael war sicher, dass das Deck lichterloh in Flammen stand. Wenn das Feuer die Treibstofftanks erreichte, würde alles in die Luft fliegen.

Er biss die Zähne zusammen, und seine Hände verkrampften sich um die Waffe.

»Du kannst mich nicht erschießen«, war der Graue überzeugt. »Denn wenn du es tätest, wärst du genau das, was du niemals werden wolltest: ein *Demon*, ein unsichtbarer Killer.«

Übelkeit stieg in Ismael hoch. Er fühlte Abscheu, sowohl gegen sich selbst als auch gegen den Grauen, obwohl dieser vermutlich die Wahrheit sprach. Kaltblütiger Mord war die Domäne des Ordens und seiner Schergen. Aber was, wenn dieser Mord Tausende von Unschuldigen das Leben rettete?

Der Graue lachte leise, so als wüsste er, dass er in jedem Fall gewinnen würde - und Ismael drückte den Abzug.

Die Garbe erfasste den Grauen und durchsiebte ihn. Sein grauer Mantel explodierte in grellem Rot, und eine hagere Gestalt, deren Gesichtszüge auf grausige Weise deformiert waren, wurde ins sichtbare Spektrum gerissen.

Nummer 13 war tot, noch ehe er auf dem Boden aufschlug.

Schockiert über sein eigenes Handeln warf Ismael die MPi von sich, dann nahm er das Taschenmesser, das der Graue zuvor von sich geschleudert hatte, und klappte die kleine Säge aus.

Die Yacht neigte sich immer weiter zur Seite, und ein Ächzen durchlief das Schiff. Ismael musste rasch handeln, wenn er nicht mit in die Tiefe gezogen werden wollte.

Wankend eilte er zu dem blutüberströmten Leichnam des Grauen, packte dessen rechte Hand, setzte die Säge an – und tat, was getan werden musste.

Er dachte dabei nicht nach. Automatenhaft handelte er, ein Werkzeug derer, die ihn geschickt hatten, im festen Vertrauen darauf, dass er in diesem Konflikt auf der richtigen Seite stand und der Zweck die Mittel heiligte. Als er sein blutiges Werk beendet hatte, schnitt er ein Stück aus dem Mantel und wickelte die abgetrennte Extremität darin ein.

Dann wandte er sich zur Flucht.

Durch das offene Schott gelangte er in den kurzen Gang, dessen hinterer Bereich bereits unter Wasser stand. Ismael tauchte das Bündel mit der Hand in das eiskalte Wasser. Dann lief er zu der steilen Treppe, die hoch aufs Deck führte. Der Leichnam eines toten Ordenskämpfers lag auf den oberen Stufen, das Gesicht war von Verbrennungen gezeichnet.

Ismael schlüpfte am Verstorbenen vorbei aufs Vordeck, wo ihm feurige Hitze entgegenschlug. Die Stinger-Rakete war ins Brückenhaus der Yacht eingeschlagen und hatte es förmlich zerfetzt.

Ismael biss die Zähne zusammen. Er spürte die Hitze auf seiner Haut, hatte das Gefühl, als würde sich die rosa Farbe, mit der er überschüttet worden war, regelrecht darin einbrennen. Dennoch war die Flucht nach vorn die einzige Wahl, die ihm blieb ...

Er hielt den Atem an, stürzte hinaus aufs Deck, und die grausige Beute an sich pressend, rannte er durch die Flammen, die von allen Seiten nach ihm leckten, geradewegs auf die Reling zu. Obwohl es nur wenige Schritte waren, hatte Ismael das Gefühl, eine Ewigkeit zu brauchen, um die Distanz zu bewältigen. Dann, endlich, erreichte er die Brüstung - und flankte darüber hinweg.

Er hörte das Fauchen des Feuers, spürte die sengende Hitze in seinem Nacken - dann wich die grelle Glut schlagartig dem dunklen Blau der Tiefe, und eisige Stille umgab ihn. Für einen Moment verlor Ismael die Orientierung. Die Luftblasen, die rings um ihn aufstiegen, wiesen ihm jedoch den Weg, und er kämpfte sich wieder nach oben, das Päckchen mit aller Macht umklammernd. Er durchstieß die Wasseroberfläche und sog keuchend Luft in seine Lungen, während er gleichzeitig mit den Beinen strampelte, um sich von dem brennenden Wrack zu entfernen. Rings um ihn befanden sich brennende Trümmer im Wasser - und drei Leichen, die schrecklich entstellt waren. Ismael wusste nicht, ob sie Überzeugungstäter oder nur bezahlte Handlanger gewesen waren. Auf jeden Fall hatten sie grausam dafür bezahlt, dass sie auf der falschen Seite gestanden hatten, und der Unsichtbare redete sich ein, dass es letztlich der Orden war, der sie auf dem Gewissen hatte.

Mit dem freien Arm kraulend, entfernte er sich von dem Wrack, dessen Treibstofftanks im nächsten Moment explodierten. Ein grellroter Feuerball grollte hoch in den Himmel, geschmolzener Kunststoff, brennendes Holz und deformiertes Metall wurden nach allen Seiten geschleudert.

Ismael hatte Mühe, sich über Wasser zu halten, denn das sinkende Wrack erzeugte einen Sog, gegen den er verzweifelt ankämpfen musste, aber mit eisernem Willen gelang es ihm, sich zu behaupten.

Schon kurz darauf zeugte nichts mehr von der Existenz

der Yacht und ihres unheimlichen Besitzers. Allerdings war die Explosion auf dem Festland nicht unbemerkt geblieben. Vom alten Hafen aus waren ein Löschboot und ein Rettungsschiff ausgelaufen, die auf die Unglücksstelle zuhielten, während sich von Süden, aus Richtung des *Avamporto*, ein Helikopter näherte.

Ismael atmete innerlich auf.

Die Mission war gefährlich gewesen, der Ausgang mehr als ungewiss, aber letztendlich war der Preis das Risiko wert. Oberon war überzeugt davon, dass die Hand eines Grauen der Schlüssel war, der ihnen manche Pforte öffnen würde – zumal, wenn die anderen Mitglieder des Innersten Kreises nicht wussten, was ihrem Artgenossen widerfahren war.

Natürlich würden sie erfahren, dass Nummer 13 ums Leben gekommen war. Natürlich würden sie herausbekommen, dass ein Abtrünniger mit Namen Ismael dafür die Verantwortung trug.

Der Rest des Geheimnisses jedoch ruhte auf dem Grund des Meeres ...

Der Helikopter verharrte über Ismael, und ein Seil wurde herabgelassen mit einer Rettungsschlinge daran. Ismael griff danach und schlüpfte hinein – und im nächsten Moment ging es senkrecht nach oben.

Ein Sieg war errungen.

Der Krieg jedoch würde weitergehen ...

20.

Mein liebes Kind!

Es gibt zwei Sorten von Briefen, die sich grundlegend voneinander unterscheiden. Die einen verfassen wir in der Hoffnung, dass der Adressat sie lesen möge, denn sie beinhalten ein uns wichtiges Anliegen. Wir möchten uns für etwas bedanken, etwas erklären oder etwas erbitten, und wenn es nur Vergebung ist. Die andere Sorte Briefe verfassen wir in der Hoffnung, dass sie möglichst niemals geöffnet werden. Testamente gehören dazu, Bekundungen letzten Willens, von denen wir wissen, dass sie erst dann gelesen werden, wenn wir nicht mehr unter den Lebenden weilen. Und schließlich gibt es noch Mischformen aus beidem - Briefe, in denen wir nach unserem Tod Dinge äußern, die wir zu Lebzeiten nicht zu sagen vermochten, aus welchen Gründen auch immer.

Mein Kind, wenn Du diese Zeilen liest, bedeutet dies, dass etwas Unvorhergesehenes geschehen ist und Du auf diese Weise erfahren musst, was ich Dir lieber persönlich, unter vier Augen berichtet hätte, aber ich habe es nicht über mich gebracht. Du magst mich dafür einen Feigling nennen, und wahrscheinlich hast Du recht. Ich weiß, dass ich als Vater versagt habe, aber durch das Studium der Seiten, die diesem Brief folgen, wirst Du erkennen, dass ich bei allem, was ich tat, stets auch an Dich und Deine Mutter gedacht habe. Vielleicht wirst Du, nachdem Du alles erfahren hast, milder über mich urteilen. In jedem Fall sei immer wachsam, mein Kind, und betrachte die Welt, die Dich umgibt, mit offenen Augen.

Dein Dich liebender Vater
Kenneth Bowder

Luftraum über Ouaddaï
Republik Tschad
4 Uhr 10 Ortszeit

»Bereitmachen zum Ausstieg!«

Ismaels Befehl gellte durch den Frachtraum und wurde von den Unterführern weitergegeben - und im nächsten Moment herrschte im Inneren der langen, von rotem Schein beleuchteten Röhre rege Betriebsamkeit. Die sechsundzwanzig Männer und Frauen, die an dem Einsatz teilnahmen, waren in drei Gruppen unterteilt; während die Gruppen Shadow 1 und Shadow 2 unter Ismaels Führung den Hauptvorstoß unternehmen würden, wobei den sichtbaren und den unsichtbaren Kämpfern unterschiedliche Aufgaben zukamen, würde Shadow 3 unter Commander Karamasov zunächst zurückbleiben und die Landeposition sichern. Für den Fall, dass der Angriff den Orden nicht so unvorbereitet traf, wie alle es hofften, blieb die dritte Gruppe auf diese Weise als Reserve zurück, der nötigenfalls die schwierige Aufgabe zukommen würde, Shadow 1 und 2 herauszupauken.

Auf einem einsamen Militärflugplatz im nordwestlichsten Zipfel des Sudan hatten die Widerstandskämpfer das Fortbewegungsmittel gewechselt und die Transall gegen einen »Chinook«-Helikopter getauscht, der für die Operation hervorragend geeignet schien. Die geräumige Maschine mit der charakteristischen Bananenform verfügte über einen Bug- und einen Heckrotor und war ähnlich wie ein Transportflugzeug mit einer breiten Ladeklappe ausgestattet, über die binnen kürzester Zeit größere Mengen Personals ausgebracht und wieder an Bord genommen werden konnten.

Es war dem Helikopter anzusehen, dass er schon einiges mitgemacht hatte. Da es sich um die Spezialversion MH-47D handelte, die der Hersteller Boeing speziell für das Militär entwickelt hatte, war anzunehmen, dass der Chinook eine bewegte Vergangenheit hinter sich hatte. Woher der Chinook auch immer stammen mochte – der fehlenden Kennung nach gehörte er nicht der sudanesischen Armee, sondern wohl eher einem der selbsternannten Warlords, die im Grenzland ihr Unwesen trieben. Einerseits widerstrebte es Alex, mit diesen Leuten Geschäfte zu machen, denn der Widerstand würde den Einsatz des Chinook mit harter Währung bezahlen müssen. Andererseits rechtfertigte die Aussicht, zahllosen jungen Frauen damit das Leben zu retten, wohl so ziemlich jedes Mittel.

Mit einer Routine, die Alex tief beeindruckte, machten die Kämpfer sich bereit zum Einsatz. Ihre Waffen hatten sie längst überprüft, die Splitterschutzwesten sowie die Tragehilfen mit den Munitionstaschen angelegt. Die Sichtbaren unter ihnen hatten sich zudem Gesichter und Hände mit Farbe geschwärzt, damit man sie im Dunkel der Nacht nicht so leicht entdecken konnte. Nur knapp die Hälfte von ihnen trug Schutzhelme, die anderen wollene Kommandomützen, die sich über das Gesicht ziehen ließen und Öffnungen für Mund und Augen hatten. Die Gruppenführer waren zudem mit Headsets ausgestattet, mit denen sie während des Einsatzes miteinander in Verbindung bleiben konnten.

Von Ismael wusste Alex, dass ihr Vater es gewesen war, der aus einem versprengten Häuflein widerstandswilliger Zivilisten eine schlagkräftige Truppe geformt hatte.

Auch Ismael und die anderen Unsichtbaren, die an dem Einsatz teilnahmen, rüsteten sich zum Kampf. In ihrem Fall war die Vorbereitung allerdings mehr mentaler Natur. Die unsichtbaren Krieger brauchten keine Tarnung, erhielten aber auch keine Schusswaffen. Ihre Bewaffnung bestand allein in ihrer Schnelligkeit und dem »Weg der Unsichtbaren«.

Schließlich drängten sich die Kämpfer ins Heck des Helikopters und nahmen in drei Reihen Aufstellung. Alex empfand wachsendes Unbehagen.

Einerseits wollte sie nicht an Bord zurückbleiben, während Ismael und all die anderen dort draußen ihr Leben riskierten. Andererseits war sie sich nicht sicher, ob nach allem, was geschehen war, *überhaupt noch jemand* sein Leben aufs Spiel setzen sollte. Hatten sie nicht schon genug verloren? Sollten sie wirklich weitermachen? Wäre es nicht besser, sich zurückzuziehen und zu beraten, um an einem anderen Ort, zu einer anderen Zeit zuzuschlagen? Sie musste an ihren Vater denken und an das Enkelkind, das er niemals sehen würde, und plötzlich überkam sie panische Furcht.

»Ismael!« Sie löste ihren Gurt und sprang auf, eilte zu ihrem Geliebten, der vorerst noch an der roten Schärpe des Anführers erkennbar war. Sie sagte kein Wort, sondern umarmte ihn nur, klammerte sich schweigend an ihn.

»Schon gut«, sprach er beruhigend auf sie ein, während er ihr über das kurz geschnittene Haar strich. »Ich weiß, was du empfindest.«

»Wirklich?« Sie löste sich von ihm und blickte an ihm empor. Sie war sich sicher, geradewegs in seine Augen zu schauen.

»Die letzten Minuten vor dem Einsatz. Jeder Krieger muss allein damit zurechtkommen.«

»Das ist es nicht.« Sie schüttelte den Kopf. »Ich habe kein gutes Gefühl dabei. Wir sollten den Einsatz abbrechen ...«

»Kein gutes Gefühl?«, wiederholte er. »Alex, so kurz vor dem Einsatz hat niemand ein gutes Gefühl.«

»Aber das Hauptquartier ist zerstört. Oberon, mein Vater, Paolo ... Sie sind alle tot! Und wir wollen diesen Krieg allen Ernstes weiterführen?«

»Allerdings.«

»Warum, Ismael?«

»Weil wir es können«, lautete die Antwort.

»Aber ich ...«

»Ich weiß«, flüsterte er ihr ins Ohr, dass nur sie es hören konnte. »Wenn ich die Wahl hätte, würde auch ich die ganze Sache abblasen und mit dir irgendwohin gehen, an einen einsamen Ort, wo wir unser Kind in Frieden großziehen können. Aber einen solchen Ort gibt es nicht, Alex. Nicht, solange der Orden existiert. Das weißt du genau, du hast es nur für einen Moment vergessen.«

Damit hauchte er ihr einen zärtlichen Kuss auf die Wange und löste sich dann aus ihrer Umarmung.

»Über Funk werden wir in Verbindung bleiben«, erklärte er sachlich. »Hast du verstanden?«

»Ich ... ich ...«

»Alex, ich habe dich etwas gefragt!« Es war nicht mehr der liebende Partner, der sprach, sondern der Kommandant.

»Ja, Sir.« Sie nickte.

»Alex, ich muss mich auf dich verlassen können. Bist du in der Lage, deine Aufgabe zu erfüllen, ja oder nein?«

Alex schloss für einen Moment die Augen, verschloss sich vor der hektischen Betriebsamkeit, die im Inneren des Hubschraubers herrschte.

Ismael hatte recht. Sie hatte sich freiwillig zu dieser Mission gemeldet, mehr noch, hatte *unbedingt* dabei sein wollen. Sie durfte keinen Rückzieher mehr machen, musste ihre Pflicht erfüllen wie jeder andere in dieser Maschine - auch wenn sie vielleicht am meisten verloren hatte.

»Ja, das bin ich«, erklärte sie schließlich, und als sie die Augen wieder öffnete, war ihr Blick fest und entschlossen. Mit aller Macht verbannte sie die Furcht aus ihrem Bewusstsein. Panik brachte sie nicht weiter. Sie musste Ruhe bewahren, sich auf das Wesentliche konzentrieren ...

»Gut«, sagte er. »Dr. Leclerc wird unseren Vorstoß begleiten und uns vor Ort instruieren.« Die junge Medizinerin trug Tarnanzug und Schutzhelm sowie das dazugehörige Spezialsichtgerät und hatte sich bei den Wartenden eingereiht. »Sollte sie nicht weiterwissen oder ihr etwas zustoßen, wirst du per Funk übernehmen.«

»Verstanden«, erwiderte Alex.

»Du kannst auf dem Display jederzeit sehen, wo in der Anlage wir uns befinden – jedenfalls solange die Sendeleistung ausreicht.«

»Verstanden.«

»Dann wünsch uns Glück.«

»Viel Glück«, sagte sie nur, während er die Schärpe ablegte und sie ihr reichte. Sie nahm den Stoff und drückte ihn mit den Händen, fast wie ein Kind, das sich Trost suchend an sein Schmusetier klammert.

»Einsatzkoordinaten sind erreicht«, plärrte die Stimme des Piloten aus dem Lautsprecher, der an der Kabinendecke angebracht war. »Ausstieg in einer Minute.«

»Verstanden«, hörte Alex Ismael rufen. »Also los, Leute! Durchzählen und Einsatzbereitschaft melden!«

»Shadow 2 bereit«, scholl es zurück, nachdem die einzelnen Teammitglieder ihre jeweilige Nummer genannt hatten.

»Shadow 3 bereit!«

Ismael vergewisserte sich, dass auch seine eigene Gruppe fertig zum Einsatz war, und spürte, wie der Chinook rasch tiefer ging, während er dem Boden entgegensank.

»Ausstieg in fünf«, verkündete der Copilot über den Lautsprecher, »vier ... drei ... zwei ... eins!«

Das Landegestell des Helikopters berührte den Boden nicht, dennoch fiel im nächsten Moment die Heckklappe nach unten.

Der Einsatz begann.

»Ausstieg!«, gellte Ismaels Befehl. »Auf die Posten – los, los, los!«

Es geschah innerhalb von Augenblicken. Ihren jeweiligen Gruppenführern hinterher verließen die Trupps den Helikopter. Im Laufschritt eilten sie zum Ende der Laderampe, die rund einen Meter über dem kargen Erdboden schwebte, und sprangen hinab. Sich an eine der Halteschlaufen klammernd, blickte Alex ihnen nach, sah sie in der Dunkelheit verschwinden, die jenseits der roten Tarnbeleuchtung herrschte – und im nächsten Moment gewann der Chinook bereits wieder an Höhe.

Die Laderampe schloss sich mit lautem Summen, und indem der mächtige Helikopter seine Nase neigte, beschleunigte er und entfernte sich aus dem Zielgebiet. Die Flugabwehrstellung, die sie im Lager der Rebellensoldaten gesehen hatten, war Alex noch in lebhafter Erinnerung – gut möglich, dass auch der Orden seine Basis auf diese Weise gesichert hatte. Wenn der Chinook abgeschossen oder beschädigt wurde, entfiel für Ismael und die anderen Kämpfer jede Fluchtmöglichkeit. Die Sicherheit des Helikopters hatte also oberste Priorität.

Durch den schwankenden Laderaum eilte Alexandra zu ihrem Platz zurück und schnallte sich an. Dann griff sie nach dem Notebook, das Dr. Jekyll für sie eingerichtet hatte, und setzte den dazugehörigen Kopfhörer mit integriertem Mikrofon auf. Auf dem Display war eine schematische 2-D-Darstellung der Basis und des umliegenden Geländes zu sehen. Darüber verstreut waren sechsundzwanzig leuchtende Punkte, welche die Mitglieder der Einsatztruppe repräsentierten, wobei Ismael und die beiden Gruppenführer farbig hervorgehoben waren. Wenn Alex den Mauszeiger über einen der Punkte bewegte, bekam sie zudem den Codenamen sowie die Funktion des jeweiligen Kämpfers innerhalb seiner Gruppe angezeigt.

Gebannt beobachtete sie, wie die Punkte gemäß dem Einsatzplan vorrückten: Während Shadow 3 zunächst zurückblieb und sich zwischen den Felsen verschanzte, drangen die beiden anderen Gruppen bis zu dem getarnten Tor vor, das die Einfahrt zur Basis verbarg. Alex versuchte, nicht daran zu denken, dass jeder dieser leuchtenden Punkte ein Mensch war, der in diesem Augenblick sein Leben riskierte - die Stimmen, die aus dem Headset des Interkom drangen, erschwerten dies jedoch ganz erheblich.

»Vorwärts, vorwärts!«, hörte sie Ismael rufen. »Butler, Quatermain - an die Arbeit!«

»Verstanden, Sir!«

Störgeräusche im Kopfhörer, das Rauschen von Interferenzen, während Alex beobachtete, wie sich zwei Punkte vom Verband lösten und zum Tor vordrangen. Kurz darauf ein dumpfer Knall und noch mehr Rauschen, dazu ein schrilles Pfeifen.

Der Zugang zur Basis war gesprengt worden.

»Auf geht's! Tun wir unsere Arbeit! Shadow 1, Shadow 2 - mir folgen!«

»Zu Befehl, Sir.«

Schritte und hektisches Atmen. Alex sah, wie sich die beiden Gruppen Zug um Zug vorwärts bewegten, sich gegenseitig sichernd. Kaum hatten sie das gesprengte Tor passiert, ließ die Qualität der Verbindung bereits nach.

»Dort hinunter, zur Fahrzeughalle!«, hörte sie Suzanne Leclerc sagen und wünschte sich einmal mehr, bei den anderen zu sein. »Das letzte Mal gab es zwei Posten, die ...«

»Keine Sorge, Doc, um die kümmern wir uns. Twist - an die Arbeit!«

»Verstanden, Sir.«

Augenblicke verstrichen, in denen erneut nur Stiefeltritte und heiserer Atem zu hören waren - dann, plötzlich, das Hämmern eines Sturmgewehrs, so laut und unmittelbar, dass Alex zusammenzuckte.

»Deckung!«, brüllte jemand, und eine andere Waffe ratterte los, ehe sich die Stimme von Commander Twist meldete.

»Situation geklärt, beide Gegner ausgeschaltet«, erstattete er sachlich Bericht.

»Okay, dann weiter!«

»Der Durchgang, dort!«

»Sachte, Doktor. Wird nicht mehr lange dauern, bis wir Gesellschaft bekommen! Shadow 2 - sichern!«

»Verstanden, Sir! Wir ...«

Was immer Commander Twist hatte sagen wollen, es ging im mörderischen Stakkato einer Maschinenpistole unter. Ein gellender Schrei war zu vernehmen, und entsetzt sah Alex, wie der Punkt, der die Position eines der sichtbaren Einsatzkämpfer anzeigte, zu flackern begann.

»Commander! Juliet ist getroffen!«

»Schafft sie da raus, sofort!«

»Butler! Nebel - jetzt!«

Ein Zischen, noch mehr MPi-Feuer, vermischt mit weiteren Schreien. Alex' Hände krampften sich um das Notebook, dass der Kunststoff leise knackte.

»Vorrücken! Los!«

»Es sind zu viele! Wir brauchen Feuerschutz!«

»Schafft das MG ran! Wo ist das verdammte MG?«

Plötzlich eine Reihe von erstickten Schreien, dazu hässliche Geräusche wie von splitternden Knochen. Das MPi-Feuer setzte aus. Dann die schwer atmende Stimme Ismaels.

»Situation geklärt«, sagte er, und erst jetzt, da sie wieder Luft holte, merkte Alex, dass sie die ganze Zeit über den Atem angehalten hatte. »Los jetzt, weiter!«

»Verstanden, Sir!«

»Leclerc, hierher! Jekyll, ganz nach vorn!«

»Verstanden, Commander.«

»Wir rücken weiter vor! Unser Ziel sind ihre Stromversorgung und die Kommunikationseinrichtungen!«

Allein im Frachtraum des Hubschraubers sitzend, spürte Alex ihren rasenden Herzschlag, während sie zugleich fühlte, wie sich etwas in ihr regte: ihr Kind, so als ahnte es, dass sein Vater in Gefahr war, und als wollte es protestieren gegen das, was in der Welt dort draußen vor sich ging.

Alex nahm eine Hand vom Notebook, legte sie auf ihren Bauch, und sofort beruhigte sich das kleine Wesen in ihr. Sie zwang sich zur Ruhe, versuchte sich selbst wieder unter Kontrolle zu bringen. Dabei konnte sie nur an eines denken.

Sie musste ohne Vater aufwachsen.

Ihrem Kind sollte es nicht ebenso ergehen ...

Unbekannter Ort
Zur selben Zeit

Nummer 8 fand keine Ruhe.

Vom Wunsch getrieben, dass diese Nacht nicht nur das Ende Oberons, sondern auch des gesamten Widerstands sehen möge, hatte der Graue die Kommunikationszentrale aufgesucht, wo die aus aller Welt eintreffenden Informationen zusammenliefen und ausgewertet wurden. Was ihre Methoden betraf, unterschieden sich der Orden und seine Feinde nicht so sehr voneinander - wenngleich die Anderen bei weitem nicht über die Möglichkeiten verfügten, die die Grauen hatten: ein weltweites Netz von Kommunikations- und Spionagesatelliten, auf das sie jederzeit zugreifen konnten; der beinahe uneingeschränkte Zugang zu sämtlichen großen Datenbanken, einschließlich derer von Ämtern und Justizbehörden; und schließlich Spione und Informanten in buchstäblich jedem Teil der Welt. Dass es dennoch nicht gelingen sollte, den Abtrünnigen namens Ismael zu finden, wollte Nummer 8 einfach nicht in den Kopf.

Sie hatten seine Zuflucht zerstört und viele seiner Kameraden getötet, was bedeutete, dass er sich auf der Flucht befand. Wahrscheinlich, sagte sich der Geheimdienstchef, hatte sich der Verräter irgendwohin verkrochen, um seine Wunden zu lecken - aber Nummer 8 war wild entschlossen, ihn aufzuspüren und zu Ende zu bringen, was so überaus vielversprechend begonnen hatte.

Mit atemberaubender Geschwindigkeit sichtete er Daten, die vor ihm auf der großen, durchscheinenden Glasscheibe erschienen. Der überwiegende Anteil der Sondierarbeit, die geleistet werden musste, um aus dem Wust von Informationen, der rund um die Uhr eintraf, die relevanten Informationen herauszufiltern, wurde von Computerprogrammen vorgenommen - von komplexen Suchsystemen, die nicht nur nach bestimmten Stichworten, sondern auch nach Begriffsvernetzungen und verdächtigen Inhalten Ausschau hielten. Spionage-Software, die ein niederländischer Programmentwickler offiziell für die europäischen Polizeibehörden geschrieben hatte, aus der jedoch auch der Orden Nutzen zog.

Nummer 8 hatte seine Suche in Rom begonnen, nun weitete er sie nach allen Seiten aus, Wellen gleich, die von einem ins Wasser geworfenen Stein ausgingen. Die einschlägigen Seiten des Internets waren voll von Meldungen und angeblichen Augenzeugenberichten über die rätselhaften Explosionen, die sich in der vergangenen Nacht in der italienischen Hauptstadt ereignet hatten. Nummer 8 konnte darüber nur müde lächeln, denn nicht einer der selbsternannten Spezialisten, die das weltumfassende Computernetzwerk als Podium der Selbstdarstellung nutzten, ahnte auch nur im Ansatz, was sich tatsächlich zugetragen hatte.

Sollten sie nur spekulieren. Sollten sie sich wichtig machen und Verschwörungstheorien spinnen, sollten sie sich nur gegenseitig verdächtigen - dem Orden konnte es recht sein. Was immer die Sichtbaren auch unternahmen, sie arbeiteten den Grauen damit nur in die Hände. Ihretwegen machte sich Nummer 8 keine Sorgen, sondern einzig und allein wegen Ismael.

Indem er sich in die Datenbanken der wichtigsten Tageszeitungen und Nachrichtenredaktionen hackte, suchte der Chef der Ordensabwehr nach Meldungen über etwaige Überlebende der Explosionen. Aber weder dort noch in den Aufzeichnungen der Polizeibehörden und Rettungseinheiten fand er auch nur den leisesten Hinweis.

Aber Nummer 8 wollte nicht aufgeben.

Ein Gefühl sagte ihm, dass dieser Krieg noch nicht gewonnen war, und dieses Mal wollte er nicht vor den Rat treten müssen, um erneut sein Versagen einzugestehen.

Plötzlich eine Meldung von einer der Kontrollstationen.

»Sir!«

»Was gibt es? Haben Sie etwas gefunden?«

»Nein, Sir. Noch keine Spur von dem Abtrünnigen.«

Nummer 8 wandte sich nicht von der Glasscheibe ab, auf der Dutzende geöffneter Programmfenster übereinander, nebeneinander und überlappend angeordnet waren. »Weshalb stören Sie mich dann?«, wollte er wissen.

»Ich dachte, das hier würde Sie interessieren. Ein Code-Blau-Zwischenfall.«

»Code Blau?« Der Geheimdienstchef blieb reglos stehen, innerlich jedoch merkte er auf. Code Blau war ein internes Frühwarnprogramm. Eine Routine, die er nach den Vorfällen von Washington D.C. und New York eingeführt hatte und die vermeiden sollte, dass jedes Sicherheitsproblem sofort an den Innersten Kreis weitergeleitet wurde. Offiziell diente Code Blau dazu, die anderen Ratsmitglieder vor verwalterischem Ballast zu schützen; in Wahrheit hatte Nummer 8 nicht länger zulassen wollen, wie seine Rivalen jede Information dafür nutzten, seine Autorität zu untergraben.

»Ja, Sir.«

»Aus welchem Distrikt?«

»Zentralafrika, Sir.«

»Zentralafrika?«

»Die Plantage im Tschad hat nicht auf den Routine-Check geantwortet. Es könnte auch nur eine Kommunikationsstörung sein, aber ich ...«

»Das ist keine Störung!« Nummer 8 humpelte zu der Station, vor der der andere Unsichtbare, ein *Demon* der dritten Generation, seinen Dienst versah. Mit fliegenden Blicken las der Graue die Anzeigen ab, die grell leuchteten und in seinen Augen schmerzten - und mit dem Instinkt eines Raubtiers, das Beute witterte, wusste er, dass er gefunden hatte, wonach er suchte.

»Ismael«, ächzte er.

In-vitro-Plantage des Ordens
Sudanesisches Grenzland
4 Uhr 48 Ortszeit

»Und, Doktor?«

Suzanne Leclerc biss sich auf die Lippen. Sie hatte die Frage erwartet und wusste, dass sie eine Antwort geben musste. Dennoch scheute sie sich davor, denn sie hatte das Gefühl, Zaynah Nukur, ihren Vater Abdulayeh und alle, die ihr jemals vertraut hatten, schmählich zu verraten.

Zaghaft schüttelte sie den Kopf, während sie noch einmal den Puls der jungen Frau prüfte, die sie von den Versorgungsschläuchen befreit hatte.

Das Ergebnis blieb dasselbe.

Die Frau war tot.

Nur wenige Augenblicke, nachdem die Ärztin sie von der Anlage getrennt hatte, die einerseits ihre Körperfunktionen überprüfte, sie andererseits aber auch mit Nährstoffen versorgte, war der Kreislauf der jungen Frau kollabiert, und Suzanne hatte nichts tun können, als zuzusehen, wie zuerst die Schwangere und dann auch ihr ungeborenes Kind gestorben waren. Und es war bereits der zweite Versuch, den sie unternommen hatte.

»I-ich verstehe es nicht«, stieß sie hervor. »Zaynah Nukur hat ihre Flucht um viele Stunden überlebt. Sie war sogar noch stark genug, dass sie es bis in ihr Dorf geschafft hat.«

Hilflos ballte Suzanne die Hände zu Fäusten. Sie hatte alles darangesetzt, zurückzukehren und das Versprechen zu erfüllen, das sie Abdulayeh Nukur gegeben hatte - doch nun musste die Ärztin erkennen, dass sie das nicht konnte. Ihre Absicht war es gewesen, all diese Frauen aus dem künstlichen Koma zu wecken, in das sie gegen ihren Willen versetzt worden waren, und von der menschenverachtenden Maschinerie zu befreien - doch es hatte sich herausgestellt, dass diese Frauen nicht nur einfach Opfer dieser Maschinerie waren ...

Sie waren ein Teil von ihr geworden!

»Doktor«, sagte Ismael noch einmal. Seiner mühsam beherrschten Stimme war anzumerken, dass er nicht drängen wollte, in Anbetracht der Lage jedoch nicht anders konnte. »Ich brauche eine Entscheidung von Ihnen. Ist es möglich, diese Frauen zu retten, oder nicht?«

»Sicher«, erwiderte sie hilflos, »aber nicht hier, nicht mit diesen Mitteln. Was ich brauche, ist vor allem Zeit.«

»Und genau die haben wir nicht«, entgegnete der Unsichtbare. »Der Orden kennt zahllose Sicherheitsroutinen. Werden sie nicht ordnungsgemäß bearbeitet, schöpft man Verdacht. Wir werden hier in Kürze Gesellschaft bekommen, sei es durch Ordenskiller oder durch diese Rebellensoldaten, die der Orden gekauft hat.«

Suzanne nickte - natürlich hatte Ismael recht. In einem erbitterten Feuergefecht hatten sie sich Zugang zu der großen Halle verschafft, in der die Frauen in künstlicher Stasis gehalten wurden, als lebende Brutmaschinen für die vierte Generation von Unsichtbaren. Zwei von Ismaels Leuten hatten bei dem Angriff ihr Leben gelassen, vier weitere, unter ihnen die Sergeants Butler und Juliet, waren verletzt. Die Verluste der Ordensangehörigen waren ungleich höher - der Angriff hatte sie im Schlaf überrascht und völlig unvorbereitet getroffen.

Zehn von ihnen waren tot, sieben weitere zum Teil schwer verletzt. Mit Rauchgranaten hatten die Widerstandskämpfer die Korridore eingenebelt und die Verteidiger überrannt, noch ehe diese begriffen hatten, was geschah. Die Schleuse zum Kernbereich hatten sie kurzerhand gesprengt und sich dann fünf Wissenschaftlern gegenübergesehen, die in der Halle ihrer grausigen Arbeit nachgegangen waren. Ismael und Twist hatten die Ordensdiener ausgeschaltet, ehe diese Alarm hatten geben können. Nur einen von ihnen - eine etwa fünfzigjährige Frau, die mit deutlichem slawischem Akzent sprach - hatten sie am Leben gelassen, um über sie an Informationen zu gelangen. Bislang jedoch hatte die Wissenschaftlerin, deren Blicke so kalt waren wie Eis, kaum etwas gesagt.

»Was, in aller Welt, haben Sie mit diesen Frauen gemacht?«, zischte Suzanne und stampfte wutschnaubend auf die Gefangene zu, die von zwei Widerstandskämpfern bewacht wurde. »Was haben Sie ihnen verabreicht? Los, sagen Sie's schon, oder ...«

Kurzerhand riss Suzanne die Beretta aus dem Holster, die man ihr gegeben hatte, und obwohl sie Waffen eigentlich verabscheute, legte sie beidhändig auf die Wissenschaftlerin an. »Los doch!«, herrschte sie die Gefangene an. »Was stimmt nicht mit diesen Frauen?«

Angesichts der Mündung, in die sie blickte, brach die Ordensdienerin ihr Schweigen. »Um die Funktionsfähigkeit des menschlichen Organismus im Zustand der Stasis zu garantieren, werden den Wirtskörpern blutgerinnungshemmende Mittel verabreicht«, erklärte sie. »Nachdem zweien von ihnen die Flucht gelungen ist, haben wir die Heparin-Zufuhr deutlich erhöht. Auf diese Weise stellen wir sicher, dass keiner der Wirtskörper mehr entkommt.«

»Wirtskörper.« Suzanne wiederholte das Wort mit Abscheu. »Das also sind diese Frauen für Sie!«

»Nein, sie sind ungleich mehr als das«, entgegnete die Wissenschaftlerin mit verächtlicher Arroganz. »Sie sind geradezu perfekt für den Zweck, dem wir sie zugeführt haben. Lebende Organismen auf dem Höhepunkt ihrer Leistungsfähigkeit.«

»Ein beschissener Höhepunkt ist das!«, ereiferte sich Suzanne. »Sie haben diese armen Frauen zu Maschinen gemacht!«

»Glauben Sie das?« Die Wissenschaftlerin verzog missbilligend das Gesicht. »Sie haben doch gar keine Ahnung, worum es hier geht. Durch uns hat das Leben dieser elenden Kreaturen doch erst einen Sinn bekommen. Ohne den Orden wäre ihr Dasein so bedeutungslos wie eine Handvoll Staub auf diesem erbärmlich öden Landstrich dort draußen. So jedoch ist ihnen ein höherer Zweck zugekommen. Obwohl sie in keiner Weise dazu würdig sind, wird diesen Frauen die Ehre zuteil, Geschichte zu schreiben, denn sie verhelfen einer neuen Generation von Menschen zum Leben.«

»Die Verbrecher wie Sie ihnen eingepflanzt haben«, versetzte Suzanne. Die junge Französin bebte am ganzen Körper vor Empörung, ihr Finger zitterte am Abzug der Waffe.

»Ja, ich wirke daran mit, dass eine neue Menschheit entsteht«, erwiderte die Gefangene. »Aus dem Unvollendeten, mit Fehlern Behafteten entsteht so das Perfekte.«

»Das ist es also, wonach Sie streben«, sagte Suzanne mit brüchiger Stimme. »Sie wollen Gott sein!«

»Unsinn!«, widersprach die Gefangene, und ihre schmalen, zu grell geschminkten Lippen dehnten sich zu einem breiten Grinsen. »Man will nicht sein, woran man nicht glaubt. Als Wissenschaftlerin nehme ich nur das als gegeben hin, was sich objektiv verifizieren lässt. An die Evolution beispielsweise brauche ich nicht zu glauben, da sie längst belegt ist - und ich habe dazu beigetragen, sie auf die nächste Ebene zu bringen.«

»*Das* nennen Sie Evolution?«

»Ich nenne es das Überleben des Stärkeren. Das Schwache wird ausgerottet, das Überlegene bleibt bestehen. So ist es immer gewesen, und so wird es auch wieder sein.«

Auf Suzanne Leclercs Stirn stand kalter Schweiß. Sie starrte die Gefangene fassungslos an, während sie noch immer die Pistole in den Händen hielt - und als dann Zaynah Nukur vor ihrem geistige Auge auftauchte und auch noch ihr Vater und ihre Mutter, die unter Tränen um sie trauerte, zog die junge Französin den Stecher durch.

Ein dumpfer Knall, hässlich und unspektakulär. Die Gefangene brach zusammen, das rechte Knie zerschmettert, und wand sich am Boden, heulend vor Schmerz.

»War das nötig?«, fragte Ismael.

Suzanne ließ die Waffe sinken. Sie war blass im Gesicht, und ihr war übel. »Haben Sie nicht gehört, was sie gesagt hat? Sie sagte, dass diesen Frauen in hoher Dosierung Heparine zugeführt werden. Das bedeutet, dass die Blutgerinnung praktisch außer Kraft gesetzt ist. Sobald eine der Patientinnen vom System getrennt wird ...«

»... verblutet sie innerhalb weniger Minuten«, brachte Ismael den Satz zu Ende.

Suzanne nickte. Blutgerinnungshemmende Medikamente waren fraglos auch der Grund dafür gewesen, dass Zaynah Nukur ihr in jener Nacht unter den Händen weggestorben war.

Der Unsichtbare zögerte einen Moment.

Er hatte erfahren, was er hatte wissen wollen - nun galt es, eine schwerwiegende Entscheidung zu treffen. In Kanada, als er Elizabeth Kwon aus dem Foltercamp befreit hatte, war er dieser Entscheidung noch entgangen. In diesem Moment allerdings musste er sich ihr stellen.

»Lieutenant?«

»Ja, Sir?«

»Verteilen Sie allen Sprengstoff, den wir haben. Wir jagen diese verdammte Anlage in die Luft.«

»Äh ... Sir?«

»Sie haben gehört, was ich gesagt habe, Lieutenant.«

»Verstanden, Sir.«

»Hältst du das für eine gute Idee?« Es war Dr. Jekyll, der die Frage stellte, während Quatermain, der nur leicht verletzte Butler und noch einige andere ausschwärmten, um überall in der Halle C4-Ladungen und Zünder anzubringen, die mittels Funksignal ausgelöst werden konnten.

»Wenn wir nichts unternehmen, wird der Orden in dieser Nacht noch einen weiteren Sieg davontragen«, erklärte Ismael, »und das dürfen wir nicht zulassen.«

»Auch wenn wir dadurch zu Mördern werden?«

Ismael antwortete nicht sofort. Seine eigene Entscheidung schien ihm nicht zu gefallen, aber er nahm sie nicht zurück.

»Ich habe meine Befehle«, erwiderte er schließlich.

»Oberon ist tot«, brachte Jekyll in Erinnerung.

»Was willst du damit sagen?«

»Nichts. Ich denke nur, wir sollten ...«

»Wir haben keine Zeit, Jekyll. *Demons* sind inzwischen alarmiert, sind wahrscheinlich bereits auf dem Weg hierher. Wenn wir nicht rasch verschwinden, sind wir verloren.«

»Aber ... wenn wir all diese Frauen kaltblütig ermorden, werden wir genau zu dem, was wir so sehr hassen, verstehst du das nicht? Wir geben vor, den Orden zu bekämpfen, aber in Wahrheit denken und handeln wir bereits genau wie er!«

»Du bist ein Träumer, Jekyll, das war schon immer so.

Hast du geglaubt, wir könnten diesen Krieg führen, ohne uns die Hände schmutzig zu machen?«

»Nein, aber ich ...«

»Diese Frauen sind dem Tod geweiht, so oder so«, war Ismael überzeugt. »Und wenn wir nicht tun, was wir tun müssen, wird es sich rächen, Jekyll. Dutzendfach, hundertfach.«

»Eine Armee von Unsichtbaren«, flüsterte der andere.

»Ich wünschte, es gäbe eine Alternative, aber die gibt es nicht. Fest steht, dass wir heute Nacht sehr viel mehr verloren haben als unseren Anführer und unser Hauptquartier.«

»Offensichtlich«, murmelte Jekyll, dann konnte Ismael spüren, wie sich die Präsenz des anderen Unsichtbaren entfernte. In dem winzigen Funkempfänger, den er im Ohr trug und der mit bloßem Auge kaum zu erkennen war, klickte es leise.

Alex.

»Und?«, erkundigte sie sich. Trotz des tragbaren Transponders, den die Widerstandskämpfer mitführten und der die Sendeleistung verstärkte, war die Verbindung in dieser Tiefe schwach und von Rauschen unterbrochen. »Gelungen ... Gefangene ... befreit ...?«

Ismael holte tief Luft.

»Nein«, sagte er. »Es hat keine Überlebenden gegeben.«

21.

SPQR: ... *einen Augenblick, Frau Professorin. Lassen Sie uns das zunächst zweifelsfrei klären: Sie nehmen also an, dass es sich bei den unterirdischen Stollen, in denen sich diese Explosionen ereignet haben, tatsächlich um antike Katakomben gehandelt haben könnte?*

Praga: *Davon ist zum gegenwärtigen Zeitpunkt zumindest auszugehen.*

SPQR: *Wie ist das möglich? Wie sicherlich auch die meisten unserer Hörer dachte ich, die Katakomben dieser Stadt wären längst hinreichend erforscht und kartographiert.*

Praga: *Wie könnten sie das? Sie müssen bedenken, dass es zu der Zeit, als diese Gräber angelegt wurden, noch kein Liegenschaftsamt gab, in dem derlei Einrichtungen verzeichnet wurden. Das bedeutet, dass es praktisch keine Aufzeichnungen über Anzahl und Lage der Katakomben gibt. Was wir davon gefunden haben, haben wir entweder durch Querverweise in anderen Quellen oder aber auch nur durch puren Zufall entdeckt, etwa bei Bauarbeiten für die* metropolitana.

SPQR: *Das bedeutet also, dass es im Untergrund unserer Stadt noch viele dieser Stollen geben könnte?*

Praga: *Möglicherweise. Genau weiß das niemand.*

SPQR: *Nach gegenwärtigem Ermittlungsstand geht die Polizei davon aus, dass unsachgemäß gelagerter C4-Sprengstoff die Ursache für die Explosionen gewesen ist ...*

Praga: *Ich habe davon gehört.*

SPQR: *Nun fragen wir uns natürlich alle, was Plastikspreng-*

stoff in einer antiken Katakombe zu suchen hat. Was halten Sie von Gerüchten, dass islamische Fundamentalisten die Anlage als Waffenversteck genutzt haben sollen?

Praga: *Ich bin weder Polizist noch mit den Ermittlungen betraut - aber wenn Sie mich fragen, spricht einiges für diese Theorie.*

SPQR: *Nämlich?*

Praga: *Zum einen hat man meines Wissens in den wenigen noch zugänglichen Bereichen der Katakombe Bruchstücke von Beton gefunden, was darauf schließen lässt, dass die Anlage mit modernen Mitteln ausgebaut wurde. Zum anderen dürfen wir nicht vergessen, dass die Katakomben auch symbolische Bedeutung haben.*

SPQR: *Inwiefern spielt das eine Rolle?*

Praga: *Auch wenn die Mythenbildung hierzu einiges beigetragen hat, gelten die Katakomben vielen Menschen als wichtig für das frühe Christentum. Wenn islamistische Terroristen ausgerechnet dort Waffen und Sprengstoff lagern, hat das natürlich eine gewisse Aussagekraft.*

SPQR: *Ich verstehe. Denken Sie, die Polizei hat dieselben Schlüsse gezogen?*

Praga: *Das nehme ich an.*

SPQR: *Warum schweigen sich die Behörden dann darüber aus? Weil man eine Panik vermeiden will?*

Praga: *Vielleicht. Oder weil es den Verantwortlichen an Mut fehlt. Wenn man eingesteht, dass islamistische Fundamentalisten ausgerechnet in der Heiligen Stadt ein geheimes Waffendepot unterhalten haben, von dem die Behörden nicht die geringste Ahnung hatten, müssten sicherlich einige Herrschaften von ihren Ämtern zurücktreten.*

SPQR: *Und Sie haben keine Angst, Frau Professorin?*

Praga: *Wovor sollte ich mich Ihrer Ansicht nach fürchten?*

SPQR: *Nun, wie es heißt, soll ein ehemaliger Mitarbeiter Ihres Instituts in die Sache verwickelt sein.*

Praga: *Ich weiß. Sein Name ist Paolo Genaro, und wie Sie schon richtig sagten, arbeitet er nicht mehr für die Fakultät.*

SPQR: *Dennoch wird sein Name mit der* La Sapienza *in Verbindung gebracht.*

Praga: *Ich habe es schon mehrfach gesagt, aber für Ihre Hörer wiederhole ich es gern noch einmal: Paolo Genaro ist kein Mitarbeiter unseres Instituts mehr. Er hat die Universität vor fünf Jahren verlassen und sich seither vornehmlich in Südamerika aufgehalten. Vor einigen Wochen ist er zurückgekehrt - ein ungebetener Gast, wenn Sie so wollen. Aber ich betone ausdrücklich, dass es keinerlei Verbindungen zwischen ihm und der Fakultät gibt. Mehr noch, die archäologische Abteilung, der ich vorstehe, distanziert sich in aller Deutlichkeit von Dr. Genaro.*

SPQR: *Obwohl bislang noch nichts bewiesen ist und nur ein Verdachtsmoment besteht?*

Praga: *Ich kenne Dr. Genaro aus früheren Zeiten, deshalb nehme ich an, dass diese Verdachtsmomente nicht unbegründet sind. Er ist ein problematischer Charakter.*

SPQR: *Erklären Sie das.*

Praga: *Unter Professor Luigi Benati habe ich mit Genaro zusammengearbeitet. Schon damals neigte er zu Eigensinn und Besserwisserei. Der Übereifer, den er an den Tag legte, hat ihn in Forschungskreisen isoliert und schließlich auch zu Benatis Entlassung geführt.*

SPQR: *Tatsächlich? Wie es heißt, wären Sie daran nicht ganz unbeteiligt gewesen ...*

Praga: *Ich tat, was ich tun musste, um die Seriosität unserer Wissenschaft zu wahren, die durch Hasardeure wie Professor Benati und Dr. Genaro verloren zu gehen drohte. Im Kino mag man Archäologie mit Peitsche und Schlapphut betreiben - in der Realität ist das eine sehr ernste Wissenschaft, in der man sich an Fakten orientiert.*

SPQR: *Und Sie vermuten, dass Dr. Genaro eventuell dabei geholfen hat, diese Katakombe als geheimes Waffenlager ...*

Praga: *Ich vermute gar nichts. Aber ich gebe zu bedenken, dass Paolo Genaro über die frühchristlichen Katakomben promoviert* *und diesbezüglich ausgiebige Feldforschungen betrieben hat. Und dass er seit Verlassen der Universität für seine Ausgrabungsprojekte auf die Gelder privater Investoren und Gönner angewiesen war. Die Schlussfolgerungen aus diesen Tatsachen überlasse ich Ihnen und Ihren Hörern.*

SPQR: *Nur noch eine Frage, Frau Professorin - würden Sie Ihrem ehemaligen Mitarbeiter Genaro ein solches Vorgehen zutrauen?*

Praga: *(ohne Zögern) Ja, das würde ich ...*

Transskript eines Radiointerviews mit Prof. Dr. Silvana Praga
Leiterin der Archäologischen Fakultät der La Sapienza, Rom,
gesendet auf SPQRadio

Nordwesten von Rom
Drei Tage später

Der Anblick war entsetzlich.

Sie stand auf der Anhöhe des Gianicolo und sah die dünnen Fahnen von Rauch und Staub, die auch nach Tagen noch an die Oberfläche drangen. Es erfüllte Alexandra Lessing mit tiefer Trauer. Das Hauptquartier war vernichtet worden, und mit ihm alles, was sich dort in den Tiefen befunden hatte. Da ein ganzer Stadtteil unterminiert gewesen war, hatte die Selbstzerstörung der Anlage den Einbruch ganzer Straßenzüge zur Folge gehabt. Auch viele Gebäude an der Oberfläche waren daher beschädigt worden, und es hatte Opfer unter der Zivilbevölkerung gegeben.

Diejenigen, die für das Zerstörungswerk Verantwortung trugen, waren natürlich längst abgezogen, und während Feuerwehr und Rettungseinheiten in den wenigen noch zugänglichen Stollen nach Überlebenden suchten, rätselten die Ermittler darüber, was sich dort unten zugetragen haben musste.

Und sie waren nicht allein.

Die Zeitungen und Nachrichtensendungen der letzten Tage waren voll von Spekulationen, die Spezialisten und selbsternannte Fachleute anstellten. Sogar Silvana Praga, die Leiterin des Archäologischen Instituts an der La Sapienza, hatte sich zu Wort gemeldet. Aber so irrwitzig die Vermutungen auch sein mochten, die in diesen Tagen bezüglich der Ursache der Explosionen angestellt wurden, keine davon war so schier unglaublich wie die Wahrheit.

Das Geheimnis würde wohl für immer bewahrt bleiben, so wie Oberon und Alex' Vater es beabsichtigt hatten. Der Preis, den sie dafür bezahlt hatten, war allerdings viel zu hoch gewesen. Alex schauderte bei dem Gedanken, was sich in jenen schicksalhaften Minuten dort unten zugetragen haben musste.

»Ich hätte hier sein sollen«, flüsterte sie und konnte die Tränen nicht länger zurückhalten. Sie presste die Hände auf den Bauch, wobei sie nicht wusste, ob sie dem Baby Trost spenden wollte oder ob sie diesen Trost bei dem ungeborenen Leben suchte. »Ich hätte bei ihm sein müssen ...«

»Dann wärst du jetzt ebenfalls tot«, entgegnete Ismael leise, der neben ihr stand - nicht unsichtbar, sondern in Straßenkleidung und mit geschminktem Gesicht, so dass er zumindest aus der Ferne wie ein gewöhnlicher Schaulustiger wirkte. Es war ein Risiko gewesen, nach Rom zurückzukehren - schließlich war davon auszugehen, dass sich noch immer Ordensagenten in der Stadt aufhielten, die vor allem die Gegend um das zerstörte Hauptquartier des Widerstands herum mit Wärmesichtgeräten beobachteten. Aber sowohl Alex als auch Ismael wollten es sich nicht nehmen lassen, ihren Anführern mit diesem Besuch die letzte Ehre zu erweisen ...

»Trotzdem«, beharrte sie. »Wenn ich geahnt hätte, was geschehen würde ...«

»Das konntest du nicht. Du hast getan, was du für richtig hieltest. So wie immer.«

»Aber habe ich richtig entschieden?« Sie wischte sich die Tränen aus den Augen. »Als ich meinen Vater das letzte Mal sah, schien er mir noch etwas sagen zu wollen ...«

»Denk nicht mehr darüber nach. Er wollte, dass du gehst. Vielleicht hat er tatsächlich etwas geahnt. Der alte Fuchs hatte oft eine Art siebten Sinn und konnte die Pläne des Feindes erraten.«

»Aber warum hat er dann nichts dagegen unternommen? Warum hat er keine Verteidigungsmaßnahmen ergriffen?«

»Vielleicht, weil er sich nicht sicher war. Oder weil er die Mission in Afrika für wichtiger erachtet hat, als seinen Befürchtungen nachzugeben.« Ismael schüttelte den Kopf, auf dem eine Perücke und eine Baseballkappe der New York Yankees saßen. »Letztendlich werden wir es nie erfahren, Alex. Es ist wichtig, dass du diese Fragen für dich selbst beantwortest.«

Sie schaute ihn an, dankbar dafür, ihn einmal tatsächlich neben sich zu sehen. Seine Augen hingegen waren weiterhin unsichtbar, daher trug er eine der Spezialbrillen mit verspiegelten Gläsern. »Wie soll ich das, nun, da er tot ist?«, fragte sie leise. »Es gab noch so vieles, worüber wir hätten sprechen müssen ...«

»Oberon hätte nicht gewollt, dass du bei ihm bleibst und dich sinnlos opferst«, flüsterte Ismael. »Er wollte immer nur dein Bestes. Und auch für unser Kind. Er hat dich geliebt.«

Ihr Blick blieb unverändert auf ihn gerichtet. »Glaubst du das wirklich? Hat er das gesagt?«

»Nein, denn es war nicht nötig. Dein Vater, Alex, hat das größte Opfer gebracht, das ein Mensch bringen kann. Er wollte, dass du und das Kind leben. Daran musst du dich immer erinnern, an nichts sonst.«

»Ich weiß«, sagte sie und nickte, während ihr bewusst wurde, dass sie sich etwas vorgemacht hatte. Die ganze Zeit über hatte sie sich eingeredet, dass sie den Mann, der sie und ihre Mutter einst im Stich gelassen hatte, aus tiefstem Herzen hasste. Dass sie besser dran wäre ohne ihn und auf seinen Rat und seine Nähe verzichten könnte.

Während sie nun auf die Rauch- und Staubsäulen blickte, die sich noch immer aus dem Untergrund erhoben, dort, wo einst das Hauptquartier des Widerstands gewesen war, wurde Alexandra Lessing klar, dass sie sich selbst belogen hatte.

Innerster Kreis
Hauptquartier des Ordo Invisibilium
Zur selben Zeit

Der Zeitpunkt war gekommen, um Rechenschaft abzulegen.

Nummer 8 hatte den Augenblick, in dem er sich vor dem Innersten Kreis einzufinden und von den jüngsten Vorfällen zu berichten hatte, bis zum letzten Moment hinausgezögert, immer in der Hoffnung, dass Peragon doch noch eine Erfolgsmeldung bringen und von der Gefangennahme Ismaels berichten würde. Aber die Agentin, in die er so große Hoffnung gesetzt hatte, hatte ihn enttäuscht, genau wie Gallagher vor ihr - und so war Nummer 8 am Ende auf einen neuen Plan verfallen, um seine Niederlage in einen Sieg umzumünzen ...

Noch wusste niemand, was in Afrika geschehen war. Nummer 8 hatte die Information der höchsten Geheimhaltungsstufe untergeordnet. In Anbetracht der hohen Zahl weiterer Brutstätten, die der Orden unterhielt, war der Ausfall einer einzigen Plantage durchaus zu verschmerzen.

Auch Nummer 12, dem die Verantwortung für diese Plantage zukam, hatte nichts nach außen dringen lassen. Vielleicht spekulierte er sogar darauf, dass der Innerste Kreis niemals von der Sache erfuhr, so dass er einer Bestrafung entgehen würde.

Wenn dies so war, hatte er die Rechnung ohne den Chef der Abwehr gemacht ...

Erneut waren sie zusammengekommen, in jenem Rund, hinter dessen Scheiben die dunkle Tiefe der See lauerte. Sobald die hermetische Verriegelung aktiv war, wurde der Raum nur noch von einem grünen Schimmern beleuchtet, und die Fischschwärme waren zu sehen, die draußen vorbeizogen. Dahinter lag die bedrohliche Schwärze, durch die die Zentrale des Ordens glitt, ein gewaltiges Konstrukt aus Stahl, Panzerglas und karbonverstärktem Kunststoff.

Die Mitglieder des Kreises identifizierten sich, der Vorsitzende erteilte Nummer 8 das Wort. Der Geheimdienstchef ließ sich Zeit, blickte zunächst in die Runde und begutachtete die Haltung seiner Verbündeten und Gegner, die er aufgrund der grauen Mäntel und Hüte erkennen konnte.

Aus der Haltung von Nummer 12 konnte er eine gewisse Unruhe ableiten, bei Nummer 4 und Nummer 6 erkannte er die übliche Mischung aus Neugier und Arroganz. Die Körperhaltung von Nummer 10 sprach für unverhohlene Aggression - vor ihm würde er sich am meisten in Acht nehmen müssen ...

»Danke, Nummer 1«, sprach der Chef der Ordensabwehr schließlich in die Richtung des Vorsitzenden und erhob sich schwerfällig von seinem Sitz. »In der Tat haben sich seit der Zerstörung des Hauptquartiers der Rebellen einige Dinge ereignet, über die ich den Innersten Kreis in Kenntnis setzen möchte.«

»Wie immer zeitnah und aktuell, davon bin ich überzeugt«, versetzte Nummer 10 in einem Tonfall, der vor Sarkasmus und Übelwollen troff.

Nummer 8 beschloss, den Einwurf zu übergehen. Es war die übliche Taktik seines Rivalen, ihn in eine Anzahl kleiner

Scheingefechte zu verwickeln und auf diese Weise abzulenken für den eigentlichen Angriff. Er durfte sich nicht darauf einlassen. »Wie ich dem Zirkel bereits berichtet habe, wurde bei der Aktion in Rom nicht nur das Hauptquartier der Abtrünnigen vollständig zerstört, wir sind uns inzwischen auch sicher, dass bei der durch den Feind eingeleiteten Selbstzerstörung der Anführer der Rebellen den Tod gefunden hat – jener geheimnisvolle Zeitgenosse, den die Aufrührer in ihrer theatralischen Art ›Oberon‹ genannt haben.«

»Ein beachtlicher Erfolg«, anerkannte Nummer 10, »doch für Ihren Sieg in Rom haben Sie sich bereits feiern lassen, Nummer 8.«

»Die Gerüchte, denen zufolge jener mysteriöse Oberon ein eventueller zweiter Zeitreisender gewesen ist«, fuhr der Abwehrchef unbeirrt fort, »dürften damit endgültig verstummen, so dass unsere Feinde um eine ideologische Lüge ärmer sind.«

»Der Sieg über eine Ideologie ist eine Sache, Nummer 8«, schränkte der Vorsitzende ein, »die komplette Niederwerfung des Gegners jedoch etwas ganz anderes. Ist es Ihnen denn inzwischen gelungen, den Verräter Ismael ausfindig zu machen und ihn zu liquidieren?«

»Wir sind ihm auf der Spur«, gab sich Nummer 8 siegessicher. »Einige meiner Agenten halten sich noch immer in Rom auf. Die Katakomben dienten den Abtrünnigen nicht nur als Basis, sondern auch als Rückzugsort, und wir alle wissen, was geschieht, wenn der Fuchs von der Jagd zurückkehrt – sein Instinkt führt ihn zum Bau.«

»Vergessen wir mal Ihre Jagdphilosophie«, spottete Nummer 10. »Die Frage, die Nummer 1 Ihnen gestellt hat, war doch wohl eindeutig formuliert: Ist es Ihnen bislang gelungen, den Verräter Ismael ausfindig zu machen, ja oder nein?«

Nummer 8, der Leiter des Geheimdienstes, straffte sich, so

weit es seine deformierten Knochen zuließen, und wappnete sich innerlich. »Nein«, gestand er schließlich, was für ein Raunen in den Reihen der anderen Ratsmitglieder sorgte.

»Nein?«, fragte Nummer 10, so als hätte er nicht recht verstanden. »Aber haben Sie, Nummer 8, uns nicht vor wenigen Tagen genau an diesem Ort versichert, dass es nur eine Frage von Stunden wäre, den Verräter aufzuspüren und den Widerstand damit endgültig zu zerschlagen?«

»Das habe ich«, räumte Nummer 8 ein. »Ich muss in diesem Zusammenhang allerdings darauf hinweisen, dass meiner Abteilung von einem Mitglied dieses Rates Informationen, die zu Ismaels Ergreifung hätten führen können, bewusst vorenthalten wurden.«

»Von was für Informationen sprechen Sie?«, wollte der Vorsitzende wissen. »Und wer hat sie Ihnen verheimlicht?«

»Nummer 12«, sagte der Geheimdienstchef und meinte damit das jüngste und einzige zivile Mitglied des Innersten Kreises, das seine Anwesenheit allein seinem Intellekt zu verdanken hatte - und das vielen schon deswegen stets suspekt gewesen war.

»Das ist ein Affront!«, ereiferte er sich. »Ich verlange eine Erklärung, sofort!«

»Natürlich«, entgegnete der Geheimdienstchef jovial. »Obwohl ich überzeugt bin, dass Sie den Sachverhalt wesentlich besser erläutern könnten als ich, Nummer 12. Erlauben Sie, dass ich Ihnen einige Stichworte als Hilfestellung gebe: Zentralafrika ... Plantage ... Projekt Caligo ...«

Daraufhin wusste sich Nummer 12 offenbar nicht anders zu helfen, als das zu tun, was auch Nummer 8 zuvor getan hatte - nämlich die Flucht nach vorn anzutreten. Wenn auch mit ungleich schlechteren Erfolgsaussichten.

»Der Innerste Kreis hat mich mit der Leitung des Caligo-Projekts betraut«, blaffte er. »Wie kommen Sie dazu, sich in meine Angelegenheiten zu mischen?«

»Es *waren* Ihre Angelegenheiten, Nummer 12, nun jedoch gehen sie uns alle an«, konterte der Geheimdienstleiter. »Vielleicht hätten Sie ja endlich die Güte, dieses Gremium darüber zu informieren, dass sich bereits vor drei Tagen ein Überfall auf unsere Plantage im sudanesischen Grenzland ereignet hat, bei dem sämtliche dort stationierten Wissenschaftler getötet und die Anlage völlig zerstört wurde.«

»Ein Überfall?«

»Auf eine unserer Plantagen?«

»Völlig zerstört?«

Wie Echos geisterten die Worte in der dumpfen Akustik der Ratskammer umher. Genüsslich registrierte Nummer 8, wie sich die Aufmerksamkeit der Ratsmitglieder von ihm ab- und Nummer 12 zuwandte. Es gehörte zu den Grundprinzipien geheimdienstlicher Arbeit, von den eigenen Schwächen abzulenken, indem man die anderer bloßlegte. Und Nummer 8 verstand sich wie kaum ein Zweiter darauf, diese Prinzipien anzuwenden ...

»Das ist richtig«, gestand der Beschuldigte endlich ein.

»Und, Nummer 12?«, fragte der Vorsitzende entrüstet. »Verspüren Sie nicht das Bedürfnis, sich zu erklären?«

»Der Angriff auf die afrikanische Niederlassung erfolgte völlig unerwartet. Leider wurde ich selbst erst kürzlich darüber informiert und ...«

»Völlig unerwartet?«, wiederholte Nummer 8. »Seltsam, denn ich fand in den Sicherheitsprotokollen der Anlage Hinweise auf einen Zwischenfall, der bereits mehr als eine Woche zurückliegt. Offenbar war es feindlichen Spionen gelungen, in die Plantage einzudringen ...«

»Unterstellungen!«, behauptete Nummer 12, und seine Stimme bebte dabei. »Infame Unterstellungen, nichts weiter. In Wirklichkeit hat es sich um Einheimische gehandelt, die sich in unsere Anlage verirrt hatten. Wir haben sie liquidiert, wie in solchen Fällen üblich.«

»Ist es auch üblich, die Plantage stürmen und völlig zerstören zu lassen?«, fragte Nummer 8 wie ein Ankläger vor Gericht.

»Natürlich nicht. Das eine hat mit dem anderen nichts zu tun.«

»Eine Behauptung, die sich rasch aufstellen, aber sehr viel schwieriger beweisen lässt«, fand Nummer 8. »Offenkundig ist jedoch, dass Sie, Nummer 12, Ihrer Aufgabe als Leiter des Caligo-Projekts in keiner Weise gerecht geworden sind.«

»Unsinn«, wehrte der Gescholtene ab und wandte sich mit seinen nächsten Worten an die übrigen Ratsmitglieder. »Sie alle wissen, dass ich mich gegenüber unserer Organisation in tiefer Verpflichtung sehe. Caligo ist nicht irgendein spontaner Einfall gewesen - es war von Beginn an mein Projekt. Ich habe die Konzeption dafür entwickelt und die theoretischen Grundlagen geliefert, und ich bin es gewesen, der von Anfang an mit der Ausführung dieses Projekts betraut war. Kein anderer sonst in diesem Rat verfügt auch nur annähernd über das Wissen, das dazu notwendig war.

Seit Gründung des Ordens hat uns das Problem der Reproduktion beschäftigt. Die zweite und dritte Generation haben uns Zeit verschafft, boten jedoch keine dauerhaften Lösungen. Also habe ich das Prinzip der vierten Generation entwickelt, indem ich auf die Technik der In-vitro-Fertilisation zurückgegriffen habe. Die Unsichtbaren, die aus diesen Brutstätten hervorgehen, werden von den anderen *invisibiles* nicht zu unterscheiden sein - nur werden sie sehr viel schneller, stärker und widerstandsfähiger als alle anderen Generationen zuvor. Die Möglichkeiten genetischer Selektion, die uns die IVF an die Hand gibt, sind immens. Was bedeutet da eine einzige Plantage? Die Plantagen in der Ukraine, in Kambodscha, in Indien sowie in Chile bestehen weiterhin und werden schon in Kürze unsere Population verstärken. Eine Armee von Unsichtbaren wird die Welt infiltrieren.

Misstrauen und Paranoia unter den Sichtbaren werden die Folge sein – und am Ende wird die Herrschaft des Ordens stehen.«

»Soweit der Plan«, schränkte Nummer 8 ein. »Fragt sich nur, was er noch wert ist, wenn sicherheitstechnischer Dilettantismus alles in Frage stellt. Die Leute, die diesen Angriff ausgeführt haben, waren gut bewaffnet und sind sehr gezielt vorgegangen, und allem Anschein nach waren auch Unsichtbare darunter.«

»Was wollen Sie damit sagen?«, fragte der Vorsitzende.

»Damit will ich sagen, dass Rebellen für den Überfall auf unsere afrikanische Plantage verantwortlich sind«, eröffnete Nummer 8, wissend, dass er sich damit auf gefährliches Terrain begab. »Der Angriff ist in ebenjener Nacht erfolgt, in der meine Leute in Rom gegen das Hauptquartier der Abtrünnigen vorgegangen sind. Ein mehr als seltsamer Zufall, oder nicht?«

»Durchaus«, gab Nummer 10 zu, »allerdings keiner, der ein besonders gutes Licht auf Ihre Arbeit wirft.«

»Ich habe mir nichts vorzuwerfen«, behauptete Nummer 8 entschieden. »Ich sah die Chance, den Feind zu seinem Versteck zu verfolgen und ihm einen entscheidenden Schlag zu versetzen, also habe ich es getan. Hätte mich zu diesem Zeitpunkt Nummer 12 über den Vorfall im Tschad informiert, hätte ich entsprechende Schlussfolgerungen ziehen und Abwehrmaßnahmen ergreifen können. Ich behaupte sogar, dass es kein anderer als Ismael gewesen ist, der den Angriff auf die Plantage durchgeführt hat, und dass Nummer 12 schuld daran ist, dass er uns einmal mehr durch die Finger schlüpfte.«

»Das sind schwere Anschuldigungen«, meinte Nummer 1 vorwurfsvoll. »Nummer 12, haben Sie noch Weiteres zu Ihrer Verteidigung vorzubringen?«

»Nur dass ich stets nach bestem Wissen und nur zum

Wohl des Ordens gehandelt habe – und dass ich zu bedenken gebe, dass Projekt Caligo ohne mich niemals entwickelt worden wäre.«

»Das sagten Sie bereits«, schnarrte der Vorsitzende. »Aber Sie sollten wissen, dass wir stets im Kollektiv handeln. Die Einzelleistung zählt nicht, also können Sie sich nicht darauf berufen. Allerdings ist jede Kette nur so stark wie ihr schwächstes Glied.«

»Und – was bedeutet das?«, erkundigte sich Nummer 12, der die Andeutung nicht überhört hatte.

»Es bedeutet, dass Sie für den Orden nicht länger tragbar sind und ein Sicherheitsrisiko darstellen.«

»Was? Aber ich ...«

»Sie werden mit augenblicklicher Wirkung Ihres Postens als Leiter des Caligo-Projektes enthoben«, fuhr der Vorsitzende fort. »Eine Anhörung vor diesem Gremium wird zu einem späteren Zeitpunkt stattfinden. Dann werden wir über das Maß Ihrer Bestrafung entscheiden.«

Geräuschvoll schnappte der Wissenschaftler nach Luft. Offenbar wollte er noch einmal Einspruch erheben, besann sich aber anders, wohl weil er ahnte, dass jede Auflehnung seine Lage nur noch verschlechtert hätte.

»Ich verstehe«, erklärte er deshalb steif. »Ist es erlaubt zu fragen, wer nun statt meiner die Leitung von Caligo übernehmen wird?«

»Da es meine Abteilung war, die durch Ihre verfehlte Informationspolitik Nachteile erlitten hat, möchte ich anregen, die Abteilung Caligo bis zu einer endgültigen Entscheidung der Abwehr zu unterstellen.«

»Natürlich, warum nicht?«, entgegnete Nummer 10 sarkastisch, aber dann wurde er sehr deutlich: »Erwarten Sie wirklich, dass wir Sie und Ihre Abteilung noch belohnen nach all den Fehlschlägen, die Sie zu verantworten haben?«

»Das Hauptquartier des Feindes ist vernichtet«, brachte

Nummer 8 in Erinnerung. »Ich denke nicht, dass dies als Fehlschlag zu verbuchen ist. Oder sind Sie anderer Ansicht?«

»Nein«, gab der andere zu. »Aber die Aktion in New York, mit deren Planung Sie betraut waren, war in der Tat ein Fehlschlag, einer der verheerendsten, die unsere Organisation jemals erlitten hat. Glauben Sie, das hätten wir vergessen?«

»Keineswegs. Aber ich verlange Ehrlichkeit. Wer von Ihnen traut sich zu, die Leitung von Projekt Caligo zu übernehmen und es zudem so wirksam zu schützen, dass es zu keinen weiteren Zwischenfällen wie im Sudan mehr kommen wird? Womöglich haben die Rebellen auch Kenntnis von unseren anderen Plantagen erlangt und werden versuchen, sie ebenfalls zu zerstören.«

Das Argument zeigte Wirkung. Die Mitglieder des Innersten Kreises sprachen leise miteinander, ein aufgeregtes Tuscheln erfüllte den kreisrunden Raum.

»Nur zu«, forderte Nummer 8 sie auf, »diskutieren Sie das – aber Sie alle werden zu dem Schluss kommen, dass es keinen Geeigneteren für diese Aufgabe gibt als mich!«

»Und das sollen Ihnen die Mitglieder dieses Rates abnehmen?«, fragte Nummer 10. »Glauben Sie denn, wir würden Ihr Manöver nicht durchschauen? Dass wir nicht wüssten, dass es Ihnen nur darum geht, von Ihren eigenen Misserfolgen abzulenken?«

»Ich habe Fehler gemacht und sie zugegeben«, konterte Nummer 8. »Nun müssen wir in die Zukunft blicken. Wir müssen die Aufrührer endgültig vernichten – und das können wir nicht, wenn wir selbst in unserem Fortbestand bedroht sind.«

»Sie haben recht«, pflichtete Nummer 2 ihm bei, und auch Nummer 9 und Nummer 11 schlugen sich auf seine Seite.

»Aber sehen Sie denn nicht, was er vorhat?«, fragte Nummer 10. »Erinnern Sie sich an die Anfänge von Caligo. Das

Projekt war der Abwehr von Beginn an verhasst - nun versucht sie, es unter ihre Kontrolle zu bringen und ihre Machtposition auszubauen!«

»Nummer 10!« Die Stimme des Vorsitzenden war scharf wie ein Messer. »Muss ich Sie daran erinnern, dass es sich bei Nummer 8 um ein höchst verdientes Mitglied des Innersten Kreises handelt? Ihm ein solches Vorgehen zu unterstellen, ist in höchstem Maße unverschämt und eines Ratsmitglieds nicht würdig.«

»Bitte, Nummer 1.« Es war ausgerechnet Nummer 8, der seinem Rivalen Schützenhilfe gab. »Urteilen Sie nicht vorschnell und zu hart. Die Argumente, die Nummer 10 vorgebracht hat, sind nachvollziehbar und entbehren nicht einer gewissen Logik ...«

»Danke«, erwiderte Nummer 10 säuerlich.

»... allerdings gebe ich zu bedenken, dass wir uns an einem entscheidenden Punkt in diesem Konflikt befinden. Es ist uns gelungen, das Hauptquartier des Feindes zu vernichten. Diese Phase müssen wir nutzen für den entscheidenden Schlag, um die faktische Herrschaft über diesen Planeten endgültig an uns zu bringen. Geben Sie mir die Machtbefugnis, die ich dazu brauche, und ich versichere Ihnen, dass ich nicht nur für die Sicherheit unserer Plantagen garantieren, sondern auch den Mörder Ismael ausfindig machen und der gerechten Bestrafung zuführen werde. Mehr liegt nicht in meiner Absicht, das müssen die Mitglieder dieses mächtigsten Rates der Welt mir glauben. Tun Sie das nicht, steht es Ihnen frei, die Leitung des Projekts Nummer 10 zu übertragen - ich bin sicher, als Spezialist für Wirtschaftsmanipulation wird er genau wissen, was er zu tun hat.«

»Allerdings weiß ich das«, versicherte Nummer 10, der den Sarkasmus in den Worten seines Gegenspielers nicht überhören konnte. »Ich versichere Ihnen allen, dass ich mein ganzes Wissen einsetzen werde, um ...«

»Wer stimmt dafür, Projekt Caligo bis auf weiteres dem Schutz der Abwehr zu unterstellen?«, fiel ihm der Vorsitzende barsch ins Wort.

Die Stimmabgabe erfolgte, indem die Ratsmitglieder die Hüte abnahmen. Nummer 2 war der Erste, der seine Kopfbedeckung herabzog, Nummer 5 folgte seinem Beispiel - und schließlich auch der Rest.

Das Ergebnis war eindeutig.

Elf Stimmen dafür.

Nur eine dagegen.

Der Vorsitzende gab das Ergebnis offiziell bekannt und übertrug Nummer 8 die Leitung von Projekt Caligo, und dieser spürte Genugtuung und grimmige Freude.

Der Schock, den die Nachricht über den Verlust der Plantage den Ratsmitgliedern versetzt hatte, ihre Furcht vor dem Mörder Ismael und ihre Sorge um den Sieg - all das hatte geholfen, seine Niederlage in den Hintergrund zu drängen und dabei noch einen erbitterten Gegner mattzusetzen.

Nun, sagte sich Nummer 8, würde es nur noch eine Frage der Zeit sein, bis der Krieg gewonnen war.

22.

Es gab eine Zeit, da habe ich sie beneidet, die Herren Offiziere in ihren schicken Uniformen. Aber ich musste die Erfahrung machen, dass mit militärischer Macht auch große Verantwortung einhergeht - Verantwortung über Leben und Tod.

Je weiter ich den Widerstand ausbaute und in die Rolle des faktischen Anführers schlüpfte, je mehr Oberon und ich eins wurden und ich in an seiner Stelle Befehle gab, desto mehr übernahm ich auch Verantwortung für unsere Untergebenen. Anfangs war es nur ein Dutzend unsichtbarer Kämpfer, aber im Lauf der Zeit wurden es mehr. Weitere electi *gesellten sich zu uns, Sichtbare, die auf unterschiedliche Weise von der Bedrohung erfahren hatten und lieber kämpften, statt wieder in ihr altes Leben zurückzukehren. Was als abstrakte Idee begonnen hatte, wurde zu einer Organisation, die sich an Größe und Komplexität zwar in keiner Weise mit dem Orden messen konnte, jedoch schon bald Beobachtungsbasen in aller Welt unterhielt. Unsere finanziellen Mittel waren begrenzt, also mussten wir improvisieren. Einfallsreichtum und Gewitztheit mussten ersetzen, wozu wir nicht die nötigen Mittel hatten. Unsere Bewaffnung waren Armeegewehre aus zweiter Hand, unsere Technik zum großen Teil selbstgebaut.*

Aber sie funktionierte.

Der Widerstand wuchs, genau wie Oberon es geplant hatte, und schon bald kamen wir an den Punkt, da wir aus dem Schatten der Anonymität treten und von heimlichen Beobachtern zu aktiven Kämpfern werden konnten. Die Vereitlung von Anschlägen, bei denen die Grauen ihre Hände im Spiel hatten; die Verhinderung geschäftlicher Transaktionen, die den Weltmarkt manipulierten und letztlich nur dazu dienten, die Kassen des Ordens zu füllen; schließlich die Vermeidung von Konflikten, deren Ziel es war, das politische Machtgefüge ganzer Regionen zu erschüttern - dies waren die Gebiete, auf denen wir tätig waren.

Unsere Erfolge waren dabei höchst wechselhaft und reichten von glanzvollen Siegen bis hin zu herben Fehlschlägen, die viele unserer Leute das Leben kosteten. Hier lernte ich, was es bedeutet, militärische Verantwortung zu übernehmen - nämlich Menschen in den Tod zu schicken, und mit diesem Wissen weiterzuleben.

Obwohl die Anderen Codenamen tragen, die der Literatur entlehnt und nicht wirklich ihre eigenen sind, habe ich keinen von ihnen je vergessen. Die Ivanhoes, die Huckleberry Finns, die Rotkäppchens, die Hectors und die Merlins - sie alle haben sich unauslöschlich in mein Gedächtnis eingebrannt, und es vergeht keine Nacht, in der ich nicht von ihnen träume.

Genau wie Oberon hatte auch ich geglaubt, dass mich meine militärische Ausbildung auf diese Belastung vorbereiten würde, doch ich habe mich geirrt.

Denn ein konventioneller Krieg hat Regeln.

Dieser nicht.

Toledo, Spanien
Zwei Tage später

Die im Herzen Kastiliens gelegene Observationsbasis 3 war einer jener Stützpunkte, die nach den Übergriffen der vergangenen Wochen und der Zerstörung des Hauptquartiers noch als vergleichsweise sicher galten. Und es war eine der wenigen Basen, die nicht in unterirdischen Bunkern oder anderen Verstecken untergebracht waren, sondern in einem gewöhnlichen Gebäude, inmitten der belebten Altstadt von Toledo, unweit der Kathedrale. An diesen geschichtsträchtigen Ort, an dem einst die kastilischen Könige regierten und der Maler El Greco wirkte, hatten sich die Widerstandskämpfer nach ihrem Einsatz in Afrika geflüchtet. Und hierher waren auch Ismael und Alexandra nach ihrem Besuch in Rom zurückgekehrt.

Nach der Vernichtung des Hauptquartiers diente O3 als eine Art provisorische Basis, von der aus Ismael den Widerstand zu reorganisieren versuchte. Infolge der Zellenstruktur der Organisation erwies sich dies jedoch als äußerst schwierig. Rom war die einzige Basis gewesen, in der alle Fäden zusammengelaufen waren - alle anderen Stützpunkte agierten mehr oder weniger autonom, und die Besatzungen wussten oftmals auch nichts von der Existenz der jeweils anderen. Auf diese Weise hatten die beiden Oberons das Netzwerk der Anderen vor Angriffen und Infiltration durch den Orden zu schützen versucht, was wirkungsvoll gelungen war. Nun allerdings rächte sich diese Taktik, denn wie sollte man eine Organisation von deren Rand aus steuern?

Ismael und Jekyll arbeiteten rund um die Uhr, und Alex unterstützte sie, so gut sie konnte. Es galt, die anderen Observationsbasen zu kontaktieren, über die jüngsten Vorfälle in Kenntnis zu setzen und gleichzeitig davon zu überzeugen, dass der Widerstand zwar einen entsetzlichen Schlag erlitten, jedoch noch nicht besiegt war.

Wie sich herausstellte, war es ein Wettlauf gegen die Zeit. Denn nachdem die Verbindung zum Hauptquartier abgebrochen war, hatten einige Kommandanten ihre Basen aufgegeben und waren aus Furcht vor Entdeckung untergetaucht - und mit jeder Stunde, die verstrich, wurden es mehr ...

»Arizona ist wieder an Bord«, meldete Dr. Jekyll, dem es gelungen war, über eine chiffrierte Verbindung Kontakt zum Kommandanten von Observationsbasis 8 aufzunehmen. »Ebenso Seattle und Toronto.«

»Houston?«, wollte Ismael wissen.

»Noch immer keine Antwort.«

»Verdammt.«

Der Unsichtbare hieb auf die Tastatur des Terminals, an dem er saß, worauf dieses scheinbar wie von selbst einen Sprung machte. Alex, die seine Frustration beinahe fühlen konnte, trat hinter ihn und legte ihm beruhigend die Hände auf die Schultern. »Du bist erschöpft«, flüsterte sie ihm ins Ohr. »Du musst dich ausruhen.«

»Wie könnte ich das? Sobald ich diese Zentrale verlasse, habe ich das Gefühl, dass sich alles, was wir in den letzten Jahren aufgebaut haben, in Wohlgefallen auflöst! Unsere Organisation zerbricht, Alex, und ich kann nichts dagegen unternehmen.«

»Du tust, was du nur kannst«, sagte sie. »Aber du bist nur ein Mensch, wenn auch ein unsichtbarer. Was du brauchst, ist ein wenig Ruhe.«

»Aber ich finde keine Ruhe, solange ich das Gefühl habe, dass alles vergebens war!«, blaffte Ismael, dass sie erschrocken zurückfuhr - und in diesem Augenblick wurde Ismael klar, dass Alex nur zu recht hatte.

»Verzeih«, sagte er leiser.

»Ruh dich ein wenig aus, Boss«, redete ihm auch Jekyll zu. »Ich halte solange die Stellung.«

»Danke, Doc.«

Er nahm die Hand, die Alex ihm reichte, und ließ sich von ihr aus der Zentrale ziehen, die in einem Raum mit verdunkelten Fenstern untergebracht war. Am anderen Ende des kurzen Flurs gab es einen Bereitschaftsraum, in dem einige Feldbetten standen und eine Kaffeemaschine pausenlos vor sich hin brodelte. Der Unsichtbare nahm die Kanne von der Platte, schenkte sich eine Tasse ein und stürzte den brühend heißen Inhalt in einem Zug hinab. Dann sank er auf eines der Feldbetten nieder. Auch ohne die Spezialbrille hätte Alex gewusst, dass er das Gesicht in seinen Händen vergrub.

»Ist es wirklich so schlimm?«, fragte sie leise.

Er schaute auf. »Die Wahrheit?«

Sie nickte.

»Ich weiß nicht mehr weiter, Alex. Dein Vater hat mir manches beigebracht, aber auf eine Situation wie diese war ich nicht vorbereitet. Die Leute sehen in mir ihren neuen Anführer, aber ich weiß nicht, ob ich dieser Aufgabe gerecht werden kann.«

»Aber ich weiß es«, versicherte sie. »Wenn es überhaupt jemanden gibt, der in Vaters Fußstapfen treten kann, dann du. Schließlich bist du es gewesen, der den Leuten in der bittersten Niederlage neue Hoffnung gegeben hat.«

»Nein«, widersprach er, »du bist das gewesen. Oder vielmehr das Kind, das du in dir trägst. Unser Sohn hat Oberons Erbe in sich, und er wird unsere Organisation einst ebenso großartig führen, wie dein Vater es getan hat. Wenn sie dann noch existiert.«

Alex lächelte. »Du scheinst tatsächlich überzeugt zu sein, dass es ein Sohn werden wird.«

»Du etwa nicht?«

»Ich weiß es nicht. Die Ultraschalluntersuchung hat noch nichts erkennen lassen, wie du weißt.«

Ismael nickte und senkte das Haupt. Und dann, plötzlich, brach es aus ihm hervor.

Tränen.

Die Trauer, die er lange Zeit zurückgehalten hatte, brach sich endlich Bahn. Der Unsichtbare schlug abermals die Hände vors Gesicht und weinte wie ein kleines Kind.

Alex war geschockt. Ihren starken Beschützer, der ihr stets wie ein Fels in der Brandung erschienen war und der allen Widrigkeiten getrotzt hatte, plötzlich so schwach und verletzlich zu erleben, erschreckte sie. Sie ließ sich neben ihm auf der Pritsche nieder, und sie umarmten einander, spendeten sich gegenseitig Trost, während sie um all das trauerten, was sie verloren hatten.

Alex' Gedanken schweiften in eine Vergangenheit, die längst noch nicht so weit zurücklag, wie es ihr erschien. Sie musste an Peter Manhart denken, ihren Kollegen an der Münchener Universität, der das erste ihr bekannte Opfer der Unsichtbaren gewesen war; an Winston Seymour, jenen wackeren New Yorker Polizisten, dem nicht nur sie selbst, sondern auch der Rest der Menschheit unendlich viel zu verdanken hatte; an Commander Mina Harker, die ihr Leben geopfert hatte, um das ihrer Kameraden zu retten; an Elizabeth Kwon, die zur falschen Zeit am falschen Ort gewesen und daher in diesen mörderischen Konflikt geraten war; an die kleine Kim Li, deren einziges Vergehen darin bestand, anders zu sein als gewöhnliche Menschen, und die dadurch zur Bedrohung für den Orden geworden war; und natürlich an Paolo Genaro ...

Der Gedanke an den Archäologen versetzte Alexandra einen besonderen Stich, denn in seinem Fall waren die Erinnerungen nicht nur positiver Natur. Alexandra fühlte sich schlecht, weil sie Paolo Hoffnungen gemacht und – wenn auch ohne es zu wollen – mit den Gefühlen gespielt hatte, die er ihr entgegengebracht hatte. Der Gedanke, durch ihn vielleicht doch ein normales und halbwegs durchschnittliches Leben führen zu können, hatte ihr gefallen, und eine Weile lang war sie seiner Faszination erlegen – in völliger Verkennung der Tatsache, dass sie sich verändert hatte.

Wie Paolo richtig erkannt hatte, war sie nicht mehr das naive Mädchen, das vor rund einem Jahr von der Verschwörung der Unsichtbaren erfahren hatte und gegen ihren Willen zum Widerstand gestoßen war. Sie hatte sich bewusst entschieden, hatte ihre Seite in diesem Konflikt gewählt, und natürlich sah sie manches anders als noch vor einiger Zeit ...

»So viele sind gestorben, Alex«, flüsterte Ismael, »so viele Opfer wurden gebracht - wofür, wenn wir jetzt vor dem Ende stehen?«

»Wir sind noch nicht am Ende«, widersprach sie trotzig. »Das hast du selbst gesagt.«

»Was denn sonst?«, fragte er leise. »Von einem Anführer wird erwartet, dass er niemals aufgibt, dass er immer ein Ziel vor Augen hat. Ohne dieses Ziel, Alex, wären wir schon vor drei Tagen geschlagen gewesen.«

»Aber wir haben einen Erfolg errungen! Wir haben diese Anlage vernichtet!«

»Und? Die Zeit zerrinnt uns zwischen den Fingern, merkst du das nicht? Unsere eigenen Leute wenden sich von uns ab. Vermutlich wird es nicht mehr lange dauern, bis die ersten von Ordensagenten aufgegriffen werden. Oder sie ergeben sich freiwillig in der irrigen Meinung, die Grauen würden ihnen Gnade gewähren. Spätestens dann wird ein Stützpunkt nach dem anderen fallen. Wir sind am Ende, Alex. Ganz gleich, was wir noch unternehmen, unsere Organisation zerfällt. Wir befinden uns auf verlorenem Posten.«

»Glaubst du das wirklich?«

Er wandte den Blick, seine Augen loderten inmitten der orangefarbenen Fläche seines Gesichts.

»Ich *weiß* es«, sagte er.

»Aber wir dürfen nicht aufgeben! Wir dürfen es nicht, hörst du? Oder mein Vater, Paolo, Mina und all die anderen wären völlig umsonst gestorben. Das dürfen wir nicht zulassen!«

»Meinst du denn, das möchte ich?« Ismael lachte freudlos in sich hinein. »Hier geht es längst nicht mehr um das, was wir wollen, Alex - sondern um das, was wir müssen.«

»Aber ich will nicht aufgeben! Ich will es einfach nicht!«

»Nein? Dann sag mir, wie du den Sieg des Ordens noch aufhalten willst. Wie willst du dich ihm noch entgegenstellen ohne schlagkräftige Truppe? Wie seine Pläne durchschauen ohne ein weltweites Netz von Spionen, das dich mit Informationen versorgt? Wie die Furcht besiegen, die von deinen Leuten Besitz ergriffen hat? Sag mir, wie willst du das alles bewerkstelligen, Alexandra!«

Er war laut geworden. Eine Aggression schwang in seiner Stimme mit, die sie nicht von ihm gewohnt war und die nur zu deutlich machte, wie verzweifelt er tatsächlich war.

Alex nahm es ihm nicht übel. Sie wusste, was es bedeutete, wenn man von einem Augenblick zum anderen so viel Verantwortung übertragen bekam, dass man das Gefühl hatte, darunter zu ersticken. Trotzdem widerstrebte es ihr, die Niederlage einzugestehen. Vielleicht lag es daran, dass sie eine Frau war und schwanger und sie die Dinge um vieles emotionaler sah - aber sie konnte und wollte sich keine Welt vorstellen, in welcher der Orden das Sagen hatte und in der das Individuum nichts und das Kollektiv alles war.

Es mochte der effizientere Weg sein, eine Gesellschaft zu führen, und es mochte viel Chaos und vielleicht auch Blutvergießen dadurch vermieden werden - aber Alex bevorzugte dennoch den *menschlichen* Weg. Sie wollte, dass ihr Kind in einer Welt aufwuchs, in der es frei über sich und sein Leben entscheiden konnte und nicht unterdrückt wurde von ...

Jäh hielt sie in ihren Gedanken inne.

»Was brauchst du?«, fragte sie leise.

»Wie meinst du das?«

»Angenommen, es gäbe noch eine Hoffnung«, flüsterte sie, »eine letzte Möglichkeit, diesem Konflikt eine entscheidende Wendung zu geben - wie müsste diese aussehen?«

Ismael brauchte nicht lange zu überlegen.

»Ein letzter, entscheidender Schlag«, antwortete er voll Überzeugung. »Sie haben unser Hauptquartier ausgelöscht, und du siehst, was die Folgen sind. Der Orden ist ungleich zentralistischer strukturiert. Wenn es uns gelänge, das Versteck der Grauen auszumachen und es anzugreifen, solange wir noch einige Kapazitäten haben, dann bestünde vielleicht noch Hoffnung. Aber diese Möglichkeit gibt es nicht, also ist es müßig, darüber zu sinnieren.«

»Und ... wenn es sie gäbe?«

»Was willst du damit sagen?«

»Ich glaube«, sagte Alexandra Lessing leise, die Hände einmal mehr auf ihren gewölbten Bauch gelegt, »ich habe einen Vorschlag zu machen ...«

Unbekannter Ort
Zur selben Zeit

Als er die Augen aufschlug, war Paolo Genaro der festen Überzeugung, nicht mehr am Leben zu sein.

Nacken und Hals schmerzten, als säße sein Kopf nicht mehr auf den Schultern, und er hatte den abscheulichen Geschmack von geronnenem Blut im Mund. Für einen Moment bekam er keine Luft, und er drehte sich zur Seite, würgte und spuckte, bis er wieder keuchend Atem schöpfte - und gleichzeitig dämmerte ihm, dass er wider Erwarten noch unter den Lebenden weilte.

Das Letzte, woran er sich erinnerte, war der Hieb, der ihn im Nacken getroffen und niedergestreckt hatte. An das, was davor gewesen war, wollte er sich nicht erinnern.

Chaos.

Geschrei.

Das Hämmern von Schüssen.

Der dumpfe Knall von Explosionen ...

Die Basis der Widerstandskämpfer war angegriffen worden, und zusammen mit Elizabeth Kwon war er um sein Leben gerannt. Die Amerikanerin war gestorben, ihn selbst hatten sie überleben lassen. Ob das Glück für ihn war, bezweifelte Paolo jedoch ernstlich.

Von dem, was danach geschehen war, hatte er nur sehr verschwommene Erinnerungen. Er war mehrmals zu sich gekommen, aber man hatte ihn mit harten Schlägen sogleich wieder ins Reich der Träume befördert. Irgendwann hatte er frische Luft geatmet und den blauen Himmel gesehen, aber er hatte keine Ahnung, wo das gewesen war oder wie lange es zurücklag.

Nur allmählich konnte Paolo im düsteren Schummerlicht seine Umgebung ausmachen: Wände aus Metall, eine Tür aus Stahl, in die ein winziges Fenster eingelassen war - durch diese schmale Öffnung drang gerade so viel dämmrige Helligkeit, dass Paolo überhaupt etwas sehen konnte -, und der Boden, auf dem er lag, bestand ebenfalls aus Metall, dessen harte Oberfläche eisig kalt war und geriffelt ...

... und sanft schwankte!

Paolo hielt für einen Moment den Atem an.

Irrte er sich? Spielten seine benommenen Sinne ihm einen Streich - oder bewegte sich der Boden tatsächlich?

Der Archäologe brauchte einen Moment, um zu dem Schluss zu gelangen, dass er sich nicht irrte und sich der Untergrund, auf dem er lag, tatsächlich sanft bewegte. Paolo war oft und lange genug auf Schiffen gewesen, um zu wissen, dass es sich so anfühlte, wenn man sich auf offener See befand. Man hatte ihn also auf ein Boot gebracht und unter Deck eingesperrt.

Der Gedanke schien naheliegend - immerhin war Rom nur rund zwanzig Kilometer vom Meer entfernt. Womöglich hatten die Ordenskiller ihren Angriff von einem Schiff aus gestartet und sich nach erledigter Mission wieder dorthin zurückgezogen.

Paolo gab sich keinen Illusionen hin. Er wusste, warum er hier war, ebenso wie er wusste, weshalb man ihn am Leben gelassen hatte. Er war in die Fänge dieser Verbrecher geraten, genau wie sein Mentor Benati. Mit Wehmut dachte Paolo an den Brief zurück, den der Professor ihm kurz vor seinem Tod geschickt hatte und mit dem er ihn hatte warnen wollen. Wäre er nur so klug gewesen, auf Benati zu hören. Nun war es zu spät.

Der Orden wollte Informationen, daran bestand kein Zweifel, doch Paolo hatte keine. Darüber nachzudenken, ob er sie preisgegeben hätte, um so vielleicht zumindest die Chance zu haben, sein Leben zu retten, war müßig. Die Anderen hatten es stets verstanden, ihn von wichtigen Interna auszuschließen, so dass es keine wichtigen Hinweise gab, die er weitergeben konnte. Das war einerseits beruhigend, andererseits würden ihm die *Demons* jedoch nicht glauben, dass er gar nichts wusste, und so würden sie ihn foltern, grausam und stundenlang.

Paolo verwünschte sich selbst. Was hatte er seine Nase auch in Angelegenheiten stecken müssen, die ihn nichts angingen, und antiken Geheimnissen nachspüren? Das ganze Wühlen im Dreck und das Aufstöbern alter Scherben hatte ihm nichts als Ärger eingebracht, und was die Frauen betraf, so sah die Bilanz ebenfalls dürftig aus. Von Silvana Praga bis hin zu Alexandra Lessing hatten sie sich alle wieder von ihm abgewandt, und womöglich taten sie damit genau das Richtige, denn er war weder besonders gut aussehend noch wirklich mutig, und vermutlich reagierte er in vielen Dingen zu vorschnell und emotional.

Er musste an das denken, was die Unsichtbare gesagt hatte, die sie in den Gängen der Katakomben entdeckt hatte: dass es Elizabeth Kwon gewesen war, die die Killer des Ordens zum Hauptquartier des Widerstands geführt hatte, und alles von vornherein geplant gewesen war. Vielleicht, sagte sich Paolo, hatte er sich ja etwas vorgemacht. Vielleicht hatten sie sich alle etwas vorgemacht. Womöglich war der Kampf gegen den Orden schon vor langer Zeit verloren gegangen, sie waren nur zu blind gewesen, das zu erkennen ...

Plötzlich ein Schritt im Dunkeln, ein leises Knirschen. Paolo zuckte zusammen.

»Hallo?«, fragte er halblaut in die Stille. »Ist da jemand?«

Nichts regte sich mehr - aber einige Meter neben sich, nur ein kurzes Stück entfernt, hörte er jemanden atmen. Leise, stoßweise ...

»Wer ist da?«, fragte er noch einmal und richtete seinen Oberkörper auf, den Nackenschmerzen und seinem hämmernden Schädel zum Trotz.

Im Halbdunkel vor ihm regte sich etwas, eine schlanke Gestalt, deren Körpergröße so gering war, dass Paolo erleichtert aufatmete.

Es war ein Kind, nichts weiter ...

»Hallo?«, fragte er noch einmal, sanfter diesmal. »Bist du da? Ich kann dich fast sehen ...«

Die kleinwüchsige Gestalt zuckte zusammen, schien jedes seiner Worte genau zu verstehen. Paolo begriff, dass er einen Mitgefangenen hatte, jemanden, der mit ihm in dieser trostlosen Kerkerzelle eingesperrt war.

»Komm näher«, verlangte er. »Wer bist du? Mein Name ist Paolo, und wie heißt du?«

Das Kind zögerte.

Einsam und allein stand es in der Ecke, in die kaum Licht drang, und presste die Knie fest zusammen. Zudem zitterte es am ganzen Körper, was Paolos Mitleid erregte.

»Komm her«, sagte er und streckte die Hand aus. »Ich tu dir nichts, in Ordnung? Komm nur her ...«

Es schien nicht so sehr die Bedeutung seiner Worte als vielmehr der Klang seiner Stimme, der das Kind beruhigte. Es zitterte noch immer, hörte jedoch auf, seine Beine aneinanderzupressen, und machte einen unsicheren Schritt auf Paolo zu.

»So ist es gut«, lobte er. »Komm nur ...«

Das Kind tat ihm den Gefallen und kam noch näher – und mit jedem Schritt, den es weiter auf ihn zutrat, war es deutlicher zu sehen. Der Größe nach mochte es an die sieben oder acht Jahre alt sein. Dem zarten Körperbau nach war es ein Mädchen. Die Kleider waren schmutzig, das Kind machte einen verwahrlosten Eindruck. Voller Zorn fragte sich Paolo, was für Leute ein Kind unter diesen Bedingungen gefangen hielten.

Die Antwort war offenkundig.

Dieselben Leute, die junge Frauen kidnappten, um sie als Brutstätten zu missbrauchen, und rücksichtslos über Leichen gingen, um ihre Ziele durchzusetzen ...

»Ich heiße Paolo«, stellte er sich vor und deutete auf sich selbst. »Hast du auch einen Namen?«

»Pa-Paolo?«, drang es flüsternd zurück.

»Ja, genau. Und wie heißt du?«

Das Kind antwortete nicht, dafür kam es noch näher heran – und als es endlich in den spärlichen Lichtschein trat, der durch das Türfenster fiel, als er die asiatischen Gesichtszüge und das wirre schwarze Haar erblickte, begriff Paolo, dass er das Mädchen kannte.

Es war Kim Li ...

Für einen Moment wusste der Archäologe nicht, ob er bestürzt oder erleichtert sein sollte – bestürzt, das Kind an einem solchen Ort und in einem solch schlechten Zustand vorzufinden, oder erleichtert, es überhaupt lebend anzutreffen. Seine Erleichterung überwog schließlich, und ein strahlendes Lächeln erschien auf seinen Zügen.

»Kim Li«, sagte er. »Bin ich froh, dich zu sehen.«

»Paolo«, wiederholte sie, und auch über ihr hübsches, fein geschnittenes Gesicht huschte ein Lächeln, so dass sich Grübchen in ihren Wangen bildeten. »Paolo, Paolo ...«

Paolo dankte seinem Schöpfer. Nach all den schrecklichen

Dingen, die sich zugetragen hatten, das kleine Mädchen gesund zu sehen, kam ihm wie ein Wunder vor. Entsprechend überschwänglich war seine Reaktion. Abrupt sprang er auf, eilte auf Kim Li zu, beugte sich zu ihr hinab und umarmte sie – und das eben noch so glückliche Kind verfiel in entsetztes Geschrei, das so laut und schrill war, dass Paolo verwirrt zurückfuhr.

»Kim Li, um Himmels willen ...«

Er schalt sich einen Idioten, weil er für einen Moment vergessen hatte, was Alexandra ihm über das Mädchen erzählt hatte. Kim Li war ein Savant – einer jener wenigen Menschen, die die Natur mit einer besonders ungewöhnlichen Fähigkeit ausgestattet hatte. In ihrem Fall bestand diese Fähigkeit darin, mit bloßem Auge im Infrarot-Bereich sehen und auf diese Weise Unsichtbare problemlos wahrnehmen zu können, was sie ins Fadenkreuz des Ordens gebracht hatte. Wie bei den meisten anderen Savants verwirrten und erschreckten Kim Li plötzliche Veränderungen, laute Geräusche oder selbst nur Berührungen. Dann zog sie sich in sich selbst zurück oder bekam sogar Schreikrämpfe.

Das hatte Paolo, obwohl er es wusste, nicht beachtet. Als der Archäologe das furchtverzerrte Gesicht Kim Lis erblickte und die panische Angst in ihren Augen, wurde ihm jedoch auch klar, dass dies nicht nur auf ihre Andersartigkeit zurückzuführen war.

»Mein armes Kind«, sagte Paolo leise, während sich alles in ihm zusammenkrampfte. »Was haben sie dir nur angetan?«

Observationsbasis 3
Toledo, Spanien
Zur selben Zeit

»Nein!«

Ismaels Antwort kam so rasch und unreflektiert, dass es schon fast verletzend war. Bedächtig und mit ruhiger Stimme hatte Alex ihm den Plan vorgetragen, der von einem Augenblick zum anderen in ihrem Kopf gestanden hatte – die Ablehnung des Unsichtbaren jedoch war kategorisch.

»So etwas kommt nicht in Frage! Niemals!«

»Aber es würde dir genau die Möglichkeit verschaffen, von der du eben noch gesprochen hast. Eine letzte Chance, den Orden zu besiegen.«

»Aber ebenso gut könnte die Sache schiefgehen, und ich habe schon so viel verloren, Alex. Ich will nicht auch noch dich verlieren, ebenso wenig wie ...«

Ihm versagte die Stimme, aber sie wusste, dass er ihr ungeborenes Kind meinte. Sie konnte ihm die Heftigkeit seiner Reaktion nicht verdenken. Ihr Vorschlag war von einer Radikalität und Endgültigkeit, die in der Tat erschreckend war – aber verzweifelte Situationen verlangten mitunter verzweifelte Gegenmaßnahmen ...

»Im Grunde«, sagte sie ruhig, »ist es gar nicht meine Idee gewesen, sondern deine. Du bist es gewesen, der unseren Leuten erzählt hat, dass ich Oberons Erben in mir trage.«

»Das Enkelkind deines Vaters«, ergänzte Ismael.

»Für die Leute dort draußen macht es keinen Unterschied. Keiner von ihnen weiß, dass es in Wahrheit zwei Oberons gegeben hat – und auch der Orden weiß es nicht. Und darin liegt unsere Chance.«

»Das ist keine Chance, Alex. Das ist Selbstmord.«

»Es ist ein Wagnis«, gab sie zu. »Aber es verschafft uns die Möglichkeit zu handeln, wohingegen wir andernfalls dazu gezwungen sind, abzuwarten und dabei zuzusehen, wie der Orden die Weltherrschaft an sich reißt.«

»Vielleicht«, räumte der Unsichtbare ein. »Aber ich bin nicht bereit, dafür das Letzte aufs Spiel zu setzen, das mir geblieben ist - nämlich meine Familie.«

»Auch nicht, wenn du dadurch vielleicht etwas verändern und unserer Sache doch noch zum Sieg verhelfen könntest?«

Ismael blieb eine Antwort darauf schuldig.

»Ich habe dich gefragt, was du brauchst, um den Orden zu besiegen«, sagte Alex hart. »Hier ist die Lösung. Mach davon Gebrauch, und lass uns diesen elenden Krieg zu Ende bringen, ehe noch mehr Unschuldige sterben. Es liegt in unserer Hand, das zu verhindern, Ismael.«

»Ich ... Es wird nicht funktionieren.«

»Doch, das wird es. Vater sagte, dass die Grauen das Geheimnis der Zeitreisenden kennen. Das bedeutet auch, dass sie wissen, was mit dem zweiten Besucher aus der Zukunft geschehen ist - und dass sie zumindest vermuten, dass er sich hinter Oberon verbarg. Vermutlich wiegen sie sich jetzt also in Sicherheit, da das Hauptquartier völlig vernichtet ist. Aber was, wenn wir sie vom Gegenteil überzeugen?«

»Es ist ein Spiel mit dem Feuer.«

»Wir brauchen nur eine Meldung durchsickern zu lassen, der zufolge das ungeborene Kind von Alexandra Lessing aus einer künstlichen Befruchtung hervorgegangen und dass kein anderer als der Zeitreisende der genetische Vater ist. Bei all den Dingen, die die Grauen in Afrika getan haben, werden sie keine Sekunde daran zweifeln, dass es uns gelungen ist, genetisches Material des Menschen aus der Zukunft zu extrahieren und in eine Eizelle einzupflanzen - und sie werden alles unternehmen, um eine komplette DNS-Sequenz dieses Materials in die Finger zu bekommen.«

Ismael wehrte sich mit aller Kraft dagegen, Alex' Logik zu

folgen - aber zumindest aus dem verzerrten Blickwinkel des Ordens ergab ihre Argumentation durchaus Sinn.

Die Grauen waren geradezu besessen von dem Gedanken, der nächste Schritt der menschlichen Evolution zu sein - und das, obwohl sie nur zu genau wussten, wie sie entstanden waren. Ob sie die Wahrheit bewusst leugneten oder ein Opfer ihrer eigenen Propaganda geworden waren, wusste Ismael nicht zu sagen - Tatsache war, dass die Anführer des Ordens alles daransetzten, jenem neuen Typus des *homo invisibilis* die Herrschaft über diesen Planeten zu verschaffen. Wenn sich ihnen unversehens die Möglichkeit bot, in den Besitz von Genmaterial zu gelangen, das durch Jahrtausende währende Evolution verbessert worden war, würden sie keinen Augenblick zögern und alle Hebel in Bewegung setzen.

»Nun?«, fragte Alex leise.

»Wie kannst du mich das fragen? Du riskierst alles, was uns noch geblieben ist.«

»Ich weiß«, sagte Alex sanft. »Aber ich weiß auch, dass ich unser Kind nicht in einer Welt aufwachsen sehen möchte, die von Kontrolle beherrscht ist. Es soll frei entscheiden und sein Leben selbst bestimmen können.«

»Und ... wenn es schiefgeht? Wenn unser Plan nicht so funktioniert, wie wir es uns vorstellen? Du kennst die Grauen nicht so wie ich, Alex. Du weißt nicht, wozu sie fähig sind.«

»Nein«, gab sie zu, und ihre hübschen, eigentlich so weichen Züge gefroren zu einer harten Maske. »Wenn unser Plan misslingt, werde ich dafür sorgen, dass das Kind und ich nicht in ihre Hände fallen. Und vielleicht können wir auch den einen oder anderen von ihnen mit uns nehmen.«

Ismael wollte diese Dinge nicht hören, nicht aus dem Mund der Frau, die er liebte und die sein Kind zur Welt bringen sollte. Dass Gedanken, die er am liebsten ganz aus seinem Bewusstsein verbannt hätte, so offen ausgesprochen wurden, brachte ihn aus der Fassung.

»Aber dazu«, versicherte Alex schnell, »wird es nicht kommen – denn du wirst rechtzeitig zur Stelle sein und es verhindern.«

»Geht dein Vertrauen so weit?«, fragte Ismael.

»Noch viel weiter«, erwiderte sie. »Du bist schon früher mein *Guardian* gewesen, und du wirst es wieder sein.«

Er holte tief Luft. »Du hast dich bereits entschieden, nicht wahr?«

»Für meinen Teil ja.« Sie nickte. »Ich sehe keine andere Möglichkeit.«

Er lachte freudlos auf. »Im Grunde habe ich nichts anderes erwartet. Wahrscheinlich konntest du einfach nicht dagegen an.«

Sie hob erstaunt die Brauen. »Wogegen?«

»Gegen dein Erbe«, erwiderte er schlicht. »Ist dir nicht klar, was für eine Entscheidung du da getroffen hast, Alexandra? Es ist genau die, die auch dein Vater einst getroffen hat – gegen seine Familie, obwohl er in Wahrheit nur ihr Wohl im Sinn hatte, und für die Sache, die er für richtig hielt. Du hast ihn dafür verflucht ...«

Alex war verdutzt und wusste nicht, was sie erwidern sollte. »Das ... ist richtig«, stellte sie schließlich fest. »So hatte ich es nicht betrachtet.«

»Du hast viel von ihm, Alex«, behauptete Ismael. »Mehr als du denkst und dir jemals eingestehen würdest.«

»Und?«, fragte sie. »Verfluchst du mich jetzt auch? Ich hätte es wohl verdient.«

Statt zu antworten, zog er sie zu sich heran und drückte sie an sich, so fest er nur konnte. »Ich habe es immer gewusst«, flüsterte er. »Und auch dein Vater hat es immer gewusst.«

»Wovon sprichst du?«

»Dass du eines Tages für uns alle von großer Wichtigkeit sein wirst«, gab Ismael zurück, dann küsste er sie zart auf die Stirn. »Ich liebe dich.«

»Und ich liebe dich. Und auch das Kind in mir. Und deshalb muss ich es tun. Ich kann nicht anders.«

»Warum gerade du?«

Alex zögerte einen Moment. Dann antwortete sie mit denselben Worten, mit denen ihr Vater ihr vor noch nicht allzu langer Zeit auf dieselbe Frage geantwortet hatte.

»Weil sonst niemand da ist ...«

23.

Schläfer

Als »Schläfer« wird ein Agent bezeichnet, der in die inneren Strukturen einer Organisation eingeschleust wird, um geheime Informationen zu beschaffen oder selbige Organisation zu unterwandern und nach Vorgabe seiner Auftraggeber zu beeinflussen. Da ein solcher Agent oft erst nach langer Zeit aktiviert wird, wird er gemeinhin Schläfer genannt. Seit den Anschlägen des 11. September 2001 wird der Begriff zudem im Zusammenhang mit fundamentalistisch motiviertem Terrorismus verwendet. Bei einem Zusammenschluss von mehreren verdeckt arbeitenden Agenten spricht man von einer »Schläferzelle«.

Nach: John K. Turner
Pathologie des Terrors
New York 2002

»Arx Profunda«
Hauptquartier des Ordens
36 Stunden später

Wie immer, wenn er allein sein wollte, suchte Nummer 8 den am tiefsten gelegenen Bereich der Festung auf - jenen Ort, wo hinter dicker Panzerung das bestgehütete Geheimnis des Ordens aufbewahrt wurde. Denn geschützt von Wänden aus Titanstahl stand dort ein etwa mannsgroßer zylindrischer

Glasbehälter, in dem die sterblichen Überreste eines Wesens in konservierender Flüssigkeit schwammen.

Die graue Haut war an vielen Stellen zersetzt, ebenso wie das Fleisch darunter, so dass die blanken Knochen hervorlugten, die filigraner waren als bei einem Menschen. Der Kopf des Wesens jedoch war fast vollständig erhalten. Er war von ovaler Form und in Relation zum Rest des Körpers überproportional groß. Gesichtszüge waren nur im Ansatz zu erkennen, hervorstechendstes Merkmal waren die großen Augen, von denen jedoch nur noch die Höhlen vorhanden waren.

Die Verletzungen, die das Wesen davongetragen hatte, waren verheerend gewesen. Die Strahlung hatte seine Augäpfel schmelzen lassen, der Unterleib war von schwersten Verbrennungen übersät. Die offenen Knochenbrüche an den Beinen waren dilettantisch gerichtet, die Haut darüber provisorisch geflickt worden. Angesichts des elenden Anblicks, den das Wesen bot, war es kaum zu glauben, dass es am Anfang der mächtigsten Organisation der Welt stand.

Dieses Wesen stammte aus der Zukunft!

Immer, wenn er vor dem Container stand und in die leeren Augenhöhlen starrte, fiel es Nummer 8 schwer zu glauben, dass es ein Mensch war, den er vor sich sah. Natürlich kein Mensch von heute, sondern einer, den die Evolution in einigen hunderttausend Jahren hervorbringen würde - und der aufgrund seiner erweiterten intellektuellen Kapazitäten das Geheimnis der Zeitreise entschlüsseln würde.

Aus ihrer Zeit würden die Menschen der Zukunft in die Vergangenheit reisen, um zu studieren, zu beobachten - und zu manipulieren. Ihre letzte Reise hatte sie ins Jahr 1908 geführt, und sie endete in einer Katastrophe. Doch die Zeitreisenden hatten Spuren hinterlassen. Und aus diesen Spuren war das geworden, was sich *ordo invisibilium* nannte.

Wenn sich Nummer 8 den sterblichen Überresten des Zeitreisenden gegenübersah, musste er stets an das denken, was sich daraus entwickelt hatte, und eine seltsame Mischung aus Ehrfurcht und Stolz ergriff von ihm Besitz.

Die Zerstörung der Zeitmaschine, die als »Tunguska-Katastrophe« bis heute Rätsel aufgab ...

Die deutsche Expedition, die den sterbenden Zeitreisenden gefunden und seinen Leichnam nach Berlin gebracht hatte ...

Die Forschungen der Nazis nach der Unsichtbarkeitstechnik, schließlich der Durchbruch der Amerikaner nach dem Krieg ...

Die erste Generation von Unsichtbaren, der auch er selbst angehörte und die sich schließlich von ihren Herren losgesagt und den Orden begründet hatte ...

Die zweite Generation, die den Labors des Pentagon entstammte und sich auf die Seite ihrer Artgenossen schlug ...

Die dritte Generation, die aufgrund natürlicher Vererbung der durch die Y-Strahlung veränderten Gene entstanden war ...

Und schließlich die vierte Generation, bei der nichts mehr dem Zufall überlassen wurde ...

Die Vorsehung hatte dabei ihre Hände im Spiel gehabt, dessen war sich Nummer 8 sicher. Man mochte einwenden, dass ein solches Verständnis der Vergangenheit emotional geprägt war und eines logischen Konzepts entbehrte, doch Nummer 8 war gegenteiliger Ansicht. Denn für ihn ergab sich das Postulat einer ordnenden Macht, die dem Orden der Unsichtbaren die Weltherrschaft übertragen wollte, geradezu zwangsläufig aus der historischen Betrachtung. Und dies umso mehr, nachdem sich seine scheinbare Niederlage in einen Triumph ohnegleichen verwandelt hatte.

Statt seines Postens als Chef der Ordensabwehr enthoben zu werden, wie er bereits nach dem Fehlschlag von New York befürchtet hatte, war er in seinem Amt bestärkt worden und hatte weitere Kompetenzen hinzugewonnen. Man mochte über Nummer 10 sagen, was man wollte, aber er war ein kluger Analytiker und hatte die Lage richtig beurteilt. Das Caligo-Programm war Nummer 8 tatsächlich von Beginn an ein Dorn im unsichtbaren Auge gewesen, weil es zum einen Mittel von seiner eigenen Abteilung abzog und zum anderen Nummer 12 mit Kompetenzen ausgestattet hatte, die seiner zivilen Herkunft nicht zustanden. Dieser Missstand war jedoch bereinigt worden, und der Geheimdienstchef hatte freies Feld, zumindest für einige Wochen. Zeit, die er nutzen musste, um seine eigene Position zu festigen und die seiner Gegner zu schwächen.

Im Angesicht des Zeitreisenden, dessen Leichnam schweigend vor ihm schwebte, wog Nummer 8 seine Chancen ab.

Nicht nur der äußere Feind war empfindlich getroffen worden, auch seine Gegner im Innersten Kreis hatten Niederlagen einstecken müssen. Welcher Zeitpunkt also konnte geeigneter sein, um den eigenen Machtanspruch geltend zu machen? Es musste ihm gelingen, mit dem Verräter Ismael und den Resten des Widerstands fertig zu werden und dabei gleichzeitig seine Rivalen im Rat auf Distanz zu halten. Dazu musste er die ihm übertragene Machtfülle nutzen, um Entwicklungen auf den Weg zu bringen, die nicht mehr aufzuhalten waren, um Entscheidungen zu treffen, die sich nicht mehr rückgängig machen ließen ...

Der Vergleich mit Julius Caesar drängte sich auf.

Zum Diktator ernannt, damit er eine Krise vom Römischen Reich abwendete, hatte er Reformen eingeleitet, die das Ende der Republik besiegelt hatten und die so weitreichend gewesen waren, dass sie selbst nach seinem Tod seinem Ziehsohn Octavian den Aufstieg zum Alleinherrscher ermöglicht hatten. Auf diese Weise wollte auch Nummer 8 die Weichen in die Zukunft stellen - und Unsterblichkeit erlangen. Die Entscheidung des Rates hatte ihm die Möglichkeit dazu gegeben ...

»Du«, sprach er leise zu dem Zeitreisenden, »magst die Vergangenheit des Ordens sein, sein Ursprung und seine Herkunft. Ich hingegen bin seine Zukunft - und glaub mir, mein jämmerlicher Freund, das ist mir um vieles lieber.«

Er lachte leise, trotz der Welle von Schmerzen, die in diesem Moment durch seinen Leib rollte und ihn zittern ließ. Was er brauchte, war eine Armee. Die *Demons*, die ihm unterstellt waren, waren hervorragend ausgebildete Agenten, Elitekämpfer, die jeden seiner Befehle bedingungslos ausführten.

Projekt Caligo jedoch lieferte Hunderte von Kriegern, die auf den Plantagen geboren und in den Aufzuchtstätten des Ordens herangezogen wurden, und das schon seit Jahren - ergebene Diener des Ordens, die nur auf ihren Einsatz warteten. Anfangs hatte Nummer 8 nichts von der Idee gehalten, Unsichtbare in Reagenzgläsern zu züchten und sie von sichtbaren Müttern austragen zu lassen. Doch auch er musste mittlerweile eingestehen, dass das Projekt ein Erfolg war. Fünf - inzwischen nur noch vier - Plantagen hatten in jeweils zehnmonatigen Zyklen immer neue Abkömmlinge der Spezies *homo invisibilis* hervorgebracht, was, ausgehend von einer rund vierzigprozentigen Erfolgsquote, inzwischen Tausende loyaler Diener bedeutete.

Viele von ihnen waren noch im zarten Kindesalter und wurden in den Schulen, die der Orden auf der ganzen Welt unterhielt, unterrichtet. Aber es gab auch schon erwachsene Exemplare - Unsichtbare, die sich in Schläferzellen rund um den Erdball verborgen hielten und nur darauf warteten, von ihren grauen Herren gerufen zu werden. Konditionierung war die Methode, die bei ihnen Anwendung gefunden hatte, die Nennung eines Codeworts, das im Kindesalter oktroyierte Denk- und Handlungsschemata aktivieren würde.

Caligo ...

Das lateinische Wort für »Schatten« war es, mit dem sich

die Armee der Unsichtbaren rufen ließ - und wie ein dunkler Schatten würden die Caligisten, wie Nummer 12 sie in seinem theatralischen Hang zur Selbstdarstellung nannte, auf die Welt der Sichtbaren fallen.

Ihre Aufgabe würde es sein, zu infiltrieren, Informationen zu beschaffen und den Feind zu verwirren. Terroranschläge, Attentate auf Regierungsoberhäupter, Attacken auf das Finanzsystem und noch vieles mehr würde die Welt aus den Fugen reißen, und diesmal würden es nicht Sichtbare sein, die für den Orden arbeiteten - nein, die Organisation würde den Kampf mit ihren eigenen Leuten bestreiten.

Den Beschlüssen zufolge, die der Innerste Kreis gefasst hatte, wollte man Caligo weiter reifen lassen. Doch wie weit und wie lange noch? Wann, wenn nicht jetzt, sollte die Armee der Schläfer eingesetzt werden? Nach der Vernichtung des feindlichen Hauptquartiers war der Sieg in greifbarer Nähe. Warum also nicht die vierte Generation rufen, um mit ihrer Hilfe Ismael aufzuspüren und die Reste des Widerstands in einem letzten, vernichtenden Schlag zu zerschmettern?

Es gab nur eine Antwort auf diese Frage, und Nummer 8 hatte sie schon gekannt, ehe er die Kammer betreten hatte.

Die Schläfer mussten geweckt werden, und da kein anderer Grauer den Mut dazu hatte, lag es an ihm, das Heft des Handelns in die Hand zu nehmen und der Vorsehung zu ihrem Recht zu verhelfen, auf dass endlich geschah, was die Geschichte schon seit Jahrzehnten forderte ...

Früher war Nummer 8 oft hergekommen, in die unterste Sektion der schwimmenden Festung, um zu sich selbst zu finden. Die Gegenwart des Zeitreisenden hatte ihn auf eigenartige Weise beruhigt und ihm das Gefühl gegeben, Teil von etwas Bedeutendem zu sein.

Inzwischen war es umgekehrt.

Der Mensch aus der Zukunft hatte lediglich den Anstoß zu einer Entwicklung gegeben, deren Verlauf er unmöglich hatte vorhersehen können. Er jedoch, der Graue mit der Nummer 8, der sich an den Namen, den er einst als sichtbarer Mensch getragen hatte, nicht mehr erinnern konnte, würde sie zur Vollendung bringen.

Er streifte die sterbliche Hülle des Zeitreisenden mit einem geringschätzigen Blick, starrte noch einmal in die leeren Augenhöhlen. Dann wandte er sich ab und verließ die Kammer in dem festen Entschluss, nie wieder zurückzukehren.

Humpelnd durchmaß er den Korridor und stieg in den Lift, der ihn wieder zu den Verwaltungsdecks emportrug. Er hatte die Kabine noch nicht verlassen, als sein Kommunikator summte. Mit bebenden Händen griff er nach dem kleinen Gerät, das in seiner Funktionsweise einem herkömmlichen Satellitentelefon ähnelte, allerdings über ausgefeilte Verschlüsselungstechnik verfügte. Eine Vorsichtsmaßnahme, um sich vor unliebsamen Rivalen aus dem Innersten Kreis zu schützen.

»Ja?«, krächzte er nur.

»Sir, hier ist Peragon«, meldete sich die Agentin, die im Ansehen von Nummer 8 tief gefallen war.

»Was wollen Sie?«

»Sir, wir haben mehrere Kommunikees des Feindes abgefangen. Ich bin überzeugt davon, dass Sie sich das unbedingt ansehen wollen ...«

Observationsbasis 3
Toledo, Spanien
Zur selben Zeit

»Nun? Glaubst du, unsere Botschaft ist angekommen?«

Der Blick, den Alexandra Lessing über den Rand des Bildschirms warf, war fragend und voller Unbehagen.

Ismael saß ihr im Kommunikationsraum der Basis gegenüber. »Und ob ich das glaube. Wenn du mich allerdings fragst, ob wir das Richtige tun, so weiß ich es noch immer nicht.«

Alex biss sich auf die Lippen.

Nach all den Rückschlägen, die sie hatten einstecken müssen, nach all den Opfern, die sie zu beklagen hatten, war nicht auszuschließen, dass sie soeben ihr eigenes Todesurteil unterzeichnet hatten. Dennoch, davon war zumindest Alex überzeugt, hatte es keine Alternative gegeben.

»Es gibt keinen anderen Weg«, wiederholte sie, als wäre es ein Mantra.

»Sie werden uns jagen«, war Ismael überzeugt.

»Das werden sie ohnehin. Und ich verspüre kein Verlangen danach, den Rest meines Lebens auf der Flucht zu sein. Wir müssen eine Grenze ziehen - hier und jetzt.«

»Wenn du so redest, klingst du wie dein Vater.«

Sie verzog das Gesicht und rang sich ein Lächeln ab. »Noch vor ein paar Wochen hätte ich dich für diese Behauptung wahrscheinlich geohrfeigt.«

»Wahrscheinlich«, sagte er. »Im Grunde drückt es aber nur aus, was ich auch schon vorher wusste - dass du eine sehr mutige Frau bist, Alexandra Lessing.«

»Findest du?« Sie zuckte mit den Schultern. »Ich komme mir eher verzweifelt vor. Und ich habe Angst, Ismael. Grässliche Angst.«

»Mutig zu sein, bedeutet nicht, keine Furcht zu haben«, erwiderte er, »sondern ihr ins Auge zu blicken.«

»Jetzt bist du es, der wie Vater klingt«, konterte sie. Und sie lachten beide, auch wenn ihnen eigentlich nicht danach war.

Direkt mit den Grauen Kontakt aufzunehmen, war nicht möglich. Also hatten sie mittels eines Codes, von dem sie wussten, dass er von den Ordensagenten längst entschlüsselt worden war, eine Nachricht an eine der anderen Observationsbasen geschickt. Wie üblich war die Sendung nicht auf direktem Weg erfolgt, sondern über eine Reihe von Satellitenverbindungen, die es praktisch unmöglich machte, Ursprung und Ziel der Nachricht zurückzuverfolgen. Einer dieser Satelliten allerdings galt seit einiger Zeit nicht mehr als sicher - und genau aus diesem Grund hatten Ismael und Alex ihn benutzt.

Dem Plan folgend, der zuvor über eine sichere Verbindung vereinbart worden war, hatte Observationsbasis 34 in Istanbul - eine der wenigen, die noch in vollem Umfang operativ waren - ihrerseits mit einer Nachricht geantwortet, die wiederum über den unsicheren Satelliten ging.

Wer auch immer sich in den Satelliten gehackt haben mochte, würde nicht wissen, woher die Nachrichten stammten, aber er würde sie lesen, miteinander in Verbindung bringen und die entsprechenden Schlüsse ziehen - und das war alles, worauf es Ismael und Alex ankam.

Nachricht 1, die von Spanien in die Türkei gesendet worden war, sprach von einem herben Rückschlag, den der Widerstand durch die Vernichtung des Hauptquartiers erlitten hatte, aber auch von neuer Hoffnung. Denn, so die Nachricht weiter, das ungeborene Kind von Oberon und Alexandra Lessing trüge das genetische Erbe seines Vaters in sich und würde den Widerstand neu formieren und zum Sieg führen.

Nachricht 2, die nur wenig später von Istanbul nach Toledo geschickt wurde, bezweifelte diese Sicht der Dinge: Man ginge davon aus, dass das moralisch ohnehin höchst fragwürdige genetische Experiment misslingen würde und nur das Mädchen Kim Li und seine durch natürliche Evolution entstandene Fähigkeit die Chance berge, den Orden zu besiegen. Die kleine Chinesin zu befreien sei demnach oberstes Ziel des Widerstands, dem sich alles andere unterzuordnen hätte.

Die Saat war ausgebracht.

Nun blieb Alex und Ismael nur noch, auf die Ernte zu warten ...

24.

Ich erinnere mich nicht an viele Gespräche, die ich mit Oberon geführt habe. Der Zeitreisende scheint das wenige Leben, das noch in ihm ist, nicht damit verschwenden zu wollen, über Belanglosigkeiten zu plaudern. Sein ganzes Streben gilt uns, den Menschen unserer Gegenwart und Zukunft, für die er sich verantwortlich fühlt. Dennoch möchte ich von mir behaupten, diejenige Person zu sein, die ihn von allen am besten kennt, denn uns scheint etwas zu verbinden, das über sprachliche Kommunikation weit hinausgeht.

An ein Gespräch erinnere ich mich aber ganz deutlich, denn es war eine der wenigen Gelegenheiten, da Oberon über die Zeit sprach, der er entstammte - über jene Epoche, die für uns noch ferne Zukunft ist, die er jedoch weit hinter sich gelassen hat. Ich wollte wissen, was den Anlass dazu geben werde, dass sich der Mensch der Zukunft einst dazu aufmachen würde, die Grenzen der Zeit zu durchbrechen und in die Vergangenheit zu reisen. War es Wissbegier? Forscherdrang?

»Weder das eine noch das andere«, antwortete mir Oberon. »Jedenfalls nicht im eigentlichen Sinn. Um den Grund zu verstehen, musst du wissen, dass die Welt der Zukunft von Furcht beherrscht wird.«

»Von Furcht?«, fragte ich ungläubig.

»Der Mensch der Zukunft«, führte Oberon weiter aus, »hat viele Rätsel gelöst, vielleicht zu viele. Er hat unermesslich viel Wissen über sich und seine Welt zusammengetragen in der Hoffnung, das Universum selbst zu ergründen. Doch der griechische Philosoph Sokrates hat schon vor so langer Zeit erkannt, dass man am Ende

allen Wissens nur in einen Abgrund aus neuen Rätseln und Fragen blickt. Vielleicht war es nur konsequent, sich in dieser Situation neu zu orientieren und in der Gewissheit der Vergangenheit Trost zu suchen.«

»Aber es hat nicht funktioniert, oder?«, fragte ich.

»Nein«, gab Oberon zur Antwort. »Denn nur die Vergangenheit war sicher und gewiss - die sich auf den Weg begaben, sie zu ergründen, waren es nicht ...«

»Arx Profunda«
Hauptquartier des Ordens
16 Stunden später

»Nun, Nummer 8. Ich bin überzeugt, dass es einen guten Grund dafür gibt, dass wir uns innerhalb kürzester Zeit schon wieder zu einer Versammlung eingefunden haben.«

In der Stimme von Nummer 1 schwang unverhohlener Vorwurf mit. In der Tat war es ungewöhnlich, dass der Innerste Kreis nur wenige Tage nach seinem letzten Treffen erneut in der Ratskammer zusammentrat. In der Vergangenheit hatten solche Zusammenkünfte nur in großen Abständen stattgefunden, schon deshalb, weil es den Orden in höchstem Maße angreifbar machte, wenn sich alle seine Führer zur selben Zeit am selben Ort aufhielten. Die Krisen der letzten Monate jedoch hatten dazu geführt, dass diese Regel immer weiter aufgeweicht worden war, was Nummer 8 nur recht sein konnte. Auf diese Weise hatte er seine Artgenossen besser unter Kontrolle.

»Den gibt es allerdings, Nummer 1«, bestätigte der Geheimdienstchef. »Meine Agenten in Rom haben einen feindlichen Nachrichtenwechsel abgefangen, dessen Inhalt von höchster Wichtigkeit ist. Sie alle kennen mich und wissen, dass ich nicht zur Übertreibung neige. Aber ich scheue mich nicht, in diesem Zusammenhang das Wort ›historisch‹ in den Mund zu nehmen.«

»Tatsächlich?«, fragte Nummer 10 argwöhnisch. »Gegenwärtig habe ich eher den Eindruck, als wollten Sie Nummer 12 seinen Ruf, der begabteste Theatraliker des Ordens zu sein, streitig machen ...«

Nummer 12, auf dessen Kosten die Bemerkung ging, rührte sich nicht. Ihm war wohl klar geworden, dass sich die Machtverhältnisse im Rat verschoben, und seiner vorsichtigen Natur entsprechend wollte er es sich mit keiner Seite verderben, solange der Sieger nicht eindeutig feststand.

»Spotten Sie nur«, entgegnete Nummer 8 gelassen. »Wenn Sie erfahren haben, weshalb ich diese Versammlung habe einberufen lassen, werden Sie mir ohne Zweifel zustimmen.«

»Tatsächlich?«

»Der alte geologische Grundsatz, dass es nur genügend großen Drucks und einiger Zeit bedarf, um aus einem wertlosen Stück Kohle einen Diamanten zu machen, hat sich wieder einmal bewahrheitet, diesmal im übertragenen Sinn.«

»Sie sprechen in Rätseln, Nummer 8«, tadelte ihn der Vorsitzende. »Ich ersuche Sie, auf den Punkt zu kommen.«

»Wie Sie wollen.« Der Leiter der Abwehr genoss es einmal mehr, die ungeteilte Aufmerksamkeit aller auf sich gerichtet zu wissen. Dann, nachdem er den Augenblick bis zur Neige ausgekostet hatte und merkte, wie seine Gegner unruhig zu werden begannen, ließ er die Katze aus dem Sack.

»Ganz offenbar«, gab er triumphierend bekannt, »ist unter den Abtrünnigen ein Richtungsstreit entbrannt.«

»Ein Richtungsstreit? Worüber?«

»Im Grunde«, führte Nummer 8 weiter aus, »war es nicht anders zu erwarten – und es ist ein weiterer Beweis dafür, dass bei der Vernichtung des Hauptquartiers auch das Oberhaupt des Widerstands getötet wurde. Unsere Außenstelle in Südafrika hat einen anonymen Hinweis auf eine feindliche Basis bekommen, die offenbar kurz nach den Ereignissen in Rom vom Feind aufgegeben wurde. Der Zerfall ihrer Organisation hat also bereits begonnen. Furcht greift um sich, und gestern Abend, um 21 Uhr 19 Ortszeit, fing unsere Abteilung in Kiew eine Nachricht des Feindes ab, die über einen der von uns infiltrierten Satelliten ging. Darin hieß es, dass Alexandra Lessing schwanger sei - mit einem Kind, das offenbar die genetischen Merkmale Oberons in sich trägt!«

Hätte der Chef der Ordensabwehr eine Bombe gezündet, das Entsetzen wäre nicht größer gewesen.

Schweigen herrschte ringsum, selbst Nummer 10 wusste einen Augenblick lang nichts zu sagen.

Alexandra Lessing ...

Natürlich war ihnen die junge Deutsche, die im vergangenen Jahr zu den Abtrünnigen gestoßen war, ein Begriff. Sie war in die Logbuch-Affäre verwickelt gewesen. Anfangs als ungefährlich eingestuft, hatte sich Lessing schon bald zu einer ernstzunehmenden Bedrohung entwickelt, und auch der Versuch der Abwehr, sie durch gezielte Täuschung auf die eigene Seite zu ziehen, war gescheitert. Später war die Deutsche maßgeblich an der Verhinderung des Anschlags von New York beteiligt gewesen. Der Agent Gallagher war auf sie angesetzt worden, um sie zu liquidieren, aber er war gescheitert - und sein Versagen schien sich bitter zu rächen.

Der andere Name, der die Mitglieder des Innersten Kreises hatte aufhorchen lassen, war der von Oberon. Natürlich war ihnen klar, dass es sich nur um einen jener lächerlichen, romantisch inspirierten Decknamen handelte, mit denen sich die Rebellen zu tarnen pflegten. Aber wer verbarg sich dahinter? Natürlich war davon auszugehen, dass Oberon ein Unsichtbarer war. Wer sonst hätte den Widerstand befehligen sollen? Allerdings hatte es auch Gerüchte gegeben, denen zufolge der geheimnisvolle Anführer des Widerstands kein *invisibilis* war, sondern ...

»Das ist Unsinn!«, begehrte Nummer 10 auf, nachdem er endlich die Sprache wiedergefunden hatte. »Oberon existiert nicht mehr! Er ist tot, das haben Sie selbst gesagt!«

»Richtig«, räumte Nummer 8 ein, »aber bedenken Sie die Gerüchte, die es gab und noch immer gibt und die sich nicht einfach widerlegen lassen.«

»Aber sie sind widerlegt! Schon längst!«

»Nicht direkt«, schränkte Nummer 12 ein.

»Unsinn!«, wiederholte Nummer 10 aufgebracht. »Wenn es überhaupt je einen zweiten Zeitreisenden gegeben hat, so ist er schon vor langer Zeit gestorben!«

»Davon ist auszugehen«, räumte Nummer 12 ein, »aber es gibt leider nicht einen einzigen Beweis dafür. Die Spur des zweiten Zeitreisenden verliert sich im Jahr 1949, in einer streng geheimen Forschungsanlage des US-Militärs in Nevada, aus der er zu fliehen versuchte. Einige behaupten, ihm wäre die Flucht damals gelungen, andere, dass der Zeitreisende beim Versuch, das Gelände heimlich zu verlassen, erschossen wurde.«

»Und diese Berichte sind zutreffend«, war Nummer 10 überzeugt.

»Wer weiß?«, meinte Nummer 12 säuerlich. »Es wäre ja nicht das erste Mal, dass Berichte geschönt werden, um sich der Bestrafung durch die Kontrollinstanzen zu entziehen.«

»Da das feindliche Hauptquartier durch einen Selbstzerstörungsmechanismus vollständig zerstört wurde«, sagte Nummer 8, »ist uns jede Möglichkeit genommen, die Gerüchte zu überprüfen, die seit jener Zeit kursieren. Wir wissen weder, ob der zweite Zeitreisende damals entkommen ist, noch ob er derjenige war, der unter dem Tarnnamen ›Oberon‹ den Widerstand begründet hat. Und schon gar nicht, ob er bis in die Gegenwart überlebt hat, was ich persönlich sehr bezweifle.«

»Oder ob es ihn überhaupt jemals gegeben hat«, fügte Nummer 10 hinzu.

»Nun, davon sollten wir ausgehen«, widersprach der Geheimdienstleiter. »Denn in dem Kommuniqué ist davon die Rede, dass Lessing das genetische Erbe Oberons in sich trägt, und ich muss Ihnen allen wohl nicht erklären, was das bedeutet.«

»Sie meinen ...?«, rief Nummer 3, sichtlich betroffen.

»Was sonst? Wenn wir uns die Kenntnisse moderner Gentechnik zunutze machen können, kann es die Gegenseite natürlich auch.«

»Einen Augenblick, Nummer 8«, hakte der Vorsitzende nach. »Wollen Sie damit andeuten, dass das Kind, das Alexandra Lessing erwartet, möglicherweise ... das eines Menschen aus der Zukunft ist?«

»Mit dessen fortgeschrittenen und durch die Überlebensschule der Evolution verbesserten Kapazitäten«, bestätigte der Geheimdienstleiter. »Genau das.«

»Aber das ist ... unmöglich!«

»Keineswegs«, wandte Nummer 12 ein. »Der Zerfall des Körpers, der sich in unserem Besitz befindet, ist bereits zu weit fortgeschritten, so dass es uns nicht gelungen ist, eine vollständige Gensequenz zu extrahieren. Sollte die Gegenseite allerdings über organisches Material verfügen, das jüngeren Ursprungs und besser erhalten ist ...«

»Allmächtiger!«, stieß Nummer 1 hervor.

»Genau das«, bestätigte Nummer 8 in triumphierender Gelassenheit. »Versuchen Sie sich nur für einen Augenblick vorzustellen, wohin sich unsere Spezies entwickeln würde, wenn es uns gelänge, den *homo invisibilis* mit dem Menschen der Zukunft zu kreuzen ...«

»... oder wenn es der Gegenseite gelänge«, wandte der zur Vorsicht neigende Graue mit der Nummer 4 ein. »Auch diese Möglichkeit besteht natürlich.«

»Theoretisch ja«, pflichtete Nummer 8 bei. »Allerdings haben wir Grund zu der Annahme, dass die Rebellen in ihrer traurigen Anhänglichkeit an überkommene Moralbegriffe noch überhaupt nicht erkannt haben, welch gefährliches Werkzeug sie da in ihren Händen haben. Das beweist eine zweite Nachricht, die meine Agenten abgefangen haben und in der das Experiment rundheraus abgelehnt wird. Stattdessen, so hieß es, wolle man auf die natürliche Evolution setzen und auf die Fähigkeit des Mädchens Kim Li.«

»Aber«, wandte Nummer 7 ein, »die Fähigkeiten dieses Kindes sind nicht das Ergebnis einer planmäßigen Mutation, das wissen wir doch inzwischen. Vielmehr handelt es sich bei ihrer Gabe um einen Einzelfall, um eine Laune der Natur.«

»Das haben unsere Untersuchungen zweifelsfrei ergeben«, stimmte Nummer 12 zu, der die Gelegenheit, vor dem Rat wieder nützlich zu erscheinen, nicht ungenutzt verstreichen lassen wollte.

»*Wir* wissen das inzwischen«, gab Nummer 8 zu, »die Gegenseite jedoch weiß es offenbar nicht. Womöglich haben wir ihnen das Kind entrissen, noch ehe sie diesbezüglich Nachforschungen anstellen konnten. Oder ihre Naivität geht so weit, in diesem Mädchen etwas wie eine Verheißung zu sehen. Wer vermag das schon zu sagen. In jedem Fall versetzt uns die Kenntnis dieser Situation in die Lage, geplant agieren zu können, statt reagieren zu müssen.«

»Aha«, sagte Nummer 10 verständnislos. »Und wie sieht diese geplante Aktion Ihrer Ansicht nach aus?«

»Wir schlagen den Aufständischen einen Handel vor«, antwortete Nummer 8 rundheraus. »Das Leben Alexandra Lessings gegen das des Kindes Kim Li.«

»Chhhh...« Nummer 10 lachte lang und keuchend. »Sind Sie wirklich so naiv? Glauben Sie, die Rebellen werden sich auf *so etwas* einlassen?«

»Allerdings glaube ich das, und zwar weil viele der sogenannten Anderen – meiner Einschätzung nach sogar die

Mehrheit - ihre Hoffnungen in dieses Mädchen setzen und gar nicht wissen, wer oder was sich hinter ihrem Anführer Oberon verbirgt. Ihrer Meinung nach ist Kim Li ihre einzige Möglichkeit, diesen Krieg doch noch zu gewinnen. Und Lessing steht bei uns nach dem New-York-Debakel ganz oben auf der Abschussliste - es erweckt also keinen Verdacht, dass wir ausgerechnet sie haben wollen. Und zudem gibt ihnen der Austausch die Gelegenheit, nahe an mich heranzukommen. Näher, als sie es je zu hoffen wagten.«

»Sie haben vor, selbst den Lockvogel zu spielen?«

»Ich hätte auch nichts dagegen, wenn Sie der Köder wären, Nummer 10«, entgegnete der Abwehrchef in einem seltenen Anflug von Humor, »aber ich vermute nicht, dass Sie sich zur Verfügung stellen.«

»Allerdings nicht.«

»Das dachte ich mir.«

»Was Sie da vorschlagen, ist Wahnsinn! Ein höchst gefährliches Spiel!«

»Das bestreite ich nicht - aber es bietet uns die Möglichkeit, den Rebellen nicht nur eine weitere Niederlage beizubringen, sondern auch noch an das Genmaterial des Zeitreisenden heranzukommen und auf diese Weise fünfzig-, vielleicht hunderttausend Jahre Evolution zu überspringen. Dafür lohnt sich das Risiko, oder?«

»Es kommt auf den Einsatz an.«

»Als Ort für den Austausch werden wir den alten Luftwaffenstützpunkt in Alaska vorschlagen«, gab Nummer 8 bekannt, so als wäre schon alles beschlossen.

»Das wäre unklug«, wandte Nummer 12 ein. »Der Stützpunkt beherbergt eine unserer Schläferzellen.«

»Jetzt nicht mehr.«

»Was soll das heißen?«, fragte Nummer 1.

Nummer 8 wartete einen Moment mit der Antwort.

»Das heißt«, erwiderte er dann leise, »dass wir diesmal

nichts dem Zufall überlassen dürfen. Wenn wir den Aufrührern einen Austausch vorschlagen und sie dadurch das Gefühl haben, einen von uns fassen zu können, werden sie alles daransetzen, dieses Ziel zu erreichen. Deshalb muss uns eine Armee zur Verfügung stehen, um uns verteidigen zu können.«

»Die *Demons* können das!«

»*Demons* sind Killer, Nummer 4, dafür ausgebildet, eine einzelne Zielperson effektiv zu eliminieren. Für militärische Aufgaben in größerem Umfang sind sie nicht geeignet.«

»Dann lassen Sie uns auf Sichtbare zurückgreifen, auf Söldner, so wie wir das früher getan haben ...«

»... und dabei womöglich eine unangenehme Überraschung erleben«, fügte Nummer 8 hinzu. »Solange unsere wahren Ziele im Verborgenen lagen, waren Söldner ein probates Mittel. Aber wie lange, glauben Sie, werden diese Leute noch auf unserer Seite stehen, wenn sie erst begriffen haben, dass dieser Krieg gegen ihre eigene Spezies geführt wird?«

»Gegen entsprechende Bezahlung sind die Sichtbaren bereit, alles zu tun«, war Nummer 7 überzeugt.

»Wenn Sie das glauben, haben Sie wohl vergessen, wie es war, sichtbar zu sein«, versetzte Nummer 8 düster. »Was wir brauchen, sind Kämpfer in großer Anzahl, auf die wir uns bedingungslos verlassen können. Aus diesem Grund ... habe ich die Schläfer geweckt.«

Es war wie vorhin. Als ob eine Granate im Zentrum der Ratskammer detoniert wäre.

»Sie ... haben *was* getan?« Selbst der Vorsitzende verlor die Fassung.

»Ich habe die Schläfer geweckt«, wiederholte Nummer 8 mit fester Stimme. »Zumindest einige von ihnen. Die Schläferzellen im Westen Kanadas sowie in den US-Bundesstaaten Oregon, Wyoming und Montana wurden aufgelöst. Die Unsichtbaren dort wurden bereits Richtung Alaska in Marsch gesetzt, um sich mit denen der dort ansässigen Zelle zu vereinen.«

»Dazu hatten Sie kein Recht!«, zischte Nummer 10.

»Im Gegenteil - ich hatte *jedes* Recht dazu«, widersprach der Leiter der Abwehr bissig. »Denn dieses Gremium hat mir die Verfügungsgewalt über Projekt Caligo übertragen.«

»Damit Sie es schützen!«, wandte Nummer 1 ein.

»Nichts anderes habe ich vor«, versicherte Nummer 8. »Wir haben nur offenbar unterschiedliche Vorstellungen bezüglich der Vorgehensweise.«

»Das ist Verrat!«, giftete Nummer 10.

»Von allen Worten, die Ihnen zur Auswahl stehen«, stieß Nummer 8 hervor, »sollten Sie dieses auf keinen Fall benutzen. Um diese Organisation zu schützen, habe ich Dinge getan, die Sie sich nicht einmal vorstellen können. Ich habe ihr mein Leben verschrieben - also kommen Sie mir nicht mit törichter Eifersucht und sprechen von Dingen, von denen Sie nichts verstehen. Was ich getan habe, tat ich stets für den Orden.«

»Was wir in diesem Fall genauestens prüfen werden«, versetzte Nummer 10.

»Prüfen Sie, solange Sie wollen. Beantragen Sie vor dem Innersten Kreis ein Verfahren, wenn Ihnen danach ist. Ich fürchte nur, bis es dazu kommt, wird die ruhmreiche Geschichte des Ordens bereits in Stein gemeißelt sein - und Sie sind dabei noch nicht einmal eine Fußnote. Denn ob es Ihnen allen gefällt oder nicht - Geschichte geschieht *jetzt*, in diesem Augenblick, und sie wartet nicht auf Zauderer. Noch Fragen?«

Nummer 8 konnte die Aura von Nummer 10 spüren, die unverhohlene Abneigung, die von ihm ausging. Die Verpflichtung zum Verzicht auf Emotionen, die sie ihren Untergebenen abverlangten, hatten die Grauen für sich stets großzügiger ausgelegt. Wer hätte es ihnen auch verbieten sollen?

Es gab keine Instanz, die über ihnen stand, keine höhere Moral, die sie achteten und vor der sie sich zu rechtfertigen hatten.

Nummer 1 gewann als Erster die Fassung zurück. »Wie es aussieht, sind wir wohl einen Schritt zu weit gegangen, als wir Ihnen so viele Kompetenzen und so umfassende Macht zubilligten. Aber da es sich nicht mehr rückgängig machen lässt, was Sie taten, bleibt uns nur, Ihrer Entscheidung zu folgen.«

»Sehr gut«, sagte Nummer 8. »Damit ist mein Beschluss wohl offiziell bestätigt.«

Ohne noch ein weiteres Wort zu verlieren, erhob er sich und verließ mit schleppenden Schritten die Ratskammer.

Soweit es ihn betraf, war die Versammlung beendet.

Alles fügte sich zusammen.

Es war Vorsehung ...

Observationsbasis 3
Toledo, Spanien
Vier Stunden später

»Alex!«

Als Dr. Jekylls Stimme sie aus dem Schlaf riss, wusste Alex zunächst nicht, wo sie sich befand. Sie lag auf einer schäbigen Matratze, und erst ganz allmählich sickerte in ihr Bewusstsein, dass diese wiederum auf dem Boden des Bereitschaftsraumes lag. Ob es Tag oder Nacht war, entzog sich ihrer Kenntnis - die Fenster waren abgedunkelt. Es war aber auch nicht von Bedeutung. Was zählte, war nur die Antwort, auf welche die Widerstandskämpfer warteten.

Tapfer hatte Alex vor ihrem Computerterminal ausgeharrt, hatte eingehende Meldungen gesichtet und das Internet nach Hinweisen durchforstet - ohne Ergebnis. Irgendwann war sie dabei wohl eingeschlafen. Wie sie allerdings in den Bereitschaftraum gelangt war, davon hatte sie keine rechte Vorstellung. Vermutlich hatte Ismael sie herübergetragen, auf die Matratze gebettet und eine der braunen Wolldecken über sie gebreitet, die fette Blockbuchstaben als Eigentum der deutschen »Bundeswehr« auswiesen und die an diesem Ort ebenso fehl am Platz war wie Alex selbst.

»Was gibt's?«, fragte sie, ihre Augen gegen die Zimmerbeleuchtung schirmend, die Jekyll angeschaltet hatte.

»Wir haben eine Antwort erhalten.«

Alex war sofort hellwach. Sie verzichtete darauf, in ihre Schuhe zu schlüpfen, die Ismael ihr ausgezogen und säuberlich neben die Matratze gestellt hatte. Lediglich nach der Spezialbrille griff sie und setzte sie auf, während sie bereits nach draußen stürzte und durch den kurzen Gang in den Kommunikationsraum eilte.

Ismael war dort, sie sah ihn als gelb leuchtenden Schemen am Terminal sitzen, in Gegenwart zweier weiterer Unsichtbarer, eines Mannes und einer Frau, die sich Rodrigo und Jemina nannten und nach Alex' Auffassung mehr als nur Kameraden waren. Ihnen war die Observationsbasis unterstellt.

»Was ist los?«, erkundigte sich Alex gespannt.

Ismael saß reglos vor dem Bildschirm. »Lies das«, sagte er.

»Was ist das?«

»Eine Nachrichtenmeldung, die vor zwei Stunden über IPA verbreitet wurde. Allerdings fürchte ich, dass wir der einzige Adressat sind.«

Alex nahm die Brille ab, beugte sich vor und überflog die Meldung auf dem Bildschirm. Und sie begriff nach wenigen Zeilen, was Ismael meinte. Augenscheinlich handelte es sich um eine Pressemeldung, eine von vielen Hunderttausend, die täglich über die offiziellen Kanäle verbreitet wurden. Wer den Inhalt jedoch zu deuten wusste, dem war klar, dass dies ebenso wenig eine Pressemeldung war, wie der Nachrichtenaustausch zwischen Toledo und Istanbul der internen Kommunikation gedient hatte.

Es war eine gezielte Mitteilung.

»Wenn ich es richtig verstehe, schlagen sie einen Austausch vor«, sagte Alex in die drückende Stille. »Mich gegen die kleine Kim Li. Ich soll mich mit einem der Grauen treffen. Das ist mehr, als wir erwartet hatten.«

»Und?«, fragte Ismael.

»Was meinst du?«

»Bist du zufrieden?«

»Wieso sollte ich?«

»Dein Plan hat funktioniert. Sie haben den Köder geschluckt.«

»Ja«, bestätigte Alex und überflog die kryptischen Zeilen noch einmal. »Offensichtlich.«

»Was wirst du nun tun?«, wollte Ismael wissen.

Alex biss sich auf die Lippen. Sie hätte gern mutig und entschlossen geantwortet, aber für einen Moment überkamen sie Zweifel. Was, wenn alles eine Finte war? Wenn die Grauen ihren Plan durchschaut hatten und sie nun ihrerseits hinters Licht zu führen suchten? Die Anführer des Ordens waren im Ränkeschmieden sehr viel erfahrener.

»Noch kannst du es dir überlegen«, fügte Ismael leise, fast beschwörend hinzu. »Du musst das nicht tun.«

»Doch«, widersprach sie, »das *muss* ich – denn es ist unsere letzte Chance ...«

25.

Gaza (ipa).

Wie die palästinensische Autonomiebehörde bekanntgab, legte man einen neuen Kompromissvorschlag im Streit um die gegenseitige Freilassung von Gefangenen vor, die während der Unruhen der vergangenen Tage gemacht wurden. Demzufolge soll es ein Treffen von hochrangigen Vertretern beider Seiten geben, bei dem der israelische Verhandlungsführer A. Lessing in direktem Kontakt mit einem der zwölf Ratsmitglieder der autonomen Verwaltung treten wird. Als Zeichen des guten Willens soll zuvor die chinesische Journalistin Kim Li, die zurzeit von palästinensischen Sicherheitskräften festgehalten wird, auf freien Fuß gesetzt werden. Eine Antwort von israelischer Seite steht noch aus ...

Ehemalige Militärbasis
80 km nordöstlich von Anchorage, Alaska
72 Stunden später

Punkt 13 Uhr Ortszeit setzte die Maschine auf der Landebahn auf.

Es war das Ende einer langen Reise, die Alex von Spanien zunächst in die Schweiz, von dort nach Island und schließlich nach Übersee geführt hatte. Über eine Reihe kleiner, quer durch Kanada verstreuter Flugplätze, auf denen die Maschine gewartet und aufgetankt worden war, war es schließlich nach Alaska gegangen, zu jenen Koordinaten, die der

Orden dem Widerstand übermittelte, nachdem dieser wiederum eine Pressemeldung lanciert hatte, der zufolge die israelische Seite dem Treffen zugestimmt hätte.

Die Reise hatte so lange gedauert, weil die Widerstandskämpfer nicht wollten, dass die Gegenseite ihre Route nachvollziehen konnte. Denn in Wahrheit war es nicht nur ein Flugzeug, das von Europa nach Alaska aufgebrochen war, sondern zwei, und in dieser zweiten Maschine saßen Ismael, Dr. Jekyll und noch ein halbes Dutzend weitere unsichtbare Kämpfer.

Auf zwei scheinbar voneinander unabhängigen, sich wie zufällig immer wieder kreuzenden Routen hatten die beiden Maschinen die übermittelten Koordinaten angesteuert, die, wie sich herausgestellt hatte, einen alten Militärflugplatz nordöstlich von Anchorage bezeichneten. Die letzte Etappe allerdings hatten Ismael und sein Kommando in einem Black-Hawk-Hubschrauber zurückgelegt, den die Observationsbasis nahe Edmonton bereitgestellt hatte. Unter dem Radar hindurch würde er die Widerstandskämpfer nach Alaska bringen, wo sie überraschend auftauchen, den Feind überrumpeln und nicht nur Alex befreien, sondern auch den Grauen gefangen nehmen sollten, der sich mit ihr treffen wollte.

So weit der Plan.

An die zahllosen Unwägbarkeiten, die er enthielt, wollte Alex lieber nicht denken.

Unruhe erfüllte sie, während die Propellermaschine vom Typ Beech 200 Super King Air auf dem Rollfeld auslief. Das hässliche Gefühl, dass sie etwas übersehen hatte und ihre Mission zum Scheitern verurteilt war, verfolgte sie, seit sie Toledo verlassen hatten, aber natürlich hatte sie Ismael nichts davon erzählt.

Denn es stimmte ja: Dieser Einsatz war vielleicht ihre letzte Chance, an die Grauen heranzukommen, ehe sich der ganze Widerstand in nichts auflöste. Hatten sie erst einen von ihnen, würden sie alles daransetzen, ihm Informationen zu entlocken. Die Anführer des Ordens mochten halbe Monster geworden sein, die alles Menschliche abgelegt hatten, aber sie waren nicht unverwundbar, wie sich Alex immer wieder einredete. Das hatte kein anderer als Ismael schon vor langer Zeit bewiesen.

Alex warf einen Blick durch das runde Kabinenfenster der Beech nach draußen: Militärbaracken, einige Hangargebäude mit gewölbten Dächern aus Wellblech. Es war anzunehmen, dass das Gelände zu denen gehörte, die dem Orden im Zuge des unter Nixon ausgehandelten Invisible Balance Acts zugesprochen worden war. Im Grunde war es nichts anderes gewesen als der Versuch der US-Regierung, sich von den Geistern loszukaufen, die man höchstselbst gerufen hatte. Die Grauen hatten die großzügigen Zuwendungen gern angenommen - und weiter ihre eigenen Interessen verfolgt. Dabei hatte es ihnen anfangs noch genügt, indirekte Macht auszuüben, indem sie Regierungen infiltrierten, Aufstände anzettelten und die Wirtschaft manipulierten. Irgendwann jedoch waren sie damit nicht mehr zufrieden gewesen, und sie hatten begonnen, nach der direkten Macht zu streben, nach der *Weltherrschaft*, um es mit einem Begriff zu beschreiben, der den Größenwahn der Grauen wiedergab. New York hatte der Anfang sein sollen, doch der Anschlag war vereitelt worden - und Alex sollte nun dafür bezahlen ...

Jenseits der Baracken und Hangars waren weiße Berge zu erkennen. Der Sommer lag hier im Norden bereits in den letzten Zügen, nicht selten kam es vor, dass es um diese Jahreszeit bereits schneite. Für die unbekleidet agierenden Unsichtbaren stellten solch harsche Wetterbedingungen stets eine zusätzliche Erschwernis und bisweilen sogar ein Risiko dar. Hatten die Grauen deshalb Alaska zum Treffpunkt bestimmt? Ahnten sie, was ihre Gegner vorhatten?

Inzwischen waren es nicht nur mehr Zweifel, die Alex plagten, sie stand am Rand einer ausgewachsenen Panik. Mit aller Macht kämpfte sie dagegen an und sagte sich, dass es das Einzige wäre, was sie noch tun könnte, um ihre Familie und die Welt, in der sie lebte, zu schützen. Zum ungezählten Mal legte sie die Hand auf das ungeborene Leben in ihr, und es kam ihr vor, als würde sie daraufhin neue Kraft erfüllen.

Sie löste den Sicherheitsgurt und erhob sich von ihrem Sitz, nicht ohne zuvor die Spezialbrille aufzusetzen. Es war vereinbart worden, dass Alex und der Graue allein zusammentrafen - aber da sie nicht vorhatte, sich an diese Abmachung zu halten, ging sie auch nicht davon aus, dass es die Gegenseite tat.

Sie schlüpfte in den Anorak, den sie in Erwartung kühlen Wetters mitgenommen hatte, und dann ... dann nahm sie eine Eierhandgranate hervor, umfasste sie mit der Hand, so dass sie den Bügel mit der Handinnenfläche gedrückt hielt, und zog mit der anderen Hand den Splint. Damit war die Granate nicht mehr gesichert, und sobald Alex den Bügel losließ, würde der Sprengkörper drei Sekunden später detonieren.

Alex steckte die Granate in die Seitentasche des Anoraks und hielt sie umklammert, dann trat sie zum Kabinenausgang. Mit einem Handzeichen gab sie dem Piloten zu verstehen, dass sie aussteigen wollte, worauf dieser seinen Platz im Cockpit verließ und die Kabinentür entriegelte. Mit leisem Zischen klappte die Tür herab und wurde zur Ausstiegstreppe.

»Danke.« Alex nickte dem Piloten zu, einem jungen Mann, der zwar zum Widerstand gehörte, jedoch wahrscheinlich nicht ermessen konnte, von welcher Tragweite diese Mission war. Ismael und sie hatten nur einen kleinen Kreis von Kameraden in ihre Pläne eingeweiht. Je weniger davon wussten, desto besser.

Entschlossen trat sie hinaus. Ein heftiger Wind hieß sie willkommen, die Luft roch nach Schnee. Und wie Alex feststellte, war sie nicht allein.

Noch während sie die wenigen Stufen hinabstieg, gewahrte sie vor einem der Hangargebäude einen leuchtenden Schemen.

Der Unsichtbare war nur für einen Moment zu sehen, dann verschwand er wieder in der Halle, deren Schiebetor einen Spaltbreit offenstand - eine Aufforderung, ihm zu folgen?

Alexandra blieb stehen.

»Kim Li!«, rief sie so laut, dass sie die leerlaufenden Motoren der Maschine übertönte. »Wo ist Kim Li?«

Für einen Moment hatte es den Anschein, als hätten die Grauen nicht vor, sich an die Abmachung zu halten - als plötzlich eine kleine, nur allzu sichtbare Gestalt im Spalt zwischen den Torhälften erschien.

Es war das kleine chinesische Mädchen.

»Hierher!«, rief Alex, erleichtert darüber, zumindest dies erreicht zu haben. Kim Li hatte so vieles durchgemacht in dem Krieg, für den sie nichts konnte. Getrieben von der Angst, das Kind könnte den Übergang des Menschen in eine neue Entwicklungsstufe repräsentieren, die den Vorteil der Unsichtbarkeit obsolet machen würde, hatten die Grauen Kim Li gejagt, und sie hatten nicht nur ihre Pflegeeltern getötet, sondern auch Elizabeth Kwon, zu der das Mädchen eben erst Vertrauen gefasst hatte. Wie das Kind all das verarbeiten sollte, war Alex ein Rätsel, aber sie hatte sich geschworen, alles Menschenmögliche zu unternehmen, um ihr zu helfen - vorausgesetzt, sie hatte noch Gelegenheit dazu.

»Kim Li! Komm zu mir!«, rief sie noch einmal, als das Mädchen nicht reagierte. Als sich Kim Li schließlich in Bewegung setzte, geschah es deshalb, weil sie jemand aus dem

Dunkel des Hangars nach draußen stieß. Sie stolperte und fiel hin, schlug sich das Knie blutig, worauf Alex schon zu ihr eilen und ihr helfen wollte. Sie beherrschte sich jedoch und blieb stehen. Womöglich war es genau das, was die Gegenseite von ihr wollte.

Das Mädchen raffte sich wieder auf, ungeachtet ihres blutigen Hosenbeins. Weder weinte es, noch verzog es auch nur eine Miene: Kim Lis Gesicht blieb reglos, ihre Augen starrten geradeaus - geradeso als hätte sie alle Tränen, zu denen sie fähig gewesen war, längst vergossen, und als wäre sie zu keiner menschlichen Regung mehr fähig.

Langsam ging Alex ihr entgegen, so dass sie sich in der Mitte des Rollfeldes treffen würden, genau wie vereinbart. Alex hoffte, dass Ismael und die anderen in der Nähe waren. Nur noch wenige Sekunden, und sie würde ihrem Erzfeind gegenüberstehen - dann mussten ihre Freunde entweder zur Stelle sein, oder sie war verloren.

Zwei Dinge trug sie in den Taschen ihres Anoraks bei sich, die für den Ausgang dieser Mission von entscheidender Bedeutung waren: einen winzigen Sender, der Ismael und seine Leute über ihre genaue Position in Kenntnis setzte.

Und die Eierhandgranate, die Sekunden, nachdem Alex die Faust geöffnet und den Bügel losgelassen hatte, explodieren würde. Nur ihre fest geschlossene Faust verhindere, dass die Zündverzögerung aktiviert wurde.

Wenn die Aktion scheiterte, bot die Mk2-Granate den letzten Ausweg, der Rache des Ordens zu entgehen - und die mehr als vage Aussicht, auch den grauen Feind ins Verderben zu reißen und dem Kriegsgeschehen dadurch vielleicht noch eine Wendung zu geben. Wenn der Plan misslang, brauchte Alex die Hand nur aus der Tasche zu nehmen, alles andere würde dann nur noch eine Frage von Sekunden sein.

Kim Li war fast heran.

Das Mädchen humpelte leicht.

Man hatte es in einen olivgrünen Overall gesteckt, dessen Ärmel und Beine man kurzerhand abgeschnitten hatte. Natürlich war er dennoch viel zu groß, und da das Mädchen kaum etwas darunter trug, fror es erbärmlich.

Als Kim Li näher kam, sah Alex die Blessuren in ihrem Gesicht, die schonungslos offenlegten, dass man das Kind misshandelt hatte. Zorn wallte in Alex auf, Wut auf die Monster, die dem Mädchen das angetan hatten - und diese Wut bestärkte sie in der Überzeugung, das Richtige zu tun, auch wenn es verdammt gefährlich war.

Endlich begegneten sie einander.

Alex war sich nicht sicher, ob Kim Li sie erkennen würde, denn sie hatten nicht sehr viel Zeit miteinander verbracht, und ihr letztes Zusammentreffen in Brasilien lag schon eine Weile zurück. Aber das Mädchen würdigte sie ohnehin keines Blickes, starrte nur weiter geradeaus, und es war wohl nicht nur die Kälte, die ihren kleinen Körper zittern ließ, sondern auch die Angst. Schreckliche, namenlose Furcht vor denen, die sie gefangen hatten und in deren Gewalt sie sich befunden hatte.

»Es ist alles gut«, sprach Alex auf das Kind ein, und in Erinnerung dessen, was Elizabeth Kwon ihr über Kim Lis Zustand erzählt hatte, gab sie sich Mühe, ihre Stimme trotz der eigenen Anspannung möglichst ruhig und sanft klingen zu lassen. »Jetzt wird alles gut werden, du wirst sehen.«

Noch immer schaute das Kind sie nicht an, aber Alex glaubte zu bemerken, wie Kim Lis Schritte ein wenig langsamer wurden. »Das Flugzeug dort«, sagte sie und zeigte auf die Beech, die in einiger Entfernung auf dem Rollfeld stand. »Dorthin musst du. An Bord ist ein netter Mann, der dir helfen wird. Er wird dich von hier fortbringen, okay? Du brauchst keine Angst mehr zu haben, Kim Li. Keine Angst mehr.«

Alex hatte Englisch gesprochen und konnte nur hoffen,

dass die kleine Hongkong-Chinesin sie zumindest ansatzweise verstanden hatte.

Sie wurde nicht enttäuscht. Zwar schwieg Kim Li weiterhin, doch sie beschleunigte ihre Schritte zielstrebig in Richtung des Flugzeugs.

Alex verspürte den spontanen Drang, das frierende und völlig verängstigte Kind in die Arme zu schließen und zu trösten. Von Dr. Kwon wusste sie allerdings, dass plötzliche körperliche Nähe das Kind extrem erschreckte - und das war noch vor der Gefangennahme durch den Orden gewesen. Vermutlich hatten die Grauen mit dem Mädchen alles Mögliche angestellt.

Auch die Anderen hatten mit Dr. Kwons Hilfe versucht, hinter das Geheimnis von Kim Lis besonderer Gabe zu gelangen, doch da sie sehr viel sanfter und vorsichtiger vorgegangen war, war die Psychologin zu keinem abschließenden Ergebnis gelangt. Inzwischen, dachte Alex beklommen, war es nicht mehr nötig - denn wenn sich der Orden großzügig erbot, Kim Li freizulassen, hieß das, dass ihre Gabe nicht mehr war als eine einmalige Laune der Natur, die für den Orden keine Bedrohung darstellte.

Mit einem letzten Blick vergewisserte sie sich, dass das Mädchen weiter zum Flugzeug ging, dann wollte sie den restlichen Weg zum Hangar zurücklegen, die Granate noch immer in der geschlossenen Hand. Plötzlich hörte sie hinter sich einen gellenden Schrei.

Kim Li!

Alex fuhr herum in der Erwartung, eine Meute *Demons* zu erblicken, die sich auf das Kind gestürzt hatten. Kim Li jedoch war noch immer allein. Allerdings hatte sie sich zu ihr umgewandt und schrie, so laut es ihr dünnes Stimmchen hergab, ein paar der wenigen englischen Wörter, die sie gelernt hatte.

»Böser Mann! Böser Mann!«

»Lauf, Kim Li! Weiter zum Flugzeug!«

»Böser Mann! Böser Mann!«, wiederholte das Mädchen, dem nun doch Tränen übers blasse Gesicht liefen. Ein Wortschwall auf Kantonesisch folgte, den Alex nicht verstand.

»Zum Flugzeug!«, wiederholte sie noch einmal, und zu ihrer Erleichterung machte das Kind tatsächlich kehrt und stolperte weiter, verfiel sogar in Laufschritt.

Auch Alex wandte sich wieder um und schritt weiter auf den Hangar zu, von dessen offenem Tor sie vielleicht noch vierzig Meter trennten. Der Wind, der über das Rollfeld blies, war eisig kalt. Er erfasste Kim Lis Schreie und trug sie davon.

Was, fragte sich Alex, hatte ihr das Kind sagen wollen?

Vermutlich hatte es den Grauen gesehen und fürchtete sich vor ihm. Zudem hatte es am eigenen Leib erfahren, wozu die Mitglieder des Ordens fähig waren. Alex hasste die grauen Bastarde, obwohl sie sie bislang nur aus den Schilderungen anderer kannte. Dem Augenblick, in dem sie einem von ihnen begegnen würde, fieberte sie mit einer Mischung aus Furcht und Neugier entgegen. Die Voraussetzung dafür war allerdings, dass sich der Orden auch an den zweiten Teil des Abkommens hielt.

Alex hatte den Hangar fast erreicht, als sie hörte, wie sich der Motorenlärm der Beech verstärkte. Ein Blick über die Schulter zeigte ihr, wie das Kind im Inneren der Propellermaschine verschwand und der Einstieg geschlossen wurde. Im nächsten Moment rollte das Flugzeug auch schon an, zurück auf die Startbahn. Im selben Augenblick, in dem Alex den Hangar erreichte, hob es ab und verschwand im grauen, wolkenverhangenen Himmel von Anchorage.

»Hallo?«, fragte Alex in das Dunkel, das jenseits des Torspalts herrschte.

Sie erhielt keine Antwort, was sie nicht weiter wunderte.

Alex holte tief Luft wie jemand, der im Begriff war unterzutauchen, dann trat sie durch die Öffnung.

»Guten Tag, Fräulein Lessing«, sagte jemand mit tonloser, kehliger Stimme, die Alex schaudern ließ, und in akzentbeladenem Deutsch. »Reizend, dass Sie zu uns gefunden haben ...«

Mit lautem Knall sprangen Scheinwerfer an, so dass es unvermittelt taghell in der Halle wurde, und was Alex dann erblickte, entriss ihr einen heiseren Schrei.

Mit bloßem Auge betrachtet wäre die Halle, die einst Militärflugzeuge und technisches Gerät beherbergt haben mochte, leer gewesen bis auf einige Ölfässer, die an der Rückwand aufgestapelt waren.

Die Spezialbrille zeigte Alex jedoch die Wahrheit.

In der Halle wartete nicht nur ein Unsichtbarer, wie es vereinbart worden war.

Auch kein Dutzend, womit Alex noch gerechnet hätte.

Es waren mindestens zweihundert.

In Reih und Glied standen sie, aufgereiht wie Soldaten – und voller Entsetzten dämmerte Alex, dass dies tatsächlich eine Armee war.

Eine Legion der Unsichtbaren!

Im selben Moment, in dem sie begriff, dass sie in eine Falle gelockt worden war, war von draußen das dumpfe Knattern des Black-Hawk-Hubschraubers zu hören.

Ismael und die Anderen kamen – und Alexandra Lessing tat das Einzige, was sie in ihrer Not tun konnte: Sie riss die Handgranate aus ihrer Tasche ...

»Ziel voraus!«, meldete Dr. Jekyll mit Blick auf den Bildschirm des Notebooks, das er vor sich auf den Knien hatte. »Dem geschwächten Signal nach befindet sich Alex in einem Gebäude.«

»Verstanden«, sagte Ismael nur. »Einsatzteam, haltet euch

bereit! Und denkt daran, Leute: Wir brauchen den Grauen! Vermutlich hat er einige *Demons* bei sich, die wir zunächst ausschalten müssen!«

»Keine Sorge«, versicherte Rodrigo, als wäre es ein Leichtes, einen ausgebildeten Ordenskiller zu überwältigen, »Jemina und ich werden uns darum kümmern. Sieh du nur nach Alex und dem Kind!«

Ismael war dankbar für den Zuspruch. Und obwohl es unter Unsichtbaren nicht üblich war, streckte er die Hand aus und legte sie auf die Schulter des Kameraden, während sich der Black Hawk seinem Einsatzort näherte.

Die Maschine wischte über einige Baumkronen hinweg, kippte dann zur Seite und durchflog einen Taleinschnitt, an dessen Ende sich die Basis befand: karge Hügel, im Hintergrund verschneite Berge, davor die Baracken und Hangars des ehemaligen Stützpunkts.

»Einsatzgebiet in Sichtweite!«, meldete der Pilot.

»Fertigmachen zum Ausstieg!«, befahl Ismael – und die Mitglieder des Kommandos lösten die Gurte und erhoben sich von den Sitzen. Ihre Anspannung, die während der letzten Stunden immer noch zugenommen hatte, war deutlich zu spüren, aber auch die Erleichterung, dass es nun endlich losgehen würde.

Anders als in Afrika gab es keine Waffen und keinen Sprengstoff, keine Ausrüstung, die transportiert werden musste – lediglich acht unsichtbare, zum Äußersten entschlossene Kämpfer, die sich diesmal nicht auf Technik verlassen würden, sondern auf ihre Reflexe, ihre Schnelligkeit auf dem *iter invisibilium* ...

»Der alte Hangar auf der linken Seite«, meldete Dr. Jekyll. »Dort drinnen muss sich Alex aufhalten. Offenbar wurde der Sender noch nicht entdeckt.«

»Gut so.« Obwohl er den Ordensregeln gemäß als Atheist erzogen worden war, richtete Ismael ein paar lautlose Worte an einen Gott, an den er bisher nicht geglaubt hatte. »Alles muss sehr rasch vonstattengehen. Je schneller wir zuschlagen und wieder fort sind, desto besser. Weiß jeder, was er zu tun hat?«

»Aye, Commander!«, scholl es mit grimmiger Entschlossenheit zurück. Ein Anflug von Stolz überkam ihn, und für einen Augenblick fühlte er sich diesen Männern und Frauen wie nie zuvor verbunden. Denn obwohl jedem Einzelnen von ihnen klar war, dass dieser Einsatz einem Tanz am Rand des Abgrunds gleichkam, hatten sie sich freiwillig dazu gemeldet.

»Dann los!«, sagte Ismael, als der Black Hawk den Stützpunkt erreicht hatte.

Die Geschwindigkeit des Hubschraubers verlangsamte sich, und gleichzeitig fiel er dem Boden entgegen. Im selben Moment jedoch fühlte Ismael etwas, das er zuvor noch nicht verspürt hatte, vielleicht, weil seine Dankbarkeit gegenüber seinen Leuten seine Aufmerksamkeit kurz beeinträchtigt hatte.

Bedrohung.

Tod ...

»Da stimmt etwas nicht!«, war er überzeugt.

»Wieso, was ist?«, wollte Jekyll wissen.

»Abbruch!«, blaffte Ismael – für eine Erklärung blieb keine Zeit. »Rückzug, sofort!«

Er hatte noch nicht ausgesprochen, als ein harter Schlag den Hubschrauber traf.

»Raketenbeschuss!«, schrie jemand. »Wir sind getroffen!«

»Der Heckrotor ist ausgefallen!«

»Wir stürzen ab!«

Es ging blitzschnell.

Der Hubschrauber drehte sich auf einmal wie ein Kreisel um seine Vertikalachse, während er weiter dem Boden entgegenfiel. Die Zentrifugalkräfte sorgten dafür, dass Ismael und seine Kämpfer an die Kabinenwände gedrückt wurden. Da die Schiebetür an der Seite bereits offenstand, wurde einer der Unsichtbaren rücklings hinausgeschleudert und verschwand mit einem Schrei in der Tiefe.

»Phileas!«, brüllte Ismael entsetzt – im nächsten Moment traf der Black Hawk bereits auf dem Boden auf und zermalmte den Gestürzten unter sich.

Sich noch immer weiterdrehend, wirbelte der Hubschrauber auf Funken schlagenden Kufen über den Asphalt, und für einen Augenblick sah es aus, als würde er kippen und die dann berstenden Rotorblätter alles um sich herum in Stücke hacken. Doch dann kam die Maschine schwerfällig und mit einem hässlich knirschenden Geräusch auf dem Rollfeld zum Stehen.

»Aussteigen! Schnell!«, ordnete Ismael an, und sie setzten nacheinander aus der Maschine, in der Befürchtung, darin weiter unter Beschuss genommen zu werden.

Orientierungslos landeten sie auf der Betonfläche, einige von ihnen stürzten. Der Black Hawk lag wie ein Vogel mit gebrochenem Flügel auf dem Rollfeld. Vom Heckausleger war nur noch ein Stumpf übrig, aus dem dunkler Rauch wölkte. Vermutlich war es nur eine Frage von Augenblicken, bis die havarierte Maschine in die Luft fliegen würde.

»Lauft! Zum Hangar!«, rief Ismael. Was sonst sollten sie auch tun? Ihr Fortbewegungsmittel – und damit jede Möglichkeit zur Flucht – war ihnen genommen, und Deckung gab es weit und breit nicht. Also blieb ihnen nur die Flucht nach vorn. Alex war in dem Hangar – das allein genügte, um Ismael vorwärtsstürmen zu lassen, und die anderen Unsichtbaren folgten ihm.

Auch der Pilot wollte die Maschine verlassen, aber es gelang ihm nicht mehr. Ein greller Feuerball zerfetzte den Hubschrauber und schleuderte glühende Trümmer nach allen Seiten.

»In Deckung!«, schrie Ismael, und sowohl er als auch seine verbliebenen Gefolgsleute warfen sich nieder, während die Druckwelle über sie hinwegrollte und heißer Feueratem nach ihnen züngelte.

Als es vorbei war, lagen überall schwelende Wrackteile, und schwarze Rauchschwaden waberten über dem Rollfeld. Überall ringsumher erblickte Ismael menschliche Umrisse in den grauschwarzen Schleiern. Der Qualm sorgte dafür, dass seine Leute sichtbar wurden!

Er stieß eine Verwünschung aus. Wie auch immer sie den Einsatz im Vorfeld geplant, welche Eventualitäten sie auch immer einkalkuliert hatten - so hatte er sich die Mission ganz gewiss nicht vorgestellt.

»Weiter! Weiter!«, brüllte er, weil es das Einzige war, das ihnen übrigblieb. Vor ihnen erhob sich der Hangar, in dem er Alex vermutete, und wie schemenhafte Fabelwesen huschten die Unsichtbaren durch Rauch und Feuer darauf zu.

Ismael hatte das Gefühl, von Feinden umzingelt zu sein. Nie zuvor in seinem Leben hatte er eine derart massive Ansammlung von Aggression verspürt, die fraglos von Artgenossen ausging.

In diesem Moment hörte er das Geräusch.

Es war ein dumpfer Knall, hässlich und unspektakulär, doch Ismael hatte ihn schon zu oft gehört, um nicht genau zu wissen, was es gewesen war.

Die Detonation einer Handgranate - und es war geradewegs aus der Halle gekommen!

»Nein!«, brüllte er außer sich und rannte auf die Halle zu. »Neeein ...!«

Sein Entsetzen trieb ihn an, er raste auf den Hangar zu, aus dessen spaltbreit offenstehendem Tor auf einmal dichter Rauch wölkte. Sein Pulsschlag wurde zu einem hämmernden Stakkato, und zu einem klaren Gedanken war er nicht mehr fähig.

Der Knall der Explosion hallte in seinem Bewusstsein nach, wieder und wieder. Sein Herz wehrte sich zu begreifen, was sein Verstand längst akzeptiert hatte - dass der Plan gescheitert und seine Frau und sein Kind nicht mehr am Leben waren. Alles, was noch blieb, war, blutige Rache zu nehmen.

Seine Leute folgten ihm, schon weil sie nicht wussten, wohin sonst. Nur wenige Herzschläge später erreichte er das Hangartor, und indem sie den Weg der Unsichtbaren beschritten, drangen die Widerstandskämpfer in die Halle ein. Sie erwarteten, dort auf kampfbereite und zum Äußersten entschlossene *Demons* zu stoßen - aber sie irrten sich.

Denn bei dem Feind, der sie jenseits des Hangartores erwartete, handelte es sich keineswegs nur um einen Trupp von Ordenskillern, sondern um ein ganzes Heer unsichtbarer Kämpfer!

Dies also waren die Präsenzen, die Ismael gefühlt hatte, dies war der Ursprung all des Hasses und der Aggression ...

Nur eine halbe Sekunde lang hielten die Angreifer vor Überraschung inne - aber diese halbe Sekunde genügte den Ordensschergen, um zuzuschlagen.

Poff.

Es gab ein seltsames Geräusch, als Jemina, die nur eine Armlänge von Ismael entfernt auf dem Boden kauerte, von etwas getroffen wurde. Die sehnige Gestalt der Widerstandskämpferin explodierte in grellem Rot, worauf sie der Unsichtbarkeit entrissen wurde und reglos niedersank.

»Jemina!«, schrie Rodrigo entsetzt und sprang vor, ohne Ismaels Befehl abzuwarten. Eine weitere Ladung erfasste ihn, die seine Gestalt jedoch nicht blutig rot, sondern giftgrün färbte, ehe er keuchend niederging.

Ismael begriff.

Es waren keine gewöhnlichen Geschosse, mit denen man auf die Unsichtbaren schoss, sondern Farbpatronen, die in dem Moment zerplatzten, in dem sie auftrafen, und zudem noch einen Pfeil mit einem Betäubungsserum enthielten. Auf diese Weise wurden die Widerstandskämpfer nicht nur sichtbar, sondern auch unschädlich gemacht.

Poff.

Poff ...

Ringsum sah Ismael seine Leute zu Boden gehen, mit einem Geräusch, dessen Beiläufigkeit schon fast obszön war. In einem Regen bunter Farben vergingen die letzten Hoffnungen des Widerstands, das Kriegsgeschehen zu wenden.

»Ismael ...!«

Ismael sah, wie Jekyll von einem orangeroten Farbgeschoss am Kopf getroffen wurde. Die entsetzt verzerrten Gesichtszüge des Unsichtbaren kamen zum Vorschein, die sich im nächsten Moment entspannten, als das Serum seine Wirkung tat. Lautlos brach auch er zusammen - und Ismael war allein.

Einer der feindlichen Soldaten schoss auf ihn, doch geschult durch den *iter invisibilium*, gelang es Ismael, dem Geschoss in einer blitzschnellen Reaktion auszuweichen. Der Paintball flog haarscharf an ihm vorbei und klatschte gegen das Hangartor, wo er einen großen weißen Fleck hinterließ.

Ismael verharrte keinen Augenblick. Mit seinen blitzschnellen Reflexen hechtete er nach vorn und entging auf diese Weise einer weiteren Attacke. Geschmeidig rollte er sich ab und kam wieder in die Höhe, um sich auf die unsichtbaren Gegner zu stürzen, die er zwar nicht sehen, aber dennoch fühlen konnte - als ein weiteres Geschoss auf ihn zujagte.

Ismael, der seine ganze Wut, seinen ganzen Hass und seine Trauer in den Angriff gelegt hatte, konnte diesmal nicht mehr ausweichen. Die Farbkugel zerplatzte und markierte ihn, und fast im selben Augenblick befiel ihn bleierne Müdigkeit.

Er musste an Alex denken und das Kind, das er niemals kennenlernen würde, und ein Gefühl unendlichen Bedauerns erfüllte ihn.

Dann wurde es dunkel.

26.

Und es gibt noch ein zweites persönliches Gespräch, das ich mit Oberon geführt habe und an dessen Wortlaut ich mich erinnere, als wäre es eben erst gewesen. »Es wird eine Zeit kommen«, hatte der Zeitreisende prophezeit, »da ich nicht mehr da sein werde, um eure Schritte zu lenken. Bis dahin wirst du eins mit mir geworden sein, so dass niemand mehr zu unterscheiden vermag, was du bist und was ich bin. Unsere Befehle werden dieselben sein, unsere Pläne werden dieselben sein, sogar unsere Gedanken werden in vielen Fällen dieselben sein. Für diese Zeit wisse Folgendes: Die Menschen der Vergangenheit haben oft und viel darüber spekuliert, wie es wäre, unsichtbar und den Gesetzen der optischen Physik nicht unterworfen zu sein. Schon bei Plato finden sich Gedanken zum Thema, und er verweist mit Recht darauf, dass es die Unsichtbarkeit unmöglich macht, Gut und Böse zu unterscheiden. Jedoch gilt dies nicht nur für die Außenwelt, sondern auch für die Unsichtbaren selbst, die keiner Kontrolle mehr unterworfen sind und deshalb glauben, über den Dingen zu stehen. Der menschliche Verstand ist durch die Unsichtbarkeit einer harten Prüfung ausgesetzt, die nur wenige bestehen. Andere verfallen der Hybris, unantastbar zu sein, und werden, wie der Brite Herbert George Wells einst vermutete, zu ruchlosen Mördern.

Es ist, als würde die Unsichtbarkeit das, was in uns verborgen ist, umso deutlicher offenbaren – jene Abgründe, die in uns lauern und in die wir nur deshalb nicht stürzen, weil äußere moralische Zwänge und die Furcht vor Strafe uns davon abhalten. Der Unsichtbare jedoch braucht keine Strafe zu fürchten, folglich hält er sich nicht an die Gesetze der Zivilisation. Barbarei ist die Folge, ein Rückfall in eine Ideologie, die das Recht des Stärkeren propagiert.

Etwas jedoch gibt es, das selbst die Grauen fürchten, ein Feind, vor dem auch das Privileg, nicht gesehen zu werden, keinen Schutz bietet, und den sie fast ebenso entschlossen bekämpfen wie uns: die Zeit ...

Unsichtbare altern, und auch wenn sie dies langsamer tun, weil der Zustand der molekularen Oszillation ihre Zellen beständig erneuert, sind ihrem irdischen Dasein doch Grenzen gesetzt. Das Reich, das sie errichten wollen, jedoch soll Bestand haben. Als unmittelbare Folge aus diesem Widerspruch gilt ihr Kampf nicht nur der sichtbaren Welt, sondern auch der Vergänglichkeit. Eine Möglichkeit zu finden, die Herrschaft des Ordens auf unbestimmte Zeit zu verlängern und das Fortbestehen ihrer Rasse in der Zukunft zu garantieren, ist daher ihr erklärtes Ziel, unterzugehen und vergessen zu werden ihre größte Furcht.

Vielleicht, mein Freund, wird diese Erkenntnis irgendwann über den Ausgang dieses Krieges entscheiden ...«

Zu einem späteren Zeitpunkt
Aufenthaltsort unbekannt

Schon in dem Moment, als er die Augen aufschlug, spürte er den heftigen Schmerz, der seinen Ursprung in seiner Wirbelsäule zu haben schien und sich über den Nacken bis zum Kopf fortsetzte. Und genau im selben Augenblick kehrte auch die Erinnerung zurück - und mit ihr die Trauer ...

»Alex ...«

Er flüsterte ihren Namen, und das Gespräch kam ihm in den Sinn, das sie auf Observationsbasis 3 geführt hatten. Alex hatte nicht an ein Scheitern der Mission glauben wollen; für den Fall, dass etwas schiefging, hatte sie darauf vertraut, dass Ismael sie beschützen würde. Und was hatte er getan?

Zum ungezählten Mal hallte der dumpfe Knall der Explosion in seinem Bewusstsein nach, der seiner Liebe und seiner Hoffnung auf ein besseres Morgen ein ebenso zynisches wie grausames Ende gesetzt hatte.

Alex hatte die Handgranate gezündet.

»Es ist vorbei«, flüsterte er. »Alles ist vorbei ...«

»Ismael?«, fragte jemand und berührte ihn an der Schulter. Da es stockdunkel war, konnte er nicht das Geringste sehen, aber er erkannte Jekylls Stimme.

»Schon gut«, versicherte er, »ich bin okay ...«

»Wir auch«, antwortete eine Stimme aus dem Hintergrund, die Rodrigo gehörte.

»Wie viele?«, wollte Ismael wissen.

»Insgesamt sind wir noch sieben«, erstattete Jekyll Bericht. »Fogg und den Piloten hat's erwischt. Alle anderen sind noch hier.«

»Großartig«, sagte Ismael ohne Freude, während er sich langsam von dem kalten, rostigen Metallboden erhob, auf dem er gelegen hatte. »Und wo sind wir hier?«

»In einer Art Container, würde ich sagen«, antwortete Jekyll. »Als ich erwachte, hatte ich das Gefühl, als würde der Boden schwanken, aber inzwischen bin ich mir nicht mehr ganz sicher.«

»Verdammt«, sagte Ismael. Er gab sich keine Mühe, seine Frustration und seine ohnmächtige Wut zu verbergen. Er hatte alles verloren, was ihm je etwas bedeutet hatte – zuerst Oberon, der nicht nur sein Anführer, sondern auch sein Mentor und väterlicher Freund gewesen war, dann seine Familie. Und nicht zuletzt auch den Kampf, dessentwegen er in seinem Leben so viele und furchtbare Opfer hatte bringen müssen.

Solange es noch einen Funken Hoffnung gegeben hatte, hatte sich der Unsichtbare am Riemen gerissen, hatte er seinen Untergebenen das Gefühl zu vermitteln versucht, dass ihre Sache noch nicht verloren war, unabhängig davon, wie sehr ihn der Verlust des Hauptquartiers und der Tod ihrer Anführer getroffen hatte. Nun jedoch fiel die mühsam aufrechterhaltene Fassade in sich zusammen.

Der Krieg war zu Ende, und jeder Grund, den Kampf noch weiter fortzusetzen, war Ismael genommen ...

»Warum haben sie uns nicht getötet?«, fragte Jemina in die Stille, und eine andere Unsichtbare, die auf den Codenamen »Becky Thatcher« hörte, erwiderte: »Wahrscheinlich haben sie irgendetwas mit uns vor.«

»Wahrscheinlich«, sagte Ismael nur. Kein Widerspruch von seiner Seite, kein Wort der Ermutigung.

»Wohin sie uns wohl bringen?«

»Ich weiß es nicht«, gestand Ismael offen, »und es ist mir auch gleichgültig. Der Kampf ist verloren, Freunde, unsere letzte Hoffnung gescheitert. Es ist vorbei.«

Niemand sagte etwas dagegen. Dennoch konnte Ismael das Entsetzen spüren, das seine Leute packte. Veränderungen ihrer Körpertemperatur sowie minimal erhöhte Ausdünstungen ließen auf eine nochmalige Steigerung des ohnehin schon hohen Stresspegels schließen.

»Commander«, fragte Thatcher leise, »ist das Ihr Ernst?«

»Und ob das mein Ernst ist, Corporal«, entgegnete er düster. »Nie zuvor ist es mir damit so ernst gewesen wie in diesem Augenblick.«

In der Dunkelheit starrte er schweigend vor sich hin. Nach allem, was geschehen war, hatte er nur das Verlangen, allein zu sein, und er versuchte sich vorzustellen, dass niemand außer ihm in der undurchdringlichen Schwärze gefangen war.

Aber es gelang ihm nicht ...

»Verdammt!«, rief er. »Was wollt ihr von mir?«

»Das, was alle Soldaten von ihren Vorgesetzten wollen«, entgegnete Dr. Jekyll unbarmherzig. »Führung.«

»Führung«, echote Ismael spöttisch. »Und wohin soll ich

euch führen? In den Tod? So wie ich meine Familie in den Tod geführt habe?«

Betretenes Schweigen war die einzige Antwort.

»Ich habe in diesem elenden Krieg alles geopfert, was ich hatte. Ich kann nicht mehr, versteht ihr?«, blaffte er, um gleich darauf etwas leiser hinzuzufügen: »Und ich will auch nicht mehr ...«

Das Schweigen hielt an, niemand sprach ein Wort. Dennoch konnte Ismael abermals Veränderungen wahrnehmen: Anspannung, die zur Furcht wurde, Mitgefühl, das sich in Ablehnung verkehrte ...

»Harsche Worte, Commander.« Jekyll ließ sich unmittelbar neben ihm nieder.

»Und?«

Der Doktor schnaubte geräuschvoll. »Ich behaupte nicht, auch nur annähernd ermessen zu können, was du verloren hast und wie du dich fühlen musst. Ich habe Alex auch gemocht, und ich ...« Er unterbrach sich und schien nach den passenden Worten zu suchen, sie jedoch nicht zu finden. »Wie gesagt«, wiederholte er deshalb, »ich maße mir nicht an, es dir nachempfinden zu können. Aber ich weiß auch, dass deine schwangere Frau nicht der einzige Menschen gewesen ist, dem gegenüber du eine Verpflichtung eingegangen bist.«

»Was willst du damit sagen?« Der Doc war der Einzige, der auf diese Weise mit Ismael sprechen durfte.

»Diese Leute hier sind dir ohne Zögern gefolgt. Sie wussten, wie groß die Gefahr war, und haben es dennoch getan.«

»Und daran habe ich Schuld?«, fragte Ismael leise. »Willst du mir das auch noch anhängen?«

»Sie haben dir vertraut und haben an dich geglaubt«, bekräftigte Jekyll. »Nur aus diesem Grund haben sie sich auf diesen Wahnsinn eingelassen, und jeder Einzelne von ihnen war und ist bereit, sein Leben für dich und unsere Sache zu opfern.«

»Worauf willst du hinaus?«

»Ich will darauf hinaus, dass du dich deiner Verantwortung nicht einfach entledigen kannst wie eines alten Handschuhs. Diese Menschen vertrauen dir, Ismael, und du bist ihnen verdammt noch mal was schuldig. Du darfst dieses Vertrauen nicht enttäuschen. Keiner von uns erwartet, dass du Wunder vollbringst, aber ...«

»Was wollt ihr dann, verdammt?«

»Wir wollen unseren Anführer zurück«, antwortete Rodrigo an Jekylls Stelle.

»Ich verstehe«, erwiderte Ismael, wieder ruhig und beherrscht. »Ich fürchte nur, ihr alle habt etwas nicht verstanden ...«

»Und was wäre das?«

»Dieser Anführer, von dem du sprichst, existiert nicht mehr«, erklärte Ismael mit leiser Stimme. »Eine explodierende Handgranate hat ihn zerfetzt, zusammen mit Alex und ...«

Er verstummte, brachte es nicht über sich, den Satz zu Ende zu sprechen, auch wenn es nichts mehr an dem änderte, was geschehen war. Alex war tot, und das ungeborene Kind auch - und mit ihnen war auch jener Teil von Ismael gestorben, der bis zuletzt noch Hoffnung gehegt hatte, gegen jede Vernunft.

Was für ein Narr er gewesen war ...

Jekyll holte tief Luft, um etwas zu erwidern - als plötzlich ein summendes Geräusch zu hören war.

»Hey!«, rief jemand in der Dunkelheit. »Was ist das ...?«

Der dumpfe Klang von Metall auf Metall war zu hören, und der Boden des Containers begann zu schwanken. Einige der Unsichtbaren, die darauf nicht gefasst gewesen waren, verloren das Gleichgewicht und stürzten.

»Was ist da los?«

»Was geschieht denn jetzt?«

Das helle Summen ging in ein tiefes, mechanisches Rasseln über, während die Insassen des Containers gleichzeitig merkten, wie sich ihr Mageninhalt hob.

»Es geht hinab!«

»Ein Lastenaufzug«, vermutete Jekyll. »Offenbar wurden wir gerade auf einen Lastenaufzug verladen.«

Die Geräusche, die von draußen hereindrangen, schienen diese Vermutung zu bestätigen. Ein leises Rumpeln, das Heulen einer Hydraulik, schließlich ein trötender Warnlaut.

Dann kam der Lift zum Stehen.

Schritte waren von draußen zu hören, und der Container wurde entriegelt. Im nächsten Moment wurde er geöffnet, und ein gelbes Blinklicht blendete die Insassen.

Da sich ihre Augen mit unsichtbaren Lidern weder schließen noch mit den Händen schirmen ließen, blieb ihnen nichts, als sich abzuwenden. Gestalten, die schwere Kampfstiefel trugen, betraten den Container.

»Wer von euch ist Ismael?«, fragte eine schneidende Frauenstimme.

Ismael fühlte die Präsenz eines *Demons* ...

Endlich hatten sich seine Augen so weit an die Helligkeit gewöhnt, dass er sich wieder umdrehen konnte. Auf beiden Seiten des Containers hatten sichtbare Ordensschergen Aufstellung genommen, die mit ihren Maschinenpistolen auf die gefangenen Widerstandskämpfer zielten. In ihrer Mitte klaffte augenscheinlich eine Lücke. Dort stand der *Demon* ...

»Ich bin das«, antwortete jemand, noch ehe sich Ismael melden konnte, und zu seinem Entsetzen erkannte er Jekylls Stimme.

»Unsinn«, widersprach Rodrigo. »Ich bin Ismael ...«

»Nein, ich!«, rief ein anderer trotzig, dessen Codenamen Ismael nicht einmal mehr wusste.

Wilson?

Larson ...?

Etwas anderes wurde ihm in diesem Augenblick bewusst,

nämlich die Bedeutung dessen, was ihm Jekyll noch vor wenigen Augenblicken zu sagen versucht hatte. Dass er für die Menschen, die ihn auf dieser Mission begleitet hatten, sehr viel mehr als nur ein Anführer war.

Er war ein Symbol.

Und als solches durfte er nicht wanken ...

»Ich bin Ismael«, erklärte er ohne Zögern und mit fester Stimme. »Die anderen versuchen mich nur zu schützen.«

»Ich verstehe«, scholl es vom Eingang zurück. Selten hatte Ismael eine seelenlosere, kältere Stimme vernommen als diese. »Wie ihr wollt. Dann werden wir eben selbst herausfinden müssen, wer von euch dieser elende Bastard ist ...«

»Ich bin es«, bekräftigte Ismael. »Hast du nicht zugehört?«

»Doch«, versicherte sie, »das habe ich. Deshalb werde ich mein Verhör mit dir beginnen. Aber keine Sorge, früher oder später kommen alle an die Reihe - selbst dann, wenn du wirklich derjenige sein solltest, den wir suchen.«

Ismael ballte die Hände zu Fäusten. Die Unsichtbare verkörperte genau jene brachiale Grausamkeit, die er am Orden hassen gelernt hatte. Nicht nur freie Meinungsbildung wurde im Keim erstickt, es gab auch keine individuellen Gefühle und keine Menschlichkeit. Der *Demon* verkörperte all das, weswegen Ismael den Kampf gegen seine ehemaligen Herren aufgenommen hatte - und warum ihm viele andere gefolgt waren ...

»Alle mitkommen!«, befahl die Unsichtbare in einem Ton, der deutlich machte, dass jede Zuwiderhandlung einem Todesurteil gleichkam.

»Wohin werden wir gebracht?«, wollte Jekyll wissen.

»In eine andere Zelle. Dort werdet ihr auf euer Verhör warten - und danach auf eure Hinrichtung.«

»Unsere Hinrichtung? Wo, verdammt noch mal, sind wir hier?«, fragte Ismael, der außerhalb des Containers lediglich eine von Stahlträgern gestützte Decke sowie eine Unzahl weiterer Transportbehälter ausmachen konnte, die säuberlich aufgereiht standen. War das eine Lagerhalle? Gelblicht blinkte, das Summen von Gabelstaplern war zu hören ...

»Wo ihr seid, willst du wissen?«, sagte der *Demon* genüsslich. »Ich werde es dir sagen, Verräter. Dort, wo ihr unbedingt hinwolltet und dafür sogar eure unscheinbaren kleinen Leben riskiert habt: im Herzen der Verschwörung ...«

Genaue Lokalität unbekannt
Zur selben Zeit

Wieder und wieder liefen die Ereignisse vor ihrem inneren Auge ab, mal atemberaubend schnell wie im Zeitraffertempo, dann wieder mit quälender Langsamkeit.

Der Augenblick, in dem sie ihren Irrtum bemerkt hatte.

Die Erkenntnis, dass sie in die Falle getappt war.

Der Entschluss, die letzte Konsequenz zu ziehen.

In der festen Absicht, ihrem Leben ein Ende zu setzen und dabei möglichst viele Feinde ins Verderben zu reißen, hatte sie die Handgranate aus ihrer Jackentasche gerissen und in einem bitterbösen, zynischen Triumph hochgereckt – womöglich einen Augenblick zu lange. Denn als sie im nächsten Moment losgesprintet war, um sich auf den hundertfach überlegenen Gegner zu stürzen und die entsicherte Granate dann fallen zu lassen, hatte sie etwas getroffen.

Noch im Laufen hatte sie gemerkt, dass ihr Anorak mit grellem Rot überzogen war, aber abgesehen von einem schmerzhaften Einstich im Hals hatte sie nichts gespürt. Also hatte sie weiterlaufen wollen, aber urplötzlich hatte sie bleierne Müdigkeit ergriffen, und sie war niedergesunken, die Handgranate hatte sich ihrem Griff entwunden und war über den Boden gerollt.

Sie erinnerte sich, dem eiförmigen Gegenstand mit den charakteristischen Einkerbungen hilflos hinterhergeblickt zu haben, während er über den Beton gekullert war wie ein Spielzeug.

Dann ein gellender Schrei, und das Letzte, was sie gesehen hatte, waren menschliche Körper gewesen, die aus der Unsichtbarkeit heraus geradewegs in Stücke gerissen wurden – sie selbst jedoch war unverletzt geblieben.

Wie war das möglich?

Warum hatte die Explosion der Granate, die sich nur sieben oder acht Meter von ihr entfernt ereignet hatte, sie nicht auch zerfetzt? Warum war sie noch am Leben?

Es gab nur eine Antwort.

Gleich mehrere der Unsichtbaren, auf die sie im Hangar getroffen war, hatten sich gleichzeitig auf die Granate geworfen und die Explosionswucht und die Metallsplitter mit ihren Körpern abgefangen – Fanatiker, die sich ohne Zögern geopfert hatten, um ihre Organisation vor Schaden zu bewahren, und die Alex' Niederlage damit vollkommen gemacht hatten.

Zum einen war ihr Plan, einen der Grauen aus seinem Versteck zu locken und zu entführen, kläglich gescheitert; entsetzt hatte Alexandra erkennen müssen, dass in Wahrheit sie die Getäuschte gewesen war. Zum anderen hatte sie die einzige Waffe verloren, die sie bei sich gehabt hatte. Die Detonation der Handgranate mochte vier oder fünf Ordensdiener das Leben gekostet haben – angesichts der Masse, die Alex in dem alten Hangar erblickt hatte, fiel dieser Verlust jedoch nicht ins Gewicht. Sie selbst aber hatte damit die letzte Chance vertan, der Gewalt des Ordens zu entkommen.

Ismael hatte sie eindringlich vor den Grauen gewarnt. Nun würde sie ihre Grausamkeit am eigenen Leib erfahren. Aber das war noch nicht die größte Strafe.

Noch ungleich schlimmer war, dass sie, seit sie aus der Bewusstlosigkeit erwacht war, ihr Kind nicht mehr spürte.

So fremd ihr die Schwangerschaft zu Beginn gewesen war, so sehr hatte sie sich im Verlauf der letzten Wochen daran gewöhnt, und in dem Maß, da sie begonnen hatte, das kleine Wesen, das in ihr heranreifte, körperlich zu spüren, hatte sie auch eine emotionale Verbindung zu ihm entwickelt.

Diese Verbindung jedoch war abgerissen.

Das Baby regte sich nicht mehr. Entweder hatte die Druckwelle der Explosion trotz allem das zarte kleine Leben in ihr getötet, oder aber das Narkoseserum, das man Alex verabreicht hatte.

Damit ging ein weiterer Mord auf das Konto des Ordens, und obwohl sie ihr Kind noch nie zu Gesicht bekommen hatte, traf dieser Verlust Alex härter als alle bisherigen.

Sie hatte alles riskiert und sogar in Kauf genommen, notfalls zusammen mit dem noch ungeborenen Leben in ihr in den Tod zu gehen. Nun jedoch hatte sie ihr Kind verloren, und der Schmerz darüber war noch weitaus stärker als der über die Niederlage. Zudem musste Alex auch an Ismael denken, und im Geiste bat sie ihn um Verzeihung.

Sie versuchte, den Kopf zu heben, um sich umzusehen, aber es gelang ihr nur ein Stückweit. Infolge der Betäubung war ihre Nackenmuskulatur steinhart, und die dicken Lederriemen, mit denen ihre Hand- und Fußgelenke an einen Metalltisch geschnallt waren, hinderten sie daran, sich zur Seite zu drehen.

Alles, was sie sehen konnte, war eine von Stahlstreben getragene Decke, unter der Neonröhren leuchteten. Das kalte Licht schmerzte in den Augen, so dass Alex sie immer wieder schließen musste - und sobald sie sie schloss, hatte sie wieder die Hangarhalle und die Legion der Unsichtbaren vor Augen, wie ein Alptraum, der einfach nicht weichen wollte.

Die Geräusche, die an ihr Ohr drangen, waren dumpf und

unheimlich. Ein gleichmäßiges Wummern, das den Boden und den Tisch, auf dem sie lag, vibrieren ließ. Und hin und wieder ein ferner, unmenschlicher Schrei ...

Was ging hier vor sich?

Wohin war sie gebracht worden?

Alex wusste es nicht, und sie hatte auch keine Ahnung, wie viel Zeit seit den Ereignissen auf dem Flugplatz vergangen war. Doch all diese Fragen hatten keine Bedeutung mehr für sie. Sie hatte nichts mehr zu gewinnen und kaum noch etwas zu verlieren. Wozu sich also Gedanken machen?

Resignation ergriff von ihr Besitz. Je eher es ein Ende hatte, desto besser, redete sie sich ein. Auch wenn sie ahnte, dass man es ihr nicht so einfach machen würde ...

Irgendwann öffnete sich eine automatische Schiebetür mit leisem Summen. Alex hatte damit gerechnet, dass sie früher oder später Besuch bekommen würde, und sie hatte versucht, sich innerlich auf das vorzubereiten, was nun kommen würde.

»Guten Tag, Fräulein Lessing«, sagte eine Stimme, die sich so kalt und leblos anhörte, als dringe sie aus dem Jenseits. »Ich muss zugeben, ich bin ein wenig enttäuscht.«

»Tatsächlich?«, fragte Alex forsch, ungeachtet des Schauders, der sie durchrieselte. Sie wollte sich ihre Furcht nicht anmerken lassen, und es gelang ihr halbwegs. »Was hatten Sie denn erwartet?«

»Ich weiß es nicht«, erhielt sie zur Antwort. »Sicher keine Person, die so unscheinbar ist.«

»Tut mir leid, wenn ich Ihren Vorstellungen nicht entspreche«, entgegnete Alex ohne Bedauern.

»Sie spotten«, stellte die Stimme fest. »Erstaunlich. Ihr Mut ist beachtlich. Vielleicht ist es aber auch nur nackte Verzweiflung.«

»Was Sie nicht sagen«, blaffte Alex, die weiterhin erfolglos den Kopf zu heben versuchte, um endlich einen Blick auf den Sprecher zu erhaschen. »Wer sind Sie, verdammt noch mal? Halten Sie mich für so gefährlich, dass ich Sie nicht einmal zu Gesicht bekommen darf?«

»Im Gegenteil, meine Teure«, konterte der andere. »Sie haben ausgespielt - und das Privileg meinesgleichen war es stets, sich zeigen zu dürfen.«

Er hatte kaum zu Ende gesprochen, als sich der Tisch, auf dem Alex lag, bewegte. Von einem mechanischen Geräusch begleitet, richtete sich das Kopfende langsam auf, während das Fußende absackte. Endlich konnte sie mehr von dem Raum sehen, in dem sie festgehalten wurde - eine enge Kammer von vielleicht sechs Quadratmetern Grundfläche, deren Wände aus nacktem Stahl bestanden. Die Tür stand noch immer offen, dahinter befand sich ein Korridor. Und natürlich erblickte Alex auch den Mann, mit dem sie gesprochen hatte - und sie sog scharf die Luft ein, als sie erkannte, dass es sich nicht um irgendeinen Ordensschergen handelte, sondern um einen Grauen.

Einer der geheimnisvollen Anführer des Ordens ...

Er war unsichtbar bis auf den obligatorischen Mantel und den Hut, und beides ließ ihn noch unheimlicher erscheinen. Alex wusste, dass dieser Effekt beabsichtigt war, dennoch zeigte er Wirkung ...

»Feigling«, stieß sie hervor, um ihre wachsende Furcht zu vertuschen.

»Wovon sprechen Sie?«

»Jetzt zeigen Sie sich. Ich hatte Sie eigentlich früher erwartet.«

»Was denn?« Der Kopf unter dem Hut legte sich schief. »Erinnern Sie sich etwa nicht an unsere Begegnung? Ich war es, Fräulein Lessing, der Sie im Hangar begrüßt hat.«

Alex wollte den Grauen einen Lügner schelten, aber dann erkannte sie die krächzende Stimme, die sie gehört hatte, kurz nachdem sie die Hangarhalle betreten hatte.

»Ah, Sie erinnern sich«, stellte der Unsichtbare zufrieden fest. »Nur für das Protokoll: Hatten Sie vor, mich in die Luft zu sprengen, oder wollten Sie mich von Ihren verräterischen Freunden entführen lassen?«

»Meine Freunde ...« Alex stockte der Atem. »Wo sind sie?«

»Wollen Sie das wirklich wissen?«

»Natürlich.«

»Geht es Ihnen um alle Ihre Freunde - oder vornehmlich um den mit dem Namen Ismael?«

»Wo ist er?«, verlangte Alex zu wissen.

»Tot«, sagte der Graue unbarmherzig. »Er weiß es nur noch nicht. Der Innerste Kreis hat beschlossen, ihn hinrichten zu lassen und ein Video seiner Exekution an all jene zu schicken, die sich möglicherweise mit dem Gedanken tragen, unserer Organisation abtrünnig zu werden. Sie werden sehen, wie sein Körper plötzlich sichtbar wird, wenn sein Kopf nicht mehr auf den Schultern sitzt ...«

»Schwein!«, zischte Alex.

»Für eine ehemalige Universitätsdozentin ist Ihr Vokabular reichlich vulgär«, rügte der Unsichtbare gelassen. »Außerdem entlarvt es Sie als schlechte Verliererin. Sie haben sich ebenso wenig an die Vereinbarung gehalten wie ich, also spielen Sie jetzt nicht die Beleidigte. Es ist an der Zeit, den Tatsachen ins Auge zu blicken.«

»Welchen Tatsachen?«

»Ihr lächerlicher Aufstand ist gescheitert, ob es Ihnen gefällt oder nicht. In New York mag es Ihnen und Ihren rebellischen Freunden noch gelungen sein, unser Vorhaben zu durchkreuzen. Diesmal jedoch sind Sie kläglich gescheitert. Oder glauben Sie, der Verlust einer einzigen Fertilisationsplantage würde die Umsetzung unserer Pläne auch nur um einen Tag verzögern?«

Er schien das Erschrecken in Alex' Zügen zu bemerken,

denn er lachte leise. »Überrascht?«, fragte er. »Haben Sie wirklich gedacht, wir würden die Zukunft unserer Organisation von einem einzigen Faktor abhängig machen? Natürlich nicht! Es gibt noch mehr dieser Plantagen, überall dort, wo die Welt nicht hinsieht und sich niemand um das schert, was dort vor sich geht. Die Interessen von euch Sichtbaren sind überschaubar: Sie haben allesamt mit Geld zu tun.«

»Sie waren auch einmal sichtbar, vergessen Sie das nicht«, konterte Alex. »Und tun Sie nicht so, als wären Sie uns moralisch überlegen. Sie benutzen diese armen Frauen als Gebärmaschinen!«

»Wohingegen die ach so ethisch handelnden Sichtbaren den Menschen in diesen Ländern nichts weiter als Waffen schicken und sie ansonsten verhungern und an Seuchen krepieren lassen!«, hielt der Graue dagegen. »Verschonen Sie mich mit Ihrer verlogenen Moral, die letztlich doch nur dazu dient, die eigenen Machtinteressen zu tarnen. Der Orden hat eine solche Maskerade nicht länger nötig.«

»Was soll das denn jetzt wieder heißen?«, wollte Alex wissen.

»Was Sie dort im Tschad gesehen haben, war nur der Anfang«, gab der Graue bekannt. »Die Plantagen, von denen Sie eine durch Zufall entdeckt und zerstört haben, befinden sich schon seit einigen Jahren im Betrieb. Alle zehn Monate wird eine neue Generation unsichtbarer Kämpfer geboren, die wir in unseren Schulen erziehen und heranbilden. Im Alter von sechzehn Jahren schließlich werden sie in sogenannten Schläferzellen organisiert, die überall auf der Welt eingerichtet wurden und wo sie nur darauf warten, dass der Orden sie ruft. Ich spreche von Hunderten, von Tausenden Unsichtbarer, Fräulein Lessing. Unerkannt werden sie in die sichtbare Welt eindringen und dort ein Chaos stiften, aus dem letztlich nur der Orden einen Ausweg bieten kann.«

»Zum Preis der Freiheit«, ergänzte Alex.

»Man kann nicht alles haben«, parierte der Graue ölig.

Alex erwiderte nichts darauf.

So unheimlich ihr der Unsichtbare war, so sehr sie sich vor dem fürchtete, was er verkörperte, und so sehr sie entsetzte, was er ihr erzählte - noch größer waren der Schmerz, die Wut und die Frustration, die in ihr brodelten.

Bislang hatte sie es stets nur mit irgendwelchen Schergen zu tun gehabt, die der Orden vorschickte, mit Handlangern und Stellvertretern. Nun jedoch stand einer der Gründer der Organisation vor ihr, auf dessen Konto der Tod unzähliger Menschen ging, darunter viele, die ihr etwas bedeutet hatten. Zum ersten Mal blickte Alex dem Bösen ins unsichtbare Gesicht ...

»Sie sind ein Monstrum«, zischte sie. »Und das in jeder nur denkbaren Beziehung!«

»Ich weiß, worauf Sie anspielen.« Der Graue stöhnte. »Es ist wahr, dass meinesgleichen einen sehr hohen Preis für das bezahlt hat, was wir sind. Aber er ist es wert gewesen.«

»Sind Sie sicher?«

»Allerdings. Denn in unserem Fall hat das Opfer letztlich den Sieg gebracht, Ihnen und Ihren erbärmlichen Freunden jedoch nichts als Schmerzen. Überzeugen Sie sich selbst.«

Auf einen Wink von ihm hob sich die Wand auf der linken Seite der Kammer. Dahinter befand sich eine Glasscheibe, durch die man in die benachbarte Kammer blicken konnte. Darin gab es ebenfall einen metallenen Tisch, und auf diesem Tisch lag - Alex traute ihren Augen nicht - Paolo Genaro!

Ihre Erleichterung darüber, den tot geglaubten Freund am Leben zu sehen, währte nur einen Augenblick. Denn als sie sah, wie Paolos halbnackter Körper in wilde Zuckungen verfiel und sich vor Schmerzen aufbäumte, da wurde ihr klar, dass ihn ein Schicksal ereilt hatte, das schlimmer war als der Tod. Aus seinem weit aufgerissenen Mund, der wie ein Krater in seinem von Blessuren übersäten Gesicht klaffte, drang ein gellender Schrei, der selbst noch durch das dicke Glas gedämpft zu hören war.

»Nein!«, protestierte sie. »Hören Sie auf damit!«

»Wieso sollten wir?«

»Weil er kein Mitglied des Widerstands ist!«, rief Alex mit vor Entsetzen schriller Stimme. »Er hat Ihnen nichts getan.«

»Das sehe ich anders. War es nicht Dr. Genaro, der in Südamerika um ein Haar das Geheimnis unserer Herkunft ausgegraben hätte? Bisweilen kann Wissen eine sehr gefährliche Waffe sein. Gerade Ihnen sollte das klar sein.«

»Sie sind wahnsinnig«, stellte Alex fest.

»Das«, konterte der Unsichtbare gelassen, »wird auch von Napoleon behauptet. Oder von Cäsar. Oder von Alexander dem Großen. Allesamt bemerkenswerte Menschen - auch wenn sie nur allzu sichtbar waren ...«

»Napoleon und Cäsar ...«, stieß Alex hervor. »Ist das die Tradition, in der Sie sich sehen?«

»Fällt Ihnen ein treffenderer Vergleich ein?«

»Und ob«, konterte Alex. »In meinem Land haben wir einschlägige Erfahrungen mit größenwahnsinnigen Diktatoren gesammelt ...«

»Wollen Sie mich provozieren?« Der Graue lachte rasselnd. »Das wird Ihnen nicht gelingen. Noch vor einigen Tagen hatten wir den Sieg lediglich in Reichweite - heute kann ich sagen, dass wir ihn errungen haben.«

Er hatte den rechten Arm emporgereckt, und obwohl Alex seine Hand nicht sehen konnte, wusste sie, dass sie zur Faust geballt war, in einer Geste des Triumphs.

»Freuen Sie sich nicht zu früh«, sagte Alex, jedes einzelne Wort betonend. »Ihr Sieg könnte sich sehr leicht in eine Niederlage wandeln.«

»So ein Unsinn!«, höhnte er. »Wie sollte das geschehen?«

»Zum Beispiel, indem wir Sie getäuscht haben«, antwortete Alex. »Sie waren begierig darauf, genetisches Material eines zukünftigen Menschen in die Finger zu bekommen, nur deshalb haben Sie sich auf den Austausch eingelassen. Aber ich werde Ihnen etwas sagen, Sie arroganter Mistkerl: Wir haben Sie gelinkt! Es stimmt, dass ich ein Kind in mir trage, aber es hat ebenso wenig zukünftige Genmerkmale in sich wie Sie oder ich! Wie gefällt Ihnen das?«

Sie hatte immer lauter gesprochen und die letzten Worte förmlich hinausgeschrien in der Hoffnung, damit irgendeine Reaktion zu erzielen.

Der Graue jedoch blieb gelassen.

»Ich weiß«, sagte er nur.

»Sie lügen!«

»Warum sollte ich? Bei diesem ganzen Manöver ging es mir letztlich nur darum, Ismael zu fassen.«

»Das ... das ist nicht wahr!«, schrie sie. »Bis vor wenigen Augenblicken wussten Sie noch nichts von unserer Täuschung. Es ging Ihnen darum, Oberons Kind zu bekommen!«

»Wäre es so gewesen, hätte ich nichts dagegen einzuwenden gehabt«, gab der Graue zu. »Durch Dr. Genaros Befragung haben wir allerdings längst die Wahrheit erfahren, nämlich dass Ismael der Vater des Kindes ist. Aber das macht es nicht weniger interessant.«

»W-was soll das heißen?«

»Als Chef der Abwehrabteilung des Ordens gehört es zu meinen Aufgaben, diejenigen Unsichtbaren zu bestimmen, die für eine Ausbildung zum *Demon* in Frage kommen. In all den Jahren habe ich nur zwei Schüler erlebt, deren Begabungen die ihrer Mitschüler um ein Vielfaches übertrafen. Der eine von ihnen war Gallagher, der andere Ismael. Ein Kind, das seine Genmerkmale trägt, ist für uns überaus wertvoll.«

»Das Kind, das seine Genmerkmale trägt«, wiederholte Alex, während ihr Tränen in die Augen schossen, »ist tot, Sie elender Bastard! Sie haben es umgebracht!«

»Tatsächlich?« Die Stimme des Grauen zeigte weder Unsicherheit noch Bedauern, sie schwankte nicht einmal. »Dann sollten wir uns mit der Operation beeilen. Nummer 12 benötigt eine vollständige DNS-Sequenz.«

»Operation?«

»Natürlich«, erwiderte der Graue. »An Ihnen ist uns nicht gelegen, Fräulein Lessing – nur an dem, was in Ihnen ist. Und Sie haben es freundlicherweise zu uns gebracht ...«

Wo, in aller Welt, waren sie?

Aus der Containerhalle hatte man Ismael und seine Leute durch ein Gewirr von Gängen in eine Inhaftierungszelle geführt, ohne dass sie die Sonne auch nur einmal zu sehen bekommen hätten. Seither waren sie in einer Kammer eingesperrt, die ganz aus Metall bestand und deren einzige Lichtquelle eine Öffnung in der Zellentür war, durch die ein fahler Schein sickerte. An sich war Dunkelheit für Unsichtbare kein Problem, denn sie waren daran gewöhnt, einander nicht zu sehen – auf die Moral jedoch hatte die ständige Düsternis alles andere als eine förderliche Wirkung, und so war es wohl auch beabsichtigt ...

»Wenn ich nur wüsste, wo verdammt noch mal wir hier sind«, knurrte Rodrigo. »Was für ein seltsamer Ort ist das hier?«

»Die Agentin hat gesagt, dass wir uns im Herzen der Verschwörung befinden«, entgegnete Dr. Jekyll. »Das würde dann wohl bedeuten, dass man uns ins Hauptquartier des Ordens gebracht hat.«

»Eine Lüge«, war Jemina überzeugt.

»Kaum«, meinte Ismael, der in einer Ecke kauerte, ein wenig abseits von den anderen. »Wieso sollte sie uns die Unwahrheit sagen? Wir stellen für den Orden keine Bedrohung mehr dar. Das ist vorbei.«

»Diese Agentin, dieser *Demon* ...«, begann Jekyll.

»Was ist mit ihr?«

»Ist sie dir bekannt?«

»Nein. Aber das hat nichts zu sagen. Der Hades spuckt unentwegt neue *Demons* aus.«

»Und Sie glauben wirklich, dass wir uns in ihrem Hauptquartier befinden, Commander?«, fragte Becky Thatcher.

»Wer weiß, Corporal«, entgegnete Ismael. »Es wäre möglich.«

»Wenn du recht hast, müssen wir wohl alle Vermutungen revidieren, die wir jemals bezüglich ihres Hauptquartiers angestellt haben«, überlegte Jekyll. »Wann immer wir danach gesucht haben, haben wir einen Schlupfwinkel auf dem Festland vermutet, einen Bunker, eine Höhle, was auch immer.«

»Das erklärt, warum wir niemals fündig geworden sind«, pflichtete Ismael bei. »Denn offenbar befinden wir uns auf dem Wasser.«

»Auf ... dem Wasser?«, fragte der, dessen Namen Ismael vergessen hatte.

»Natürlich«, stimmte Jekyll zu, »merkt ihr es denn nicht? Der Boden unter unseren Füßen schwankt leicht. Anfangs dachte ich, es wären die Nachwirkungen der Betäubung, aber das ist es nicht. Wir sind auf einem Schiff - dafür spricht auch die Bauweise dieser Zelle und der Korridore, die wir passiert haben.«

»Ein ziemlich großes Schiff«, meinte Rodrigo.

»Das ist wahr. Ich frage mich, was ...«

Jekyll unterbrach sich, als vor der Zellentür plötzlich Schritte und gedämpfte Stimmen zu hören waren. Die Verriegelung wurde geöffnet, die Tür schwang auf, und zwei unsichtbare Ordensbüttel schleppten einen sichtbaren Mann herein, der mehr tot war als lebendig.

Soweit es im Gegenlicht zu erkennen war, war sein nackter, schweißglänzender Oberkörper von Brandwunden übersät. Es sah aus, als würde der halb Bewusstlose mit ausgebreiteten Armen und über den Boden schleifenden Füßen von selbst über die Schwelle schweben, und dieser Anblick hatte sogar für die Unsichtbaren etwas Bizarres. Plötzlich stürzte er und blieb liegen, und im nächsten Augenblick hatten seine Bewacher die Zelle bereits wieder verlassen und die Tür hinter sich verriegelt.

»Verdammt«, knurrte Rodrigo. »Wir hätten die Gelegenheit nutzen und einen Fluchtversuch wagen sollen.«

»Wohin?«, fragte Ismael. »Wir befinden uns auf einem Schiff, schon vergessen?«

Zusammen mit Jekyll trat er zu dem Sichtbaren, der sich stöhnend auf dem geriffelten Metallboden wälzte. Als er sich herumdrehte und der einfallende Lichtschein sein verschwollenes und von blutigen Blessuren übersätes Gesicht berührte, erkannten sie in ihm Paolo Genaro.

»Doktor!«, rief Jekyll und fiel neben ihm nieder, prüfte seine Pupillen und seinen Puls. Genaro reagierte überhaupt nicht, sondern stöhnte nur weiter.

»Wie ist sein Zustand?«, wollte Ismael wissen.

»Ziemlich mitgenommen, würde ich sagen, aber nicht lebensbedrohlich.«

»Standardverfahren«, folgerte Ismael. »Sie lassen ihn am Leben, bis sie sicher sind, dass er ihnen alles verraten hat.«

»Doktor, können Sie mich hören?«, sprach Jekyll auf den Gefolterten ein. »Verdammt, Paolo, komm schon ...«

Diesmal reagierte der Archäologe. Das linke Auge war zugeschwollen, und er konnte es nicht öffnen. Das rechte jedoch blinzelte.

»Ja, so ist es gut. Komm zu dir, Paolo.«

»Wo ...? Wer ...?« Seine Stimme rasselte wie eine Kettensäge. Verwirrt zuckte das eine Auge umher.

»In einer Gefangenenzelle«, gab Ismael zur Antwort. »Du bist in Sicherheit. Vorerst wenigstens.«

Paolo warf den Kopf herum, starrte den Unsichtbaren, dessen Brust und untere Gesichtspartie mit Farbe markiert waren, ungläubig an. »I-Ismael ...?«

»Genau der. Sorry, Mann. Du wirst mich einfach nicht los.«

»Geschenkt.« Der Italiener versuchte ein Grinsen, das er jedoch nicht zustande bekam. Stattdessen zuckte er schmerzvoll zusammen.

»Wie bist du hierher gekommen?«, wollte Ismael wissen, obwohl er sich die Antwort denken konnte.

»Rom ... Überfall ... verschleppt ...« Die wenigen Worte, die der Italiener über die aufgeplatzten Lippen brachte, machten den Sachverhalt begreiflich. »Dr. Kwon ... ist tot ...«

»Dachte ich mir«, sagte Ismael. »Offen gestanden haben wird das auch von dir gedacht ...«

Der Italiener lachte bitter auf. »Ich wünschte ... es wäre so ...«, rasselte er, um gleich darauf hinzuzufügen: »Was ist ... mit dem Mädchen ... Kim Li? War hier in der Zelle ... abgeholt worden ...«

»Sie ist in Sicherheit«, sagte Jekyll beklommen. »Es gab einen Austausch.«

»Austausch? Gegen wen? Euch etwa?«

»Nein«, entgegnete Ismael gepresst. »Alex. Aber die Sache ist schiefgegangen.«

»Alex?« Das Flackern in Paolo Genaros verbliebenem Auge zeigte deutlich, dass er noch immer Gefühle für sie empfand. Ismael konnte es ihm nicht verdenken, und angesichts der Lage verspürte er weder Wut noch Eifersucht. »Also deswegen ist sie hier ...«

»Nein«, wiederholte der Unsichtbare seufzend. »Wie ich schon sagte, die Sache ist schiefgegangen. Schrecklich schief. Alex ist tot, Paolo ...«

»Was?«

»Mich allein trifft die Schuld«, sagte Ismael mit leiser, brüchiger Stimme. »Ich hätte es niemals dazu kommen lassen dürfen ...«

»Aber das ... das kann nicht sein!«, entgegnete der Italiener und schaffte es, sich trotz seines malträtierten Zustands halb aufzurichten. »Ich ... habe Alex *gesehen* ...«

»Was? Wann?«

»Vorhin erst ... Als sie mich losschnallten ... Alex war in der Zelle nebenan ... konnte sie durch die Glasscheibe sehen ...«

»Bist du ... sicher?«

»Anfangs nicht ... dachte, dass ich mir das nur einbilde ... aber jetzt, da ich weiß, dass es sein könnte ...«

»Ja oder nein?«, fragte Ismael aufgewühlt.

»Ja«, antwortete Paolo mit fester Stimme. »Sie war es. Ganz bestimmt.«

Von Ismael kam keine Antwort. Er kauerte auf dem Boden und zitterte am ganzen Körper. Konnte es wirklich sein? Er hatte fest damit gerechnet, seine Geliebte niemals wiederzusehen, und nun ...

Sie hatte ihm erzählt, dass sie in jener Nacht in Hongkong, als sie ihn für tot hielt, die Hölle auf Erden durchlebt hatte. Ismael verstand nun, was sie damit meinte.

»Ismael, alles in Ordnung?«

Jekylls Stimme riss ihn aus seinen Gedanken. Die Flut an unterschiedlichsten Emotionen, die ihn in diesem Moment überkam, war unbeschreiblich, aber noch wollte Ismael seinem Glück nicht recht trauen.

»Wo genau ist sie?«, wollte er wissen. »Könntest du mich hinführen?«

»Ich denke schon ... dieser verdammte Kahn ... ziemlich groß ...«

»Wir sind also auf einem Schiff.«

»Nehme es an ...«

»Wir ebenso«, stimmte Jekyll zu. »Da wir alle besinnungslos waren, als wir hergebracht wurden, wissen wir allerdings nicht, wie lange der Transport gedauert hat. Folglich haben wir auch keine Ahnung, wie weit draußen auf dem Meer wir sind.«

»War ebenfalls ... ohne Bewusstsein«, stammelte Paolo. »Nur kurz aufgewacht ... War in einem Flugzeug ... blauen Himmel gesehen ...«

»Wo war das?«

»Weiß es nicht ...«

»Hast du noch etwas gesehen? Versuch dich zu erinnern!«

Paolo schüttelte den Kopf. »Nicht viel ... war eisig kalt ... und da waren Hütten ...«

»Hütten?«

»Baracken ...«

»Militärunterkünfte?«

»*Si* ...«

Ismael blickte in Jekylls gefärbtes Gesicht. Beide dachten in diesem Moment das Gleiche. Könnte es der alte Luftwaffenstützpunkt gewesen sein, den Paolo gesehen hatte?

»Danach wurde ich ... in einen Hubschrauber ... gesteckt«, fuhr der Italiener mit schwacher Stimme fort. »Aber ... weiß nicht, wie lange geflogen ... wieder zusammengeschlagen ...«

»Wenn sie einen Hubschrauber benutzten, lässt das auf eine geringere Entfernung schließen«, meinte Jekyll. »Möglicherweise befinden wir uns irgendwo vor der Küste Alaskas, vielleicht sogar noch in amerikanischen Hoheitsgewässern.«

»Davon haben wir nichts«, wandte Rodrigo ein.

»Möglicherweise doch«, widersprach Ismael, in dessen Kopf ein wahnwitziger Plan Gestalt annahm. »Wenn wir uns tatsächlich auf einem Schiff befinden, das vor der Küste Alaskas kreuzt, muss es auf irgendeine Weise getarnt sein, um kein Aufsehen zu erregen. Falls es uns gelänge, diese Tarnung aufzuheben ...«

»Klingt gut«, stieß Paolo hervor und brachte diesmal tatsächlich ein schiefes Grinsen zustande.

»Wirst du mir helfen, Alex zu finden?«

»Natürlich«, sagte der Italiener ohne Zögern zu seinem ehemaligen Rivalen. »Ich helfe, so gut ich kann ...«

»Danke, Paolo. Vorerst jedoch haben wir noch eine andere Aufgabe zu erledigen.«

»Wir stehen zur Verfügung, Commander«, versicherte Rodrigo, der ebenso wie alle anderen erleichtert darüber war, dass Ismael wieder ihr Anführer war. »Sagen Sie uns nur, was wir tun müssen.«

»Ganz einfach«, antwortete Ismael rätselhaft. »Zur Abwechslung einmal *nicht* unsichtbar sein ...«

27.

[...] Der ersten Gruppe des in Coronado, Kalifornien, stationierten Naval Special Warfare Command (NSWG1) direkt unterstellt ist eine spezielle Ausbildungseinrichtung, in der ein Trainingskader, bestehend aus sechs Mann, Platoons und Schnellbooteinheiten der Navy SEALs in Kriegsführung unter arktischen Bedingungen sowie in Kaltwasserumgebung unterweist. Neben beständigen Übungen und Schulungen ist ein dreiwöchiger Aufenthalt im Trainingscamp Bestandteil der Ausbildung eines jeden SEAL-Elitesoldaten, ehe er seinem ersten wirklichen Einsatzkommando überstellt wird.

Das Camp befindet sich in Kodiak, Alaska.

Aus: Special Warfare
LTCR Wayne Rubick
Little Creek, 2006

»Arx Profunda«
Hauptquartier des Ordens
7 Uhr 18 Ortszeit

Alex hatte jedes Zeitgefühl verloren. Sie wusste nicht, ob es Nacht war oder Tag, später Abend oder früher Morgen, und es war ihr auch gleichgültig. Sie war nur erschöpft und müde - und von unendlicher Trauer und Resignation erfüllt.

Man hatte sie in einen Raum gebracht, der an den Operationssaal einer medizinischen Fakultät erinnerte: In der

Mitte gab es einen OP-Tisch, auf den man Alex gelegt hatte, nachdem sie von unsichtbaren Händen entkleidet worden war. Dann war ein grünes Tuch über sie ausgebreitet worden. Über ihr hing eine OP-Leuchte, deren grelles Licht in Alex' Augen schmerzte. Umgeben wurden der Tisch und die medizinischen Gerätschaften auf beiden Seiten von einem gläsernen Zylinder, der sich wie eine riesige Käseglocke über alles stülpte. Eine Schleuse riegelte den Zylinder hermetisch ab, so dass jede Gefahr einer Verbreitung von Viren oder Bakterien ausgeschlossen war.

Antiseptischer Geruch erfüllte das Innere der Glaskuppel, der Alex Übelkeit verursachte. Außerhalb jedoch waren in einem weiten Bogen Sitze aufgestellt worden, auf denen die grauen Eminenzen Platz genommen hatten, die dem Orden vorstanden - die zwölf Angehörigen des Innersten Kreises, unter ihnen auch Nummer 8, der sich Alex als Chef der Abwehrabteilung vorgestellt hatte.

Alex wusste nicht, ob sie die Grauen hassen oder sich vor ihnen fürchten sollte. Man hatte ihr eine Spritze verabreicht, die ihre Empfindungen dämpfte und ihre Konzentrationsfähigkeit beeinträchtigte. Nur eines wusste sie: dass sie nicht wollte, dass man ihr den Bauch aufschnitt, um ihr vor den Augen der Grauen ihr ungeborenes Kind zu entreißen.

Die Schleuse öffnete sich, und vier Gestalten betraten die Glaskuppel, die alle OP-Kleidung und Mundschutz trugen. Nur einer von ihnen war ein Unsichtbarer; die anderen drei waren vermutlich Wissenschaftler, die ihre Seele verkauft und sich dem Orden verschrieben hatten. Abscheu erfüllte Alex, aber sie war nicht mehr in der Lage, Widerstand zu leisten. Nackt und wehrlos lag sie auf dem Operationstisch und beobachtete mit schreckgeweiteten Augen, was ringsum geschah: Die Vermummten bereiteten die Operation vor, deren Ziel darin bestand, an den Embryo zu gelangen. Alex gab sich keinen Illusionen darüber hin, was mit ihr geschehen würde.

»Sind Sie bereit?«, drang die schnarrende Stimme von Nummer 8 aus einem Lautsprecher.

»Bereit«, erwiderte der Unsichtbare, der das OP-Team führte. Einer seiner Helfer reichte ihm ein Skalpell.

»Dann tun Sie, was nötig ist, Nummer 12«, verlangte der Graue, der zusammen mit zehn seiner Artgenossen draußen saß und durch das Glas gaffte.

Und in diesem Moment spürte Alex etwas in ihrem Unterleib.

Der Impuls war nur zaghaft und kaum wahrnehmbar, und es dauerte einige Sekunden, bis sie trotz ihres Dämmerzustands begriff, was geschehen war. Aber dann war es ihr plötzlich klar: Etwas in ihr hatte sich geregt!

Ihr Kind war noch am Leben ...

Sie hatten gewartet.

Der weibliche *Demon* hatte ihnen angekündigt, dass sie allesamt einem Verhör unterzogen und danach hingerichtet würden. Als die Zellentür erneut geöffnet wurde, schlugen Ismael und seine Leute zu.

Es war ein ganzer Trupp, bestehend aus zwei sichtbaren und zwei unsichtbaren Ordensschergen. Die Sichtbaren trugen Wärmesichtgeräte und waren mit Maschinenpistolen bewaffnet, die sie allerdings über der Schulter hängen hatten. Mit Widerstand schienen sie nicht zu rechnen, vertrauten wohl darauf, dass die aussichtslose Lage und die einschüchternde Umgebung den Gefangenen jeden Mut genommen hatten. Fast hätten sie damit recht behalten, doch Ismael hatte etwas wiedergefunden, was er verloren geglaubt hatte: einen Grund, für den es sich lohnte weiterzuleben.

Das Erste, was die Wachleute sahen, als sie die Zellentür öffneten, war Paolo Genaro.

Der Archäologe lag auf dem Boden, das Gesicht nach unten, und regte sich nicht mehr.

»He, du!«, fuhr ihn einer der Unsichtbaren an. »Was ist mit dir? Steh auf!«

Genaro rührte sich nicht.

»Bist du etwa abgekratzt? Verdammte Scheiße!«

Die Wächter betraten die Zelle, doch kaum hatte der Letzte von ihnen seinen Fuß über die Schwelle gesetzt, stürzte das Verderben auf sie ein.

Sich so zwischen die Deckenträger stemmend, dass sie dort oben zu schweben schienen, hatten Ismael und Rodrigo schweigend ausgeharrt. Hätte einer der beiden Sichtbaren nach oben geblickt, hätte er sie durch die Spezialbrille entdeckt. Der vermeintliche Leichnam jedoch hatte ihre Aufmerksamkeit in Anspruch genommen und sie abgelenkt.

Ismael, der sich mit ausgebreiteten Armen senkrecht fallen ließ, riss gleich zwei der Wächter von den Beinen. Der Sichtbare begriff nie, was mit ihm geschah - sein Kopf wurde mit derartiger Gewalt herumgerissen, dass sein Genick augenblicklich brach. Der Unsichtbare, den Ismael gleichzeitig attackiert hatte, reagierte schnell, rollte sich ab und stand sofort wieder auf den Beinen. In atemberaubend schneller Folge stachen seine zu tödlichen Krallen geformten Hände auf Ismael ein, der sie nur mit knapper Not abwehren konnte, so dass sie sich nicht in seine Kehle bohrten. Im nächsten Moment warfen sich Jekyll und zwei weitere Unsichtbare auf seinen Gegner und machten ihn unschädlich, während Jemina und Thatcher Rodrigo zu Hilfe eilten, der es ebenfalls mit zwei Gegnern gleichzeitig zu tun hatte. Ein ebenso erbitterter wie kurzer Kampf entbrannte zwischen den Unsichtbaren, in den der sichtbare Wächter nicht eingreifen konnte, weil er Freund und Feind nicht auseinanderhalten konnte. Ein auf wundersame Weise wieder zum Leben erwachter Paolo Genaro zog ihm schließlich die herrenlose Waffe seines Kumpanen über den Schädel, dabei ein grimmiges Grinsen in seinen verschwollenen Zügen.

»*Buona notte, cretino.*«

Der verbliebene Wächter war eingekreist. »Was soll das?«, zischte er. »Ihr habt keine Chance, und das wisst ihr genau. Ob ihr flieht oder in eurer Zelle bleibt – tot seid ihr sowieso!«

»Vielleicht«, räumte Ismael ein, »aber du auch.«

Und plötzlich sah Paolo, wie aus dem Nichts heraus ein Blutschwall hervorbrach, der sich in einem wahren Sturzbach auf den Boden ergoss und dort einen See bildete. Darin landete einen Herzschlag später der fluktuierende nackte Körper des Wächters. Jemand hatte ihm den Kehlkopf herausgerissen.

»Raus hier!«, sagte Ismael. »Paolo, wird es gehen?«

»W-was?« Der Archäologe starrte noch auf die zerfetzte Kehle des Toten.

»Wird es gehen?«, fragte Ismael noch einmal.

»Ich denke schon.«

»Dann nichts wie los! Rodrigo, Spade – helft ihm!«

»Aye, Sir«, kam es zurück, und die beiden Unsichtbaren griffen Paolo, der aus eigener Kraft noch immer nicht aufrecht gehen konnte, unter die Arme und stützten ihn.

Ismael lud sich kurzerhand den Leichnam des anderen Wächters auf die Schultern und verließ als Erster die Zelle, um die Lage zu sondieren, dann bedeutete er den anderen, nachzukommen. Jemina und Thatcher hatten die Maschinenpistolen ihrer Bewacher an sich genommen und sicherten, Jekyll übernahm die Nachhut.

So lautlos es ging, huschten sie den Gang hinab, der eine enge Kurve beschrieb – und schon nach wenigen Metern vor einem verschlossenen Schott endete. Ein Öffnungsmechanismus war nicht auszumachen, es gab offenbar nur einen Handflächenscanner, der in die Wand eingelassen war.

»Was jetzt?«, fragte Rodrigo.

Ismael nahm die Hand des Toten und presste sie auf das

Scannerglas. Sofort erwachte das Gerät zu elektronischem Leben, und ein Lichtbalken glitt unter der Hand von oben nach unten.

»Und du glaubst, das funktioniert?«, fragte Jekyll skeptisch, doch kaum war der Handflächenscan beendet, hob sich das schwere Schott, und der Weg war frei.

»Es geht doch nichts über eine helfende Hand«, meinte Ismael und ließ den Leichnam von seinen Schultern gleiten und zu Boden fallen, ehe er den Weg fortsetzte.

Der Gang auf der anderen Seite des Schotts war heller und breiter als der im Zellentrakt. Die Flüchtlinge folgten ihm um eine weitere Biegung, ehe sie zu einem von einem Geländer gesäumten Schacht gelangten, der in ungeahnte Tiefen reichte. Ein dumpfes Wummern war von unten zu hören, und erneut hatten sie das Gefühl, dass der Boden unter ihren Füßen schwankte.

»Also«, merkte Jekyll an, »wenn das hier tatsächlich ein Schiff sein soll, ist es der eigenartigste Kahn, auf dem ich je gewesen bin.«

»Ganz meine Meinung«, murmelte Paolo.

Ein unheimliches Fauchen drang aus der Tiefe, gefolgt von einem Knarren und Rasseln.

»Es muss etwas wie eine Kommunikationszentrale geben«, war Ismael überzeugt. »Die müssen wir finden.«

»Also weiter«, drängte Jekyll.

Sie umrundeten den Schacht und setzten ihren Weg auf der anderen Seite fort. Nach einigen Metern hörten sie gedämpfte Stimmen.

Sie verharrten reglos.

Zehn, fünfzehn Sekunden warteten sie, aber es kam niemand den Gang herab. Daraufhin schlichen sie weiter und erreichten schließlich das Ende des Hauptkorridors, wo sie eine Überraschung erwartete.

Mehr noch – es war ein Schock!

Denn dort, wo der Korridor endete, war ein kreisrundes Fenster in die stählerne Wand eingelassen, durch das sie endlich einen Blick nach draußen erheischen konnten.

Sie erstarrten vor Schreck und vor Staunen.

Denn jenseits des dicken, nach außen gewölbten Panzerglases lag die blaue Tiefe der See ...

Alex, die mit vor Entsetzen weit aufgerissenen Augen auf das Skalpell starrte, verkrampfte sich, während sie gleichzeitig merkte, wie das Kind in ihr reagierte.

Es bewegte sich, heftiger als je zuvor, so als wollte es gegen die Barbarei der Grauen protestieren. Alex wusste, dass sie etwas unternehmen musste, oder ihr Kind würde in wenigen Augenblicken tatsächlich tot sein.

»Halt!«, rief sie kraftlos. Das Narkotikum, das man ihr verabreicht hatte, war nicht stark genug, um ihr das Bewusstsein zu rauben, gerade so, als wollten die Grauen, dass sie miterlebte, wie ihr das Kind entrissen wurde, aber es raubte ihr die Kraft und beeinträchtigte ihre Sinne.

Mit verschwimmenden Blicken sah sie, wie die Hand mit dem Skalpell innehielt, nur wenige Zentimeter über ihrer Bauchdecke.

»Was ist?«

»D-da ist etwas, das ich Ihnen sagen muss.«

»Was wollen Sie?«, fragte Nummer 8 über die Sprechanlage. Sie konnte sehen, wie er sich außerhalb der Kuppel von seinem Sitz erhob. »Uns eine weitere Lüge auftischen?«

»Dieses Kind«, erwiderte sie, »Ismaels Kind ...«

»Was soll damit sein?«

»Es trägt die Gene seines Vaters in sich – Ismaels Erbe.«

»Und weiter?«

Alex zögerte. Was hatte sie gerade sagen wollen? Es kam ihr vor, als wären ihre Gedanken Schmetterlinge, die ringsum durch die Luft flatterten. »Ismaels Erbe«, wiederholte sie, um sich selbst zu erinnern, »das Erbe eines Rebellen. Womöglich pflanzen Sie Ihren Nachkommen nicht nur seine Stärke ein, sondern auch seinen unbeugsamen Geist. Haben Sie daran je gedacht?«

»Keine Sorge«, erwiderte Nummer 12, der über ihr stand, das Skalpell in seiner behandschuhten Rechten. »Wir werden daran denken, die Spreu vom Weizen zu trennen.«

Wieder senkte er das Messer, und im selben Maß, wie Alex' Panik anwuchs, wehrte sich das Kind in ihrem Inneren immer heftiger. Instinktiv wollte sie es mit den Händen schützen, aber ihre Handgelenke steckten in ledernen Schlingen, die keinen Zentimeter nachgaben.

Ihr Atem ging stoßweise, während sie das kalte, dünne Metall bereits auf ihrem Bauch spürte.

»Bitte«, hauchte sie wimmernd. »Nehmen Sie mir mein Baby nicht weg. Es kann allein noch nicht überleben ...«

»Ich dachte, es wäre tot?«, fragte der Graue kalt.

»Das dachte ich auch«, versicherte Alex flüsternd, »aber es lebt. Bitte tun Sie ihm nicht weh.«

»Sagt sie die Wahrheit?«, erkundigte sich Nummer 8 von außerhalb.

Nummer 12 stieß eine halblaute Verwünschung aus. Dann hob er das Skalpell, legte es beiseite, griff stattdessen zum Kopf des Ultraschallgeräts, das neben der OP-Liege stand, und presste ihn auf Alex' Unterbauch, woraufhin auf dem Monitor ein Viertelkreis verschwommener Umrisse zu erkennen war.

»Das Kind lebt tatsächlich noch. Sollen wir es sie austragen lassen?«

»Ja«, flüsterte Alex flehend. Der Drang, das neue Leben in ihr zu schützen, war stärker als alle Vorsätze, die sie einst gefasst haben mochte. »Bitte lassen Sie mich mein Kind behalten ...«

Durch das Glas sah sie, wie sich die Grauen kurz berieten.

Die Sprechverbindung hatten sie vorübergehend beendet, so dass Alex nicht hören konnte, was sie sagten, aber es war deutlich zu erkennen, dass Nummer 8 auf die anderen einsprach. Selbst seinen Artgenossen schien der Geheimdienstchef Respekt einzuflößen, vielleicht sogar Furcht.

»Nein«, gab er schließlich den Beschluss der Grauen bekannt. »Wenn wir sie das Kind zur Welt bringen lassen, werden wir Ismael damit zum Märtyrer machen, denn die Gerüchte über seinen Nachkommen würden nie verstummen.«

»Bitte nicht!«, rief Alex entsetzt. »Sie brauchen dieses Kind nicht zu töten. Es stellt keine Bedrohung für Sie dar!«

»Noch nicht. Aber irgendwann wird es erwachsen werden, und dann wird es Fragen stellen - und mit Fragen hat das ganze Chaos seinen Anfang genommen. Sie sind Gift für jede funktionierende Gesellschaft.«

»Aber ...«, wollte Alex einwenden - der Graue jedoch ließ sie nicht mehr zu Wort kommen.

»Es muss beendet werden, hier und jetzt!«, ordnete er an.

»Verstanden«, erklärte Nummer 12 ohne Bedauern und griff erneut zum Skalpell, während Alex wie von Sinnen zu schreien begann. Sie konnte nicht anders, als ihre Panik und ihre Furcht laut hinauszubrüllen - bis zwei der Vermummten zu ihr traten und mit Latex beschichtete Hände ihr den Mund versiegelten. Sie schüttelte sich und wehrte sich, so dass man ihr ein zusätzliches Beruhigungsserum verabreichen musste, und daraufhin merkte Alex, wie ihre Kräfte nachließen und sich erneut schreckliche Gleichgültigkeit in ihr breitmachte.

»Mein Kind«, hauchte sie ein letztes Mal, während Nummer 12 das Messer ansetzte, um den Bauchschnitt anzubringen. Schon sickerte Blut unter der dünnen Klinge hervor - aber statt sie durch Haut und Gewebe zu treiben, setzte der Unsichtbare sie erneut ab. Der Grund dafür war die Unruhe, die außerhalb der Kuppel ausgebrochen war und die Alex nur noch wie durch dichte Nebelschleier mitbekam ...

»Was ist los?«, erkundigte sich Nummer 12 über die Sprechanlage.

»Die Kommunikationssektion hat Alarm gegeben. Ein höchst ungewöhnlicher Zwischenfall.«

»Was ist geschehen?«

»Jemand hat sich in das System eingeloggt.«

»Jemand von außerhalb?«, fragte der Wissenschaftler erschrocken.

»Nein, von der Basis aus.«

»Und was ist daran ungewöhnlich?«

»Dass diejenige Person aufgrund ihres Netzhautscans eindeutig als Agent Gallagher identifiziert wurde.«

»A-aber Gallagher ist tot«, wandte Nummer 12 ein.

»Genau das.«

28.

Meine Tochter, nachdem Du nun erfahren hast, wie ich zu dem wurde, was ich bin, möchte ich dir schließlich auch enthüllen, wie Du zu dem wurdest, was Du nun bist, in diesem Augenblick, da Du diese Zeilen liest.

Die Gründe, die dazu führten, dass Du kontaktiert und ein Mitglied des Widerstandes wurdest, sind vielfältig. Man könnte behaupten, dass Du als mein leibliches Kind gefährdet warst und der Orden früher oder später ohnehin auf Deine Spur gekommen wäre. Ebenso wie man anführen könnte, dass Dein spezielles historisches Wissen und Dein persönliches Engagement für uns von Nutzen waren. Wenn ich jedoch ehrlich bin, so war keiner dieser Gründe letztlich ausschlaggebend. Denn abgesehen von allen Vorteilen und Rechtfertigungen, die ich mir zurechtgelegt haben mag, ging es mir letztlich wohl nur darum, Dich nach all den Jahren wieder bei mir zu haben und Dich teilhaben zu lassen an meiner Welt.

Der Gedanke, dass meine Tochter ein Leben in Unwissenheit verbringen, dass ich eines Tages sterben würde, ohne ihr jemals begreiflich gemacht zu haben, wofür ich in all diesen Jahren gekämpft habe, war mir derart unerträglich, dass ich nicht anders konnte, als zu handeln. Dabei habe ich lange gezögert.

Das erste Mal war ich nach dem Tod Deiner Mutter versucht, Dich zu kontaktieren, aber Oberon riet mir davon ab. Er war der Ansicht, dass ich Dir Zeit geben sollte - Zeit zu trauern, aber auch, um ein eigenständiger, unabhängiger Mensch zu werden. Später, so meinte er, könntest Du dann selbst entscheiden, ob Du Dich uns anschließen wolltest.

Zögernd stimmte ich zu - und wartete fortan auf den rechten Augenblick. Das Ende Deiner Schulzeit, der Beginn Deiner Geschichtsstudien in München - immer wieder war ich versucht, den entscheidenden Schritt zu tun, aber die Gelegenheit dazu bot sich nicht. Dann jedoch fügte sich alles zusammen. Das Logbuch tauchte auf, und die Dinge entwickelten eine Eigendynamik, mit der ich nicht gerechnet hatte. Ich hatte gehofft, Dich behutsam auf die neue Welt vorbereiten zu können, die Dich erwartete, aber statt sanft hinübergleiten zu können, wurdest Du brutal hineingeworfen. Dein Leben war in Gefahr, was niemand mehr bedauert als ich und wofür ich mir die ärgsten Vorwürfe mache. Aber das bedeutet nicht, dass ich meine Entscheidung bereue. Entscheidungen zu treffen, bedeutet, mit den Konsequenzen dieser Entscheidungen zu leben. Ob ich sie in meiner Eigenschaft als Anführer treffe oder als Vater, spielt keine Rolle.

Dem Widerstand habe ich einen wertvollen Dienst erwiesen, als ich Dich für die Anderen gewann, als Vater jedoch habe ich versagt: Ich habe für Dich entschieden und Dich damit bevormundet, statt Dir die Entscheidung zu überlassen und Dir zu vertrauen.

Ich hege nicht die Hoffnung, dass Du mir dies jemals verzeihen könntest. Aber vielleicht ist es mir gelungen, Dir mit den Aufzeichnungen aus diesem Buch zu vermitteln, weshalb ich so und nicht anders entschieden habe. Vielleicht wirst Du mich eines Tages wenigstens verstehen ...

Hauptquartier des Widerstands
4 Wochen zuvor

»Und? Hast du dich entschieden?«

Ismael biss sich auf die Lippen. Ganz allein stand er in der Kammer, von der aus die Widerstandskämpfer mit Oberon kommunizierten, und wusste, dass er etwas sagen musste. Er hatte schon zu lange geschwiegen, die Zeit drängte.

»Darf ich offen sprechen?«, fragte er.

»Natürlich.«

»Ich bin mir nicht sicher. Ich habe das schon einmal getan, und ich weiß nicht, ob ich ein zweites Mal dazu bereit bin.«

»Was fürchtest du? Schmerzen?«

Ismael lachte auf. »Wenn es das wäre, würden wir dieses Gespräch wohl kaum führen.«

»Richtig. Also was ist es, das dich zögern lässt?«

»Ich will kein Monster werden«, antwortete Ismael mit einer Direktheit, die ihn selbst überraschte.

Oberons Antwort ließ einen Moment auf sich warten. »Wer sagt, dass du ein Monster bist?«

»Niemand. Aber ich habe Alex' Augen gesehen, als ich ihr von meiner Hand erzählte. Der Hand eines Fremden.«

»Hat sie es nicht verstanden?«

»Doch«, versicherte Ismael. »Aber ich kenne sie inzwischen gut genug, so dass ich auch die Ablehnung in ihrem Gesicht bemerken konnte, und ich weiß genau, was sie in diesem Moment dachte.«

»Du musst natürlich das tun, was für dich richtig ist. Ich kann und will dich nicht dazu zwingen. Aber vielleicht wird es dir eines Tages das Leben retten.«

»Offen gestanden wusste ich gar nicht, dass es möglich ist«, sagte Ismael. »Ich hatte immer angenommen, Retina-Scanner wären für Unsichtbare nutzlos.«

»Es gilt zu unterscheiden«, erklärte die Stimme des Anführers sachlich. »Viele der sogenannten Retina-Scanner sind in Wirklichkeit Geräte zur Iris-Identifikation, die sich herkömmlicher Kameratechnik bedienen, also auf den Gesetzmäßigkeiten der sichtbaren Optik beruhen: Eine hochauflösende Kamera macht ein Bild des menschlichen Auges und erstellt davon ausgehend ein Muster, das mit gespeicherten Vorlagen verglichen wird. Diese Technik ist für Unsichtbare tatsächlich nutzlos. Beim eigentlichen Retina-Scan jedoch wird die Netzhaut mit Infrarotlicht bestrahlt, das es ermöglicht, mit Blut gefüllte Kapillargefäße vom restlichen Gewebe zu unterscheiden. Aus der Relation beider, die bei jedem Menschen anders ist, wird ein Zahlencode errechnet, der schließlich zur Autorisierung verwendet werden kann. Da das System auf Infrarotlicht basiert, ist es für Unsichtbare sehr wohl anwendbar, und der Orden macht regen Gebrauch davon, wohl weil man erkannt hat, dass sich Handflächenscanner allzu leicht täuschen lassen.«

»Und wir können auch einen Netzhaut-Scanner täuschen?«

»Indem wir die Netzhaut von Gallaghers rechtem Auge auf das deine verpflanzen«, bestätigte Oberon.

»Werde ich danach noch sehen können?«

»Natürlich - durch das Auge deines Feindes.«

»Ich verstehe«, murmelte Ismael.

»Du musst dich rasch entscheiden. Zeit ist ein wesentlicher Faktor, soll der Eingriff vorgenommen werden. Das zu transplantierende Gewebe muss noch vollständig erhalten sein.«

»Sie verlangen viel«, sagte Ismael.

»Ich weiß, mein Junge. Also?«

Der Unsichtbare zögerte.

»Einverstanden«, erklärte er dann.

Gegenwart
»Arx Profunda«
Terminal Delta

Die Kommunikationszentrale hatten sie nicht gefunden. Dafür aber ein Terminal, das Zugang zum Kommunikationssystem bot und sehr viel weniger gut bewacht war.

Den Unsichtbaren, der auf diesem Posten Dienst tat, hatten Jekyll und Rodrigo völlig überrascht und ausgeschaltet, und während Jemina und Thatcher den Gang im Auge behielten und mit den Maschinenpistolen sicherten, hatte sich Ismael in das System des Feindes eingeloggt.

Da sich der Orden bevorzugt biometrischer Zugangssicherungen bediente, brauchte er kein Codewort einzugeben. Stattdessen war, kaum dass Ismael vor dem Terminal Platz genommen hatte, eine Vorrichtung aus der Wand gefahren, mit einer Kinnauflage und einem dahinter liegenden optischen Scanner.

Ismael hatte keinen Augenblick gezögert und seinen Kopf darauf gelegt, während er gleichzeitig voller Bewunderung für Oberon gewesen war. Der alte Fuchs - welcher von beiden auch immer - schien in mancher Weise geahnt zu haben, was ihnen bevorstand.

Der Infrarotstrahl war auf die Netzhaut von Ismaels rechtem Auge getroffen, hatte die Reflexion erfasst, die von den Kapillargefäßen ausging, und die gewonnenen Daten in einen Code umgewandelt, der von der Sicherheitsroutine ausgewertet werden konnte. Und zu Ismaels Erleichterung war im nächsten Moment der Bildschirm aufgeflackert, und eine Automatenstimme war erklungen: »Guten Tag, Agent Gallagher ...«

»Schönen guten Tag«, erwiderte Ismael grimmig.

»Ist das ein Traum?«, fragte Jekyll, der hinter ihm stand.

»Nein - lediglich das Ergebnis von sauberer Arbeit. Nach Gallaghers Tod wurde die Netzhaut seines rechten Auges mittels Lasertechnik entfernt und auf mein Auge transplantiert.«

»Autsch«, kommentierte Paolo trocken. »Ich wusste nicht, dass so etwas möglich ist.«

»Wenn man über das Wissen von übermorgen verfügt, ist vieles möglich«, entgegnete Ismael, während er bereits die Datenbank nach einem Plan der Station durchsuchte. »Empfehlen kann ich es allerdings nicht. Es war eine verdammt schmerzhafte Prozedur.«

Die Tasten des Terminals in rascher Folge wie von selbst versinken und wieder auftauchen zu sehen, war ziemlich surreal, aber Paolo wunderte sich schon nicht mehr darüber. So kraftlos er noch immer war und so sehr er an den Nachwirkungen der Folter litt, so dankbar war er für die Chance zur Flucht, auch wenn sie verschwindend gering war.

»Du musst dich beeilen«, drängte Jekyll. »Dem System wird nicht lange verborgen bleiben, dass ein Totgeglaubter zurückgekehrt ist.«

»Vermutlich nicht«, gab Ismael zu, blieb aber dennoch gelassen und erforschte systematisch die Datenbank. Dabei erschienen fremdartige Schriftzeichen auf dem Bildschirm, die Paolo noch nie zuvor gesehen hatte.

»Was, zum Henker, ist das?«, fragte er. »Als Archäologe kenne ich eine ganze Reihe alter Schriften, aber etwas wie das ist mir noch nie ...«

»Sie nennen es ›Invis‹«, erklärte Ismael. »Es ist ein Code. Geheimzeichen des Ordens, entwickelt aus der Schrift der Menschen der Zukunft.«

»Kannst du es lesen?«

»Teilweise – die Bedeutung der Zeichen wird nach einem Zufallsprinzip beständig verändert, um zu verhindern, dass Außenstehende ... Augenblick mal!«

»Hast du etwas?«, fragte Jekyll neugierig.

»Sieht ganz so aus.« Ismael betätigte noch einige Tasten, dann erschien eine schematische Darstellung auf dem Bildschirm, und für einen Moment verschlug es allen die Sprache.

»W-was soll das sein?«, wollte Paolo schließlich wissen, obwohl er sich die Antwort denken konnte.

»Das ist ein Aufriss der Basis, nach Ebenen gegliedert«, gab Ismael bekannt.

»Aber das ist doch nicht möglich!«, entfuhr es nun auch

Jekyll. »Was ist das? Das Ding sieht aus wie ein verdammter Faustkeil!«

»Ein Schiff ist das jedenfalls nicht, so viel lässt sich sagen«, brummte Ismael. »Dennoch schwimmt es im Meer.«

»Eine künstliche Insel?«, fragte Paolo.

»Wohl eher ein Eisberg«, meinte Jekyll, auf die in der Darstellung angedeutete Wasserlinie deutend. »Nur zehn Prozent davon befinden sich über der Oberfläche, der Rest davon reicht in die Tiefe. Und das Ding scheint riesig zu sein. Das sind mehr als zwanzig Decks.«

»So etwas habe ich schon mal gesehen«, behauptete Paolo.

»Tatsächlich? Wo?«

»In einer TV-Reportage. Ist allerdings schon eine Weile her. Ein Ingenieur aus Neapel hatte die Vision, schwimmende Städte im Meer zu errichten, die ziemlich genauso aussehen sollten wie das hier. Er war nur noch auf der Suche nach zahlungskräftigen Finanziers.«

»Nun«, versetzte Ismael, »allem Anschein nach hat er sie gefunden. Das also ist der Grund dafür, dass es uns nie gelungen ist, das Hauptquartier des Ordens auszumachen. Es existiert nicht, jedenfalls nicht so, wie wir es uns vorgestellt haben.«

»Hat das Ding einen Antrieb?«, wollte Paolo wissen.

»Davon ist auszugehen«, antwortete Ismael. »Auf diese Weise kann der Orden seine Basis an jeden beliebigen Ort verlegen und verschwinden, sobald es gefährlich wird.«

»Natürlich«, sagte Jekyll. »Die Basis von Unsichtbaren. Ganz schön gerissen.«

»Aber warum hat das niemals jemand bemerkt?«, wandte Paolo ein. »Ich meine, das Ding ist groß genug, um einen Flugzeugträger zu erschrecken.«

»Ich nehme an, die Grauen haben die Tatsache ausgenutzt, dass das Ding in etwa die Proportionen eines Eisbergs hat«, vermutete Jekyll, »und sich die meiste Zeit über in Polnähe aufgehalten. Elektronik und Kommunikation müssen außerdem über eine besondere Abschirmung verfügen, und das wird wohl auch für den aus dem Wasser ragenden Teil der Insel gelten.«

»Stealth-Technik?«, fragte Ismael.

»Etwas in der Art«, bestätigte Jekyll. »Die abgeflachte Formgebung des aus dem Wasser ragenden Teils lässt jedenfalls darauf schließen, dass eine ähnliche Tarnbeschichtung wie bei Militärflugzeugen zum Tragen kommt. Das könnte durchaus erklären, weshalb das Versteck trotz seiner beträchtlichen Größe nie entdeckt wurde.«

»Bis heute«, knurrte Ismael, der das alles kaum fassen konnte. So lange hatten sie nach dem Versteck der Grauen gesucht. Nun hatten sie es gefunden, und ihre kühnsten Vorstellungen hätten nicht ausgereicht, sich einen Ort wie diesen vorzustellen.

Da Agent Gallagher die höchste Zertifizierung gehabt hatte, die ein *Demon* erreichen konnte, war es Ismael möglich, sich nahezu ungehindert im System zu bewegen – jedenfalls so lange, bis man auf ihn aufmerksam wurde und seinem Treiben ein Ende setzte. Dabei konnte es sich um Minuten handeln oder auch nur um ein paar Sekunden. Er durfte also keine Zeit verlieren.

»Was tust du?«, erkundigte sich Jekyll.

»Ich lege die Überwachungskameras lahm. Wenn ich es richtig verstehe, befinden wir uns auf Deck 15. Ich bekomme Zugang zu den Decks 6 bis 20. Alles, was sich darunter befindet, unterliegt der höchsten Sicherheitsstufe ...«

»... und damit den Grauen selbst, richtig?«

»Anzunehmen«, sagte Ismael und gab eine Reihe weiterer Befehle ein. Die schematischen Grundrisse auf dem Bildschirm veränderten sich beständig. »Außerdem öffne ich sämtliche Sicherheitsschranken.«

»Das wird nicht lange so bleiben«, befürchtete Paolo.

»Aber hoffentlich lange genug, um hier rauszukommen«, entgegnete Ismael. »Kannst du die Position der Insel ermitteln?«, wandte er sich an Jekyll.

»Kein Problem«, versicherte der Kommunikationsspezialist, und Ismael räumte den Sitz am Terminal, um ihm Platz zu machen.

Der Doc brauchte einen Moment, um sich in der ungewohnten, teils in Invis gehaltenen Menüsteuerung zurechtzufinden. Dann wechselte die Bildschirmdarstellung, und eine Satellitenaufnahme von Nordamerika erschien und einen Lidschlag später ein rotes Fadenkreuz. »Hier«, erklärte Jekyll. »Wir befinden uns rund zwölf Seemeilen südöstlich der Insel Kodiak, Alaska.«

»Zwölf Seemeilen - also noch innerhalb amerikanischer Hoheitsgewässer«, folgerte Ismael. »Wir müssen irgendwie auf uns aufmerksam machen.«

»Ich werde einen Notruf senden, auf allen Frequenzen, die ich kriegen kann«, gab Jekyll bekannt.

»Tu das«, stimmte Ismael zu. »Sobald du den Hilferuf abgesetzt hast, sieh zu, dass ihr irgendwie nach oben kommt.«

»Und was wirst du tun?«

»Paolo und ich werden nach Alex suchen«, erklärte Ismael. »Vorausgesetzt, er fühlt sich stark genug dafür.«

»*Va bene*«, versicherte der Italiener, obgleich er sich kaum aufrecht halten konnte.

»Sobald wir sie gefunden haben, werden wir ebenfalls nach oben kommen. Wenn es einen Weg in diese verdammte Festung gibt, dann gibt es auch einen hin...«

Der Unsichtbare verstummte, weil seine geschärften Sinne eine Veränderung wahrnahmen.

»Verdammt«, knurrte er. »Man hat uns entdeckt.«

Er fuhr herum - als Jemina und Thatcher, die in der Tür standen und den dahinterliegenden Gang im Auge behielten, auch schon das Feuer eröffneten. Unter ohrenbetäubendem

Lärm jagten die Projektile aus den Läufen ihrer MPis und fegten den Korridor hinab, wo sie blutige Ernte hielten. Zwei sichtbare Ordensschergen wurden von den Garben erfasst, ein *Demon* aus dem Schutz der Unsichtbarkeit gerissen – doch die Angreifer, die urplötzlich aus einem Nebengang aufgetaucht waren, drangen weiter vor.

Die Widerstandskämpferinnen feuerten weiter, bis ein kleiner, nur etwa faustgroßer Gegenstand in ihre Richtung geworfen wurde.

»Blendgranate!«, konnte Jemina gerade noch rufen – dann erfüllte gleißend helles Licht für einen endlos scheinenden Augenblick die Kammer mit dem Terminal.

Da es Unsichtbaren nicht möglich war, ihre Augen zu schirmen, zeigte die Granate verheerende Wirkung. Fast die Hälfte der Widerstandskämpfer konnte von einer Sekunde zur anderen nichts mehr erkennen. Der Effekt war nur vorübergehend, aber er ermöglichte es der Gegenseite, weiter vorzurücken und nun ihrerseits das Feuer zu eröffnen.

Panik griff unter Ismaels Leuten um sich, als die Kugeln in die Kammer sengten. Einer der Widerstandskämpfer im offenen Eingang wurde zu Boden gerissen. Der Rest der Kugeln schlug in das Terminal, der Monitor implodierte.

»Verdammte Scheiße!«, kommentierte Paolo.

Becky Thatcher schrie auf, als sie von zwei Kugeln am Arm und an der Schulter getroffen wurde. Blut schien aus dem Nichts zu sickern, um an ihrem Arm herabzurinnen und sie damit deutlich sichtbar zu machen. Sie ließ die Waffe fallen und sank an der Wand nieder. Jemina neben ihr feuerte in den Korridor und auf die sichtbaren Ordenskiller, die auf einmal nicht mehr allein waren.

Eine Horde *Demons* begleitete sie.

Ismael fühlte sie kommen.

»Jekyll?«, schrie er über das Hämmern der Maschinenpistolen hinweg.

»Ich bin hier!«, scholl es von der anderen Seite der Tür herüber.

»Gegenangriff!«

»Aber wir können fast nichts sehen ...«

»Ihr braucht sie nicht zu sehen«, brachte Ismael in Erinnerung. »Denkt an das, was ihr gelernt habt!«

»Aber Commander ...«, schrie jemand panisch.

»Gegenangriff!«, wiederholte Ismael unnachgiebig - eine andere Möglichkeit gab es nicht.

Entweder, es gelang ihnen, dieser Falle zu entkommen, oder man würde sie einen nach dem anderen erledigen.

»Paolo!«, wandte sich Ismael an den Italiener, der neben ihm in Deckung kauerte; da er rasch die Hände vor die Augen gerissen hatte, hatte sich Paolo sein Sehvermögen bewahren können. »Wie es aussieht, musst du allein nach Alex suchen. Kannst du das?«

»I-ich denke schon ...«

»Gut. Ich komme nach, sobald ich ...« Der Unsichtbare stockte. »*Wenn* ich kann«, verbesserte er sich und drückte Paolo die Maschinenpistole von Thatcher in die Hände.

»Verstanden«, bestätigte der Italiener nur.

Dann gab Ismael auch schon den Befehl zum Angriff.

»Jetzt!«, brüllte er - und im Schutz der Feuerstöße, die Paolo und Jemina dem Feind entgegenschickten, huschten die Widerstandskämpfer aus der Kammer und stürzten sich dem Feind entgegen.

Ismael fühlte die schlanke Gestalt, die sich ihm in den Weg stellte, mehr, als dass er sie sah. Abwehrend riss er die Arme hoch, und schon im nächsten Moment prasselte eine ganze Kanonade an verheerenden Schlägen auf ihn ein, die er geistesgegenwärtig parierte. Rings um ihn entbrannte ein brutales Handgemenge, in das Sichtbare wie Unsichtbare gleichermaßen verstrickt waren. Nur einer nutzte die Gelegenheit, um sich den Korridor hinab zurückzuziehen: Paolo Genaro.

Die Stahlstreben, die in regelmäßigen Abständen die Wände verstärkten, als Deckung nutzend, huschte der Italiener davon. Jeder Schritt war eine Qual, und er musste vornübergebeugt laufen, weil seine verkrampfte Muskulatur es ihm nicht gestattete, sich aufzurichten. Dennoch eilte er atemlos weiter - und war im nächsten Moment um die Biegung verschwunden, während der Kampf zwischen Ismaels Leuten und den *Demons* unerbittlich weiterging.

Paolos Ziel waren die Verhörkammern, die sich fünf Stockwerke tiefer befanden, auf Deck 10.

Ein Alarm hatte zu kreischen begonnen, hell und durchdringend. Selbst durch die gläsernen Wände der OP-Kuppel war er zu hören.

Noch immer lag Alexandra Lessing auf dem OP-Tisch, aber die Situation hatte sich geändert. Zumindest vorerst dachte niemand mehr daran, ihr mit einem Skalpell den Bauch aufzuschneiden und ihr das Wertvollste, das sie hatte, brutal zu entreißen. Nummer 12, der die Operation hatte durchführen sollen, hatte die Kuppel verlassen, in Begleitung von zweien seiner Helfer. Nur noch einer der Vermummten war bei ihr geblieben, während Alex der Medikamente wegen halb in Trance war und sich dennoch dazu zwang, bei Bewusstsein zu bleiben.

»Was ist da los?«, hörte sie Nummer 8 heiser brüllen. Die Sprechanlage war noch immer aktiviert und übertrug jedes Wort, das außerhalb gesprochen wurde.

»Sir - allem Anschein nach sind die Gefangenen ausgebrochen!«

»Was? Wiederholen Sie das!«

»Von Ebene 15 werden Schusswechsel gemeldet. Eine unserer Wacheinheiten ist in ein heftiges Gefecht verwickelt!«

»Ismael!«, stieß Nummer 8 hervor, und es klang wie ein Fluch. »Immer wieder Ismael!«

»Sir«, meldete eine andere Stimme. »Agent Gallagher hat in die interne Sicherheit der Station eingegriffen. Er hat die Wärmesichtkameras lahmgelegt und alle Schotts geöffnet. Und außerdem hat er ein Notrufsignal gesendet. Wir haben versucht, es zu unterbinden, aber es wäre möglich, dass es Gallagher dennoch gelungen ist ...«

»Ihr Idioten! Das ist nicht Gallagher, versteht ihr denn nicht? Das ist dieser verdammte Verräter! Das ist *Ismael!*«

Nur wie aus weiter Ferne hörte Alex den Namen des Geliebten, dennoch gab er ihr Kraft. Sie begriff nicht alles, was gesprochen wurde, aber sie verstand, dass er noch am Leben war und sich offenbar auf freiem Fuß befand.

Das genügte ...

»Klären Sie die Situation!«, blaffte Nummer 8. »Beordern Sie Agentin Peragon auf Ebene 15 und sagen Sie ihr, dass sie es nicht wagen soll, mir diesmal ohne Ismaels Kopf gegenüberzutreten.«

»Verstanden, Sir.«

»Ich rufe hiermit Sicherheitsstufe Omega aus! Alle Wacheinheiten augenblicklich alarmieren und die Gefechtsposten besetzen für den Fall, dass jemand das Signal aufgefangen hat und darauf reagiert!«

»Jawohl, Sir!«

»Die Mitglieder des Innersten Kreises werden sich in den gesicherten Bereich zurückziehen, bis die Situation geklärt ist. Alle Meldungen werden ab jetzt unmittelbar dorthin erstattet, ist das klar?«

»Ja, Sir.«

»Ich habe fast ein halbes Jahrhundert auf den Sieg gewartet – gerade jetzt, im Augenblick des höchsten Triumphs, lasse ich ihn mir gewiss nicht wegnehmen. Die Eindringlinge werden sterben – und der Orden wird herrschen!«

29.

Jury: *Wie haben Sie jenen frühen Morgen erlebt? Schildern Sie die Vorgänge aus Ihrer Sicht, Lieutenant.*

Hopkins: *Wir waren seit dem frühen Morgen auf See, weil wir mit neu formierten Spezialboot-Einheiten den Einsatz unter Kaltwasser-Bedingungen üben wollten.*

Jury: *Welchen Ausbildungsstand hatten diese Männer?*

Hopkins: *Den üblichen, Sir. Das bedeutet, dass sie die Grundausbildung durchlaufen und ihre NEC-Kodierung erhalten hatten. Das Training in Kodiak bildet den Abschluss der Ausbildung zum Navy SEAL.*

Jury: *Wie viele Männer hatten Sie dabei?*

Hopkins: *Der Lehrgang umfasste drei Züge, also insgesamt achtundvierzig Mann. Vier Einsatzgruppen, bestehend aus jeweils acht Mann, waren auf vier aufblasbare RHIB-Schnellboote verteilt, die mit lafettierten M60-Maschinengewehren bestückt waren. Um das Anlanden von Truppen unter arktischen Bedingungen zu üben, hatte die Kommandantur in Coronado außerdem zwei der neuen MK-V-Spezialeinsatzboote nach Kodiak verlegt, die je einen Platoon trugen. Die MK V SOCs sind mit Abschussvorrichtungen für Stinger-Raketen sowie MK19-Granatwerfern ausgestattet, um die wichtigsten Waffensysteme zu nennen.*

Jury: *Wie und wann kam es zum Zusammenstoß?*

Hopkins: *Um exakt null-acht-null-null sichteten wir nordöstlich von unserer Position eine dunkle Rauchfahne. Eine Nachfrage über Funk ergab, dass unsere Basis in Kodiak kurz zuvor einen Notruf von einem Schiff der Küstenwache aufgefangen hatte ...*

Jury: *Der* U. S. S. Farnham.

Hopkins: *Exakt, Sir. Wie es hieß, befand sich das Schiff unter schwerem Beschuss, was die Rauchentwicklung bestätigte.*

Jury: *Und weiter?*

Hopkins: *Da wir nur wenige Seemeilen von der* Farnham *entfernt waren, erhielten wir von der Basis den Auftrag, die Lage zu klären.*

Jury: *Lieutenant Commander Swahey bestreitet jedoch, Ihnen einen Kampfauftrag erteilt zu haben.*

Hopkins: *Das ist richtig. Er hielt es für eine Ermessensfrage.*

Jury: *Eine Ermessensfrage? Das klingt reichlich lapidar, Lieutenant. Eine Menge Menschen haben dort draußen ihr Leben verloren …*

Auszug aus der Anhörung von Lt. Steven Hopkins
Naval Special Warfare Group One,
Detachment Kodiak, Alaska

Amerikanische Hoheitsgewässer
Acht Seemeilen südöstlich von Kodiak

»Und da ist wirklich nichts?« Die Augen von Captain Neil Reynolds hatten sich zu schmalen Schlitzen verengt, durch die er misstrauisch auf den Bildschirm blickte.

Der Radaroffizier, der davor saß, schüttelte entschieden den Kopf. »Nein, Sir.«

»Aber Sie sind sich sicher, O'Grady, dass dies die Quelle des Notrufs ist, den wir aufgefangen haben?«

Lane O'Grady, Funker an Bord des Coast-Guard-Schiffes *USS Farnham*, nickte entschieden. »Allerdings, Sir. Das Signal wird schwächer, so als würde es von irgendetwas blockiert, aber die genannten Koordinaten sind definitiv der Ausgangspunkt.«

»Hm«, machte Reynolds und strich sich über den gepflegten Kinnbart, der sein eher blasses Gesicht umrahmte. »Und eine Fehlfunktion des Radars ist ausgeschlossen, Fähnrich?«

»Ja, Sir«, versicherte Ensign Fuller, seines Zeichens Radaroffizier der *Farnham*. »Ich habe das Diagnoseprogramm zweimal durchlaufen lassen - ohne Ergebnis.«

»Dann sehen wir uns das eben aus der Nähe an. Mr Kennear - Kurs auf die bezeichneten Koordinaten.«

»Aye, Sir«, bestätigte der Erste Offizier, und die *Farnham*, ein Schiff der Patrol-Coastal-Klasse, nahm Fahrt auf.

Unruhig und grau präsentierte sich die See an diesem Morgen, und es war nicht zu erkennen, wo der Ozean endete und der bewölkte Himmel begann. Von den vier Paxman-Dieseln getrieben, schnitt der flach aufragende Bug durch die Wellen, die sich zu schimmernden Gebirgen türmten, die schon im nächsten Moment wieder in sich zusammenstürzten.

Reynolds hob das Fernglas an die Augen und blickte durch die Frontscheibe der Brücke. Doch auch er sah keine Spur von jenem fremden Schiff, das den Hilferuf gesendet haben musste. Er ließ den Steuermann weiter Kurs auf die berechneten Koordinaten halten, gespannt, wie sich das Rätsel klären würde - als sich erneut Ensign Fuller zu Wort meldete.

»Sir!«

»Was gibt's?«

»Wir haben jetzt etwas auf dem Radar.«

»Ein Schiff?«

»Nein, Sir, definitiv nicht. Eher etwas wie eine Insel. Offenbar ragt es kaum aus dem Wasser, das Echo ist nur sehr schwach. Aber laut Seekarte dürfte hier keine Insel sein.«

»Bleiben Sie dran, Fähnrich«, wies Reynolds ihn an und warf wieder einen Blick durch das Fernglas. »Wie weit noch?«, wollte er wissen.

»Noch eine halbe Seemeile«, meldete Kennear, der Erste Offizier. »Wir müssten allmählich Sichtkontakt haben.«

»Noch nicht«, verneinte Reynolds, weiter durch das Fernglas starrend. »Ich ... Einen Moment!«

Der Captain hielt den Atem an. Für einen kurzen Moment hatte er tatsächlich geglaubt, im ständigen Auf und Ab der Wellen etwas auszumachen - oder war es nur eine Täuschung gewesen?

»Sehen Sie etwas, Sir?«, fragte Kennear.

»Nein, ich ...« Erneut unterbrach sich Reynolds - und diesmal war er sicher, etwas entdeckt zu haben.

Eine mattschwarze Kuppel, die sich aus der See erhob und beim flüchtigen Hinsehen nicht zu erkennen war.

»Das gibt's doch nicht ...«

»Sir?«

Statt zu antworten, reichte Reynolds das Fernglas an seinen Stellvertreter weiter, der ebenfalls einen verblüfften Laut von sich gab. »Verdammt, was ist das?«

»Weiß ich auch nicht«, gestand Reynolds. »Aber wir werden es herausfinden. Checken Sie alle Forschungsprojekte, die derzeit vor der Küste gemeldet sind. Ich will wissen, ob es etwas Ziviles ist.«

»Aye, Sir.«

»O'Grady - fordern Sie das Ding auf, sich zu identifizieren.«

»Aye, Captain«, bestätigte der Maat und setzte auf den gängigen Frequenzen einen entsprechenden Funkspruch ab, doch es kam keine Antwort.

»Ich weiß nicht, Sir«, meinte Kennear. Inzwischen war die Kuppel auch ohne Fernglas zu erkennen, jedenfalls wenn man wusste, wo man hinschauen musste. »Offenbar ist niemand zu Hause.«

»Jemand hat schließlich einen Hilferuf gesendet«, brachte Reynolds in Erinnerung, »und diesen Jemand möchte ich gern spr...«

Der Rest von dem, was er sagen wollte, blieb ihm im Hals

stecken – denn in diesem Augenblick sah er, wie drüben auf der Insel etwas aufblitzte. Für einen Moment glaubte er, auf dem fremden Was-auch-immer wären die elektronischen Systeme ausgefallen und die Crew würde sich altmodischer Lichtsignale bedienen, um sich zu identifizieren. Aber schon im nächsten Moment wurde ihm klar, dass er sich irrte.

Es war kein Lichtsignal, das dort aufgeblitzt war – es war der Antriebsschweif einer Rakete!

Jede Warnung kam zu spät, denn einen Herzschlag später schlug das Geschoss in das Vordeck ein.

Ein Feuerball zerfetzte das MK38-Geschütz, das dort montiert war, und die beiden Matrosen, die vorn am Bug ihren Dienst versehen hatten, wurden von der Flammenwand verzehrt, die über das Deck grollte. Metalltrümmer flogen in alle Richtungen, die Scheiben der Brückenverglasung zerbarsten unter dem enormen Druck der Explosion.

Reynolds wurde von einer unwiderstehlichen Kraft gepackt und zu Boden geschleudert. Er spürte, wie etwas an seinem rechten Arm riss, während ringsum Hitze, Rauch und Chaos tobten. Jemand schrie entsetzlich, und er glaubte zu wissen, dass es Fuller war, der Offiziersanwärter, der erst vor wenigen Wochen auf die *Farnham* versetzt worden war.

Eine Verwünschung auf den Lippen, versuchte Reynolds, sich wieder aufzuraffen. Als er seinen rechten Arm dazu benutzen wollte, stellte er fest, dass er ihm nicht gehorchte. Überrascht blickte Reynolds an sich herab – und sah erst da das Blut, das den Ärmel seiner Uniformjacke tränkte. Schlaff und reglos hing sein Arm herab, ein Splitter hatte ihn oberhalb des Ellbogens getroffen.

»Kennear!«, brüllte Reynolds in die Trümmer, die noch von der Brücke übrig waren, dann sah er den blutüberströmten leblosen Leichnam, der über einer der Konsolen hing. Sein Erster Offizier konnte ihm nicht mehr helfen.

»O'Grady – setzen Sie einen Notruf ab! An alle Einheiten

der Küstenwache und der Navy: Schiff der Küstenwache unter schwerem Beschuss, erbitten dringend Hilfe!«

»Aye, Sir«, bestätigte der Funker, dessen Station den Sturm aus Metall- und Glassplittern einigermaßen unbeschadet überstanden hatte, und er ging trotz der heftig blutenden Schnittwunde an seiner Schläfe sofort daran, den Befehl auszuführen. Mit zitternden Händen hantierte er an der Konsole, während ringsum alles im Chaos zu versinken schien.

Das Vordeck des Schiffs stand in Flammen, Matrosen irrten als lebende Fackeln umher, sprangen schreiend von Bord. Der Angriff hatte die Besatzung der *Farnham* völlig unvorbereitet getroffen, und er war noch nicht vorbei.

Reynolds befahl, das schwer beschädigte Schiff, in dessen Bugsektion bereits Wasser eindrang, sofort aus der Kampfzone zu manövrieren - als ein zweites Raketengeschoss die künstliche Insel verließ.

Diesmal traf es die *Farnham* mittschiffs.

Der Kapitän lebte noch lange genug, um zu sehen, wie das Heck seines Schiffes in einem lodernden Feuerball verging, samt dem Beiboot, das dort vertäut war. Im nächsten Moment wurden auch die Tanks von der enormen Hitze erfasst, und das Deck und alles, was sich darauf befand, wurden in einer gewaltigen Eruption von Feuer und Rauch zerfetzt. Der Rumpf, aus dem helle Flammen schlugen, neigte sich zur Seite, und da sowohl im Bug als auch achtern Wasser eindrang, verschlang die graublaue Tiefe schon im nächsten Moment das stolze Schiff der PC-Klasse ...

»Rodrigo! Über dir!«

Ismaels Stimme überschlug sich, als er den Kameraden warnen wollte - doch der feindliche Kämpfer war bereits zu nah heran. Zu Krallen geformte Hände, die tödliche Waffen waren, trafen den Widerstandskämpfer aus Spanien, der schon im nächsten Augenblick als blutiger Leichnam aus der Unsichtbarkeit stürzte.

»Rodrigo! Nein!«

Es war Jemina, die wie von Sinnen schrie, als sie ihren Gefährten fallen sah. Das Magazin der Maschinenpistole auf den *Demon* leerend, der einen Augenblick zu lang beim Leichnam seines Feindes verharrte, nahm sie blutige Rache.

Der Ordenskiller wurde von der Garbe erfasst und vollführte einen bizarren Tanz, der geradezu grotesk wurde, als seine Oszillation aussetzte. Um einen weiteren *Demon*, der Jemina angreifen und sie ausschalten wollte, kümmerte sich Jekyll, der die Beretta eines getöteten Ordensschergen an sich genommen hatte: Er gab erbarmungslos Feuer, als seine Sinne den Feind registrierten. Zwei Kugeln gingen fehl, die dritte saß und traf den Angreifer in die Schulter.

Seine wilde Attacke kam jäh ins Stocken, Thatcher und Jemina nahmen sich seiner an, und eine ganze Kanonade an unsichtbaren, jedoch verheerenden Hieben brach über den *Demon* herein und schickte ihn zu Boden, ehe Jemina ihm den Rest gab, indem sie mit dem Kolben der Maschinenpistole auf ihn einschlug, bis sein Körper sichtbar wurde.

Ismael seinerseits rang mit einem Unsichtbaren, der ihn von hinten angegriffen hatte und derart brutal würgte, dass Ismaels Tarnung fluktuierte. Indem er sich nach hinten fallen ließ und seinen Gegner unter sich begrub, gelang es dem Widerstandskämpfer, den Griff um seinen Hals zu lockern. Blitzschnell fuhr er herum und führte einen Schlag gegen den Kehlkopf des *Demon*, der diesen kampfunfähig machte – und noch ehe er sich davon erholte, hatte der Ordenskiller nun Ismaels Hände an der Kehle, die erbarmungslos zudrückten.

Zu fühlen, wie er das Leben seines Feindes aus dessen Leib quetschte, bereitete Ismael keinerlei Genugtuung – aber es weckte Erinnerungen an den allerersten Unsichtbaren, den er getötet hatte und der, wie sich später herausgestellt hatte, Gallaghers Vater gewesen war.

Wie alles zusammenhing ...

Der Widerstand des *Demon* ließ nach, sein Körper erschlaffte, und Ismael ließ ihn los. Keuchend richtete er sich auf, wollte den nächsten Gegner attackieren - und stellte fest, dass es keinen mehr gab. Sie hatten den Kampf, der am Ende in ein blutiges Massaker ausgeartet war, für sich entschieden, allerdings zu einem hohen Preis. Spade und Rodrigo hatten den Zusammenstoß mit dem Leben bezahlt, Thatcher war verletzt.

Und es war noch längst nicht vorbei ...

»Wir müssen weg von hier!«, stieß Ismael hervor. »Hier am Terminal werden sie zuerst nach uns suchen!«

»Aber ich will nicht fort!«, widersprach Jemina, die bei Rodrigos Leichnam niedergefallen war und seinen Kopf in ihren Schoß gebettet hatte. »Ich will hier bleiben ...«

»Kümmere dich um sie!«, wies Ismael Jekyll an. »Nehmt an Waffen mit, was ihr tragen könnt, und sucht euch einen Weg nach oben. Ich werde nach Alex und Paolo suchen!«

»Verstanden«, sagte Jekyll nur. Der Kommunikationsspezialist arbeitete lange genug mit Ismael zusammen, um zu wissen, dass es unsinnig war, ihm widersprechen zu wollen - ganz abgesehen davon, dass Ismael allein wahrscheinlich die besseren Chancen hatte, in die tiefer gelegenen Sektionen der Station vorzudringen.

Nur mit Mühe gelang es dem Doc, Jemina dazu zu bewegen, Rodrigos leblosen Körper zurückzulassen, und indem sie die verwundete Becky Thatcher stützten, traten die fünf verbliebenen Widerstandskämpfer den Rückzug an. Ismael wollte gerade dem Korridor in der entgegengesetzten Richtung folgen, als Sergeant Larson plötzlich einen dumpfen Laut von sich gab.

Eine Garbe löste sich aus dem Lauf seines Schnellfeuergewehrs und sengte zur Decke hinauf, wo sie hässliche Löcher schlug. Im nächsten Moment verzerrte sich das farbbesudelte Gesicht des Widerstandskämpfers in lautlosem Schmerz. Thatcher schrie entsetzt, als sie sah, wie Larsons Kiefer gebrochen wurde - und im nächsten Moment auch sein Genick. Anstatt jedoch niederzusinken, blieb der leblose Körper weiter stehen, schien in der Luft zu hängen wie eine bizarre Marionette.

»Lauft, Jekyll!«, brüllte Ismael, der sofort begriff, was die Stunde geschlagen hatte.

Während seine Gefährten die Flucht ergriffen, hechtete Ismael mit einem weit ausgreifenden Sprung auf Larsons Leichnam zu - und auf die unsichtbare Gestalt, die sich hinter ihm befand.

Mit einem grellen Kampfschrei sprang der *Demon* in die Höhe, worauf Larsons lebloser Körper doch in sich zusammenfiel, stieß sich mit den Händen an der Decke ab und schnellte mit den Beinen voraus auf Ismael zu. Dieser erahnte den Angriff einen Sekundenbruchteil, ehe er sich tatsächlich ereignete, warf sich zu Boden - und die Attacke seines Widersachers ging ins Leere.

Blitzschnell rollte sich Ismael ab und stand sofort wieder auf den Beinen, die Hände abwehrend erhoben - sein Gegner jedoch war schon nicht mehr dort, wo er ihn vermutet hatte.

»Nun ist es offensichtlich«, sagte eine Stimme hinter ihm, die ihn sofort herumkreiseln ließ; sie gehörte dem weiblichen *Demon*, der sie auf der Station in Empfang genommen hatte.

»Was ist offensichtlich?«, wollte er wissen.

»Wer von euch Ismael ist«, erklärte sie. »Kein anderer würde diese irrwitzige Mischung aus Naivität und Dummheit an den Tag legen, zurückzubleiben und den Rückzug der anderen zu decken.«

»Vielen Dank auch«, knurrte Ismael, während sie einander

lauernd umkreisten. »Von jemandem wie Ihnen nehme ich das als Kompliment.«

»Bedank dich nicht zu früh«, warnte sie. »Wenn ich mit dir fertig bin, wirst du dir wünschen, niemals in deinem Leben Hand an einen Unsichtbaren gelegt zu haben, Mörder.«

»Wir haben alle Blut an den Händen«, stellte Ismael klar. »In meinem Fall ist es wenigstens nicht das Blut von Unschuldigen.«

»Sind das deine Kriterien?« Der *Demon* lachte spöttisch auf. »Dann wundert es mich nicht, dass ihr den Krieg verloren habt«, fügte sie hinzu – und griff an.

Vier Seemeilen weiter südlich
Ausbildungsbootsverband NSWG1, US-Navy
Zur selben Zeit

»Sehen Sie das auch, Master Chief Wilcox?«

Lieutenant Stanley Hopkins stand auf dem geräumigen Achterdeck des MKV Special Operations Craft und blickte nach Nordosten, wo eine dunkle Rauchsäule in den stahlgrauen arktischen Himmel stieg. Eigentlich hatten sie vorgehabt, die stillgelegte Ölplattform 87 anzusteuern und dort das Entern der sogenannten »GOPLATS« unter Hochseebedingungen zu üben. Die unerwartete Entdeckung hatte Hopkins jedoch die Motoren drosseln lassen.

»Aye, Sir«, gab der Angesprochene zurück, ein breitschultriger Mann, der wie Hopkins Tarnkleidung trug und sein Gesicht schwarz bemalt hatte. »Vielleicht ein Tanker?«

»Nein.« Hopkins schüttelte den Kopf. »Dafür ist es nicht groß genug.« Er verließ seinen Platz auf dem schmalen Achterdeck, das von mit Maschinengewehren und Granatwerfern bestückten Geschützlafetten gesäumt war, und arbeitete sich zum flachen Deckhaus vor, das die tief liegende Brücke des

Einsatzboots beherbergte. Über eine schmale Metalltreppe gelangte er hinab und wies den Funker an, eine Anfrage an die Basis abzusetzen.

»Schildern Sie, was wir hier draußen sehen, und fragen Sie nach, ob es vielleicht einen Notruf oder etwas Ähnliches gegeben hat.«

»Aye, Sir«, bestätigte der Funker und führte den Befehl aus. Was er als Antwort zu hören bekam, ließ seine Gesichtszüge von einem Augenblick zum anderen kreidebleich werden. »Sir, die Basis hat vor wenigen Minuten einen Funkspruch von einem Schiff der Küstenwache aufgefangen, das sich unter schwerem Beschuss befindet. Die genauen Koordinaten konnten allerdings nicht mehr durchgegeben werden.«

»Das muss es sein«, war Hopkins überzeugt. »Geben Sie mir Lieutenant Commander Swahey, sofort!«

Der Funker gab die Anfrage weiter, dann reichte er Hopkins sein Headset.

»Swahey«, drang eine dunkle Stimme aus dem Kopfhörer.

»Sir, hier Hopkins. Ich befinde mich mit den Ausbildungsplatoons rund zwölf Seemeilen vor der Küste auf Höhe Akhiok. Wir haben eine Rauchsäule gesichtet, könnte von dem Coast-Guard-Schiff stammen, das angeblich angegriffen wird.«

»Verstanden, Lieutenant. Ich werde das weitergeben.«

»Äh ... Sir?«

»Ja, Lieutenant?«

»Ich möchte nicht zu forsch sein, Sir, aber ich habe hier drei Platoons von Navy SEALs, die ihre Ausbildung fast abgeschlossen haben. Ich denke nicht, dass es irgendein anderes Schiff oder eine Besatzung gibt, die den Schauplatz schneller erreichen können als wir.«

»Fühlen Sie sich der Aufgabe denn gewachsen?«

Hopkins warf einen Blick hinüber zu den vier Einsatzbooten, die das MK V eskortierten. »Ja, Sir«, erklärte er, »das denke ich. Die Männer verfügen allesamt über eine gute Ausbildung und sind hochmotiviert.«

»Und wenn es zu Kampfhandlungen kommen sollte?«

»Dann werden sie ihre Pflicht erfüllen«, war Hopkins überzeugt. »Sie sind SEALs, Sir. Jeder Einzelne von ihnen. Wenn Sie es also anordnen, werden wir die Situation aufklären und gegebenenfalls in den Kampf eingreifen.«

»Und Sie erwarten von mir, dass ich so etwas entscheide?« Swahey ließ ein Schnauben hören. »Wenn die Sache schiefgeht und die Aktion in einem Debakel endet, wird es mein Arsch sein, den man nach Little Creek zitiert.«

»Es wir nicht schiefgehen, Sir. Wir sind SEALs. Wir erledigen den Job.«

»Reden Sie nicht wie die Typen in den Actionfilmen. Noch wissen wir nicht, was da draußen vor sich geht.«

»Ein Patrouillenboot der Küstenwache wird angegriffen, möglicherweise von jemandem, der unberechtigt in unsere Hoheitsgewässer eingedrungen ist«, sagte Hopkins. »Wir sollten die Situation klären.«

Swahey zögerte einen Moment. »Also gut«, schnauzte er dann, »sehen Sie es sich an und erstatten Sie dann Meldung!«

»Haben wir im Fall eines Feindkontakts Feuererlaubnis?«

»Das überlasse ich Ihnen, Lieutenant. Aber denken Sie daran, dass Sie Schiffe und Ausrüstung für ein paar Millionen Dollar dabeihaben. Swahey Ende.«

»Verstanden, Sir«, bestätigte Hopkins und reichte das Headset zurück. »Master Chief?«

»Sir?«

»Wir haben gerade den Befehl erhalten, dort draußen nach dem Rechten zu sehen. Kurs auf die Rauchsäule - und alle Mann auf Gefechtsposition. Dies ist keine Übung!«

»Verstanden, Sir! Keine Übung ...«

Alexandra Lessing war müde.

Unendlich müde.

Aber sie hielt sich wach, mit aller Kraft.

Solange sie bei Bewusstsein blieb, sagte sie sich, konnte ihr nichts passieren - auch wenn sie ahnte, dass das eine Lüge war, mit der sie sich selbst betrog, um nicht den Verstand zu verlieren.

Was genau geschehen war, entzog sich ihrer Kenntnis, aber sie wusste, dass es mit Ismael zu tun hatte, und dieses Wissen gab ihr Kraft. Die Grauen hatten den Operationssaal verlassen, nur ein einzelner Arzt war bei ihr geblieben - aber Alex hatte nicht vor zu warten, bis die anderen zurückkehren und ihr frevlerisches Handwerk zu Ende bringen würden.

Sie musste fliehen, irgendwie - und trotz ihres Dämmerzustands hatte sie sich einen vagen Plan zurechtgelegt. Einen Plan, in dem die ledernen Schlaufen eine Rolle spielten, in denen ihre Handgelenke steckten - und das Skalpell, das zusammen mit anderem Operationsbesteck auf einem fahrbaren Tisch neben dem OP-Tisch lag.

Anfangs hatte Alex wie von Sinnen an den Schlingen gezerrt, die sie festhielten, aber gegen das vier Millimeter dicke Leder konnte sie nichts ausrichten. Schließlich, nachdem man ihr die zweite Spritze verabreicht und sie damit ruhiggestellt hatte, hatte sie ihre fruchtlosen Befreiungsversuche aufgegeben - und stattdessen begonnen, ihre rechte Hand vor und zurück zu bewegen, wieder und wieder ...

Da das Leder rau und brüchig war, hatte es nicht lange gedauert, bis sie sich das Gelenk wund gescheuert und es zu bluten begonnen hatte - und der Lebenssaft, der aus den Wunden drang, weichte das Leder ein wenig auf und machte es glitschig. Ungeachtet der Schmerzen, die diese Technik verursachte, bewegte Alex ihre Hand weiter vor und zurück, bis sie sicher sein konnte, die Schlaufe hinreichend »geschmiert«

zu haben. Dann biss sie die Zähne zusammen und zog, so fest sie nur konnte. Der Schmerz war entsetzlich, und für einen Moment hatte sie das Gefühl, als würde ihr die Hand abgerissen - aber sie gab keinen Laut von sich, um die Aufmerksamkeit ihres Bewachers nicht zu erregen.

Und im nächsten Moment war ihre Hand frei!

Alex ließ es sich nicht anmerken. Sie blieb ruhig liegen, den Arm mit dem blutigen Handgelenk an ihrer Seite, so als wäre nichts geschehen.

Der Vermummte, der gerade eine weitere Spritze aufzog, die er Alex verabreichen wollte, wandte ihr den Rücken zu - und sie nutzte die Gunst des Augenblicks, um zu dem kleinen Tisch hinüberzugreifen und das Skalpell an sich zu nehmen.

»W-was tun Sie da?«, fragte sie dann mit matter, entkräfteter Stimme.

Der Angesprochene gab keine Antwort. Dafür drehte er sich zu ihr um, die Spritze in der Hand.

»Bitte nicht«, hauchte Alex. »Nicht noch einmal ...«

»Sie werden schlafen«, drang es unter dem Mundschutz hervor, »und nicht das Geringste mitbekommen.«

»Aber ich will nicht schlafen«, widersprach sie.

»Das interessiert niemanden«, stellte der Vermummte klar und wollte sich über sie beugen, um ihr das Serum zu injizieren, als sein Blick auf ihr blutiges Handgelenk fiel. Die Augen über dem Mundschutz weiteten sich, als der Mann erkannte, dass sie nicht mehr gefesselt war - und Alex war klar, dass sie handeln musste, wenn sie sich und ihr Kind retten wollte.

Die Zähne zusammengebissen und einen Ausdruck grimmiger Entschlossenheit im Gesicht, hob sie die Hand, die das Skalpell hielt - und rammte es mit aller Kraft in den Hals ihres Peinigers.

Der Mann wollte schreien, aber das Messer in seiner Kehle

verhinderte es. Er taumelte zurück, dabei ziellos mit den Händen umhertastend. Endlich fand er den Griff der Klinge, zog sie heraus, und sie landete mit hellem Klirren auf dem Boden - gleichzeitig schoss ein ebenso dünner wie scharfer Strahl roten Blutes aus seiner Halsschlagader und besudelte die gläserne Wand.

Alex, die verzweifelt versucht hatte, auch noch die andere Hand freizubekommen, schrie entsetzt auf, als sich der Mann auf sie warf, die Rechte auf seinen Hals pressend, mit der Linken nach ihrer Kehle greifend.

»Weg! Verschwinde!«, keifte sie und trommelte mit der freien Hand auf den Vermummten ein, der sich davon jedoch nicht aufhalten ließ. Von Hass und Wut getrieben, drückte er ihr mit aller Kraft die Luft ab.

Alex schnappte vergebens, aber ihr erbarmungsloser Gegner ließ ihr keine Chance. Sein Gesicht schwebte so dicht über ihrem, dass sie die Mordlust in seinen Augen funkeln sah, und ihr wurde klar, dass er seinen Griff erst lockern würde, wenn er den letzten Funken Leben aus ihr gepresst hatte. Verzweifelt wehrte sie sich dagegen, bäumte sich noch einmal auf, aber müde und entkräftet, wie sie war, konnte sie nichts gegen ihn ausrichten.

Sie schloss mit dem Leben ab und wartete auf das Ende - als ein heiserer Schrei erklang.

Jäh verschwand die Hand von Alex' Hals, so dass sie wieder atmen konnte, während ihr Peiniger zurückzuckte und dann wie tot zusammenbrach. Infolge der klaffenden Wunde in seinem Hals bildete sich innerhalb von Augenblicken ein See aus schreiend rotem Blut um ihn.

Alex jedoch hatte nur Augen für den Mann, der hinter ihm stand und der ihr das Leben gerettet hatte. Die Maschinenpistole, mit der er den Vermummten niedergeschlagen hatte, hielt er noch in der Hand. Sein Gesicht hatte mehr Ähnlichkeit mit einem Punchingball als mit dem adretten

Akademiker, den Alex einst kennengelernt hatte, aber es handelte sich unleugbar um Paolo Genaro.

»Paolo«, flüsterte sie und umarmte ihn dankbar, nachdem er auch ihre andere Hand befreit hatte. »Ich bin so froh, dich zu sehen.«

»Und ich erst.« Er grinste schief. »War nicht einfach, dich zu finden, nachdem sie dich aus dem Verhörtrakt fortgeschafft hatten. Ich dachte schon ...«

»Das dachte ich von dir auch«, gestand Alex ein, während er die Riemen von ihren Füßen löste. Als sie jedoch von dem OP-Tisch rutschen wollte, waren ihre Beine von den Medikamenten weich wie Gummi. Hätte Paolo sie nicht aufgefangen, wäre sie zu Boden gegangen.

»Danke«, flüsterte sie. »Für alles.«

»*Niente*«, sagte er nur. »Und jetzt lass uns verschwinden.«

Durch die Schleuse gelangten sie aus der OP-Kuppel, unter der Alex nach dem Willen der Grauen ihr Kind hatte verlieren sollen. Wenn sie jedoch geglaubt hatte, dass die Gefahr damit gebannt wäre, so wurde Alexandra Lessing schon im nächsten Moment brutal eines Besseren belehrt. Denn auf der Schwelle des Schotts, das hinaus auf den Korridor führte, stand ein Unsichtbarer, der einen grauen Mantel trug und einen Hut - und in dessen durchsichtigen Händen eine Makarow lag, deren kurzer Lauf auf die beiden Flüchtlinge zielte.

»Wohin so eilig?«, fragte Nummer 8.

30.

Noch etwas gibt es, das ich Dir mit auf den Weg geben möchte, meine Tochter: Unter allen Verbündeten, die sich der Orden geschaffen hat, ist das Misstrauen der bei weitem mächtigste und gefährlichste.

Wer erkannt hat, dass unsere Welt von einer unsichtbaren Macht unterwandert ist, der wird dazu neigen, hinter allem, was geschieht, Umtriebe des Ordens zu vermuten. Ein Zwischenfall in einem Atomkraftwerk, ein Flugzeugabsturz, ein Durchbruch in der medizinischen Forschung, der Unfalltod eines Politikers, ein Bestseller-Roman, ein neuer Satellit im All oder nur ein einfacher Stromausfall: Die Zeitungen und Nachrichtenmagazine sind voller Meldungen, hinter denen der Wissende Manipulationen des Ordens vermuten könnte. Doch zwischen Wachsamkeit und Paranoia verläuft eine schmale Trennlinie, die oft ebenso unsichtbar ist wie unsere Gegner, und so laufen wir Gefahr, genau das zu werden, was wir unter Einsatz unseres Lebens bekämpfen: Schatten menschlicher Wesen, die überzeugt davon sind, dass nur absolute Kontrolle die Basis einer funktionierenden Gesellschaft sein kann.

Die einzige Möglichkeit, dieser Gefahr zu begegnen, besteht darin, zu vertrauen. Nicht wahllos und ohne Verstand, aber mit dem Glauben an das Gute, das jedem Menschen innewohnt. Diese Fähigkeit ist es, die uns von den Grauen unterscheidet, und sie ist letztlich auch unsere Stärke. Gelingt es uns nicht mehr, diese Stärke zum Einsatz zu bringen, hat der Orden gesiegt, und unser Kampf ist endgültig verloren ...

Alex und Paolo waren wie erstarrt.

Entsetzt starrten sie auf die unheimliche Gestalt, die sich ihnen in den Weg gestellt hatte, und auf die Pistole in ihrer Hand. »Fallen lassen«, befahl Nummer 8 mit Blick auf die Maschinenpistole, die Paolo umhängen hatte. »Sofort!«

Paolo hatte keine Wahl, als der Aufforderung nachzukommen – er hatte zu wenig Übung im Umgang mit Waffen, als dass er sich zugetraut hätte, dem Grauen zuvorzukommen. Vorsichtig nahm er den Lederriemen von der Schulter und legte die Waffe vor sich auf den Boden.

»Hier«, knurrte er dazu. »Sind Sie jetzt zufrieden?«

»Vielleicht haben wir uns geirrt«, erwiderte Nummer 8 scheinbar völlig zusammenhanglos. Seine Stimme klang gefühllos wie immer, röchelnd und kehlig.

»I-inwiefern?«, fragte Alex. Nicht, dass es sie interessiert hätte, aber jeder Augenblick, in dem sie den Grauen dazu brachte, zu reden, verzögerte den Moment, in dem er auf sie schießen würde.

»Wir glaubten wirklich, wir hätten die Emotionen besiegt. Dass wir sie hinter uns gelassen hätten, genau wie wir die Sichtbarkeit hinter uns gelassen haben. Wir haben Grenzen überschritten und sind dadurch zu etwas völlig Neuem geworden, eine neue Spezies ...«

»... mit menschlichen Empfindungen«, ergänzte Alex. Das Adrenalin, das stoßweise durch ihre Adern pulste, hatte die Wirkung des Sedativs zurückgedrängt, die Müdigkeit und die Erschöpfung jedoch waren geblieben. Ohne Paolo, auf den sie sich stützte, wäre sie zusammengebrochen.

»Ja. Vielleicht ja«, sagte der Unsichtbare. »Ich war wie alle anderen überzeugt davon, dass wir auch diese Fesseln hinter uns lassen können, ebenso wie wir jene von Gesetz und überkommener Moral hinter uns gelassen haben. Dabei hätte ich die Zeichen erkennen müssen. Die Genugtuung, die ich verspüre, wenn ich einen Feind zur Strecke bringe, die leise Freude, die mich überkommt, wenn ein Verräter auf der Folterbank um Gnade winselt ...«

»Mistkerl«, zischte Paolo.

»All das hätte es mich erkennen lassen müssen«, dozierte der Graue unbeeindruckt weiter, so als würde er einen Bühnenmonolog führen. »Wir können uns unseren Empfindungen nicht auf Dauer entziehen - jedenfalls nicht, wenn sie so stark sind wie in diesem Augenblick. Haben Sie eine Ahnung, Fräulein Lessing, wie sehr ich darauf brenne, diesen Abzug zu betätigen und Ihre ebenso ärgerliche wie schädliche Existenz zu beenden?«

»Muss ich darauf antworten?«

»Nein, nicht nötig. Ich bezweifle ohnehin, dass Sie mich verstehen. Aber obwohl ich einst geschworen habe, allen menschlichen Empfindungen zu entsagen, werde ich ihnen dieses eine Mal nachgeben und meinem Hass und meiner Abneigung freien Lauf lassen - und zwar jetzt!«

Ansatzlos streckte er den Arm, und sein Finger krümmte sich um den Abzug - als ein dumpfer Knall zu hören war, wie von einem fernen Sommergewitter, und ein Beben die Station erschütterte.

»Was zum ...?«

Paolo Genaro wartete nicht ab, bis der Unsichtbare seine Überraschung verwunden hatte - blitzschnell bückte er sich und griff nach der Maschinenpistole, die vor ihm auf dem Boden lag. Alex verlor dadurch ihren Halt und stürzte, zumal in diesem Moment eine weitere Erschütterung die Station durchlief.

Dann überschlugen sich die Ereignisse.

Nummer 8, der ebenfalls wankte, zog den Stecher durch, und ein Schuss löste sich aus der Makarow, der Paolo ins Bein traf. Der Archäologe schrie auf und stürzte ebenfalls, die Maschinenpistole noch in der Hand. Wissend, dass es um Leben und Tod ging, warf er sich noch auf dem Boden liegend herum und drückte ab, ehe er den Gegner überhaupt ins Ziel gefasst hatte. Die Garbe, die ratternd und unter grellem Mündungsfeuer aus dem kurzen Lauf der Spectre fegte, wischte quer durch den Raum, schlug in die Decke und prallte teils von den Stahlträgern ab - ehe sie den Grauen erfasste.

Nummer 8 wurde zurückgeworfen und prallte gegen die Wand, an der er im nächsten Moment niedersank. Der Mantel auf seiner linken Körperhälfte war zerfetzt, darunter trat Blut hervor, der Hut lag am Boden.

Paolo raffte sich auf, was ihm infolge der Schussverletzung höllische Schmerzen verursachte. Die Makarow, die sich dem unsichtbaren Griff entwunden hatte und nun am Boden lag, nahm er an sich. Dann half er Alex auf die Beine, die entsetzt auf den Grauen starrte.

»I-ist er tot?«

»Was weiß ich? Wir werden es jedenfalls bald sein, wenn wir nicht verschwinden!«

Seine Gefährtin stützend, obwohl er eigentlich selbst Hilfe hätte brauchen können, humpelte Paolo durch das Schott. Als sie Nummer 8 passierten, der in sich zusammengefallen an der Wand kauerte, begann dessen Gestalt zu fluktuieren - und zum ersten Mal bekam Alex mehr als nur Mantel und Hut von ihrem Peiniger zu sehen.

Der Anblick war entsetzlich.

Was sich im selben Maße, in dem das Leben aus ihm wich, aus dem Zustand der Unsichtbarkeit löste und ins sichtbare Spektrum zurückkehrte, war grässlich entstellt.

Die Gesichtszüge des Grauen waren ebenso deformiert wie seine bucklige Gestalt und die knochigen Hände, die aus den viel zu weiten Mantelärmeln lugten. Eine Nase war kaum zu erkennen, der Mund war eine bizarre zahnlose Öffnung.

Alex hatte gewusst, was sich hinter der Fassade der Grauen verbarg, Ismael hatte es ihr gesagt – es jedoch mit eigenen Augen zu sehen, erschütterte sie. Fast hätte man Mitleid haben können mit dieser geschlagenen Gestalt, wären da nicht die Augen gewesen, die in unverminderter Bosheit starrten ...

»Weg hier«, sagte Paolo noch einmal und zog sie nach draußen, als abermals dumpfer Donner zu hören war.

»Was ist das?«, wollte Alex wissen. »Hört sich an wie eine Explosion.«

»*Si*«, stimmte der Italiener grinsend zu. »Sieht so aus, als wäre jemand unserer Einladung gefolgt ...«

Die Entscheidung darüber, ob die Navy SEALs in den Kampf eingreifen sollten, war Lieutenant Steven Hopkins abgenommen worden. Denn kaum hatten das MKV und die vier RHIB-Schnellboote den Gefechtsschauplatz erreicht, waren sie auch schon gezielt unter Feuer genommen worden – und niemand konnte den SEALs ihr Recht verweigern, sich zu verteidigen.

Der Anblick, der sich den Elitekämpfern bei ihrem Eintreffen geboten hatte, war ebenso surreal wie entsetzlich.

Ein PC-Schiff der Küstenwache, das offenbar von mehreren Raketengeschossen getroffen worden war, lag seitlich im Wasser, der graue Stahl und die längliche Form ließen an einen verendenden Walfisch denken. Rings um das Wrack, das im Sinken begriffen war, schwammen die Crewmitglieder, viele von ihnen schwer verletzt – und von einer schwarzen, nach oben gewölbten, etwa fünfzig Yards durchmessenden Plattform aus, die wie eine künstliche Insel im Wasser schwamm, feuerten mit Sturmhauben vermummte Schützen in schwarzen Kampfanzügen auf die Schiffbrüchigen!

Hopkins hatte befohlen, das MKV zwischen die Seeleute und die Schützen zu steuern. Kaum hatten die Vermummten jedoch begriffen, dass eine weitere Partei in den

Kampf eingegriffen hatte, hatten sie die SEALs unter Beschuss genommen - und Hopkins hatte das Feuer erwidern lassen.

Seitdem ratterten die beiden backbord montierten M60-Gewehre beinahe unentwegt, und der M19-Granatwerfer hatte einige Geschosse in Richtung der Plattform gespuckt, die allerdings keinen allzu großen Schaden angerichtet hatten. Immerhin hatte das Sperrfeuer der Vermummten ausgesetzt, denn sie hatten in Deckung gehen müssen - wobei der einzige Schutz, der sich auf der ansonsten kahlen Fläche finden ließ, die Körper gefallener Kameraden waren.

Nicht nur vom Flaggschiff des Geschwaders aus, auch von den beiden Schnellbooten, in denen jeweils acht Kämpfer saßen, wurde die stählerne Insel unter Feuer genommen, und da die RHIBs das Eiland beständig umkreisten, sahen sich die Verteidiger schon bald einem verwirrenden Kreuzfeuer ausgesetzt - bis zu dem Augenblick, da zwei der Vermummten plötzlich Raketenabschussgeräte in den Händen hielten, mit denen sie den Beschuss erwiderten.

Vermutlich waren die Geschosse - augenscheinlich russische Strelas - ursprünglich dafür gedacht, Angriffe aus der Luft abzuwehren, doch sie verfehlten auch in diesem Fall ihre Wirkung nicht. Nur eine der Raketen ging fehl - die andere schlug in eines der Schnellboote und zerschmetterte es in einer schrecklichen Explosion. Trümmer und die zerfetzten Leichen der Besatzung wurden in die Luft geschleudert und gingen in weitem Umkreis prasselnd nieder.

»Scheiße, Lieutenant!«, schrie Wilcox über das Röhren der Außenborder und das Lärmen der Maschinengewehre hinweg. »Wenn die uns auch so ein Ding verpassen, sind wir geliefert!«

»Wir müssen näher heran!«, rief Hopkins. »Wir müssen entern und sie in den Nahkampf verwickeln.«

»Aye, Sir.«

»Gruppenführer – CRRCs klarmachen!«

»Verstanden, Sir!«

Auf dem Achterdeck des Einsatzboots brach rege Geschäftigkeit aus. Während diejenigen SEALs, die an Backbord Aufstellung bezogen hatten, weiter Feuer gaben und den Feind beschäftigten, ließ der Rest die *Combat Rubber Raiding Crafts* zu Wasser – kleine, jeweils vier Mann fassende Schlauchboote, die auf dem Achterdeck bereitstanden. Eigentlich hatte mit ihnen das Entern einer in feindlicher Hand befindlichen Bohrinsel geübt werden sollen – nun war blutiger Ernst daraus geworden ...

Da das MKV nicht eigentlich für den Kampfeinsatz gedacht war, verfügte es nur über geringe Panzerung und bot auf dem Achterdeck so gut wie keine Deckung. Das Einzige, was die SEALs vor den feindlichen Kugeln bewahren konnte, während sie die Boote zu Wasser ließen und bemannten, war das Feuer ihrer eigenen Kameraden. Infolge des fehlenden Schanzkleids des Bootes waren die Verluste unter den eigenen Schützen jedoch hoch, sobald die Gegenseite dazu kam, das Feuer zu erwidern.

Einer der SEALs, die bäuchlings auf Deck lagen und ihre M14-Gewehre Tod und Verderben spucken ließen, wurde in den Kopf getroffen und war sofort tot, zwei weitere wurden verwundet. Auch einen der Schützen, die an den Lafetten standen und die Maschinengewehre betätigten, erwischte es, als das M60 überhitzte und nicht weiterfeuern konnte.

»Was ist mit Verstärkung?«, wollte Hopkins wissen.

Master Chief Petty Officer Wilcox, sein Stellvertreter im Ausbildungscamp, schüttelte den behelmten Kopf. »Wir kriegen keinen Kontakt mehr. Offenbar stören die unseren Funk.«

»Verdammt«, knurrte Hopkins, während er selbst den Kopf einziehen musste, weil eine Garbe haarscharf über das niedere Deckhaus hinwegstrich. Er überlegte kurz, dann traf er eine Entscheidung. »Stingers bereitmachen! Wollen mal sehen, ob wir die Nuss nicht knacken können.«

»Verstanden, Sir.«

Wilcox huschte davon, um den Befehl weiterzugeben und den Bordschützen anzuweisen, die Abschussvorrichtung für die Stinger-Raketen zu aktivieren. Eine gefühlte Ewigkeit später, in der zwei weitere SEALs angeschossen wurden, löste sich ein greller Flammenschweif vom Deck des MKV, und eine der Stingers zuckte wie ein zorniger Blitz zu der künstlichen Insel hinüber und schlug ein.

Diesmal zeigte der Treffer Wirkung.

Nicht nur, dass der Feuersturm auch einige der Verteidiger erfasste und der Beschuss durch den Feind abermals abbrach – die Wucht der Explosion riss auch eine klaffende Wunde in die eben noch völlig glatte Kuppel.

»Angriff!«, befahl Hopkins mit Donnerstimme – und nicht nur die Schlauchboote nahmen Kurs auf die Insel, sondern auch die drei verbliebenen RHIB-Boote, die von verschiedenen Seiten attackierten.

Hopkins selbst sprang in das letzte CRRC, das ablegte. Der Außenborder röhrte auf, und der gewölbte Bug des Schlauchboots hob sich aus dem Wasser, während es auf das künstliche Eiland zuhielt. Der Lieutenant kam nicht dazu, darüber nachzudenken, worauf seine Leute und er gestoßen waren oder wer sich unter den schwarzen Sturmhauben verbarg. Weder wies die Insel eine Beflaggung noch sonstige Hoheitsabzeichen auf, ebenso wenig wie die Kampfanzüge des Feindes.

Im nächsten Moment erreichten die Boote ihr Ziel. Der Gummi knirschte, als sie auf dem schwarzen Metall auf Grund liefen, und die Navy SEALs taten, was sie in unzähligen Übungseinheiten trainiert hatten: Sie stiegen aus und sicherten das Gelände.

»Hooyah!«, stieß Hopkins den traditionellen Kampfschrei

der Elitekämpfer aus, der aus Dutzenden Kehlen beantwortet wurde.

»Hooyah ...!«

Der Kampf nahm Zeit in Anspruch.

Mehr Zeit, als Peragon jemals für möglich gehalten hätte.

Durch die Korridore der Inhaftierungsebene hatte sie Ismael gejagt, der sich ihr jeweils kurz zum Kampf gestellt und dann wieder zurückgezogen hatte, so als setzte er alles daran, in die tiefer gelegenen Sektionen der Festung zu gelangen – und irgendwann war Peragon klargeworden, warum das so war.

Alexandra Lessing ...

In seiner lächerlichen Anhänglichkeit an Emotionen wollte Ismael die Gefangene befreien. Das war der Grund dafür, dass er die Feuertreppe benutzt hatte und noch weiter in die Tiefe gestiegen war, statt wie die anderen sein Heil in der Flucht zur Oberfläche zu suchen.

Sie würden nicht weit kommen, davon war Peragon überzeugt. Sie hatte mehrere Dutzend Wächter in die oberen Sektionen beordert, die den Flüchtlingen den Weg abschneiden und sich um die Verteidigung der Station kümmern sollten. Immer wieder waren dumpfe Erschütterungen zu spüren, Folgen des Angriffs, dem die Festung ausgesetzt war. Peragon zweifelte nicht daran, dass sie auch dies keinem anderen als Ismael zu verdanken hatten – umso wichtiger war es, dass der Verräter endlich unschädlich gemacht und aus dem Verkehr gezogen wurde, und sie persönlich würde sich darum kümmern ...

Lautlos huschte sie die Stufen hinab, die unter ihren Tritten leicht erbebten. Da die Treppe ausschließlich dafür konzipiert war, im unwahrscheinlichen Fall eines völligen Systemausfalls die Evakuierung aus den tiefer gelegenen Ebenen zu ermöglichen, war das Schott jeder einzelnen Ebene mit einer Plombe versehen – Ismael konnte das Treppenhaus also nicht verlassen, ohne dass sie es mitbekam.

Bereits zwei Stockwerke tiefer wurde die Agentin fündig: Die Plombe war entfernt worden. Aber hatte der Verräter wirklich diesen Ausgang benutzt?

Peragon legte die Handflächen auf das Stellrad, mit dem sich das Notschott öffnen ließ.

Es war eiskalt.

Niemand hatte während der letzten Minuten Hand daran gelegt, ganz sicher nicht.

»Sieh an«, flüsterte sie. »Versucht mich da etwa jemand zu täuschen? Böser Junge.«

Mit einem geringschätzigen Lachen huschte sie weiter, die Treppe hinab zur nächsten Ebene. Dort war die Plombe unbeschädigt, also hastete sie weiter.

Auf Deck 11 schließlich wurde sie fündig.

Die Plombe war entfernt worden, und am Stellrad glaubte sie Restwärme wahrzunehmen.

Jemand hatte es benutzt.

Ismael ...

Entschlossen umfassten Peragons Hände das Eisen und drehten es. Der Schließmechanismus war gut geölt, so dass er kein Geräusch verursachte. Das Schott sprang auf.

Mit der Geschmeidigkeit einer Katze sprang die Unsichtbare hindurch, rollte sich ab und stand schon gleich darauf wieder auf den Beinen, die Umgebung vorsichtig taxierend. Ebene 11 war einer der beiden Versorgungs-Levels der Station. Vor ihr lag ein kurzer, breiter Gang, auf den zu beiden Seiten die nummerierten Türen von Lagerhallen mündeten. Die Schlösser waren mit Zahlencodes gesichert. Da Ismael keinen von ihnen kannte, war es unwahrscheinlich, dass er sich hier verkrochen hatte. Peragon schlich weiter, sich dabei so lautlos bewegend, dass auch ein geschultes Gehör sie nicht wahrnehmen konnte, und erreichte das Ende des Korridors.

Ein quadratischer Raum schloss sich an, an dessen Wänden Servierwagen aufgereiht standen. Dahinter lag der Zugang zu einer der Mannschaftsküchen.

Dort also hatte sich Ismael versteckt ...

Die Unsichtbare verspürte weder ein Gefühl der Genugtuung noch des Hasses - nur die Notwendigkeit, einen Feind auszumerzen, der dem Orden mehr Ärger gemacht hatte als jeder andere.

Sie passierte den Durchgang zur Küche nicht, wie ein Sichtbarer es getan hätte, sondern auf dem Weg der Unsichtbaren. Es gab kein vorsichtiges Annähern, kein Heranpirschen. Der *iter invisibilium* sah vor, jeweils genau das zu tun, was der Gegner nicht erwartete, und dabei von seiner Unsichtbarkeit möglichst vorteilhaft Gebrauch zu machen. Peragon tat das, indem sie ihren sehnigen Körper nach vorn schnellen ließ und einen zirkusreifen Überschlag absolvierte, ehe sie mit den Beinen voran in die Küche setzte, wo sie lautlos federnd landen wollte - aber es kam nicht dazu.

Der weibliche *Demon* spürte einen kalten Luftzug und eine feindselige Präsenz, und einen Sekundenbruchteil später hatte Peragon das Gefühl, gegen eine Mauer zu prallen. Sie stürzte und schlug hart auf den gefliesten Boden, rollte sich jedoch über die Schulter ab und ging in Verteidigungsstellung - und das gerade noch rechtzeitig, ehe ein weiterer vernichtender Fußtritt auf sie niederging. Ismael, das erkannte sie, hatte es keineswegs darauf angelegt, sich dem Kampf zu entziehen - er hatte ihr aufgelauert!

Adrenalin schoss ihr in die Adern. Mit an übersinnlichen Fähigkeiten grenzender Reaktionsschnelle wehrte sie die Attacken ab, die der Gegner vortrug, eine wüste Folge von Tritten und Handkantenschlägen, die so schnell erfolgten, dass es ihr für einen Moment den Atem raubte. Da Ismael jedoch noch immer von dem Farbgeschoss markiert war, das ihn getroffen hatte, hatte sie keine Probleme damit, seine Bewegungen vorauszuahnen. Zweifellos würde der Verräter versuchen, diesen Nachteil durch weitere unerwartete Manöver wettzumachen, aber Peragon ließ es nicht mehr dazu kommen. Unerwartet ließ sie sich nach hinten fallen, vollführte einen Flickflack und brachte sich so aus der Gefahrenzone. Dass ihr Gegner sofort nachsetzte, war ohne Bedeutung – die Unsichtbare war bereits außerhalb seiner Reichweite. Aus dem Stand sprang sie über eine Anrichte aus poliertem Edelstahl, griff noch im Flug nach einem der Messer, die dort in einer Halterung steckten – und setzte es als Wurfgeschoss ein.

Die Klinge schnitt durch die Luft, genau in Richtung des Feindes, doch Ismael wich blitzschnell aus. Mit hellem Klirren flog das Messer gegen einen der metallenen Hängeschränke, an dem es abprallte.

Peragon verkniff sich eine Verwünschung, riss zwei weitere Messer heraus, mit denen sie zum Angriff überging. Zwar konnte er sie nun ebenfalls sehen, andererseits brachten die rasiermesserscharfen Klingen einen enormen Vorteil. Die Waffen zum Stoß erhoben, setzte sie auf Ismael zu, der sich wider Erwarten zum Kampf stellte. Dem ersten Hieb, den sie anbrachte, wich er noch aus, der zweite erwischte ihn am Oberschenkel und brachte ihm eine Schnittwunde bei. Blut trat hervor, das ihn noch ein Stück sichtbarer machte, und Peragon stieß ein geringschätziges Lachen aus.

»Ist das alles, was du kannst?«, fragte sie.

»Frag Gallagher«, drang es zähneknirschend zurück, und zu ihrer eigenen Überraschung fühlte sie Wut. Ihr war klar, dass der Verräter es darauf anlegte, sie zu provozieren – aber weshalb gelang es ihm so mühelos?

»Du hast ihn getötet?«, wollte sie wissen.

»Nein, er sich selbst – nachdem ich ihn in eine Falle gelockt hatte. Er konnte mit der Vorstellung, besiegt worden zu sein, wohl nicht leben.«

»Unsinn«, widersprach sie. »Er wollte keine Informationen preisgeben. Deshalb hat er das einzig Richtige getan.«

»Er war verzweifelt. *Deshalb* hat er sich umgebracht.«

»Ein *Demon* ist niemals verzweifelt«, zitierte die Unsichtbare aus dem Kodex. »Weder kennt er Furcht noch Freude, seine Erfüllung ist es, dem Orden zu dienen.«

»Netter Spruch. Auswendig gelernt?«

Sie fühlte, dass die Unbekümmertheit in seiner Stimme sie noch eine Spur aggressiver machte. Trotz des Adrenalins, das ihr durch die Adern pumpte, erinnerte sie sich, dass genau das Gallaghers Fehler gewesen war, und sie zwang sich mit aller Macht dazu, Ruhe zu bewahren – dann griff sie wieder an.

Die Klingen flogen durch die Luft, verfehlten Ismael jedoch, der sich rasch zurückzog. Mit den Beinen voraus sprang er auf den Küchenblock, schlitterte rücklings über die blankpolierten Kochfelder und griff sich eine der großen Pfannen, die dort von der Decke hingen. Als Peragon, die ihm folgte, ein weiteres Mal zustach, wehrte er ihre Attacke mit der Pfanne ab, die er einsetzte wie ein mittelalterlicher Recke seinen Schild.

Funken flogen, als Metall auf Metall traf, und Peragon setzte sofort nach. Mit derartiger Schnelligkeit hagelten die Stiche auf Ismael ein, dass dieser sie nicht mehr alle abwehren konnte – und abermals fraß sich die Spitze eines der Messer durch Haut und Fleisch.

Der Verräter schrie auf, was Peragon nun doch Genugtuung verschaffte. Sie wollte nachsetzen, aber im nächsten Moment war Ismael verschwunden! Indem er einige Schranktüren aufriss und ihr damit den Weg zwischen den Anrichten verbaute, zog er sich zurück, und sie sah ihn hinter einem Block großer Vorratsschränke abtauchen, auf deren glattpolierter Front sich seine blutige Gestalt für einen Augenblick spiegelte.

»Glaubst du, du könntest dich verstecken?«, rief sie ihm hinterher. »Niemand entgeht der Strafe des Ordens, das solltest du inzwischen gemerkt haben ...«

Er gab keine Antwort, aber das war ihr gleichgültig. Die Klingen warf sie achtlos weg, dann folgte sie dem Verräter. Blitzschnell kreiselte sie um die Ecke, weil sie dort einen Hinterhalt erwartete - aber Ismael war nicht da.

Offenbar hatte er sich noch weiter zurückgezogen - und es war nicht schwer, seiner Fährte zu folgen!

Peragon bemerkte das Blut auf dem Boden. Es bildete eine deutliche Spur, die in den angrenzenden Raum führte, aus dem das summende Geräusch eines Kühlgenerators zu hören war. Sie folgte der Fährte, noch immer wachsam, aber nicht mehr ganz so alarmiert wie zuvor. Auf welche Weise der Verräter sie auch immer angriff, sie würde ihn kommen sehen und entsprechend reagieren können.

Sie betrat den Nebenraum, der eine Art Lager beherbergte. Die einzige Beleuchtung drang aus den Aquarien, die über- und aneinandergereiht die Wände säumten - gläserne Becken von jeweils etwa zwei Metern Länge und einem halben Meter Höhe, in denen sich zahllose Fische tummelten. Das Ordenshauptquartier war vom Rest der Welt unabhängig und konnte auf unbegrenzte Zeit völlig autark betrieben werden; Energie wurde in den Strömungskraftwerken gewonnen, Trinkwasser in den Entsalzungsanlagen auf Ebene 7, für die Ernährung der Besatzung sorgte das Meer ...

Im Dämmerlicht starrte Peragon auf den Boden, auf die Blutspur, die zwischen den Aquarien hindurchführte, und folgte ihr bis zum Ende des Lagers.

Dort fand sie Ismael.

Der Verräter kauerte vor einem der Glasbehälter, blutend und erschöpft und augenscheinlich nicht mehr willens oder in der Lage zu kämpfen.

»Sieh an«, sagte Peragon nur.

Seine halb sichtbare Gestalt regte sich. »Du hast mich gefunden«, stellte er fest.

»Natürlich - was hast du erwartet?«

»Wirst du mir einen Gefallen tun?«

»Einen Gefallen? Dir?«

»Mach es kurz«, bat der Verräter nur.

»Wenn du darauf bestehst ...«

Peragon trat auf ihn zu, den rechten Handballen zum Schlag erhoben, um ihm mit einem furchtbaren Stoß gegen das Kinn das Genick zu brechen. Zwar hätte sie ihn lieber in eine der Verhörkammern geschleppt, um ihn zu foltern und ihm, während sich sein Bewusstsein in Agonie auflöste, klarzumachen, mit wem er sich in seiner Torheit angelegt hatte. Aber sie gab der Versuchung nicht nach. Es war besser, es zu beenden, hier und jetzt, und sich anschließend um die äußere Verteidigung der Station zu kümmern.

Ohne noch ein weiteres Wort zu verlieren, trat sie auf ihn zu - und schlug zu, ihre ganze Kraft in den tödlichen Hieb legend.

Doch plötzlich war Ismael nicht mehr da!

Mit einer blitzartigen Bewegung, die sie ihm in seinem geschwächten Zustand nicht mehr zugetraut hätte, warf sich der Abtrünnige zur Seite, worauf Peragons Faust mit enormer Wucht in das Aquarium drosch.

Das Glas gab nach und barst, und schon im nächsten Moment ergossen sich fünfhundert Liter Seewasser auf die Agentin.

Der Schwall war so stark, dass er sie von den Beinen riss, und dabei so kalt, dass er sie für einen Moment reglos machte. Mit einem heiseren Schrei auf den Lippen wurde sie über den rostigen Metallboden geschwemmt, ehe sie liegen blieb, inmitten unzähliger Fische, die mit den Schwanzflossen schlugen und deren Mäuler auf- und zuschnappten.

Peragon wollte sich aufrichten, aber es gelang ihr nicht. Ihr nackter Körper, der im Wasser nicht nur sichtbar geworden, sondern wegen der Kälte auch wie erstarrt war, gehorchte ihr nicht sofort, und sie verlor wertvolle Sekunden.

Sekunden, die sie das Leben kosteten.

Als sie den Schatten bemerkte, der auf sie fiel, blickte sie instinktiv auf - und sah Ismael über sich stehen, eines der Fleischermesser in der Hand, mit denen die Fische ausgenommen wurden.

In dem Augenblick, der ihr noch blieb, begriff sie, dass sie versagt hatte, genau wie Gallagher - und dass ihr nun widerfahren würde, was sie Ismael zugedacht hatte.

Dann fiel die Klinge wie das Beil des Henkers herab ...

Die neuerliche Detonation, die die Station erschütterte, bekam sie nicht mehr mit.

31.

Jury: *Wann wurden Sie darüber in Kenntnis gesetzt, dass drei SEAL-Platoons in ein Gefecht verwickelt waren?*

Swahey: *Unmittelbar nach Ausbruch der Kampfhandlungen. Lieutenant Hopkins hat über Funk Bericht erstattet.*

Jury: *Was taten Sie daraufhin?*

Swahey: *Ich habe sofort Meldung an das SPECWAR-Oberkommando in Coronado erstattet und um Unterstützung gebeten.*

Jury: *Wie hat man reagiert?*

Swahey: *Man wollte mir zunächst nicht glauben. Satellitenbilder haben meine Aussage jedoch bestätigt.*

Jury: *Was ist dann geschehen?*

Swahey: *Ich wurde darüber informiert, dass man bei der Elmendorf Air-Force-Basis Luftunterstützung angefordert hätte. Und dass man eine Einheit Marines von Anchorage aus mit Black Hawks in Marsch gesetzt hatte - aber es war mehr als zweifelhaft, ob sie noch rechtzeitig eintreffen würden. Außerdem sagte man mir, dass sich ein Unterseeboot der Los-Angeles-Klasse, die* U.S.S. Olympia, *in Einsatzreichweite befände.*

Jury: *Und das haben Sie Lieutenant Hopkins gemeldet?*

Swahey: *Nein, Sir.*

Jury: *Warum nicht?*

Swahey: *Weil zu diesem Zeitpunkt bereits keine Verbindung mehr bestand. Die Gegenseite störte unseren Funk ...*

Auszug aus der Anhörung von Lt. Cdr. Frank D. Swahey
Kommandant Naval Special Warfare Group One
Detachment Kodiak, Alaska

»Arx Profunda«
Hauptquartier des Ordens
Innerster Kreis

Erneut hatten sie sich versammelt, an jenem Ort, der in der Tiefe der Station verborgen und hermetisch von der Außenwelt abgeriegelt war - aber diesmal waren sie nicht freiwillig zusammengekommen, um einen neuen Beschluss zu fassen oder Pläne zur Übernahme der Weltherrschaft zu schmieden, sondern weil die Notwendigkeit sie dazu gezwungen hatte. Und wären die Gesichter unter den Hüten sichtbar gewesen, so hätten die Mitglieder des Innersten Kreises sehen können, wie einer nach dem anderen von der obersten Ordensdoktrin abwich und Emotionen zeigte.

Wut und Hass waren darunter.

Aber auch nackte Todesangst ...

In ihren Konturensesseln sitzend, die sich ihren deformierten Körpern anpassten, die knochigen Hände in die Lehnen verkrallt, saßen sie da und lauschten den Berichten, die aus den Lautsprechern drangen - und was sie hörten, stachelte ihre Furcht nur noch mehr an ...

»Zentrale, wir wurden geentert! Eindringlinge auf den Decks eins und zwei. Erbitten dringend ...!«

Das Rattern einer Maschinenpistole beendete die Meldung jäh, dafür drang schon die nächste schlechte Nachricht aus dem Lautsprecher. »Wir haben Wassereinbruch auf den oberen Decks! Der Tarnschild wurde beschädigt ...!«

»Hier Kontrollpunkt 5. Liegen unter Beschuss. Brauchen dringend Unterstützung durch unsichtbare Einheiten ...!«

»Hier Posten 18. Wir haben soeben Agentin Peragon gefunden. Sie ist tot. Offenbar sind die Gefangenen geflüchtet ...!«

Und als wäre all dies noch nicht genug, war immer wieder auch der dumpfe Widerhall von Detonationen zu hören, die

die Konstruktion der Station durchliefen und sie bis zu den untersten Ebenen hinab erschütterten.

Nummer 10 war der Erste, der das betretene Schweigen brach, das sich in der kreisrunden Kammer ausgebreitet hatte, hinter deren Fenstern die bodenlos schwarze Tiefe lag.

»Eine Katastrophe!«, lamentierte er. »Eine einzige Katastrophe! Und wir alle wissen, wem wir das zu verdanken haben, nicht wahr?«

»Nummer 8 ist nicht hier, um sich zu rechtfertigen«, entgegnete Nummer 1 und schaute auf den leeren Sitz des Geheimdienstleiters.

»Was gibt es da noch zu rechtfertigen?« Nummer 10 war zornig aufgesprungen. »Seine eklatanten Fehlentscheidungen haben uns in diese Lage gebracht! Und jetzt ist er noch nicht einmal hier, um sich zu erklären! Wer weiß, vielleicht hat er sich längst abgesetzt!«

»Das halte ich für ausgeschlossen«, wandte Nummer 2 ein. »Ich kenne Nummer 8 seit vielen Jahren, wir waren gemeinsam in Korea. Er ist ein Ehrenmann.«

Eine neuerliche Explosion erschütterte die Station, diesmal so heftig, dass Nummer 10 ins Wanken geriet.

»Ihr Ehrenmann«, spottete er, »hat es zugelassen, dass die Position unseres Hauptquartiers preisgegeben wurde. Nun wird uns nichts anderes übrigbleiben, als die Station zu räumen.«

»Unmöglich«, wandte Nummer 12 ein. »Wenn wir die Festung aufgeben, wird das unsere Pläne um Jahre, wenn nicht Jahrzehnte zurückwerfen. Wer von uns wird dann noch am Leben sein, um die Früchte all unserer Mühen zu ernten?«

»Vermutlich kein Einziger«, erwiderte Nummer 10 bitter. »Das ist der Preis für das Überleben.«

»Nicht so voreilig«, mahnte Nummer 1. »Ich bin überzeugt, dass es den *Demons* gelingen wird, den Angriff abzuwehren. Noch sind wir nicht geschlagen.«

»Ganz recht«, pflichtete Nummer 5 energisch bei und ballte die unsichtbare Faust.

»Und dann?«, wollte Nummer 10 wissen. »Die Station ist schwer beschädigt. Selbst wenn es uns gelingt, den Angriff zurückzuschlagen - sie werden wiederkommen und uns aus der Luft angreifen, und mit den Schäden, die der Oberflächenschild davongetragen hat, werden wir leicht zu entdecken sein. Nein, meine Kameraden«, fügte er hinzu und seufzte - ein Seufzen, in dem seine ganze Frustration und sein nur mühsam zurückgehaltener Zorn lagen, »wenn der Orden überleben soll - wenn *wir* überleben sollen -, bleibt uns nichts anderes als die Evakuierung.«

»Flucht?«, fragte Nummer 5. »Das kommt nicht in Frage. Nicht nach allem, was wir erreicht haben. Die Herren der Welt werden sich nicht feige davonschleichen.«

»In einem taktischen Rückzug kann ich nichts Feiges erkennen«, widersprach Nummer 10. »Nur ein Narr versucht einen Posten zu halten, der längst verloren ist. Wir müssen uns neu formieren, andernfalls ...«

»Und wie lange wird das dauern?«, rief der sonst so schweigsame Graue mit der Nummer 6. »Monate? Jahre? Die Zeit zerrinnt uns unter den Händen!«

»Das war uns immer bewusst. Deshalb haben wir vorgesorgt und eine neue Generation von Unsichtbaren ins Leben gerufen. Denken Sie an die Schläferzellen.«

»Aber nicht wir werden es sein, die die Macht in Händen halten, sondern andere«, wandte Nummer 5 ein.

»Gut möglich«, antwortete Nummer 10, während erneut der Donner einer Explosion zu hören war. »Daran hätten Sie denken sollen, bevor Sie einen Größenwahnsinnigen wie Nummer 8 mit derart weitreichenden Befugnissen ausgestattet haben.«

»Es war ein Fehler, das sehe ich jetzt«, gab Nummer 1 zu.

»Und die Geschichte verzeiht keine Fehler, das wissen Sie

so gut wie ich«, konterte Nummer 10 kalt. »Wenn es eine Lehre gibt, die wir aus der Vergangenheit ziehen können, dann diese. Im Augenblick des Sieges, kurz vor dem ultimativen Triumph, haben wir die Übersicht verloren. Nachdem wir so viele Jahrzehnte gewartet haben, wollten wir zu viel auf einmal - wohl weil wir uns der eigenen Vergänglichkeit nur zu bewusst waren. Nun erhalten wir die Strafe für unsere Gier!«

Sein Blick ging reihum, und man konnte sehen, wie sich die Hüte senkten, als die Mitglieder des Innersten Kreises betreten zu Boden blickten. Niemand widersprach mehr - ihnen allen war klar, dass Nummer 10 recht hatte, und die Meldungen, die weiter aus dem Lautsprecher drangen, bestätigten dies ...

»Zentrale, hier Posten 15. Wir haben das Deck räumen müssen, die feindliche Feuerkraft war zu stark. Versuchen jetzt, die Barrikade beim Hauptschott zu halten ...«

»Hier Marsden: *Demons* sind auf dem Vormarsch, eine feindliche Einsatzgruppe wurde vernichtet.«

»Explosion nahe den Liftschächten! Die Aufzüge fünf und sechs sind außer Funktion ...!«

»Der Wassereinbruch auf Ebene 1 lässt sich nicht stoppen. Leiten die Notfallroutine für die Bereiche Beta, Delta und Epsilon ein ...!«

»Negativ. Wenn die Sicherheitsschotts schließen, werden unsere Kampfgruppen getrennt.«

»Die *Demons* auf Ebene 3 melden, dass der feindliche Vorstoß zurückgeschlagen wurde. Rücken jetzt weiter nach ...!«

Es gab nur einen Begriff, unter dem sich all diese panisch vorgetragenen Meldungen zusammenfassen ließen.

Chaos.

In der relativen Stille, die innerhalb der Ratskammer herrschte, war es schwer vorstellbar, aber die eintreffenden Nachrichten ließen erahnen, dass in den oberen Etagen der Festung ein wahres Massaker ablief, bei dem es keine klar verlaufenden Fronten gab, sondern ein wilder Kampf um das Überleben tobte.

Selbst wenn sich die *Demons* am Ende als stärker erweisen und es ihnen gelingen mochte, die Eindringlinge zurückzutreiben, würde es ein Pyrrhussieg sein, denn die Kollateralschäden, die im Zuge des Kampfes an der Station entstanden, waren beträchtlich und in absehbarer Zeit nicht mehr reparabel.

Der zerstörte Tarnschild, Wassereinbrüche, geflutete Sektionen - all das ließ die Festung ihre Unverwundbarkeit verlieren, und einen offenen Schlagabtausch mit der amerikanischen Militärmaschinerie, von der sie einst ein Teil gewesen waren, wollten die Grauen nicht riskieren.

Keiner von ihnen ...

»Also«, fragte Nummer 10 in die Runde. »Wer ist dafür, die Station zu verlassen?«

Nummer 12 war der Erste, der sich meldete.

Die anderen schlossen sich an. Ihre Körperhaltungen brachten teils zum Ausdruck, wie sehr ihnen der Antrag widerstrebte, aber sie folgten ihm.

Ohne Ausnahme.

»Und was geschieht mit Nummer 8?«, wollte der Vorsitzende wissen.

»Nummer 8 hat sich als Versager erwiesen und das in ihn gesetzte Vertrauen schwer enttäuscht. Er war es, der uns in diese Situation gebracht hat - nun müssen wir zuvorderst an uns und unser eigenes Überleben denken.«

Niemand widersprach, dafür sorgten nicht zuletzt die Schreie und Schüsse, die aus den offenen Kanälen der internen Kommunikationsverbindungen drangen.

»Also schön«, sagte Nummer 1. Seine Stimme klang entkräftet, er schien dem Zusammenbruch nahe. »Sie haben recht, Nummer 10. Wir werden die Station verlassen.«

»Was ist mit den *Demons*?«

»Nur unsere Leibwächter werden uns begleiten. Für den Rest der Truppe, ob sichtbar oder unsichtbar, gilt Befehlscode 28 *ultima ratio*, was bedeutet, dass sie unseren Rückzug sichern und dem Feind bis zuletzt Widerstand leisten werden. Es ist ihnen nicht gestattet, die Kampfhandlungen ihrerseits einzustellen oder sich zu ergeben.«

»Gut so«, sagte Nummer 10 ohne jedes Bedauern. »Das wird uns genügend Zeit verschaffen, um ...«

Er verstummte plötzlich, während seine Artgenossen sich bereits von ihren Sitzen erhoben hatten und zum Ausgang drängten. Er starrte auf eines der Fenster, und wäre er sichtbar gewesen, hätte man das Entsetzen sehen können, das sich auf seine entstellten Züge legte.

»Dort ...!« Das war alles, was er ächzend hervorbrachte.

Die anderen Ratsmitglieder wandten sich um und starrten ihrerseits durch das Fenster. Einige stießen gellende Schreie aus, als sie sahen, was Nummer 10 entdeckt hatte.

Es war ein dunkler, stromlinienförmiger Körper, der als schwarzer Schatten vor der blauen Unendlichkeit schwebte und an einen riesigen Raubfisch erinnerte. Im trüben Wasser des Nordpazifik waren seine bedrohlichen Formen mehr zu erahnen denn wirklich zu sehen. Aber er war da, daran bestand nicht der geringste Zweifel.

Ein Unterseeboot.

Nummer 1 hatte Mühe, auf den Beinen zu bleiben, so sehr erschütterte ihn, was er sah. Gleichzeitig begriff er die ungeheure Ironie, die hinter den Dingen lag.

Mit einem U-Boot hatte die Geschichte der Grauen begonnen.

Mit einem U-Boot würde sie enden.

»Statusbericht!«, bellte Lieutenant Hopkins in das Mikrophon des Headset – die Antwort war wegen der feindlichen Störsignale nur undeutlich zu verstehen.

»Zweiter Platoon ... Feindkontakt ... Hinterhalt ...«

Der Rest von dem, was Zugführer Ensign Ramirez brüllte, ging in lautem Geschrei und einer Kanonade von Schüssen unter.

Hopkins stieß eine Verwünschung aus. Der Angriff auf eine feindliche Plattform wuchs sich mehr und mehr zu einem Alptraum aus. Die drei - oder vielmehr zweieinhalb - Platoons, die ins Innere des feindlichen Schiffes (oder was immer es war) vorgestoßen waren, waren voneinander getrennt worden, und der Kampf gegen die Besatzung erwies sich als weitaus schwieriger und langwieriger als erwartet.

Zwar war es den Navy SEALs unter Hopkins' Befehl in kürzester Zeit gelungen, das oberste Deck einzunehmen, darunter jedoch schien sich noch ein zweites zu befinden und darunter noch eins, und beide spuckten unentwegt neue feindliche Schützen aus, mit denen sich die SEALs in den stählernen Gängen und Korridoren wilde Feuergefechte lieferten.

»Munition!«, brüllte einer der Männer, der auf vorgeschobenem Posten hinter einer Stahlstrebe Stellung bezogen hatte. Von dort aus nahm er den Feind unter Feuer, der sich ebenfalls zu beiden Seiten des Korridors verschanzt hatte. Einer seiner Kameraden ließ ihm ein Magazin zukommen, indem er es über den blank polierten Boden schlittern ließ - doch in dem Moment, als der Soldat sich bückte, um es aufzulesen, wurde er angeschossen.

Mit einem Aufschrei kippte er aus seiner Deckung und wurde von einem Kugelhagel erfasst, der den Gang heraufschlug. Schwer verwundet blieb er liegen, dabei wie von Sinnen schreiend. Die Schutzweste, die er trug, hatte verhindert, dass er in die Brust getroffen wurde, aber gleich mehrere Geschosse hatten seine Beine erwischt.

»Ich hole ihn!«, stieß einer seiner Kameraden hervor. »Feuerschutz ...!« - aber in dem Moment, als er sich aus der

Deckung lösen wollte, packte ihn Hopkins, zog ihn wieder zurück und drückte ihn an die Wand.

»Sind Sie übergeschnappt?«, blaffte der Lieutenant. »Das ist keine verdammte Übung, Mann!«

»Aber er ...«

Der SEAL verstummte, als die Maschinenpistolen auf beiden Seiten erneut losratterten - und die Schreie des Verwundeten jäh erstarben. Seine MK23-Pistole in der Faust, schickte Hopkins seinerseits einige Kugeln den Gang hinab, aber keines der Geschosse fand sein Ziel.

»Lieutenant! Lieutenant ...!«

Wilcox kam den Korridor herauf, sich dabei eng an der Wand haltend und von Strebe zu Strebe huschend. Dennoch entging er nur um Haaresbreite einem Querschläger.

»Was gibt's?«

»Wir haben Nachricht von Quincys Abteilung. Die haben einen Aufzug gefunden.«

»Und?«

»Scheiße, Sir - das Ding hat mindestens fünfzehn Decks. So weit reicht der Lift nämlich in die Tiefe.«

»Was?«

»Was ist das hier, Sir? Ehrlich gesagt blick ich nicht mehr durch.«

Hopkins streifte seinen Stellvertreter mit einem flüchtigen Blick. Wäre er ehrlich gewesen, hätte er zugeben müssen, dass auch er die Übersicht verloren hatte. Von außen betrachtet hatte die Metallinsel ausgesehen wie ein schwimmender Tank, und Hopkins' erster Verdacht war gewesen, dass es sich um Schmuggler handelte. Dafür waren die Kerle in den schwarzen Kampfanzügen aber entschieden zu gut ausgebildet und auch zu massiv bewaffnet.

Aber wer waren sie dann? Russen?

Wer, in aller Welt, unterhielt eine schwimmende Stahlfestung?

Plötzlich setzte der feindliche Beschuss aus.

War den Vermummten die Munition ausgegangen?

Oder handelte es sich um eine Falle?

Nur die Navy SEALs schossen noch weiter, dann befahl Hopkins ihnen, das Feuer ebenfalls einzustellen. Vorsichtig riskierte er einen Blick - nur um festzustellen, dass sich der Feind zurückgezogen hatte! Die vermummten Schützen befanden sich nicht mehr auf ihren Posten.

»Vorrücken, Sir?«, fragte Wilcox.

»Ja, aber vorsichtig. Ein SEAL-Element bleibt hier und hält uns den Rücken frei. Der Rest kommt mit.«

»Verstanden.«

Der Master Chief gab die Anweisungen mithilfe von Sichtzeichen weiter. Dann lösten sich die SEALs von den Wänden, an die sie sich Schutz suchend gepresst hatten, und drangen Zug um Zug weiter vor, sich dabei gegenseitig sichernd. Der Korridor war von Gefallenen übersät. Das Verhältnis stand eindeutig zugunsten der SEALs, aber Steve Hopkins hasste solche Rechenspiele. Er hatte jeden einzelnen der Männer gekannt, und jeder von ihnen hätte es verdient gehabt, wieder nach Hause zurückzukehren.

Plötzlich geschah etwas, womit niemand rechnete.

Die beiden Soldaten, die dem Trupp vorausgingen, um das Terrain zu sondieren, vollführten plötzlich Bewegungen, die als unnatürlich zu bezeichnen noch eine Untertreibung gewesen wäre. Der eine blieb abrupt stehen, ließ sein M14-Gewehr fallen und streckte die Arme von sich - die im nächsten Moment knackend aus den Schultergelenken brachen. Der SEAL schrie auf, jedoch nur eine Sekunde lang, dann fuhr sein Kopf mit derartiger Wucht herum, dass das Genick brach. Der andere Soldat feuerte, obwohl kein Feind zu sehen war, ehe seine Füße allen Gesetzen der Schwerkraft trotzend den Boden verließen. Sein Helm flog wie von selbst vom Kopf, im nächsten Moment prallte er frontal gegen einen Stahlträger - und sank blutüberströmt zu Boden.

»Verdammt!«, schrie Wilcox. »Was ist das?«

Der nächste SEAL, den es erwischte, stand Hopkins und dem Master Chief gegenüber, auf der anderen Seite des Korridors. Das Messer, das der Soldat an seiner Weste trug, fuhr wie von Geisterhand aus der Scheide, und schon im nächsten Moment bohrte sich die Klinge in seinen Hals. Der Schrei, den der Mann hatte ausstoßen wollen, erstickte in seinem Blut, er taumelte gegen die Wand und rutschte daran herab ...

... und Hopkins feuerte.

Es war mehr ein Reflex, der den Lieutenant dazu trieb, den Stecher seiner MK23 durchzuziehen und dabei auf die Stelle zu zielen, an der eben noch der Soldat gestanden hatte - und etwas Unglaubliches geschah!

Dort, wo sich eigentlich nur Luft befinden sollte, schienen die Kugeln auf Widerstand zu treffen - und mitten im leeren Raum wurden mehrere Einschusslöcher sichtbar, aus denen im nächsten Moment Blut hervorquoll.

»Was zum ...?«

Hopkins hatte mit den Instinkten des geschulten Kämpfers gehandelt - wirklich begriffen hatte er nichts. Entsprechend war er nicht darauf vorbereitet, als ihm plötzlich die Pistole aus der Hand gerissen wurde, sich in der Luft herumdrehte und sich auf ihn richtete. Schon bewegte sich der Abzug - dass er nicht durchgedrückt wurde, lag an Wilcox, der feuerte.

Hatte es im einen Moment noch den Anschein gehabt, dass die Pistole schwebte, wurde nun offensichtlich, dass jemand sie in der Hand hielt - jemand, der von der Garbe erfasst und zurückgeschleudert wurde. Noch ehe er den Boden erreichte, war er vollständig sichtbar: ein nackter männlicher Körper, dessen Brustkorb von Wilcox' Kugeln perforiert war.

»Scheiße«, schrie der Master Chief gehetzt.

»Vollendete Tarnung«, stieß Hopkins hervor, dem in diesem Moment dämmerte, dass es weder Schmuggler noch Spione waren, auf die sie gestoßen waren, sondern etwas, das noch ungleich größer und gefährlicher war. »Perfekte Krieger!«

Dass seine Analyse richtig war, bestätigte sich im nächsten Moment, als noch mehr mit bloßem Auge nicht erkennbare Kämpfer rasenden Bestien gleich über seine Männer herfielen. Dass sie weder bekleidet noch bewaffnet waren, fiel nicht ins Gewicht, denn sie bewegten sich mit atemberaubender Schnelligkeit, und ihre Hände waren nicht weniger tödlich, als eine Waffe es gewesen wäre. Innerhalb weniger Augenblicke hatten sie Hopkins' Männer in einen mörderischen Nahkampf verwickelt, in dem es keine Ordnung mehr gab und die Gewehre nutzlos wurden. Entsetzt sah Hopkins, wie einem SEAL vor seinen Augen die Kehle zerfetzt wurde, ein anderer wurde von seiner eigenen Waffe erschossen, die sich gegen ihn gerichtet hatte.

Dem Lieutenant war klar, dass er etwas unternehmen musste, andernfalls würde es in wenigen Augenblicken kein Platoon mehr geben, das er befehligen konnte. Die Navy SEALs gehörten zu den besten Spezialeinheiten der Welt - aber was sollten sie ausrichten gegen einen Feind, den sie nicht sehen konnten?

In diesem Moment dämmerte Hopkins die rettende Erkenntnis: Es musste ihm gelingen, die Angreifer *sichtbar* zu machen.

»Rauchgranaten!«, brüllte er, während er bereits in eine der Munitionstaschen seines H-Geschirrs griff und einen der faustgroßen Gegenstände hervorholte. Er zündete die Granate, und der Qualm, der daraus hervordrang und den Gang einnebelte, machte tatsächlich wahrnehmbar, was noch vor Sekunden verborgen gewesen war: menschliche Gestalten, die sich auf ebenso schnelle wie bizarre Weise bewegten und wie die Berserker unter den SEALs wüteten.

Die Wirbel, die sich im Rauch bildeten, wenn sich die Unsichtbaren bewegten, sorgten dafür, dass sie zumindest ansatzweise zu erkennen waren - und Hopkins, der ein herrenloses M14-Gewehr an sich genommen hatte, feuerte. Erneut kippte einer der Angreifer blutüberströmt in die Sichtbarkeit, und der Lieutenant stieß ein heiseres »Hooyah!« aus - er hatte einen Weg gefunden, die unheimlichen Krieger zu besiegen!

»Jones, Flaherty - Rauchgranaten zünden! Wenn wir die Scheißkerle sehen, können wir sie auch bekämpfen!«

Die beiden SEALs leisteten dem Befehl augenblicklich Folge, und je dichter der Nebel wurde und je weiter er sich im Korridor verbreitete, desto deutlicher waren die geisterhaften Angreifer auszumachen. Hier und dort ratterte ein M14-Gewehr und erhellte den Nebel mit flackerndem Mündungsfeuer - in den meisten Fällen jedoch waren die Unsichtbaren zu nah heran, um sie mit Schusswaffen abzuwehren. Nun zahlte sich aus, dass die SEALs nicht nur ausgebildete Fallschirmjäger und Kampftaucher, sondern auch im Nahkampf unterwiesen waren: Mit Messern und bloßen Händen gingen sie die schemenhaften Killer an.

»Wilcox?«, schrie Hopkins.

»Sir?«

»Kontaktieren Sie Ramirez und das dritte Platoon. Sagen Sie ihnen, wie sie mit den Kerlen fertig werden können, falls dort noch mehr von denen sind.«

»Aye, Sir.«

»Und dann befehlen Sie den Rückzug. Für diesen Tag sind wir tief genug in die Scheiße getreten ...«

Sich gegenseitig stützend, irrten sie durch die Korridore, verzweifelt auf der Suche nach einem Weg hinauf. Die Aufzüge, auf die sie stießen, waren außer Betrieb, und so entschlossen sie sich schließlich, die Feuertreppe zu benutzen, die in einem engen Schacht steil nach oben führte.

»Wenigstens«, stieß Paolo Genaro keuchend hervor, »sind wir beide hier ungestört ...«

Alex schleppte sich mühsam von Stufe zu Stufe. Den Zustand totaler Erschöpfung hatte sie bereits überschritten. Ihre Glieder schmerzten, und jede Bewegung war eine Qual, während ihr gleichzeitig speiübel war. Schon mehrmals hatte sie sich übergeben, und jede Faser ihres Körpers sehnte sich danach, sich endlich auszuruhen. Aber Alex gab diesem Drang nicht nach. Ihr eiserner Wille war wie ein Motor, der ihren Körper weiter am Laufen hielt, und Adrenalin war der Stoff, der ihn antrieb.

»Ich sehe schon«, stieß sie hervor, »ich hätte dir das Stück Stoff ... nicht um dein Bein knoten sollen ... sondern über den Mund ...«

Er lachte röchelnd, während sie sich weiter hinaufkämpften, dem Schusslärm und den Schreien entgegen, die von oben zu hören waren.

»Was ... ist da nur los?«, fragte Alex stockend.

»Die Festung wird angegriffen.«

»Von wem?«

»Weiß nicht ... Vielleicht die Küstenwache ... Ismael hat ein Signal abgesetzt ...«

Schon die Erwähnung von Ismaels Namen genügte, und Alex überkam schreckliche Angst – Angst um ihn, um sich, um das ungeborene Kind –, und sie fragte sich, wie all dies enden mochte. Aber schon im nächsten Moment verbannte sie all diese Gedanken, die ihr keinen Deut dabei helfen würden, zu überleben.

Für sich selbst, für Ismael – und für ihr gemeinsames Kind.

Mit zusammengebissenen Zähnen schleppte sie sich weiter, eine Hand am Geländer, den anderen Arm um Paolo geschlungen, der sie seinerseits stützte, so gut er konnte.

Plötzlich ließ ein Geräusch, das von oben durch den Treppenschacht drang, die beiden innehalten.

Sie wechselten einen erschrockenen Blick, Paolo hob die erbeutete Makarow. Durch die Eisengitter der Stufen war jedoch niemand auszumachen, gleichwohl näherten sich Schritte, die die Treppenkonstruktion erbeben ließen.

Jemand näherte sich.

Ein Unsichtbarer.

Ein *Demon* ...

Alex biss sich auf die Lippen. Bislang hatten sie Glück gehabt und waren keinem Ordensschergen begegnet, wohl weil die meisten abgezogen und in die oberen Ebenen beordert worden waren. Wenn sie es jedoch mit einem *Demon* zu tun bekamen, würde ihre Flucht jäh zu Ende sein, denn ohne Spezialbrille waren sie dem unsichtbaren Killer ausgeliefert.

Paolo zielte dennoch tapfer mit der Pistole, auch wenn er nicht wusste, worauf. Der kurze Lauf der Waffe zeigte bald hierhin, bald dorthin, aber es waren nur leere Drohgebärden, während sich die Schritte unaufhaltsam näherten.

Plötzlich setzten die Geräusche aus, und die beiden spürten einen Luftzug. Im nächsten Moment erzitterte der Treppenabsatz vor ihnen.

»Schieß!«, schrie Alex, und Paolo wollte feuern – aber er hatte die Makarow bereits nicht mehr in der Hand.

»Was denn?«, fragte eine Stimme, die auf beruhigende Weise vertraut war. »Könnt ihr die guten Jungs nicht von den bösen unterscheiden?«

»Nein«, stöhnte Paolo erleichtert. »Das ist das Problem.«

»I-Ismael?«, fragte Alex ungläubig.

»Habt ihr jemand anderen erwartet?«

Alex konnte es kaum fassen, ihrem Geliebten so unverhofft wiederzubegegnen. Sie taumelte nach vorn und fiel in seine Arme, drückte ihn so fest an sich, wie sie nur konnte. Erst da fiel ihr auf, dass er nicht vollständig unsichtbar war.

Eine dünne Farbschicht und verschmiertes Blut bedeckten den rechten Arm und einen Teil der Brustpartie.

»Bist du in Ordnung?«, fragte sie besorgt.

»Ich bin okay. Was ist mit dir? Und mit dem Kind?«

Alex lächelte, und es fiel ihr noch nicht einmal schwer. »Es geht uns gut«, versicherte sie. »Das verdanken wir Paolo.«

Ismaels halb transparente Hand legte sich auf die Schulter des Italieners. »Gute Arbeit, Soldat«, knurrte er. »Danke.«

»*Va bene*«, erwiderte der Archäologe nur und bemühte ein jungenhaftes Grinsen auf sein Gesicht, das allerdings ziemlich gequält wirkte.

»Und jetzt nichts wie raus hier«, sagte der Unsichtbare und legte seine Arme um die beiden, um sie zu stützen. »Ich kenne den Weg zum nächsten Aufzug. Ich hoffe nur, er wurde noch nicht gesprengt.«

»Was ist da oben los?«, wollte Alex wissen, während sie sich die Treppe zur nächsten Ebene hinaufschleppten.

»Offenbar wurde unser Hilferuf gehört«, erklärte Ismael. »Eine Einheit Navy SEALs liefert sich mit den Ordenskillern einen heftigen Schlagabtausch.«

»Und wer gewinnt?«, wollte Paolo wissen.

»Das spielt im Augenblick keine Rolle«, meinte der Unsichtbare. »In den oberen Sektionen gibt es bereits Wassereinbrüche. Wenn wir es nicht rechtzeitig hier rausschaffen, werden wir in jedem Fall verlieren.«

Sie beschleunigten ihre Schritte, liefen so schnell sie nur konnten. Paolo, dessen notdürftig verbundenes Bein heftig schmerzte, biss die Zähne zusammen, während Alex sich einredete, dass bald alles überstanden wäre und sie in Sicherheit sein würden. So gelang es ihnen, das Letzte aus ihren geschundenen Körpern herauszuholen.

Sie erreichten die nächste Ebene, wo Ismael die Tür aufstieß und sie nach draußen bugsierte. Das Licht auf dem Korridor war grell im Vergleich zur spärlichen Beleuchtung des Treppenhauses, Augenblicke lang konnten Alex und Paolo nichts sehen. Ismael schleppte sie trotzdem weiter, dabei konnten sie wieder Schüsse hören, allerdings nur noch vereinzelt. Der Kampf schien sich seinem Ende zu nähern. Aber welche der beiden Parteien hatte gewonnen?

Wie Ismael angekündigt hatte, fanden sie tatsächlich einen Lift, der offenbar auch noch in Betrieb war. Atemlos warteten sie, bis die Kabine eingetroffen war und die Türhälften sich öffneten, dann stürzten sie hinein.

»Zurück zum Licht!«, verlangte Ismael und drücke die oberste Etage. Mit leisem Summen fuhr der Aufzug an - um schon im nächsten Moment wieder zu stocken. Es ruckelte, und die Beleuchtung der Liftkabine flackerte. Offenbar waren auch die Generatoren in den oberen Sektionen beschädigt worden.

Endlich legte sich das Flackern wieder, und der Aufzug fuhr weiter - und Alex ertappte sich einmal mehr dabei, dass sie lautlos betete ...

Brücke der U. S. S. Olympia
Jagd-U-Boot der Los-Angeles-Klasse
7 Uhr 21 Ortszeit

An Bord des Unterseeboots, das wie ein drohender Nachtmahr in der blauen Tiefe schwebte, herrschte hektische Betriebsamkeit.

Nachdem die Nachricht von einem Gefecht eingegangen war, das offenbar rund zwölf Meilen vor Kodiak tobte und in das Einheiten der Navy SEALs verwickelt waren, hatte der Kommandant, Captain Wilson F. Drewer, sofort den Kurs ändern lassen und die Kampfzone angesteuert.

Die *Olympia* war das einzig verfügbare U-Boot in der Nähe. Da sie sich auf einer routinemäßigen Patrouillenmission befunden hatte, hatte sie scharfe Mark-48-Torpedos an Bord, die sich gegen Ziele verschiedenster Art einsetzen ließen. Mit einem *solchen* Ziel allerdings hatten weder Drewer noch seine Leute gerechnet.

Anfangs hatte der Sonaroffizier die wuchtige Ansammlung von Masse für einen aus dem Wasser ragenden Felsen gehalten. Tiefenmessungen hatten jedoch ergeben, dass das etwa sechzig Meter hohe, am Kopf rund fünfundzwanzig Meter durchmessende und sich nach unten verjüngende Gebilde im Wasser *schwebte*, was bedeutete, dass es sich - zumindest im weitesten Sinn - um eine Art Schiff handeln musste, das wie ein Korken im Ozean schwamm.

Drewer hatte die Sichtung nach Anchorage gemeldet, von wo aus sie an das Navy-Hauptquartier in San Diego weitergegeben worden war - und vor wenigen Minuten hatten Drewer und die Besatzung der *USS Olympia* Antwort erhalten.

Der Befehl kam direkt aus dem Hauptquartier, und er war eindeutig: Das fremde Objekt sollte zerstört werden.

Drewer zögerte keinen Augenblick. Die Gefechtsbereitschaft war schon hergestellt, alle Mann befanden sich auf Kampfstation. Die Zielkoordinaten der sonargelenkten Torpedos wurden eingegeben, die Abschussröhren eins und zwei geladen und geflutet.

Und um exakt 7 Uhr 23 Ortszeit erteilte Drewer den Befehl zum Abfeuern der Geschosse.

Zwei schlanke, längliche Formen waren es, die sich aus dem Rumpf der *Olympia* lösten und in die blaue Weite schossen. Wie Raubfische, die eine Beute gewittert hatten, hielten sie auf das fremdartige Gebilde zu, das vor ihnen über der eisigen Tiefe hing, die nur darauf wartete, es zu verschlingen ...

Alex' Gebete waren nicht erhört worden.

Abermals war der Aufzug stehen geblieben - und diesmal rührte er sich nicht mehr. Die Beleuchtung war ausgefallen, und das spärliche Notlicht reichte kaum aus, die Kabine zu erhellen.

»Was jetzt?«, fragte Paolo.

»Wir steigen aus«, erklärte Ismael kurzerhand und begann, an der Decke herumzuhantieren, in deren Mitte es eine quadratische Serviceluke gab. Es gelang ihm, sie zu öffnen und nach oben aufzustoßen, und im nächsten Augenblick sah Alex die halbtransparente Gestalt des Unsichtbaren auch schon nach oben entschwinden.

»Alex, deine Hände!«

Sie zögerte nicht und ließ sich von ihm hinaufziehen. Paolo folgte auf dem Fuß, wobei er sich sein verletztes Bein am Rand der Öffnung anstieß und einige Verwünschungen auf Italienisch von sich gab.

Sie befanden sich im Aufzugschacht, der sich über ihnen im Halbdunkeln verlor. Die spärliche Beleuchtung drang durch die Spalten der Lifttüren auf den einzelnen Etagen. Entlang der Schachtwand verlief eine schmale Leiter senkrecht nach oben.

»Dort hinauf!«, erklärte Ismael überflüssigerweise.

Einmal mehr übernahm er die Vorhut und kletterte voraus. Er erreichte die nächste Etage, betätigte die manuelle Überbrückung - und die beiden Hälften der Schiebetür öffneten sich so weit, dass man hindurchschlüpfen konnte.

»Los doch!«, forderte er Alex auf. Gerade als sie nach der Leiter griff, durchlief ein Beben die Station, das mit keinem der vorangegangenen vergleichbar war.

Der Stoß war so heftig, dass er die ganze Station ins Wanken brachte und den Aufzug, der an armdicken Kabeln hing, ein Stück absacken ließ. Alex stieß einen spitzen Schrei aus. Im nächsten Moment drang ein frenetisches Tosen und Brausen aus der Tiefe der Station.

»W-was war das?«

»Ich weiß es nicht. Los, zu mir!«, ordnete Ismael an, und

Alex zögerte nicht länger. Unter Aufbietung ihrer letzten Kräfte zog sie sich an den Sprossen empor, gefolgt von Paolo, der sein Bein nicht beugen konnte und entsetzliche Schmerzen litt.

Endlich erreichte Alex die halb offene Tür. Ismael gab ihr die Hand und zog sie zu sich hoch. Mit zitternden Knien erklomm sie den Vorsprung und kroch auf allen vieren aus dem Schacht. Daraufhin wollte sich Ismael Paolo zuwenden, um auch ihm beim Ausstieg zu helfen - als es ein zweites Mal krachte, heftiger noch als zuvor und ungleich näher. Die Erschütterung war so stark, dass Paolo den Halt auf der Leiter verlor und ...

... abgestürzt wäre, hätte Ismael nicht in diesem Moment nach ihm gegriffen und ihn heraufgezogen.

Von unsichtbaren Händen gehalten, hing Paolo zur Hälfte im Schacht, vor Schmerzen laut schreiend - als er plötzlich sengende Hitze fühlte. Etwas schien den Schacht heraufzukommen, etwas Feuriges, Vernichtendes.

Im nächsten Moment geschah es.

Orangefarbenes Licht erfüllte den Schacht, und eine Gluthitze stieg darin empor. Getrieben von einer enormen Druckwelle, loderte sengendes Feuer den Aufzugschacht herauf, züngelte um die Fahrstuhlkabine herum und erfasste den strampelnden Paolo, der alles darangesetzt hatte, aus dem Schacht zu entkommen, es jedoch nicht mehr ganz schaffte.

Der Archäologe schrie laut auf, als sich die Flammen seine Beine und seinen Rücken hinauffraßen und ihm das Haar am Hinterkopf absengten. Ismael reagierte, so schnell er konnte, und riss ihn vollends aus dem Schacht - aber es war zu spät!

Paolos Kleidung stand in Flammen. Lichterloh brennend und dabei wie von Sinnen schreiend wälzte sich der Italiener am Boden, während grelles Feuer aus dem offenen Aufzugschacht schlug, um im nächsten Moment wieder zu verlöschen.

Ismael kniete neben Paolo und versuchte, die Flammen mit bloßen Händen zu ersticken. Alex kam ihm zu Hilfe.

Als es ihnen endlich gelungen war, das Feuer zu löschen, hatte Paolo Genaro zu schreien aufgehört. Die ungeheuren Schmerzen hatten ihn das Bewusstsein verlieren lassen. Bäuchlings lag er auf dem Boden. Er hatte an Beinen, Rücken und Oberarmen schwerste Verbrennungen davongetragen, verbranntes Gewebe und verkohlter Bekleidungsstoff waren nicht mehr voneinander zu unterscheiden.

»Mein Gott«, ächzte Alex und schlug die Hände vors Gesicht. »Paolo ...«

»Wir nehmen ihn mit«, knurrte Ismael, während er den Bewusstlosen bereits packte und ihn sich quer über die Schulter lud. »Komm!«

Alex stand unter Schock, war vor Entsetzen wie erstarrt. »W-was ist das gerade gewesen?«, wollte sie wissen, während ihr Tränen ungehemmt übers Gesicht liefen.

»Wahrscheinlich eine Explosion in den unteren Ebenen. Es spielt keine Rolle. Komm schon, Alex! Wir müssen fort von hier!«

Sie nickte und schaffte es irgendwie, sich an der Korridorwand gestützt aufzurichten; die Wand war deutlich erhitzt. Sie folgte Ismael, der wieder den Weg zum Treppenschacht einschlug. Der Nummerierung auf der Aufzugtür nach befanden sie sich auf Ebene 3. Es war also nicht mehr weit bis zur Oberfläche - aber die Zeit lief ihnen davon!

In den Tiefen der Station rumorte es. Eine Erschütterung nach der anderen ließ die Konstruktion erbeben, die schrecklich zu ächzen begann. Was auch immer in den unteren Sektionen geschehen war, es musste die schwimmende Festung schwer beschädigt haben. Wasser drang ein, das war am allgegenwärtigen Rauschen zu hören.

Würde die Station im Meer versinken?

Alex lief, so schnell sie konnte, und an einigen nur halb

bekleideten Leichen vorbei, die den Korridor säumten, erreichten sie den Ausgang zur Feuertreppe. Wie sie feststellten, waren sie dort nicht allein.

»Ismael! Alex! Tut gut, euch zu sehen!«

Es war Jekyll, der sich zusammen mit den vier verbliebenen Widerstandskämpfern im Treppenhaus versteckt gehalten hatte. Allerdings waren die Unsichtbaren nicht mehr wirklich unsichtbar, sondern hatten sich die Uniformen gefallener amerikanischer Marinesoldaten angezogen.

»Was soll die Maskerade?«, wollte Ismael wissen.

»Zur Vorsicht«, antwortete Jekyll. »Die Station wurde von Navy SEALs geentert, die auf alles schießen, was ihnen nicht geheuer vorkommt - auf diese Weise sehen sie wenigstens, wenn wir uns ergeben.«

»Gute Idee«, sagte Ismael. »Und jetzt die Treppe hinauf und raus, ehe hier alles auseinanderfällt.«

»Zu Befehl, Commander.«

Die verbliebenen Widerstandskämpfer hasteten die Treppe hinauf. Jemina und Larson stützten Alex, während Ismael den bewusstlosen Paolo schleppte. Stufe für Stufe, Absatz für Absatz hasteten sie hinauf, während eine dritte verheerende Erschütterung die Station durchschüttelte, und alle ahnten, dass dies das Ende war.

Das metallische Ächzen verstärkte sich, es hörte sich an, als würde ein riesiges verendendes Tier in Todesangst aufbrüllen, und einen Augenblick lang fürchtete Alex, sie würden es nicht schaffen und die stählerne Ordensfestung ihr Grab werden - aber sie irrte sich.

Im nächsten Moment erreichten sie die oberste Etage, platzten durch die Tür - und rannten einer Gruppe Navy SEALs geradewegs in die Arme.

»Stehen bleiben! Hände hoch!«

Die Widerstandskämpfer taten, was von ihnen verlangt wurde, schon weil ihnen die Mündungen von einem halben

Dutzend schussbereiter M14-Gewehren keine andere Wahl ließen.

»Wir sind Freunde«, versicherte Jekyll. »Wir waren gefangen ...« Aber die SEALs interessierten sich nicht für seine Argumente.

Lauthals schreiend und mit erhobenen Waffen trieben sie die Widerstandskämpfer vor sich her nach draußen – und zum ersten Mal nach langer Zeit sah Alex wieder Sonnenlicht und atmete frische, ungefilterte Luft.

Es war Tag.

Früher Morgen ...

Durch eine große Öffnung, die offenbar eine Explosion in die Außenhülle gerissen hatte, gelangten sie auf das gewölbte Dach der schwimmenden Station, das wie eine Insel anmutete. Umkreist wurde sie von mehreren Militärbooten, darunter ein großes aus Leichtmetall sowie kleine Einsatzboote. Zwei weitere, wesentlich geräumigere Schlauchboote lagen am stählernen Strand, bereit zum Einstieg.

»Los, los! Schneller!«, brüllte ein Unteroffizier, den sein Namensschild als »Wilcox« auswies. »Seht zu, dass ihr in die Boote kommt, und dann nichts wie weg hier!«

Man trieb sie über die gewölbte Plattform und befahl ihnen, in die Boote zu steigen, was sie nur zu gern taten. Dabei bemerkte Alex, dass Jekyll inzwischen den bewusstlosen Paolo trug. Von Ismael fehlte jede Spur, aber Alex zweifelte nicht daran, dass auch er in Sicherheit war.

Das Boot legte ab, schnellte von seinen beiden Iveco-Motoren getrieben über die grauen Wellen, um möglichst rasch Distanz zwischen sich und die Station zu bringen, aus der grässliche Geräusche drangen, ein Knirschen und Bersten, das selbst den Lärm der Außenborder übertönte.

Dann, plötzlich, stiegen rings um die künstliche Insel Myriaden von Luftblasen auf – und Alex wusste, dass dies der Anfang vom Ende war ...

Mit jenem Mann, der einst von seinem Schreibtisch aus die Fäden gezogen und die Abwehr des Ordens organisiert hatte, dessen Urteil gefürchtet gewesen war und dessen bloße Präsenz genügt hatte, um Angst und Schrecken hervorzurufen, hatte die elende Gestalt, die sich auf allen vieren aus dem Aufzug schleppte und den Gang hinabkroch, nicht mehr viel gemein.

Nummer 8 war schwer verwundet.

Die Kugeln der Maschinenpistole hatten seine Lunge durchlöchert. Sein Atem rasselte, er spuckte unablässig Blut, während sein hagerer deformierter Körper bereits fluktuierte und sichtbar zu werden begann. Die molekulare Oszillation, die den Zustand der Unsichtbarkeit bewirkte, verlöschte allmählich, ein untrügliches Zeichen dafür, dass sein Ende unabwendbar war. Dennoch schleppte sich Nummer 8 weiter, angetrieben von jenem eisernen Willen, der ihn zeit seines Lebens erfüllt und ihn dazu gebracht hatte, dies alles zu erreichen - auch wenn es sich am Ende als schnöde Täuschung erwiesen hatte.

Der Graue wusste, dass er sterben würde - zusammen mit dieser Festung. Er hörte die Detonationen und wusste, was sie bedeuteten, und zu seiner eigenen Überraschung empfand er weder Furcht noch Zorn deswegen, sondern war - vielleicht zum allerersten Mal in seinem Leben - tatsächlich so emotionslos, wie die Ordensregeln es vorschrieben.

Nur einen Wunsch hegte er noch: jenen Ort aufzusuchen, der ihm stets auf seltsame Weise Trost gespendet hatte ...

Mit Mühe passierte er die Kontrollen, schleppte sich in die Kammer, die das Geheimnis um den Ursprung des Ordens barg, und richtete sich an dem Glaszylinder auf, der die sterblichen Überreste des Zeitreisenden enthielt.

Auge in Auge mit dem Schädel, der ihn aus dem Konservierungstank anstarrte, wartete Nummer 8 auf sein Ende. Und einen Sekundenbruchteil, ehe die beschädigte Außenhülle dem Druck der Tiefe endgültig nachgab und das Wasser tosend und tödlich kalt in die Kammer schoss, wurde Nummer 8 klar, dass er sich geirrt hatte.

Der Zeitreisende, so hatte er angenommen, repräsentierte die Vergangenheit des Ordens, während er selbst für seine Zukunft stand - in Wahrheit jedoch war er dem Zeitreisenden ohne es zu wollen immer ähnlicher geworden.

Ebenso allein.

Ebenso erfolglos.

Ebenso deformiert an Körper und Seele.

Zwei geschlagene Kreaturen auf ihrem Weg in die dunkle Tiefe ...

Epilog

General Hospital, Burn, Plastic and Trauma Unit
Vancouver, Kanada
16 Wochen später

»Du siehst wirklich gut aus.«

Alexandra Lessing stand neben dem Krankenbett, das mit »Paolo Genaro« beschriftet war - nicht zum ersten Mal, aber zum letzten Mal. In den vergangenen Monaten war sie so oft hier gewesen, dass sie aufgehört hatte, die Tage zu zählen. Sooft ihr Zustand es zugelassen hatte, war sie ins Krankenhaus gekommen und hatte am Bett des Freundes gewacht, der ihr das Leben gerettet hatte. Er selbst hatte davon nichts mitbekommen.

»Ich fühle mich auch ganz gut«, versicherte Paolo, über dessen Züge jenes gewinnende Lächeln huschte, das Alex so lange und so schmerzlich vermisst hatte.

Im Militärkrankenhaus von Anchorage, wohin Paolo nach seiner schweren Verwundung im Kampf um die Ordensfestung gebracht worden war, hatten die Ärzte viele Stunden lang um sein Leben gerungen. Die Verbrennungen, die er an Armen und Beinen sowie am Rücken davongetragen hatte, waren so schwerwiegend gewesen, dass es über Tage hinweg fraglich gewesen war, ob er es schaffen würde.

Schließlich jedoch hatte sich sein Zustand stabilisiert. Der Archäologe, der so tapfer gegen den Orden der Unsichtbaren gekämpft hatte, trotzte auch dem nahen Tod, und indem die

Ärzte seine Wunden versorgten und gesunde Haut auf jene Stellen verpflanzten, die im Feuer verbrannt waren, holten sie ihn Stück für Stück ins Leben zurück.

»Sie haben dich wieder gut hinbekommen«, stellte Alex fest. »Vielleicht mal abgesehen von deinem Gesicht.«

»Dafür können die Ärzte nichts, das war schon vorher so«, entgegnete Paolo feixend, der im Trainingsanzug auf dem Bett saß und auf seine tägliche Runde mit dem Physiotherapeuten wartete. »Noch ein paar Wochen, dann lassen sie mich hier raus. Ist das nicht unglaublich?«

»Allerdings.« Alex nickte. »Und es wird eine andere Welt sein, in die du zurückkehrst. Eine Welt ohne den Orden.«

»Es ist also vorbei?«

»Ismael sagt Ja. Mit den Grauen ist auch ihre Vision von einer Herrschaft der Unsichtbaren untergegangen.«

»Was ist mit den Stützpunkten, die sie unterhalten haben, den Schläferzellen?«

»Wir haben die letzten vier Monate damit zugebracht, überall auf der Welt nach ihnen zu suchen. Fünf konnten wir ausfindig machen. Der Rest wird uns wohl verborgen bleiben - so lange bis die Schläfer erwachen.«

»Ich verstehe.« Paolo nickte nachdenklich. »Dann geht der Kampf also weiter?«

»Es gibt noch Ordensanhänger, natürlich. Aber die vergangenen Monate haben gezeigt, dass sie ohne ihre Anführer völlig planlos agieren. Ismael wird darüber wachen, dass sich die Verbrechen der Grauen nicht wiederholen.«

»Die Verbrechen?« Paolo hob die Brauen. »Du denkst, dass die Grauen Verbrecher waren?«

»Was sonst?«

»Ich weiß es nicht.« Der Italiener zuckte mit den Achseln. »Ich meine, sie waren überzeugt davon, das Richtige zu tun ...«

»... und haben dabei jede Moral aus den Augen verloren«, gab Alex zu bedenken.

»Trotzdem – ich glaube nicht, dass sie tatsächlich schlechtere Menschen waren als wir. Die Unsichtbarkeit hat nur zum Vorschein gebracht, was jeder von uns in sich trägt. Herrschsucht, Gewaltbereitschaft, Gier ...«

»Damit hast du vermutlich recht«, kam Alex nicht umhin zuzugeben. Der Gedanke gefiel ihr nicht, deshalb wechselte sie abrupt das Thema: »Was wirst du tun, wenn sie dich aus dem Krankenhaus entlassen? Zurückgehen nach Rom?«

»Bist du verrückt?« Paolo schüttelte entschieden den Kopf. »Silvana Praga ist noch immer dort. Sie hat der Presse erzählt, sie würde mir zutrauen, mit Terroristen gemeinsame Sache zu machen.«

»Wahrscheinlich liebt sie dich noch immer«, bemerkte Alex.

»Sicher – das ist genau die Methode, mir das zu beweisen.« Er grinste breit. »Nein danke, da kehre ich lieber nach Südamerika zurück und buddle im Boden nach alten Scherben. Bisweilen findet man dort ziemlich interessante Dinge.«

»Was du nicht sagst.« Sie grinste ebenfalls. Ihre Blicke trafen sich, und in diesem Moment tauschten sie zahllose Erinnerungen, schöne wie hässliche, gute wie schlechte.

»Und du?«, fragte Paolo schließlich, auf ihren flachen Unterbauch deutend. »Da hat sich etwas verändert.«

»Ich habe mein Kind zur Welt gebracht«, bestätigte Alex lächelnd. »Dr. Leclerc hat es entbunden.«

»Und? Was ist es?«, erkundigte sich Paolo wissbegierig.

»Ein Mädchen«, antwortete Alex mit glücklichem Lächeln. »Zumindest in dieser Hinsicht hat sich Ismael geirrt.«

»Wie wird es heißen?«

»Mina«, gab Alex bekannt. »Das war ich jemandem schuldig, einer alten Freundin.«

»Ich gratuliere von Herzen«, sagte Paolo, und etwas leiser fügte er hinzu: »Ist es ...? Ich meine ...?«

»Das Kind ist völlig normal, Paolo«, erklärte Alex, und die

Erleichterung war ihr deutlich anzumerken. »Es hat Ismaels mutierte Gene nicht geerbt und wird als gewöhnliches Kind aufwachsen, unter gewöhnlichen Menschen. Fast könnte man den Eindruck gewinnen, der Orden und die Unsichtbaren wären nur ein Traum gewesen - aber das waren sie nicht.«

»Nein«, stimmte der Archäologe zu, dabei nachdenklich über seinen von Narben übersäten Unterarm streichend, »das waren sie tatsächlich nicht. Sie waren real - so wie du und ich.«

»Wie du und ich«, bestätigte sie. Erneut begegneten sich ihre Blicke, und Alex hatte das Gefühl, etwas sagen, ihm etwas erklären zu müssen. Aber diesmal war es Paolo, der unvermittelt das Thema wechselte.

»Wo werdet ihr leben?«, erkundigte er sich. »In unterirdischen Bunkern?«

»Das ist vorbei«, versicherte sie. »Ich werde nach Deutschland zurückkehren. Und wer weiß, vielleicht werde ich auch wieder unterrichten. Es kommt auf die Kinder an.«

»*Die* Kinder?«, fragte Paolo. »Mehrzahl?«

»Kim Li«, brachte Alex die kleine Chinesin in Erinnerung. »Da sie niemanden mehr hat, habe ich sie zu mir genommen. Sie ist traumatisiert von dem, was sie gesehen hat, aber ich denke, dass sie es überwinden wird. Sie hat begonnen, Vertrauen zu mir zu fassen, das ist ein Anfang. Und ich bin überzeugt, dass Mina keine bessere große Schwester haben könnte.«

»Schön.« Der Archäologe lächelte. Die Vorstellung, dass die knallharte junge Frau, die er unter solch abenteuerlichen Bedingungen kennengelernt hatte, gleich zweifache Mutter geworden war, schien ihn zu amüsieren. Dann wurde er plötzlich wieder ernst. »Glaubst du denn, das kannst du?«

»Wovon sprichst du?«

»In dein altes Leben zurückkehren und so tun, als wäre nichts geschehen.«

»Das muss ich wohl«, meinte sie. »Das müssen wir alle.

Denn soweit es den Rest der Menschheit betrifft, ist tatsächlich nichts geschehen. Das Oberkommando der U.S. Navy hat dementiert, dass es vor der Küste Alaskas zu Kampfhandlungen gekommen ist, und die oberste Geheimhaltungsstufe über den Vorfall verhängt. Jekyll und die anderen Widerstandskämpfer, die inhaftiert wurden, sind inzwischen zwar auf freiem Fuß, unterliegen jedoch scharfer Überwachung. In Washington hat niemand Interesse daran, dass die Sache ans Licht kommt.«

»Also ist offiziell nichts passiert.«

»Ganz recht.«

»Aber da sind Narben«, entgegnete er, und ihr war klar, dass er nicht nur jene auf seinem Körper meinte. »Einige davon werden wohl immer bleiben.«

»Ich weiß.« Alex senkte den Blick und nickte. »Das geht wohl allen so, die dabei gewesen sind.«

»Wir haben es uns nicht ausgesucht.«

»Nein«, stimmte sie zu. »Aber dafür haben wir es ganz gut gemacht.« Sie trat vor und hauchte ihm einen zarten Kuss auf die Wange. »Leb wohl, Paolo.«

»Du gehst?«, fragte er. »Wohin?«

»Wie ich schon sagte - zurück nach Deutschland«, erklärte sie. »Mein Flug nach Frankfurt geht in zwei Stunden. Ich bin gekommen, um Lebewohl zu sagen.«

»Ich verstehe.«

»Hey«, sagte sie, »ist das nicht unglaublich? Ich kann in ein Linienflugzeug steigen, ohne um mein Leben fürchten zu müssen.«

»Ja, wirklich unglaublich.« Er rang sich ein Lächeln ab. »Leb wohl, Alex. Alles Gute.«

»Wünsch ich dir auch.« Sie nickte, dann wandte sie sich zur Tür und wollte gehen.

»Alex?«, rief er sie noch einmal zurück.

»Ja?«

»Danke«, sagte er leise. »Für alles.«

»Nein«, widersprach sie. »Ich habe zu danken. Andere Leute haben nur einen Schutzengel - ich habe sogar zwei.«

Damit verließ sie das Krankenzimmer und schloss die Tür. Die Sonnenbrille, die sie aufsetzte, war nicht dazu da, Unsichtbare zu entdecken; ihre Gläser waren lediglich getönt, und ihr einziger Zweck bestand darin, die Tränen in Alex' Augen zu verbergen.

Seltsame Wehmut befiel sie auf dem Weg nach draußen, die sich erst legte, als sie durch das Portal des Krankenhauses ins Freie trat und das goldene Licht eines herrlichen Spätsommertags sie willkommen hieß. Es war angenehm warm, die Luft roch würzig, Kinder spielten im nahen Heather Park Baseball. Das Leben ging wieder seinen gewohnten Gang - und das war gut so.

Vor dem Parkeingang stand ein Kinderwagen scheinbar unbewacht vor einer Sitzbank. Hätte es jedoch jemand gewagt, sich dem Wagen in böser Absicht zu nähern, hätte er sein blaues Wunder erlebt. Alex überquerte die Straße und setzte sich auf die Bank.

»Und?«, erkundigte sich Ismaels Stimme unmittelbar neben ihr. »Wie geht es ihm?«

»Sehr viel besser. Die Ärzte sagen, dass er schon bald entlassen wird.«

»Das ist wunderbar. Wer hätte das gedacht nach allem, was der arme Kerl durchgemacht hat.«

»Ja«, stimmte sie zu, »wer hätte das gedacht.«

Eine Pause trat ein, in der keiner von beiden ein Wort sprach. Dafür erhob sich Alex, um einen Blick in den Kinderwagen zu werfen. Die kleine Mina war eingeschlafen. Von all den Dingen, die geschehen waren, noch ehe sie das Licht der Welt erblickt hatte, ahnte sie nichts, worum Alex sie fast beneidete. Mitunter, das hatte die Erfahrung sie gelehrt, konnten Erinnerungen eine Bürde sein.

»Und du willst wirklich nicht bleiben?«, fragte Ismael unvermittelt.

Sie seufzte. »Darüber haben wir doch schon gesprochen, und nicht nur einmal. Es ist besser, wenn Mina in Europa aufwächst, weit weg von allem, was vorgefallen ist.«

»Wahrscheinlich hast du recht«, gab der Unsichtbare zu. »Aber ich darf euch jederzeit besuchen, richtig?«

»Wir wären sehr enttäuscht, wenn du uns nicht besuchen würdest«, entgegnete Alex. »Aber du bist kein Vater, wie Mina ihn braucht - dafür gibt es zu viele Dinge, um die du dich kümmern musst.«

»Ich werde immer über euch wachen«, versicherte Ismael.

»Das weiß ich«, erwiderte sie.

Sie zweifelte tatsächlich nicht daran, dass ihr unsichtbarer Geliebter über sie wachen würde, und selbst wenn sie Tausende von Kilometern trennten, würde er zur Stelle sein, wenn es darauf ankam - genau wie ihr Vater über sie gewacht hatte und im entscheidenden Moment bei ihr gewesen war, auch wenn sie es nicht gewusst hatte.

Alex hatte ihm längst verziehen.

Am Ende hatte sie verstanden, wer Kenneth Bowder gewesen war und warum er so und nicht anders gehandelt hatte. Es war die Liebe zu seiner Familie gewesen, die ihren Vater dazu bewogen hatte, den Abstand zu suchen. Das Opfer, das er dabei gebracht hatte, war nicht weniger groß gewesen als jenes, das er seiner Frau und seiner Tochter abverlangt hatte, und Alex hatte sich geschworen, dass sie ihm das niemals vergessen würde. Ebenso wenig, wie sie seine Mahnung vergessen würde:

»In jedem Fall«, hatte er in seinem Tagebuch geschrieben, *»sei immer wachsam, mein Kind, und beobachte die Welt, die dich umgibt, mit offenen Augen ...«*

Matthew Reilly

Das Tartarus-Orakel

Thriller

ISBN 978-3-548-26718-0
www.ullstein-buchverlage.de

Der Tag von Tartarus naht, an dem sich entscheiden wird, ob die Welt untergeht oder nicht – und wer die Menschheit in Zukunft beherrscht. Amerika, das alte Europa und Jack West mit seinem kleinen Spezialtrupp liefern sich eine erbarmungslose Jagd zu den sieben Weltwundern. Denn nur wer in den Besitz der dort versteckten Steine gelangt, kann das alles entscheidende Ritual vollziehen.

»Matthew Reilly lässt es wieder krachen – Abenteuerkino zum Lesen!« *Bild am Sonntag*